# АЛЕКСАНДР ДЮМА

# КОРОЛЕВА МАРГО

АСТ
ИЗДАТЕЛЬСТВО
МОСКВА
2000

ББК 84.4 Фр.
Д96

Перевод с французского Е.Ф. Корша

Художник М.В. Горняк

Серийное оформление и компьютерный дизайн А.А. Кудрявцева

**Дюма А.**

Д96 Королева Марго: Роман / Пер. с франц. Е.Ф. Корша. — М.: ООО «Издательство АСТ», 2000. — 592 с.

ISBN 5-17-003356-7

«Королева Марго» — один из самых знаменитых романов Александра Дюма, давно уже ставших классикой историко-приключенческой литературы. Франция, шестнадцатый век, эпоха жестокой борьбы между протестантами и католиками, изощренных придворных интриг и трагической любви королевы Марго, поневоле ставшей участницей чужих политических игр...

# ЧАСТЬ ПЕРВАЯ

## I

## ЛАТИНСКИЙ ЯЗЫК ГЕРЦОГА ГИЗА

Восемнадцатого августа 1572 года был понедельник, но в Лувре справляли большое празднество.

Ярко светились обычно темные окна старинного королевского жилища, а соседние улицы и площади, как правило пустевшие, едва лишь колокол на церкви Сен-Жермен-Л'Озеруа бил девять часов вечера, кишели теперь народом даже в полночь.

Густая, грозная, шумливая толпа напоминала темное зыблющееся море, откуда несся рокот набегавшего прибоя; людские волны, прорываясь сквозь улицу Фосе-Сен-Жермен и улицу Астрюс, заливали набережную, приливали к стенам Лувра и отливали к цоколю Бурбонского дворца, стоявшего напротив.

Несмотря на королевский праздник, а может быть, и по его причине, что-то грозное чувствовалось в толпе народа, который присутствовал на нем как посторонний зритель, но твердо верил, что этот праздник — лишь пролог к другому, отложенному на неделю торжеству, где сам народ будет желанным гостем и разгуляется вовсю.

Королевский двор праздновал свадьбу Маргариты Валуа, дочери покойного короля Генриха II и сестры царствующего короля Карла IX, с Генрихом Бурбоном, королем Наваррским. Утром кардинал Бурбонский, совершив брачный обряд, установленный для наследниц французского царствующего дома, обвенчал брачущихся на помосте, воздвигнутом перед вратами собора Парижской богоматери.

Этот брак изумил всех, а людей, способных видеть глубже, заставил сильно призадуматься; сближение двух таких ненавистных друг другу партий, какими были в это время протестантская и католическая партии, казалось невозможным. Спрашивалось, как может молодой принц Конде простить брату короля, герцогу Анжуйскому, смерть своего отца, убитого в Жарнаке капитаном Монтескью, или как молодой герцог Гиз простит адмиралу Колиньи смерть своего отца, убитого в Орлеане дворянином-гугенотом Польтро де Мере. Больше того: королева Жанна Наваррская, мужественная супруга безвольного Антуана Наваррского, сосватавшая своего сына за Маргариту Валуа, умерла каких-нибудь два месяца тому назад, и о причине ее внезапной смерти ходили подозрительные слухи. Повсюду говорили шепотом, а кое-где и громко о том, что королеве Жанне стала известна какая-то страшная тайна и что Екатерина Медичи, боясь разоблачений, отравила королеву Жанну ядовитыми душистыми перчатками, которые ей изготовил некий флорентиец по имени Рене, большой мастер на дела такого рода. Распространению и утверждению всех этих слухов способствовало то обстоятельство, что после смерти королевы двум медикам, в том числе и знаменитому Амбруазу Паре, было поручено, по просьбе ее сына, вскрыть и обследовать тело королевы, но не касаться мозга. А так как Жанна была отравлена посредством запаха, то лишь в мозгу умершей могли быть обнаружены следы содеянного преступления. Именно преступления, поскольку никто не сомневался, что здесь имело место злодеяние.

Но это далеко не все: сам король Карл неуклонно, почти настойчиво, стремился устроить этот брак, который должен был не только установить мир в королевстве, но и привлечь в Париж всех видных протестантских главарей. Так как жених был протестант, а невеста католичка, то требовалось испросить разрешение на брак у Григория XIII, в то время занимавшего папский престол. Разрешение задерживалось, и это сильно беспокоило Жанну д'Альбре, которая однажды в разговоре с Карлом выразила опасение насчет того, что разрешение, пожалуй, не придет совсем; но король ответил:

— Милая тетушка, не беспокойтесь, вас я уважаю более, чем папу, а сестру люблю больше, чем боюсь его. Я не гугенот, но и не дурак, и если господин папа задурит, то я сам возьму за руку Марго и поведу ее венчаться с вашим сыном по протестантскому обряду.

Из Лувра эти слова разнеслись по городу, очень обрадовали гугенотов, сильно озадачили католиков и вызвали среди последних тайные разговоры о том, изменяет ли им король на самом деле или разыгрывает комедию, которая в один прекрасный день или прекрасную ночь закончится неожиданной развязкой.

Что было особенно непостижимо — это отношение Карла IX к адмиралу Колиньи, который в течение пяти или шести лет вел ожесточенную войну против короля: до этого сближения король назначил пятьдесят тысяч экю золотом в награду за голову адмирала, теперь же чуть не клялся его именем, называл своим *отцом* и во всеуслышание заявлял, что только одному ему поручит ведение предстоящей войны во Фландрии; даже сама Екатерина Медичи, до сих пор направлявшая волю, действия, даже намерения молодого короля, начала тревожиться по-настоящему, и не без причины: дело в том, что Карл IX как-то в беседе с адмиралом о Фландрской войне заявил ему в порыве откровенности:

— Отец, тут есть одно обстоятельство, которое требует большой осторожности: как вам известно, королева-мать сует свой нос во все, но об этом деле пока не знает ничего; поэтому нам надо будет вести его скрытно — так, чтобы королева о нем даже и не подозревала, а то с ее сварливостью она нам все испортит.

Колиньи, при всем своем уме и опытности, все же не мог скрыть полностью оказанное ему королем доверие. В Париж он прибыл с крайней подозрительностью, да и когда выезжал из Шатийона, одна крестьянка молила его на коленях: «О добрый господин наш, не езди ты в Париж; и тебя и всех, кто поедет с тобой, ждет там смерть!» Но мало-помалу все подозрения рассеялись и у него, и у его зятя де Телиньи, к которому король проявлял самые дружеские чувства, звал его *братом*, как звал отцом адмирала, говорил ему *«ты»*, чем отличал он только самых близких своих друзей.

В результате все гугеноты, за исключением нескольких угрюмых и недоверчивых людей, совершенно успокоились: смерть наваррской королевы стали приписывать воспалению легких, и в просторных залах Лувра толпились мужественные гугеноты, которым брак Генриха, их юного вождя, сулил нежданно счастливый поворот судьбы. Адмирал Колиньи, Ларошфуко, принц Конде-сын, де Телиньи — словом, все главари партии торжествовали, видя, как были приняты, какой огромный вес приобретали в Лувре те самые люди, которых три месяца назад король и Екатерина Медичи собирались вешать на особых виселицах, повыше, чем простых убийц. Одного только маршала де Монморанси напрасно стали бы искать среди его собратьев — его нельзя было ни заманить обещаниями, ни обмануть показными чувствами, и он засел у себя в замке д'Иль-Адан, извиняя свое отшельничество скорбью об отце, коннетабле Анн де Монморанси, которого убил из пистолета Роберт Стюарт в сражении при Сен-Дени. Но так как со времени этого события прошло более трех лет, а чувствительность была не в духе того времени, то каждый мог думать по поводу такого чрезмерно продолжительного траура что угодно.

К тому же все говорило против маршала де Монморанси: и королева, и король, и герцог Анжуйский, и герцог Алансонский — все замечательно радушно принимали своих гостей на этом королевском празднестве.

Сами гугеноты хвалили герцога Анжуйского, вполне заслуженно, за битвы при Жарнаке и Монконтуре, которые он выиграл, имея от роду неполных восемнадцать лет, — раньше, чем начали свои победы Цезарь и Александр Македонский, да и вообще оказывалось, что он выше этих победителей при Иссе и Фарсале. Герцог Алансонский посматривал на все взглядом ласковым и лживым; королева Екатерина сияла радостью и с притворной любезностью поздравляла Генриха Конде с недавнею его женитьбой на Марии Клевской; даже Гизы улыбались страшным врагам их рода, и герцог Майнцский обсуждал с Таваном и адмиралом Колиньи предстоящую войну, которую были готовы объявить Филиппу II, королю Испанскому.

Среди гостей, разбившихся на группы, бродил, слегка потупив голову и вслушиваясь в разговоры, происходившие вокруг, юный брюнет лет девятнадцати, с умным взглядом, лукавою улыбкой, с орлиным носом, коротко подстриженными волосами, густыми бровями, едва пробившимися усиками и бородой. Этот молодой человек, успевший отличиться пока лишь в битве при Арне-ле-Дюк, где храбро дрался, не щадя себя, а теперь принимавший поздравления со всех сторон, был любимый ученик адмирала Колиньи и герой сегодняшнего дня; совсем недавно, при жизни своей матери, он звался принц Беарнский, а после ее смерти наследовал титул — король Назаррский, пока не стал королем Франции — Генрихом IV

Временами темное облачко вдруг омрачало его лоб: очевидно, он вспоминал смерть матери, умершей каких-нибудь два месяца тому назад, и был уверен больше всех в том, что смерть ее последовала от отравы. Но это облачко лишь проносилось легкой тенью, быстро расплывалось; оно набегало оттого, что люди, которые сейчас толпились около Генриха, заговаривали с ним и поздравляли, все были убийцами мужественной Жанны д'Альбре.

В то время как король Наваррский старался притвориться радушным и веселым, неподалеку от него стоял задумчивый, почти тревожный, молодой герцог Гиз и вел беседу с Телиньи. Герцогу повезло в жизни больше, нежели Беарнцу: в двадцать два года он пользовался почти такой же славой, как и отец его, могущественный Франсуа де Гиз. Он и по внешности был изящный вельможа, высокий ростом, с надменным, гордым взглядом, с такой природной величавостью, что, по мнению многих, все прочие вельможи в его присутствии казались мужиками. Несмотря на его молодость, вся католическая партия видела в нем своего вождя, так же как протестантская партия видела своего вождя в юном короле Наваррском.

Первоначально герцог Гиз носил титул герцога Жуанвильского и первое боевое крещение получил во время осады Орлеана под начальством своего отца, который и умер на его руках, указав на адмирала Колиньи как на своего убийцу.

Тогда же юный герцог, подобно Аннибалу, торжественно дал клятву: он клялся отомстить и адмиралу, и всей его семье за смерть отца, безжалостно и неусыпно преследовать врагов своей религии, обещал богу стать его ангелом-воителем на земле до того дня, пока не будет истреблен последний еретик. Теперь же все с великим изумлением смотрели, как этот принц, обычно верный данному им слову, пожимает руки навек заклятым врагам своим и, дав умирающему отцу обет наказать адмирала смертью, теперь приятельски ведет беседу с его зятем.

Но мы уже сказали, что это был вечер, полный неожиданностей.

Действительно если бы особо одаренный наблюдатель, способный видеть будущее, что людям, к счастью, не дано, и способный читать в душах, что, к несчастью, дано лишь богу, вдруг очутился на этом торжестве, то он, конечно, насладился бы самым любопытным зрелищем, какое только может нам представить вся летопись печальной человеческой комедии.

Но если такого наблюдателя не оказалось на галереях Лувра, зато он был на улице, где грозно раздавался его ропот и гневом искрились его глаза: то был народ, с его инстинктом, предельно обостренным ненавистью; он издали глядел на силуэты непримиримых врагов своих и толковал их чувства так же простодушно, как это делает прохожий, глазея в запертые окна зала, где танцуют. Музыка увлекает и ведет танцоров, а прохожий видит одни движения и, не слыша музыки, потешается над тем, как эти марионетки скачут и суетятся без видимой причины.

Музыкой, увлекавшей гугенотов, был голос их удовлетворенной гордости, а взоры парижан, сверкавшие во мраке ночи, были молниями ненависти, озарявшими грядущие события.

Во дворце же все было радостно по-прежнему и даже больше; по всему Лувру пронесся особенно ласкающий и мягкий говор, сопровождавший появление новобрачной: сняв подвенечный наряд, длинную вуаль и мантию, она входила в зал вместе с герцогиней Невэрской, самой близкой ее подругой, и с братом, Карлом IX, который вел ее за руку и представлял наиболее почетным из гостей.

Эта новобрачная — дочь Генриха II, Маргарита Валуа — была жемчужиной в короне Франции, и Карл IX, питавший к ней особенную нежность, обычно звал ее «сестричкою Марго».

Восторженная встреча была действительно заслужена юной наваррской королевой. Маргарите исполнилось едва лишь двадцать лет, но все поэты писали ей хвалебные стихи, сравнивая ее то с Авророй, то с Киферой. По красоте ей не было соперниц даже здесь, при таком дворе, где Екатерина Медичи старалась подбирать на роль своих сирен самых красивых женщин, каких только могла она найти. Черноволосая, с замечательным цветом лица, чувственным выражением глаз, обрамленных длинными ресницами, с изящным алым ртом и стройной шеей, с роскошным гибким станом и с маленькими, детскими ногами в атласных туфельках — такой предстала Маргарита Валуа. Французы гордились тем, что их родная почва взрастила этот удивительный цветок, а иностранцы, побывав во Франции, возвращались к себе на родину ослепленные красою Маргариты, если им приходилось только повидать ее, и пораженные ее образованием, если им удавалось с ней поговорить. И в самом деле, Маргарита была не только самой красивой, но и самой образованной из современных женщин; вот почему нередко вспоминали фразу одного итальянского ученого, который был ей представлен, беседовал с ней целый час по-итальянски, по-испански, по-гречески и по-латыни и, выйдя от нее, восторженно сказал: «Побывать при дворе, не повидав Маргариту Валуа, — значит не увидеть ни Франции, ни французского двора».

Не было недостатка в похвалах и самому королю Карлу IX — известно, какими искусными ораторами были гугеноты. В эти речи ловко вплетались и намеки на прошедшее, и пожелания на будущее. Но Карл IX с хитрою улыбкой бледных губ давал на все подобные намеки один ответ:

— Отдавая Генриху Наваррскому мою сестру, я отдаю в ее лице и свое сердце всем гугенотам моего королевства.

Такой ответ на некоторых действовал успокоительно, у других он вызывал улыбку, допуская двусмысленное толкование: одно — как отеческое отношение короля ко всему народу, но Карл IX сознательно не собирался придавать своей мысли такую широту; другое толкование — обидное для новобрачной, для ее мужа, да и для самого Карла, поскольку его слова невольно вызывали в памяти глухие сплетни, которыми дворцовая хроника успела еще раньше испачкать брачные одежды Маргариты Валуа.

Как мы уже сказали, герцог Гиз беседовал с де Телиньи, но уделял беседе не все свое внимание: время от времени он оборачивался и кидал взгляд на группу дам, в центре которой блистала Маргарита Валуа. И всякий раз, когда взгляд наваррской королевы встречался с взглядом молодого герцога, тень набегала на ее красивый лоб, обрамленный, как ореолом, трепетным сверканием алмазных звезд, и во всей ее манере держать себя, выражавшей нетерпение и беспокойство, проглядывало желание что-то предпринять.

Старшая сестра ее, принцесса Клод, недавно вышедшая замуж за герцога Лотарингского, заметила тревожное настроение сестры и стала продвигаться к ней, чтобы узнать его причину, но в это время все гости расступились, давая дорогу королеве-матери, входившей под руку с молодым принцем Конде, и оттеснили принцессу Клод далеко от ее сестры. Герцог Гиз воспользовался общим движением толпы, чтобы подойти поближе к герцогине Невэрской, своей невестке, а вместе с тем и к Маргарите. В ту же минуту герцогиня Лотарингская, не терявшая из виду своей сестры, заметила, как тень тревоги на ее челе сразу исчезла, а щеки ярко вспыхнули румянцем. Когда же герцог, все ближе продвигаясь сквозь толпу, наконец оказался в двух шагах от Маргариты, она, еще не видя этого, почувствовала его близость и, сильным напряжением воли придав своему лицу выражение беспечного спокойствия, повернулась к герцогу.

Герцог почтительно приветствовал ее и, низко кланяясь, тихо сказал ей по-латыни:

— Ipse attuli, — что означало: «Я принес», или «Я сам принес».

Маргарита сделала реверанс и, выпрямляясь, ответила тоже по-латыни:

— Noctu pro more, — что означало: «Этой ночью, как всегда».

Эти милые слова, подхваченные ее плоеным, очень широким и тугим воротником, как воронкой рупора, не были услышаны никем, кроме того, кому они предназначались. Но, несмотря на краткость разговора, все важное для них обоих было сказано, судя по тому, что, обменявшись этими словами, они расстались — Маргарита с мечтательным выражением лица, а герцог более веселый, чем до встречи. Но тот, кому бы следовало заинтересоваться происходившей сценой больше всех, то есть король Наваррский, не обратил на нее ни малейшего внимания — глаза его в то время не видели уже ничего, кроме одной женщины, собравшей вокруг себя почти такой же многочисленный кружок, как и Маргарита Валуа, — эта женщина была красавица мадам де Сов.

Шарлотта де Бон-Санблансе, внучка несчастного Санблансе и жена Симона де Физ, барона де Сов, была придворной дамой Екатерины Медичи и самой опасной ее помощницей в тех случаях, когда Екатерина, не решаясь опоить врага флорентийским ядом, старалась опьянить его любовью: блондинка небольшого роста, то искрившаяся жизнью, то грустно томная, но всегда готовая к интриге и любви, двум основным занятиям придворной жизни при трех французских королях, сменившихся на троне за пятьдесят последних лет, — мадам де Сов была женщина в полном смысле слова, во всем обаянии этого создания природы, начиная с синих глаз, порой томных, порой блиставших внутренним огнем, до кончика ее игривых точеных ножек, обутых в бархатные туфли. Всего за несколько последних месяцев она успела овладеть всем существом короля Наваррского, едва вступившего на путь политики и любовных приключений; от этого и Маргарита Валуа с ее роскошной, царственной красой не вызывала даже простого восхищения в своем супруге. Одно обстоятельство поражало всех — поведение королевы-матери, странное даже для такой темной, таинственной души, как Екатерина Медичи: дело в том, что королева-мать, неуклонно проводя план брачного союза между своей дочерью и королем Наваррским, в то же время почти открыто поощряла его любовь к мадам де Сов; однако, несмотря на эту сильную поддержку и вопреки свободным нравам той эпохи, красавица Шарлотта покамест не сдавалась, и это неслыханное, непостижимое сопротивление больше, чем ум и красота упрямицы, возбудило в сердце пылкого Беарнца такую страсть, которая, не находя себе удовлетворения, вся ушла внутрь, изгнав из юной души Генриха застенчивость и гордость и даже главную черту его характера — беспечность, основанную частью на его мировоззрении, частью же на лени.

Мадам де Сов явилась в бальный зал лишь несколько минут тому назад; с досады или с огорчения, но, как бы то ни было, первоначально она решила не присутствовать при торжестве своей соперницы и под предлогом нездоровья отправила в Лувр мужа, занимавшего пост государственного секретаря уже пять лет, одного. Но Екатерина Медичи, заметив, что барон де Сов вошел один, спросила у него, почему отсутствует ее любимица; узнав, что причина — всего лишь легкое недомогание, она написала мадам де Сов записку с предложением явиться, и баронесса поспешила исполнить ее требование. Генрих Наваррский, сначала очень огорченный отсутствием мадам де Сов, все же почувствовал себя свободнее, когда заметил одиноко входившего барона; не ожидая ее встретить, Беарнец с грустным вздохом уже собрался подойти к той милой женщине, которую он обязался если не любить, то почитать своей женой, как вдруг увидел в дальнем конце одной из галерей мадам де Сов, — он замер на месте, не спуская глаз с этой Цирцеи, приковавшей его к себе волшебной цепью, и, после некоторого колебания, вызванного скорее неожиданностью, чем осторожностью, пошел навстречу баронессе.

Придворные видели, что король Наваррский идет к красавице Шарлотте, и, зная, как пылко его сердце, любезно удалились, чтоб не мешать их встрече; случилось так, что Генрих подошел к мадам де Сов в то время, когда Маргарита Валуа и герцог Гиз обменивались уже известными читателю латинскими словами, тогда же и Генрих Наваррский, подойдя к мадам де Сов, завел с ней разговор, но на французском языке, вполне понятном, несмотря на примесь гасконского акцента, — разговор, во всяком случае, гораздо менее таинственный, чем первый.

— А-а! Милочка моя! — сказал он ей. — Вы здесь, оказывается, а мне сейчас сказали, будто вы больны, и я уже терял надежду вас увидеть!

— Ваше величество, не думаете ли убедить меня, что потеря этой надежды стоила вам дорого?

— Святой боже! Ну конечно! Разве вы не знаете, что днем вы мое солнце, а ночью — моя звезда? Честное слово, я чувствовал себя в потемках, но вот явились вы и сразу озарили все.

— В таком случае, ваше величество, я играю с вами злую шутку.

— Но почему же, милочка моя?

— Вполне понятно: когда имеешь власть над женщиной, самой красивой во всей Франции, можно желать только одного — чтобы исчез свет и наступил мрак, ибо во мраке ждет нас блаженство.

— Злая женщина, вам очень хорошо известно, что мое блаженство в руках только одной женщины, а эта женщина играет и тешится несчастным Генрихом.

— О-о! А мне вот кажется, что эта женщина была игрушкой и потехой для короля Наварры.

В первую минуту такое резкое неприязненное отношение испугало Генриха, но он сейчас же рассудил, что за этим скрывается досада, а досада — маска любви.

— Милая Шарлотта, честно говоря, ваш упрек несправедлив, и я не понимаю, как может такой красивый ротик говорить так зло. Неужели вы думаете, что в этот брак вступаю я? Клянусь святою пятницею — нет! Это не я.

— Уж не я ли? — ответила она с колкостью, если можно назвать колкостью слова женщины, которая вас любит и упрекает за то, что вы не любите ее.

— И этими прекрасными глазами вы видите так плохо? Нет, нет, не Генрих Наваррский женится на Маргарите Валуа.

— Но тогда кто же?

— О святой боже! Да реформатская церковь выходит замуж за папу, вот и все.

— Ни-ни, ваше величество, меня не ослепить блеском остроумия, нет: ваше величество любит королеву Маргариту, и это не упрек, боже сохрани! Она так хороша, что невозможно не любить ее.

Генрих задумался на минуту, и, пока он размышлял, добрая улыбка заиграла в уголках его губ.

— Баронесса, мне кажется, вы ищете предлога, чтобы поссориться со мной, но у вас нет на это права: послушайте, сделали вы хоть что-нибудь, что мне мешало бы жениться на Маргарите? Ничего! Наоборот, вы занимались только тем, что приводили меня в отчаяние.

— И благо мне, ваше величество!

— Это почему?

— Конечно, так, ведь вы сегодня соединяетесь с другой.

— Но оттого, что вы меня не любите.

— А если б я полюбила вас, мне через час пришлось бы умереть.

— Умереть? Что это значит? И почему — через час, и от какой причины?

— От ревности... Через час королева Наваррская отпустит своих придворных дам, а ваше величество — своих придворных кавалеров.

— Послушайте, милочка моя, вас в самом деле так удручает эта мысль?

— Этого я не говорила. А сказала — если б я любила вас, то эта мысль удручала бы меня ужасно.

— Хорошо! — воскликнул Генрих, обрадованный ее первым признанием в любви. — Ну, а если сегодня вечером король Наваррский не отпустит своих придворных кавалеров?

— Сир, — промолвила мадам де Сов, глядя на короля с изумлением, на этот раз совершенно непритворным, — вы говорите о том, что невозможно, а главное — чему нельзя поверить.

— Как нужно поступить, чтобы вы поверили?

— Доказать делом, а вы не можете мне дать такого доказательства.

— Отлично, мадам, отлично! Клянусь святым Генрихом! Я дам вам это доказательство! — воскликнул Генрих, обжигая молодую женщину горящим взглядом пламенной любви.

— О ваше величество! — тихо произнесла баронесса, опуская глаза. — Я... я не понимаю... Нет, нет! Нельзя бежать от счастья, которое вас ждет.

— Моя прелесть, в этом зале — четыре Генриха: Генрих Французский, Генрих Конде, Генрих Гиз, но только один Генрих Наваррский.

— И что же?

— А вот что: если Генрих Наваррский всю ночь проведет у вас?..

— Всю ночь?..

— Да, — убедит ли это вас, что у другой он не был?

— Ах, сир, если вы сделаете так!.. — воскликнула на этот раз мадам де Сов.

— Так и сделаю, честное слово дворянина!

Мадам де Сов подняла на короля глаза, полные страстных обещаний, улыбнулась ему такой улыбкой, что сердце Генриха забилось от радости и упоения.

— Посмотрим, — продолжал Генрих, — что вы скажете тогда?

— О, тогда, ваше величество, тогда скажу, что я действительно любима вами.

— Святая пятница! Вы это скажете, потому что так оно и есть.

— Но как же это сделать?

— Ах, боже мой! Неужели, баронесса, у вас нет какой-нибудь камеристки, горничной, служанки, на которую вы могли бы положиться?

— О да! У меня есть моя Дариола, которая так предана мне, что даст себя изрезать на куски ради меня: настоящее сокровище.

— Скажите этой девице, баронесса, что я ее озолочу, как только, согласно предсказанию астрологов, стану королем Франции.

Шарлотта улыбнулась, потому что в это время установилось невыгодное мнение о гасконских обещаниях Беарнца.

— Ну хорошо! Чего же вы хотите от Дариолы?

— Того, что ей не стоит ничего, а для меня — все.

— А именно?

— Ведь ваши комнаты над моими?

— Да.

— Пусть она ждет за вашей дверью. Я тихо стукну в дверь три раза; она откроет, и вы получите то доказательство, какое я вам обещал.

Несколько секунд мадам де Сов молчала; потом повела вокруг себя глазами, как бы желая убедиться, что никто их не подслушивает, и на мгновение остановила взор на группе дам, окружавших королеву-мать; это было действительно мгновение, но его было достаточно, чтобы Екатерина и эта приближенная к ней дама обменялись взглядом.

— А вдруг у меня явится желание уличить ваше величество во лжи? — сказала мадам де Сов голосом сирены, растопившим воск в ушах Улисса.

— Попробуйте, милочка моя, попробуйте.

— Говоря честно, мне очень трудно победить в себе это желание.

— Так пусть оно победит вас: женщины никогда не имеют такой силы, как после поражения.

— Сир, когда вы будете французским королем, я вам припомню ваше обещание Дариоле.

Генрих Наваррский даже вскрикнул от восторга.

Замечательно, что радостное восклицание вырвалось у Генриха в то самое мгновение, когда Маргарита Валуа ответила герцогу Гизу латинской фразой:

— Noctu pro more.

Так Генрих Наваррский и Генрих Гиз одновременно — и оба радостные — расстались со своими дамами, один — с Шарлоттою де Сов, другой — с Маргаритой Валуа.

Спустя час после двух этих разговоров король Карл и королева-мать ушли в свои покои: почти сейчас же залы Лувра начали пустеть и в галереях стали видны базы мраморных колонн. Четыреста дворян-гугенотов проводили адмирала и принца Конде сквозь народную толпу, недовольно ворчавшую им вслед. После них вышли герцог Гиз, лотарингские и другие вельможные католики, приветствуемые радостными криками и рукоплесканиями народа.

Что касается Маргариты Валуа, Генриха Наваррского и мадам де Сов, то они жили в самом Лувре.

# II

# СПАЛЬНЯ КОРОЛЕВЫ НАВАРРСКОЙ

Герцог Гиз проводил свою невестку, герцогиню Невэрскую, до ее дома на улице дю Шом, что против улицы де Брак, и, оставив герцогиню на попечение ее служанок, пошел в свои покои, чтобы переодеться, взять ночной плащ и короткий, с острым кончиком кинжал, который носил название «дворянская честь» и прицеплялся вместо шпаги. Но, взяв со стола кинжал, герцог заметил маленькую записку, всунутую между ножнами и клинком. Он развернул бумажку и прочел: «Надеюсь, что герцог Гиз не пойдет обратно в Лувр сегодня ночью; если же пойдет, то пусть наденет на всякий случай добрую кольчугу и захватит шпагу».

— Так! Так! — произнес герцог, оборачиваясь к своему лакею. — Вот, дядюшка Робен, какое странное предупреждение. А теперь будьте добры сказать мне, кто входил сюда в мое отсутствие.

— Только один человек.

— А именно?

— Месье Дю Гаст.

— Так! Так! То-то я вижу — рука знакомая. А ты наверно знаешь, что приходил Дю Гаст? Ты его видел?

— Даже больше, я с ним разговаривал.

— Хорошо, послушаюсь его совета. Мою шпагу и короткую кольчугу!

Лакей, уже привыкший к таким переодеваниям, принес то и другое. Герцог надел кольчугу из таких тоненьких колечек, что стальная ткань казалась не толще бархата; поверх кольчуги надел камзол, трико с пуфами и колет — серые с серебром, — любимое им сочетание цветов, натянул высокие сапоги, доходившие до половины ляжек, накрыл голову черным бархатным беретом без пера и драгоценных украшений, потом закутался в широкий темный плащ, прицепил к поясу кинжал и, отдав шпагу своему пажу, составлявшему теперь всю его свиту, пошел по направлению к Лувру.

Когда он только переступал через порог своего дома, звонарь на Сен-Жермен-Л'Озеруа прозвонил час ночи.

Несмотря на поздний час и опасность ночных прогулок в те времена, смелый герцог совершил свой путь без всяких приключений и подошел здрав и невредим к огромному массиву Лувра, где все огни уже погасли один вслед за другим, страшному теперь своим молчанием и тьмою.

Перед королевским замком тянулся глубокий ров, на который и выходили почти все комнаты высокопоставленных особ, живших в Лувре. Покои Маргариты находились в нижнем этаже. Туда нетрудно было бы проникнуть, если бы не ров, вырытый на такую глубину, что нижний этаж оказывался на высоте почти тридцати футов, а следовательно — вне досягаемости для воров или любовников; однако герцог Гиз решительно спустился в ров.

В ту же минуту скрипнуло одно из окон в нижнем этаже. На окне была железная решетка, но чья-то рука вынула один из прутьев, заранее подпиленный, и в это отверстие спустила шелковый шнурок.

— Жийона, это вы? — тихо спросил герцог.

— Да, ваша светлость, — еще тише ответил женский голос.

— А Маргарита?

— Ждет вас.

— Хорошо.

Он сделал знак своему пажу; паж вынул из-под плаща и развернул узенькую веревочную лестницу. Герцог привязал к ее концу опущенный шнурок; Жийона подтянула лестницу к себе наверх и закрепила; герцог, прицепив шпагу, полез по лестнице и благополучно добрался до окна. Когда он скрылся в проделанном отверстии, железный прут решетки стал на место, и окно закрылось; тогда паж, раз двадцать сопровождавший герцога под эти окна, как только убедился, что его господину удалось благополучно проникнуть в Лувр, закутался в свой плащ и улегся спать тут же, под стеной, на травке, покрывавшей ров.

Погода была мрачная, из насыщенных электричеством желтовато-черных туч перепадали редкие крупные капли теплого дождя.

Герцог следовал за своей провожатой, которая была дочерью маршала Франции Жака де Монтиньон и пользовалась исключительным доверием Маргариты Валуа, не имевшей от нее никаких тайн, а, по мнению некоторых лиц, в числе тайн, хранимых неподкупной верностью этой девицы, были такие страшные, что заставляли ее хранить все остальные.

Никакого света ни в нижних комнатах, ни в коридорах, лишь изредка голубоватый отблеск далекой молнии освещал мрачные покои и тотчас потухал.

Спутница герцога вела его за руку все дальше, и наконец они дошли до винтовой лестницы, проделанной в толще стены и упиравшейся в потайную дверь передней комнаты покоев Маргариты.

В этой комнате царил такой же беспросветный мрак, как и в других покоях нижнего этажа. Жийона, войдя в переднюю, остановилась.

— Вы принесли то, что угодно королеве? — спросила она шепотом.

— Да, — ответил герцог Гиз, — но я отдам только ей самой.

— Не теряйте времени, входите, — раздался из темноты голос, при звуке которого герцог вздрогнул, узнав голос Маргариты.

Бархатная лиловая с золотыми лилиями портьера приподнялась, и герцог увидел в полумраке королеву, которая, не утерпев, вышла ему навстречу.

— Я здесь, мадам, — ответил герцог, быстро проходя под портьерой, которая тотчас упала за его спиной.

Маргарите Валуа пришлось теперь самой быть проводницей герцога в своих покоях, хотя и хорошо ему знакомых. Жийона осталась сторожить у двери и, приложив палец к губам, давала этим знать, что королева может быть спокойна.

Маргарита, как будто понимая ревнивые тревоги герцога, довела его до спальни и там остановилась.

— Что ж, вы довольны, герцог?

— Доволен? А чем, мадам, позвольте вас спросить?

— А доказательством того, — ответила Маргарита с оттенком раздражения, — что я принадлежу мужчине, который уже к вечеру в день свадьбы, в самую брачную ночь, забыл о моем существовании и даже не явился поблагодарить за честь если не моего выбора, то согласия назвать его моим супругом.

— О мадам, не беспокойтесь, он придет, а тем более если вы сами этого хотите!

— Генрих! И это говорите вы, зная лучше всех, как это несправедливо! — воскликнула Маргарита Валуа. — Если б у меня было то желание, какое вы разумеете, разве просила бы я вас прийти сегодня в Лувр?

— Вы, Маргарита, просили меня явиться в Лувр для того, чтобы уничтожить все следы наших прошлых отношений, так как это прошлое живет не только в моем сердце, но и в том ларчике, который я принес.

— Разрешите, Генрих, сказать вам одну вещь, — ответила Маргарита, глядя пристально на герцога. — Вы мне напоминаете не владетельного князя, а школьника! Это я стану отрицать, что любила вас?! Это я стану гасить огонь, который, может быть, потухнет, но отблеск свой оставит навсегда?! Любовь женщин, занимающих такое положение, как я, может быть или светочем, или злым гением своей эпохи. Нет, мой герцог, нет! Вы можете оставить у себя и эти письма, и самый ларчик — мой подарок. Из всех писем, что в нем лежат, королева Маргарита требует только одно, да и то потому, что оно опасно в равной мере для вас и для нее.

— Все в вашем распоряжении; берите любое — какое вам угодно уничтожить.

Маргарита стала быстро рыться в ларчике, трепетной рукой перебрала в нем двенадцать писем, пробегая глазами только начало их, — было очевидно, что ей достаточно взглянуть на обращение, как в ее памяти сейчас же возникало и содержание письма; но, просмотрев все, она вдруг побледнела, перевела глаза на герцога и спросила:

— Месье, здесь нет того письма, которое мне нужно. Неужели вы потеряли его? Ведь... передать его...

— Мадам, какое письмо вам нужно?

— То, где я прошу вас немедленно жениться.

— Чтобы оправдать вашу неверность?

Маргарита пожала плечами.

— Нет, чтобы спасти вам жизнь. То письмо, где я предупреждала вас, что король заметил и нашу любовь, и мои старания расстроить предполагаемый ваш брак с инфантой Португальской, что он вызвал своего побочного брата, графа Ангулемского, и сказал ему, показывая на две шпаги: «Или вот этой ты убьешь герцога Гиза сегодня вечером, или вот этой я завтра же убью тебя». Где это письмо?

— Вот, — ответил герцог Гиз, вынимая из-за пазухи письмо.

Маргарита чуть не выхватила его у герцога, порывисто развернула, удостоверилась, что оно — то самое, вскрикнула от радости и поднесла к свече; бумага вспыхнула, и в один миг письма не стало; но королева не удовлетворилась этим и, словно боясь, что даже в пепле могут найти ее неосторожное предупреждение, растоптала и самый пепел.

Герцог Гиз все это время следил за лихорадочными движениями своей любовницы.

— Теперь, Маргарита, вы наконец довольны? — спросил он, когда все кончилось.

— Да, теперь вы женитесь на принцессе Порсиан, и благодаря этому брат Карл простит мою связь с вами; но он никогда бы не простил мне разглашение тайны, подобной той, какую я, из слабости к вам, была не в силах скрыть.

— Да, это правда, — ответил герцог Гиз, — в то время вы меня любили.

— Генрих, я вас люблю все так же и даже больше.

— Вы?

— Да, я. Я никогда так не нуждалась в преданном и бескорыстном друге, как теперь, — я, безземельная королева и безмужняя жена.

Молодой герцог грустно кивнул головой.

— Я говорила вам и повторяю, Генрих, что мой муж меня не только не любит, но презирает, даже ненавидит; впрочем, одно то, что вы находитесь у меня в спальне, лучше всего доказывает его презрение и ненависть ко мне.

— Мадам, еще не поздно: король задержался, отпуская своих придворных, и если не пришел еще, то явится сейчас.

— А я вам говорю, — воскликнула Маргарита с возрастающей досадой, — что король Наваррский не придет!

— Мадам, — сказала Жийона, приподняв портьеру, — мадам, король Наваррский вышел из своих покоев.

— О, я же знал, что он придет! — воскликнул герцог Гиз.

— Генрих, — решительно сказала Маргарита, сжимая руку герцога, — вы сейчас увидите, верна ли я своим словам и можно ли рассчитывать на то, что мною обещано. Войдите в этот кабинет.

— Мадам, лучше мне уйти, пока не поздно, а то при первой любовной ласке короля я выскочу из кабинета — и тогда горе королю!

— Вы с ума сошли! Входите же, входите, вам говорят, я отвечаю за все!

Она втолкнула герцога в кабинет, и вовремя: едва успел он закрыть за собой дверь, как Генрих Наваррский, в сопровождении двух пажей, освещавших ему путь восемью восковыми свечами в двух канделябрах, переступил с улыбкой порог комнаты.

Маргарита сделала глубокий реверанс, чтобы скрыть свое смущение.

— Вы еще не легли спать? — спросил Беарнец с веселым и открытым выражением лица. — Уж не меня ли вы дожидались?

— Нет, месье, — ответила Маргарита, — ведь вы еще вчера сказали мне, что считаете наш брак только политическим союзом и никогда не позволите себе посягать на меня лично.

— Очень хорошо! Но это нисколько не мешает нам поговорить друг с другом. Жийона, заприте дверь и оставьте нас одних.

Маргарита, до этого сидевшая на стуле, встала и протянула руку по направлению к пажам, как бы приказывая им остаться.

— Может быть, позвать и ваших женщин? — спросил король. — Если извслите, я это сделаю, но должен вам признаться — мой разговор с вами касается таких вещей, что я бы предпочел свидание с глазу на глаз.

И король Наваррский направился к двери кабинета.

— Нет! — воскликнула Маргарита, стремительно преграждая ему путь. — Нет, не надо, я выслушаю вас.

Беарнец теперь знал все, что ему нужно было знать; он быстро, но зорко взглянул на кабинет, точно хотел проникнуть взором сквозь портьеру до самых темных уголков его, затем перевел взгляд на бледную от страха красавицу жену.

— В таком случае, — сказал он, — поговорим спокойно.

— Как будет угодно вашему величеству, — ответила она, почти падая в кресло, на которое указал ей муж.

Беарнец сел рядом с ней.

— Мадам, — продолжал он, — пусть там болтают что угодно, но, по-моему, наш брак — добрый брак. Во всяком случае, я — ваш, а вы — моя.

— Но... — испуганно произнесла Маргарита.

— Следовательно, — продолжал Беарнец, как бы не замечая ее смущения, — мы обязаны быть добрыми союзниками, ведь мы сегодня перед богом дали клятву быть в союзе. Не так ли?

— Разумеется, месье.

— Мадам, я знаю, как вы прозорливы, и знаю, сколько опасных пропастей бывает на дворцовой почве; я молод, и, хотя никому не делал зла, врагов у меня много. Так вот, к какому лагерю я должен отнести ту, которая перед алтарем клялась мне в добрых чувствах и носит мое имя?

— О месье, как вы могли подумать...

— Я ничего не думаю, мадам, я лишь надеюсь и хочу только убедиться, что моя надежда имеет основания. Несомненно одно: наш брак — или политический ход, или ловушка.

Маргарита вздрогнула, возможно, потому, что эта мысль приходила в голову и ей.

— Итак, какой же лагерь — ваш? — продолжал Генрих Наваррский. — Король меня ненавидит, герцог Анжуйский — тоже, герцог Алансонский — тоже, Екатерина Медичи настолько ненавидела мою мать, что, конечно, ненавидит и меня.

— Ах, месье, что вы говорите?!

— Только истину, мадам, и если думают, что меня сумели обмануть относительно убийства де Муи и отравления моей матери, то я не хочу, чтобы так думали, и был бы поэтому не прочь, если бы здесь оказался кто-нибудь еще, кто мог бы меня слышать.

— Что вы! Вы прекрасно знаете, что здесь нас только двое: вы и я, — ответила она быстро, но как можно спокойнее и веселее.

— Поэтому-то я и пускаюсь в откровенность, поэтому-то и решаюсь вам сказать, что я не обманываюсь ни ласками царствующего дома, ни ласками семейства лотарингских герцогов.

— Сир! Сир! — воскликнула Маргарита.

— В чем дело, моя крошка? — улыбаясь, спросил Генрих.

— А в том, что такие разговоры очень опасны.

— С глазу на глаз? Нисколько. Так я вам говорил...

Для Маргариты это было пыткой; ей хотелось остановить короля на каждом слове; но Генрих с нарочитой искренностью продолжал речь:

— Да! Так я вам говорил, что угроза нависла надо мной со всех сторон; мне угрожают и король, и герцог Алансонский, и герцог Анжуйский, и королева-мать, и герцог Гиз, и герцог Майнцский, и кардинал Лотарингский — словом, все. Такие вещи чувствуешь инстинктивно, вы это понимаете, мадам. И вот от всех этих угроз, готовых обратиться в прямое нападение, я мог бы защитить себя при вашей помощи, потому что как раз те люди, которые меня не переносят, любят вас.

— Меня? — спросила Маргарита.

— Да, вас, — ответил очень добродушно Генрих. — Вас любит король Карл; вас любит, — подчеркнул он, — герцог Алансонский; вас любит королева Екатерина; наконец, вас любит герцог Гиз.

— Месье... — чуть слышно выговорила Маргарита.

— Ну да! Что же удивительного, если вас любят все? А те, кого я назвал, — ваши братья или родственники. Любить же своих родных и своих братьев — значит жить в духе божием.

— Хорошо, но к чему вы клоните весь этот разговор? — спросила совершенно подавленная Маргарита.

— А я уже сказал к чему: если вы станете моим — не скажу другом, но союзником, — мне ничто не страшно; в противном случае, если и вы будете моим врагом, я погибну.

— Вашим врагом? О, никогда! — воскликнула Маргарита.

— Но другом — тоже нет?

— Возможно — да.

— А союзником?

— Наверно!

Маргарита повернулась к королю и протянула ему руку. Генрих взял ее руку, учтиво поцеловал и удержал в своих руках не столько из чувства нежности, сколько преследуя другую цель: более непосредственно чувствовать душевные движения Маргариты.

— Хорошо, я верю вам, мадам, и почитаю вас своим союзником. Итак, нас поженили, хотя мы друг друга и не знали, и не могли любить; женили, не спрашивая тех, кого женили; следовательно, у нас нет взаимных обязательств мужа и жены. Как видите, мадам, я иду навстречу вашему желанию и подтверждаю то, что говорил вам и вчера. Но союз мы заключаем добровольно, нас к нему никто не вынуждает, наш союз — это союз двух честных людей, обязанных поддерживать и не бросать друг друга; вы сами так ли понимаете его?

— Да, месье, — подтвердила Маргарита и попыталась высвободить свою руку.

— Хорошо, — продолжал Беарнец, не спуская глаз с двери кабинета, — а так как лучшим доказательством честного союза является полное доверие, то я сейчас вас посвящу подробно во все тайны плана, который я себе составил, чтобы успешно противостоять всем этим враждебным силам.

— Месье... — пролепетала Маргарита, оглядываясь на кабинет, что вызвало скрытую улыбку у Беарнца, довольного успехом своей хитрости.

— И вот что я собираюсь сделать, — продолжал Генрих, как будто не замечая ее смущения. — Я...

— Месье, — воскликнула она и, быстро встав, схватила короля за локоть, — дайте мне передохнуть: волнение... жара... я задыхаюсь.

Маргарита действительно побледнела и вся дрожала, едва удерживаясь на ногах, чтоб не упасть.

Генрих направился к отдаленному окну и растворил его. Окно выходило на реку.

Маргарита шла вслед за ним.

— Молчите! Молчите! Ради себя, сир, — чуть слышно произнесла она.

— Эх, мадам, — ответил Беарнец, улыбаясь своей особенной улыбкой. — Ведь вы же сами мне сказали, что мы одни.

— Да, месье, но разве вам не известно, что посредством слуховой трубки, пропущенной сквозь стену или потолок, можно слышать все?

— Хорошо, мадам, хорошо, — с чувством прошептал Беарнец. — Верно то, что вы не любите меня, но верно также то, что вы честная женщина.

— Как надо это понимать?

— Будь вы способны меня предать, вы дали бы мне договорить, потому что я выдавал только себя, а вы меня остановили. Теперь я знаю, что в кабинете кто-то есть, что вы неверная жена, но верная союзница, а в данное время, — добавил Беарнец, улыбаясь, — надо признаться, для меня гораздо важнее верность в политике, нежели в любви...

— Сир... — стыдливо вымолвила Маргарита.

— Ладно, ладно, об этом поговорим после, когда узнаем друг друга лучше. — И уже громко спросил ее: — Ну как, мадам, теперь вам легче дышится?

— Да, сир, да, — тихо ответила она.

— В таком случае, — продолжал он громко, — я не хочу вас больше утруждать своим присутствием. Я почел своим долгом прийти, чтоб изъявить вам все мое уважение и сделать первый шаг к нашей дружбе; соблаговолите принять их так же, как я их предлагаю, — от всего сердца. Спите спокойно, доброй ночи.

Маргарита посмотрела на мужа с чувством признательности, светившимся в ее глазах, и сама протянула ему руку, говоря:

— Согласна.

— На политический союз, искренний и честный? — спросил Генрих.

— Искренний и честный, — повторила королева.

Беарнец пошел к выходу, бросив на Маргариту взгляд, увлекший ее невольно как завороженную вслед за мужем.

Когда портьера отделила их от спальни, Генрих Наваррский с чувством прошептал:

— Спасибо, Маргарита, спасибо. Вы истинная дочь Франции. Я ухожу спокойным. Бедный вашей любовью, я не буду беден вашей дружбой. Полагаюсь на вас, как и вы можете полагаться на меня... Прощайте, мадам!

Генрих нежно сжал и поцеловал руку жены, затем бодрым шагом направился к себе по коридору, шепотом рассуждая сам с собой:

— Какой черт сидит там у нее? Кто это — сам король, герцог Анжуйский, герцог Алансонский, герцог Гиз, — брат ли, любовник ли, или тот и другой? По правде говоря, мне теперь почти досадно, что я напросился на свидание с баронессой; но раз уж я дал слово и Дариола ждет меня у двери... все равно. Боюсь только, не потеряет ли баронесса в своей прелести оттого, что по дороге к ней я побывал в спальне у моей жены, ибо Марго, как зовет ее мой шурин

Карл Девятый, — клянусь святой пятницей! — прелестное создание.

И Генрих Наваррский не очень решительно стал подниматься по лестнице к покоям мадам де Сов.

Маргарита провожала его глазами, пока он не исчез из виду, и только тогда вернулась к себе в комнату. В дверях кабинета стоял герцог, и эта картина вызвала в Маргарите чувство, похожее на угрызения совести. Суровое выражение лица и сдвинутые брови герцога говорили о горьких размышлениях.

— Маргарита сейчас нейтральна, а через неделю Маргарита будет враг, — произнес он.

— Значит, вы подслушивали? — спросила королева.

— А что ж мне было делать в этом кабинете?

— И по-вашему, я вела себя не так, как подобало наваррской королеве?

— Нет, но не так, как подобало возлюбленной герцога Гиза.

— Месье, я могу не любить своего мужа, но никто не имеет права требовать от меня, чтоб я сделалась его предательницей. Скажите честно, способны ли вы сами выдать какую-нибудь тайну вашей будущей жены, принцессы Порсиан?

— Хорошо, хорошо, мадам, — сказал герцог, покачивая головой. — Пусть так. Я вижу, что у вас нет больше той любви ко мне, во имя которой вы раскрывали мне козни короля против меня и моих сообщников.

— Тогда король представлял силу, а вы слабость. Теперь слабая сторона — Генрих, а сила на вашей стороне. Как видите, я продолжаю играть все ту же роль.

— Но перешли из одного лагеря в другой.

— Я получила на это право, когда спасла вам жизнь таким же способом.

— Хорошо, мадам! Когда любовники расходятся совсем, то возвращают друг другу все свои взаимные дары; поэтому и я при первом случае спасу вам жизнь, чтобы не быть у вас в долгу.

Вслед за этим герцог раскланялся и вышел, а королева не шевельнула пальцем, чтобы его остановить. В передней герцог встретился с Жийоной, которая и проводила его к окну в нижнем этаже; во рву нашел он верного пажа и возвратился с ним домой.

Маргарита, задумавшись, сидела у открытого окна.

— Хороша брачная ночь! — прошептала королева. — Муж сбежал, любовник бросил!

В это время на той стороне рва, по дороге от Деревянной башни к Монетному двору, шел, подбоченясь, какой-то школяр и пел:

Почему, когда на грудь
Я хочу к тебе прильнуть
Иль когда, вздыхая тяжко,
Я ищу твои уста,
Ты обычно и чиста,
И сурова, как монашка!..

Для чего тебе беречь
Белизну точеных плеч,
Этот лик и это лоно?
Для того ли, чтоб отдать
Всю земную благодать
Ласкам страшного Плутона!..

Дивный блеск твоих ланит
Зев могилы поглотит;
Но когда и за могилой
Встретиться придется нам,
Знать никто не будет там,
Что была моей ты милой!

Так не мучь и не гони
И скорее протяни,
Протяни свои мне губки,
А не то — пройдут года,
Пожалеешь ты тогда,
Что не сделала уступки!*

Маргарита с грустной улыбкой прислушивалась к этой песне; когда же голос школяра замер вдали, она затворила окно и кликнула Жийону, чтобы с ее помощью раздеться и лечь спать.

---

* Стихотворные тексты в романсе переведены А. Арго.

# III

## КОРОЛЬ-ПОЭТ

Торжества, балеты и турниры заняли все следующие дни. Сближение двух партий продолжалось. Двор расточал ласки и любезности, которые могли вскружить голову даже самым ярым гугенотам. На глазах у всех старик Коттон обедал и кутил с бароном де Куртомер, а герцог Гиз и принц Конде вместе катались по реке на лодке в сопровождении оркестра.

Карл IX как будто расстался со своим обычно мрачным настроением и не мог жить без своего зятя Генриха Наваррского. Наконец королева-мать обрела такую жизнерадостность, так прилежно занялась вышивками, драгоценными уборами и перьями для шляп, что даже потеряла сон.

Гугеноты, немного развратившись в этой новой Капуе, стали надевать шелковые колеты, вышивать девизы и не хуже католиков гарцевать перед заветными балконами. Во всем была заметна перемена, благоприятная для реформатского исповедания, — казалось, сам королевский двор собрался перейти в протестантизм. Даже адмирал, при своей опытности, попался на эту удочку, как и другие: ему до такой степени затуманили рассудок, что однажды вечером он на целых два часа забыл о зубочистке и не ковырял ею у себя во рту, хотя обычно предавался этому занятию с двух часов дня, когда кончал обедать, и до восьми вечера, когда садился ужинать.

В тот самый день, когда адмирал проявил такую невероятную забывчивость, король Карл IX пригласил герцога Гиза и Генриха Наваррского поужинать втроем. Закончив ужин, Карл увел их к себе в комнату, где стал показывать и объяснять им хитрый механизм волчьего капкана, изобретенный им самим, как вдруг прервал себя, спросив:

— Не собирается ли адмирал зайти ко мне сегодня вечером? Кто его видел сегодня днем и может мне сказать, как он себя чувствует?

— Я, — ответил Генрих, — и если ваше величество беспокоитесь о его здоровье, то могу вас утешить: я видел его сегодня два раза — в шесть утра и в семь вечера.

Король, глядевший до этого рассеянно, вдруг с острым любопытством остановил взгляд на своем зяте и сказал:

— Ай, ай, Анрио! Вы встали сегодня что-то уж слишком рано для новобрачного.

— Да, сир, — ответил Беарнец, — но мне хотелось узнать у всеведущего адмирала, не едет ли кое-кто из дворян, которых я жду.

— Еще дворяне! В день свадьбы их было уже восемьсот, и каждый день все едут новые — уж не собираетесь ли вы оккупировать Париж? — смеясь, спросил король.

Герцог Гиз нахмурил брови.

— Сир, — возразил Беарнец, — ходят слухи о походе во Фландрию, поэтому я и собираю к себе из своей области и из соседних всех, кто, по моему мнению, может быть полезен вашему величеству.

Герцог Гиз, вспомнив ночной разговор Беарнца с Маргаритой о каком то плане, стал слушать более внимательно.

— Ладно, ладно! — ответил король с хищной улыбкой. — Чем больше будет их, тем лучше; созывайте, созывайте, Генрих. Но каковы эти дворяне? Надеюсь, люди храбрые?

— Не знаю, сир, сравняются ли в храбрости мои дворяне с дворянами вашего величества, герцога Анжуйского или месье Гиза, но я их знаю и уверен, что они себя покажут.

— А вы ждете еще многих?

— Человек десять — двенадцать.

— Как их зовут?

— Сейчас не припомню, кроме одного, которого рекомендовал мне Телиньи как образованного дворянина, по имени де Ла Моль; не могу уверять...

— Де Ла Моль! Уж это не провансалец ли — Лерак де Ла Моль? — заметил король, хорошо знавший генеалогию французского дворянства.

— Совершенно верно, сир; как видите, я хожу за людьми даже в Прованс.

— А я, — ответил с насмешливой улыбкой герцог Гиз, — хожу еще дальше его величества короля Наваррского и дохожу до самого Пьемонта, чтобы собрать всех тамошних верных католиков.

— Католиков ли или протестантов — мне безразлично, были бы лишь храбры, — возразил король.

Эти слова, соединившие католиков и протестантов в одно целое, король произнес с видом такого беспристрастия, что сам герцог Гиз был озадачен.

— Ваше величество, уж не о наших ли фламандцах идет речь? — спросил адмирал, который, пользуясь недавно дарованным ему королевским разрешением являться без доклада, входил в комнату короля и слышал последние его слова.

— А-а! Вот и отец мой адмирал! — воскликнул Карл IX, раскрывая объятия. — Стоит заговорить о войне, дворянах, храбрецах — и он тут как тут, его тянет, как магнитом. Мой наваррский зять и мой кузен Гиз ждут подкреплений для вашей армии. Вот о чем шел разговор.

— И подкрепления идут, — сказал адмирал.

— У вас есть свежие вести, адмирал? — спросил Беарнец.

— Да, мой сын, в частности — о Ла Моле; вчера он был в Орлеане, а завтра или послезавтра будет в Париже.

— Чудеса! Господин адмирал просто колдун, — заметил Гиз. — Ему известно, что делается за тридцать или сорок миль от него! Я очень хотел бы знать так же достоверно, что происходит или что произошло под Орлеаном.

Колиньи совершенно спокойно отнесся к этому выпаду герцога Гиза, явно намекавшего на смерть своего отца, Франсуа де Гиза, убитого под Орлеаном гугенотом Польтро де Мере, и, как подозревали, по наущению адмирала.

— Месье, — ответил адмирал холодно, с достоинством, — я бываю колдуном всегда, когда хочу знать точно все, что имеет значение для дел короля или моих лично. Час тому назад прибыл из Орлеана мой курьер, он ехал на перекладных почтовых лошадях и благодаря этому проехал за один день тридцать две мили; а месье де Ла Моль едет верхом на собственной лошади, делая по десяти миль в день, — следовательно, он прибудет только двадцать четвертого. Вот и все колдовство.

— Браво, отец, — воскликнул Карл IX, — хорошо сказано! Пусть знают эти юноши, что не одни годы, но и мудрость убелила вашу бороду и голову. Давайте отпустим их болтать об их турнирах и любовных похождениях, а сами побеседуем вдвоем о наших военных предприятиях. При хорошем советнике и король становится хорошим, отец. Ступайте, господа, мне надо поговорить с адмиралом.

Молодые люди вышли — первым король Наваррский, а за ним герцог Гиз, но, выйдя за дверь, они холодно раскланялись и пошли каждый в свою сторону.

Колиньи с некоторой тревогой посмотрел им вслед: всякий раз, когда сходились эти два ненавистных друг другу человека, он опасался какой-нибудь вспышки между ними. Карл IX угадал мысль адмирала, подошел к нему и, взяв его под руку, сказал:

— Будьте покойны, отец; для того чтобы держать их в страхе и повиновении, существую я. Я стал настоящим королем с того дня, как моя мать перестала быть королевой, а она перестала быть королевой с того дня, как Колиньи стал мне отцом.

— Что вы, сир! — воскликнул адмирал. — Ведь королева Екатерина...

Старая склочница! С ней никакой мир невозможен. Эти оголтелые итальянские католики понимают только одно — всех резать. Я же, наоборот, хочу умиротворения, и даже больше — хочу поддержать приверженцев нового исповедания. Все остальные чересчур распущенны, отец, они меня позорят своей любовной грязью и своим беспутством. Хочешь, я буду говорить с тобой честно, — продолжал Карл IX, все больше отдаваясь порыву откровенности. — Я не доверяю ни одному человеку из окружающих меня, за исключением новых моих друзей. Честолюбие Тавана мне очень подозрительно; Вьейвиль любит только хорошее вино и продаст своего короля за бочку мальвазии; Монморанси ничего не хочет знать, кроме охоты, и проводит все время в обществе собак и соколов; граф Рец — испанец, Гизы — лотарингцы. Да простит мне бог, но мне сдается, что во всей Франции только три честных француза — я, мой наваррский зять да ты. Но я прикован к трону и не могу командовать армией; самое большее, что мне позволено, — это поохотиться в Сен-Жермене и в Рамбулье. Мой наваррский зять слишком юн и малоопытен; кроме того, его отца, короля Антуана, всегда губили женщины, и мне сдается, что Генрих унаследовал эту слабость своего отца. Нет никого, кроме тебя, отец, — ты смел, как Цезарь, и мудр, как Платон. Я не знаю, как мне поступить: оставить ли тебя здесь советником при мне или послать туда главнокомандующим. Если ты будешь моим советником — кому командовать? Если командовать будешь ты — кто будет мне советником?

— Сир, сначала надо победить, а после победы будет и совет.

— Ты так думаешь, отец? Ну что же, хорошо — будь по-твоему. В понедельник ты отправишься во Фландрию, а я поеду в Амбуаз.

— Ваше величество уезжает из Парижа?

— Да... Я устал от этого шума, от всех этих торжеств. Я не деятель, я мечтатель. Я родился поэтом, а не королем. Ты организуешь нечто вроде совета, который и будет править, пока ты будешь на войне; а поскольку моя мать не войдет в него, все пойдет хорошо. А я уже оповестил Ронсара, чтоб он приехал в Амбуаз, и там вдвоем, вдали от шума, от дрянных людей, в тени лесов, на берегу реки, под тихий говор ручейков, мы будем беседовать о божественных вещах, это единственное утешение в суете мирской. Вот послушай мои стихи — предложение Ронсару быть моим гостем в Амбуазе; я сочинил их сегодня утром.

Колиньи усмехнулся. Карл IX провел рукою по гладкому желтоватому, как будто из слоновой кости, лбу и начал декламировать, немного нараспев, свои стихи:

Ронсар, когда с тобой в разлуке мы живем,
Ты забываешь вдруг о короле своем.
Но я и вдалеке ценю твой дивный гений,
И продолжаю брать уроки песнопений,
И снова шлю тебе ряд опытов своих,
Чтоб вызвать на ответ твой прихотливый стих.

Подумай, не пора ль закончить летний отдых?
Уместно ли весь век копаться в огородах?
Нет, должен ты спешить на королевский зов
Во имя радостных, ликующих стихов!..
Когда не навестишь меня ты в Амбуазе,
Я не прощу тебе такое безобразье!..

— Браво, сир, браво! — сказал Колиньи. Я, правда, больше смыслю в военном деле, чем в поэзии, но, как мне кажется, эти стихи не уступят лучшим стихам Ронсара, Дира и самого канцлера Франции — Мишеля де л'Опиталь.

— Ах, отец, — воскликнул Карл IX, — если бы ты оказался прав! Поверь, что звание поэта меня прельщает более всего; и, как я говорил недавно своему учителю поэзии:

Искусство дивное поэмы составлять,
Пожалуй, потрудней искусства управлять.
Поэтам и царям господь венки вручает,
Но царь их носит сам, поэт — других венчает.
Твой дух и без меня величьем осиян,
А мне величие дает мой гордый сан.

Мы ищем, я и ты, к богам путей открытых,
Но я подобье их, Ронсар, ты фаворит их!
Ведь лира власть тебе над душами дала,
А мне — увы и ах! — подвластны лишь тела!
Власть эта такова, что в древности едва ли
Тираны лютые подобной обладали...

— Сир, мне хорошо известно, что ваше величество ведет беседы с музами, — сказал Колиньи, — но я не знал, что они стали для вас главными советниками.

— Главный ты, отец, главный ты! Я и хочу тебя поставить во главе всего государственного управления, чтобы мне не мешали свободно общаться с музами. Слушай, я тороплюсь ответить нашему великому поэту на его новый мадригал, который он прислал мне... Да я и не могу собрать тебе сейчас все документы, которые необходимы, чтобы ты мог уяснить себе основное расхождение между Филиппом Вторым и мной. Кроме того, мои министры дали мне что-то вроде плана будущей войны. Все это я разыщу и отдам тебе завтра утром.

— В котором часу, сир?

— В десять; если окажется, что я буду занят писанием стихов и запрусь у себя в кабинете... то все равно входи прямо сюда, и ты найдешь здесь, на столе, все документы — в этом красном портфеле; забирай их вместе с портфелем, цвет его настолько бросается в глаза, что ты не ошибешься. А я сейчас иду писать Ронсару.

— Прощайте, сир.

— Прощай, отец.

— Разрешите вашу руку, сир?

— Какая там рука? Мои объятия, моя грудь — вот твое место! Приди, приди ко мне, старый воин!

Карл IX привлек к себе склоненную голову адмирала и прикоснулся губами к его седым волосам.

Адмирал вышел, утирая набежавшую слезу.

Карл следил за Колиньи глазами, пока мог его видеть, затем прислушался к его шагам, пока их было слышно; когда же адмирал исчез и шаги его затихли, Карл IX, по свойственной ему привычке, склонил голову набок и медленно проследовал в Оружейную палату.

Оружейная палата была любимым местопребыванием Карла; здесь брал он уроки фехтования у Помпея и уроки стихотворства у Ронсара. Здесь находилось собрание лучших образцов наступательного и оборонительного оружия. Все стены были увешаны боевыми топорами, копьями, щитами, алебардами, мушкетами и пистолетами; и как раз в этот день один знаменитый оружейный мастер принес королю превосходную аркебузу, на стволе которой была сделана серебряной насечкой надпись, состоявшая из четырех строк, сочиненных самим Карлом:

В боях за честь, за божье слово
Я непреклонна и сурова,
В того, кто недруг королю,
Я пулю меткую пошлю!

Заперев входную дверь, король прошел в другой конец палаты и приподнял стенной ковер, скрывавший переход в другую комнату, где молилась женщина, склонив колени на низкую скамейку с аналоем.

Ковер скрадывал звук шагов, и Карл, медленно ступая, вошел, как призрак, настолько тихо, что коленопреклоненная женщина ничего не услышала, не оглянулась и продолжала молиться. Карл остановился на пороге, задумчиво глядя на нее.

Женщине с виду было лет тридцать пять, ее здоровую красоту оттенял наряд крестьянок из окрестностей Ко. Белый колпак, бывший в моде при французском дворе времен королевы Изабеллы Баварской, и красный корсаж были расшиты золотом, — такие корсажи носят и теперь крестьянки близ Соры и Неттуно. Комната, где она жила чуть не двадцать лет, была смежной со спальней короля и представляла собой своеобразную смесь изысканности и деревенской простоты. Здесь дворец как будто растворялся в простой избе, а изба — во дворце, образуя что-то среднее между деревенской простотой и роскошью вельможной дамы. Так, скамейка, на которой коленопреклоненно молилась женщина, вся была из дуба, украшена чудесною резьбой и обита бархатом с золотою бахромой, а Библия — главная молитвенная книга этой протестантки, — раскрытая перед ее глазами, была полурастрепанная, старая, какие бывают только в самых бедных семьях.

Вся остальная обстановка — в том же духе.

— Эй, Мадлон! — окликнул ее король.

Коленопреклоненная женщина с улыбкой обернулась на знакомый голос и, сходя со скамеечки, ответила:

— А-а, это ты, сынок?

— Да, кормилица. Поди ко мне.

Карл IX опустил ковер, прошел в Оружейную и сел на ручку кресла. Вошла кормилица и спросила:

— Что тебе, Шарло?

— Поди сюда и говори шепотом.

Кормилица подошла к нему с ласковой простотой, возникшей, вероятно, из чувства той материнской нежности, которую питает к ребенку женщина, вскормившая его своею грудью. Однако памфлеты того времени находили источник этой нежности в других, далеко не таких чистых отношениях.

— Ну, вот я, говори, — сказала кормилица.

— Здесь тот человек, которого я вызвал?

— Ждет уже с полчаса.

Карл встал, подошел к окну и посмотрел, не подглядывает ли кто-нибудь, затем приблизился к двери и удостоверился, что никто не подслушивает, смахнул пыль с висевшего на стене оружия, приласкал крупную борзую собаку, которая ходила за ним по пятам, останавливаясь, когда он останавливался, и следуя за своим хозяином, когда он сходил с места; наконец король вернулся к кормилице и сказал:

— Ладно, кормилица, впусти его.

Кормилица вышла тем же ходом, по которому входил к ней король, а Карл IX присел на край стола, занятого разложенным на нем оружием различных видов. В ту же минуту ковер вновь приподнялся, пропуская того, кого ждал Карл.

Это был человек лет сорока, с серыми глазами, выражавшими коварство, с крючковатым носом, как у совы, и выдававшимися скулами; лицо его пыталось выразить почтение, но вместо этого белые от страха губы скривились в лицемерную улыбку.

Карл IX тихо протянул руку за спину и нащупал на столе рукоятку пистолета новой системы, где вспышка пороха производилась не фитилем, а трением пирита о колесико в замке; в то же время король смотрел своими тусклыми глазами на нового актера этой сцены, насвистывая верно и даже очень мелодично свою любимую охотничью песенку.

Так прошло несколько секунд, и незнакомец менялся в лице все больше.

— Вы тот самый, кого зовут Франсуа де Лувье-Морвель? — спросил король.

— Да, сир.

— Офицер отряда петардщиков?

— Да, сир.

— Мне хотелось посмотреть на вас.

Морвель поклонился.

— Вам известно, — сказал Карл IX, подчеркивая каждое слово, — что своих подданных я люблю одинаково всех.

— Я знаю, — пролепетал Морвель, — что ваше величество — отец народа.

— И что гугеноты и католики одинаково мне дети.

Морвель молчал, но проницательный глаз короля заметил, что он дрожал всем телом, хотя Морвель стоял в полутемной части кабинета.

— Вам это не по нраву? — спросил король. — Ведь вы жестоко воевали с гугенотами?

Морвель упал на колени.

— Сир, — пролепетал он, — поверьте, что...

— Верю, — продолжал король, все глубже пронизывая Морвеля своим взглядом, ставшим из стеклянного сверкающим, — я верю, что в сражении при Монконтуре вам очень хотелось подстрелить адмирала, который сейчас вышел из этой комнаты; я верю, что тогда вы промахнулись, и после этого вы перешли в армию к нашему брату, герцогу Анжуйскому; наконец, верю и тому, что из нее вы еще раз перебежали в армию принцев Конде, где и поступили на службу в отряд к месье де Муи де Сен-Фаль...

— О сир!

— К храброму пикардийскому дворянину?..

— Сир, сир! Не мучьте меня! — воскликнул Морвель.

— Он был прекрасный командир, — продолжал Карл IX; и по мере того как он говорил, выражение почти хищной жестокости все больше проявлялось на его лице, — и этот человек принял вас, как сына, приютил, одел, кормил.

Морвель тяжело вздохнул.

— Вы звали его своим отцом, — безжалостно продолжал Карл, — и, помнится, его сын, юный де Муи, питал к вам нежные, дружеские чувства.

Морвель, стоя на коленях, все более сгибался под гнетом этих слов, а Карл стоял бесчувственный и недвижимый, как статуя, у которой были живыми только губы.

— Кстати, — продолжал король, — не вам ли герцог Гиз предназначал награду в десять тысяч экю, если вы убьете адмирала?

Убийца в ужасе склонился лбом до земли.

— И вот старого сеньора де Муи, вашего доброго отца, вы как-то сопровождали в разведке по направлению к Шевре. Он уронил бич и спешился, чтобы его поднять. Вы оказались с ним наедине, вы вынули из ольстры пистолет, и когда ваш добрый отец нагнулся, вы перебили ему хребет пулей; он был убит наповал, а вы, убедившись, что он мертв, удрали на лошади, которую он же вам и подарил.

Морвель продолжал молчать, сраженный этим обвинением, верным во всех подробностях, а Карл IX принялся опять насвистывать с той же точностью, с той же музыкальностью все ту же охотничью песню. Выждав некоторое время, Карл IX сказал:

— Вот что, мастер убийца, у меня большое желание вас повесить.

— О ваше величество! — возопил Морвель.

— Молодой де Муи еще вчера молил меня об этом. Я даже не знал, что ему ответить, хотя просьба его вполне законна.

Морвель умоляюще сложил руки.

— Она тем более законна, что, как вы сказали сами, я отец народа, а я ответил вам на это, что я теперь примирился с гугенотами и они точно такие же мои дети, как и католики.

— Сир, — вымолвил совсем упавший духом Морвель, — жизнь моя в ваших руках, делайте с ней, что хотите.

— Верно! И по-моему, она не стоит ни гроша.

— Сир, неужели нет возможности искупить мою вину? — взмолился убийца.

— Не знаю. Во всяком случае, будь я на вашем месте, чего, слава богу, нет...

— Сир, ну а если бы вы были на моем месте?.. — пролепетал Морвель, впиваясь глазами в губы короля.

— Думаю, что я бы нашел выход, — ответил Карл.

Морвель оперся рукою о пол и приподнялся на одно колено, пристально смотря на Карла, чтобы разглядеть, не смеется ли над ним король.

— Я, конечно, очень люблю молодого де Муи, — продолжал король, — но я очень люблю и моего кузена Гиза; и если бы он попросил меня даровать жизнь какому-нибудь человеку, а де Муи просил бы казнить того же человека, я был бы в крайнем затруднении. Однако по разным политическим и религиозным соображениям я должен был бы уступить желанию моего кузена Гиза, ибо де Муи хотя и очень храбрый командир, но все же мелок в сравнении с принцем Лотарингским.

Пока Карл IX говорил эти слова, Морвель мало-помалу привставал и как бы возвращался к жизни.

— Итак, в вашем крайнем положении вам было бы важно заслужить благоволение моего кузена Гиза; кстати, мне вспоминаются его вчерашние слова.

Морвель сделал шаг вперед.

— «Представьте себе, сир, — говорил Гиз, — каждый день в десять часов утра по улице Сен-Жермен-Л'Озеруа возвращается из Лувра мой заклятый враг, и я гляжу на него из дома моего бывшего наставника, каноника Пьера Пиля, сквозь зарешеченное окно в нижнем этаже. Каждый день я вижу, как идет мой враг, и каждый день я умоляю дьявола разверзнуть под ним землю».

— Не кажется ли вам, мастер Морвель, — продолжал Карл IX, — что если бы вы оказались дьяволом или по крайней мере заместили бы его хоть на минуту, то, может быть, вы и порадовали бы моего кузена Гиза?

На губах Морвеля, еще белых от испуга, появилась дьявольская усмешка, и они заговорили:

— Да, сир, но не в моей власти разверзнуть землю.

— Однако вы, насколько помню, ее разверзли для доброго Муи. На это вы мне скажете: да, но посредством пистолета... Он у вас не сохранился?

— Простите, сир, но я стреляю из аркебузы лучше, чем из пистолета, — ответил разбойник, почти оправившись от страха.

— Пистолет или аркебуза, — сказал Карл, — какая разница? Я убежден, что мой кузен Гиз не станет придираться к мелочам.

— Но мне нужно очень надежное, меткое ружье, — быть может, придется стрелять на дальнем расстоянии.

— В этой комнате десять аркебуз, — сказал король, — и я из каждой попадаю в золотой экю на сто пятьдесят шагов. Хотите, попробуйте любую.

— О сир! С великим удовольствием! — воскликнул Морвель, направляясь к той, что была принесена сегодня утром и поставлена отдельно в угол.

— Нет, только не эту, — возразил король, — ее я оставляю для себя. На днях предстоит большая охота, где, я надеюсь, она послужит мне. Но любую другую можете взять.

Морвель снял со стены одну из аркебуз.

— Теперь, сир, кто же этот враг? — спросил убийца.

— Почем я знаю? — ответил Карл, уничтожая мерзавца презрительным взглядом.

— Хорошо, я спрошу у герцога Гиза, — пролепетал Морвель.

Король пожал плечами.

— Нечего его спрашивать — герцог Гиз вам не ответит. Разве дают ответы на подобные вопросы? Тем, кто хочет избегнуть виселицы, надо иметь смекалку.

— А как же я его узнаю?

— Говорят вам, что ежедневно он проходит мимо окна каноника.

— Перед этим окном проходит много народу. Может быть, ваше величество соблаговолит мне указать хоть какую-нибудь примету?

— О, это нетрудно. Например, завтра он понесет под мышкой портфель из красного сафьяна.

— Достаточно, сир.

— У вас все та же лошадь, которую подарил вам де Муи, и скачет так же хорошо?

— У меня самый быстрый берберский конь.

— О, я нисколько не боюсь за вас! Но вам полезно знать, что в монастыре есть задняя калитка.

— Благодарю, сир! Помолитесь за меня богу.

— Что?! Тысяча чертей! Вы лучше сами молитесь дьяволу, только с его помощью вы избежите петли!

— Прощайте, сир!

— Прощайте. Да, вот что еще, месье де Морвель: если завтра до десяти часов утра будет какой-нибудь разговор о вас или если после десяти не будут говорить про вас, то не забудьте, что в Лувре есть камера для смертников.

И Карл IX опять принялся насвистывать мотив своей любимой песенки.

## IV

## ВЕЧЕР 24 АВГУСТА 1572 ГОДА

Если читатель помнит, в предшествующей главе упоминался дворянин по имени Ла Моль, которого поджидал король Наваррский. Как и предсказывал адмирал, этот дворянин к концу дня 24 августа 1572 года въезжал в Париж от городских ворот Сен-Марсель и, довольно презрительно посматривая на живописные вывески гостиниц, в большом количестве стоявших и с правой и с левой стороны, направил взмыленную лошадь к центру города, где пересек площадь Мобера, проехал Малый мост, мост Собора Богоматери, затем по набережной и, наконец, остановился в начале переулка Бресек, переименованного позднее в улицу Арбр-сек, — это название мы и сохраним ради удобства нашего читателя.

Название Арбр-сек (сухое дерево), видимо, понравилось Ла Молю, и он въехал в эту улицу, где привлекла его внимание великолепная жестяная вывеска, которая, скрипя, раскачивалась на кронштейне и позванивала своими колокольчиками. Ла Моль остановился перед ней и прочел название: «Путеводная звезда», написанное как девиз под изображением, самым заманчивым для проголодавшегося путешественника: в темном небе жарится на огне цыпленок, а человек в красном плаще взывает к этой новоявленной звезде, воздевая свои руки вместе с кошельком.

«Вот эта гостиница хорошо рекламирует себя, — подумал дворянин, — а ее хозяин, наверно, ловкий парень; к тому же я слыхал, что улица Арбр-сек — в квартале Лувра, и если только само заведение соответствует вывеске, то я устроюсь здесь отлично».

Пока новоприбывший произносил этот монолог, с другого конца переулка, то есть от улицы Сент-Оноре, подъехал другой всадник и тоже остановился, прельщенный вывеской «Путеводная звезда».

Всадник, уже знакомый нам хотя бы лишь по имени, сидел на белой лошади испанской породы и был одет в черный колет с пуговицами из черного агата. Кроме колета, на нем были темно-лиловый плащ, черные кожаные сапоги, шпага с чеканным стальным эфесом и парный к ней кинжал. Если мы от костюма перейдем теперь к лицу, то увидим человека лет двадцати четырех — двадцати пяти, сильно загорелого, с голубыми глазами, тонкими усиками, с ослепительно белыми зубами, которые, казалось, озаряли его лицо, когда он улыбался — обычно мягкой, грустной улыбкой, — и, наконец, с безупречно очерченным, изящным ртом.

Второй путешественник являл собой полную противоположность первому. Из-под шляпы с загнутыми вверх полями выбивались волнистые густые белокурые, рыжего оттенка, волосы и глядели серые глаза, сверкавшие при малейшем недовольстве таким ослепительным огнем, что начинали казаться черными. Невольно обращали на себя внимание розоватый оттенок кожи, тонкие губы, темно-рыжие усы и замечательные зубы. Высокий и плечистый, он представлял собою тип красавца в обыденном значении этого понятия, и за то время, пока он ездил по Парижу, оглядывая все окна под тем предлогом, что ищет вывеску, многие дамы засматривались на него; что же касается мужчин, то они, возможно, были бы не прочь высмеять и чересчур узкий плащ, и узкие штаны, и какой-то допотопной формы сапоги, но смех переходил в любезное пожелание «Да хранит вас бог!» сейчас же, как только замечали, что лицо незнакомца имело способность в одну минуту принимать десяток различных выражений, кроме одного — выражения доброжелательности, обычно свойственного смущенному провинциалу.

Он первый и начал разговор, обратившись к другому дворянину, занятому внешним осмотром гостиницы «Путеводная звезда»:

— Дьявольщина! Скажите, месье, — произнес он с ужасным горским выговором, который сразу выдает уроженца Пьемонта среди сотни других пришельцев, — отсюда недалеко до Лувра? Во всяком случае, наши вкусы как будто сходятся; это очень лестно для моей особы.

— Месье, — произнес другой с провансальским выговором, не уступавшим по типичности пьемонтскому акценту первого собеседника, — мне кажется, что эта гостиница действительно находится недалеко от Лувра. Тем не менее я еще не вполне уверен, буду ли я иметь удовольствие присоединиться к вашему намерению. Я пока раздумываю.

— Так вы еще не решили? А вид у гостиницы заманчивый! Но, может быть, я соблазнился тем, что увидал здесь вас. Все-таки согласитесь, что вывеска красива.

— Это так, но она-то и возбуждает мои сомнения относительно действительного содержания. Меня предупреждали, что в Париже множество плутов и что здесь так же ловко обманывают вывесками, как и другими способами.

— Дьявольщина! Плутовство меня не смущает, — возразил пьемонтец. — Если хозяин подаст мне курицу, изжаренную хуже, чем та, на вывеске, я его самого посажу на вертел и буду вертеть, пока он не прожарится. Итак, месье, войдем.

— Вы меня убедили, — смеясь, ответил провансалец. — Прошу, месье, входите первым.

— Нет, месье, клянусь душой, этого не будет, — я только ваш покорный слуга, граф Аннибал де Коконнас.

— А я граф Жозеф-Гиасинт-Бонифас Лерак де Ла Моль, к вашим услугам.

— В таком случае возьмем друг друга за руки и войдем вместе.

Во исполнение этого примиряющего предложения оба молодых человека спешились, передали лошадей конюху, поправили шпаги и, взявшись за руки, пошли к двери гостиницы, где на пороге стоял ее хозяин. Но, вопреки обыкновению людей этой породы, почтенный собственник, видимо, не обратил на них внимания, а весь ушел в какие-то переговоры с желтым сухим верзилой, которого окутывал широкий плащ буро-коричневого цвета, как сову перья.

Оба дворянина подошли к хозяину гостиницы и его собеседнику в буро-коричневом плаще уже так близко, что Коконнас, рассерженный их невнимательностью к себе и своему спутнику, дернул хозяина за рукав. Последний сразу очнулся и отпустил своего собеседника, сказав ему:

— До свидания! Приходите поскорее и непременно осведомляйте меня о том, что происходит.

— Эй, старый плут, — сказал Коконнас, — вы что же, не видите, что к вам пришли по делу?

— Ах, простите, господа, — ответил хозяин, — я не заметил вас.

— Дьявольщина! Нас надо замечать! А теперь, когда вы нас заметили, то будьте любезны обращаться к нам не просто «месье», а «граф».

Ла Моль стоял сзади, предоставив вести переговоры Коконнасу, благо тот принял все дело на себя. Однако по нахмуренным бровям Ла Моля было ясно, что он в любую минуту готов прийти на помощь, когда наступит время действовать.

— Ладно! Так что же вам угодно, граф? — совершенно спокойно спросил хозяин.

— Хорошо... Не правда ли, так будет лучше? — спросил Коконнас, оборачиваясь к Ла Молю, на что последний утвердительно кивнул головой. — Мы, граф и я, основываясь на вашей вывеске, желаем иметь ужин и ночлег в вашей гостинице.

— Господа, я очень огорчен, — ответил хозяин, — но у меня свободна только одна комната, а это вам не подойдет.

— Ну и тем лучше, — сказал Ла Моль, — остановимся в другом месте.

— Нет, нет, — возразил Коконнас, — я останусь здесь; у меня лошадь измучена. Раз вы не хотите, я беру комнату один.

— А-а, это меняет дело, — ответил хозяин с тем же нахальным равнодушием. — Если вы один, так я вас вовсе не пущу.

— Дьявольщина! Вот так забавная скотина! Только что сказал, что двое — слишком много, а теперь оказывается, что один — слишком мало! Так ты не хочешь, плут, принять нас?

— По совести, господа, раз уже вы заговорили таким тоном, я вам отвечу откровенно.

— Отвечай, но только поскорей.

— Ладно! Так уж лучше не надо мне чести иметь вас постояльцами.

— Почему?.. — спросил Коконнас, бледнея от негодования.

— А потому, что у вас нет лакеев, значит, господская комната будет занята, а две лакейские будут пустовать. Ежели я отдам вам комнату господскую, то не сдам двух других.

— Месье Ла Моль, — сказал Коконнас, оборачиваясь, — не думается ли вам, что придется поколотить этого прохвоста?

— Это можно, — ответил Ла Моль, приготовляясь вместе со своим спутником отхлестать хозяина плетью.

Но, несмотря на готовность обоих, видимо, очень решительных дворян перейти от слов к делу, что не предвещало ничего хорошего трактирщику, он нисколько не смутился и только отступил на один шаг к двери.

— Сейчас видать, что из провинции, — сердито проворчал он. — В Париже прошла мода бить хозяев, которые не хотят сдавать у себя комнат. Теперь бьют вельмож, а не горожан, а ежели вы будете на меня орать, я кликну соседей, но тогда уж исколотят вас, что вовсе не почетно для дворян.

— Дьявольщина! Он еще издевается над нами! — крикнул Коконнас вне себя.

— Грегуар, подай мне аркебузу! — приказал хозяин своему слуге таким же тоном, как будто говорил: «Подай господам стул!»

— Клянусь кишками папы! — зарычал Коконнас, обнажая шпагу. — Да разгорячитесь же, месье Ла Моль!

— Не надо! Не стоит: пока мы будем горячиться, остынет ужин.

— Вы так думаете? — воскликнул Коконнас.

— Я думаю, что хозяин «Путеводной звезды» прав, но не умеет принимать гостей, особенно дворян. Вместо того чтобы грубо говорить нам: «Господа, мне вас не надо», — лучше было бы сказать нам вежливо: «Пожалуйте, господа», а в счете поставить: за господскую комнату — столько-то, за лакейскую — столько-то, учитывая, что, если у нас нет сейчас лакеев, мы их наймем.

И с этими словами Ла Моль тихонько отстранил хозяина, уже протянувшего руку к принесенной аркебузе, пропустил Коконнаса в дом, а вслед за ним вошел и сам.

— Ну ладно, — сказал Коконнас, — а все-таки очень досадно вкладывать шпагу в ножны, не убедившись, что она колет не хуже, чем вертела у этого парня.

— Уж потерпите, дорогой спутник, — ответил Ла Моль. — Теперь все гостиницы переполнены дворянами, съехавшимися в Париж на брачные торжества и для предстоящей войны во Фландрии, поэтому нам не найти другой квартиры; а кроме того, возможно, что в Париже принято так встречать приезжих.

— Дьявольщина! Ну и терпение у вас! — пробурчал Коконнас, яростно закручивая рыжий ус и сверкая глазами на хозяина. — Но берегись, мошенник! Если у тебя готовят скверно, постели жестки, вино выдержано менее трех лет в бутылках и слуга не изворотлив, как тростник...

— Ля-ля-ля, мой милый дворянин, успокойтесь, вы будете здесь как у Христа за пазухой, — прервал его хозяин, оттачивая кухонный нож на оселке.

Затем пробормотал, качая головой:

— Это гугенот; все отступники совершенно обнаглели после свадьбы ихнего Беарнца с мадемуазель Марго!

И, помолчав, добавил с такой усмешкой, что оба постояльца наверно вздрогнули бы, если бы видели ее:

— Ну, ну! Забавно, что мне попались гугеноты, и как раз...

— Эй! Будем мы ужинать наконец? — резко спросил Коконнас, прерывая рассуждения хозяина с самим собой.

— Как будет вам угодно, — ответил хозяин, сразу смягчившись, вероятно, под влиянием мысли, пришедшей ему в голову.

— Нам так угодно, да поскорее, — ответил Коконнас.

Затем, обернувшись к Ла Молю, сказал:

— Вот что, граф: пока приготовляют комнату, скажите: как, по вашему мнению, Париж — веселый город?

— По правде говоря — нет, — ответил Ла Моль. — У меня осталось такое впечатление, что у всех встречных или встревоженные, или отталкивающие лица. Может быть, это оттого, что парижане боятся грозы. Видите, какое мрачное небо, и чувствуете, какая тяжесть в воздухе?

— Скажите, граф, вы ведь стремитесь в Лувр?

— Да — и вы тоже, месье Коконнас, как мне кажется?

— Ну что ж?! Давайте устремимся вместе.

— Гм! Пожалуй, немного поздно выходить на улицу.

— Поздно или нет, а придется выйти. Мне даны точные приказания: как можно скорее доехать до Парижа и тотчас по прибытии снестись с герцогом Гизом.

При имени герцога Гиза хозяин насторожился и подошел ближе.

— Мне сдается, что этот бездельник подслушивает нас, — сказал Коконнас, который, как все пьемонтцы, был злопамятен и не мог простить хозяину «Путеводной звезды» малопочтительный прием, оказанный обоим путешественникам.

— Да, я прислушиваюсь, господа, — ответил трактирщик, прикасаясь рукою к своему колпаку на голове, — но только чтобы услужить вам. Я услыхал разговор про герцога Гиза и тотчас подошел. Чем, господа дворяне, могу быть вам полезен?

— Ха, ха, ха! Как видно, это имя обладает волшебной силой, судя по тому, что из нахала ты стал подлизой. Дьявольщина!.. Мэтр... мэтр... как тебя там?

— Мэтр Ла Юрьер, — ответил хозяин, кланяясь.

— Отлично, мэтр Ла Юрьер; значит, у герцога Гиза такая тяжелая рука, что может сделать вежливым даже тебя! Уж не думаешь ли ты, что моя легче?

— Нет, граф, но ваша короче, — возразил хозяин. — А кроме того, — добавил он, — должен вам сказать, что для нас, парижан, великий Генрих — кумир!

— Какой Генрих? — спросил Ла Моль.

— Мне думается, есть только один, — ответил Ла Юрьер.

— Прости, милейший, есть и другой — тот, о котором предлагаю вам не говорить плохо, а именно — Генрих Наваррский, помимо Генриха Конде, человека тоже весьма достойного.

— Этих я не знаю, — ответил хозяин.

— Зато их знаю я, — сказал Ла Моль, — а так как я направлен к королю Генриху Наваррскому, то и предлагаю не отзываться о нем плохо в моем присутствии.

Хозяин вместо ответа только прикоснулся к своему колпаку и продолжал смотреть нежным взглядом на Коконнаса.

— Стало быть, месье будет разговаривать с великим герцогом Гизом? Какой счастливец вы, месье: вы приехали, конечно, ради...

— Ради чего? — спросил Коконнас.

— Ради праздника, — ответил хозяин с особенной усмешкой.

— Вернее — ради праздников, поскольку мне говорили, что Париж захлебывается во всяких празднествах; только и слышно о пирах, балах и каруселях. Ведь в Париже много веселятся, а?

— Не очень, месье, по крайней мере до сегодняшнего дня, — ответил хозяин. — Но я надеюсь, что скоро все повеселятся.

— Все-таки свадьба его величества короля Наваррского привлекла в Париж много народа, — заметил Ла Моль.

— Много гугенотов, это верно, месье, — резко ответил Ла Юрьер, но, спохватившись, добавил: — Ах, простите, может быть, господа — тоже протестанты?

— Это я-то протестант? — воскликнул Коконнас. — Еще чего! Я такой же католик, как наш святой отец папа.

Ла Юрьер повернулся в сторону Ла Моля, как бы спрашивая и его; но Ла Моль или не понял его взгляда, или не счел нужным ответить прямо, а спросил сам:

— Если вы, мэтр Ла Юрьер, не знаете его величества короля Наваррского, то, может быть, знаете адмирала? Я слышал, что адмирал пользуется благоволением двора; а так как я ему рекомендован, я бы хотел знать, где он живет, если его адрес не раздерет вам рот.

— Он *жил* на улице Бетизи, отсюда вправо, — ответил хозяин с тайным удовольствием, невольно отразившимся и на его лице.

— То есть как *жил*? — спросил Ла Моль. — Значит, он переехал?

— Возможно, на тот свет.

— Что значит — «адмирал переехал на тот свет»? — воскликнули разом оба дворянина.

— Как, месье де Коконнас? — продолжал хозяин с хитрой усмешкой. — Вы сторонник Гиза, а не знаете?

— Чего?

— Да того, что третьего дня, когда адмирал шел по площади Сен-Жермен-Л'Озеруа мимо дома каноника Пьера Пиля, в него выстрелили из аркебузы.

— И он убит? — спросил Ла Моль.

— Нет, ему только перебило руку и оторвало два пальца, но есть надежда, что пуля была отравлена.

— Как «есть надежда», негодяй! — воскликнул Ла Моль.

— Я хотел сказать — есть слух; не будем ссориться из-за какого-нибудь слова; я просто оговорился.

И мэтр Ла Юрьер, повернувшись спиной к Ла Молю, многозначительно подмигнул Коконнасу и явно издевательски высунул язык.

— И это правда? — радостно спросил Коконнас.

— Правда? — тихо спросил Ла Моль, убитый горестным известием.

— Все так, как я имел честь сказать вам, — ответил хозяин.

— В таком случае я немедленно отправляюсь в Лувр. Найду я там короля Генриха?

— Вероятно: он там живет.

— Я тоже пойду в Лувр. А найду я там герцога Гиза?

— Возможно: он только что туда проехал, и с ним две сотни дворян.

— Ну что ж, идем, месье Коконнас, — предложил Ла Моль.

— Иду за вами, — ответил Коконнас.

— А ваш ужин, господа дворяне? — спросил мэтр Ла Юрьер.

— Ах да! — вспомнил Ла Моль. — Впрочем, я, может быть, поужинаю у короля Наваррского.

— А я — у герцога Гиза, — сказал Коконнас.

— А я, — сказал хозяин, проводив глазами своих дворян, шагавших по дороге к Лувру, — почищу мою каску, вставлю новый фитиль в аркебузу и наточу свой протазан. Мало ли что случится!

## V

## В ЧАСТНОСТИ — О ЛУВРЕ, А ВООБЩЕ — О ДОБРОДЕТЕЛИ

Оба дворянина, спросив дорогу у первого встречного, направились по улице Аверон, потом по улице Сен-Жермен-Л'Озеруа и дошли до Лувра уже в то время, как силуэты его башен начинали расплываться в сумерках.

— Что с вами? — спросил Коконнас, когда Ла Моль остановился, со священным трепетом разглядывая представшие его глазам подъемные мосты, узкие вытянутые окна и островерхие шатры на башнях.

— Право, и сам не знаю: у меня вдруг забилось сердце, — ответил Ла Моль. — Я не так уж робок, но почему-то этот дворец мне представляется угрюмым и, сказать правду, страшным.

— А что касается меня, — ответил Коконнас, — не знаю отчего, но я на редкость весел. Вот только наряд у меня неважный, — продолжал он, оглядывая свой дорожный костюм, — но это пустяки! Зато вид бравый. Да и приказом мне вменяется быстрота исполнения. А раз я выполняю его точно, значит, и буду принят хорошо.

И оба молодых человека пошли к Лувру, настроенные по-разному, в зависимости от только что высказанных чувств.

Лувр строго охранялся, и, видимо, количество постов удвоили. Сначала это обстоятельство смутило путешественников. Но Коконнас, уже заметивший, что имя герцога Гиза действует на парижан как талисман, подошел к одному часовому и, прикрываясь этим всемогущим именем, спросил, нельзя ли через его посредство проникнуть в Лувр.

Это имя, казалось, произвело обычное действие, однако часовой спросил у Коконнаса, знает ли он пароль.

Пьемонтец должен был признаться, что не знает.

— Тогда ступайте прочь, — ответил часовой.

В эту минуту какой-то человек, беседовавший с офицером охраны, но слышавший просьбу Коконнаса, прервал свой разговор и подошел к Коконнасу.

— Што фам укодно от херцог Гиз? — спросил он.

— Мне угодно поговорить с ним, — улыбаясь, ответил Коконнас.

— Невозмошно! Херцог у короля.

— Но я получил письменное уведомление явиться в Париж.

— А-а! У вас есть письменный уведомлений?

— Да, и я приехал издалека.

— А-а! Вы приехал издалека?

— Я из Пьемонта.

— Корошо, корошо! Это другой дело. А ваш имя?

— Граф Аннибал де Коконнас.

— Корошо, корошо! Тайте ваш письмо.

— Честное слово, прелюбезный человек! — сказал Ла Моль, обращаясь к самому себе. — Не посчастливится ли и мне найти такого же, чтобы пройти к королю Наваррскому?

— Так тавайте ваш письмо, — продолжал немецкий дворянин, протягивая руку к Коконнасу, стоявшему в нерешительности.

— Дьявольщина! Я не знаю, имею ли я право... — отвечал пьемонтец, проявляя недоверчивость по своей полуитальянской природе. — Я не имею чести знать вас.

— Я Пэм, я человек херцога Гиз.

— Пэм, — пробормотал Коконнас, — такого имени я не слыхал.

— Это месье Бэм, мой командир, — ответил часовой. — Вас спутало его произношение. Отдайте ему ваше письмо, я за него ручаюсь.

— Ах, месье Бэм! — воскликнул Коконнас. — Ну как же мне не знать вас! Ну конечно, с великим удовольствием, — вот мое письмо. Простите мое колебание, но без этого нельзя, если хочешь выполнить свой долг.

— Корошо, корошо, не нато извинять себя.

Ла Моль тоже подошел к немцу и обратился с просьбой:

— Месье, вы так любезны, не возьметесь ли вы передать и мое письмо, как вы это сделали по отношению к моему товарищу?

— Как ваш имя?

— Граф Лерак де Ла Моль.

— Граф Лерак де Ла Моль?

— Да.

— Такой не знаю.

— Неудивительно, что я не имею чести быть вам знаком, я не здешний и так же, как граф Коконнас, приехал только сегодня вечером, и издалека.

— А откуда вы приехал?

— Из Прованса.

— С один письмо?

— Да, с письмом.

— К херцог де Гиз?

— Нет, к его величеству королю Наваррскому.

— Я не служу у короля Наваррского, — крайне холодно ответил Бэм, — я не могу передавать ваш письм.

Бэм отошел от Ла Моля и, войдя в ворота Лувра, сделал знак Коконнасу следовать за собой. Ла Моль остался в одиночестве.

В ту же минуту из других ворот Лувра выехал отряд всадников, около сотни человек.

— Ага, вот и де Муи со своими гугенотами, — сказал часовой своему товарищу. — Они сияют, король им обещал казнить того, кто стрелял в их адмирала; а так как этот парень убил и отца де Муи, то сын одним ударом отомстит за обоих.

— Простите, — обратился Ла Моль к солдату, — ведь вы, кажется, сказали, что этот командир — месье де Муи?

— Совершенно верно.

— И что сопровождающие — это...

— Нечестивцы, говорю я.

— Благодарю, — ответил Ла Моль, как будто не слыша презрительного наименования, которым наградил гугенотов часовой. — Мне только это и надо было знать.

И тотчас подошел к командиру всадников.

— Месье, — сказал Ла Моль, — я сейчас узнал, что вы — месье де Муи.

— Да, месье, — учтиво ответил командир.

— Ваше имя, хорошо известное сторонникам протестантской веры, дает мне смелость обратиться к вам с просьбой оказать мне услугу.

— Какую, месье? Но сначала — с кем имею честь говорить?

— С графом Лерак де Ла Моль.

Молодые люди обменялись приветствиями.

— Я слушаю вас, месье, — сказал де Муи.

— Я прибыл из Экса с письмом от д'Ориака, губернатора Прованса. Письмо адресовано королю Наваррскому и заключает в себе важные и спешные известия... Каким образом я мог бы передать это письмо? Как мне пройти в Лувр?

— Пройти-то в Лувр очень легко, — ответил де Муи, — только я боюсь, что король Наваррский сейчас очень занят и не сможет вас принять. Но все равно, если хотите, пойдемте со мной, и я доведу вас до его покоев. Остальное зависит уж от вас.

— Тысячу благодарностей!

— Идите за мной, — сказал де Муи.

Де Муи сошел с лошади, бросил поводья своему лакею, подошел к решетке, назвал себя часовому, провел Ла Моля в замок и, открыв дверь в покои короля Наваррского, сказал:

— Входите и узнайте сами.

Затем поклонился Ла Молю и вышел.

Оставшись в одиночестве, Ла Моль огляделся.

Передняя комната была пуста, одна из внутренних дверей открыта.

Ла Моль сделал несколько шагов и очутился в каком-то коридоре. Он стучал и звал, но никто не отзывался. Полнейшая тишина царила в этой части Лувра.

«А мне еще говорили про строгий этикет! — подумал он. — По этому дворцу можно разгуливать, как по городской площади».

Он позвал еще раз, но с тем же успехом, что и раньше.

«Ну что же, пойдем прямо, — подумал он, — в конце концов встречу же я кого-нибудь».

Ла Моль направился по коридору, все больше погружаясь в темноту, как вдруг в противоположном конце раскрылась дверь, на пороге появились два пажа с двусвечниками и осветили фигуру выходившей дамы, величавой и замечательно красивой.

Сноп света упал прямо на Ла Моля, который замер на месте.

Дама тоже остановилась, увидев Ла Моля.

— Месье, что вам угодно? — спросила она, и голос ее показался молодому человеку прелестной музыкой.

— О мадам, прошу вас извинить меня, — сказал Ла Моль, потупив взор, — месье де Муи проводил меня сюда и ушел, а я ищу короля Наваррского.

— Его величества здесь нет; мне кажется, он у своего шурина. Но, за его отсутствием, вы разве не могли бы передать королеве...

— Да, конечно, если бы кто-нибудь соблаговолил представить меня ей.

— Вы перед ней, месье.

— Как?! — воскликнул Ла Моль.

— Я королева Наваррская, — ответила Маргарита.

На лице Ла Моля вдруг появилось такое выражение испуга и растерянности, что королева улыбнулась:

— Месье, говорите поскорее, а то меня ждут у королевы-матери.

— О мадам, если вас ждут, то разрешите мне удалиться — сейчас я не в силах говорить. Я не могу собраться с мыслями — я вами просто ослеплен. Я уже не мыслю, а только любуюсь.

Во всем обаянии прелести и красоты Маргарита подошла к молодому человеку, оказавшемуся, помимо своей воли, придворным утонченным льстецом.

— Месье, придите в себя, — сказала она. — Я подожду, и меня тоже подождут.

— О, простите мне, мадам, что я с самого начала не приветствовал ваше величество со всей почтительностью, какую вы вправе ожидать от одного из ваших покорнейших слуг, но...

— Но, — продолжила Маргарита, — вы приняли меня за одну из моих придворных дам.

— Нет, мадам, за призрак красавицы Дианы де Пуатье. Мне говорили, что он появляется в Лувре.

— Знаете, месье, после этого я за вас не беспокоюсь — вы сделаете карьеру при дворе. Вы говорите, у вас есть письмо для короля? Сейчас вам с ним не увидеться. Но это все равно, где письмо? Я передам... Только, прошу вас, поскорее.

В один миг Ла Моль распустил шнурки у своего колета и вынул из-за пазухи письмо, завернутое в шелк.

Маргарита взяла письмо и прочла надпись.

— Вы месье де Ла Моль? — спросила она.

— Да, мадам. Боже мой! Откуда мне такое счастье, что вашему величеству известно мое имя?

— Я слышала, как его упоминали и король, мой муж, и брат мой, герцог Алансонский. Я знаю, что вас ждут.

Королева спрятала за тугой от вышивок и алмазных украшений свой корсаж письмо, только что лежавшее за колетом молодого человека и еще теплое теплом его груди. Ла Моль жадным взглядом следил за каждым движением Маргариты.

— Теперь, месье, спуститесь в галерею и ждите там, пока к вам не придут от короля Наваррского или герцога Алансонского. Мой паж проводит вас.

Отдав это распоряжение, Маргарита проследовала дальше. Ла Моль встал к стене, но коридор оказался слишком узок, а фижмы королевы Наваррской так широки, что ее шелковое платье коснулось молодого человека, и в то же время аромат крепких духов наполнил все пространство, где она прошла.

Ла Моль вздрогнул всем телом и, чувствуя, что сейчас упадет, прислонился к стене.

Маргарита исчезла, как видение.

— Месье, вы пойдете? — спросил паж, которому было поручено проводить Ла Моля в нижнюю галерею.

— Да, да! — воскликнул Ла Моль восторженно, видя, что паж указывает рукой в том направлении, в каком проследовала королева Маргарита, а он надеялся нагнать ее и еще раз увидеть.

В самом деле, выйдя на лестницу, он заметил королеву, уже спустившуюся в нижний этаж; случайно или на звук шагов Маргарита подняла голову, и он ее увидел еще раз.

— О, это не простая смертная женщина, — прошептал Ла Моль, — а богиня, и, как сказал Вергилий Марон: «Et vera incessu patuit dea»*.

— Что же вы? — спросил паж.

— Иду, иду, простите, — ответил Ла Моль.

Паж пошел вперед, спустился в следующий этаж, отворил одну дверь, потом другую и, остановившись на пороге, сказал:

— Ждите здесь.

Ла Моль вошел в галерею, и дверь за ним закрылась. В галерее было пусто, только какой-то дворянин прогуливался взад и вперед и, видимо, тоже ожидал.

Вечерние тени, спускаясь с высоких сводов, окутывали все предметы таким мраком, что молодые люди на расстоянии каких-нибудь двадцати шагов, отделявших их, не могли разглядеть один другого.

Ла Моль стал приближаться к другому дворянину и, подойдя на несколько шагов, тихо сказал себе:

— Господи помилуй! Ведь это граф Коконнас.

Пьемонтец обернулся на звук шагов и стал разглядывать Ла Моля с не меньшим изумлением.

— Черт меня побери, если это не месье де Ла Моль! Тьфу, что я делаю?! Ругаюсь у короля в доме! А впрочем, и

---

* Настоящую богиню видно по походке *(лат.)*.

сам король ругается, пожалуй, еще почище; даже в церкви. Значит, мы оба попали в Лувр?

— Как видите; а вас провел Бэм?

— Да! Прелюбезный немец этот Бэм. А кто же провел вас?

— Месье де Муи... Я говорил вам, что гугеноты тоже немало значат при дворе... Что ж, повидали вы герцога Гиза?

— Еще нет... А вы получили аудиенцию у короля Наваррского?

— Нет, но должен получить. Меня провели сюда и сказали подождать.

— Вот увидите, это пахнет парадным ужином, и мы окажемся рядом на этом пиршестве. Действительно, какая игра случая! В течение двух часов судьба все время сводит нас... Но что с вами? Вы словно чем-то озабочены?

— Кто, я? — вздрогнув, спросил Ла Моль, все еще завороженный видением, представшим перед ним. — Нет, но самое место, где мы находимся, вызывает во мне целый сонм размышлений.

— Философических, не правда ли? И у меня тоже. Как раз когда вошли вы, мне приходили на ум все наставления моего учителя. Граф, вы знаете Плутарха?

— Ну как же! — улыбаясь, отвечал Ла Моль. — Это один из самых любимых моих авторов.

— Так вот, по-моему, — серьезно продолжал Коконнас, — этот великий человек не преувеличил, когда сравнивал наши природные способности с цветами, ослепительно яркими, но преходящими, тогда как в добродетели он видит растение бальзамическое, с невыдыхающимся ароматом и представляющее собой лучшее лекарство для душевных ран.

— Месье Коконнас, вы разве знаете греческий язык? — спросил Ла Моль, пристально глядя на собеседника.

— Нет, но мой учитель знал, и он-то мне советовал побольше рассуждать о добродетели, если я буду при дворе. Это, говорил он, очень похвально. Так что, предупреждаю вас, по этой части я хорошо подкован. Кстати, вы не проголодались?

— Нет.

— А мне казалось, что в «Путеводной звезде» вас очень манила курица на вертеле; я лично умираю от истощения.

— Вот вам, месье Коконнас, отличный случай применить к делу ваши доводы в пользу добродетели и доказать ваше преклонение перед Плутархом, ибо этот великий писатель где-то говорит: «Полезно упражнять душу горем, а желудок — голодом» — «Prepon esti tên men psuchên odunê, ton de gastéra semô askeïn».

— Вот как, значит, вы знаете греческий язык? — в полном изумлении воскликнул Коконнас.

— Честное слово, да! — ответил Ла Моль. — Меня мой учитель выучил.

— Дьявольщина! Ваша судьба, граф, обеспечена: вы будете с королем Карлом сочинять стихи, а с королевой Маргаритой говорить по-гречески.

— А еще могу говорить по-гасконски с королем Наваррским, — добавил смеясь Ла Моль.

В эту минуту в конце галереи, примыкавшей к покоям короля, отворилась дверь, раздались шаги, и из темноты стала надвигаться чья-то тень. Тень приняла образ человеческого тела, а тело оказалось принадлежащим командиру стражи — Бэму.

Он в упор поглядел на лица обоих молодых людей, чтобы узнать своего, и жестом пригласил Коконнаса следовать за собой. Коконнас сделал рукой прощальный знак Ла Молю, и они расстались.

Бэм провел Коконнаса до конца галереи, отворил дверь, и они очутились на верхней ступеньке какой-то лестницы.

Тут Бэм остановился, посмотрел кругом и спросил:

— Месье де Коконнас, вы где живет?

— В гостинице «Путеводная звезда», на улице Арбр-сек.

— Корошо, корошо! Эта два шаг от сдесь... идить скоро в ваш гостиница и в этот ночь...

Он снова огляделся.

— Так что же в эту ночь? — спросил Коконнас.

— Так в этот ночь, — ответил он шепотом, — ви ходить сюда с белый крест на ваш шляпа. Пароль для пропуск будет — «Гиз». Тс! Ни звук!

— А в котором часу должен я прийти?

— Когда вы услышить напат.

— Какой «напат»? — спросил Коконнас.

— Ну да, напат: пум! пум! пум!..

— А-а, набат!

— Так я и сказал.

— Хорошо, приду, — ответил Коконнас.

Он попрощался с Бэмом и пошел прочь, рассуждая сам с собой:

«Какого черта все это значит и почему будут бить в набат? Все равно, я остаюсь при своем мнении, что этот Бэм — очаровательный немец. А не подождать ли мне графа де Ла Моль? Нет, не стоит: он, может быть, останется ужинать у короля Наваррского».

И Коконнас пошел прямо на улицу Арбр-сек, куда его тянула как магнит вывеска «Путеводной звезды». Пока Бэм беседовал с пьемонтцем, в галерее отворилась другая дверь, со стороны покоев короля Наваррского, и к Ла Молю подошел паж.

— Это вы — граф де Ла Моль? — спросил он.

— Он самый.

— Где вы живете?

— На улице Арбр-сек, в «Путеводной звезде».

— Хорошо, это рядом с Лувром. Слушайте! Его величество просил вам передать, что сейчас ему нельзя принять вас, но, может быть, он этой ночью пошлет за вами. Во всяком случае, если завтра утром вы не получите от него никакого извещения, приходите сюда, в Лувр.

— А если часовой меня не впустит?

— Да, правда... Пароль — «Наварра». Скажите это слово, и перед вами откроются все двери.

— Благодарю!

— Подождите, мне приказано проводить вас до самой железной решетки входа, чтобы вы не заблудились в Лувре.

«Да! А как же Коконнас? — сказал себе Ла Моль, уже выйдя из Лувра. — Впрочем, он останется на ужин у герцога Гиза».

Но первый, кого он увидел, входя к мэтру Ла Юрьер, был Коконнас, уже сидевший за столом перед огромной яичницей с салом.

— Ха, ха, ха! — расхохотался Коконнас. — Видать, вы так же пообедали у короля Наваррского, как я поужинал у герцога Гиза.

— По чести, так!

— И вы проголодались?

— Еще бы!

— Несмотря на Плутарха?

— Граф, у Плутарха есть и другое место, — смеясь, отвечал Ла Моль, — а именно: «Имущий должен делиться с неимущим». Итак, ради любви к Плутарху, не поделитесь ли со мной вашей яичницей, и мы за трапезой побеседуем о добродетели.

— Нет, даю слово, — ответил Коконнас, — все это хорошо в Лувре, когда боишься, что тебя подслушивают, и когда в желудке пусто. Садитесь и давайте ужинать.

— Теперь и я окончательно уверился, что судьба связала нас неразрывно. Вы будете спать здесь?

— Ничего не знаю.

— И я тоже.

— Я хорошо знаю только одно — где я проведу ночь.

— Где?

— Там же, где и вы, это ведь неизбежно.

Оба расхохотались и принялись за яичницу мэтра Ла Юрьер.

# VI

## ДОЛГ ПЛАТЕЖОМ КРАСЕН

Теперь, если читатель любопытствует, почему король Наваррский не мог принять Ла Моля, почему Коконнас не мог увидеться с Гизом и, наконец, почему оба дворянина, вместо того чтобы поужинать в Лувре дикой козой, фазанами и куропатками, ели яичницу с салом в гостинице «Путеводная звезда», то пусть любезный читатель войдет вместе с нами в старинное жилище королей и последует за Маргаритой Наваррской, которую Ла Моль потерял из виду у входа в большую галерею.

В то время как Маргарита спускалась с лестницы, в кабинете короля находился герцог Гиз, которого она еще не видела со времени своей брачной ночи. Лестница, по которой спускалась Маргарита, выходила в коридор; в этот же коридор вела и дверь из кабинета короля, а коридор упирался в покои королевы-матери, Екатерины Медичи.

Екатерина одна сидела у стола, опершись локтем на раскрытый Часослов и поддерживая голову рукой, замечательно еще красивой благодаря косметикам флорентийца Рене, исполнявшего при королеве-матери две должности — отравителя и парфюмера.

Вдова Генриха II была одета в траур, которого ни разу не снимала со дня смерти своего мужа. В это время ей было года пятьдесят два — пятьдесят три, но благодаря еще свежей полноте Екатерина сохранила черты былой красоты своей молодости. Так же, как и наряд, ее жилище имело вдовий вид. Вся обстановка была мрачной: стены, ткани, мебель. Только по верху балдахина, устроенного над самым королевским креслом, была написана живыми красками радуга, а вокруг нее греческий девиз, сочиненный королем Франциском I: «Phôs pherei ê de kai aithzên», что в переводе значит: «Источник ясности и света». Теперь на этом кресле лежала любимая левретка королевы-матери, подаренная ей зятем, королем Наваррским, и носившая мифологическое имя — «Феба».

И вот когда Екатерина Медичи, казалось, всецело погрузилась в думу, вызывавшую ленивую и робкую улыбку на ее устах, подкрашенных кармином, вдруг какой-то мужчина открыл дверь, приподнял портьеру и, высунув из-за нее свое бледное лицо, сказал:

— Дело плохо.

Екатерина приподняла голову и увидела герцога Гиза.

— Как, дело плохо?! — ответила она. — Что это значит?

— Это значит, что король больше, чем когда-либо, околпачен своими проклятыми гугенотами, и если мы станем ждать его отъезда, чтобы осуществить наш замысел, то нам придется ждать еще долго, может быть, всю нашу жизнь.

— Что же случилось? — спросила Екатерина с обычным выражением спокойствия на своем лице, хотя при случае умела придавать ему совсем другие выражения.

— Я только что был у короля и в двадцатый раз завел с ним разговор о том, долго ли нам терпеть все выходки, которые позволяют себе эти господа из новой церкви со дня ранения их адмирала.

— Что же ответил вам мой сын?

— Он ответил: «Герцог, народ, конечно, подозревает, что вы вдохновитель покушения на жизнь адмирала, второго моего отца; защищайтесь как хотите. А я и сам сумею защититься, если оскорбят меня...» С этими словами он повернулся ко мне спиной и отправился кормить ужином своих собак.

— И вы не попытались удержать его?

— Пытался, но король, бросив на меня взгляд, свойственный одному ему, ответил хорошо вам известным тоном: «Герцог, собаки мои проголодались, а они не люди, и я не могу заставлять их ждать...» После чего я пошел предупредить вас.

— И хорошо сделали, — ответила Екатерина.

— Но что нам предпринять?

— Сделать последнюю попытку.

— А кто сделает ее?

— Я. Король один?

— Нет, у него Таван.

— Подождите меня здесь. Нет, лучше следуйте за мной, но издали.

Екатерина тотчас встала и направилась в комнату, где любимые борзые короля лежали на турецких коврах и бархатных подушках. На жердочках, прикрепленных к стене, сидели два или три отборных сокола и небольшая пустельга, которой Карл IX любил травить мелких птичек в садах Лувра и строящегося Тюильри.

По дороге королева-мать придала своему бледному лицу выражение тоскливой грусти, украсив его якобы последней, еще не высохшей слезой, а на самом деле первой и единственной.

Она бесшумно подошла к Карлу IX, раздававшему собакам остатки пирога, нарезанного ровными ломтями.

— Сын мой! — обратилась к нему Екатерина с дрожью в голосе, так хорошо наигранной, что король невольно вздрогнул.

— Мадам, что с вами? — спросил король, быстро обернувшись.

— Сын мой, я прошу вашего разрешения уехать в один из ваших замков, все равно какой, лишь бы он был подальше от Парижа.

— А по какой причине, мадам? — спросил Карл IX, пристально глядя на нее своим стеклянным взором, который в других случаях бывал проникновенным.

— По той причине, что с каждым днем меня все больше оскорбляют эти люди из новой церкви, и потому, что еще сегодня я слышала, как гугеноты грозили лично вам здесь, в самом Лувре, а я не хочу быть свидетельницей такого рода сцен.

— Но ведь кто-то хотел убить их адмирала, — ответил Карл IX голосом, в котором звучала искренняя убежденность. — Какой-то мерзавец уже лишил этих бедных людей их мужественного де Муи. Клянусь жизнью, матушка! В королевстве должно быть правосудие!

— О, не беспокойтесь, сын мой, — ответила Екатерина, — они не останутся без правосудия: если откажете в нем вы, то они сами совершат его по-своему: сегодня убьют Гиза, завтра меня, а потом и вас.

— Вот что! — ответил Карл IX, и в его голосе впервые послышалась нотка подозрения. — Вы так думаете?

— Ах, сын мой, — продолжала Екатерина, всецело отдаваясь бурному течению своих мыслей, — неужели вы не понимаете, что дело не в смерти Франсуа Гиза или адмирала, не в протестантской или католической религии, а в том, чтобы сына Генриха Второго заменить сыном Антуана Бурбона?

— Ну, ну, матушка, вы опять впадаете в свойственные вам преувеличения, — ответил Карл.

— Каково же ваше мнение, мой сын?

— Выжидать, матушка, выжидать! В этом — вся человеческая мудрость. Самый великий, самый сильный, самый ловкий — тот, кто умеет ждать.

— Ждите, но я ждать не стану.

С этими словами Екатерина сделала реверанс, подошла к двери и хотела идти в свои покои, но Карл остановил ее, сказав:

— В конце концов, что я могу сделать?! Прежде всего я справедлив и хочу, чтобы все были мной довольны.

Екатерина вернулась и сказала Тавану, все это время ласкавшему королевскую пустельгу:

— Граф, подойдите к нам и выскажите королю ваше мнение о том, что надо делать.

— Ваше величество, разрешите? — спросил граф.

— Говори, Таван, говори.

— Ваше величество, как поступаете вы на охоте, если на вас бросается кабан?

— Черт возьми! Я его напускаю на себя и всаживаю ему в глотку свою рогатину.

— И только для того, чтобы он вас не ранил, — заметила Екатерина.

— И ради наслаждения, — ответил король с таким вздохом, который свидетельствовал об удальстве, легко переходившем в зверство. — Но убивать своих подданных мне не доставило бы наслаждения, а гугеноты такие же мои подданные, как и католики.

— Тогда, сир, — ответила Екатерина, — ваши подданные — гугеноты поступят как кабан, которому не всадили рогатины в горло: они вам вспорют ваш трон.

— Ба! Это, матушка, так думаете вы, — ответил король, показывая всем своим видом, что он не очень верит предсказаниям своей матери.

— Разве вы не видели сегодня де Муи и всех его приспешников?

— Конечно, видел, раз я пришел сюда от них. А разве он требовал чего-нибудь несправедливого? Он просил меня казнить убийцу его отца, злоумышлявшего и на жизнь адмирала. Разве мы не наказали Монтгомери за смерть вашего супруга, а моего отца, хотя его смерть — просто несчастный случай?

— Хорошо, сир, бросим этот разговор, — ответила задетая за живое королева-мать. — Сам господь бог хранит ваше величество, даруя вам силу, мудрость и уверенность; а я, бедная женщина, оставленная богом, конечно, за мои грехи, страшусь и покоряюсь.

И, сделав еще раз реверанс, она дала знак герцогу Гизу, вошедшему к королю во время разговора, чтобы он занял ее место и сделал последнюю попытку.

Карл IX проводил глазами свою мать, но не позвал ее назад; затем он начал ласкать собак, насвистывая охотничью песню.

Вдруг он прервал свое занятие и сказал:

— У моей матери настоящий королевский ум: у нее нет ни колебаний, ни сомнений. Не угодно ли — взять да убить несколько дюжин гугенотов за то, что они явились просить о правосудии! В конце концов, разве это не их право?

— Несколько дюжин; — тихо повторил герцог Гиз.

— А-а, вы здесь, герцог! — сказал король, сделав вид, что только сейчас его увидел. — Да, несколько дюжин; не велика убыль! Вот если бы кто-нибудь пришел ко мне

— Вы хотите сказать, мадам, что я стесняю вашу свободу? — сказал Генрих, склоняясь перед женой.

— Нет, месье: я болею не за себя, а за положение женщины вообще.

— Сын мой, вы, может быть, увидитесь и с адмиралом? — спросила королева-мать.

— Может быть, да.

— Пойдите к нему, это послужит примером для других; а завтра вы мне расскажете, что с ним.

— Раз вы, мадам, одобряете этот поступок, я, разумеется, зайду к нему.

— Я ничего не одобряю... Кто там еще? Не пускайте, не пускайте!

Генрих уже пошел к двери, чтобы исполнить приказание Екатерины, но в это мгновение портьера приподнялась и показалась белокурая головка мадам де Сов.

— Мадам, это парфюмер Рене: ваше величество приказали ему прийти.

Екатерина бросила мгновенный взгляд на Генриха.

Услышав имя убийцы своей матери, юный король слегка покраснел, а затем почти сейчас же смертельно побледнел. Он сообразил, что лицо выдает его волнение, отошел к окну и прислонился к подоконнику.

Маленькая левретка залаяла, и в тот же миг вошли двое: тот, о ком доложили, и дама, не нуждавшаяся в докладе.

Первым вошел парфюмер Рене с вкрадчивой учтивостью флорентийских слуг; в руках он нес ящик с открытой крышкой, перегороженный на отделения, где стояли флаконы и коробки с пудрой.

За ним следовала старшая сестра Маргариты, герцогиня Лотарингская. Она вошла в потайную дверь, сообщавшуюся с кабинетом короля, дрожа всем телом, бледная как смерть. Герцогиня надеялась, что королева-мать, занявшись вместе с мадам де Сов осмотром того, что было в принесенном ящике, не заметит ее прихода, и села рядом с Маргаритой, около которой стоял король Наваррский, прикрыв лоб рукой, в позе человека, приходящего в себя от головокружения. Но Екатерина обернулась и сказала Маргарите:

— Дочь моя, вы можете идти к себе. А вы, мой сын, идите развлекаться в город.

Маргарита встала; Генрих тоже собрался уходить.

Герцогиня Лотарингская схватила Маргариту за руку.

— Сестра, — заговорила она торопливым шепотом, — от имени герцога Гиза, который хочет спасти вам жизнь за то, что вы спасли его, — не ходите к себе, останьтесь здесь!

— Вы что говорите, Клод? — спросила Екатерина, оборачиваясь к дочери.

— Ничего, мама.

— Вы что-то сказали Маргарите шепотом.

— Я только пожелала ей доброй ночи и передала сердечный привет от герцогини Невэрской.

— А где сейчас эта красавица герцогиня?

— У своего деверя, герцога Гиза.

Екатерина подозрительно глянула на обеих сестер и нахмурилась.

— Клод, подойди ко мне! — приказала она дочери.

Клод подошла, и Екатерина взяла ее за руку.

— Что вы ей сказали?.. Болтунья! — проворчала королева-мать, стиснув до боли руку дочери.

Генрих хотя не слышал слов, но хорошо заметил немую игру, происходившую между Екатериной, Клод и Маргаритой, и, обращаясь к своей жене, сказал:

— Мадам, окажите мне честь и разрешите поцеловать вам руку.

Маргарита протянула ему свою трепещущую руку.

— Что она сказала? — прошептал он, наклоняя голову к руке жены.

— Не выходить из Лувра. Заклинаю вас небом, не выходите и вы.

Эти слова сверкнули молнией, и, несмотря на мгновенность ее вспышки, Генрих увидел целый заговор.

— Еще не все, — сказала Маргарита, — вот вам письмо, которое привез один провансальский дворянин.

— Ла Моль?

— Да.

— Спасибо, — сказал Генрих, взяв письмо и спрятав его за колет.

И, отходя от своей растерянной жены, он хлопнул флорентийца по плечу.

— Ну как идет ваша торговля, мэтр Рене? — спросил Генрих.

— Неплохо, ваше величество, неплохо, — ответил отравитель с предательской улыбкой.

— Еще бы, когда состоишь поставщиком почти всех коронованных особ Франции и чужих земель, — сказал король Наваррский.

— Кроме короля Наваррского, — нагло ответил флорентиец.

— Святая пятница! Вы правы, мэтр Рене; а ведь бедная мать моя, ваша покупательница, умирая, рекомендовала вас, мэтр Рене, моему вниманию. Зайдите ко мне завтра или послезавтра и принесите ваши лучшие парфюмерные изделия.

— Это не вызовет косых взглядов, — с улыбкой заметила Екатерина, — говорят, что...

— У меня карман тощий, — смеясь, ответил Генрих. — Кто вам сказал об этом, матушка? Уж не Марго ли?

— Нет, сын мой, мадам де Сов.

В эту минуту герцогиня Лотарингская, несмотря на все свои усилия, все-таки не могла сдержать себя и разрыдалась. Генрих Наваррский даже не обернулся.

— Сестра, что с вами? — воскликнула Маргарита и бросилась к сестре.

— Пустяки, — сказала Екатерина, становясь между двумя молодыми женщинами, — пустяки; у нее бывают нервные припадки, и врач Мазилло советовал лечить ее благовониями. — И Екатерина еще сильнее, чем в первый раз, сжала руку старшей дочери; затем, обернувшись к младшей, сказала: — Марго, вы разве не слыхали, что я предложила вам идти к себе? Если этого недостаточно, то я повелеваю вам.

— Простите меня, мадам, — ответила бледная, трепещущая Маргарита, — желаю доброй ночи вашему величеству.

— Надеюсь, что ваше пожелание исполнится. До свидания, до свидания.

Маргарита старалась, но напрасно, уловить взгляд своего мужа, — он даже не повернулся в ее сторону, и Маргарита вышла, едва удерживаясь на ногах.

Наступило молчание. Екатерина устремила пронизывающий взор на герцогиню Лотарингскую, которая смотрела на мать, не говоря ни слова, и умоляюще сжимала свои руки.

Генрих стоял спиной к ним, но наблюдал всю сцену в зеркале, делая вид, что помадит усы помадой, преподнесенной ему услужливым Рене.

— А вы, Генрих, не раздумали идти в город? — спросила Екатерина.

— Ах да, правда! — воскликнул король Наваррский. — Честное слово, я совсем забыл, что меня ждут герцог Алансонский и принц Конде! А все из-за этих замечательных духов, они одурманили меня и отбили память. До свидания, мадам.

— До свидания! А завтра вы известите меня о здоровье адмирала, да?

— Не премину, мадам. Ну, Феба, что с тобой?

— Феба! — сердито крикнула Екатерина.

— Отзовите ее, мадам, а то она не хочет выпускать меня.

Королева-мать встала, взяла собаку за ошейник и держала, пока не вышел Генрих, а уходил он с таким веселым и спокойным выражением лица, как будто в глубине души не чувствовал нависшую над ним смертельную опасность.

Собачка, отпущенная Екатериной, бросилась вслед за ним, но дверь уже закрылась; тогда Феба просунула свою длинную мордочку под портьеру и жалобно завыла.

— Теперь, Карлотта, — сказала баронессе де Сов Екатерина, — сходите за Гизом и Таваном — они в моей молельне; вернитесь с ними и побудьте с герцогиней Лотарингской, у нее опять головокружение.

## VII

## НОЧЬ 24 АВГУСТА 1572 ГОДА

Так как в гостинице «Путеводная звезда» жареные куры существовали только на вывеске, то Ла Моль и Коконнас быстро закончили свой скудный ужин; Коконнас повернул на одной ножке свой стул в четверть оборота, вытянул ноги, оперся локтем о стол и, допивая последний стакан вина, спросил:

— Месье Ла Моль, вы намерены теперь же идти спать?

— По правде говоря, очень хочется поспать, а то как бы не пришли за мной ночью.

— И за мной тоже, — ответил Коконнас, — но, мне думается, лучше не ложиться и не заставлять ждать тех, кто пришлет за нами, а попросить карты и провести это время за игрой. Таким образом, когда придут за нами, мы будем уже готовы.

— Я с удовольствием принял бы ваше предложение, но для игры у меня слишком мало денег; едва ли наберется сто золотых экю; да и те — все мое богатство. С ним я должен теперь устраивать свою судьбу.

— Сто экю золотом! — воскликнул Коконнас. — И вы еще плачетесь! Дьявольщина! У меня всего-навсего шесть.

— Рассказывайте! — возразил Ла Моль. — Я видел, как вы вынимали из кармана кошелек, он был не только полон, а можно сказать, битком набит.

— А! Эти деньги, — сказал Коконнас, — пойдут в уплату давнишнего долга одному старому другу моего отца, — как я подозреваю, тоже гугеноту, вроде вас. Да, тут сто ноблей с розой, — заявил Коконнас, хлопнув себя по карману, — но эти нобли принадлежат мэтру Меркандон; моя же личная собственность состоит, как я сказал, из шести экю.

— Какая же тут игра?

— А вот потому, что денег мало, я и хотел сыграть. Кроме того, мне пришла в голову одна мысль.

— А именно?

— Мы оба приехали в Париж с одной и той же целью.

— Да.

— У каждого из нас есть могущественный покровитель.

— Да.

— Я могу положиться на своего так же, как вы на вашего.

— Да.

— Вот мне и пришла в голову мысль сначала сыграть на деньги, а потом на первую благостыню, которую получим от двора или от возлюбленной.

— Действительно, хорошо придумано! — заметил, смеясь, Ла Моль. — Но признаюсь, я не такой страстный игрок, чтобы ставить всю свою жизнь в зависимость от карт или очков в кости, потому что первая благостыня, полученная вами или мной, вероятно, определит течение всей нашей жизни.

— Хорошо! Оставим первую благостыню от двора и будем играть на первую благостыню от возлюбленной.

— Есть одно препятствие, — возразил Ла Моль.

— А именно?

— У меня нет никакой возлюбленной.

— И у меня тоже, но я рассчитываю быстро обзавестись ею. Слава богу, мы не так скроены, чтобы страдать от недостатка в женщинах.

— Вы-то, месье Коконнас, конечно, не будете терпеть в них недостатка; я же не так уверен в своей звезде любви и боюсь обокрасть вас, поставив против вашего заклада свой. Давайте играть на ваши шесть экю, а если вы, на ваше горе, их проиграете и захотите продолжать игру, то вы ведь дворянин, и ваше слово равноценно золоту.

— Ну и отлично! Вот это разговор! — воскликнул Коконнас. — Вы совершенно правы; слово дворянина равноценно золоту, особенно если этот дворянин пользуется доверием двора. Поэтому не думайте, что я слишком зарываюсь, играя с вами на первую благостыню, которую я, наверно, получу.

— Да, вы-то можете проиграть ее, но я-то ее выиграть не могу, потому что я служу королю Наваррскому и ничего не могу получить от герцога Гиза.

— Ага, еретик! Я сразу тебя почуял, — пробурчал хозяин, начищая старую каску. И, прервав свою работу, перекрестился.

— Вот как, — сказал Коконнас, мешая карты, принесенные слугой, — значит, вы...

— Что?

— Протестант.

— Я?

— Да.

— Ну, предположим, что это так, — ответил, усмехнувшись, Ла Моль. — Вы что-нибудь имеете против нас?

— О, слава богу — нет. Мне все равно. Я от всей души ненавижу гугенотскую мораль, но не самих гугенотов. а кроме того, они теперь в чести.

— Да, — ответил с улыбкой Ла Моль, — доказательство этому — салют из аркебузы адмиралу! Не доиграемся ли и мы до выстрелов?

— До чего угодно, — ответил Коконнас, — мне лишь бы играть, а там все равно — на что.

— Ну что ж, давайте играть, — сказал Ла Моль, собирая и тасуя карты.

— Да, играйте не сомневаясь; даже если я проиграю сто экю против ста ваших, завтра же утром я найду, чем заплатить.

— Значит, вы разбогатеете во сне?

— Нет, я пойду и найду деньги.

— Скажите где? Я пойду с вами!

— В Лувре.

— Разве вы пойдете туда сегодня ночью?

— Да, в эту ночь у меня будет особая аудиенция у великого герцога Гиза.

Еще когда Коконнас заявил, что пойдет за деньгами в Лувр, Ла Юрьер бросил чистить каску и встал за стулом Ла Моля так, что его мог видеть один Коконнас, и начал делать ему знаки из-за спины Ла Моля, но пьемонтец их не замечал, поглощенный игрой и разговором.

— Да это просто сверхъестественно! — сказал Ла Моль. — Вы были правы, говоря, что мы родились под одной звездой. У меня тоже свидание в Лувре этой ночью, но только не с герцогом Гизом, а с королем Наваррским.

— А вы знаете пароль?

— Да.

— А сигнал для сбора?

— Нет.

— Ну, а я знаю. У меня пароль...

Говоря эти слова, пьемонтец поднял голову, и в тот же миг Ла Юрьер сделал ему знак до такой степени выразительный, что болтливый дворянин сразу оборвал речь, остолбенев от этой мимики гораздо больше, чем от потери ставки в три экю. Ла Моль, заметив состояние партнера по его лицу, обернулся, но не увидел ничего, кроме хозяина, стоявшего позади него со скрещенными на груди руками и в той каске, которую чистил Ла Юрьер за минуту перед тем.

— Что с вами? — спросил Ла Моль Коконнаса.

Коконнас молча поглядывал то на хозяина, то на партнера, так как не мог понять, в чем дело, несмотря на новые жесты мэтра Ла Юрьер.

Ла Юрьер смекнул, что необходима его помощь.

— Штука в том, что я сам любитель игры в карты, — сказал он Ла Молю, — я и подошел взглянуть на ваш ход, которым вы выиграли, а граф вдруг увидал на голове простого горожанина боевой шлем, ну и удивился.

— Действительно, хороша фигура! — воскликнул Ла Моль, заливаясь смехом.

— Эх, месье! — сказал Ла Юрьер, хорошо разыгрывая добродушие и пожимая плечами в сознании своего ничтожества. — Конечно, мы не вояки, и нет в нас настоящей выправки. Это хорошо вам, бравым дворянам, сверкать золочеными касками да тонкими рапирами, а наше дело — отбыть свое время в карауле.

— Так, так! — сказал Ла Моль, тасуя, в свою очередь, карты. — Вы разве ходите в караул?

— Да, граф, приходится! Я ведь сержант в одном отряде городской милиции, — сказал Ла Юрьер и, пока Ла Моль сдавал карты, тихонько удалился, приложив палец к губам, как указание совершенно растерявшемуся Коконнасу, чтоб он не проболтался.

Необходимость быть настороже привела к тому, что Коконнас проиграл вторую ставку так же быстро, как и первую.

— Ну вот и все ваши шесть экю! Хотите отыграться в счет ваших будущих благ?

— С удовольствием, — ответил Коконнас, — с удовольствием.

— Но прежде чем продолжать игру, я хотел напомнить вам: ведь вы говорили, что у вас назначено свидание с герцогом Гизом?

Коконнас поглядел на кухню, где стоял Ла Юрьер, и увидел, что трактирщик смотрит на него во все глаза, делая все то же предупреждение.

— Да, — ответил Коконнас, — но теперь еще не время. Поговорим лучше о вас, месье Ла Моль.

— А по-моему, мой дорогой Коконнас, поговорим лучше об игре, а то, если не ошибаюсь, я сейчас выиграл у вас еще шесть экю.

— Дьявольщина! Верно!.. Мне всегда говорили, что гугенотам везет в игре. У меня большое желание стать гугенотом, черт меня подери!

Глаза хозяина загорелись как уголья, но Коконнас, всецело занятый игрой, не заметил этого.

— Переходите к нам, граф, переходите, — сказал Ла Моль, — и хотя желание стать гугенотом пришло к вам путем очень своеобразным, вы будете хорошо приняты у нас.

Коконнас почесал за ухом.

— Будь я уверен, что везение в картах зависит от религии, то ручаюсь вам... ведь я в конце концов не так уж сильно держусь за мессу, а раз и король не очень дорожит ею...

— А кроме того, протестантское исповедание — прекрасное исповедание: оно так просто, чисто...

— И к тому же в моде, — добавил Коконнас, — да еще приносит в игре счастье; ведь, черт меня подери, все тузы у вас, а между тем с самого начала, как мы взяли карты в руки, я следил за вами: вы играете честно, не передергиваете... Это не иначе, как от протестантской веры.

— Вы задолжали мне еще шесть экю, — спокойно заметил Ла Моль.

— Ах, как вы искушаете меня! — сказал Коконнас. — И если этой ночью я останусь недоволен герцогом Гизом...

— Тогда что?

— Тогда я завтра попрошу вас представить меня королю Наваррскому, и будьте покойны: уж если я стану гугенотом, то буду им больше, чем Лютер, Кальвин, Меланхтон и все реформаторы на свете.

— Тс! Вы поссоритесь с нашим хозяином, — сказал Ла Моль.

— Да, правда, — согласился Коконнас, взглянув на кухню. — Нет, он нас не слышит, он сейчас очень занят.

— А что он делает? — спросил Ла Моль, не видя хозяина со своего места.

— Он разговаривает с... Черт меня подери! Это он!

— Кто — он?

— Та самая ночная птица, с которой он разговаривал, когда мы подъехали к гостинице, — человек в желтом колете и в темно-коричневом плаще. Дьявольщина! Да еще как увлекся! Эй! Мэтр Ла Юрьер! Не политический ли разговор у вас?

Но на этот раз мэтр Ла Юрьер ответил таким повелительно-энергичным жестом, что Коконнас, несмотря на свое пристрастие к картам, встал с места и пошел к нему.

— Что с вами? — спросил Ла Моль.

— Вам нужно вина, граф? — спросил Ла Юрьер, быстро хватая Коконнаса за руку. — Сейчас подадут. Грегуар! Вина господам дворянам!

Потом в самое ухо прошептал:

— Молчите! Молчите, или смерть вам! И спровадьте куда-нибудь вашего товарища.

Ла Юрьер был так бледен, а желтый человек так мрачен, что Коконнас почувствовал дрожь в теле и, обернувшись к Ла Молю, сказал ему:

— Дорогой месье Ла Моль, прошу извинить меня, я за один присест проиграл пятьдесят экю; мне сегодня не везет, и я боюсь зарваться.

— Отлично, месье, отлично, как вам угодно. Кроме того, я с удовольствием прилягу хоть на минуту. Мэтр Ла Юрьер!

— Что угодно, граф?

— Разбудите меня, если за мной придут от короля Наваррского. Я лягу не раздеваясь, чтобы в любую минуту быть готовым.

— Я сделаю то же, — сказал Коконнас, — а чтобы его светлости не ждать меня ни минуты, я теперь же сделаю себе значок. Мэтр Ла Юрьер, дайте мне ножницы и белой бумаги.

— Грегуар! — крикнул Ла Юрьер. — Белой бумаги для письма и ножницы, чтобы сделать конверт!

— Положительно, — сказал пьемонтец, — здесь готовится что-то чрезвычайное.

— Доброй ночи, месье Коконнас! — сказал Ла Моль. — А вы, хозяин, будьте любезны показать мне мою комнату. Желаю вам успеха, мой новый друг!

И Ла Моль в сопровождении хозяина ушел по винтовой лестнице наверх. Тогда таинственный человек схватил Коконнаса за локоть, подтащил к себе и торопливо заговорил:

— Месье, сто раз вы чуть не выдали тайну, от которой зависит судьба королевства. Еще одно слово, и я пристрелил бы вас из аркебузы. К счастью, теперь мы одни, так слушайте.

— Но кто вы такой, что говорите со мной повелительным тоном? — спросил Коконнас.

— Вам приходилось слышать о некоем Морвеле?

— Убийце адмирала?

— И капитана де Муи.

— Да, конечно.

— Так этот Морвель — я.

— Та-та-та! — произнес Коконнас.

— Слушайте же.

— Дьявольщина! Надо думать, что я вас слушаю.

— Тс! — прошипел Морвель, поднося палец ко рту.

Коконнас прислушался. Было слышно, как хозяин захлопнул дверь в какой-то комнате, запер дверь в коридоре на засов и стремительно сбежал с лестницы.

Вернувшись к двум собеседникам, он подал стул Коконнасу и стул Морвелю, взял третий себе и сказал:

— Месье Морвель, все заперто, можете говорить.

На колокольне Сен-Жермен-Л'Озеруа пробило одиннадцать часов вечера. Морвель считал один за другим удары, раздававшиеся в ночи гулко и уныло, и, когда последний удар замер в воздухе, сказал, обращаясь к Коконнасу, совершенно взбудораженному теми предосторожностями, которые принимали эти два человека:

— Месье, вы добрый католик?

— Ну конечно, — ответил Коконнас.

— Месье, вы преданы королю?

— Душой и телом. Я даже считаю оскорблением, что вы мне предлагаете такой вопрос.

— Из-за этого не будем ссориться. А вы пойдете с нами?

— Куда?

— Это все равно. Предоставьте себя нам. От этого зависят и ваше благосостояние, и ваша жизнь.

— Предупреждаю вас, что в полночь у меня есть дело в Лувре.

— Туда мы и идем.

— Меня ждет герцог Гиз.

— Нас тоже.

— У меня особый пароль для входа, — продолжал Коконнас, считая обидным для себя делить честь своего приема у герцога вместе с каким-то Морвелем и мэтром Ла Юрьер.

— У нас тоже.

— Но у меня особый опознавательный знак!

Морвель улыбнулся, вытащил из-за пазухи пригоршню крестов из белой материи, дал один Ла Юрьеру, один Коконнасу и один взял себе. Ла Юрьер прикрепил свой к шлему, а Морвель к шляпе.

— Вот как! — удивился Коконнас. — Значит, и свидание, и пароль, и знак — для всех?

— Да, месье, лучше сказать — для всех верных католиков.

— Стало быть, в Лувре — торжество, королевский банкет, да? — воскликнул Коконнас. — И на него не хотят пускать этих собак гугенотов? Хорошо! Здорово! Замечательно! Довольно с них, покрасовались!

— Да, в Лувре торжество, королевский банкет, — ответил Морвель, — в нем будут участвовать и гугеноты. Больше того — они-то и будут героями дня, они же и заплатят за банкет, так что если вы хотите быть на нашей стороне, мы начнем с того, что пойдем приглашать их главного бойца или, как они говорят, — их Гедеона.

— Адмирала? — воскликнул Коконнас.

— Да, старика Гаспара, по которому я промахнулся, как дурень, хотя стрелял из аркебузы самого короля.

— Вот почему, дорогой дворянин, я чистил свой шлем, вострил шпагу и точил ножи, — шипящим голосом сказал мэтр Ла Юрьер.

Коконнас вздрогнул и побледнел от этих сообщений, начиная понимать, в чем дело.

— Как?.. Это правда? — воскликнул Коконнас. — Так это торжество, этот банкет... значит...

— Вы очень недогадливы, месье, — сказал Морвель, — сразу видно, что вам не надоела, как нам, наглость этих еретиков.

— Ага! Вы взялись пойти к адмиралу и...

Морвель улыбнулся и подвел Коконнаса к окну.

— Взгляните туда, — сказал он, — видите в конце улицы, на маленькой площади за церковью, отряд людей, который выстраивается в темноте?

— Да.

— У всех этих людей на шляпе такой же белый крест, как у мэтра Ла Юрьер, у вас и у меня.

— И что же?

— А то, что это отряд швейцарцев из западных кантонов, а вы знаете, что эти господа из западных кантонов — королевские благожелатели.

— Та-та-та! — произнес Коконнас.

— Теперь посмотрите, вон там, по набережной, движется отряд кавалерии; разве вы не узнаете его начальника?

— Как же я могу узнать его? Ведь я приехал в Париж только сегодня вечером!

— Так это тот самый человек, с кем вы должны увидеться в полночь в Лувре.

— Герцог Гиз?

— Он самый. А сопровождают его бывший купеческий старшина Марсель и теперешний старшина Шорон. Оба они должны выставить свои отряды горожан. А вот идет по нашей улице и командир здешнего квартала; приглядитесь, что он будет делать.

— Он стучит во все двери. А что такое на дверях, в которые он стучит?

— Белый крест, молодой человек, такой же, как у нас на шляпах. Прежде, бывало, предоставляли богу отмечать своих и чужих; теперь мы стали вежливее и избавляем его от этого труда.

— Да, куда он ни постучит, всюду отворяется дверь и выходят вооруженные горожане.

— Он постучится и к нам, и мы тоже выйдем.

— Но поднимать столько народа, чтобы убить одного старика гугенота, это... дьявольщина! Это позор! Это достойно разбойников, а не солдат, — возразил Коконнас.

— Молодой человек, — отвечал Морвель, — если вам не нравится иметь дело со стариками, вы можете выбрать себе молодых; гугеноты не такие люди, что дадут себя резать без сопротивления, и, как вам известно, они все, старые и молодые, очень живучи.

— Так вы собираетесь перебить их всех?! — воскликнул Коконнас.

— Всех.

— По приказу короля?

— Короля и герцога Гиза.

— И когда же?

— Как только забьют в набат на колокольне Сен-Жермен-Л'Озеруа.

— Ах, вот почему этот милый немец, служащий у герцога Гиза... как бишь его имя?

— Месье Бэм?

— Верно. Вот почему он мне сказал, чтобы я бежал в Лувр по первому удару набата.

— Вы, значит, видели месье Бэма?

— И видел, и говорил с ним.

— Где?

— В Лувре. Он меня и провел туда, сказал пароль и...

— Взгляните.

— Дьявольщина! Да это он!

Хотитс с ним поговорить?

— И даже не без удовольствия.

Морвель тихонько открыл окно. В самом деле, шел Бэм и с ним человек двадцать горожан.

— Гиз и Лотарингия! — произнес Морвель.

Бэм обернулся и, сообразив, что обращаются к нему, подошел.

— А-а, это вы, мессир Морфель.

— Да, я; кого вы ищете?

— Я ищу гостиниц «Путеводный звезда», чтоп предупредить некой монсир Коконнас.

— Это я, месье Бэм! — ответил молодой человек.

— А-а! Корошо! Очень корошо!.. Вы готов?

— Да. Что надо делать?

— Што вам будет сказать мессир Морфель. Он допрый католик.

— Слышали? — спросил Морвель.

— Да, — ответил Коконнас. — А куда идете вы, месье Бэм.

— Я? — смеясь, переспросил Бэм.

— Да, вы.

— Я иду сказать словешко атмиралу.

— Скажите ему два на всякий случай, — посоветовал Морвель, — тогда, если он оправится от первого, то уж не встанет от второго.

— Бутте покоен, мессир Морфель, бутте покоен и дрессируйте мне корошо этот молодой шеловэк.

— Да, да, не беспокойтесь, все Коконнасы по своей породе хорошие охотничьи собаки и чуткие ищейки.

— Прошшайте.

— Идите.

— А вы?

— Начинайте охоту, а мы подоспеем к самой травле.

Бэм отошел, и Морвель затворил окно.

— Слышали, молодой человек? — спросил Морвель. — Если у вас есть личный враг, даже если он и не совсем гугенот, занесите его в список, — между другими пройдет и он.

Коконнас, совершенно ошеломленный тем, что видел и слышал, посматривал то на хозяина, принимавшего грозные позы, то на Морвеля, который спокойно вынимал из кармана какую-то бумагу.

— Что касается меня, — сказал Морвель, — вот мой список: триста человек. Пусть каждый добрый католик сделает в эту ночь десятую долю той работы, какую сделаю я, и завтра не будет ни одного гугенота во всем королевстве!

— Тс! — произнес Ла Юрьер.

— Что? — в один голос спросили Коконнас и Морвель.

На Сен-Жермен-Л'Озеруа раздался первый удар набата.

— Сигнал! — воскликнул Морвель. — Значит, начинают раньше? Мне сказали, что только в полночь... Тем лучше!

Для славы бога и короля лучше, когда часы не отстают, а идут вперед.

Действительно, зловеще раздавались частые удары церковного колокола. Вскоре грянул и первый ружейный выстрел, и почти сейчас же свет нескольких факелов вспыхнул молнией на улице Арбр-сек.

Коконнас отер рукой выступивший на лбу пот.

— Началось, пошли! — крикнул Морвель.

— Стойте! Стойте! — сказал хозяин. — Прежде чем выступать в поход, надо, как говорят на войне, обезопасить свои квартиры. Я не хочу, чтобы зарезали мою жену и детей, пока меня не будет дома: здесь остается гугенот.

— Ла Моль?! — воскликнул Коконнас, отшатнувшись.

— Да! Нечестивец попал в пасть волку.

— Как? Вы нападете на собственного постояльца? — спросил Коконнас.

— Для этого я и оттачивал свою рапиру.

— Ну, ну! — произнес пьемонтец, хмуря брови.

— До сих пор я резал только кроликов, кур да уток и ни разу — человека, даже не знаю, как это делается, — ответил почтенный трактирщик. — Вот я и поупражняюсь на постояльце. Если я это сделаю коряво — по крайности некому будет смеяться надо мной.

— Дьявольщина! Это жестоко! — вознегодовал Коконнас. — Месье де Ла Моль ужинал со мной, месье де Ла Моль играл со мной в карты.

— Но месье де Ла Моль — еретик, — ответил Морвель. — Месье де Ла Моль обречен, и если не убьем его мы, его убьют другие.

— Не говоря уже о том, что он выиграл у вас пятьдесят экю, — добавил хозяин.

— Верно, — ответил Коконнас, — но выиграл честно, я в этом уверен.

— Честно или нет, а платить придется, если же я убью его — вы будете в расчете.

— Ну, ну, господа, поторапливайтесь! — сказал Морвель. — Стреляйте из аркебузы, колите рапирой, стукните его молотком, кистенем, чем хотите, только кончайте с ним скорее, если хотите исполнить ваше обещание и прийти вовремя к адмиралу на помощь герцогу Гизу. Коконнас тяжело вздохнул.

— Сейчас сбегаю к нему, — сказал Ла Юрьер, — подождите меня.

— Дьявольщина! — воскликнул Коконнас. — Он еще причинит страдания несчастному юноше, а может быть, и обворует. Я пойду, чтобы в случае чего прикончить его сразу и не дать обворовать.

Движимый этой благородной мыслью, Коконнас бросился по лестнице вслед за мэтром Ла Юрьер и быстро догнал его, так как Ла Юрьер, поднимаясь по лестнице, все больше начинал раздумывать и соответственно замедлять свои шаги. В ту минуту, как он и следовавший за ним Коконнас подходили к двери в комнату Ла Моля, раздались выстрелы на улице. Слышно было, как Ла Моль вскочил с кровати и под его ногами заскрипели половицы.

— Черт! — пробурчал встревоженный Ла Юрьер. — Видать, он проснулся.

— Как будто так, — ответил Коконнас.

— Он будет защищаться, а?

— Он такой, что может. Послушайте, мэтр Ла Юрьер, вот будет штука, если он вас убьет.

— Гм! Гм! — протянул Ла Юрьер.

Но, чувствуя в руках хорошую аркебузу, он набрался духа и сильным ударом ноги распахнул дверь.

Ла Моль без шляпы, но одетый, стоял, загородив себя кроватью, в руках у него были пистолеты, в зубах — шпага.

— Та-та-та! — произнес Коконнас, раздувая ноздри, как хищное животное, почуявшее кровь. — Дело-то становится занятным, мэтр Ла Юрьер. Ну что же вы? Вперед!

— А-а! Как видно, меня собираются убить! — крикнул Ла Моль. — И это ты, мерзавец?

Мэтр Ла Юрьер ответил тем, что приложил аркебузу к плечу и стал целиться в молодого человека. Но Ла Моль следил за его движениями: в самый момент выстрела он упал на колени, и пуля пролетела у него над головой.

— Ко мне, ко мне, месье Коконнас! — крикнул Ла Моль.

— Ко мне, ко мне, месье Морвель! — кричал Ла Юрьер.

— Честное слово, месье де Ла Моль, — ответил Коконнас, — все, что я могу сделать в этом случае, это не выступать против вас лично. По-видимому, сегодня ночью избивают всех гугенотов именем короля. Выпутывайтесь сами как умеете.

— А-а! Предатели! Убийцы! Вот как! Ну подождите!

И Ла Моль, прицелившись из пистолета, нажал собачку. Ла Юрьер, все время наблюдавший за ним, отскочил в сторону, но Коконнас, не ожидая такого ответа, остался стоять на месте, и пуля задела ему плечо.

— Дьявольщина! — крикнул он, заскрежетав зубами. — Принимаю вызов, померяемся силой, раз ты хочешь.

И, обнажив свою рапиру, он бросился на Ла Моля.

Будь они один на один, Ла Моль, конечно, принял бы вызов, но за спиной Коконнаса стоял мэтр Ла Юрьер, снова заряжавший аркебузу, а кроме того, Морвель уже спешил на зов трактирщика, взбегая по лестнице через две ступеньки. Поэтому Ла Моль скрылся в смежный отдельный кабинет и заперся там на задвижку.

— Ах, прохвост! — крикнул Коконнас, стуча в дверь эфесом шпаги. — Ну подожди, я тебе наделаю сейчас столько дыр в теле, сколько ты выиграл у меня экю! Я-то пришел к тебе, чтобы тебя не мучили, не обокрали, а ты отплачиваешь за это пулей в плечо! Погоди, мозгляк! Погоди!

В это время мэтр Ла Юрьер подошел к двери кабинета и, ударив в нее прикладом аркебузы, разбил дверь в щепы.

Коконнас влетел в комнату, но чуть не ткнулся носом в стену: в кабинете было пусто, а окно открыто.

— Он, наверно, выпрыгнул в окно, — сказал трактирщик. — Но это пятый этаж, и он разбился насмерть.

— Или удрал на соседнюю крышу, — сказал Коконнас, перелезая через подоконник и собираясь преследовать Ла Моля по скользкому и крутому скату крыши. Но Морвель и Ла Юрьер бросились к нему и втащили его обратно в комнату.

— Вы с ума сошли? — крикнули они в один голос. — Вы убьетесь.

— Вот еще! — ответил Коконнас. — Я горец, лазил и по ледникам. А если меня еще оскорбили, так я за оскорбителем полезу хоть на небо или спущусь в ад, какой бы дорогой он ни отправился туда. Пустите меня!

— Послушайте, — сказал Морвель, — или он уже мертв, или уже далеко. Идемте с нами. Не беда, если этот ускользнул от вас, вы найдете тысячу других.

— Вы правы, — прорычал Коконнас. — Смерть гугенотам! Мне необходимо отомстить за себя, и чем скорее, тем лучше.

Все трое скатились с лестницы, как лавина.

— К адмиралу! — крикнул Морвель.

— К адмиралу! — повторил Ла Юрьер.

— К адмиралу так к адмиралу, — согласился Коконнас. Оставив «Путеводную звезду» на попечение Грегуара и прочих слуг, все трое выскочили из дома и побежали на улицу Бетизи, где находилось жилище адмирала. Яркое пламя и грохот выстрелов указывали направление.

— Кто это там идет? — спросил Коконнас. — Какой-то человек без колета и без перевязи.

— А, это кто-нибудь спасается, — сказал Морвель.

— Ну же, ну! У вас аркебуза, — крикнул ему Коконнас.

— Нет, ни за что, я берегу порох для лучшей дичи.

— Тогда вы, Ла Юрьер!

— Подождите, подождите! — сказал трактирщик прицеливаясь.

— Ждать? Вот еще! — крикнул Коконнас. — Пока вы ждете, он убежит.

Он кинулся за несчастным и вскоре настиг его, так как беглец был ранен. Чтобы не наносить удара в спину, Коконнас крикнул ему: «Обернись, обернись!» Но в тот же миг раздался выстрел, мимо ушей Коконнаса просвистела пуля, и беглец покатился по земле, как заяц, настигнутый на всем бегу выстрелом охотника.

Позади Коконнаса раздался торжествующий крик; пьемонтец обернулся и увидел трактирщика, потрясавшего своим оружием.

— Ага, на этот раз почин сделан!

— Да, но вы чуть не прострелили меня насквозь.

— Берегитесь! Берегитесь! — крикнул Ла Юрьер. Коконнас отскочил назад. Раненный пулей незнакомец приподнялся на одно колено и, горя местью, хотел ударить Коконнаса кинжалом, но трактирщик вовремя предостерег пьемонтца.

— Ах, гадина! — прорычал Коконнас, набросился на своего врага, три раза вонзил ему в грудь шпагу по самую рукоять и, оставив его биться в предсмертных судорогах, крикнул: — А теперь к адмиралу, к адмиралу!

— Эге, дорогой мой дворянин, вы, кажется, входите во вкус, — сказал Морвель.

— Да, — ответил Коконнас. — Запах ли пороха пьянит меня, или вид крови так волнует, но меня тянет убивать. Это своего рода облава на людей. До сих пор я так охотился только на волков и медведей, но, честное слово, облава на людей мне кажется гораздо интереснее!

И все трое побежали к адмиралу.

# VIII

## БОЙНЯ

Дом, отведенный адмиралу, стоял, как мы сказали, на улице Бетизи. Он представлял собой большое здание в глубине двора, выходившее двумя крыльями на улицу. Ворота и две калитки в каменной ограде, отделявшей дом от улицы, вели во двор.

Когда три наших гизовца выбежали на улицу Бетизи, служившую продолжением улицы Фосе-Сен-Жермен-Л'Озеруа, они увидели, что дом адмирала окружен швейцарской стражей, солдатами и вооруженными горожанами. В руках у них мелькали пики, шпаги или аркебузы, а некоторые в свободной руке держали факелы и освещали эту сцену погребальным колеблющимся светом, который, следуя движениям факелоносцев, то падал на мостовую, то полз по стенам вверх, то пробегал по этому живому морю, где каждый предмет вооружения отсвечивал своим особым блеском. Вокруг, на близлежащих улицах — Тиршап, Этьен и Бертен-Пуаре, — свершалось страшное дело. Слышались пронзительные крики, громыхали выстрелы, и время от времени какой-нибудь несчастный гугенот, бледный, окровавленный, полуголый, большими прыжками, как преследуемая лань, вбегал в зловещий световой круг, где точно демоны метались люди.

Через минуту Коконнас, Морвель и Ла Юрьер, встреченные, по их белым крестам, громкими приветствиями, очутились в самой гуще толпы, тяжело дышавшей и тесно сомкнутой, как стая гончих. Они, конечно, не пробрались бы сквозь нее, но многие, узнав Морвеля, дали ему дорогу. Коконнас и Ла Юрьер протиснулись вслед за ним, и все трое очутились во дворе, так как ворота и две калитки были выломаны. Посреди двора стоял человек на пустом пространстве, почтительно освобожденном для него убийцами; он опирался на обнаженную рапиру и не сводил глаз с балкона, выступавшего перед стеклянной дверью в центре здания на высоте около пятнадцати футов от земли. Этот человек нетерпеливо притопывал ногой и время от времени оборачивался, чтобы задать вопрос стоявшим ближе к нему людям.

— Все нет! — сказал он. — Никого!.. Наверно, его предупредили, и он бежал. Дю Гаст, как думаете?

— Это невозможно, ваша светлость.

— Почему? Вы же мне сами говорили, что за минуту до нашего прихода какой-то человек без шляпы, с обнаженной шпагой в руке, бежавший точно от погони, постучал в ворота и его впустили.

— Верно, ваша светлость! Но почти сейчас же вслед за ним пришел Бэм, ворота были выломаны, а дом окружен. Человек действительно вошел, но выйти он не мог никак.

— Эге! Если не ошибаюсь, ведь это герцог Гиз? — спросил Коконнас мэтра Ла Юрьер.

— Он самый. Да, великий Генрих Гиз собственной персоной, и он, наверно, дожидается, когда выйдет адмирал, чтобы разделаться с ним так же, как адмирал разделался с его отцом. Каждому свой черед, а сегодня, слава богу, пришел наш.

— Эй! Бэм! Эй! — громко крикнул герцог. — Неужели еще не кончили?

И концом своей тоже нетерпеливой шпаги он высек искры из каменной мостовой двора.

В доме послышались какие-то крики, затем выстрелы, сильный топот и звяканье оружия. Потом все разом стихло.

Герцог рванулся к дому.

— Ваша светлость, ваша светлость! — сказал Дю Гаст, останавливая герцога. — Ваше достоинство требует, чтобы вы оставались здесь и ждали.

— Ты прав, Дю Гаст! Спасибо! Я подожду. Но, правду говоря, я умираю от нетерпения и беспокойства. А вдруг он улизнул!

Теперь топот ног в доме стал слышнее, и на оконных стеклах второго этажа заиграли красные отблески, как при пожаре.

Стеклянная дверь, не один раз привлекавшая взоры герцога, распахнулась или, вернее, разлетелась вдребезги, и на балконе появился человек; лицо его было бледно, шея залита кровью.

— Бэм! Наконец-то! — крикнул герцог. — Ну что? Что?

— Сдесь! Фот! Фот! — спокойно ответил немец, затем нагнулся, и через несколько секунд стал напряжснно разгибаться, видимо, приподнимая какую-то большую тяжесть.

— А где остальные, где остальные? — нетерпеливо спросил герцог.

— Оздальные кончают оздальных.

— А ты что делаешь?

— Сейчас увидите; отойтить назат немношко.

Герцог сделал шаг назад.

В эту минуту стало видно и то, что немец с таким усилием подтягивал к себе.

Это было тело старика.

Бэм поднял его над перилами балкона, раскачал в воздухе и бросил к ногам своего хозяина.

Глухой звук падения, кровь, хлынувшая из тела и широко обрызгавшая мостовую, ужаснули всех, не исключая герцога, но чувство ужаса длилось недолго, уступив место любопытству — все присутствующие подались на несколько шагов вперед, и дрожащий свет факела упал на жертву. Стали видны и седая борода, и строгое почтенное лицо, и руки, застывшие в смертной неподвижности.

— Адмирал! — вскрикнули разом двадцать голосов и разом смолкли.

— Да, адмирал, это он! — сказал герцог, подойдя к телу и с затаенной радостью разглядывая своего врага.

— Адмирал! Адмирал! — вполголоса повторяли свидетели этой жуткой сцены, сбившись в кучу и робко приближаясь к великому поверженному старцу.

— Ага, Гаспар! Вот ты наконец! — торжествующе произнес герцог Гиз. — Ты велел убить моего отца, теперь я мщу тебе!

И он дерзко поставил ногу на грудь протестантского героя.

В тот же миг глаза умирающего с трудом открылись, простреленная, залитая кровью рука его сжалась в последний раз, и, оставаясь все так же недвижимым, адмирал ответил замогильным голосом:

— Генрих Гиз, настанет час, когда и ты почувствуешь на своей груди ногу твоего убийцы. Я не убивал твоего отца. Будь проклят!

Герцог вздрогнул, побледнел, и ледяной холодок пробежал по его телу. Он провел рукой по лбу, как бы отгоняя от себя мрачное видение, затем опустил руку и решился еще раз взглянуть на адмирала, но глаза убитого уже закрылись, рука лежала неподвижно, а вместо ужасных слов изо рта хлынула черная кровь, заливая седую бороду.

Герцог с какой-то отчаянной решимостью взмахнул шпагой.

— Итак, монсир, фы доволен? — спросил его Бэм.

— Да, да, мой храбрый Бэм! — ответил Гиз. — Ты отомстил...

— За херцог Франсуа, да?

— За религию, — упавшим голосом ответил Гиз. — А теперь, — продолжал он, обращаясь к швейцарцам, солдатам и горожанам, заполнившим улицу и двор, — за дело, друзья мои, за дело!

— Здравствуйте, месье Бэм, — сказал Коконнас, с чувством восхищения подходя к немцу, все еще стоявшему на балконе и спокойно вытиравшему свою шпагу.

— Так это вы спровадили его на тот свет? — восторженно крикнул ему Ла Юрьер. — Как это удалось вам, досточтенный месье Бэм?

— О-о! Ошень просто, ошень просто! Он слыхал шум, отворял свой тверь, я протыкал его мой рапир. Но это еще не все, я думай, Телиньи еще стоит за себя, я слышу, как он кричит.

Действительно, в эту минуту донесся из дома отчаянный, как будто женский вопль. Показались фигуры двух бежавших мужчин, которых преследовала целая вереница убийц. Одного мужчину убили выстрелом из аркебузы; другой добежал до открытого окна и, не обращая внимания ни на высоту, ни на врагов, ждавших его внизу, бесстрашно прыгнул во двор.

— Бей! Бей! — закричали преследователи, видя, что жертва может ускользнуть.

Прыгнувший человек поднялся на ноги, подобрал шпагу, выпавшую у него из рук при падении, бросился стремглав сквозь толпу, сбил трех или четырех с ног, проткнул кого-то шпагой и среди треска пистолетных выстрелов и ругани промахнувшихся по нему солдат мелькнул, как молния, мимо Коконнаса, с кинжалом в руке поджидавшего у ворот.

— Есть! — крикнул пьемонтец, проколов беглецу предплечье тонким, острым клинком кинжала.

В узком пролете ворот невозможно было колоть шпагой, и бежавший человек только хлестнул клинком по лицу врага, крикнув ему:

— Подлец!

— Тысяча чертей! Месье де Ла Моль! — воскликнул Коконнас.

— Месье де Ла Моль! — повторили Морвель и Ла Юрьер.

— Он и предупредил адмирала! — закричали несколько солдат.

— Бей! Бей! — вопили со всех сторон.

Коконнас, Ла Юрьер и человек десять солдат бросились за Ла Молем, а он, покрытый кровью, охваченный тем возбуждением, которое доводит до предела жизненные силы человека, мчался по улицам, руководясь одним инстинктом. Топот ног и крики гнавшихся за ним врагов подстегивали и как бы окрыляли беглеца. Минутами ему хотелось бежать тише, но свистнувшая рядом пуля вновь заставила его ускорить бег. Он уже не просто вдыхал и выдыхал воздух, а из его груди вырывались глухое клокотание и хриплый свист. Капли крови, сочившейся из головы, смешивались с потом и заливали его красивое лицо. Узкий колет все больше стеснял биение сердца — Ла Моль сорвал с себя колет и бросил. Вскоре и шпага оказалась слишком тяжелой для его руки — он отшвырнул и шпагу. Порой казалось, что топот врагов его как будто отдалялся и что ему удастся уйти от этих палачей, но крики их долетали до других убийц, находившихся поблизости, и, бросив свою кровавую работу, они бежали вслед за ним. Наконец слева от себя Ла Моль увидел спокойно текущую реку и вдруг почувствовал, что если он бросится в нее, как загнанный олень, то испытает неизъяснимое блаженство, и только крайним напряжением ума и воли он удержал себя от этого. А справа возвышался Лувр, мрачный, неколебимый, но полный глухих, зловещих звуков. Через подъемный мост взад и вперед сновали люди в шлемах, латах, сверкавших холодным отблеском луны. Ла Моль подумал о короле Наваррском, так же как он подумал и о Колиньи, — своих двух верных покровителях. Он собрал остатки сил, взглянул на небо, давая про себя обет стать католиком, если спасется, уловкой выиграл шагов тридцать расстояния у гнавшей его стаи, свернул к Лувру, бросился на подъемный мост, смешался с кучей солдат, получил новый удар кинжалом, скользнувшим, к счастью, лишь по ребрам, и, несмотря на крики «Бей! Бей!», раздававшиеся со всех сторон, несмотря на готовых к бою часовых, стрелой промчался во двор Лувра, прыгнул в подъезд, взбежал по лестнице на третий этаж и, прислонившись к знакомой ему двери, начал стучать в нее руками и ногами.

— Кто там? — тихо спросил женский голос.

Ла Моль вспомнил пароль и крикнул:

— Наварра! Наварра!

Дверь тотчас отворилась. Ла Моль, не благодаря и даже не заметив Жийону, ворвался в вестибюль, пробежал коридор, две или три комнаты и попал в спальню, освещенную лампой, свисавшей с потолка.

В кровати из резного дуба за бархатным, расшитым золотыми лилиями пологом лежала полуобнаженная женщина и, опершись на локоть, смотрела на него расширенными от ужаса глазами.

Ла Моль подбежал к лежавшей даме:

— Мадам! Там бьют, там режут моих собратьев! Они хотят зарезать и меня... Ах! Вы королева... спасите же меня!

Он бросился к ее ногам, оставив на ковре широкий кровавый след.

Видя перед собою человека на коленях, растерзанного, бледного, королева Наваррская приподнялась и, в страхе закрыв лицо руками, начала звать на помощь.

— Мадам, во имя бога, не зовите! — говорил Ла Моль, пытаясь встать. — Если вас услышат, я пропал! Убийцы гнались за мной уже по лестнице. Я их слышу... вот они! Вот!

— На помощь! — кричала королева Наваррская, вне себя. — На помощь!

— Ах! Вы убиваете меня! — с отчаянием сказал Ла Моль. — Умирать от звука такого чарующего голоса, умирать от такой прекрасной руки! О! Не думал я, что это может быть!

В ту же минуту дверь отворилась, и толпа людей, запыхавшихся, разъяренных, с лицами, испачканными порохом и кровью, со шпагами, аркебузами и алебардами, ворвалась в комнату. Во главе их — Коконнас, с рыжими всклокоченными волосами, с расширенными неестественно глазами и кровавым рубцом во всю щеку, нанесенным шпагою Ла Моля, — пьемонтец был просто страшен в таком виде.

— Дьявольщина! Вот он, вот он! А-а, наконец-то попался! — кричал Коконнас.

Ла Моль попытался найти какое-нибудь оружие, но безуспешно. Он посмотрел на королеву и на лице ее заметил выражение глубокой жалости. Тогда он понял, что только она одна могла б его спасти, метнулся к ней и обнял ее.

Коконнас выступил на три шага вперед и концом длинной рапиры нанес вторую рану в правое плечо своему врагу; несколько капель красной теплой крови оросили белые душистые простыни на постели наваррской королевы.

Маргарита, увидев кровь и чувствуя содрогания прижавшегося к ней человека, бросилась вместе с ним в проход между кроватью и стеной. И вовремя: Ла Моль совершенно изнемог, он был не в состоянии сделать шага — ни для того, чтобы бежать, ни для того, чтобы защищаться. Он склонил голову на плечо молодой женщины и судорожно цеплялся за нее пальцами, раздирая тонкий вышитый батист, облекавший, точно волнистым газом, тело Маргариты.

— Мадам! Спасите! — пролепетал он замирающим голосом.

Больше сказать он ничего уже не мог. Взор его затуманился, будто подернутый предсмертной дымкой, голова бессильно запрокинулась назад, руки разжались, ноги подогнулись, и он упал на пол в лужу своей крови, увлекая вслед за собой и королеву.

Коконнас, возбужденный криками, опьяненный запахом крови, ожесточенный горячей долгой травлей, протянул руку к королевскому алькову. Одно мгновение — и он пронзил бы сердце Ла Моля, а может быть, и сердце королевы.

При виде обнаженного клинка, а еще больше при виде этой невероятной наглости дочь французских королей выпрямилась во весь свой рост и вскрикнула, но в этом страшном крике было столько негодования и яростного гнева, что пьемонтец застыл на месте под властью неведомого ему чувства. Конечно, если б эта сцена продлилась в составе тех же действующих лиц, то и его чувство растаяло бы так же быстро, как снег в апреле под лучами солнца.

Но дверь, скрытая в стене, вдруг распахнулась, и в комнату вбежал юноша лет семнадцати, бледный, с растрепанной прической, одетый в черное.

— Сестра, не бойся, не бойся! Я здесь! Я здесь! — крикнул он.

— Франсуа! Франсуа! На помощь! — закричала Маргарита.

— Герцог Алансонский! — прошептал Ла Юрьер, опуская аркебузу.

— Дьявольщина! Брат короля! — пробурчал Коконнас, отступая.

Герцог Алансонский поглядел вокруг.

Маргарита с распущенными волосами, более красивая, чем обычно, стояла, прислонясь к стене, одна среди мужчин, а в их глазах светилась ярость, по лбу струился пот и губы покрывала пена.

— Мерзавцы! — крикнул герцог.

— Спасите меня, брат! — сказала Маргарита, теряя силы. — Они хотят меня убить.

Бледное лицо герцога вдруг вспыхнуло. С ним не было оружия, но, полагаясь на свое звание, он, судорожно сжав кулаки, стал наступать на Коконнаса и его товарищей, а они в страхе отступали перед его сверкавшими, как молнии, глазами.

— Может быть, вы убьете и брата короля? Ну-ка!

Они продолжали отступать.

— Эй, капитан моей охраны! — крикнул он. — Сюда! И перевешайте всех этих разбойников!

Испуганный гораздо больше видом этого безоружного юноши, чем целым отрядом рейтаров или ландскнехтов, Коконнас уже допятился до двери. Ла Юрьер с быстротой оленя умчался вниз по лестнице, а солдаты теснились и толкались в вестибюле, так как размеры двери не соответствовали их страстному желанию покинуть поскорее стены Лувра.

Маргарита инстинктивно набросила на молодого человека, лежавшего без чувств, свое камчатное одеяло и отошла прочь.

Когда последний убийца исчез за дверью, герцог Алансонский обернулся и, увидев, что вся одежда Маргариты в кровавых пятнах, воскликнул:

— Сестра, ты ранена?

Он кинулся к сестре с такой тревогой, какая сделала бы честь братской его нежности, если бы в этом порыве не сказывалось чувство сильнее братского.

— Нет, не думаю, — ответила сестра, — а если и ранена, то легко.

— Но на тебе кровь, — говорил герцог, ощупывая дрожащими руками тело Маргариты, — откуда же она?

— Не знаю. Один из этих негодяев схватил меня — возможно, он был ранен.

— Схватить мою сестру! — воскликнул герцог. — О, если бы ты указала мне его, если бы ты сказала мне, какой он из себя, — лишь бы мне его найти!

— Тс! — произнесла Маргарита.

— Почему? — спросил Франсуа.

— А потому что, если вас увидят в этой комнате и в такой час...

— Разве брат не может зайти к своей сестре?

Королева взглянула на герцога Алансонского таким твердым и грозным взглядом, что юноша отошел подальше.

— Да, да, Маргарита, ты права, лучше я пойду к себе. Но тебе нельзя оставаться одной в такую ночь. Хочешь, я позову Жийону?

— Нет, нет, не надо никого. Ступай, Франсуа, ступай тем же ходом, каким пришел.

Юный принц вышел. Едва успела закрыться за ним дверь, как в проходе за кроватью раздался вздох. Маргарита кинулась к потайной двери, заперла ее на засов, затем побежала к входной двери и заперла ее в ту самую минуту, когда по другому концу коридора несся, как ураган, большой отряд стрелков, преследуя гугенотов, живших в Лувре.

Королева пристально оглядела все кругом и, убедившись, что она действительно одна, вернулась к проходу за своей кроватью, положила на место камчатное одеяло, скрывшее Ла Моля от глаз герцога Алансонского, с трудом вытащила бессильное тело на середину комнаты. Заметив, что бедняга еще дышит, она присела на пол, положила голову молодого человека себе на колени и плеснула ему водой в лицо, чтобы привести в чувство.

Вода очистила лицо раненого от слоя пыли, пороховой копоти и крови, и только теперь Маргарита узнала в нем того красивого дворянина, который, полный жизни и надежд, три или четыре часа тому назад явился к ней просить ее посредничества перед королем Наваррским и расстался с ней, ослепленный ее красотой, да и на нее произвел большое впечатление.

Маргарита вскрикнула от страха за него, чувствуя теперь к нему не только сострадание, но и участие; для нее он стал не просто какой-то человек, а почти знакомый. Под ее заботливой рукой сделалось чистым красивое, но бледное, истомленное страданием лицо Ла Моля.

Маргарита, замирая от боязни, почти такая же бледная, как он, приложила руку к его сердцу — оно еще билось; тогда она протянула руку к стоявшему рядом столику, взяла флакончик с нюхательной солью и дала ее понюхать Ла Молю.

Ла Моль открыл глаза.

— О господи! — прошептал он. — Где я?

— Вы спасены! Успокойтесь! — ответила Маргарита.

Лэ Моль с трудом перевел глаза на королеву и, поглядев на нее восхищенным взглядом, чуть слышно произнес:

— Какая вы красавица!

Молодой человек, точно ослепленный, сразу опустил веки, тяжело вздохнул и побледнел как будто больше прежнего. Маргарита тихо вскрикнула, думая, что это был его последний вздох.

— Боже, боже, сжалься над ним! — сказала она.

В эту минуту раздался сильный стук в дверь из коридора.

Маргарита слегка приподнялась, продолжая поддерживать за плечи Ла Моля.

— Кто там? — крикнула она.

— Мадам, мадам, это я, я! — ответил женский голос. — Я, герцогиня Невэрская.

— Анриетта! — воскликнула королева. — Это не опасно, это друг, вы слышите, месье?

Ла Моль сделал усилие и приподнялся на одно колено.

— Постарайтесь не упасть, покамест я отворю дверь, — сказала королева.

Ла Моль оперся рукой о пол, чтоб удержаться в равновесии.

Маргарита пошла было к двери, но вдруг остановилась, задрожав от страха.

— Так ты не одна? — воскликнула она, услыхав звяканье оружия.

— Нет, со мной двенадцать человек охраны; мне дал их мой деверь, герцог Гиз.

— Герцог Гиз! — прошептал Ла Моль. — О! Убийца! Убийца!

— Тс! Ни слова! — сказала Маргарита и поглядела вокруг себя, придумывая, куда бы спрятать раненого.

— Шпагу!.. Кинжал! — шептал Ла Моль.

— Для защиты? Это бесполезно; разве вы не слышали, что их двенадцать, а вы — один!

— Не для защиты, а чтобы не даться живым им в руки.

— Нет, нет, я вас спасу, — сказала Маргарита. — Да... кабинет! Идем, идем!

Ла Моль напряг все силы и при поддержке Маргариты дотащился до кабинета. Маргарита заперла за ним дверь и спрятала ключ в свой кошелек.

— Ни крика, ни стона, ни вздоха, — и вы спасены! — сказала она ему сквозь дверь.

Затем она набросила на плечи ночной халат, открыла дверь своей подруге, и обе бросились в объятия друг к другу.

— Мадам, с вами не приключилось ничего плохого? — спросила герцогиня Невэрская.

— Нет, ничего, — ответила Маргарита, запахнув свой халат, чтобы не видно было следов крови на пеньюаре.

— Тем лучше! Но герцог Гиз отрядил двенадцать телохранителей, чтобы проводить меня до его дома, а мне такая большая свита не нужна, и я оставлю шестерых вам, на всякий случай. В такую ночь шесть телохранителей герцога Гиза стоят целого полка королевской гвардии.

Маргарита не решилась отказаться: она расставила шестерых телохранителей по коридору, расцеловалась с герцогиней, а герцогиня в сопровождении других шести отправилась в дом Гиза, где она жила, пока был в отъезде ее муж.

# IX

## ПАЛАЧИ

Удаляясь из покоев королевы Наваррской, Коконнас не бежал, а «произвел отступление». Что же касается Ла Юрьера, то он даже не сбежал, а со всех ног удрал. Первый удалился, как тигр, второй — как волк.

Таким образом, Ла Юрьер уже стоял на площади Сен-Жермен-Л'Озеруа, когда Коконнас еще только выходил из Лувра. Ла Юрьер, очутившись с аркебузой среди людей, бегавших туда-сюда по площади, где свистели пули, а из окон все время выбрасывали трупы, то целые, то изрезанные в куски, почувствовал непреодолимый страх и стал благоразумно пробираться к своему трактиру, но, выходя из переулка Аверон на улицу Арбр-сек, он наткнулся на отряд швейцарцев и легкой конницы, которым командовал Морвель.

— Вы что ж, уже закончили? — крикнул Морвель, сам придумавший себе прозвище — «Королевский Истребитель». — Вы уже домой? А какого черта вы сделали с нашим пьемонтским дворянином? С ним не случилось ничего плохого? Было бы жаль: он вел себя отлично.

— По-моему, нет, — ответил Ла Юрьер, — надеюсь, он еще придет к нам.

— Вы откуда?

— Из Лувра, где, надо сказать, нас встретили неласково!

— Кто же?

— Герцог Алансонский. Разве он не причастен к нашему делу?

— Его величество герцог Алансонский причастен только к тому, что касается его лично; предложите ему разделаться с двумя старшими братьями, как с гугенотами, он согласится, но при условии, чтобы в это дело не путали его. А разве вы, мэтр Ла Юрьер, не собираетесь идти вместе с этими храбрыми людьми?

— А куда они идут?

— Да на улицу Монторгей; там живет один гугенотский сановник, мой знакомец, с ним жена и шестеро детей. Эти еретики ужасно плодовиты. Будет забавно!

— А сами вы куда идете?

— О! Я иду в особое местечко.

— Слушайте, возьмите меня с собой, — сказал кто-то за его спиной так неожиданно, что Морвель вздрогнул, — вы знаете хорошие места, а мне хочется туда попасть.

— А-а! Вот и наш пьемонтец! — воскликнул Морвель.

— Вот и месье Коконнас, — повторил Ла Юрьер. — А я думал, что вы идете вслед за мной.

— Черт! Вы улепетывали так, что не догонишь! А кроме того, я свернул с пути, чтобы швырнуть в реку негодного мальчишку, который кричал: «Долой папистов, да здравствует адмирал!» К сожалению, мне показалось, что мальчишка умеет плавать. Если хочешь утопить этих мерзких еретиков, надо бросать их в воду, как котят, — лишь только родились.

— Так вы говорите, что вы из Лувра? Что же, ваш гугенот нашел там себе убежище? — спросил Морвель.

— Увы, да!

— Я послал ему из пистолета пулю там, во дворе у адмирала, когда он подбирал свою шпагу, но промахнулся, сам не знаю как.

— Ну, а я не промахнулся, я всадил ему в спину шпагу так, что конец ее оказался в крови на пять пальцев. При этом я сам видел, как он упал на руки королевы Маргариты. Красивая женщина, дьявольщина! Однако я бы был не прочь узнать наверно, что он умер. На мой взгляд, этот парень очень злопамятен и будет всю жизнь иметь зуб против меня... Да! Ведь вы сказали, что собираетесь идти куда-то?

— Вам, значит, хочется идти со мной?

— Мне хочется не стоять на месте. Я убил только трех или четырех; да и как только я успокаиваюсь, у меня начинает ныть плечо. Идем! Идем!

— Капитан, — обратился Морвель к начальнику отряда, — дайте мне трех человек, а с остальными ступайте отправлять на тот свет вашего сановника.

Трое швейцарцев вышли из рядов и присоединились к Морвелю. Оба отряда прошли вместе до улицы Тиршап; здесь солдаты легкой конницы и швейцарцы направились по переулку Тонельри, а Морвель, Коконнас, Ла Юрьер и три швейцарца пошли по переулку Феронри, затем по Трус-Ваш и уперлись в улицу Сент-Авуа.

— К какому дьяволу вы нас ведете? — спросил Коконнас, которому уже надоела долгая и праздная ходьба.

— Я вас веду на дело блестящее, да и полезное. После адмирала, Телиньи и гугенотских принцев я бы не мог вам предложить ничего лучшего. Наше место на улице Де-Шом, и через минуту мы там будем.

— Скажите, улица Де-Шом — это недалеко от Тампля? — спросил Коконнас.

— Да, а что?

— Там живет некий Ламбер Меркандон, давнишний заимодавец нашей семьи, и отец мой поручил мне вернуть ему сто ноблей, которые и лежат у меня в кармане.

— Ну вот вам прекрасный случай рассчитаться с ним, — заметил Морвель.

— Каким образом?

— Сегодня как раз такой день, когда сводят старые счеты. Ваш Меркандон — гугенот?

— Так, так! Понимаю. Он наверняка гугенот.

— Тише! Мы пришли.

— А чей это большой особняк с выступом на улицу?

— Гиза.

— По правде говоря, мне надо было бы зайти сюда, поскольку я приехал в Париж благодаря великому Генриху. Дьявольщина! Однако в этом квартале все спокойно, сюда доносятся лишь звуки выстрелов; можно подумать, что здесь уже деревня. Все дрыхнут, черт подери!

В самом деле, даже в доме Гиза, казалось, было так же тихо, как обычно: все окна закрыты, и только сквозь жалюзи центрального окна пробивался свет, который привлек внимание Коконнаса, еще когда он выходил на эту улицу.

Пройдя немного дальше дома Гиза, до скрещения улиц Пти-Шантье и Катр-Фис, Морвель остановился.

— Вот здесь живет тот, кто нам нужен.

— То есть кто *вам* нужен... — заметил Ла Юрьер.

— Раз вы пошли со мной — то, значит, *нам*.

— Как же так? В этом доме все спят крепким сном...

— Верно! Вот вы, Ла Юрьер, и используйте вашу наружность порядочного человека, по ошибке данную вам богом, и постучитесь в этот дом. Отдайте аркебузу месье Коконнасу, он уже давно косится на нее. Если вас пустят в дом, скажите, что вам надо поговорить с его милостью месье де Муи.

— Эге! Понимаю, — сказал Коконнас. — У вас, как видно, тоже оказался заимодавец в квартале Тампля.

— Верно, — ответил Морвель. — Так вы, Ла Юрьер, разыграйте из себя гугенота и расскажите де Муи о том, что происходит; он человек храбрый и сойдет вниз...

— А когда он сойдет, тогда?.. — спросил Ла Юрьер.

Тогда я попрошу его скрестить со мной шпагу.

— Клянусь душой, вот это честно, по-дворянски! — сказал Коконнас. — И я думаю поступить точно так же с Ламбером Меркандоном, а если он слишком стар для поединка, я вызову кого-нибудь из его сыновей или племянников.

Ла Юрьер не прекословя начал стучать в дверь. На его стук, гулко раздавшийся в ночной тиши, в особняке Гиза приоткрылись входные двери, и оттуда высунулось несколько голов. Тогда только обнаружилось, что спокойствие особняка герцога Гиза было спокойствием крепости, охраняемой надежным гарнизоном.

Головы сейчас же спрятались — очевидно, догадавшись, в чем было дело.

— Ваш де Муи здесь и живет? — спросил Коконнас, указывая на дом, куда стучался Ла Юрьер.

— Нет, это дом его любовницы.

— Дьявольщина! До чего вы любезны по отношению к нему! Даете ему возможность показать себя своей красавице в поединке на шпагах! В таком случае мы будем только судьями. Хотя я лично предпочел бы драться сам, а то горит плечо.

— А лицо? — спросил Морвель. — Ему ведь тоже порядочно досталось!

Коконнас зарычал от злости.

— Дьявольщина! Надеюсь, что Ла Моль умер, — сказал он, — в противном случае я вернусь в Лувр, чтобы его прикончить.

Ла Юрьер продолжал стучать.

Наконец одно окно во втором этаже открылось, и на балконе появился какой-то мужчина в ночном колпаке, в кальсонах и без оружия.

— Кто там? — крикнул он.

Морвель сделал знак швейцарцам спрятаться за угол дома, а Коконнас прижался к стене.

— Ах, вы ли это, месье де Муи? — ласково спросил трактирщик.

— Да, я! Что дальше?

Морвель затрепетал от радости и прошептал:

— Да, это он.

— Месье де Муи, — продолжал Ла Юрьер, — неужели вы не знаете, что происходит? Зарезали адмирала, избивают наших духовных братьев. Бегите на помощь! Скорей, скорей!

— А-а! Я так и чувствовал — что-то затевают в эту ночь! Не надо было мне оставлять храбрых товарищей. Сейчас, мой друг! Подождите меня, я сейчас.

Муи, даже не затворив окна, откуда донеслись крики испуганной женщины и слова нежной мольбы, быстро надел колет, плащ и оружие.

— Он сходит вниз! Он сходит! — бормотал бледный от радости Морвель. — Гляди в оба! — шепнул он швейцарцам.

Потом он взял аркебузу из рук Коконнаса и подул на фитиль, пробуя, хорошо ли он горит.

— На, Ла Юрьер! — сказал он трактирщику, отошедшему к швейцарцам. — Бери свою аркебузу.

— Дьявольщина! — сказал Коконнас. — Вот и луна, как нарочно, вышла из-за тучи, чтобы присутствовать при таком прекрасном поединке. Дорого бы я дал за то, чтобы Ламбер Меркандон очутился здесь и был секундантом у месье де Муи.

— Погодите, погодите! — ответил Морвель. — Месье де Муи один стоит десятерых, и, пожалуй, нас шестерых не хватит, чтобы с ним справиться... Ну, вы! Подходите! — обратился он к швейцарцам, приказывая им знаками проскользнуть к самой двери и нанести удар, как только выйдет де Муи.

— Та-та-та! — произнес Коконнас, глядя на эти приготовления. — Похоже на то, что все произойдет не совсем так, как я предполагал.

Послышался лязг засова, который отодвигал де Муи. Швейцарцы вышли из своего прикрытия и заняли места у двери. Морвель и Ла Юрьер подошли на цыпочках, и только Коконнас, сохранивший остатки дворянской чести, не сдвинулся со своего места; но в это время молодая женщина, уже забытая убийцами, вышла на балкон и, увидев швейцарцев, Ла Юрьера и Морвеля, громко вскрикнула.

Де Муи, приотворивший было дверь, остановился.

— Назад! Назад! — кричала молодая женщина. — Я вижу, там сверкают шпаги и светится огонек на фитиле у аркебузы. Это ловушка!

— Ого! — прогремел голос молодого человека. — Посмотрим, в чем тут дело.

Он захлопнул дверь, задвинул засов, опустил щеколду и поднялся наверх.

Убедившись, что де Муи теперь не выйдет, Морвель изменил боевой порядок. Швейцарцы заняли позицию на другой стороне улицы, Ла Юрьер изготовился стрелять, как только враг покажется в окне. Ему не пришлось ждать долго. Де Муи вышел на балкон, вооруженный пистолетами такой почтенной длины, что Ла Юрьер, уже прицелившись в него, сразу сообразил, что гугенотские пули пролетят от балкона до улицы не дольше, чем его пуля от улицы до балкона. «Конечно, — сказал он про себя, — я могу убить этого дворянина, но и этот дворянин может убить меня». А так как мэтр Ла Юрьер по роду занятий был не солдатом, а трактирщиком, то эта мысль определила его решение отступить и поискать убежища за углом улицы Брак — на расстоянии, достаточно далеком, чтобы спокойно и с известной точностью установить в этой темноте линию полета своей пули до де Муи.

Де Муи быстро огляделся и двинулся вперед, «закрываясь» как в поединке, но, не видя противника, сказал:

— Эй, господин уведомитель! Вы, кажется, забыли вашу аркебузу у моей двери. Вот я, что вам угодно?

«Та-та-та! Да это в самом деле молодец», — подумал Коконнас.

— Ну, что же? — продолжал де Муи. — Кто бы вы ни были — враги или друзья, вы видите, я жду!

Ла Юрьер молчал, Морвель тоже не ответил. Швейцарцы притаились.

Коконнас подождал с минуту, но, видя, что никто не продолжает разговора, начатого Ла Юрьером с де Муи, вышел на середину улицы, снял шляпу и обратился к де Муи:

— Месье, мы явились не для убийства, как вы могли подумать, а для поединка... Я пришел вместе с одним из ваших врагов, который хотел сразиться с вами, чтобы благородным образом положить конец старинной распре. Эй!

Месье Морвель, чего вы прячетесь? Выходите на поле битвы: месье принимает вызов.

— Морвель! — вскрикнул де Муи. — Морвель, убийца моего отца! Морвель — Королевский Истребитель. Ага! Черт его возьми, я принимаю вызов!

Морвель бросился за подкреплением в дом Гиза и начал стучать в дверь, тогда де Муи прицелился в Морвеля и прострелил ему шляпу.

На звук выстрела и на крик Морвеля выбежали телохранители, сопровождавшие герцогиню Невэрскую, за ними — трое или четверо дворян со своими пажами, и все подошли к дому возлюбленной де Муи.

Новый выстрел из второго пистолета, направленный в эту толпу, убил солдата, стоявшего рядом с Морвелем. Разрядив пистолеты, де Муи оказался безоружным, вернее с оружием, но бесполезным, так как противники были недосягаемы для его шпаги, и он спрятался за колоннами балкона.

Между тем в соседних домах то там, то здесь стали отворяться окна, и, смотря по характеру обитателей, мирному или воинственному, они или затворялись снова, или щетинились стволами мушкетов и аркебуз.

— Ко мне! На помощь, храбрый Меркандон! — крикнул де Муи уже старому мужчине, который только что отворил свое окно, выходившее в сторону особняка Гиза, и старался разобрать что-нибудь в этой суматохе.

— Это вы, сир де Муи? — крикнул старик. — Значит, добираются и до вас?

— До меня, до вас, до всех протестантов! А вот вам и доказательство.

Действительно, в эту минуту де Муи заметил, что Ла Юрьер навел на него аркебузу. Прогремел выстрел, но молодой человек успел присесть, и пуля разбила стекло у него над головой.

— Меркандон! — вскрикнул Коконнас, который весь трепетал от радости при виде этой заварухи, забыв о кредиторе, и только сейчас вспомнил про него благодаря де Муи. — Ну да, Меркандон, улица Де-Шом, он самый! Хорошо, что он живет здесь, теперь у каждого будет свой противник.

Между тем как люди из особняка Гиза вышибали двери в доме, где находился де Муи, Морвель с факелом в руке пытался поджечь и самый дом. Когда двери были разбиты, внутри дома завязался страшный бой против одного человека, который каждым ударом своей рапиры убивал врага, а в это время Коконнас пытался камнем, выломанным из мостовой, разбить двери в доме Меркандона, но старик, не обращая внимания на эту одинокую попытку, палил из своего окна.

Наконец пустынный и темный квартал весь осветился, как днем, и заворошился, как муравейник: из особняка Монморанси вышли семь или восемь дворян-гугенотов с друзьями и слугами, бешено атаковали и, при поддержке стрелявших из окон, начали теснить отряд Морвеля и людей из особняка Гиза, прижав их в конце концов к дверям, из которых эти люди вышли.

Коконнасу все же не удалось вышибить дверь у Меркандона, так как внезапное отступление гизовцев захватило и его, хотя он отбивался изо всех сил. Тогда пьемонтец встал спиной к стене, взял шпагу в правую руку и начал не только защищаться, но и нападать с неистовыми выкриками, покрывавшими собой шум общей свалки. Он наносил удары направо и налево, друзьям и врагам, пока вокруг него не образовалось пустое широкое пространство. Всякий раз, когда его рапира, протыкая вражескую грудь, обрызгивала ему лицо и руки теплой кровью, глаза его широко раскрывались, ноздри раздувались, зубы сжимались, и он вновь отвоевывал потерянную территорию, все больше приближаясь к осажденному особняку.

Де Муи, после яростной схватки на лестнице и в вестибюле, покинул охваченный пожаром дом, выказав себя настоящим героем. Все время, пока шел бой, он кричал: «Сюда, Морвель! Куда ж ты делся?» — и награждал его крайне нелестными эпитетами. Наконец де Муи вышел на улицу; левой рукой он поддерживал свою возлюбленную, полуголую, почти без чувств, а в стиснутых зубах держал кинжал. Шпага в другой руке, сверкавшая от быстрого вращения, как пламя, ходила то белыми, то красными кругами, отражая своей окровавленной сталью то серебристый свет луны, то красный отблеск факела. Морвель бежал. Ла Юрьер, отброшенный атакой де Муи на Коконнаса, который не узнал его и встретил острием шпаги, был вынужден просить пощады у двух враждующих сторон. В эту минуту его заметил Меркандон и, по белой перевязи на рукаве, признал в нем заговорщика-убийцу.

Раздался выстрел. Ла Юрьер вскрикнул, протянул вперед руки, выронил аркебузу, хотел добраться до стены, чтобы удержаться на ногах, но не успел и рухнул ничком на землю.

Де Муи воспользовался обстановкой, свернул в переулок Паради и скрылся.

Гугеноты дали такой отпор, что люди из особняка Гиза отступили, вошли в дом и заперли входные двери, боясь штурма и драки в самом доме.

Коконнас, опьяненный видом крови и шумом битвы, дошел до такого увлечения, когда храбрость, в особенности у южан, становится безумной, — он ничего не видел, ничего не слышал. Он лишь почувствовал, что в ушах звенело уже тише, что лоб и руки становились суше, и, опустив наконец шпагу, только тогда заметил, что перед ним лежит какой-то человек, лицом уткнувшись в лужу крови, а вокруг одни горящие дома.

Но эта минута оказалась короткой передышкой: лишь только он собрался подойти к лежавшему, догадываясь, что это Ла Юрьер, как дверь, которую он тщетно пытался вышибить булыжником, вдруг растворилась, и старый Меркандон с двумя племянниками и сыном набросились на переводившего дух Коконнаса.

— Вот он! Вот он! — кричали они в один голос.

Коконнас стоял посреди улицы и подвергался опасности быть окруженным четырьмя противниками, атаковавшими его одновременно, поэтому он, подражая сернам, на которых, бывало, охотился в горах, сделал большой скачок назад и стал спиной к фасаду дома Гиза. Обезопасив себя от всяких неожиданностей, он вновь обрел свою насмешливость и, став в позицию, сказал:

— Та-та-та! Папаша Меркандон! Вы, что ж, меня не узнаете?

— Ах, негодяй! — воскликнул старый гугенот. — Наоборот, я очень хорошо тебя узнал! Ты покушался на меня, на друга и компаньона твоего отца?

— И его заимодавца, да?

— Да, и его заимодавца, как ты говоришь.

— Я и пришел уладить наши счеты.

— Хватай! Вяжи его! — крикнул старик сопровождавшим его сыну и племянникам.

Молодые люди бросились к тому месту, где стоял Коконнас.

— Одну минуту, одну минуту! — сказал, смеясь, пьемонтец. — Чтобы арестовать человека, надо иметь приказ о взятии под стражу, а вы забыли попросить его у верховного судьи.

С этими словами он скрестил свою шпагу со шпагой ближайшего молодого человека и тотчас, сделав «обманное движение», обрубил ему кисть руки, державшую оружие. Несчастный взвыл от боли.

— Один! — крикнул Коконнас.

В то же мгновение окно, под которым стоял пьемонтец, со скрипом отворилось. Коконнас отскочил, боясь атаки и с этой стороны, но вместо нового врага в окошке показалась женщина, а вместо какого-нибудь опасного предмета к его ногам упал букет цветов.

— Женщина?! Вот как! — сказал Коконнас.

Он отсалютовал даме шпагой и нагнулся поднять букет.

— Берегитесь, берегитесь, храбрый католик! — крикнула дама.

Коконнас выпрямился, но недостаточно быстро, и кинжал второго племянника, прорезав плащ пьемонтца, нанес ему рану в другое плечо.

Дама пронзительно вскрикнула. Коконнас, одним жестом поблагодарив ее и успокоив, набросился на второго племянника, который ушел от этого удара, но при второй атаке поскользнулся в луже крови. Коконнас кинулся на него с быстротой рыси и пронзил ему грудь шпагой.

— Браво! Браво, храбрый рыцарь! — воскликнула дама. — Браво! Я сейчас вышлю вам подмогу.

— Не стоит беспокоиться, мадам! — ответил Коконнас. — Если это вас интересует, то лучше досмотрите до конца, и вы увидите, как расправляется с гугенотами граф Аннибал де Коконнас.

В это время сын старика Меркандона почти в упор выстрелил из пистолета в Коконнаса. Коконнас упал на одно колено; дама вскрикнула, но пьемонтец встал невредим, — упав нарочно, чтобы избежать пули, которая и просверлила стену в двух футах от красивой зрительницы.

Почти одновременно из окна в жилище Меркандона раздался яростный крик, и старая женщина, узнав по белому кресту и белой перевязи, что Коконнас католик, швырнула в него цветочный горшок и попала ему в ногу выше колена.

— Прекрасно! — сказал пьемонтец. — Одна бросает мне цветы, другая — горшок к ним. Если так будет продолжаться, то разнесут из-за меня и самый дом.

— Спасибо, матушка, спасибо! — крикнул юноша.

— Валяй, жена, валяй! — крикнул старик Меркандон. — Только не задень нас!

— Подождите, подождите, месье Коконнас, — крикнула ему дама из особняка Гиза, — я прикажу стрелять из окон.

— Вот как! Да это целый женский ад, где одни женщины за меня, а другие — против! — сказал пьемонтец. — Дьявольщина! Надо кончать!

Действительно, вся обстановка сильно изменилась, и дело явно шло к развязке. Хотя Коконнас был ранен, но находился во всем расцвете своих двадцати лет, привык к боям, и три или четыре полученные им царапины не столько ослабили его, сколько обозлили. Против него остались только Меркандон и его сын — старик на седьмом десятке лет и юноша лет семнадцати, бледный и хрупкий блондин; он бросил свой разряженный, бесполезный пистолет и в трепете размахивал своей шпажонкой, наполовину короче шпаги Коконнаса; отец, вооруженный лишь кинжалом и незаряженной аркебузой, звал на помощь. В окне напротив старая женщина, мать юноши, держала в руках кусок мрамора и собиралась его сбросить. Пьемонтец, возбужденный угрожающими действиями с одной стороны и поощрениями с другой, гордый своей двойной победой, опьяненный запахом пороха и крови, озаренный отсветами горящих зданий, воодушевленный сознанием того, что бьется на глазах у женщины, казалось занимавшей по красоте такую же высокую ступень, какую занимала в обществе, — этот Коконнас, подобно последнему из всех Горациев, ощутил в себе двойную силу и, заметив нерешительность юного противника, подскочил к нему, скрестил свою страшную окровавленную рапиру с его шпажонкой и в два приема выбил ее из руки. Тогда Меркандон постарался оттеснить пьемонтца с таким расчетом, чтобы предметы, брошенные из окна, могли попасть в него вернее. Но Коконнас неожиданным маневром обезопасил себя от двойной угрозы — от Меркандона, пытавшегося ткнуть его кинжалом, и от старухи матери, уже готовой бросить камень и раздробить врагу череп. Он схватил юного противника в охапку и, зажав в своих геркулесовых объятиях, начал подставлять его, как щит, под все удары.

— Помогите, помогите! — кричал юноша. — Он мне раздавит грудь! Помогите, помогите!

Голос его переходил в глухое, сдавленное хрипение.

Тогда Меркандон бросил свои угрозы и начал умолять:

— Пощадите! Пощадите, месье, он у меня единственный ребенок!

— Мой сын! Мой сын! — кричала мать. — Надежда нашей старости! Не убивайте его! Не убивайте!

— А-а, вот как! — воскликнул Коконнас и расхохотался. — Не убивать? А что он хотел сделать со мной своим пистолетом и шпагой?

— Месье, — продолжал Меркандон, умоляюще складывая руки, — у меня есть денежное обязательство, подписанное вашим отцом, — я вам верну его; у меня десять тысяч экю золотом — я их отдам вам; у меня есть семейные драгоценности — они будут ваши, только не убивайте, не убивайте!

— А у меня есть любовь, — вполголоса сказала дама из дома Гиза, — я обещаю ее вам!

Пьемонтец на одно мгновение призадумался, потом спросил юношу:

— Вы гугенот?

— Да, гугенот, — пролепетал юноша.

— Тогда — смерть! — ответил Коконнас, нахмурив брови и поднося к груди противника тонкий, узенький кинжальчик, так называемый «мизерикорд».

— Смерть! — вскрикнул старик. — Мое дитя! Мое несчастное дитя!

Послышался вопль старухи матери, проникнутый такой глубокой скорбью, что пьемонтец на минуту приостановил исполнение своего жестокого приговора.

— О герцогиня! — взмолился Меркандон, обращаясь к даме, смотревшей из особняка Гиза. — Вступитесь за нашего ребенка, а мы вас будем поминать в наших вечерних и утренних молитвах.

— Пусть он перейдет в католичество! — сказала дама из особняка Гиза.

— Я протестант, — ответил юноша.

— Тогда умри, раз тебе не дорога жизнь, которую дарит тебе такая красавица!

Меркандон и его жена увидели, как молнией сверкнул страшный клинок над головой их сына.

— Сын мой, мой Оливье! Отрекись... отрекись! — взывала к нему мать.

— Отрекись, сынок! Не оставляй нас одинокими на свете, — кричал Меркандон, валяясь в ногах у Коконнаса.

— Отрекайтесь все трое! — воскликнул Коконнас. — Спасение трех душ и одной жизни за «Верую».

— Согласны! — воскликнули Меркандон и его жена.

— На колени! — приказал Коконнас. — И пусть твой сын повторяет за мной молитву слово в слово.

Отец первым встал на колени.

— Я готов, — ответил сын и тоже встал на колени.

Коконнас начал произносить латинские слова молитвы. Случайно или намеренно, но только юный Оливье встал на колени у того места, куда отлетела его шпага. Как только юноша сообразил, что может достать до нее рукой, он, повторяя слова молитвы, протянул руку к шпаге. Коконнас заметил его маневр, но не подал виду. Когда же юноша дотронулся концами пальцев до рукояти шпаги, Коконнас бросился на него, повалил на землю и со словами: «А-а! Предатель!» — вонзил ему в горло кинжал.

Юноша вскрикнул, судорожно приподнялся и упал мертвый.

— Палач! — крикнул Меркандон. — Ты убиваешь нас, чтобы украсть сто ноблей, которые нам должен.

— Честное слово, нет! — возразил Коконнас. — Я докажу...

С этими словами пьемонтец швырнул к ногам старика кошелек, который вручил ему отец, чтобы вернуть долг парижскому заимодавцу.

— И доказал! — продолжал Коконнас. — Вот ваши деньги!

— А вот твоя смерть! — крикнула мать из своего окна.

— Берегитесь! Берегитесь, месье Коконнас! — воскликнула дама из особняка Гиза.

Не успел Коконнас повернуть голову, чтобы сообразоваться с предостережением дамы и избежать грозившей опасности, как тяжелая каменная глыба прорезала со свистом воздух, плашмя упала на шляпу храбреца, сломала шпагу, а самого его свалила на мостовую, где он и распростерся, оглушенный ударом, потеряв сознание, не слыша ни крика радости, ни крика отчаяния, раздавшихся одновременно с левой и с правой стороны.

Старик, держа в руке кинжал, сейчас же кинулся к врагу, лежавшему без чувств. Но в тот же миг дверь в доме Гиза распахнулась, и Меркандон, завидев блеск шпаг и протазанов, убежал. А в это время дама, названная им герцогиней, наполовину высунулась из окна, сияя в зареве пожара страшной красотой и ослепительной игрою самоцветов и алмазов; она указывала рукой на Коконнаса, крича вышедшим из дома людям:

— Здесь, здесь! Напротив меня! Дворянин в красном колете... Да, этот, этот!..

# X

## СМЕРТЬ, ОБЕДНЯ ИЛИ БАСТИЛИЯ

Как читателю уже известно, Маргарита, заперев дверь, вернулась к себе. Но когда она с трепетом входила в спальню, ей прежде всего бросилась в глаза Жийона, которая в ужасе прижалась к двери кабинета, глядя на пятна крови, разбрызганной по мебели, постели и ковру.

— Ох, мадам! — воскликнула она, увидев королеву. — Неужели он умер?

— Тише, Жийона, — ответила Маргарита строгим тоном, подчеркнувшим необходимость такого требования.

Жийона умолкла. Маргарита вынула из кошелька золоченый ключик и, отворив дверь в кабинет, указала своей приближенной на молодого человека.

Ла Моль кое-как встал и подошел к окну. Под руку ему попался маленький кинжальчик, какие в те времена носили женщины, и он схватил его, услышав, что отпирают дверь.

— Месье, не бойтесь ничего, — сказала Маргарита. — Клянусь, вы в безопасности!

Ла Моль упал на колени.

— О мадам, — воскликнул он, — вы для меня больше, чем королева! Вы божество!

— Не волнуйтесь так, месье, — сказала королева, — у вас еще продолжается кровотечение... Взгляни, Жийона, как он бледен. Послушайте, куда вы ранены?

— Мадам, — говорил Ла Моль, стараясь разобраться в охватившей все тело боли и установить главные болевые точки, — помнится, что первый удар мне нанесли в плечо, а второй — в грудь, все остальные раны не стоят внимания.

— Это мы увидим, — ответила Маргарита. — Жийона, принеси мне шкатулочку с бальзамами.

Жийона вышла и тотчас вернулась, держа в одной руке шкатулочку, в другой серебряный, позолоченный кувшин с водой и кусок тонкого голландского полотна.

— Жийона, помоги мне приподнять его, — сказала Маргарита. — Если он будет приподниматься сам, то лишится последних сил.

— Мадам, я так смущен... я, право, не могу позволить...

— Я надеюсь, месье, вы не будете мешать нам делать наше дело, — сказала Маргарита. — Раз мы можем вас спасти, было бы преступлением дать вам умереть.

— О, я предпочел бы умереть, — воскликнул Ла Моль, — но не видеть, как вы, королева, пачкаете руки в моей недостойной крови!.. О, ни за что! Ни за что!

И он почтительно отстранился от нее.

— Ах, дорогой мой дворянин, — улыбаясь, ответила Жийона, — да вы уже испачкали своею кровью и постель, и всю комнату ее величества.

Маргарита запахнула халат на своем батистовом пеньюаре, пестревшем кровяными пятнами. Это стыдливое женское движение напомнило Ла Молю, что он держал в своих объятиях и прижимал к своей груди эту красивую, горячо любимую им королеву, и легкий румянец стыда мелькнул на бледных щеках юноши.

— Мадам, — слабым голосом проговорил он, — разве вы не можете передать меня на излечение какому-нибудь хирургу?

— Хирургу-католику, да? — спросила королева с таким оттенком в голосе, что Ла Моль вздрогнул.

— Разве вы не знаете, — продолжала Маргарита с неизъяснимой теплотой в голосе и взгляде, — что в воспитание королевских дочерей входит изучение свойств растений и умение приготовлять целебные бальзамы? Во все времена обязанностью королев и женщин было облегчать страдания. И, — как уверяют, по крайней мере, наши льстецы, — мы не уступим любому хирургу. Разве до вас не доходили слухи о моем искусстве врачевания? Ну, Жийона, примемся за дело!

Ла Моль попытался еще раз оказать сопротивление, повторяя, что предпочитает умереть, чем возлагать на королеву такой труд, что ее заботы, вызванные состраданием, могут после возбудить отвращение к нему. Но это сопротивление только истощило его силы — глаза его закрылись, голова откинулась назад, и он во второй раз лишился чувств.

Маргарита подняла выпавший у него из руки кинжал, быстро перерезала им шнуры на колете, в то время как Жийона распорола или, вернее, взрезала рукава.

Затем Жийона взяла льняную тряпочку, смочила ее свежей водой и смыла кровь, сочившуюся из плеча и груди молодого человека, а Маргарита, взяв золотой зонд, начала исследовать раны так осторожно, так умело, что это сделало бы честь хоть самому Амбруазу Паре.

Рана в плече оказалась глубокой, удар же в грудь скользнул по ребрам и ранил только мускулы; но ни одна из этих ран не повредила того естественного панциря, который предохраняет легкие и сердце.

— Рана болезненная, но не смертельная, acerrimum humeri vulnus, non autem lethale, — прошептала ученая красавица хирург. — Дай мне бальзам, Жийона, и приготовь корпию.

Между тем Жийона, не дожидаясь распоряжения королевы, вытерла насухо и надушила грудь молодого человека, его руки античной формы, его красиво развернутые плечи и его шею, прикрытую густыми кудрями, больше походившую на шею статуи из паросского мрамора, чем на часть тела израненного, чуть живого молодого человека.

— Бедняга, — прошептала Жийона, любуясь не столько делом рук своих, сколько самим объектом их стараний.

— Красив! Не правда ли? — спросила Маргарита с царственной откровенностью.

— Да, мадам, но, по-моему, не следовало бы оставлять его на полу; нужно поднять его и положить на диван.

— Верно, — ответила Маргарита.

Обе женщины нагнулись, соединенными усилиями приподняли Ла Моля и положили его на широкую софу с резной спинкой, стоявшую у окна, которое они полуоткрыли, чтобы раненый дышал чистым воздухом.

Ла Моль, разбуженный этим перемещением, вздохнул и открыл глаза. Он находился теперь в том блаженном состоянии, какое испытывает раненый, возвращаясь к жизни и чувствуя вместо жгучих болей полное успокоение, а вместо теплого, противного запаха крови — благоухание бальзамов. Он начал лепетать какие-то бессвязные слова, но Маргарита с улыбкой приложила свой пальчик к его губам. Послышался стук в дверь.

— Это стучатся у потайного хода, — сказала Маргарита.

— Кто бы это мог быть? — спросила Жийона.

— Я пойду посмотрю, — сказала Маргарита, — а ты останься здесь и не отходи от него ни на минуту.

Маргарита затворила дверь в кабинет, вернулась к себе в комнату и отперла дверь потайного хода.

— Мадам де Сов! — воскликнула она, отшатываясь от баронессы под влиянием не чувства страха, а скорее вражды, как бы оправдывая мнение, что женщина никогда не прощает другой женщине, отнявшей у нее хотя бы и нелюбимого мужчину.

— Да, это я, ваше величество! — промолвила мадам де Сов, умоляюще складывая руки.

— И вы здесь, мадам? — продолжала Маргарита, все больше изумляясь и в то же время повышая голос.

Шарлотта упала на колени.

— Мадам, простите, — говорила она, — я сознаю, как я перед вами виновата. Но если бы вы знали все!.. Не вся вина лежит на мне, был и особый приказ королевы-матери!

— Встаньте, — сказала Маргарита. — Я полагаю, вы явились не для того, чтобы оправдываться передо мной! Встаньте и говорите, зачем вы пришли?

— Мадам, я пришла... — с блуждающим взглядом говорила Шарлотта, продолжая стоять на коленях, — я пришла, чтобы узнать, не здесь ли он?..

— Кто — здесь? О ком вы говорите?.. Не понимаю.

— О короле.

— О короле? Вы бегаете за ним даже ко мне?! Вы же отлично знаете, что здесь он не бывает.

— Ах, мадам! — продолжала баронесса, не отвечая на эти колкие слова и, видимо, даже не осознавая их истинного смысла. — Дай бог, чтоб он был здесь!

— А почему?

— Ах, боже мой, мадам! Да потому, что гугенотов избивают, а он глава их.

— О, я забыла об этом! — воскликнула Маргарита, хватая за руку мадам де Сов и вынуждая ее встать. — Я не подумала, что королю может грозить такая же опасность, как другим.

— Бо́льшая, мадам, — воскликнула баронесса де Сов, — в тысячу раз большая, чем другим!

— Правда, герцогиня Лотарингская меня предупреждала. Я говорила ему, чтоб он не выходил на улицу. Разве он вышел?

— Нет, нет, он в Лувре. Но его нет нигде! Если он не здесь...

— Его здесь нет...

— О-о! — воскликнула мадам де Сов в порыве горя. — Тогда ему конец! Королева-мать поклялась его уничтожить.

— Уничтожить! О, вы меня пугаете. Это невозможно.

— Мадам, мадам, — заговорила баронесса с такой настойчивостью, какую внушает только страсть, — я повторяю вам: никто не знает, куда девался король Наваррский.

— А где королева-мать?

— Королева-мать меня послала за герцогом Гизом и месье Таваном, которые находились у нее в молельне, а потом велела мне уйти. Тогда я пошла к себе и, простите, мадам, стала ждать, как обыкновенно...

— Моего мужа, да? — спросила Маргарита.

— Он не пришел, мадам. Тогда я начала его искать повсюду, спрашивала всех. Только один солдат сказал мне, будто бы видел, как король шел в сопровождении конвоя с обнаженными шпагами, и было это до избиения гугенотов, а избиение началось час тому назад.

— Благодарю, мадам, — сказала Маргарита. — И хотя чувство, побудившее вас действовать так, для меня только лишняя обида, я все же вас благодарю.

— О мадам, в таком случае простите, с вашим прощением я пойду к себе бодрее; я не решаюсь следовать за вами даже издали.

Маргарита протянула ей руку.

— Идите к себе, а я пойду к королеве-матери. Король Наваррский под моей защитой — я обещала быть ему союзницей и сдержу слово.

— А если вам не удастся пройти к королеве-матери?

— Тогда я пройду к брату Карлу, надо будет поговорить с ним.

— Идите, идите, мадам, — сказала баронесса, уступая дорогу Маргарите, — и дай вам боже счастливый путь!

Маргарита быстро пошла по коридору. Но в конце его обернулась и посмотрела, не идет ли сзади мадам де Сов. Мадам де Сов шла вслед за ней. Убедившись, что она свернула на лестницу, которая вела к ней в комнаты, королева Наваррская направилась к королеве-матери.

Вся обстановка в Лувре изменилась. Вместо толпы придворных, которые, почтительно приветствуя ее, давали ей дорогу, Маргарита все время натыкалась или на дворцовых стражей с окровавленными протазанами и в одежде, выпачканной кровью, или же на дворян в пробитых оружием плащах и с лицами, измазанными пороховой гарью; они разносили приказания и депеши — одни входили, другие выходили. Все эти люди, сновавшие взад и вперед по галереям, напоминали какой-то страшный огромный муравейник.

Но Маргарита все же быстро двигалась вперед и наконец дошла до передней комнаты в покоях королевы-матери. В передней стояли в два ряда солдаты, не пропуская никого, кроме лиц, знавших особый пароль.

Маргарита тщетно пыталась пробраться сквозь эту живую изгородь. Дверь в комнату Екатерины Медичи то отворялась, то затворялась, и в растворявшуюся дверь Маргарита видела королеву-мать, помолодевшую от делового возбуждения и полную энергии, точно ей было двадцать лет. Она то принимала письма, их распечатывала и читала, то сама писала, то раздавала приказания, одним что-то говорила, другим лишь улыбалась, награждая более дружеской улыбкой тех, кто больше был запылен и обагрен кровью.

Среди этой великой суматохи, наполнявшей Лувр страшным шумом, с улицы доносились, все учащаясь, ружейные выстрелы.

После трех безрезультатных попыток добиться пропуска у алебардщиков, Маргарита решила: «Мне ни за что не проникнуть к ней. Лучше, не теряя времени, пойти к брату».

В это время шел мимо Гиз, который доложил королеве-матери о смерти адмирала и теперь возвращался продолжать бойню.

— Генрих! — окликнула его Маргарита. — Где король Наваррский?

Герцог с усмешкой удивленно взглянул на Маргариту, раскланялся и молча вышел в сопровождении своей охраны.

Маргарита догнала одного командира, который уже выводил свой отряд из Лувра, но задержался перед выходом, приказав отряду зарядить аркебузы.

— Где король Наваррский? Месье, скажите, где король Наваррский?

— Не знаю, мадам, я не из охраны его величества, — ответил командир.

— А-а, дорогой Рене! — воскликнула Маргарита, увидев парфюмера Екатерины Медичи. — Вы... вы от королевы-матери? Не знаете ли, что сталось с моим мужем?

— Мадам, вы, вероятно, забыли, что его величество совсем не друг мне... Даже говорят, — добавил он с такой злой улыбкой, точно не улыбался, а собирался укусить, — даже говорят, что король Наваррский решился обвинить меня в том, что я в соучастии с ее величеством королевой Екатериной отравил его мать.

— Нет! Нет! Милейший Рене, — воскликнула Маргарита, — не верьте этому!

— О, мне это безразлично, мадам! — ответил парфюмер. — Теперь уж нечего бояться короля Наваррского и его сторонников.

И парфюмер пошел прочь от Маргариты.

— Месье Таван! Месье Таван! — крикнула Маргарита проходившему Тавану. — Прошу вас, на одно слово! Таван остановился.

— Где Генрих Наваррский? — спросила она.

— Где?! Думаю, что разгуливает в городе вместе с герцогом Алансонским и принцем Конде. — Потом чуть внятно, так, чтобы одна Маргарита слышала его, добавил: — Ваше прекрасное величество, если вам угодно видеть того, за чье место я отдам жизнь, постучитесь в королевскую Оружейную.

— Спасибо, Таван! Благодарю вас, я иду туда сейчас же, — ответила Маргарита, уловившая из слов Тавана только это важное для нее указание.

Маргарита поспешила на половину короля, рассуждая про себя: «О! После того, что я обещала ему, после того, как обошелся он со мной в ту ночь, когда неблагодарный Генрих Гиз прятался у меня в кабинете, я не могу допустить его гибели!»

Она постучалась в двери королевских покоев, но тут же ее окружили два отряда дворцовой стражи.

— К королю входа нет, — сказал подошедший офицер.

— А мне? — возразила Маргарита.

— Приказ для всех.

— Но я королева Наваррская! Я его сестра!

— Мадам, приказ не допускает исключений. Примите мои извинения.

И офицер запер дверь.

— Он погиб! — воскликнула Маргарита, встревоженная зловещим видом всех этих людей, или дышавших местью, или непреклонных. — Да, теперь все понятно... Из меня сделали приманку... Я ловушка, в которую поймали гугенотов, и теперь их избивают. О нет! Я все-таки войду, хотя бы мне грозила смерть!

Маргарита мчалась как сумасшедшая по коридорам и галереям, как вдруг, пробегая мимо одной двери, услышала тихое, однообразно-унылое пение. Кто-то в комнате за этой дверью пел дрожащим голосом кальвинистский псалом.

— Ах, это милая Мадлон, кормилица моего брата — короля! — воскликнула Маргарита, озаренная мелькнувшей у нее мыслью. — Это она!.. Господь, покровитель всех христиан, помоги мне!

И Маргарита тихонько постучалась в небольшую дверь.

Когда Генрих Наваррский, выслушав предупреждение Маргариты и поговорив с Рене, все-таки вышел от королевы-матери, хотя маленькая собачка Феба, как добрый гений, старалась не пустить его, он встретил нескольких дворян-католиков, которые, под видом оказания почета, проводили Генриха до его покоев, где собрались человек двадцать гугенотов и, раз уже собравшись, решили не покидать своего молодого короля, так как что-то недоброе чувствовалось в Лувре еще за несколько часов до этой роковой ночи. Они остались, и никто их не беспокоил. Но при первом ударе в колокол на Сен-Жермен-Л'Озеруа, отдавшемся в сердцах этих людей как похоронный звон, вошел Таван и среди гробового молчания объявил Генриху Наваррскому, что король Карл IX желает с ним поговорить.

О сопротивлении не могло быть речи, да эта мысль и не приходила никому в голову. В галереях и коридорах Лувра — сверху, снизу — слышался топот около двух тысяч солдат, собранных внутри здания и на дворе. Генрих Наваррский, простившись с друзьями, которых ему не суждено было увидеть вновь, пошел вслед за Таваном до маленькой галереи рядом с королевскими покоями, и здесь Таван его оставил одного, безоружного, с тяжелым гнетом всяких подозрений на душе.

Король Наваррский провел так, минута за минутой, жутких два часа, с возрастающим ужасом прислушиваясь к звукам набата и грому выстрелов. В стеклянное оконце Генрих видел, как в зареве пожара или при свете факелов мелькали палачи и жертвы, но не мог понять, что значили и эти вопли отчаяния, и эти крики: «Бей!» Несмотря на то что король Наваррский знал Карла IX, королеву-мать и герцога Гиза, он все же не мог себе представить всего ужаса драмы, свершавшейся в эти часы.

В нем не было природной храбрости, но было другое, не менее ценное, достоинство — большая сила духа: он боялся опасности, но шел с улыбкой навстречу ей в сражении — в открытом поле, при свете дня, на глазах у всех, под пронзительные звуки труб и дробные, глухие перекаты барабанов... А здесь стоял он безоружен, одинок, в неволе, в полутьме, где еле-еле можно было разглядеть врага, подкравшегося незаметно, и сталь, готовую разить. Эти два часа остались, пожалуй, самыми жестокими часами в его жизни.

Когда Генрих Наваррский уже начал понимать, что, по всей вероятности, происходит организованное избиение, то, к большому его смятению, вдруг появился какой-то капитан и повел его по коридору в покои короля. Едва они дошли до двери, как она открылась, пропустила их и тотчас, как по волшебству, закрылась вслед за ними. Затем капитан ввел Генриха Наваррского в Оружейную, где находился Карл IX.

Король сидел в высоком кресле, свесив голову на грудь и положив руки на локотники. При звуке шагов короля Наваррского и капитана Карл IX поднял голову, и Генрих Наваррский заметил крупные капли пота, выступившие у него на лбу.

— Добрый вечер, Анрио! — резко произнес молодой король. — Ла Шатр, оставьте нас!

Капитан вышел. Воцарилось мрачное молчание.

Генрих Наваррский с тревогой оглядел комнату и убедился, что они одни.

Вдруг Карл IX поднялся с кресла, быстрым движением откинул назад белокурые волосы, отер лоб и спросил:

— Черт подери, Анрио! Вы рады, что находитесь здесь, со мной?

— Конечно, сир, — ответил король Наваррский, — я всегда счастлив быть с вашим величеством.

— Лучше быть здесь, чем там, не так ли? — заметил Карл IX, не столько отвечая на любезность своего зятя, сколько следуя течению своей мысли.

— Сир, я не понимаю... — ответил Генрих Наваррский.

— Взгляните — и поймете!

Король быстро подбежал, вернее, подскочил к окну и, подтащив к себе своего перепуганного зятя, указал ему страшные силуэты палачей на палубе какой-то барки, где они резали или топили своих жертв, которых к ним приводили каждую минуту.

— Скажите же, ради бога, что происходит этой ночью?! — спросил белый как полотно король Наваррский.

— Месье, этой ночью меня избавляют от гугенотов. Видите вон там, над Бурбонским дворцом, дым и пламя? Это дым и пламя от пожара в доме адмирала. Видите это мертвое тело, которое добрые католики волокут на разодранном матраце? Это труп зятя адмирала и вашего друга Телиньи.

— Что это такое?! — воскликнул король Наваррский, почувствовав в этих словах издевательство, соединенное с угрозой, и, содрогаясь от гнева и стыда, тщетно пытался нащупать рукоять своего кинжала.

— А то, — выкрикнул Карл IX, вдруг приходя в ярость и страшно побледнев, — а то, что я не хочу иметь гугенотов вокруг себя! Теперь вам понятно, Анрио? Разве я не король? Не властелин?

— Но, ваше величество...

— Мое величество избивает сейчас всех, кто не католик! Такова моя воля! Вы не католик? — вскрикнул Карл IX, в котором гнев все время нарастал, как морской прилив.

— Сир, вспомните ваши слова: «Какое мне дело до религии тех, кто хорошо мне служит!»

— Ха-ха-ха! — залился мрачным смехом Карл. — Ты, Анрио, советуешь мне вспомнить мои слова! Verba volant*, как говорит моя сестричка Марго. А те, — продолжал он, показывая пальцем на город, — разве плохо служили мне? Не были храбры в бою, мудры в совете, неизменно преданны? Все они были хорошими подданными! Но они — гугеноты! А мне нужны только католики.

Генрих молчал.

— Пойми же меня, Анрио! — воскликнул Карл IX.

— Я понял, сир...

— И что же?

— Сир, я не представляю себе, почему бы королю Наваррскому не поступить так же, как поступили столько дворян и простых людей. В конце концов, все эти несчастные гибнут потому, что им предложили то самое, что ваше величество предлагает мне, а они это отвергли так же, как отвергаю это я.

Карл схватил своего зятя за руку и остановил на нем свой, обычно тусклый, взгляд, начинавший теперь светиться зверским огоньком.

— Ах, так ты воображаешь, что я брал на себя труд предлагать католичество тем, кого сейчас режут? — спросил Карл.

— Сир, — сказал Генрих Наваррский, освобождая свою руку, — когда придется умирать, ведь вы умрете в вере своих отцов?

— Да, черт побери! А ты?

— Я тоже, — ответил Генрих.

Карл взвыл от ярости и дрожащей рукой схватил лежавшую на столе аркебузу. Генрих Наваррский прижался к стене, пот выступил у него на лбу от смертельной истомы, но благодаря огромной силе самообладания он внешне был спокоен и следил за всеми движениями страшного монарха, застыв на месте, как птица, завороженная змеей.

Карл IX взвел курок аркебузы и в слепой ярости топнул ногой.

— Принимаешь мессу? — крикнул он, ослепляя Генриха сверканием рокового оружия.

Генрих молчал.

---

* Слова летучи (*лат.*).

Карл потряс своды Лувра самым ужасным ругательством, какое когда-либо произносилось человеком, и лицо его из бледного сделалось зеленоватым.

— Смерть, месса или Бастилия! — крикнул он, прицеливаясь в Генриха.

— О сир! Неужели вы убьете меня, вашего брата?

Генрих Наваррский, с исключительным присутствием духа, составлявшим одно из самых главных его природных качеств, воздержался от прямого ответа на вопрос Карла, сознавая, что отрицательный ответ повлечет за собою смерть.

Как это бывает, вслед за сильным припадком ярости начала сказываться реакция: Карл IX не повторил своего вопроса. С минуту он только глухо хрипел, затем повернулся к открытому окну и прицелился в какого-то человека, бежавшего по набережной на той стороне реки.

— Надо же мне кого-нибудь убить! — крикнул он, бледный как смерть, с налитыми кровью глазами.

Он выстрелил и уложил бежавшего на месте. Генрих невольно охнул.

Тогда Карл IX в страшном возбуждении начал безостановочно перезаряжать свою аркебузу и стрелять, радостно вскрикивая при каждом удачном выстреле.

«Я погиб, — подумал король Наваррский, — как только ему не в кого будет стрелять, он убьет меня».

Вдруг сзади них раздался голос:

— Ну как? Свершилось?

Это была Екатерина, которая вошла неслышно, под гром последнего выстрела.

— Нет, тысяча чертей! — заорал Карл IX, швыряя на пол аркебузу. — Нет! Упрямец не хочет!..

Екатерина не ответила, а медленно перевела взгляд в сторону Генриха Наваррского, стоявшего так же неподвижно, как одна из фигур на стенном ковре, к которому он прислонился. Потом Екатерина снова посмотрела на Карла, как будто спрашивая взглядом: «Тогда почему он жив?»

— Он жив... Он жив... — заговорил Карл IX, хорошо поняв значение ее взгляда, и без колебаний ответил на него: — Он жив потому, что он мой родственник.

Екатерина усмехнулась.

Генрих заметил ее усмешку и понял, что ему надо бороться прежде всего с Екатериной.

— Мадам, я хорошо вижу, — сказал он ей, — все это — дело ваших рук, а не моего шурина Карла. Вам пришла в голову мысль заманить меня в ловушку; вы задумали сделать из вашей дочери приманку, чтобы погубить нас всех; вы разлучили меня с моей женой, чтобы избавить ее от неприятного зрелища — смотреть, как будут убивать меня на ее глазах.

— Да, но этого не будет! — раздался чей-то прерывистый и страстный голос, который ободрил Генриха, но заставил вздрогнуть Карла от неожиданности, а королеву-мать от ярости.

— Маргарита! — воскликнул Генрих.

— Марго! — сказал Карл IX.

— Дочь! — прошептала Екатерина.

— Месье, — обратилась Маргарита к мужу, — вы правы и не правы. Правы в том, что я действительно оказалась орудием для того, чтобы погубить всех вас; не правы — поскольку я не знала, что вас ждет гибель. Сама я жива только благодаря случайности, а может быть — забывчивости моей матери; но как только я узнала о грозящей вам опасности, я тотчас вспомнила о своем долге. А долг жены — разделять судьбу своего мужа. Изгонят вас — я пойду в изгнание; заключат вас в тюрьму — я пойду в тюрьму; убьют вас — я приму смерть.

Она протянула мужу руку, и он сжал ее с чувством признательности, если не любви.

— Бедняжка Марго, ты лучше бы уговорила его стать католиком, — сказал Карл IX.

— Сир, поверьте мне, — ответила Маргарита со свойственным ей достоинством, — ради вас самих не требуйте подлости от члена вашей королевской семьи.

Екатерина многозначительно взглянула на короля Карла. Маргарита поняла страшную мимику Екатерины так же хорошо, как и Карл.

— Брат, — воскликнула она, — вспомните, что вы сами сделали его моим мужем!

Карл IX, под действием повелительного взгляда матери и умоляюще глядевших на него глаз сестры, одну минуту был в нерешительности. В конце концов Ормузд взял верх над Ариманом.

— Мадам, — сказал он на ухо Екатерине, — Марго действительно права, и Анрио — мой зять.

— Да, — ответила сыну, и тоже на ухо, Екатерина, — да... Но если бы он не был зятем?

# ЧАСТЬ ВТОРАЯ

## I

## БОЯРЫШНИК У «ГРОБНИЦЫ НЕВИННО УБИЕННЫХ»

Возвратясь в свои покои, Маргарита тщетно пыталась разгадать смысл того, что шепотом сказала Карлу королева-мать и почему ее слова сразу прекратили ужасное обсуждение вопроса о жизни или смерти короля Наваррского, которое она застала.

Часть утра Маргарита посвятила заботам о раненом Ла Моле, а другую часть тому, чтобы угадать слова Екатерины, но ее ум отказывался от решения такой задачи.

Король Наваррский остался в Лувре пленником. Преследование гугенотов продолжалось больше прежнего. За ужасной ночью наступил день еще более мерзких избиений. Колокола били не набат, а трезвонили «Te Deum»*, но звуки меди, радостно звеневшие над сценами убийства и пожаров, казались при свете солнца даже унылее, чем мрачный звон, гудевший в темноте предшествующей ночи. К утру обнаружилось одно необычайное явление: за эту ночь боярышник, обычно расцветающий весной и теряющий в июне душистый свой наряд, расцвел еще раз. Католики признали это чудом, разнесли весть о нем по городу и, сделав бога своим сообщником, устроили церковный ход с крестами и хоругвями к «Гробнице невинно убиенных», где вдруг расцвел боярышник. Это как бы небесное благословение на происходящую резню подогрело рвение убийц.

И в то время когда весь город, каждая улица, каждая площадь, каждый перекресток становились ареною убийст-

---

* Молитва в католической обедне: «Тебя, бога, славим...»

ва, Лувр уже стал братскою могилой всех протестантов, оказавшихся там в момент сигнала. В живых остались только король Наваррский, принц Конде и Ла Моль.

Состояние здоровья Ла Моля не тревожило больше Маргариту, так как подтвердились ее вчерашние слова о том, что его раны тяжелы, но не смертельны, и она занялась разрешением только одного вопроса: как спасти жизнь своему мужу, все еще находившуюся под угрозой. Несомненно, первое овладевшее ею чувство было естественное сострадание к человеку, которому она совсем недавно поклялась если и не в любви, то в дружбе. Но вслед за этим в сердце королевы проникло и другое чувство — не такое бескорыстное.

Маргарита была честолюбива: выходя замуж за Генриха Бурбона, она была почти уверена, что станет королевой на Наваррском троне. Хотя с одной стороны король французский, а с другой — король испанский отрывали от Наварры целые куски и сократили территорию ее до половины, Генрих Бурбон в тех редких случаях, когда ему приходилось обнажать свой меч, выказывал большое мужество, и если он его проявит впредь, Наварра может стать настоящим королевством, объединив как своих подданных французских гугенотов.

Благодаря своему развитому и тонкому уму Маргарита все это предусмотрела и учла. Теряя Генриха, она теряла не только мужа, но и трон.

Она сидела, глубоко задумавшись над этим, как вдруг кто-то постучал в дверь из потайного хода. Она вздрогнула, так как лишь три лица ходили этим ходом: король, королева-мать и герцог Алансонский. Она приотворила дверь, сделала пальцем знак Жийоне и Ла Молю притаиться и пошла впустить посетителя.

Посетителем оказался герцог Алансонский. Молодой человек не появлялся со вчерашнего дня. На мгновение у Маргариты мелькнула мысль попросить его, чтоб он вступился за короля Наваррского, но одно тревожное соображение ее остановило: брак был заключен против воли Франсуа — он терпеть не мог Генриха и сохранял нейтралитет по отношению к нему только благодаря уверенности, что Генрих и его жена остались чужими друг для друга. Следовательно, всякий признак внимания Маргариты к своему супругу мог не отдалить, а приблизить к груди Генриха три угрожавших ему кинжала.

Вот почему Маргарита, увидев своего брата, испугалась еще больше, чем если бы увидала Карла IX и даже королеву-мать. По внешнему виду юного принца нельзя было себе представить, что в городе и в Лувре происходит нечто чрезвычайное: он был одет с большой изысканностью, как всегда. От его одежды и белья пахло духами, чего не выносил Карл IX, но чем злоупотребляли его братья — герцог Анжуйский и герцог Алансонский. Только изощренный глаз Маргариты мог заметить, что, хотя герцог был бледнее, чем обычно, а концы пальцев его холеных рук слегка дрожали, душу его наполняло радостное чувство.

Войдя, он, как всегда, подошел к сестре, чтобы ее поцеловать, но Маргарита наклонилась и подставила ему для поцелуя лоб, хотя два старших брата — король и герцог Анжуйский — целовали ее в щеку.

Герцог Алансонский тяжело вздохнул и прикоснулся бледными губами к подставленному для поцелуя лбу.

После этого он сел и стал передавать сестре кровавые события этой ночи: медленную и мучительную смерть адмирала Колиньи и мгновенный конец Телиньи, убитого на месте пулей. Он остановился, уселся поглубже в кресле и, со свойственной ему и двум его братьям любовью к кровавым зрелищам, начал описывать подробности ночных убийств. Маргарита его не прерывала.

Когда Франсуа закончил рассказ, она спросила:

— Ведь вы, дорогой брат, зашли ко мне не для того только, чтобы рассказать все это, не так ли?

Герцог Алансонский улыбнулся.

— Вам нужно мне сказать что-то другое?

— Нет, — ответил герцог, — я жду.

— Чего вы ждете?

— Разве не говорили вы, моя милая и горячо любимая сестра, — начал герцог, подвигая свое кресло ближе к креслу Маргариты, — что брак ваш с королем Наваррским свершился против вашего желания?

— Разумеется, да. Я даже не была знакома с наследником беарнским, когда мне предложили его в мужья.

— Но и когда вы познакомились, разве не уверяли вы меня, что не чувствуете к нему никакой любви?

— Верно, я это говорила.

— Разве вы не были убеждены, что этот брак будет для вас несчастьем?

— Дорогой мой Франсуа, когда брак не большое счастье, то он почти всегда большое несчастье.

— Поэтому, как я уже сказал вам, дорогая Маргарита, я и жду.

— Но чего же вы ждете?

— Жду, когда вы скажете, что рады.

— Чему же мне радоваться?

— Неожиданной возможности вернуть себе свободу.

— Мне — свободу?! — удивилась Маргарита, заставляя герцога высказаться до конца.

— Ну да, свободу. Вас освободят от короля Наваррского.

— Освободят? — сказала Маргарита, пристально вглядываясь в своего брата.

Герцог попытался выдержать ее взгляд, но тотчас в смущении отвел глаза.

— Освободят? — повторила Маргарита. — Ну что ж, посмотрим! Но я была бы очень рада, если бы вы помогли мне разобраться до конца в этом вопросе: как же думают меня освободить?

— Да ведь Генрих — гугенот! — растерянно пробормотал Франсуа.

— Конечно, но он и не делал тайны из своего вероисповедания, об этом знали все, когда устраивали наш брак.

— Да, но со времени вашего брака что делал Генрих? — возразил герцог, и луч радости скользнул по его лицу.

— Вам, Франсуа, лучше знать, что делал Генрих, ведь он почти все время проводил в вашем обществе: вы вместе охотились, вместе играли в лапту и в мяч.

— Да, днем — это верно, а по ночам? — возразил герцог.

Маргарита не ответила и потупила глаза.

— А по ночам, по ночам?.. — настаивал герцог Алансонский.

— Ну, говорите! — сказала Маргарита, чувствуя, что надо что-нибудь ответить.

— А по ночам он проводил время в обществе мадам де Сов.

— Откуда вы это знаете?

— Я это знаю потому, что мне это нужно знать, — ответил герцог, нервно обрывая шитье у себя на рукавах.

Маргарита начинала проникать в смысл слов, сказанных Екатериной на ухо Карлу IX, но не подавала вида, что начала их понимать.

— Зачем вы это говорите? — ответила она с хорошо наигранной печалью. — Зачем напоминать мне, что здесь меня никто не любит и мною не дорожит, не исключая и тех, кого сама природа мне дала в заступники, и того, кого мне церковь дала в мужья?

— Вы несправедливы, — горячо возразил герцог Алансонский, еще ближе придвигаясь к сестре, — я вас люблю, я ваш заступник.

— Франсуа, вам ведь нужно сказать мне что-то по поручению королевы-матери?

— Да нет! Клянусь вам, милая сестра, вы ошибаетесь! Что вам могло внушить такую мысль?

— Мне ее внушает ваше поведение: вы порываете с дружбой, которая вас связывала с моим мужем; вы решили больше не участвовать в политических делах короля Наваррского.

— В политических делах короля Наваррского?! — повторил герцог Алансонский, совсем смутившись.

— Именно так. Послушайте, Франсуа, давайте говорить откровенно. Вы сами признавались двадцать раз, что вы оба не в силах не только подняться, но даже удержаться на должном уровне без взаимной поддержки. Этот союз...

— Теперь стал невозможен, — прервал ее герцог Алансонский.

— Это почему?

— Потому, что у короля свои намерения относительно вашего мужа. Простите! Говоря: «вашего мужа», я обмолвился — я хотел сказать: «Генриха Наваррского». Наша мать узнала все. Я связывал себя с гугенотами, думая, что они в милости. Но теперь их избивают, а через неделю их не останется и полусотни во всем королевстве. Я протянул руку помощи королю Наваррскому потому, что он был... вашим мужем. Но он больше не ваш муж. Что скажете на это вы, не только самая красивая, но и самая умная женщина во всей Франции?

— Скажу, — ответила Маргарита, — что слишком хорошо знаю нашего брата Карла. Вчера я была свидетельницей одного из его припадков умоисступления, а каждый из них стоит ему десяти лет жизни; скажу, что его припадки, к несчастью, повторяются все чаще и, по всей вероятности, брат наш Карл проживет недолго; скажу, что недавно умер король Польский и многие поговаривают об избрании французского наследного принца на его место; наконец, скажу, что раз обстоятельства складываются так, то совсем не время бросать союзников, которые в час битвы могут нас поддержать, пользуясь сочувствием целого народа и опираясь на собственное королевство.

— А разве то, что вы родному брату предпочитаете чужого, — не измена? И притом гораздо большая.

— Разъясните мне, Франсуа, в чем и как я изменила вам?

— Разве не вы вчера просили брата Карла пощадить жизнь короля Наваррского?

— Так что же? — спросила Маргарита с притворным простодушием.

Герцог вскочил с места и, вне себя, обошел раза два или три комнату, потом вернулся к Маргарите и взял ее неподвижную, застывшую руку.

— Прощайте, сестра, — сказал он, — вы не захотели понять меня, так пеняйте на себя за все несчастья, какие могут случиться с вами.

Маргарита побледнела, но осталась сидеть на месте. Она видела, как герцог выходил из комнаты, но даже не пошевельнулась, чтоб удержать его. Однако едва успел он потонуть во мраке потайного хода, как сам вернулся обратно в комнату.

— Слушайте, Маргарита, я забыл сказать вам одну вещь: завтра в этот самый час король Наваррский будет мертв.

Маргарита вскрикнула; мысль, что она является орудием убийства, внушала ей непреоборимый ужас.

— И вы не воспрепятствуете этому убийству? — спросила она. — Вы не спасете вашего лучшего друга и самого верного союзника?

— Со вчерашнего дня мой союзник не король Наваррский.

— А кто же?

— Герцог Гиз. Разгром гугенотов сделал Гиза королем католиков.

— Сын Генриха Второго признает своим королем какого-то лотарингского герцога!

— Вы, Маргарита, в дурном настроении и ничего не понимаете.

— Должна сознаться, что я тщетно пыталась проникнуть в ваши мысли.

— Вы, дорогая сестра, по своему происхождению не ниже принцессы де Порсиан, а Гиз так же смертен, как и король Наваррский. Теперь предположите три вполне возможных обстоятельства: первое — что наш брат, герцог Анжуйский, будет избран польским королем; второе — что вы полюбите меня, как я люблю вас; ну и третье?.. Третье — что я стану французским королем, а вы... вы... королевой католиков.

Маргарита закрыла лицо руками, пораженная дальновидностью этого юноши, которого никто при дворе не решился бы назвать умным.

— Вы, значит, не ревнуете меня к герцогу Гизу, как к королю Наваррскому? — спросила Маргарита после минутного молчания.

— Что было, то было! — ответил тихо герцог Алансонский. — А если было к чему ревновать Гиза, так я и ревновал.

— Осуществлению этого замечательного проекта мешает только одно.

— Что?

— Я не люблю герцога Гиза.

— Кого же вы любите теперь?

— Никого.

Герцог Алансонский, перестав понимать Маргариту, изумленно взглянул на нее, тяжело вздохнул и вышел из комнаты, сжимая холодной рукой лоб так крепко, словно боялся, что он треснет.

Маргарита осталась одна и задумалась. Ее собственное положение представлялось ей ясно и определенно. Король лишь не препятствовал Варфоломеевской ночи, а осуществили ее Екатерина Медичи и герцог Гиз. Герцог Гиз и герцог Алансонский теперь объединятся, чтобы извлечь из этого события возможно больше выгод. Смерть короля Наваррского сама собою вытекала из этого великого разгрома. Как только умрет король Наваррский, королевство его захватят. Тогда она, Маргарита, останется вдовой — без трона, без власти, а дальше — монастырь, где у нее не будет даже основания тихо скорбеть, оплакивая смерть своего мужа, который никогда им не был.

На этом мысли ее прервали: Екатерина Медичи прислала к ней спросить, не желает ли Маргарита совершить вместе со всем двором паломничество к расцветшему боярышнику у «Гробницы невинно убиенных».

Первым побуждением Маргариты было отказаться. Но, подумав, что во время такой прогулки представится, быть может, случай узнать что-нибудь новое о судьбе короля Наваррского, Маргарита решила ехать. Она велела сказать, что если ей подадут лошадь сейчас, то она готова сопровождать их величества.

Через пять минут явился паж и доложил, что если королева желает ехать, то может сойти во двор, так как процессия сейчас трогается в путь.

Король, королева-мать, Таван и самые знатные католики уже сидели на лошадях. Маргарита быстрым взглядом окинула всю эту группу человек в двадцать — короля Наваррского здесь не было. Зато была мадам де Сов, и Маргарита, обменявшись с ней взглядом, поняла, что возлюбленной ее мужа необходимо что-то ей сказать.

Участники прогулки двинулись в путь и по улице Астрюс выехали на улицу Сент-Оноре. При появлении короля, королевы Екатерины и католических главарей собралась толпа и двинулась все нарастающей волной за королевской кавалькадой, крича:

— Да здравствует король! Да здравствует месса! Смерть гугенотам!

Кричавшие потрясали еще дымящимися аркебузами и окровавленными шпагами, которые свидетельствовали о доле участия каждого из них в только что свершившихся убийствах.

Когда процессия поравнялась с улицей Прувель, она встретила людей, тащивших обезглавленный труп. Это было тело адмирала Колиньи. Его волокли на Монфокон, чтобы там повесить вверх ногами.

К «Гробнице невинно убиенных» кавалькада въехала в ворота со стороны улицы Шап, теперь улицы Дешаржёр. Духовенство кладбища, предупрежденное о приезде короля и королевы-матери, ждало у ворот, чтобы приветствовать их величества хвалебными речами.

Пока Екатерина выслушивала обращенную к ней речь, мадам де Сов воспользовалась этим временем, чтобы подойти к королеве Наваррской и попросить разрешения поцеловать у нее руку. Когда королева Наваррская протянула руку, мадам де Сов наклонилась и, целуя руку, всунула Маргарите в рукав свернутую трубочкой бумажку.

Несмотря на то что мадам де Сов очень ловко и на одну минуту покинула королеву-мать, Екатерина тотчас заметила ее отсутствие и обернулась в то мгновение, когда ее приближенная дама целовала Маргарите руку.

Обе женщины заметили этот молниеносный, пронизывающий взгляд, но не смутились. Мадам де Сов отошла от Маргариты и заняла свое место около Екатерины.

Ответив на обращенную к ней речь, Екатерина с улыбкой поманила пальцем королеву Наваррскую, подзывая ее к себе.

Маргарита подошла.

— Эге, дочь моя! Оказывается, вы в большой дружбе с мадам де Сов? — сказала королева на итальянском языке.

Маргарита усмехнулась, придав своему красивому лицу самое кислое выражение, какое только могла изобразить.

— Да, — ответила она, — гадюка подползла ко мне и укусила в руку.

— Так, так! — сказала с улыбкой Екатерина. — Сдается мне, что ты ревнуешь.

— Вы ошибаетесь, мадам, — ответила Маргарита, — я не ревную короля Наваррского постольку, поскольку он меня не любит. Я лишь умею отличать своих друзей от моих врагов, люблю тех, кто меня любит, и не выношу тех, кто ненавидит меня. Иначе я не была бы вашей дочерью.

Екатерина улыбнулась, показав своим видом, что если у нее и были подозрения, то они рассеялись. Кроме того, в эту минуту новые паломники привлекли внимание королевы-матери. Прибыл герцог Гиз во главе отряда дворян-католиков, еще возбужденных происходившею резней. Они сопровождали обитые дорогой тканью крытые носилки, остановившиеся перед королем.

— Герцогиня Невэрская! — воскликнул Карл IX. — Так выходите же, красавица и рьяная католичка, примите наши поздравления! Мне рассказали, что вы охотились за гугенотами из своего окна и одного убили камнем, — это правда?

Герцогиня Невэрская сильно покраснела.

— Сир, — тихо ответила она, преклоняя колена перед королем, — совсем другое: мне посчастливилось приютить у себя одного раненого католика.

— Отлично, отлично, моя кузина! Служить мне можно двумя способами: или истреблять моих врагов, или содействовать моим друзьям. Каждый делает, что может. И я уверен, если бы у вас была для этого возможность, то и вы сделали бы больше.

В это время народ, видя полное согласие между Карлом IX и лотарингским домом, кричал во все горло:

— Да здравствует король! Да здравствует герцог Гиз! Да здравствует месса!

— Анриетта, вы с нами в Лувр? — спросила королева-мать красавицу герцогиню.

Маргарита подтолкнула локтем свою приятельницу; герцогиня поняла этот знак и ответила:

— Мадам, если на это не будет приказания вашего величества, то — не в Лувр; у меня есть в городе одно дело, общее с ее величеством королевой Наваррской.

— Какие же это у вас общие дела? — спросила Екатерина.

— Посмотреть очень редкие и очень любопытные греческие книги, которые нашли у одного старого протестантского пастора и перенесли в башню Сен-Жак-Де-ла-Бушри, — ответила Маргарита.

— Лучше бы вы отправились к мосту в Мельниках посмотреть, как швыряют в Сену последних гугенотов, — сказал Карл IX. — Настоящим французам надо быть там.

— Мы и отправимся туда, раз это угодно вашему величеству, — ответила герцогиня Невэрская.

Екатерина бросила недоверчивый взгляд на обеих молодых женщин. Насторожившаяся Маргарита перехватила его и с озабоченным видом стала оглядываться во все стороны, беспокойно посматривая вокруг себя. Ее действительная или притворная тревога не ускользнула от внимания королевы-матери.

— Кого вы ищете?

— Ищу, но нигде не вижу...

— Кого вы ищете? Кого не видите?

— Де Сов, — ответила Маргарита. — Может быть, она уже поехала обратно в Лувр?

— Я говорила, что ты ревнуешь! — сказала Екатерина на ухо дочери. — О, bestia!.. Так и быть, Анриетта, — продолжала она, пожав плечами, — берите с собой королеву Наваррскую.

Маргарита, продолжая делать вид, что ищет кого-то глазами, нагнулась к уху своей приятельницы и сказала:

— Увези меня скорее, мне надо сказать тебе крайне важную вещь.

Герцогиня Невэрская сделала реверанс королю и королеве-матери, потом, склонив голову перед королевой Наваррской, сказала ей:

— Ваше величество, не удостоите ли сесть в мои носилки?

— Хорошо, но только вы обязуетесь потом доставить меня в Лувр.

— Мои носилки, мои слуги и я сама в распоряжении вашего величества, — ответила герцогиня Невэрская.

Королева Маргарита села в носилки и пригласила жестом свою подругу. Герцогиня повиновалась и почтительно уселась против нее на передней скамейке.

Екатерина и сопровождавшие ее дворяне вернулись в Лувр прежней дорогой. Но на обратном пути королева-мать все время говорила что-то королю на ухо, несколько раз указывая ему на мадам де Сов. И каждый раз король смеялся своим особым смехом, звучавшим более зловеще, чем его угрозы.

Как только крытые носилки двинулись в путь и Маргарита перестала опасаться пытливой зоркости Екатерины, она быстро вытащила из рукава записку мадам де Сов и прочла следующее:

«Я получила приказание вручить королю Наваррскому два ключа: один от комнаты, где он заключен, другой — от моей. Когда он будет у меня, мне предписано задержать его до шести часов утра.

Пусть ваше величество все обдумает, пусть ваше величество решит, пусть ваше величество не считается с моей жизнью».

— Несомненно одно, — прошептала Маргарита, — эту несчастную женщину собираются сделать орудием, чтобы погубить нас всех. Но мы еще посмотрим, удастся ли королеву Марго, как называет меня брат Карл, превратить в монахиню!

— От кого это письмо? — спросила герцогиня Невэрская, указывая на записку, которую Маргарита прочла и вновь перечитывала с большим вниманием.

— Ах, Анриетта! Мне надо многое сказать тебе, — ответила Маргарита, разрывая записку на мельчайшие клочки.

# II

## ПРИЗНАНИЯ

— Прежде всего, куда мы направляемся? — спросила Маргарита. — Надеюсь, не к мосту в Мельниках?.. Со вчерашнего дня я уже достаточно нагляделась на убийства.

— Я позволю себе доставить ваше величество...

— Прежде всего мое величество просит тебя забыть мое величество... Так куда ты меня доставишь?

— В дом Гизов, если только вы не примете другого решения.

— Нет, нет, Анриетта! Отправимся к тебе. А там нет герцога Гиза и твоего мужа?

— О нет! — воскликнула герцогиня с такой радостью, что изумрудные глаза ее даже засверкали. — Нет ни моего деверя, ни мужа, никого! Я свободна, как ветер, как птица, как облака... Свободна, вы слышите, королева? Понимаете ли вы, сколько счастья в этом слове: свободна? Хожу, куда хочу, распоряжаюсь, как хочу!.. Ах, бедняжка королева! Вы не свободны! Вы и вздыхаете от этого...

— Ходишь, куда хочешь, распоряжаешься, как хочешь! Разве это все? И вся твоя свобода сводится лишь к этому? Уж очень весела ты, есть у тебя что-то, кроме свободы?

— Ваше величество обещали начать признания.

— Опять «ваше величество»! Послушай, Анриетта, мы поссоримся! Разве ты забыла наш уговор?

— Нет. «Быть к вам почтительной на людях и твоей безрассудной поверенной с глазу на глаз». Не так ли, мадам? Не так ли, Маргарита?

— Да, да! — ответила с улыбкой королева.

— Никаких родовых споров, никакого коварства в любви; все честно, благородно, откровенно; словом, оборонительный и наступательный союз, имеющий единственную цель: искать и на лету хватать ту мимолетность, которая зовется счастьем, если оно для нас найдется.

— Прекрасно, моя герцогиня! Именно так! И в знак возобновления нашего договора поцелуй меня.

И две прелестные женщины, одна бледная, охваченная грустью, другая розовая, белокурая и радостная, красиво наклонили друг к другу свои головки и так же крепко соединили свои губки, как и мысли.

— Так, значит, есть что-то новое? — спросила герцогиня, жадно и с любопытством смотря на Маргариту.

— Разве мало новостей принесли эти последние два дня?

— Ах! Я говорю о любви, а не о политике. Когда нам будет столько лет, сколько мадам Екатерине, тогда и мы займемся политикой. Но нам, красавица королева, по двадцати лет, — поговорим же о другом. Слушай, ты замужем по-настоящему?

— За кем? — смеясь, спросила Маргарита.

— Ох, ты успокоила меня!

— Знаешь, Анриетта, то, что успокоило тебя, меня приводит в ужас. Мне не миновать быть замужем по-настоящему.

— Когда же?

— Завтра.

— Вот так так! Правда? Бедная подружка! И это так необходимо?

— Совершенно.

— Дьявольщина, как говорит один мой знакомый. Это очень грустно.

— У тебя есть знакомый, который говорит «дьявольщина»? — спросила Маргарита.

— Да.

— А кто он такой?

— Ты все расспрашиваешь меня, а ведь рассказывать должна ты. Кончай свое, тогда начну я.

— В двух словах — вот что: король Наваррский влюблен в другую, а мною не интересуется. Я ни в кого не влюблена, но не хочу принадлежать и ему. А между тем необходимо нам обоим изменить свое представление о нашем браке или, по крайней мере, сделать вид, что мы его изменили. Срок для этого — завтрашнее утро.

— Что ж тут трудного?! Перемени твое представление, и — уж будь уверена! — свое он переменит!

— Вот в том-то и трудность, что мне меньше, чем когда-либо, хотелось бы менять свое.

— Надеюсь, это только в отношении мужа?

— Анриетта, меня тревожит совесть.

— В каком смысле?

— В религиозном. Ты делаешь различие между католиками и гугенотами?

— В политике?
— Да.
— Конечно.
— А в любви?
— Милый друг, мы, жещины, до такой степени язычницы в этом вопросе, что допускаем любые секты и поклоняемся нескольким богам.
— В одном-едином, не так ли?
— Да, да, — ответила герцогиня с чувственным огоньком в глазах, — в том боге, у которого повязка на глазах, на боку колчан, а за спиною крылья и кого зовут Амур, Эрос, Купидон. Дьявольщина! Да здравствует служение ему!
— Однако у тебя очень своеобразный способ ему служить: ты швыряешь камнями в головы гугенотов.
— Будем поступать хорошо, а там пусть себе болтают, что хотят. Ах, Маргарита! Как извращаются и лучшие понятия, и лучшие поступки в устах толпы!
— Толпы?! Но, помнится, тебя-то расхваливал мой брат Карл?
— Твой брат Карл, Маргарита, страстный охотник, целыми днями трубит в рог и от этого очень похудел... Я не принимаю даже его похвал. Кроме того, я же дала ответ твоему брату Карлу... Ты разве не слыхала?
— Нет, ты говорила слишком тихо.
— Тем лучше, мне придется больше рассказать тебе... Да, Маргарита! А где конец твоих признаний?
— Дело в том... в том...
— В чем?
— В том, что если твой камень, о котором говорил брат мой Карл, имел политическое значение, то я лучше воздержусь, — смеясь, ответила королева.
— Ясно! — воскликнула Анриетта. — Ты избрала себе гугенота. Тогда, чтобы успокоить твою совесть, я обещаю тебе в следующий раз избрать своим любовником гугенота.
— Ага! Как видно, на этот раз ты избрала католика?
— Дьявольщина! — воскликнула герцогиня.
— Ладно! Ладно! Все понятно.
— А каков наш гугенот?
— Его я не избирала, этот молодой человек для меня ничто и, вероятно, никогда ничем не будет.
— Но это не причина, чтобы не рассказать мне о нем. Ты знаешь, как я любопытна. А все-таки, каков же он?

— Несчастный молодой человек, красивый, как Нисос Бенвенуто Челлини, укрылся у меня, спасаясь от убийц.

— Ха-ха-ха! А ты сама его чуть-чуть не поманила?

— Бедный юноша! Не смейся, Анриетта, — в эту минуту он еще находится между жизнью и смертью.

— Он болен?

— Тяжело ранен.

— Но раненый гугенот в теперешние времена — большая обуза! И что ты делаешь с этим раненым гугенотом, который для тебя ничто и никогда ничем не будет?

— Я его прячу у себя в кабинете и хочу спасти.

— Он красив, он молод, он ранен; ты его прячешь у себя в кабинете, ты хочешь его спасти. Тогда твой гугенот будет крайне неблагодарным человеком, если не проявит большой признательности!

— Он ее уже проявляет; боюсь только... не больше ли, чем мне хотелось бы.

— А этот бедный молодой человек... тебя интересует?

— Только по человечности.

— Ох уж эта человечность! Бедняжка королева, вот эта добродетель и губит нас, женщин!

— Да, ты понимаешь — ведь каждую минуту могут войти ко мне и король, и герцог Алансонский, и моя мать, и, наконец, мой муж!

— Ты хочешь попросить меня, чтобы я приютила у себя твоего гугенотика, пока он болен, а когда он выздоровеет, вернуть его тебе, не так ли?

— Насмешница! Нет, клянусь тебе, что я не преследую такой далекой цели, — ответила Маргарита. — Но если бы ты нашла возможность спрятать у себя несчастного юношу, если бы ты могла сохранить ему жизнь, которую я спасла, то, конечно, я была бы искренне признательна тебе. В доме Гизов ты свободна, за тобой не подсматривают ни муж, ни деверь, а кроме того, за твоей комнатой, куда, к счастью для тебя, никто не имеет права входа, есть кабинет вроде моего. Так дай мне на время этот кабинет для моего гугенота; когда он выздоровеет, ты отворишь клетку, и птичка улетит.

— Милая королева, есть одно затруднение: клетка занята.

— Как? Значит, ты тоже спасла кого-нибудь?

— Об этом-то я и говорила твоему брату Карлу.

— А-а, понимаю — вот почему ты говорила тихо, так, что я не слышала.

— Послушай, Маргарита, это замечательное приключение, не менее прекрасное, не менее поэтичное, чем твое. Когда я оставила тебе шестерых телохранителей, а с шестью остальными отправилась в дом Гизов, я видела, как поджигали и грабили один дом, отделенный от дома моего деверя только улицей Катр-Фис. Вхожу к себе в дом, вдруг слышу женские крики и мужскую ругань. Выбегаю на балкон, и прежде всего мне бросается в глаза шпага, своим сверканием, казалось, озарявшая всю сцену. Я залюбовалась этим неистовым клинком: люблю красивое!.. Затем, естественно, стараюсь разглядеть и руку, приводившую в движение клинок, и того, кому принадлежит сама рука. Гляжу по направлению криков и стука шпаг и вижу наконец мужчину... героя, своего рода Аякса, сына Теламона, слышу его голос — голос Стентора, прихожу в восхищение, вся трепещу, вздрагиваю при каждом угрожающем ему ударе, при каждом его выпаде. Четверть часа я испытывала такое волнение, какого, поверишь ли, я не чувствовала никогда, — я даже не думала, что оно вообще возможно. Я стояла молча, затаив дыхание, забыв себя, как вдруг герой мой скрылся.

— Как это случилось?

— На него свалился камень, брошенный в него какой-то старухой; тогда, подобно Киру, я обрела голос и закричала: «Ко мне! На помощь!» Прибежали мои телохранители, подхватили его, подняли и перенесли в ту комнату, которую ты просишь для твоего питомца.

— Увы! Я понимаю тебя, Анриетта, и тем больше, что твое приключение почти такое же, как мое.

— С той только разницею, моя королева, что я слуга моего короля и моей религии и мне не нужно куда-то прятать моего Аннибала де Коконнас.

— Его зовут Аннибал де Коконнас? — повторила Маргарита и расхохоталась.

— Грозное имя, не правда ли? — сказала Анриетта. — И тот, кто носит это имя, его достоин. Какой боец, дьявольщина! И сколько крови пролил! Надень свою маску, милая королева, — вот и наш дом.

— Зачем же маска?

— Затем, что я хочу показать тебе моего героя.

— Он красив?

— Во время битвы он мне казался бесподобным. Правда, то было ночью, в зареве пожарищ. Сегодня утром, при дневном свете, должна признаться, он показался мне похуже. Тем не менее думаю, что он тебе понравится.

— Итак, моему подопечному отказывают в доме Гизов. Очень жаль, потому что дом Гизов — самое последнее место, где вздумают разыскивать гугенотов.

— Нисколько не отказывают: сегодня же вечером я велю перенести его сюда; один будет лежать в правой части комнаты, а другой — в левой.

— Но если они узнают, что один из них протестант, а другой католик, они съедят друг друга.

— О, этого можно не опасаться. Коконнас получил в лицо такой удар, что почти ничего не видит, а у твоего гугенота такая рана в грудь, что он почти не может двигаться... а кроме того, внуши ему не говорить на темы о религии, и все пойдет как нельзя лучше!

— Да будет так!

— Решено! Теперь войдем в дом.

— Благодарю, — сказала Маргарита, пожимая руку своей приятельницы.

— Здесь, мадам, вы будете опять вашим величеством, — предупредила герцогиня Невэрская, — и разрешите мне принять вас в доме Гизов, как это подобает по отношению к королеве Наваррской.

И герцогиня, сойдя с носилок, почти стала на одно колено, чтобы помочь выйти Маргарите, потом, указав рукой на двери в дом, охраняемые двумя часовыми с аркебузами, последовала сзади в нескольких шагах от королевы, которая величественно шествовала впереди герцогини, сохранявшей смиренный вид все время, пока они были на виду у всех. Придя к себе в комнату, она затворила дверь и позвала свою камеристку, очень подвижную сицилианку.

— Мика, — обратилась она к ней по-итальянски, — как здоровье графа?

— Все лучше и лучше, — ответила камеристка.

— А что он делает?

— Думаю, что сейчас он закусывает.

— Это хорошо, — сказала Маргарита, — раз вернулся аппетит, то это добрый признак.

— Ах, правда, я ведь и забыла, что ты ученица Амбруаза Паре! Ступай, Мика.

— Ты выгоняешь ее?

— Да, пусть сторожит нас.

Мика вышла.

— Теперь, — обратилась герцогиня к Маргарите, — ты сама войдешь к нему или пригласить его сюда?

— Ни то, ни другое — я хочу посмотреть на него, но невидимкой.

— Так что же? На тебе будет маска!

— Он может потом узнать меня по волосам, по рукам, по украшениям...

— О, до чего стала осторожна милая королева с тех пор, как вышла замуж!

Маргарита улыбнулась.

— Тогда... есть только один способ, — продолжала герцогиня.

— Какой?

— Посмотреть на него в замочную скважину.

— Хорошо, веди меня.

Герцогиня взяла Маргариту за руку и повела ее к двери, завешенной ковром, затем встала на одно колено и приложила глаз к замочной скважине.

— Отлично, — сказала герцогиня, — он сидит за столом и лицом к нам. Иди смотри.

Королева Маргарита заняла место своей приятельницы и тоже приложила глаз к замочной скважине. Коконнас, как и говорила герцогиня, сидел за столом, уставленным всякими яствами, и, несмотря на свои раны, отдавал им должную честь.

— Ах, боже мой! — воскликнула Маргарита, отстраняясь.

— Что такое? — спросила герцогиня удивленно.

— Невероятно! Нет!.. Да! Клянусь душой, это тот самый!

— Какой «тот самый»?

— Тс-с! — прошептала Маргарита, поднимаясь и хватая за руку герцогиню. — Тот самый, который хотел убить моего гугенота, ворвался за ним ко мне в комнату и на моих глазах ударил его шпагой! Какое счастье, Анриетта, что он не видел меня здесь!

— Значит, ты видела его в бою? Не правда ли, он прекрасен?

— Не знаю, — ответила Маргарита, — я смотрела только на того, кого он преследовал.

— А как зовут того гугенота, которого он преследовал?

— Ты своему католику не скажешь его имени?

— Нет, даю слово.

— Лерак де Ла Моль.

— Но теперь каков он, по-твоему?

— Месье де Ла Моль?

— Нет, месье Коконнас.

— Как тебе сказать? — ответила Маргарита. — По-моему...

Она остановилась.

— Ну, ну, — настаивала герцогиня, — как видно, ты сердишься на него за то, что он ранил твоего гугенота?

— Мне кажется, — смеясь, ответила Маргарита, — что мой гугенот в долгу не остался, и такой рубец, какой он оставил твоему под глазом...

— Значит, они квиты, и мы можем их примирить! Присылай своего раненого ко мне.

— Не теперь, а попозже.

— Когда же?

— Когда ты своего католика переведешь в другую комнату.

— В какую же?

Маргарита только взглянула на свою приятельницу, не сказав ни слова, герцогиня тоже посмотрела на Маргариту и рассмеялась.

— Ну хорошо! — сказала герцогиня. Итак — союз! Более тесный, чем когда-либо.

— Искренняя дружба и навсегда! — ответила королева.

— Какой же наш пароль, наш условный знак — на случай, если мы понадобимся друг другу?

— Тройное имя твоего триединого бога: Eros — Cupido — Amor.

Приятельницы еще раз расцеловались, в двадцатый раз пожали друг другу руки и расстались.

# III

## КЛЮЧИ ОТКРЫВАЮТ НЕ ТОЛЬКО ТЕ ДВЕРИ, ДЛЯ КОТОРЫХ СДЕЛАНЫ

Возвратясь в Лувр, королева Наваррская застала Жийону в большом волнении. Пока отсутствовала королева, приходила мадам де Сов и оставила ключ, который прислала ей королева-мать. Ключ был от комнаты, где находился в заключении

Генрих Наваррский. Было ясно, что королеве-матери зачем-то нужно, чтобы Беарнец провел ночь у мадам де Сов.

Маргарита, взяв ключ и вертя его в руках, продумала каждое слово из письма мадам де Сов, взвесила значение каждой буквы и, наконец, как будто разгадала замысел Екатерины.

Она взяла перо, обмакнула в чернила и написала:

«Сегодня вечером не ходите к мадам де Сов, а будьте у королевы Наваррской.

*Маргарита*».

Потом свернула бумажку в трубочку, всунула ее в полую часть ключа и приказала Жийоне, как только стемнеет, подсунуть этот ключ узнику под дверь.

Покончив с этим, Маргарита подумала о раненом, заперла все двери, вошла в кабинет и, к своему великому удивлению, застала Ла Моля одетого в свое продранное, испачканное кровью платье.

Увидев ее, он сделал попытку встать, но зашатался, не смог удержаться на ногах и упал на софу, превращенную в кровать.

— Месье, что это такое? Почему вы так плохо выполняете назначения вашего врача? — спросила Маргарита. — Я предписала вам покой, а вы, вместо того чтобы слушаться меня, делаете все наоборот!

— Мадам, — сказала Жийона, — я не виновата. Я просила, умоляла графа не делать этого, а он мне заявил, что не останется ни часа дольше в Лувре.

— Уйти из Лувра?! — сказала Маргарита, глядя с изумлением на молодого человека, потупившего глаза. — Да это немыслимо! Вы не можете ходить, вы бледны, у вас нет сил, дрожат колени, из раны шла кровь еще сегодня утром!..

— Мадам! Так же горячо, как я вчера благодарил ваше величество за то, что вы дали мне убежище, так же горячо молю вас разрешить мне уйти сегодня.

— Я даже не знаю, как назвать такое безрассудное решение, — ответила изумленная королева, — это хуже, чем неблагодарность!

— О мадам! — воскликнул Ла Моль, умоляюще складывая руки. — Не обвиняйте меня в неблагодарности! Чувство признательности к вам я сохраню на всю жизнь!

— Значит, ненадолго! — сказала Маргарита, тронутая искренностью, звучавшей в его словах. — Или ваши раны откроются — и вы умрете от потери крови, или же в вас признают гугенота — и вы не сделаете ста шагов по улице, как вас убьют!

— И все-таки я должен уйти из Лувра, — прошептал Ла Моль.

— Должны?! — повторила Маргарита, глядя на него ясным, глубоким взглядом; затем, слегка побледнев, сказала: — Да! Да! Понимаю! Извините, месье! У вас, конечно, есть за стенами Лувра женщина, которую ваше отсутствие мучительно тревожит. Это справедливо, это естественно, я это понимаю. Почему же вы сразу не сказали... или, вернее, как я сама не подумала об этом?! Долг хозяина — оберегать чувства своего гостя так же, как и лечить его раны; ухаживать за его душой так же, как за телом.

— Увы, мадам, вы далеки от истины, — ответил Ла Моль. — Я почти одинок на свете и совсем одинок в Париже, где меня никто не знает. В этом городе первый человек, с которым я заговорил, был тот, кто пытался убить меня, а первая женщина, которая со мной заговорила, были вы, ваше величество.

— Тогда почему же вы хотите уйти? — в недоумении спросила Маргарита.

— Потому, что прошлую ночь ваше величество совсем не спали, и потому, что этой ночью...

Маргарита покраснела.

— Жийона, — сказала она, — уже темнеет, я думаю, что время отнести ключ.

Жийона улыбнулась и вышла.

— Но если вы в Париже одиноки, без друзей, что же будете вы делать? — спросила Маргарита.

— У меня будет много друзей. Когда за мной гнались, я вспомнил о своей матери — она была католичка; мне чудилось, что она летит впереди меня по пути в Лувр и держит в руке крест; тогда я дал обет принять вероисповедание моей матери, если господь сохранит мне жизнь. Господь сделал больше, чем спас мне жизнь: он послал мне такого ангела, чтоб я полюбил жизнь.

— Но вы не можете ходить, вы не пройдете и ста шагов, как упадете в обморок.

— Мадам, сегодня я пробовал ходить по кабинету; правда, хожу я медленно и ходить мне тяжело, но только бы дойти до Луврской площади, а там — будь что будет!

Маргарита, подперев голову рукой, крепко задумалась.

— А почему вы не говорите больше о короле Наваррском? — спросила она с определенной целью. — Что же, с желанием переменить вероисповедание у вас пропало и желание служить королю Наваррскому?

— Мадам, вы коснулись действительной причины — почему я хочу уйти... Я знаю, что королю Наваррскому грозит великая опасность, и всего вашего значения как принцессы крови едва ли хватит, чтобы спасти ему жизнь.

— Что такое, месье? Что это значит? — спросила королева. — О какой опасности вы говорите?

— Мадам, — нерешительно отвечал Ла Моль, — в том кабинете, где меня поместили, слышно все.

«Верно, — подумала королева, — то же самое говорил мне и герцог Гиз».

— Так что же вы слышали? — спросила она громко.

— Прежде всего — разговор вашего величества с вашим братом сегодня утром.

— С Франсуа? — краснея, воскликнула королева.

— Да, с герцогом Алансонским. Затем, когда вас не было, — разговор мадемуазель Жийоны с мадам де Сов.

— Так эти два разговора...

— Да, мадам! Вы замужем всего неделю, вы любите своего супруга. И вслед за герцогом Алансонским и мадам де Сов придет ваш муж. Он будет поверять вам свои тайны. А я не должен их слышать; я был бы лишний... я не могу, не должен... и прежде всего я не хочу быть лишним!

Тон, которым были произнесены эти слова, дрожь в голосе и смущенный вид юноши явились внезапным откровением для Маргариты.

— Так! Значит, из кабинета вы слышали все, что говорилось в этой комнате?

— Да, мадам.

— И чтобы ничего больше не слышать, вы хотите уйти сегодня вечером или сегодня ночью?

— Сейчас, мадам! Если ваше величество милостиво разрешите мне уйти.

— Бедный ребенок! — сказала Маргарита тоном ласкового сострадания.

Удивленный таким участливым ответом вместо ожидаемой отповеди, Ла Моль робко поднял голову; глаза его встретились с глазами Маргариты, и, точно притянутый какой-то магнетической силой, он был уже не в состоянии оторваться от ясного, глубокого взгляда, а королева откинулась на спинку кресла и наслаждалась тем, что, сидя в полумраке за спущенной ковровой занавеской, могла свободно читать в душе Ла Моля и не выдавать себя ничем.

— Значит, вы считаете себя неспособным хранить тайну? — мягко спросила королева.

— Мадам, у меня жалкий характер, — ответил Ла Моль, — я не уверен в самом себе и не выношу чужого счастья.

— Но чьего же счастья? — спросила, улыбаясь, королева. — Ах да! Счастья короля Наваррского! Бедный Генрих!

— Вот видите, мадам, он счастлив! — воскликнул Ла Моль.

— Счастлив?..

— Да, потому что ваше величество его жалеет.

Маргарита теребила в руках шелковый кошелек и выдергивала из него ниточки шитого золотом узора.

— Итак, вы не хотите видеться с королем Наваррским, — сказала она. — Это ваше твердое решение?

— Боюсь, что теперь я буду в тягость его величеству...

— А с моим братом, герцогом Алансонским?

— С герцогом Алансонским?! — воскликнул Ла Моль. — О нет! Нет, мадам! С ним еще меньше, чем с королем Наваррским!

— Почему же? — спросила королева, взволнованная до такой степени, что голос ее почти дрожал.

— Потому, что я стал слишком плохим гугенотом, чтобы преданно служить его величеству королю Наваррскому, и еще недостаточно хорошим католиком, чтобы войти в число друзей герцога Алансонского и герцога Гиза.

На этот раз потупила глаза королева, чувствуя, как это неожиданное заключение глубоко отозвалось в ее сердце; она сама не могла понять, радость или боль причинили ей слова Ла Моля. В эту минуту вошла Жийона. Маргарита бросила не нее вопросительный взгляд. Жийона тоже взглядом дала понять, что ей удалось передать ключ королю Наваррскому.

— Месье де Ла Моль горд, — сказала Маргарита, — и я не решаюсь сделать ему одно предложение, которое он, без сомнения, отвергнет.

Ла Моль встал, сделал шаг к королеве и хотел склониться перед ней в знак готовности повиноваться, но от сильной, острой боли у него выступили слезы, и он, чувствуя, что вот-вот упадет, схватился за стенной ковер, чтоб удержаться на ногах.

— Вот видите, — воскликнула Маргарита, подбегая к нему и поддерживая его, — вот видите, что я вам еще нужна!

Едва заметно шевеля губами, он прошептал:

— О да! Как воздух, которым я дышу, как свет, который вижу!

В это мгновение послышались три удара в дверь.

— Мадам, вы слышите? — испуганно спросила Жийона.

— Уже! — прошептала королева.

— Отпереть?

— Подожди. Это может быть король Наваррский.

— О мадам! — воскликнул Ла Моль, которому слова Маргариты придали силы, хотя она произнесла их шепотом, в полной уверенности, что ее услышит одна Жийона: — Мадам, молю вас на коленях: удалите меня из Лувра, живого или мертвого! Сжальтесь надо мной! Ах, вы не хотите отвечать! Хорошо! Тогда я буду говорить! А когда я заговорю, то, надеюсь, вы сами меня выгоните.

— Замолчите, несчастный! — сказала королева, находя неизъяснимое очарование в этих упреках молодого человека. — Замолчите сейчас же!

— Мадам, повторяю: из этого кабинета слышно все, — продолжал Ла Моль, не услышав в тоне королевы той строгости, какой он ожидал. — Не дайте мне умереть такой смертью, какой не выдумать самым жестоким палачам!

— Молчите! Молчите! — приказала королева.

— Как вы безжалостны, мадам! Вы не хотите ничего слушать, не хотите ничего понять. Поймите же, что я люблю вас!..

— Молчите, вам говорят! — прервала его королева, закрыв ему рот своей теплой душистой ладонью.

Ла Моль прижал ее к своим губам.

— Все-таки... — прошептал он.

— Все-таки замолчите, ребенок! Это еще что за бунтовщик, который не повинуется своей королеве?

Затем Маргарита выбежала из кабинета, заперла дверь и прислонилась к стене, стараясь трепетными руками сдержать биение сердца.

— Жийона, отвори! — сказала Маргарита.

Жийона вышла, и мгновение спустя из-за дверной занавески показалось хитрое, умное и немного встревоженное лицо короля Наваррского.

— Вы вызывали меня, мадам? — спросил король Наваррский Маргариту.

— Да! Ваше величество получили мое письмо?

— Получил, и, должен признаться, не без удивления, — ответил Генрих, оглядываясь с некоторым недоверием, рассеявшимся, впрочем, очень быстро.

— И не без тревоги, не правда ли?

— Сознаюсь, мадам. Однако, несмотря на то что я окружен беспощадными врагами и еще более опасными друзьями, я вспомнил, как однажды в ваших глазах светилось великодушие — это было в вечер нашей свадьбы; и как в другой раз в них засияла звезда мужества — это было вчера, в день, предназначенный для моей смерти.

— Итак, месье? — спросила, улыбаясь, Маргарита своего мужа, видимо, старавшегося проникнуть в ее душу.

— Итак, мадам, я вспомнил это и, прочитав вашу записку с предложением явиться к вам, тотчас сказал себе: безоружному узнику, королю Наваррскому, оставшемуся без друзей, нет другого средства погибнуть с блеском, смертью достопамятной, как умереть от предательства собственной жены, и я пришел.

— Сир, вы будете говорить по-другому, — ответила Маргарита, — когда узнаете, что все происходящее в данную минуту — дело рук женщины, которая вас любит и... которую любите вы.

В ответ на эти слова Генрих Наваррский чуть не попятился, и его серые проницательные глаза взглянули изпод черных бровей на Маргариту вопросительно и с любопытством.

— О, успокойтесь, сир! — сказала, улыбаясь, королева. — Я вовсе не собираюсь утверждать, что эта женщина — я.

— Однако, мадам, ведь вы велели передать мне ключ? Ведь это же ваш почерк?

— Да, я признаю, что это почерк мой, не отрицаю и того, что эта записка от меня. А ключ — это уж другое дело. Достаточно вам знать, что, прежде чем дойти до вас, он побывал в руках четырех женщин.

— Четырех?! — изумленно воскликнул Генрих.

— Да, четырех, — сказала королева. — В руках королевы-матери, мадам де Сов, Жийоны и моих.

Генрих Наваррский задумался над этой загадкой.

— Давайте говорить серьезно и прежде всего откровенно, — сказала Маргарита. — Сегодня пронесся слух, что ваше величество дали согласие отречься от протестантского вероисповедания. Так ли это?

— Слух этот неверен, мадам, я еще не давал согласия.

— Но вы уже решились?

— Вернее, я обдумываю этот вопрос. Что делать, если тебе двадцать лет и ты почти король? Есть вещи, которые стоят католической обедни.

— И в числе этих вещей — жизнь, не правда ли?

Генрих не удержался от улыбки.

— Сир, вы не договариваете вашей мысли! — продолжала Маргарита.

— Я не могу говорить все своим союзникам, а мы, как вам известно, пока только союзники. Если бы вы были и союзницей... и...

— И женой, хотите вы сказать, да?

— Да, и женой.

— Тогда бы?

— Тогда, пожалуй, было бы другое дело; я, может быть, стремился бы остаться королем гугенотов, каким меня считают... Теперь я должен быть доволен, если сохраню жизнь.

Маргарита посмотрела на него так странно, что возбудила бы подозрения в человеке не такого тонкого ума, как Генрих Наваррский.

— И вы уверены, что этого достигнете? — спросила она.

— Более или менее, — ответил Генрих. — Вы знаете, мадам, что в здешнем мире никогда нельзя быть уверенным ни в чем.

— Но верно то, — подтвердила Маргарита, — что вы, ваше величество, обнаруживаете такую умеренность и такое бескорыстие в своих делах, что, отказавшись от короны, отказавшись и от веры, вы, вероятно, откажетесь, на что некоторые надеются, и от своего союза с французской принцессой.

В эти слова было вложено такое глубокое значение, что Генрих вздрогнул, но мгновенно подавил свое волнение.

— Мадам, соблаговолите припомнить, что в данную минуту я не обладаю свободой воли. Следовательно, я поступлю так, как мне прикажет король французский. Если бы в таком вопросе, где дело идет ни много ни мало как о моем престоле, о моей чести и о моей жизни, спросили моего мнения, я предпочел бы не строить своего будущего на правах нашего насильственного брака, а запрятать себя в какой-нибудь замок и охотиться или в какой-нибудь монастырь и каяться в грехах.

Этот спокойный отказ от своих королевских прав, это отречение от мирских дел испугали Маргариту. Ей пришла мысль, что расторжение их брака уже согласовано между Карлом IX, Екатериной и королем Наваррским. Почему бы им не обмануть ее и не принести в жертву? Потому только, что она сестра одного и дочь другой? Опыт научил ее, что основывать на этом свою личную безопасность ей нельзя. Честолюбие заговорило в сердце молодой женщины или, вернее, молодой королевы, которая стояла настолько выше слабодушия обычной женщины, что не могла ему поддаться и поступиться чувством своего достоинства. Да и у каждой женщины, даже заурядной, когда она в действительности любит, любовь несовместима с унижением, потому что настоящая любовь тоже честолюбива.

— Ваше величество, как видно, — сказала Маргарита с насмешливым пренебрежением, — не очень верит в звезду, горящую над головой каждого монарха.

— Ах, я бы напрасно стал разыскивать свою звезду в такое время; ее закрыла грозовая туча, которая сейчас грохочет надо мной.

— А если женщина своим дыханием разгонит эту тучу и покажет вам вашу звезду более блестящей, чем это было раньше?

— Это очень трудно, — ответил Генрих.

— Вы отрицаете самое существование такой женщины?

— Нет, я только отрицаю ее силу.

— Вы разумеете — ее волю?

— Я сказал — силу и повторяю это. Женщина только тогда по-настоящему сильна, когда любовь и личный интерес действуют в ней с равной силой; когда же ею движет только одно из этих чувств, то женщина так же уязвима, как Ахиллес. А если я не заблуждаюсь, то на любовь данной женщины я лично не могу рассчитывать?

Маргарита промолчала.

— Послушайте, — продолжал Генрих Наваррский, — при последнем ударе колокола на Сен-Жермен-Л'Озеруа вы, вероятно, стали думать о том, как вам отвоевать себе свободу, которую другие сделали залогом истребления моих сторонников. Мне же пришлось думать, как спасти собственную жизнь. Это было самым важным... Я отлично сознаю, что Наварра потеряна для нас, но Наварра — пустяки в сравнении со свободой, вернувшей вам возможность говорить громко в вашей комнате, а вы не смели это делать в те времена, когда вас кто-то подслушивал из кабинета.

Несмотря на напряженное раздумье, Маргарита невольно улыбнулась. Король Наваррский встал с места, собираясь уходить, так как был двенадцатый час ночи и в Лувре все уже спали или, во всяком случае, делали вид, что спят.

Генрих Наваррский сделал три шага к входной двери, но вдруг остановился, как будто вспомнив лишь сейчас то обстоятельство, которое и привело его сюда.

— Да! Вы, может быть, хотели что-нибудь сказать мне, — спросил Генрих, — или вы только желали предоставить мне возможность поблагодарить вас за ту отсрочку, которую вчера дало мне ваше мужественное появление в Оружейной палате короля? Не отрицаю, что это было очень кстати, и вы, как некая античная богиня, спустились на место действия в самую нужную минуту, чтобы спасти мне жизнь.

— Несчастный! — сказала Маргарита, понизив голос и хватая мужа за руку. — Как вы не понимаете, что ничего не спасено — ни ваша свобода, ни ваша корона, ни ваша жизнь! Слепой! Безумец! Жалкий безумец! Неужели в моем письме вы не увидели ничего, кроме простого назначения свидания? Неужели вы вообразили, что оскорбленная вашей холодностью Маргарита желает получить удовлетворение?

— Да, признаюсь, что... — начал и не кончил говорить изумленный Генрих.

Маргарита пожала плечами непередаваемым, особенным движением.

В это мгновение послышался странный звук, точно чем-то острым царапали потайную дверь.

Маргарита подвела к ней короля Наваррского.

— Слушайте, — сказала она.

— Королева-мать выходит из своих покоев, — сказал чей-то прерывающийся от страха голос, и Генрих тотчас узнал голос мадам де Сов.

— Куда она идет? — спросила Маргарита.

— К вашему величеству.

Быстро удаляющийся шорох шелкового платья дал знать, что мадам де Сов убежала.

— Ого! — произнес Генрих Наваррский.

— Я так и знала, — сказала Маргарита.

— Я тоже опасался этого, — ответил Генрих, — и вот доказательство, глядите.

Он быстрым движением руки расстегнул черный бархатный колет, и Маргарита увидела на его груди тонкую стальную кольчугу и длинный миланский кинжал, который тотчас же сверкнул в руке у Генриха, как змея при блеске солнца.

— Вряд ли помогут здесь кинжал и панцирь! — воскликнула Маргарита. — Спрячьте, сир, спрячьте ваш кинжал: да, это королева-мать! Но королева-мать — одна.

— А все же...

— Замолчите! Я слышу — вот она!

И, нагнувшись к уху Генриха, она сказала ему шепотом какие-то слова, которые он выслушал внимательно, но с удивлением, и в ту же минуту исчез за пологом кровати.

Маргарита с легкостью пантеры метнулась к кабинету, где, весь дрожа, сидел Ла Моль, отперла дверь, в темноте нашла молодого человека и сжала его руку.

— Тише! — шепнула Маргарита, наклоняясь к нему так близко, что Ла Моль почувствовал на своем лице влажное веяние ее теплого, душистого дыхания. — Тише!

Затем она вернулась к себе в комнату, затворила дверь, распустила свою прическу, разрезала кинжальчиком шнурки на платье и бросилась в постель.

И вовремя: в замке потайной двери уже поворачивали ключ. У Екатерины Медичи были запасные ключи от всех дверей в Лувре.

— Кто там? — крикнула Маргарита, услышав, как Екатерина приказывала четырем сопровождавшим ее дворянам сторожить за дверью.

Маргарита, как будто перепуганная неожиданным вторжением в ее комнату, выскочила из-за полога на приступок кровати, одетая в белый пеньюар, и сделала такое изумленное лицо при виде Екатерины, что обманула даже эту флорентийку, затем подошла к матери и поцеловала ее руку.

## IV

## ВТОРАЯ БРАЧНАЯ НОЧЬ

Екатерина с необычайной быстротой оглядела комнату. Бархатные ночные туфельки на приступке кровати, разбросанное по стульям одеяние Маргариты, сама Маргарита, протиравшая глаза, чтобы очнуться от сна, — все убедило Екатерину, что дочь ее до этого спала.

Королева-мать улыбнулась улыбкой женщины, успевшей в своих намерениях, подвинула к себе кресло и сказала:

— Садитесь, Маргарита, давайте побеседуем.

— Мадам, я слушаю.

— Пора, дочь моя, — произнесла Екатерина, тихо закрывая глаза, по примеру людей, которые что-то обдумывают или скрывают, — пора понять вам, как мы жаждем, ваш брат и я, сделать вас счастливой.

Такое вступление звучало страшно для тех, кто знал Екатерину.

«Что-то она скажет?» — подумала Маргарита.

— Конечно, — продолжала флорентийка, — выдавая вас замуж, мы совершали одно из тех политических деяний, какие диктуются правителям соображениями о пользе государства. Но надо сказать вам, бедное дитя, мы не предполагали, что нелюбовь короля Наваррского к вам, молодой, красивой, обольстительной женщине, окажется до такой степени непреодолимой.

Маргарита встала и, запахнув свой пеньюар, сделала матери чинный реверанс.

— Я только сегодня вечером узнала, — продолжала королева-мать, — иначе я бы зашла к вам раньше... узнала, что ваш муж далек от мысли оказать вам те знаки внимания, какие подобают не только красивой женщине, но и принцессе королевской крови.

Маргарита вздохнула, и Екатерина, поощренная немым согласием, продолжала свою речь:

— То обстоятельство, что король Наваррский на глазах у всех имеет связь с одной из моих прислужниц, влюблен в нее до неприличия, пренебрегает любовью женщины, которую благоволили дать ему в супруги, — это несчастье, но помочь в нем мы, всемогущие, бессильны, хотя самый последний в нашем королевстве дворянин наказал бы за это своего зятя, вызвав на поединок или приказав вызвать его своему сыну.

Маргарита потупила голову.

— Уже давно, дочь моя, я вижу по вашим заплаканным глазам, по вашим резким выходкам против этой Сов, что рана в вашем сердце сочится кровью уже не тайно, внутри вас, несмотря на все ваши старания скрыть ее.

Маргарита вздрогнула: полог кровати чуть всколыхнулся, но, к счастью, Екатерина этого не заметила.

— Эту рану, — говорила она, усиливая сочувственную нежность тона, — эту рану, дитя мое, может исцелить лишь материнская рука. Те, кто, надеясь создать вам счастье, решил заключить ваш брак, теперь тревожатся за вас, видя, как Генрих Наваррский каждую ночь попадает не в ту комнату; те, кто не может допустить, чтобы женщину, исключительную по красоте, общественному положению и своим достоинствам, непрестанно оскорблял какой-то королек своим пренебрежением к ней самой и к продолжению ее потомства; и, наконец, те, кто видит, что с первым ветром, который покажется ему попутным, этот безрассудный, дерзкий человек повернется против нашего семейства и выгонит вас из дому, — разве все эти люди не имеют права, отделив его судьбу от вашей, так обеспечить вашу будущность, чтобы она была наиболее достойна вас и вашего общественного положения?

— Мадам, — ответила Маргарита, — несмотря на все ваши замечания, проникнутые материнской любовью и наполняющие меня чувством радости и гордости, я все же возьму на себя смелость доказать вашему величеству, что король Наваррский действительно мне муж.

Екатерина вспыхнула от гнева и, наклонившись к Маргарите, сказала:

— Это он-то вам муж?! Разве одного церковного благословения достаточно, чтобы стать мужем и женой? Разве брак освящается только молитвами священника? Он вам муж! Если бы вы, дочь моя, были мадам де Сов, вы бы могли дать мне такой ответ. Мы ждали от него совсем другого, а король Наваррский с той самой поры как вы оказали ему честь, назвав себя его женой, передал все права жены другой. Идемте же сию минуту! — сказала Екатерина, повышая голос. — Идемте со мной вместе: вот этот ключ откроет дверь в комнату мадам де Сов, и вы увидите.

— Тише, мадам, ради бога, тише! — сказала Маргарита. — Во-первых, вы ошибаетесь, а во-вторых...

— Что?

— Вы разбудите моего мужа...

Маргарита с томной грацией встала и, распустив полы пеньюара с короткими рукавами, обнажавшими ее точеные, действительно царственные руки, поднесла розовую восковую свечку к своей постели, раздвинула полог и, улыбаясь, показала матери на гордый профиль, черные волосы и слегка открытый рот короля Наваррского, лежавшего на смятой постели и, видимо, спавшего глубоким, мирным сном.

Екатерина, бледная, с блуждающим взглядом, отшатнулась назад всем телом, как будто у ее ног разверзлась бездна, и даже не вскрикнула, а глухо простонала.

— Как видите, — сказала Маргарита, — вам донесли неверно.

Екатерина взглянула на Маргариту, потом на Генриха. В ее быстро работавшем мозгу представление об этом бледном, вспотевшем лбе, об этих глазах, чуть обведенных темными кругами, связалось с улыбкой Маргариты, и Екатерина закусила свои тонкие губы в немой ярости. Маргарита дала матери с минуту полюбоваться этой картиной, производившей на нее действие головы Медузы, затем опустила полог, на цыпочках вернулась к матери и, сев на стул, спросила:

— Мадам, вы что-то сказали?

Флорентийка в течение нескольких секунд вглядывалась в молодую женщину, стараясь проверить ее искренность, но в конце концов острота взгляда Екатерины как бы притупилась о твердое спокойствие Маргариты, и королева-мать ответила только одним словом:

— Ничего.

И вышла из комнаты широким шагом.

Едва шаги ее затихли в глубине потайного хода, как полог кровати снова распахнулся, и Генрих Наваррский, с блестящим взглядом, дрожащими руками и тяжело дыша, бросился на колени перед Маргаритой. На нем были только кольчуга и короткие с пуфами штаны, — понятно, что Маргарита, хотя и пожимала его руку от души, но, увидев его наряд, все же расхохоталась.

Целуя у ней руки, Генрих мало-помалу от кистей рук переходил все выше...

— Сир, — сказала Маргарита, мягко отстраняясь, — вы разве забыли, что в эту минуту бедная женщина, которой вы обязаны жизнью, тоскует по вас и страдает? Направляя вас ко мне, — продолжала она шепотом, — мадам де Сов принесла в жертву свою ревность, а может быть, она жертвует и своей жизнью, — вы лучше всех должны бы знать, как страшен гнев моей матери.

Генрих Наваррский вздрогнул и, встав с колен, собрался уходить.

— Нет, подождите! — остановила его Маргарита с очаровательной кокетливостью. — Я подумала и успокоилась. Ключ был дан вам без дальнейших указаний, и вы вольны отдать мне предпочтение на этот вечер.

— Я отдаю его вам, Маргарита, но только будьте добры забыть...

— Тише, сир, тише! — шутя повторила королева фразу, сказанную десять минут тому назад своей матери. — Вас слышно из кабинета, а так как я еще не совсем свободна, сир, то попрошу вас говорить не так громко.

— Эге! — сказал Генрих, посмеиваясь и немного хмурясь. — Верно, я и забыл, что, по всей вероятности, не мне суждено закончить эту увлекательную сцену. Этот кабинет...

— Войдемте в него, сир, — предложила Маргарита, — я хочу иметь честь представить вам одного храброго дворянина, раненного во время избиений, когда он шел в Лувр предупредить ваше величество о грозившей вам опасности.

Королева подошла к двери в кабинет, а за ней — король Наваррский.

Дверь растворилась, и Генрих остановился на пороге в изумлении, увидев в этом кабинете всяких неожиданностей какого-то мужчину.

Но Ла Моль был еще больше озадачен, столкнувшись неожиданно лицом к лицу с королем Наваррским. Заметив это, король иронически взглянул на Маргариту, но она невозмутимо выдержала его взгляд.

— Сир, — сказала Маргарита, — я боюсь, как бы не убили, даже здесь, в моих покоях, этого дворянина, преданного слугу вашего величества, поэтому я отдаю его под ваше покровительство.

— Сир, — сказал молодой человек, вступая в разговор, — я граф Лерак де Ла Моль, тот самый, кого вы ждали. Я был рекомендован вам несчастным Телиньи, которого убили на моих глазах.

— Верно, верно, месье! — ответил Генрих. — Королева Наваррская передала мне от него письмо. А у вас не было еще письма от лангедокского губернатора?

— Да, сир, мне было поручено вручить его вашему величеству сейчас же по прибытии в Париж.

— Почему же вы этого не сделали?

— Я приходил в Лувр вчера вечером, но ваше величество были так заняты, что не могли принять меня.

— Да, это правда, — сказал король, — но вы могли бы попросить кого-нибудь, чтобы мне передали это письмо.

— Я получил приказание от губернатора, месье д'Ориака, отдать письмо только в собственные руки вашего величества. По его уверению, письмо содержало настолько важное сообщение, что месье д'Ориак не решался доверить его простому гонцу.

Взяв от Ла Моля письмо и прочитав его, король Наваррский сказал:

— Действительно, в нем предлагают мне покинуть двор и уехать в Беарн. Месье д'Ориак принадлежит к числу моих друзей, хотя он сам католик и, занимая пост губернатора, вероятно, предугадывал то, что затем произошло. Святая пятница! Почему вы мне не отдали это письмо три дня тому назад?

— Потому что, как я имел уже честь доложить вашему величеству, несмотря на всю мою поспешность, я смог прибыть в Париж только вчера.

— Досадно, досадно! — тихо произнес король. — Сейчас мы были бы в безопасности — либо в Ла-Рошели, либо на какой-нибудь равнине во главе двух или трех тысяч всадников.

— Сир, что было, то прошло, — вполголоса сказала Маргарита, — не стоит досадовать на прошлое и терять на это время, сейчас надо принимать наилучшее решение для будущего.

— Значит, на моем месте вы бы надеялись на что-то? — сказал Генрих, не спуская испытующего взгляда с Маргариты.

— Конечно, я бы смотрела на это дело, как на игру в мяч до трех очков, где я проиграла пока только первое очко.

— Ах, мадам, — сказал Генрих шепотом, — если бы я был уверен, что вы играете в доле со мной.

— Если бы я собиралась играть на стороне ваших противников, — возразила Маргарита, — мне кажется, я бы давно могла это сделать.

— Справедливо, — ответил Генрих, — я неблагодарен, и вы верно сказали, что еще можно все исправить, и сегодня же.

— Увы, сир, — заметил Ла Моль, — я лично желаю вашему величеству всяческой удачи, но сегодня нет с нами адмирала.

Генрих Наваррский улыбнулся хитрой мужицкой улыбкой, которую не понимали при дворе до тех пор, пока он не стал французским королем.

— Однако, мадам, — заговорил он, внимательно разглядывая Ла Моля, — этот дворянин, оставаясь здесь, должен до крайности стеснять вас, да и сам подвергается опасным неожиданностям. Что вы собираетесь с ним делать?

— Сир, я вполне согласна с вами, но не можем же мы вывести его из Лувра?

— Трудновато.

— Сир, а не мог бы месье де Ла Моль найти себе приют где-нибудь у вас?

— Увы, мадам! Вы всё обращаетесь ко мне, как будто я еще король гугенотов и у меня есть свой народ. Вы знаете, что я наполовину стал уже католиком и никакого народа у меня нет.

Всякая другая женщина, но не Маргарита, поторопилась бы сразу заявить: «Да и он католик!» Но королеве хотелось, чтобы Генрих Наваррский сам напросился на то, чего она желала от него. А Ла Моль, видя сдержанность своей покровительницы и не зная, где найти опору на скользкой почве французского двора, тоже промолчал.

— Вот как! — заговорил Генрих, перечитав письмо, привезенное Ла Молем. — Провансальский губернатор пишет мне, что ваша матушка была католичкой и что отсюда его дружба к вам.

— Вы, граф, что-то говорили мне о вашем обете переменить вероисповедание, — сказала Маргарита, — но у меня в голове все спуталось. Помогите же мне, месье де Ла Моль. Ваше намерение как будто совпадает с желаниями короля Наваррского.

— Да, но ваше величество так равнодушно отнеслись к моим объяснениям по этому поводу, что я не осмелился...

— Потому что меня это не касалось никоим образом. Объясните все королю.

— Так что это за обет? — спросил король Наваррский.

— Сир, — сказал Ла Моль, — когда меня преследовали убийцы, я был почти безоружен и еле жив от ран, как вдруг мне показалось, будто тень моей матери с крестом в руке ведет меня в Лувр. Тогда я дал обет в случае спасения моей жизни принять веру моей матери, которой бог разрешил встать из могилы, чтоб указать мне путь к спасению во время этой страшной ночи. И вот я нахожусь под покровительством и французской принцессы, и короля Наваррского. Мою жизнь спасло чудо; мне остается исполнить свой обет, сир. Я готов стать католиком.

Генрих Наваррский нахмурил брови; он сам был скрытен и втайне допускал возможность отречься по расчету, но относился очень недоверчиво к возможности отречься по чувству убеждения.

«Король не хочет брать на себя заботу о моем раненом», — подумала Маргарита.

При этом столкновении двух противоположных направлений чужой воли Ла Моль растерялся и оробел. Он чувствовал себя в смешном положении, не зная почему. Маргарита с женской деликатностью вывела его из неприятного состояния.

— Сир, — сказала она, — мы забываем, что этот несчастный раненый нуждается в покое. Я сама так хочу спать, что еле держусь на ногах... Ну вот, вы опять!..

Ла Моль действительно снова побледнел от последних слов Маргариты, которые истолковал по-своему.

— Так что же, мадам, — сказал Генрих, — дело очень просто: дадим покой месье де Ла Молю.

Молодой человек обратил к Маргарите молящий взор и, несмотря на присутствие обоих величеств, добрался до стула и сел, разбитый усталостью и душевной болью.

Маргарита поняла, сколько любви скрывалось в его взгляде и сколько отчаяния в этой слабости.

— Сир, — сказала она, — этот молодой дворянин ради своего короля подвергал опасности собственную жизнь и был ранен, когда бежал в Лувр, чтобы известить вас о смерти адмирала и Телиньи, поэтому вашему величеству подобает оказать ему честь, за которую он будет признателен всю жизнь.

— Какую же, мадам? — спросил Генрих Наваррский. — Приказывайте, я готов исполнить.

— Вы, ваше величество, можете спать на этом диване, а месье де Ла Моль ляжет у вас в ногах. Я же, с разрешения моего августейшего супруга, позову Жийону и лягу в свою постель; клянусь вам, сир, что я нуждаюсь в отдыхе не меньше любого из нас троих.

Генрих Наваррский был человек умный, даже очень, что отмечали позже как его враги, так и друзья. Он понял, что эта женщина, прогоняя его с супружеского ложа, имела право так поступить за равнодушие, какое проявлял он к ней до сей поры. Маргарита же, несмотря на его холодность, спасла ему жизнь несколько минут назад. Поэтому Генрих, отбросив самолюбие, ответил просто:

— Мадам, если месье де Ла Моль в состоянии дойти до моих покоев, я уступлю ему мою постель.

— Да, сир, — сказала Маргарита, — но в настоящее время ваши покои не безопасны ни для вас, ни для него, и осторожность требует, чтобы ваше величество остались здесь до завтра.

И, не дожидаясь ответа короля, она позвала Жийону, распорядилась принести подушки и постлать в ногах у короля постель Ла Молю, который был так счастлив и доволен подобной честью, что — можно наверное сказать — позабыл о своих ранах.

Маргарита сделала королю почтительный реверанс, вернулась к себе в спальню, заперла все двери на задвижки и улеглась в постель.

«Утром, — сказала она про себя, — Ла Моль должен иметь в Лувре своего защитника, а тот, кто сегодня был на это глух, завтра раскается».

Затем, обращаясь к Жийоне, ожидавшей последних приказаний, Маргарита поманила ее рукой и, когда Жийона подошла, сказала шепотом:

— Жийона, завтра утром надо сделать так, чтобы у моего брата герцога Алансонского непременно был какой-нибудь предлог прийти сюда еще до восьми часов утра.

На башенных часах Лувра пробило два часа. Ла Моль несколько минут поговорил с королем о политике, но Генрих быстро задремал и наконец раскатисто захрапел, точно спал у себя в Беарне, на своей кожаной постели.

Ла Моль, быть может, последовал бы примеру короля и заснул, но Маргарита не спала, все время ворочалась в постели с боку на бок, и этот шорох тревожил мысль юноши, отгоняя сон.

— Он очень молод, — шептала Маргарита во время бессонницы, — и очень робок; но надо еще посмотреть, не будет ли он и смешон? И все-таки у него красивые глаза... хорошо сложен, много обаяния... И вдруг окажется, что он не храбрый человек! Он бежал... он отрекается от веры... досадно, а сон начался так хорошо. Ну, что ж... Предоставим все течению событий и отдадимся на волю троякого бога безрассудной Анриетты.

Только к рассвету заснула Маргарита, шепча: «Eros — Cupido — Amor».

## V

## ЧЕГО ХОЧЕТ ЖЕНЩИНА, ТОГО ХОЧЕТ БОГ

Маргарита не ошиблась: Екатерина, несомненно, понимала, что с ней разыгрывают комедию, видела ее интригу, но не в ее силах было изменить развязку, и злоба, скопившаяся у нее в душе, должна была излиться на кого-нибудь. Вместо того чтобы пойти к себе, королева-мать направилась к своей придворной даме.

Мадам де Сов ждала двух посетителей — Генриха Наваррского и королеву-мать: первого — с надеждой, вторую — с большим страхом. Полуодетая, она лежала на постели, а Дариола сторожила в передней. Послышался лязг ключа в замочной скважине, затем приближение чьих-то медленных шагов, можно бы сказать — тяжелых, если бы их не заглушал толстый ковер. Мадам де Сов ясно различила, что это не легкая, быстрая походка короля Наваррского, и тотчас у нее мелькнуло подозрение, что кто-то не позволил

Дариоле предупредить ее; опершись на руку, напрягая слух и зрение, Шарлотта стала ждать.

Дверная занавесь приподнялась, и молодая женщина с трепетом увидела Екатерину Медичи.

Екатерина внешне была спокойна; но мадам де Сов, изучавшая ее в течение двух лет, почувствовала, сколько за этим наружным спокойствием таится мрачных замыслов, а может быть, жестоких планов мести.

Увидев Екатерину, мадам де Сов намеревалась вскочить с кровати, но королева-мать сделала ей знак не трогаться, и бедная Шарлотта застыла на месте, собирая все силы своей души, чтобы выдержать грозу, которая молча надвигалась.

— Вы передали ключ королю Наваррскому? — спросила Екатерина спокойным тоном, и только ее губы становились все бледнее, пока она произносила эту фразу.

— Да, мадам... — ответила Шарлотта, тщетно стараясь придать своему голосу ту же твердость, какая слышалась у королевы-матери.

— И вы с ним виделись?

— С кем?

— С королем Наваррским.

— Нет, мадам, но жду его, и, услыхав, что кто-то поворачивает ключ в моей двери, я даже подумала, что это он.

Получив такой ответ, говоривший или о полной откровенности мадам де Сов, или о замечательной способности ее к притворству, Екатерина слегка вздрогнула. Ее пухлая короткая рука сжалась в кулак.

— А все-таки ты знала, — со злобной усмешкой сказала Екатерина, — знала наверное, Шарлотта, что в эту ночь король Наваррский не придет.

— Кто, я, мадам? Я... знала? — воскликнула Шарлотта, отлично разыгрывая удивление.

— Да, ты знала.

— Он не придет только в том случае, если он умер! — ответила молодая женщина, затрепетав от одного предположения такой возможности.

Лишь твердая уверенность, что она будет жертвой страшной мести, если ее предательство откроется, заставила Шарлотту лгать так смело.

— А ты, случайно, не писала королю Наваррскому? — спросила Екатерина, все так же посмеиваясь злым и беззвучным смехом.

— Нет, мадам, — отвечала Шарлотта на редкость чистосердечным тоном, — мне помнится, ваше величество не приказывали этого?

Наступила минута молчания, и в это время Екатерина смотрела на мадам де Сов, как змея на птичку — свою жертву.

— Ведь ты воображаешь, что ты красива, — сказала Екатерина. — Воображаешь, что ты ловка, не так ли?

— Нет, мадам, — ответила мадам де Сов, — я знаю только одно: ваше величество бывали крайне снисходительны ко мне, когда заходил разговор о моей ловкости и красоте.

— Ты ошибалась, если так думала, — запальчиво сказала Екатерина, — а я лгала, если так говорила. Ты дурнушка и дурочка в сравнении с моей дочерью Марго.

— Вот это верно, мадам! — ответила Шарлотта. — И я даже не стану это отрицать — тем более при вас.

— Поэтому-то, — продолжала Екатерина, — король Наваррский и любит мою дочь несравненно больше, чем тебя. А ведь это не то, чего хотела ты, и не то, о чем мы сговорились.

— Увы, мадам! — сказала мадам де Сов и зарыдала, на этот раз без всякого насилия над собой. — Я очень несчастна, если это так.

— А это так, — ответила Екатерина, вонзая в сердце мадам де Сов свои глаза, как два кинжала.

— Но кто же мог внушить вам это? — спросила Шарлотта.

— Сойди вниз, pazza*, к королеве Наваррской, — там ты найдешь своего любовника.

— О-о! — всхлипнула мадам де Сов.

Екатерина пожала плечами.

— А ты, чего доброго, ревнива, — сказала королева-мать.

— Кто, я? — спросила мадам де Сов, собирая последние силы.

— Да, ты! С удовольствием я посмотрела бы, какова ревность у француженки.

— Но, ваше величество, — отвечала мадам де Сов, — я могла бы ревновать только из самолюбия — как же иначе? А я люблю короля Наваррского лишь постольку, поскольку это надо, чтобы услужить вашему величеству.

Несколько секунд глаза Екатерины смотрели испытующе.

---

* Дуреха *(ит.)*.

— Все то, что ты мне говоришь, в конце концов может быть и правдой, — сказала она тихо.

— Ваше величество читаете в моей душе.

— А мне ли предана эта душа?

— Приказывайте, ваше величество, и вы убедитесь в этом.

— Хорошо, Шарлотта! Но раз ты служишь мне, то эта служба требует, чтобы ты оставалась влюбленной в короля Наваррского, а главное — очень ревнивой, так, как бывают ревнивы итальянки.

— Мадам, а как ревнуют итальянки? — спросила Шарлотта.

— Это я расскажу тебе потом, — ответила Екатерина. И, кивнув раза три головой, она вышла так же медленно и молча, как вошла. Ее глаза с расширенными и светлыми зрачками, как у пантеры или кошки, при этом сохранявшие всю глубину своего взгляда, привели Шарлотту в такое замешательство, что в момент ухода королевы-матери она была не в силах произнести ни слова, старалась даже не дышать и только тогда передохнула, когда услышала звук захлопнувшейся двери, а Дариола пришла сказать, что страшный призрак наконец исчез.

— Дариола, подвинь кресло к моей постели и посиди со мной, пожалуйста, а то я боюсь оставаться одна ночью.

Дариола исполнила ее желание, но, несмотря на общество своей горничной, всю ночь сидевшей около нее, несмотря на свет лампы, которую для большего спокойствия оставили гореть, мадам де Сов заснула лишь под утро, — так долго еще гудел в ее ушах металлический голос Екатерины.

Маргарита хотя заснула на рассвете, но сразу же проснулась, как только раздались звуки труб и первый лай собак. Она немедля поднялась с постели и стала одеваться, придав своему наряду намеренно домашний вид. Затем позвала своих придворных дам и распорядилась привести в переднюю дворян из свиты короля Наваррского; после этого, открыв дверь в кабинет, где находились под замком Генрих Наваррский и Ла Моль, она тепло приветствовала взглядом молодого человека и обратилась к мужу.

— Послушайте, сир, — сказала ему она, — внушить моей матери то, чего нет, — это еще не все: вам надо убедить весь двор, что между нами существует полное согласие. Но успокойтесь, — смеясь, добавила Маргарита, — и хорошенько запомните мои слова, почти торжественные в этой обстановке: сегодня я в первый и последний раз подвергаю ваше величество такому мучительному испытанию.

Король Наваррский улыбнулся и приказал впустить дворян. В то время как они его приветствовали, он сделал вид, как будто лишь сейчас заметил, что его плащ остался на постели королевы, извинился перед ними за свой незаконченный наряд, взял из рук покрасневшей Маргариты плащ и, накинув на левое плечо, застегнул драгоценной пряжкой. Затем, обратясь к дворянам, спросил их о городских и дворцовых новостях.

Маргарита краем глаза наблюдала на лицах окружающих дворян едва заметное выражение удивления по поводу вдруг обнаружившейся близости между королевой и королем Наварры; в это время явился дворцовый пристав и доложил о приходе герцога Алансонского.

Жийона заманила его очень просто: ей было достаточно сказать ему, что король Наваррский провел ночь у своей жены.

Франсуа вошел с такой стремительностью, что, расталкивая толпившихся придворных, чуть не сбил с ног нескольких из них. Он прежде всего оглядел Генриха и уже после — Маргариту. Генрих Наваррский любезно поклонился, Маргарита придала своему лицу выражение полного блаженства.

Затем герцог окинул беглым, но пытливым взглядом комнату: заметил и раздвинутый полог на кровати, и смятую двухспальную подушку в изголовье, и шляпу короля, лежавшую на стуле.

Герцог побледнел, но тотчас справился с собой.

— Брат Генрих, вы придете сегодня утром играть с королем в мяч? — спросил он.

— Разве король сделал мне честь и выбрал меня своим партнером? — спросил, в свою очередь, Генрих Наваррский. — Или это только выражение вашей любезности ко мне, любезности моего шурина?

— Совсем нет, король не говорил об этом, — ответил, немного смешавшись, герцог, — но ведь обычно он играет с вами?

Генрих Наваррский усмехнулся: столько событий, и очень важных, случилось со времени последней их игры, что не было бы ничего удивительного, если бы Карл IX переменил своих партнеров.

— Брат Франсуа, я приду! — сказал, улыбаясь, Генрих.

— Приходите, — ответил герцог.

— Вы разве уходите? — спросила Маргарита.

— Да, сестра.

— Вы торопитесь?

— Очень.

— А если я попрошу вас уделить мне несколько минут? Маргарита так редко обращалась к брату с подобной просьбой, что он глядел на нее то краснея, то бледнея.

«О чем она будет говорить с ним?» — подумал Генрих, удивленный не менее, чем герцог.

Маргарита, точно догадываясь о мыслях своего супруга, обернулась к нему и сказала с очаровательной улыбкой:

— Месье, если вам угодно, вы можете идти к его величеству. Тайна, которой я собираюсь поделиться с моим братом, вам уже известна, а мою вчерашнюю просьбу к вам, связанную с этой тайной, вы почти отвергли. Я не хотела бы вторично утруждать вас повторением моего желания, высказанного вам лично и, видимо, неприемлемого для вашего величества.

— Что такое? — спросил Франсуа, с удивлением глядя на обоих.

— Так! Так! Я понимаю, мадам, что это значит, — сказал Генрих, краснея от досады. — Поверьте, я очень сожалею, что больше не свободен в своих действиях. Но хотя я не могу предоставить графу де Ла Моль надежное убежище у себя лично, я вместе с вами готов препоручить моему брату, герцогу Алансонскому, *лицо, которое вас интересует.* Быть может, даже, — добавил он, еще сильнее подчеркивая смысл последних слов, — быть может, брат мой найдет и такой выход, который позволит вам оставить месье де Ла Моля... здесь... близ вас... что было бы лучше всего. Не правда ли, мадам?

«Отлично! Отлично! — сказала про себя Маргарита. — Вдвоем они сделают то, чего не сделает никто из них в отдельности».

Она растворила дверь в кабинет и вывела раненого Ла Моля, предварительно сказав Генриху Наваррскому:

— Месье, вы должны объяснить моему брату, по каким соображениям мы принимаем участие в месье де Ла Моле.

Генрих, попав в ловушку, рассказал Франсуа, ставшему полугугенотом из политического соперничества, как Генрих стал полукатоликом из политического расчета, — о том, как Ла Моль прибыл в Париж, пришел в Лувр, чтобы передать письмо от д'Ориака, и был ранен.

Когда герцог обернулся, перед ним стоял Ла Моль, только что вышедший из кабинета.

Франсуа, видя перед собой молодого человека, красивого и бледного, вдвойне пленительного и бледностью и красотой, почувствовал в душе какой-то новый страх. Маргарита дразнила в нем одновременно и самолюбие и ревность.

— Брат мой, — сказала Маргарита, — я отвечаю вам за то, что этот молодой дворянин будет полезен каждому, кто сумеет извлечь из него пользу. Если вы примете его в число своих людей, он будет иметь могущественного покровителя, а вы — преданного слугу. В теперешнее время, брат мой, надо окружать себя надежными людьми! В особенности, — добавила она так тихо, чтобы ее слышал только герцог Алансонский, — в особенности тем, кто честолюбив и имеет несчастье быть только третьим наследным принцем Франции.

Сказав это, Маргарита приложила к губам палец, показывая этим брату, что, несмотря на такое откровенное начало, она высказала далеко еще не все.

— Кроме того, — продолжала она, — вопреки мнению Генриха, вы, может быть, найдете неудобным, чтобы этот молодой человек продолжал жить так близко от моей комнаты?

— Сестра, — оживленно сказал Франсуа, — месье де Ла Моль, если, конечно, ему подходит это, через полчаса будет водворен в моих покоях, где, я думаю, ему нечего бояться. Пусть только он меня полюбит, — я-то буду его любить.

Франсуа лгал, так как он уже возненавидел этого Ла Моля.

«Хорошо, хорошо... я, значит, не ошиблась! — говорила про себя Маргарита, увидев, как сдвинулись брови короля Наваррского. — Оказывается, чтобы направить их обоих к нужной цели, надо возбудить в них соперничество. — Потом, заканчивая свою мысль, добавила: — «Вот, вот, отлично, Маргарита!» — сказала б Анриетта».

Действительно, через каких-нибудь полчаса Ла Моль, выслушав строгие наставления Маргариты и поцеловав краешек ее платья, уже всходил довольно бодрым для раненого шагом по лестнице к покоям герцога Алансонского.

Прошло дня три; за это время полное согласие между Генрихом Наваррским и его женой, видимо, окрепло. Генрих получил разрешение перейти в католицизм не публично, а отречься от протестантизма только перед духовником Карла IX, и каждое утро ходил к обедне, которую служили в Лувре. Каждый вечер неукоснительно он шел к своей жене, входил в главную дверь ее покоев, несколько минут беседовал с женой, затем выходил потайным ходом и поднимался по лестнице к мадам де Сов, которая, конечно, рассказала ему о посещении Екатерины и о явной опасности, ему грозившей. Генрих, получая сведения с двух сторон, еще больше насторожился по отношению к Екатерине, а в особенности потому, что выражение ее лица становилось все более приветливым. Дело дошло до того, что однажды утром ее бледные уста улыбнулись ему благожелательной улыбкой. В этот день Генрих почти ничего не ел, кроме яиц, которые варил он сам, и пил только воду, зачерпнутую на его глазах прямо из Сены.

Избиение гугенотов продолжалось, хотя шло на убыль; резню сразу произвели в таких размерах, что количество гугенотов сильно сократилось. Огромное большинство было убито, многие успели бежать, кое-кто еще прятался.

Время от времени в том или другом квартале поднималась суматоха: это значило, что отыскали кого-нибудь из прятавшихся. Тогда несчастного или избивало все население квартала, или приканчивала небольшая кучка соседних жителей — в зависимости от того, оказывалась ли жертва загнанной в какое-нибудь безвыходное место или могла спасаться бегством. В последнем случае бурная радость охватывала весь квартал, служивший местом действия: католики не только не утихомирились от исчезновения своих врагов, но сделались еще кровожаднее; казалось, что чем меньше оставалось гугенотов, тем больше ожесточались против них католики.

Карл IX с самого начала пристрастился к охоте на несчастных гугенотов; позже, когда охота такого рода стала для него лично недоступной, он с удовольствием прислушивался, как охотились другие.

Однажды, возвращаясь с игры в лапту, любимого его занятия наравне с охотой, он зашел к матери, в сопровождении своих придворных, с сияющим лицом.

— Матушка, — сказал он, целуя флорентийку, которая, заметив его радостное настроение, сейчас же постаралась разгадать его причину. — Матушка, хорошая новость! Смерть чертям! Знаете что? Пресловутый труп адмирала, оказывается, не исчез — его нашли!

— Вот как! — произнесла Екатерина.

— Да, да! Ей-богу! Вы думали, как и я, что он достался на обед собакам? Совсем нет. Мой народ, мой добрый, хороший народ придумал штуку: он вздернул адмирала на виселицу в Монфоконе.

Сперва их пыл Гаспара вниз поверг,
После чего был поднят он же вверх!

— И что же? — спросила Екатерина.

— А то, милая мама, — ответил Карл IX, — что с тех пор как я узнал о его смерти, мне очень захотелось повидать этого милягу. Погода отличная, все в цвету, воздух живительный, благоуханный. Я себя чувствую здоровым, как никогда; если вы хотите, мы сядем на лошадей и верхом проедемся на Монфокон.

— Поехала бы с большой охотой, сын мой, только я еще раньше назначила одно свидание, которое мне не хотелось бы откладывать; кроме того, в гости к такому важному лицу, как адмирал, надо бы пригласить весь двор. Кстати, умеющим наблюдать это даст повод для любопытных заключений: увидим, кто поедет, а кто останется дома.

— Ваша правда, мама! До завтра! Так будет лучше! Итак, вы приглашайте своих, я своих... а лучше — не будем приглашать никого. Мы только объявим о поездке — таким образом, каждый будет свободен в своих действиях. До свидания, матушка! Пойду потрублю в рог.

— Карл, вы надорвете себя! Амбруаз Паре все время вам говорит об этом, и совершенно справедливо: это очень вредное для вас занятие.

— Вот так так! Хорошо бы наверняка знать, что я умру только от этого. Я еще успел бы похоронить здесь всех, даже Анрио, хотя ему, по уверению Нострадамуса, предстоит наследовать нам всем.

Екатерина нахмурилась.

— Сын мой, не верьте тому, что очевидно невозможно, и берегите себя.

— Я протрублю всего-навсего две-три фанфары, только для того, чтобы повеселить моих собак, — бедняги дохнут от скуки. Надо было натравить их на гугенотов, вот бы разгулялись!

С этими словами Карл IX вышел из комнаты матери, прошел в Оружейную, снял со стены рог и затрубил с такой силой, что самому Роланду впору. Трудно было понять, как это слабое, болезненное тело и эти бледные губы могли производить такой могучий звук.

Екатерина сказала правду сыну: ее на самом деле ждало некое лицо. Через минуту после ухода Карла вошла одна из придворных дам и шепотом сказала что-то ей. Королева-мать улыбнулась, встала с места, поклонилась своим придворным и последовала за пришедшей дамой.

Флорентиец Рене, с которым король Наваррский в самый вечер святого Варфоломея обошелся так дипломатично, только что вошел в молельню Екатерины Медичи.

— А-а, это вы, Рене! — сказала Екатерина. — Я ждала вас с нетерпением.

Рене поклонился.

— Вы получили вчера мою записку?

— Имел честь, мадам.

— Вы проверили заново, как я просила, гороскоп, составленный Руджиери, который точно совпадает с предсказанием Нострадамуса, о том, что все мои три сына будут царствовать?.. За последние дни обстоятельства так переменились, Рене, что я подумала: ведь и судьба могла стать милостивее.

— Мадам, — ответил Рене, отрицательно покачав головой, — ваше величество хорошо знает, что обстоятельства не могут изменить судьбы, наоборот, судьба направляет обстоятельства.

— Но вы все-таки возобновили жертвоприношения, да?

— Да, мадам, — ответил Рене, — повиноваться вам — мой долг.

— А каков результат?

— Мадам, все тот же.

— Как?! Черный ягненок все так же блеял три раза?

— Все так же, мадам.

— Предзнаменование трех страшных смертей в моей семье! — прошептала Екатерина.

— Увы! — произнес Рене.

— Что еще?

— Еще, мадам, во внутренностях обнаружилось то странное смещение печени, какое мы наблюдали в первых ягнятах, — то есть наклон в обратную сторону.

— Смена династии! Все то же, то же, то же... — шептала про себя Екатерина. — Однако, Рене, надо же бороться с этим!

Рене покачал головой.

— Я уже сказал вашему величеству: властвует рок.

— Ты так думаешь? — спросила Екатерина.

— Да, мадам.

— А ты помнишь гороскоп Жанны д'Альбре?

— Да, мадам.

— Напомни мне, я кое-что запамятовала.

— Vives honorata, — сказал Рене, — morieris reformidata, regina amplificabere.

— Как я понимаю, это значит: «Будешь жить в почете», — а она, бедняжка, нуждалась! «Умрешь грозной», — а мы над ней смеялись. «Возвеличишься превыше королевы», — а вот она умерла, и все ее величие покоится в гробнице, на которой мы даже позабыли написать ее имя.

— Мадам, вы неверно передали: Vives honorata. Королева Наваррская действительно пользовалась почетом; всю свою жизнь она была окружена любовью своих детей и уважением своих сторонников, а так как она была бедной, то и любовь и уважение были искренни.

— Ну хорошо, я уступаю вам: «Будешь жить в почете». Посмотрим, как вы объясните: «Умрешь грозной».

— Как я объясню? Очень просто: «Умрешь грозной»!

— Так что же? Разве она перед смертью была грозной?

— Настолько грозной, мадам, что она не умерла бы, если б ваше величество так не боялись ее. Наконец, «Возвеличишься превыше королевы» — значит: приобретешь большее величие, чем имела, пока царствовала. И это тоже верно, мадам, потому что взамен мирского, преходящего венца она, быть может, носит, как королева-мученица, венец небесный, а кроме того, кто знает, какое будущее уготовано ее роду на земле.

Екатерина была до крайности суеверна. Быть может, ее не так пугало постоянство одних и тех же предвещаний, как хладнокровие Рене, но она никогда не смущалась неудачей, а смело преодолевала создавшееся положение, поэтому и в данном случае она без всякого перехода, следуя только течению своих мыслей, вдруг задала Рене вопрос:

— Пришла ли парфюмерия из Италии?

— Да, мадам.

— Вы мне пришлете в шкатулке набор косметик.

— Каких?

— Последних... ну, тех... — Екатерина остановилась.

— Тех, которые особенно любила королева Наваррская? — спросил Рене.

— Именно.

— Подготовлять их вам не требуется, не правда ли? Ваше величество теперь сведущи в этом так же, как и я.

— Ты думаешь? Как бы то ни было, они хорошо действуют.

— Ваше величество больше ничего не имеет мне сказать? — спросил парфюмер.

— Нет, нет, — задумчиво ответила Екатерина, — кажется, нет. Во всяком случае, если при жертвоприношениях окажется что-нибудь новое, известите меня. Кстати, давайте оставим ягнят и попробуем кур.

— К сожалению, мадам, я очень опасаюсь, что, изменив жертвы, мы ничего не изменим в предсказаниях.

— Делай, что тебе говорят.

Рене откланялся и вышел.

Екатерина посидела, задумавшись; затем встала, прошла к себе в спальню, где ее дожидались придворные дамы, и объявила им о завтрашней поездке на Монфокон.

Известие об этой увеселительной поездке весь вечер служило предметом разговоров во дворце и разнеслось по городу. Дамы велели приготовить самые изысканные наряды, дворяне — оружие и парадных лошадей; торговцы закрыли свои лавочки и мастерские, а городские гуляки из народа то там, то здесь убивали уцелевших гугенотов, пользуясь удобным случаем подобрать подходящую «компанию» к трупу адмирала.

Весь вечер и часть ночи шла большая суета. Ла Моль провел в безнадежно грустном настроении весь следующий день, сменивший три или четыре таких же грустных дня.

Герцог Алансонский, исполняя желание Маргариты, действительно устроил его у себя, но с тех пор ни разу не виделся с ним. Ла Моль чувствовал себя покинутым ребенком, лишенным нежной, утонченной и обаятельной заботы двух женщин, и воспоминание об одной из них всецело завладело его мыслью. Он, правда, имел о Маргарите кое-какие вести от Амбруаза Паре, которого она к нему прислала, но в передаче человека пятидесяти лет, не замечавшего или делавшего вид, будто не замечает, до какой степени Ла Моль интересовался всем, что касалось Маргариты, эти вести были не полны и не давали ему удовлетворения. Надо сказать, что однажды к нему зашла Жийона, чтобы узнать, конечно от себя, о его здоровье. Ее приход, блеснув, как солнечный луч в темнице, ослепил Ла Моля, и он все ждал, когда появится опять Жийона; но вот прошло уже два дня, а она не появлялась.

Поэтому, когда и до Ла Моля дошла весть о завтрашнем блестящем сборище всего двора, он попросил соизволения герцога Алансонского сопровождать его на это торжество. Герцог даже не поинтересовался, в силах ли Ла Моль выдержать такое напряжение, и лишь ответил:

— Чудесно! Пусть ему дадут какую-нибудь из моих лошадей.

Ла Молю больше ничего не требовалось. Амбруаз Паре по обыкновению зашел перевязать его. Ла Моль объяснил, что ему необходимо ехать верхом, и просил сделать с особой тщательностью перевязки. Обе раны, в плечо и в грудь, уже закрылись, но плечо болело. Как это бывает в период заживления, места ранений были еще красны. Хирург Амбруаз Паре наложил на них тафту, пропитанную смолистыми бальзамическими веществами, бывшими тогда в большом ходу, и обещал, что все сойдет благополучно, если только Ла Моль не будет слишком много двигаться во время предстоящей поездки.

Ла Моль был бесконечно счастлив. За исключением некоторой слабости и легкого головокружения от потери крови, он чувствовал себя довольно хорошо. А главное — Маргарита, конечно, примет участие в поездке: он вновь увидит Маргариту, и, думая о том, как хорошо подействовало на него свидание с Жийоной, он ясно представлял себе, насколько благотворнее подействует свидание с ее хозяйкой.

На деньги, полученные на дорогу от родных, Ла Моль купил очень красивый колет из белого атласа и плащ с самым красивым шитьем, какое только мог поставить модный портной. Он же снабдил Ла Моля сапогами из душистой кожи, какие носили в те времена. Все было доставлено ему утром, с опозданием всего на полчаса против указанного времени, так что Ла Молю не пришлось особенно роптать. Он быстро оделся, оглядел себя в зеркало, нашел, что он одет вполне прилично, хорошо причесан, надушен и может быть доволен самим собой; затем несколько раз быстро прошелся по комнате и, хотя временами чувствовал острую боль в ранах, убедил себя, что хорошее настроение заглушит физические недомогания. Особенно шел Ла Молю вишневый плащ, скроенный по его указанию, — длиннее, чем тогда носили.

В то время как эта сцена происходила в Лувре, другая сцена такого же характера шла в доме Гизов. Высокого роста рыжеволосый дворянин, стоя перед зеркалом, долго разглядывал красный рубец, весьма некстати пересекавший его лицо; затем он расчесал и надушил усы, все время пытаясь при помощи тройного слоя из смеси румян и белил замазать свой рубец, но, несмотря на эти косметические средства, рубец упорно проступал. Убедившись, что притирания не помогают, дворянин придумал другое средство: он сошел во двор, залитый лучами палящего августовского солнца, снял шляпу, поднял лицо кверху, зажмурил глаза и начал так разгуливать, стараясь, чтобы раскаленный воздух, струившийся потоком с неба, ожег ему лицо.

Через десять минут благодаря силе солнечного света лицо дворянина приобрело такую яркую окраску, что среди нее красный рубец казался желтым, опять нарушив единство колорита. Однако дворянин был вполне удовлетворен такой расцветкой и постарался подогнать ее под цвет лица, замазав ярко-красной губной помадой. После этого он облачился в великолепный костюм, заранее доставленный ему портным.

Разряженный, надушенный и с ног до головы вооруженный, дворянин вторично сошел во двор и стал оглаживать крупного вороного коня, который был бы безупречен в смысле красоты, если бы его не портил совершенно такой же шрам, как у его хозяина, нанесенный саблей немецкого кавалериста в одной из последних битв гражданской войны.

Тем не менее очень довольный и собой и лошадью, этот дворянин, несомненно узнанный читателем, уже сидел в седле на четверть часа раньше остальных участников поездки, и нетерпеливое ржание его скакуна разносилось по всему двору гизовского особняка, а ему вторило восклицание «дьявольщина!», произносимое на все лады — в зависимости от того, насколько удавалось всаднику справляться со своим конем. В конце концов лошадь была укрощена, стала послушной и податливой, признав законную власть всадника; однако победа далась ему довольно шумно, а этот шум, возможно, входивший в расчеты дворянина, привлек к окошку даму; тогда наш лошадиный укротитель приветствовал ее низким поклоном и получил в ответ самую милую улыбку.

Пять минут спустя герцогиня Невэрская велела позвать своего управляющего.

— Мсьс, — обратилась она к нему, — был ли подан графу Аннибалу де Коконнас приличный завтрак?

— Да, мадам, — ответил управляющий. — Сегодня утром он кушал даже с большим аппетитом, чем обычно.

— Хорошо, месье! — сказала герцогиня.

Затем, обернувшись к своему первому свитскому дворянину, сказала:

— Месье д'Аргюзон, мы едем в Лувр, прошу вас, присмотрите за графом Аннибалом де Коконнас: он ранен и еще слаб — ни в коем случае мне не хотелось бы, чтобы с ним приключилось что-нибудь плохое. Это вызовет насмешки гугенотов, которые имеют зуб против него с благословенной ночи святого Варфоломея.

И герцогиня Невэрская, сев на лошадь, весело отправилась в Лувр, где был назначен общий сбор.

Было два часа пополудни, когда вереница всадников, сверкая золотом, драгоценностями и блестящими одеждами, появилась на улице Сен-Дени из-за угла «Гробницы невинно убиенных» и развернулась на ярком солнце между двумя рядами мрачных домов, как огромный кольчатый, переливающийся различными цветами, змей.

## VI

## ТРУП ВРАГА ВСЕГДА ПАХНЕТ ХОРОШО

В наше время никакие сборища людей, как бы нарядны они ни были, не могут дать представления об описываемом зрелище. Мягкие, роскошные и яркие одежды, завещанные пышной модой Франциска I следующему поколению, еще не превратились в узкие темные платья, которые позднее вошли в моду при Генрихе III; наряд самого Карла IX, не такой пышный, но, пожалуй, более изящный, чем носили в предыдущую эпоху, выделялся своим художественным совершенством. Наша действительность не дает ничего, что можно было бы сравнить с такой процессией: все великолепие современных нам парадов сводится к симметрии и мундиру.

Пажи, стремянные, дворяне второго ранга, собаки и запасные лошади, следовавшие с боков и сзади, придавали королевскому поезду вид настоящей армии. В хвосте этой армии шел народ. Вернее, народ был всюду: он шел сзади, впереди, с боков, крича одновременно и «да здравствует!» и «бей!», поскольку в шествии участвовали также гугеноты, перешедшие недавно в католичество, но, несмотря на это, народ был все же зол на них.

Утром, в присутствии Екатерины и герцога Гиза, Карл IX заговорил с Генрихом Наваррским, как о самом обыкновенном деле, о том, чтобы поехать посмотреть на виселицу Монфокона, иными словами — на изуродованный труп адмирала, который там висел. Первой мыслью Генриха Наваррского было уклониться от участия в поездке. Этого и ждала Екатерина. При первых же его словах, выражавших чувство брезгливости, она обменялась с герцогом Гизом взглядом и усмешкой. Генрих Наваррский заметил то и другое, понял, что это значило, и, сразу взяв себя в руки, сказал:

— А в самом деле, почему бы мне и не поехать? Я католик, и у меня есть обязательства по отношению к новому вероисповеданию. — Затем, обращаясь к Карлу IX, добавил: — Ваше величество, можете положиться на меня: я буду всегда счастлив сопровождать вас, куда бы вы ни ехали!

И быстро окинул взором всех, интересуясь, чьи брови нахмурились от этих слов.

Во всем блестящем королевском поезде этот сын-сирота, этот король без королевства, этот гугенот-католик, пожалуй, больше всех приковывал к себе любопытные взгляды толпы. Его характерное удлиненное лицо, немного простонародные манеры, приятельское отношение к низшим, доходившее до степени, несовместимой с королевским саном, но усвоенное с детства среди беарнских горцев и сохраненное до самой его смерти, — все это выделяло Генриха в глазах толпы, откуда раздавались голоса:

— Ходи к обедне, Анрио! Ходи почаще!

На это Генрих Наваррский отвечал:

— Был вчера, был сегодня и буду завтра. Святая пятница! Кажется, довольно?!

Маргарита ехала верхом — красивая, цветущая, изящная; все дружным хором восхищались ею, но надобно сказать, что слышалось немало похвал и по адресу ее подруги, герцогини Невэрской, подъехавшей на белой лошади, которая возбужденно потряхивала головой, точно гордясь своею ношей.

— Что нового, герцогиня? — спросила королева Наваррская.

— Насколько мне известно, мадам, ничего, — ответила герцогиня Невэрская громко. Затем тихо спросила: — А что сталось с гугенотом?

— Я нашла ему почти надежное убежище, — ответила Маргарита. — А что ты сделала с твоим великим человекоубийцей?

— Он захотел участвовать в этом торжестве и едет на боевой лошади герцога Невэрского, огромной, как слон. Страшный всадник! Я разрешила ему присутствовать на этой церемонии, надеясь, что твой гугенот из осторожности будет сидеть дома, а следовательно, нечего бояться, что они встретятся.

— О, если бы он и был здесь, — ответила Маргарита, — а его, кстати, нет, то думаю, что и тогда бы не произошло стычки. Мой гугенот — только красивый юноша, и больше ничего; он голубь, а не коршун: воркует, а не клюется. Судя по всему, — сказала она непередаваемым тоном, слегка пожав плечами, — это мы думали, что он гугенот, а на самом деле он буддист, и его религия запрещает проливать кровь.

— Куда же девался герцог Алансонский? — спросила Анриетта. — Я его не вижу.

— Он нас догонит: сегодня утром у него болели глаза, и он хотел остаться дома; ведь Франсуа, стараясь не быть одних взглядов со своим братом Карлом и братом Генрихом, очень благосклонен к гугенотам, а так как это всем известно, то ему дали понять, что король истолкует его отсутствие в дурную сторону, — тогда он решил ехать. Да вот, смотри — вон там, куда все смотрят, где кричат: это он проезжает в Монмартрские ворота.

— Верно, это он, я вижу! — сказала Анриетта. — Ей-богу, сегодня он очень недурен собой. С некоторого времени герцог Франсуа усиленно занимается своей особой — наверняка влюбился. Видишь, как хорошо быть королевским принцем: он скачет прямо на народ, и все расступаются.

— Он и на самом деле всех нас передавит, — смеясь, сказала Маргарита. — Боже, прости мне мои прегрешения! Герцогиня, велите вашим дворянам посторониться, а то вон там один — если не посторонится, так его раздавят.

— О, это мой бесстрашный! — воскликнула герцогиня. — Смотри, смотри!..

Коконнас действительно выехал из своего ряда, направляясь к герцогине Невэрской; но в то самое мгновение, как он пересекал внешний бульвар, отделявший улицу от предместья Сен-Дени, какой-то всадник из свиты герцога Алансонского, тщетно сдерживая свою занесшуюся лошадь, налетел прямо на пьемонтца. Коконнас покачнулся на своем богатырском скакуне, чуть не потерял шляпу, успел подхватить ее и обернулся, пылая яростью.

— Боже мой! Это месье де Ла Моль! — сказала Маргарита на ухо своей приятельнице.

— Вон тот бледный красивый молодой человек?! — воскликнула герцогиня, не будучи в силах сдержать свое первое впечатление.

— Да, да! Тот самый, что чуть не перекувырнул твоего пьемонтца.

— О-о! Это может кончиться ужасно! — сказала герцогиня. — Они смотрят друг на друга!.. Узнали!

Действительно, Коконнас обернулся, узнал Ла Моля и даже упустил повод от удивления, будучи уверен, что он убил своего бывшего приятеля или по крайней мере надолго вывел его из строя. Ла Моль тоже узнал пьемонтца и вдруг почувствовал, как вспыхнуло его лицо. В течение нескольких секунд, достаточных для выражения всех затаенных чувств их обоих, они впивались друг в друга таким взглядом, что привели в трепет обеих дам. После этого Ла Моль, осмотрев все кругом и, видимо, сообразив, что здесь не место для взаимных объяснений, пришпорил лошадь и догнал герцога Алансонского. Коконнас постоял с минуту на том же месте, закручивая ус все выше, пока кончик уса не ткнулся ему в глаз; наконец он решил двинуться за всеми, так как Ла Моль, не говоря ни слова, поехал прочь.

— Да, да! — произнесла Маргарита с горечью разочарования. — Я не ошиблась... Но это уж слишком.

И она до крови прикусила губы.

— Он очень красив, — ответила герцогиня тоном утешения.

Как раз в эту минуту герцог Алансонский занял место позади короля и королевы-матери, и, таким образом, дворяне герцога, следуя за ним, должны были проехать мимо Маргариты и герцогини Невэрской. Поравнявшись с ними, Ла Моль снял шляпу, поклонился до самой шеи своей лошади и, не надевая шляпы, ждал, что ее величество удостоит его взглядом.

Но Маргарита гордо отвернулась.

Ла Моль заметил на лице королевы презрительное выражение и стал из бледного зеленым. Больше того, он вынужден был ухватиться за гриву лошади, чтобы не упасть на землю.

— Ой, ой! Жестокая женщина! — сказала герцогиня королеве. — Посмотри же на него, а то он упадет в обморок.

— Только этого еще недоставало, — ответила королева с уничтожающей усмешкой. — Нет ли у тебя нюхательной соли?

Герцогиня Невэрская ошиблась. Ла Моль хотя и покачнулся, но справился с собой и, укрепившись в седле, поехал занять свое место в свите герцога Алансонского.

В это время королевский поезд двигался вперед; вдали стал вырисовываться зловещий силуэт виселицы, поставленной и обновленной Энгерандом де Мариньи. Никогда еще не была она увешана так густо, как в этот день.

Пристава и гвардейцы прошли вперед и стали широким кругом вокруг ограды. При их приближении вороны, сидевшие на виселице, поднялись, огорченно каркая, и улетели.

В обычные дни монфоконская виселица служила прибежищем для собак, привлекаемых частою добычей, и для грабителей-философов, заходивших сюда размышлять о грустной стороне их ремесла.

В этот день собаки и грабители отсутствовали — по крайней мере их не было видно. Первых вместе с воронами разогнали пристава и гвардейцы, вторые сами смешались с толпой, чтобы применить ловкость своих рук, от которой зависит веселая сторона их ремесла.

Поезд приближался к виселице; первыми подъехали к ней Карл IX и Екатерина, за ними герцог Анжуйский, герцог Алансонский, король Наваррский, герцог Гиз и их дворяне; дальше — королева Маргарита, герцогиня Невэрская и все дамы, составлявшие, как говорили, летучий эскадрон королевы-матери; еще дальше — пажи, стремянные, лакеи и народ: всего тысяч десять человек.

На главной виселице висела какая-то бесформенная масса, обезображенный труп, почерневший, покрытый запекшейся кровью и слоем свежей беловатой пыли. У трупа отсутствовала голова, поэтому он был повешен за ноги. Но всегда изобретательный народ заменил голову пучком соломы и поверх него надел человеческую маску, а какой-то насмешник, знавший привычки адмирала, всунул в рот ей зубочистку.

Вся эта процессия из разряженных вельмож и прекрасных дам, двигавшаяся мимо почерневших трупов и длинных грубых перекладин виселицы, представляла собой жуткое, причудливое зрелище, напоминавшее картину Гойи. И чем шумнее выражалась радость посетителей, тем резче противоречила она мрачному безмолвию и мертвой бесчувственности трупов, которые служили предметом для насмешек, приводивших в дрожь самих насмешников.

Многим было тяжело смотреть на эту страшную картину, и в группе обращенных гугенотов выделялся своею бледностью Генрих Наваррский: как ни умел он владеть собой, какой бы способностью скрывать свои чувства ни наградило его небо, он все же не мог выдержать. Пользуясь тем обстоятельством, что от этих человеческих останков шел невыносимый смрад, Генрих подъехал к Карлу IX, остановившемуся вместе с Екатериной перед трупом адмирала.

— Сир, — сказал он, — не находит ли ваше величество, что этот жалкий труп пахнет очень скверно и что не стоит здесь оставаться дольше?

— Ты так думаешь, Анрио? — сказал Карл IX, глаза которого горели жестокой радостью.

— Да, сир.

— А я держусь другого мнения: труп врага всегда пахнет хорошо!

— Сир, — вмешался в разговор Таван, — если вы знали, что мы поедем навестить адмирала, то вашему величеству следовало пригласить Ронсара, вашего учителя поэзии: он тут же составил бы эпитафию старику Гаспару.

— Можно обойтись и без него, — ответил Карл IX, — составим ее сами... — И, подумав одну минуту, сказал: — Ну, например, послушайте вот это:

Вот адмирал, — когда б вы были строги,
То чести бы ему не оказали вы, —
Он опочил, повешенный за ноги,
За неименьем головы.

— Браво, браво! — закричали дворяне-католики, тогда как обращенные гугеноты молчали, нахмуря брови.

Генрих в это время болтал с Маргаритой и герцогиней Невэрской, делая вид, что не слышал королевского экспромта.

— Едем, едем, сын мой! — сказала Екатерина, начиная чувствовать себя нехорошо от этого зловония, заглушавшего все ароматы духов, которыми она была опрыскана. — Едем. «Нет такой хорошей компании, которая бы не расходилась». Простимся с адмиралом и едем в Париж.

Она иронически кивнула головой адмиралу — так, как прощаются с хорошим другом, — заняла место в голове колонны и выехала на прежнюю дорогу, а за нею последовала вся процессия, двигаясь мимо трупа Колиньи.

Солнце уже спускалось к горизонту. Толпа хлынула вслед за их величествами, наслаждаясь великолепием королевской процессии во всех ее подробностях; вместе с толпой ушли и жулики; таким образом, минут через десять после отъезда короля уже не оставалось никого близ изуродованного трупа адмирала, овеваемого лишь набежавшим вечерним ветерком.

Говоря «никого», мы ошибались. Какой-то дворянин на вороной лошади, очевидно, не успевший из-за присутствия высоких особ хорошенько рассмотреть бесформенный и почернелый человеческий обрубок, остался позади и с удовольствием разглядывал цепи, крюки, каменные столбы — словом, виселицу со всеми ее приспособлениями, которые ему, приехавшему в Париж лишь несколько дней тому назад и не знавшему усовершенствований, свойственных столицам, казались, несомненно, верхом самого ужасного безобразия, какое только может придумать человек.

Читатель, конечно, догадался, что этот дворянин был Коконнас. Изощренный глаз одной из дам напрасно искал его в процессии и, пробегая по ее рядам, не находил.

Но Коконнаса разыскивала не только дама. Другой дворянин, заметный по своему белому колету и изящному перу на шляпе, посмотрев вперед, затем по сторонам, вздумал посмотреть назад, где сразу увидел высокую фигуру Коконнаса и богатырский силуэт его коня, резко выступавшие на фоне неба, окрашенного последними лучами солнца в багряный цвет.

Тогда дворянин в колете из белого атласа свернул с дороги, по которой двигалась процессия, и, сделав круг по маленькой тропинке, вернулся к виселице.

Почти сейчас же дама, в которой мы узнаем герцогиню Невэрскую, как мы признали Коконнаса в высоком дворянине на вороном коне, подъехала к Маргарите.

— Маргарита, мы ошибались обе, — сказала она. — Пьемонтец остался позади, а Ла Моль поехал за ним следом.

— Дьявольщина! — смеясь, ответила Маргарита. — Из этого что-нибудь да выйдет. Признаюсь, я бы не без удовольствия отказалась от своего мнения о нем.

Маргарита обернулась и увидела Ла Моля в то время, как он производил вышеописанный маневр.

Тут же обе принцессы решили оставить королевскую процессию, благо им представлялся удобный случай: в это время процессия делала поворот, минуя проезжую дорожку, обсаженную широкой живой изгородью, причем дорожка заворачивала в обратную сторону и проходила в тридцати шагах от виселицы. Герцогиня Невэрская шепнула что-то на ухо командиру своей охраны, Маргарита сделала знак Жийоне, и все четверо, проехав некоторое расстояние по этой проселочной дороге, спрятались за кустами изгороди, ближайшими к тому месту, где должно было произойти событие, видимо, возбуждавшее в дамах сильное желание быть его зрительницами. Как мы сказали, их отделяло шагов тридцать от того места, где восхищенный Коконнас самозабвенно жестикулировал перед трупом адмирала.

Маргарита сошла с лошади, за ней герцогиня Невэрская и Жийона; командир тоже спешился и взял в руки поводья от четырех лошадей. Густая зеленая трава служила для трех женщин троном, которого так часто и безуспешно добиваются принцессы. Просвет в изгороди позволял им видеть все.

Ла Моль уже закончил свой кружной путь, подъехал к Коконнасу сзади и, протянув руку, хлопнул его по плечу.

Пьемонтец обернулся.

— О-о! Так это не сон?! — воскликнул Коконнас. — Вы все еще живы?

— Да, месье, я еще жив, — ответил Ла Моль. — Не по вашей вине, но я живу.

— Дьявольщина! Я вас узнал, несмотря на вашу бледность, — ответил Коконнас. — Когда мы виделись в последний раз, вы были порумянее.

— И я вас узнаю, несмотря на ваш желтый рубец через все лицо; когда я наносил его, вы были побледнее.

Коконнас закусил губу, но, видимо, решив продолжить разговор в ироническом тоне, сказал:

— Не правда ли, месье де Ла Моль, забавно, особенно для гугенота, видеть адмирала повешенным на железный крюк! Ведь есть же такие изуверы, которые обвиняют нас, будто мы избивали даже грудных младенцев, гугенотиков.

— Граф, я больше не гугенот, — ответил Ла Моль, склоняя голову, — я имею счастье быть католиком.

— Вот так так! — воскликнул Коконнас и расхохотался. — Вы обратились в истинную веру? О, ловко сделано!

— Месье, — продолжал Ла Моль, все так же серьезно и вежливо, — я дал обет перейти в католичество, если спасусь от избиения.

— Граф, — ответил Коконнас, — ваш обет очень благоразумен, и я вас поздравляю. Может быть, вы дали и другие обеты?

— Да, я дал и другой обет, — ответил Ла Моль совершенно спокойно, поглаживая шею своей лошади.

— Какой же?

— Повесить вас вон там, над адмиралом Колиньи, на том гвоздике, — он точно ждет вас.

— Живьем, как есть? — спросил Коконнас.

— Нет, месье, сначала я пропущу свою шпагу сквозь ваше тело.

Коконнас побагровел, глаза его сверкнули зеленым огоньком.

— Взгляните на этот гвоздик, — ответил он с издевкой.

— Да, ну и что же — этот гвоздик?

— Вы не доросли до него, мой миленький дворянчик, — ответил Коконнас.

— Я встану на вашу лошадь, мой великан-человекоубийца! — возразил Ла Моль. — Неужели вы воображаете, мой дорогой граф Аннибал де Коконнас, что можно убивать безнаказанно, пользуясь тем благородным и почетным случаем, когда сто против одного? Нет! Нет! Приходит день, когда враги снова встречаются, и думается мне, что именно сегодня — такой день! Меня очень подмывало раздробить вашу башку выстрелом из пистолета, но, увы, я был бы не в силах хорошо прицелиться, потому что у меня дрожат руки из-за ран, которые вы нанесли мне так предательски.

— Мою башку?! — прорычал Коконнас, спрыгивая с лошади. — Ату его, ату! Слезайте, граф, и обнажайте шпагу!

И Коконнас выхватил свою шпагу.

— Мне послышалось, что твой гугенот назвал его голову башкой, — прошептала герцогиня Невэрская на ухо Маргарите, — разве, по-твоему, он некрасив?

— Очарователен! — смеясь, ответила Маргарита. — И я вынуждена сказать, что в пылу гнева Ла Моль был несправедлив. Но тс-с! Давай смотреть!

Ла Моль спешился с той же быстротой, как и его противник, снял свой вишневый плащ, бережно положил его на землю, вынул шпагу и встал в позицию.

— Ай! — вскрикнул он, вытягивая руку.

— Ох! — простонал Коконнас, распрямляя свою руку.

Вы помните, конечно, что они оба были ранены в правое плечо, поэтому всякое резкое движение вызывало у них сильную боль.

За кустом послышался сдержанный смех. Обе принцессы не могли не засмеяться при виде двух бойцов, с гримасой на лице растиравших раненые плечи. Их смех донесся и до двух дворян, совершенно не подозревавших о присутствии свидетелей; обернувшись в ту сторону, они узнали своих дам.

Ла Моль твердо, автоматически снова стал в позицию, а Коконнас, очень выразительно сказав «дьявольщина!», скрестил свою шпагу с его шпагой.

— Вот как! Да они дерутся не на шутку! Они зарежут друг друга, если мы не наведем порядок. Довольно баловства. Эй, господа! Эй! — крикнула Маргарита.

— Перестань! Перестань! — сказала Анриетта, которая видела пьемонтца в битве и теперь втайне надеялась, что

Коконнас так же легко справится с Ла Молем, как справился с двумя племянниками и сыном Меркандона.

— О-о! Сейчас они действительно прекрасны! — сказала Маргарита. — Так и пышут огнем.

В самом деле, бой, начавшийся с насмешек и колких слов, шел молча с того мгновения, как скрестились шпаги. Оба не доверяли своим силам; при каждом резком движении тому и другому приходилось делать над собой усилие, превозмогая стреляющие боли в ранах. Тем не менее Ла Моль с горящими, сосредоточенными на одной точке глазами, полуоткрыв рот и стиснув зубы, маленькими, но твердыми и четкими шагами наступал на своего противника. Коконнас, чувствуя в Ла Моле мастера фехтовального искусства, все время отходил, — хотя шаг в шаг, но все же отходил. Так оба противника дошли до той канавы, за которой находились зрители. Коконнас, сделав вид, что отступал с одной лишь целью — быть ближе к своей даме, сразу остановился, воспользовался слишком глубоким «переносом» шпаги у Ла Моля, с быстротой молнии нанес прямой удар, и тотчас на белом атласном колете его противника появилось кровавое пятно и стало растекаться.

— Смелей! — крикнула герцогиня Невэрская.

— Ах, бедняжка Ла Моль! — с горечью воскликнула Маргарита.

Ла Моль услышал ее возглас, бросил на нее взгляд, проникающий в сердце глубже, чем острие шпаги, и, выполнив шпагой обманный оборот, сделал выпад.

На этот раз обе дамы вскрикнули в один голос. Окровавленный конец рапиры Ла Моля вышел из спины Коконнаса.

Однако ни один из них не упал; оба стояли на ногах, изумленно глядя друг на друга; каждый чувствовал, что при малейшем движении потеряет равновесие. Пьемонтец, раненный более опасно, чем его противник, наконец сообразил, что с потерей крови уходят его силы. Тогда он навалился на Ла Моля, обхватил его одной рукой, а другой старался вынуть из ножен кинжал. Ла Моль собрал все свои силы, поднял руку и рукоятью шпаги ударил Коконнаса в лоб, после чего пьемонтец, оглушенный ударом, наконец упал, но, падая, увлек за собой противника, и оба скатились в канаву.

Маргарита и герцогиня Невэрская, увидев, что они чуть живы, но все еще пытаются прикончить один другого, сейчас же бросились к ним в сопровождении капитана. Но прежде чем все трое успели добежать, противники разжали руки, глаза их закрылись, оружие выпало из рук — и оба в последнем судорожном движении распластались на земле. Вокруг них пенилась большая лужа крови.

— Храбрый, храбрый Ла Моль! — воскликнула Маргарита, уже не сдерживая восхищения. — Прости, прости, что я не верила в тебя! — И глаза ее наполнились слезами.

— Увы! Увы! Мой мужественный Аннибал! — шептала герцогиня Невэрская. — Мадам, скажите, видали вы когда-нибудь таких неустрашимых львов? — И она громко зарыдала.

— Черт подери! Крепкие удары! — говорил капитан, стараясь остановить кровь, которая текла ручьем. — Эй, кто там едет! Подъезжайте скорее!

Действительно, в полумраке сумерек показался какой-то человек на таратайке, выкрашенной в красный цвет; он сидел спереди и распевал старинную песенку, вероятно, пришедшую ему на память по поводу чуда у «Гробницы невинно убиенных»:

По зеленым берегам,
Тут и там,
Мой боярышник отрадный,
Ты киваешь головой,
Как живой,
Мне из чащи виноградной!..

Сладкозвучный соловей
Меж ветвей,
Что тенисты и упруги,
Здесь гнездо весною вьет
Каждый год
Для возлюбленной подруги!..

Так цвети же долгий срок,
Мой цветок;
И не сладить вихрям снежным
С бурей, градом и грозой
Над тобой,
Над боярышником нежным!

— Эй! Эй! — снова закричал капитан. — Подъезжайте, когда вас зовут! Разве не видите, что надо помочь этим дворянам?

Человек, своей отталкивающей внешностью и суровым выражением лица представлявший странное противоречие с этой нежной идиллической песней, остановил свою лошадь, слез с таратайки и, наклонившись над телами двух бойцов, сказал:

— Прекрасные раны! Но те, что наношу я, будут получше этих.

Кто же вы такой? — спросила Маргарита, чувствуя помимо своей воли какой-то непреоборимый страх.

— Мадам, — отвечал этот человек, кланяясь до земли, — я мэтр Кабош, палач парижского суда, и ехал развесить на этой виселице товарищей для месье адмирала.

— А я королева Наваррская, — сказала Маргарита. — Свалите здесь трупы, выстелите таратайку чепраками с наших лошадей и потихоньку везите вслед за нами этих двух дворян в Лувр.

# VII

## СОБРАТ МЭТРА АМБРУАЗА ПАРЕ

Таратайка, в которую положили Коконнаса и Ла Моля, снова двинулась в Париж, следуя в темноте за группой всадников. Она остановилась у Лувра, где ее кучер получил щедрую награду. Раненых велели перенести к герцогу Алансонскому и послали за мэтром Амбруазом Паре.

Когда он прибыл, ни один раненый не приходил еще в сознание. Ла Моль пострадал гораздо меньше: удар шпаги пришелся ему над правой мышкой, но не затронул ни одного важного для жизни органа; у Коконнаса было пробито легкое, и вырывавшийся сквозь рану воздух колебал пламя поднесенной свечки.

Мэтр Амбруаз Паре не отвечал за выздоровление Коконнаса.

Герцогиня Невэрская была в отчаянии: она сама, надеясь на силу, храбрость и ловкость своего пьемонтца, не дала Маргарите прекратить бой. Она бы с удовольствием велела отнести Коконнаса в дом Гизов, чтобы опять ухаживать за ним, как раньше, но ее муж должен был с минуты на минуту вернуться из Рима и мог найти довольно странным вселение незваного гостя в семейное жилище.

Маргарита, стараясь утаить причину их ранений, велела перенести обоих молодых людей к своему брату, где один из них обосновался еще раньше, и объяснила их состояние тем, что они упали с лошади во время прогулки на Монфокон; но настоящая причина обнаружилась благодаря восторженным рассказам капитана — свидетеля их боя, и, таким образом, весь двор узнал, что два новых придворных щеголя вдруг появились в свете славы.

Оба раненых пользовались лечением Амбруаза Паре совершенно одинаково, но их выздоровление шло различно, что зависело от большей или меньшей тяжести ранений. Ла Моль, пострадавший меньше, первый пришел в сознание. Но Коконнаса трепала лихорадка, и возвращение к жизни сопровождалось ужасным бредом.

Несмотря на пребывание в одной комнате с пьемонтцем, Ла Моль, придя в сознание, не заметил своего сожителя или, во всяком случае, ничем не показал, что его видит; Коконнас, наоборот, едва раскрыв глаза, уставился на Ла Моля, да еще с таким выражением, как будто потеря крови нисколько не повлияла на возбудимость этого пламенного темперамента.

Коконнас думал, что все это ему снится и что во сне он вновь встречается с врагом, которого убил уже два раза; однако сон этот длился без конца. Коконнас видел, что Ла Моль лежал, совершенно так же как и он, что хирург перевязывал Ла Моля, так же как и его; затем он видел, что Ла Моль сидел в своей кровати, тогда как сам он был прикован лихорадкой, слабостью и болью; потом Ла Моль уже вставал с постели, потом прохаживался с помощью хирурга, потом ходил с палочкой и, наконец, ходил свободно.

Коконнас, все время находясь в бреду, смотрел на эти стадии выздоровления своего сожителя взглядом то тусклым, то яростным, но неизменно угрожающим.

В воспаленном мозгу пьемонтца все претворялось в ужасающую смесь больной фантазии с действительностью. По его представлению, Ла Моль был убит, убит совсем, и даже два раза, а не один раз. И тем не менее он видел, что призрак Ла Моля лежал в настоящей постели; потом он видел, как этот призрак вставал с постели, затем начал ходить и — что было самое ужасное — подходил к его кровати. Призрак, от которого Коконнас готов был убежать хоть в самый ад, подходил к нему, останавливался и глядел на него, стоя у изголовья; мало того, в чертах его лица проглядывало нежное участие и сострадание, что представлялось Коконнасу дьявольской насмешкой.

И вот в его мозгу, больном, быть может, более, чем тело, вспыхнула страстная, слепая жажда мести. Им овладела одна-единственная мысль: добыть какое-нибудь оружие и ударить им в это тело или в этот призрак Ла Моля, мучивший его так жестоко. Платье Коконнаса сначала положили все на стуле, потом унесли, из тех соображений, что оно выпачкано кровью и лучше было удалить его с глаз раненого, но на стуле оставили его кинжал, предполагая что у пьемонтца не скоро явится желание воспользоваться им. Коконнас увидел кинжал; в течение трех ночей, покамест Ла Моль спал, он все пытался дотянуться до кинжала; три раза силы изменяли Коконнасу, и он терял сознание. Наконец на четвертую ночь он дотянулся до кинжала, схватил его концами сжатых пальцев и, застонав от боли, спрятал под подушку.

На следующий день Коконнас увидел нечто, совершенно не бывалое до этих пор: призрак Ла Моля, видимо, с каждым днем все больше набирался сил, в то время как Коконнас, всецело поглощенный страшным видением, все больше тратил свои силы на хитроумный замысел, который должен был его избавить от призрака Ла Моля; и вот теперь призрак Ла Моля, приобретавший все большую подвижность, задумчиво прошелся раза три по комнате, затем накинул плащ, опоясался шпагой, надел на голову широкополую фетровую шляпу, отворил дверь и вышел.

Коконнас вздохнул свободно, решив, что наконец отделался от своего фантома. В течение двух или трех часов кровь обращалась в нем спокойнее, он чувствовал себя бодрее, чем когда-либо со времени дуэли; двухдневное отсутствие Ла Моля вернуло бы сознание пьемонтцу, а недельное, быть может, излечило бы его. К несчастью, Ла Моль вернулся через два часа.

Появление Ла Моля было ударом в сердце Коконнаса, и хотя Ла Моль вошел не один, Коконнас даже не взглянул на его спутника.

Но спутник заслуживал того, чтобы на него взглянули.

Это был человек лет сорока, коротенький, коренастый, сильный, с черными волосами, падавшими до бровей, и с черной бородой, покрывавшей, вопреки моде того времени, всю нижнюю часть лица; но вновь прибывший, видимо, не очень придерживался моды. На нем была кожаная безрукавка, вся в бурых пятнах, штаны цвета бычьей крови, колпак того же цвета, красная фуфайка, грубые кожаные башмаки, доходившие ему до икр, и широкий пояс с привешенным к нему ножом в ножнах.

Эта странная личность, присутствие которой в Лувре казалось аномалией, сбросила на стул бывший на ней бурый плащ и без всяких церемоний подошла к кровати Коконнаса, который, точно завороженный, все время не спускал глаз со стоявшего в стороне Ла Моля. Пришедший незнакомец осмотрел больного и покачал головой.

— Вы слишком долго выжидали, дворянин! — сказал он.

— Я раньше не мог выходить из дому, — ответил Ла Моль.

— Э, так надо было послать за мной.

— Кого?

— Да, это верно! Я и забыл, где мы находимся. Я обо всем говорил дамам, да они не стали меня слушать. Если бы выполнили мои предписания, вместо того чтоб обращаться к этому набитому дураку, которого зовут Амбруаз Паре, вы бы давно уже ухаживали вместе с ним за дамочками или еще раз обменялись бы ударами шпагой, если бы пришла охота. Словом, посмотрим! Ваш приятель способен что-нибудь понимать?

— Не очень.

— Высуньте язык, дворянин.

Коконнас высунул язык Ла Молю с такой страшной гримасой, что незнакомец вторично покачал головой.

— Эх-эх-эх! Сводит мускулы, — говорил он. — Нельзя терять времени. Сегодня вечером я вам пришлю питье; дадите ему выпить в три приема, час в час: в полночь, в час ночи и в два часа ночи.

— Хорошо.

— А кто будет давать ему питье?

— Я.

— Вы лично?

— Да.

— Даете слово?

— Честное слово дворянина!

— А если какой-нибудь врач вздумает стащить малую толику, чтобы исследовать и узнать, из чего оно состоит?..

— Я его выпью, до последней капли.

— Тоже честное дворянское слово?

— Клянусь вам!

— А через кого прислать вам питье?

— Через кого хотите.

— Но мой посланный...

— Что?

— Как же он к вам пройдет?

— Это предусмотрено. Он скажет, что пришел от парфюмера Рене.

— Это тот флорентиец, что живет у моста Святого Михаила?

— Он самый. Ему дано право входа в Лувр в любое время дня и ночи.

Незнакомец усмехнулся.

— Да, это самое малое, что должна ему королева Екатерина. Решено, посланный придет от имени парфюмера Рене. Уж один-то раз мне можно воспользоваться его именем: сам он частенько занимается моей профессией, не имея на то законных прав.

— Значит, я могу рассчитывать на вас? — спросил Ла Моль.

— Можете.

— Что же касается оплаты...

— О! Это мы сговоримся с самим дворянином, когда он встанет на ноги.

— И будьте покойны: думаю, что он вознаградит вас щедро.

— Я тоже так думаю. Но, — добавил он с кривой улыбкой, — люди, имеющие дело со мной, обычно не бывают мне признательны, так что не удивлюсь, ежели и этот дворянин, встав на ноги, забудет или, вернее, не потрудится вспомнить обо мне.

— Ладно! Ладно! — ответил Ла Моль, тоже улыбаясь. — В таком случае я ему освежу память.

— Ну что ж, идет! Через два часа питье будет у вас.

— До свидания.

— Как вы сказали?

— До свидания.

Незнакомец усмехнулся:

— А вот я говорю всегда — прощайте. Прощайте, месье де Ла Моль! Через два часа питье будет у вас. Слышите, надо дать его в три приема: сначала в полночь, а затем через каждый час.

С этими словами он вышел, и Ла Моль остался один на один с пьемонтцем.

Коконнас слышал весь разговор, но ничего не понял: до него доносились пустые звуки слов, невнятное журчание фраз. Из всего разговора у него засело только слово «полночь».

Он продолжал следить горящим взглядом за Ла Молем, который то раздумывал, то ходил по комнате.

Неведомый врач сдержал слово и в назначенное время прислал питье. Ла Моль предусмотрительно поставил его на маленькую серебряную грелку и лег в постель.

Это дало Коконнасу небольшую передышку. Он попробовал закрыть глаза, но горячечная дремота оказалась лишь продолжением его бреда наяву. Тот же призрак, что преследовал его днем, гонялся за ним и ночью: сквозь сухие веки он продолжал видеть Ла Моля, по-прежнему грозящего бедой, и какой-то голос шептал на ухо: «Полночь! Полночь! Полночь!»

Вдруг среди ночи послышался гулкий бой часов: они пробили двенадцать раз. Коконнас открыл воспаленные глаза; его жгучее дыхание обжигало сухие губы; неукротимая жажда томила пышащее жаром горло; маленький ночничок светился, как обычно, и в тусклом его свете множество призраков танцевало перед блуждающим взором Коконнаса.

И вот он видит нечто страшное: Ла Моль встает с постели, делает круга два по комнате, как кружит ястреб над замершей птицей, и направляется к нему, показывая кулак. Коконнас засунул руку под подушку, схватил кинжал и приготовился выпустить кишки своему врагу. Ла Моль подходил все ближе.

Пьемонтец бормотал:

— А-а! Это ты, опять ты, все ты! Иди, иди! А-а! Ты мне грозишь, показываешь мне кулак, улыбаешься! Иди, иди! Ага! Ты крадешься потихоньку, шаг за шагом! Иди, иди, я тебя зарежу!

И в ту минуту, когда Ла Моль склонился над его постелью, Коконнас на самом деле перешел от глухой угрозы к действию — из-под одеяла молнией сверкнул клинок! Но то усилие, которое он сделал, чтобы приподняться, изнурило его совсем: рука, занесенная над Ла Молем, остановилась на полпути, кинжал выскользнул из ослабевших пальцев, и сам умирающий рухнул на подушку.

— Ну, ну, — шептал Ла Моль, осторожно приподнимая ему голову и поднося чашку к его губам, — выпейте это, мой бедный товарищ, а то вы весь горите.

Ла Моль действительно подносил чашку, которую Коконнас принял за грозный кулак, так сильно встревоживший больной мозг раненого.

Но как только благодетельная жидкость мягко смочила его губы и освежила грудь, к раненому вернулся здравый ум или, вернее, здоровый инстинкт. Коконнас почувствовал во всем теле неизъяснимое блаженство, какого он не испытывал еще ни разу; открыв глаза, он сознательно посмотрел на Ла Моля, с улыбкой на лице державшего его в своих руках; из глаз пьемонтца, только сейчас еще горевших мрачной яростью, скатилась по пылающей щеке едва заметная слезинка.

— Дьявольщина! — прошептал он, откидываясь на подушку. — Если я выкручусь, месье де Ла Моль, вы будете мне другом.

— И выкрутитесь, — ответил Ла Моль, — если уговорите себя выпить еще две такие чашки и не видеть больше гадких снов.

Час спустя Ла Моль, превратясь в сиделку и точно повинуясь предписаниям врача-незнакомца, вторично встал с постели, налил в чашку вторую дозу питья и поднес ее Коконнасу. Пьемонтец на этот раз уже не поджидал его, стиснув в руке кинжал, а принял с распростертыми объятиями, охотно выпил питье и после этого впервые заснул спокойным сном.

Третья чашка оказала действие не менее чудесное: в груди больного слышалось хотя и затрудненное, но равномерное дыхание; задеревенелые члены отошли, и приятная влажность проступила на поверхности горячей кожи. Когда на другой день Амбруаз Паре навестил раненого, он с удовлетворением улыбнулся и сказал:

— С этого времени я отвечаю за выздоровление месье Коконнаса, и это будет одно из самых удачных врачеваний, какие мне удавалось делать.

Принимая во внимание диковатый нрав пьемонтца, вся эта сцена, полудраматическая, полукомическая, была не лишена известной доли умилительной поэзии, а повела она к тому, что дружба двух дворян, начатая в трактире «Путеводная звезда», но насильственно прерванная событиями Варфоломеевской ночи, разгорелась с новой силой и вскоре превзошла дружбу

Ореста и Пилада, которой недоставало пяти шпажных и одной пистолетной ран, запечатленных на их телах.

Как бы то ни было, раны, прежние и новые, тяжелые и легкие, стали заживать. Ла Моль, верный своему новому призванию сиделки, решил не выходить из дому, пока Коконнас не поправится совсем. Он поднимал его на постели, когда Коконнас не мог еще вставать, помогал ему ходить, когда пьемонтец мог уже держаться на ногах, — словом, окружил его всякими заботами, подсказанными нежной и любящей натурой Ла Моля. Все это благодаря жизненной силе пьемонтца привело к выздоровлению более быстрому, чем можно было ожидать.

Но в то же время одна и та же мысль мучила обоих молодых людей: во время лихорадочного бреда каждому чудилось, что к нему приходит женщина, которой было полно его сердце; но с той поры как оба наконец пришли в сознание, ни Маргарита, ни герцогиня Невэрская уже не появлялись в комнате. И это было само собой понятно: разве могли жена короля Наваррского и невестка герцога Гиза на глазах у всех так явно обнаружить свой интерес к двум простым дворянам? Нет. Разумеется, только такой ответ могли бы дать себе Ла Моль и Коконнас. Но все же отсутствие двух дам, похожее на полное забвение, вызывало скорбь у молодых людей. Правда, время от времени к ним заходил дворянин, присутствовавший при их дуэли, и как бы по собственному побуждению справлялся о здоровье раненых. Правда, что заходила и Жийона, но тоже от себя; однако ни Коконнас не решался говорить о герцогине Невэрской с этим дворянином, ни Ла Моль не смел расспрашивать Жийону про королеву Маргариту.

## VIII

## ПРИВИДЕНИЯ

В течение некоторого времени оба молодых человека скрывали свою тайну друг от друга. Наконец однажды, в минуту откровенности, заветная мысль каждого невольно сорвалась с их уст, и тогда оба закрепили свою дружбу тем высшим доказательством ее, без которого нет дружбы, — полной откровенностью.

Оказалось, что оба безумно влюблены — один в принцессу, другой в королеву.

Вот это почти непреодолимое общественное расстояние между ними и предметами их страстного желания пугало двух воздыхателей. Но тем не менее надежда, так глубоко вкоренившаяся в человеческое сердце, жила и в них, невзирая на все безумие такой надежды.

Надо сказать, что по мере своего выздоровления и тот и другой прилежно занялись своей наружностью. Каждый человек, даже наиболее равнодушный к своей внешности, все-таки при известных обстоятельствах начинает вести молчаливую беседу с зеркалом и вступать с ним в соглашения, после чего отходит от своего наперсника, почти всегда очень довольный разговором. Да и оба молодых человека были не из тех, кому зеркало выносит суровый приговор. Тонкий, бледный, изящный Ла Моль отличался изысканной красой. Коконнас — крепкий, хорошо сложенный и румяный — олицетворял красоту силы; к тому же и сама болезнь послужила ему на пользу: он похудел и побледнел, а пресловутый шрам, причинивший ему столько хлопот радужными переливами своих цветов, в конце концов исчез, предвещая, как радуга после потопа, длинную череду ясных дней и тихих ночей.

Впрочем, самая чуткая заботливость все время окружала обоих раненых: в тот день, когда один из них мог уже вставать с постели, он находил халат, кем-то положенный на кресло у его кровати, а в тот день, когда он мог уже одеться, — полный костюм. Больше того, каждому в карман колета кто-то вложил туго набитый кошелек, но, само собою разумеется, оба хранили эти кошельки до того дня, когда представится возможность вернуть свой кошелек неведомому покровителю.

Таким неизвестным покровителем не мог быть герцог Алансонский, у которого жили молодые люди, поскольку этот принц не только ни разу не вздумал навестить их, но даже не прислал кого-нибудь спросить об их здоровье.

Смутная надежда шептала сердцу каждого из них, что этим неизвестным покровителем была любимая им женщина.

Поэтому оба раненых с особым нетерпением ждали, когда им можно будет выйти из дому. Ла Моль, более окрепший, мог это сделать уже давно, но какое-то молчаливое обязательство связывало его с судьбою друга. Они условились сделать свой первый выход в три места.

Во-первых, к неизвестному врачу, давшему то нежное питье, которое так облегчило страдания воспаленной груди Коконнаса.

Во-вторых, в гостиницу покойного мэтра Ла Юрьер, где тот и другой оставили свой чемодан и лошадь.

В-третьих, к флорентийцу Рене, который, соединяя со званием колдуна звание чародея, занимался, кроме торговли косметикой и ядами, составлением любовных напитков и предсказанием судьбы.

Наконец, после двух месяцев, ушедших на поправку и проведенных в заключении, давно желанный день настал.

Мы сказали — «в заключении», и это верно: несколько раз, сгорая нетерпением, они пытались приблизить этот день, но часовые, поставленные у дверей, неизменно преграждали им путь, говоря, что пропустят их только тогда, когда получат exeat* от мэтра Амбруаза Паре.

Но вот однажды искусный хирург, признав, что оба пациента хотя и не совсем поправились, но уже близки к полному выздоровлению, произнес exeat, и в два часа пополудни одного из тех чудесных осенних дней, какие иногда дарит Париж своим изумленным обитателям, уже запасшимся долготерпением на зиму, два друга, взявшись под руку, перешагнули порог Лувра.

Ла Моль, найдя на одном из кресел свой знаменитый вишневый плащ, который он так бережно сложил на землю перед недавним боем, теперь с великим удовольствием надел его и собрался вести приятеля, а Коконнас, не раздумывая и не противясь, отдал себя в его распоряжение. Он знал, что друг ведет его к врачу-незнакомцу, вылечившему его в одну ночь своим таинственным питьем, тогда как все лекарства мэтра Амбруаза Паре лишь приближали смерть. Он разделил все бывшие у него деньги, то есть двести дублонов, на две части, из коих сто дублонов предназначались безымянному эскулапу, которому он был обязан своим выздоровлением. Коконнас не боялся смерти, но это не мешало ему любить жизнь: вот почему он и собрался так щедро наградить своего спасителя.

---

* Пусть выходит (*лат.*) — выписать или считать здоровым.

Ла Моль направился по улице Астрюс, вышел на большую улицу Сент-Оноре, свернул в переулок Прувель и, наконец, дошел до Рынка. Около старинного колодца, в том месте, которое теперь зовется Квадратным рынком, стояло каменное восьмиугольное сооружение, увенчанное широкой деревянной башенкой с островерхой крышей и скрипучим флюгером. В деревянной башне были проделаны восемь отверстий, пересеченных, как перевязь пересекает гербовые щиты, своего рода деревянным обручем с прорезями посередине такой формы, чтобы сквозь них можно было просунуть голову и руки осужденного или осужденных, которых выставляли напоказ в одном, двух или во всех восьми отверстиях. Это странное сооружение, не имевшее себе подобных среди соседних зданий, носило название «позорный столб».

К основанию этой своеобразной башни приткнулся, словно гриб, какой-то бесформенный, кривой, косой домишко, с крышей, покрытой мшистыми пятнами, как кожа прокаженного.

Это был домик палача.

На деревянной башне был выставлен какой-то человек, который все время показывал язык прохожим: это был один из воров, действовавших вокруг виселицы на Монфоконе, и случайно пойманный с поличным.

Коконнас, вообразив, что Ла Моль привел его взглянуть на это любопытное зрелище, вмешался в толпу зрителей, отвечавших на гримасы преступника криками и улюлюканьем. Пьемонтец по природе был жесток, и его очень забавляло это зрелище; он предпочел бы вместо ругани и улюлюканья закидать камнями преступника, настолько наглого, что он показывал язык благородным дворянам, оказавшим ему честь своим приходом.

Когда вращающаяся башенка повернулась, чтобы другая часть зрителей, стоявшая на площади, могла бы также поглазеть на осужденного, и толпа двинулась вслед за движением башенки, Коконнас хотел было пойти вместе со всеми, но Ла Моль остановил его, сказав тихонько:

— Мы вовсе не для этого пришли сюда.

— А зачем же? — спросил Коконнас.

— Сейчас увидишь, — ответил Ла Моль.

Оба друга перешли на «ты» на следующий день после той достославной ночи, когда Коконнас собирался выпустить кишки Ла Молю. Ла Моль подвел своего друга к домику у подножия каменной башни, где у открытого оконца, опершись локтями на подоконник, сидел какой-то человек.

— А-а! Это вы, ваши светлости! — сказал человек, приподнимая колпак цвета бычьей крови и открывая голову с густыми черными волосами, ниспадавшими до бровей. — Милости просим!

— Кто это? — спросил Коконнас, пытаясь что-то вспомнить; ему казалось, что он видел эту голову в какой-то момент своего горячечного бреда.

— Твой спаситель, мой милый друг, — сказал Ла Моль, — тот самый, что принес тебе целебное питье, которое так помогло тебе.

— Ого! — произнес Коконнас. — В таком случае, мой друг... — И протянул человеку руку.

Но вместо того чтобы сделать соответственное движение своей рукой, сидевший человек выпрямился и тем самым отдалился от двух друзей на некоторое расстояние.

— Месье, благодарю за честь, какую вы собираетесь мне оказать, — сказал он, — но если бы вы знали, кто я такой, то, вероятно, не оказали бы ее.

— Я заявляю, что, будь вы хоть сам дьявол, я ваш должник, потому что без вас я бы теперь лежал в могиле.

— Я не совсем дьявол, — ответил человек в красном колпаке, — но многие предпочли бы свидание с дьяволом, чем со мной.

— Кто же вы такой? — спросил Коконнас.

— Месье, я мэтр Кабош, — ответил человек, — палач парижского суда.

— А!.. — произнес Коконнас, убирая руку.

— Вот видите! — сказал мэтр Кабош.

— Нет! Я прикоснусь к вашей руке, черт возьми! Давайте вашу руку!

— Взаправду?

— Во всю ширь!

— Вот она.

— Еще шире... шире... хорошо!

Коконнас вынул из кармана пригоршню золотых монет, предназначенных для исцелителя, и высыпал в руку палача.

— Я бы предпочел одну вашу руку, — сказал Кабош, — золото и у меня бывает, а вот в руках, которые жмут и мою руку, — большая недостача. Ну, все равно. Да благословит вас бог!

— Так, значит, это вы, — сказал пьемонтец, с любопытством глядя на палача, — пытаете, колесуете, четвертуете, рубите головы, ломаете кости? Ну, что ж, очень рад с вами познакомиться!

— Месье, не все делаю я сам, — ответил Кабош. — Как вы, господа, держите лакеев, чтобы они исполняли вместо вас неприятную работу, также и у меня есть помощники, которые делают всю черную работу и расправляются с простым народом. Но когда случается иметь дело с благородными, вроде вас и вашего товарища, — о, тогда другое дело! Тут уж я сам имею честь делать все до мелочей, с начала до конца — то есть с допроса до снятия головы.

Коконнас, сам не зная отчего, почувствовал содрогание во всем теле, как будто жестокий клин уже стиснул ему ноги и стальное лезвие коснулось его шеи. Ла Моль также безотчетно испытывал то же ощущение.

Но Коконнасу стало стыдно своего волнения, он подавил его и, прощаясь с мэтром Кабошем, решил напоследок пошутить:

— Ладно, мэтр Кабош, ловлю вас на слове: когда придет и мой черед влезать на виселицу Энгеранда или на эшафот герцога Немурского, то только вы займетесь мною.

— Обещаю.

— А в знак того, — сказал Коконнас, — что ваше обещание я принимаю, вот вам моя рука.

И он протянул руку палачу, который робко пожал ее, но было очевидно, что ему очень хотелось пожать ее от всей души.

И все-таки от одного его прикосновения Коконнас немного побледнел, хотя улыбка по-прежнему играла на его губах; Ла Молю было не по себе, и, увидев, что толпа, следовавшая за круговым движением деревянной башни, снова подходит к ним, он дернул друга за плащ.

Коконнас, в глубине души желавший так же сильно, как и Ла Моль, покончить с этой сценой, в которой принял, по свойству своего характера, гораздо большее участие, чем хотел сам, кивнул головой и пошел вслед за Ла Молем.

— Ей-богу, надо признаться, здесь легче дышится, чем на рынке! — сказал Ла Моль, когда они дошли до Трагуарского креста.

— Признаться, и мне тоже, — ответил Коконнас, — но все-таки я очень доволен тем, что познакомился с мэтром Кабошем. Полезно везде иметь друзей.

— В том числе и под вывеской «Путеводная звезда», — сказал Ла Моль.

— Ах, бедняга мэтр Ла Юрьер! — ответил Коконнас. — Вот кто погиб, так уж погиб! Я сам видел огонь из аркебузы, слышал, как звякнула пуля, точно о колокол собора Богоматери, и когда я уходил, он лежал в крови, которая шла у него из носа и изо рта. Если считать его нашим другом, то он им будет на том свете.

Продолжая свою беседу, молодые люди дошли до улицы Арбр-сек и направились к вывеске «Путеводная звезда», все так же скрипевшей на том же месте, все так же манившей путешественника чревоугодным очагом и возбуждающей аппетит надписью.

Коконнас и Ла Моль рассчитывали застать всех домочадцев в горе, вдову в трауре, а служащих с черной повязкой на рукаве, но, к великому их удивлению, они застали в доме кипучую деятельность, вдову с сияющим лицом, а всех прислужников веселыми, как никогда.

— О изменница! — воскликнул Ла Моль. — Успела выйти замуж за другого!

И, обращаясь к ней самой, сказал:

— Мадам, мы два дворянина, знакомые бедняги Ла Юрьера. Мы здесь оставили двух лошадей, два чемодана и теперь пришли за ними.

— Господа, — отвечала хозяйка дома, напрягая свою память, — я лично не имею чести знать вас, поэтому, если вы разрешите, я позову мужа... Грегуар, сходите за хозяином!

Грегуар прошел через первую кухню общего назначения во вторую, представлявшую собой лабораторию, где готовились те кушанья, которые мэтр Ла Юрьер при своей жизни считал достойными, чтобы готовить их собственноручно.

— Черт меня побери, — тихо сказал Коконнас, — если мне не грустно видеть такое веселье в этом доме вместо горя. Бедный Ла Юрьер! Эх!

— Он собирался убить меня, — сказал Ла Моль, — но я ему прощаю от всей души.

Едва Ла Моль успел произнести эти слова, как появился человек, держа в руках кастрюльку, где он тушил чеснок, а сейчас мешал его деревянной ложкой.

Коконнас и Ла Моль вскрикнули от удивления. На их крик человек поднял голову, вскрикнул совершенно так же и, выронив из рук кастрюльку, застыл на месте с деревянной ложкою в руке.

— In nomine patris, — бормотал он, помахивая ложкой, как кропилом, — et filii, et spiritus sancti...*

— Мэтр Ла Юрьер! — воскликнули разом молодые люди.

— Месье Коконнас и месье де Ла Моль? — удивился Ла Юрьер.

— Вы, значит, не убиты? — спросил Коконнас.

— Вы, стало быть, живы? — спросил, в свою очередь, хозяин.

— Я же видел, как вы упали, — сказал пьемонтец, — слышал удар пули, которая не знаю что, но что-то раздробила вам. Я ушел от вас, когда вы лежали в канаве и у вас шла кровь из носа, из ушей и даже из глаз.

— Все это, месье Коконнас, так же истинно, как Евангелие. Но только удар пули, который вы слышали, пришелся в мой шишак, и, к счастью, пуля на нем расплющилась; но удар все же был здоровым, и вот вам доказательство, — добавил Ла Юрьер, снимая колпак и обнажая голову, лысую, как колено, — вот видите, от этого удара у меня не уцелело на голове ни волоска.

Оба молодых человека расхохотались при виде его комичного лица.

— А-а, вы смеетесь! — сказал Ла Юрьер, немного успокоившись. — Значит, вы пришли не с дурными намерениями?

— А вы, месье Ла Юрьер, вылечились от воинственных наклонностей?

— Ей-богу, да. И я теперь...

— Что же теперь?

— Теперь я дал обет не знаться ни с каким огнем, кроме кухонного.

— Браво! Вот это благоразумно! — ответил Коконнас. — А теперь вот что, — добавил он, — у вас в конюшне остались две наши лошади, а в комнатах два наших чемодана.

— Ах, черт! — сказал хозяин, почесывая за ухом.

— Так как же?

---

* Во имя отца, и сына, и святого духа... *(лат.)*

— Вы говорите — две лошади?
— Да, у вас в конюшне.
— И два чемодана?
— Да, в наших комнатах.
— Видите ли, в чем дело... Вы ведь думали, что я убит, не так ли?
— Конечно.
— Согласитесь, что коль вы ошиблись, так и я мог ошибиться.
— То есть подумать, что и мы убиты? Это вы, конечно, могли предполагать.
— Ага! Вот, вот! А так как вы умирали, не сделав завещания... — продолжал мэтр Ла Юрьер.
— Что же дальше?
— Я подумал... Я был не прав, теперь я это вижу...
— Так что же вы подумали?
— Я подумал, что могу быть вашим наследником.
— Ха-ха-ха! — рассмеялись молодые люди, глядя на смешное выражение его лица.
— Но при всем том я очень доволен, что вижу вас в живых!
— Короче говоря, вы продали наших лошадей? — сказал Коконнас.
— Увы! — ответил Ла Юрьер.
— А наши чемоданы? — спросил Ла Моль.
— О-о! Чемоданы — нет! — воскликнул Ла Юрьер. — Только то, что было в них.
— Скажи, Ла Моль, — спросил Коконнас, — ну не наглый ли прохвост? Не выпотрошить ли нам его?
Угроза, видимо, сильно подействовала на мэтра Ла Юрьер, если он решился сказать:
— А мне думается, это можно уладить.
— Слушай, — сказал Ла Моль, — ни у кого нет с тобой таких счетов, как у меня.
— Разумеется, граф! Я помню, что в умопомрачении я имел дерзость пригрозить вам.
— Да — пулей, пролетевшей только на два пальца выше моей головы.
— Вы так думаете?
— Уверен.
— Раз вы уверены, месье де Ла Моль, — сказал Ла Юрьер, с невинным видом поднимая кастрюльку, — я ваш покорный слуга и не стану вам возражать.

— Я, со своей стороны, не требую от тебя ничего, — сказал Ла Моль.

— Неужели, граф?

— Кроме одного...

— Ай-ай-ай! — произнес Ла Юрьер.

— Кроме обеда для меня и моих друзей, когда я буду бывать в твоем квартале.

— Ну конечно! — радостно воскликнул Ла Юрьер. — Всегда к вашим услугам, граф, всегда к услугам!

— Значит, договорились?

— От всей души... А вы, месье Коконнас, — продолжал хозяин, — подписываетесь под договором?

— Да, но так же, как мой друг, — с маленьким условием...

— С каким?

— С тем, что вы передадите месье де Ла Молю пятьдесят экю, которые я ему должен и отдал вам на сохранение.

— Мне, месье?! Когда же это?

— За четверть часа до того, как вы продали мою лошадь и мой чемодан.

Ла Юрьер подмигнул ему и сказал:

— А-а! Понимаю!

После чего он подошел к шкафу, вынул оттуда пятьдесят экю, монету за монетой, и вручил их Ла Молю.

— Отлично! — сказал Ла Моль. — Отлично! Подайте нам яичницу. А пятьдесят экю пойдут Грегуару.

— Ого! — воскликнул Ла Юрьер. — Ей-богу, господа дворяне, у вас широкая душа, и я ваш на жизнь и на смерть!

— В таком случае, — сказал Коконнас, — сделайте сами нам яичницу, не жалея ни сала, ни масла. — Затем, посмотрев на стенные часы, добавил: — Ты прав, Ла Моль, нам еще ждать три часа, так лучше их провести здесь, чем неизвестно где. Тем более что отсюда, если не ошибаюсь, рукой подать до моста Святого Михаила.

И молодые люди пошли к столу в ту самую дальнюю комнату, где они сидели в знаменитый вечер 24 августа 1572 года и где Коконнас предложил Ла Молю играть в карты на любовницу, которая выпадет на долю первому из них.

Надо сказать, к чести обоих молодых людей, что в этот вечер ни тому, ни другому не приходило в голову сделать такого рода предложение.

# ЧАСТЬ ТРЕТЬЯ

## I

## ЖИЛИЩЕ МЭТРА РЕНЕ, ПАРФЮМЕРА КОРОЛЕВЫ-МАТЕРИ

В те времена, о которых мы повествуем нашему читателю, в Париже для перехода через реку из одной части города в другую было только пять деревянных и каменных мостов; все пять мостов вели к центральной части города. Это были — мост в Мельниках, Рыночный, мост Собора Богоматери, Малый мост и мост Святого Михаила.

В других местах, где требовался переезд, ходили паромы, плохо ли, хорошо ли заменявшие собой мосты.

На мостах стояли дома, как до сих пор еще стоят на Ponte Vecchio (Старый мост) во Флоренции.

Из всех пяти мостов, имевших каждый свою историю, пока займемся только одним — мостом Святого Михаила.

Мост Святого Михаила был выстроен из камня в 1373 году; несмотря на его видимую прочность, разлив Сены 31 января 1408 года его разрушил, но не весь, и в 1416 году он был переделан в деревянный; в ночь на 16 декабря 1547 года его опять снесло; около 1550 года, то есть за двадцать два года до событий нашего повествования, мост вновь перестроили из дерева, и хотя теперь он требовал поправки, его считали еще крепким.

Среди домов, стоявших по краям вдоль моста, против островка, на котором в свое время сожгли тамплиеров, а теперь покоятся устои Нового моста, обращал на себя внимание дом, обшитый досками, с широкой крышей, нависавшей над ним, как будто веко над огромным глазом. Единственное окошко второго этажа над крепко запертыми окном и дверью в нижнем этаже светилось красноватым светом, привлекавшим взоры прохожих к низкому, широкому фасаду с пышной золоченой лепкой, выкрашенному в синий цвет. Верхний этаж был отделен от нижнего своеобразным фризом с изображением целой вереницы чертей в самых забавных положениях, а между фризом и окном в нижнем этаже протянулась вывеска в виде широкой, тоже синей ленты с такою надписью:

*«Рене, флорентиец, парфюмер ее величества королевы-матери».*

Дверь этой лавочки, как мы сказали, была плотно закрыта и заперта засовами; но лучше, чем засовы, предохраняла лавку от ночных налетов слава ее хозяина, настолько страшная, что все, проходившие по мосту Святого Михаила, описывали в этом месте дугу к противоположной стороне моста, точно боясь, как бы запах всяких благовоний не дошел до них сквозь стену.

Больше того — соседи справа и слева от дома парфюмера, несомненно, опасаясь дурной огласки от такого соседства, один за другим поудирали из своих квартир, как только мэтр Рене поселился на мосту Святого Михаила, и, таким образом, оба дома, примыкавшие к дому Рене, уже давно были покинуты жильцами и заколочены. Однако, несмотря на заброшенность и запустение этих домов, ночные прохожие видели в них пробивавшиеся сквозь запертые ставни лучи света и уверяли, будто слышали там звуки, похожие на стоны, а это доказывало, что какие-то живые существа бывали в этих двух домах; но оставалось неизвестным — принадлежали ли эти существа к земному или другому миру.

Поэтому жильцы двух других домов, примыкавших к первым двум домам, подумывали иногда, не лучше ли и им последовать примеру своих соседей.

Несомненно, что только благодаря этой страшной славе мэтр Рене приобрел общепризнанное и исключительное право не гасить огня после определенного часа, освященного обычаем. Ни ночные дозоры, ни ночная стража не осмеливались беспокоить человека, приближенного к ее величеству как парфюмер и соотечественник.

Предполагая, что наш читатель, вооруженный философией XVIII века, не верит ни в колдовство, ни в колдунов, мы приглашаем его последовать за нами в жилище парфюмера, которое в эту эпоху суеверий наводило на всю округу такой ужас.

Самая лавка парфюмера в нижнем этаже пустела и погружалась в темноту с восьми часов вечера, когда она закрывалась, с тем чтобы открыться только на следующий день — иногда еще задолго до рассвета; тут ежедневно шла продажа мазей, духов и всяческой косметики, составлявших предмет торговли изворотливого химика. Два ученика помогали ему при розничной продаже; они не оставались в лавке на ночь, а ночевали на улице Каландр. Вечером они уходили перед самым закрытием лавки, а утром разгуливали перед ней, пока им не отворят дверь.

В лавке, как мы сказали, было теперь безлюдно и темно.

Внутри лавки, занимавшей большую комнату, были еще две двери, выходившие на две лестницы: одна из лестниц, потайная, была пробита в толще боковой стены; другая, внешняя, шла к лестничной наружной клетке, видной и с набережной, той, что теперь зовется Августинской, и с высокого берега реки, где теперь Ке-Дез-Орфевр.

Обе лестницы вели в комнату второго этажа, по величине равную комнате в нижнем этаже. Только ковер, протянутый вдоль по линии моста, делил верхнюю комнату на две половины. В задней стене первой половины была дверь с наружной лестницы; а в боковой стене второй половины — дверь с потайной лестницы, но эту дверь входившие не видели, так как ее скрывал резной высокий шкаф, соединенный с дверью железными крюками таким образом, что когда открывали шкаф, то отворялась и потайная дверь. О существовании последней двери знали лишь Екатерина и Рене. По этой лестнице Екатерина входила и уходила, а нередко, приложив ухо или глаз к пробитым в стенке шкафа дыркам, подслушивала и подглядывала то, что происходило в самой комнате. В двух других стенах второй половины находились друг против друга еще две двери, ничем не скрытые; одна вела в небольшую комнату с верхним светом, в которой помещались горн, перегонные кубы, тигли и реторты: это и была лаборатория алхимика. Другая дверь вела в маленькую келью — наиболее своеобразное помещение во всем доме; в ней не было никакого источника дневного света, ни ковров, ни мебели, а только какое-то каменное сооружение, напоминавшее алтарь.

Полом служила каменная плита, стесанная на четыре ската — от центра к стенам кельи, где небольшой желоб огибал всю комнату и кончался воронкой, в отверстие которой виднелись воды Сены. На вбитых в стену гвоздях висели инструменты странной формы: концы их были тонкие, как иглы, а лезвия отточены, как бритвы; одни из этих инструментов блестели, как зеркало, другие имели матово-серую или темно-синюю закалку.

В дальнем углу трепыхались две курицы, привязанные за ногу одна к другой. Эта келья и была святилищем предсказателя судьбы.

Вернемся в комнату, разделенную ковром на две половины, куда вводили обычных посетителей, желавших погадать; здесь находились египетские ибисы, мумии в золоченых пеленах, чучело крокодила с открытой пастью, висевшее под потолком, черепа с пустыми глазными впадинами и оскаленными зубами, наконец, пыльные, объеденные крысами козероги, — такая смесь била посетителю в глаза, возбуждая в нем различные переживания, мешавшие ему собраться с мыслями. За занавеской стояли мрачного вида амфоры, особенные ящички и склянки; все это освещалось двумя совершенно одинаковыми серебряными лампадами, как будто похищенными из алтаря Санта Мария Новелла или из церкви Деи Серви во Флоренции; наполненные благовонным маслом, они висели под мрачным сводом на трех почерневших цепочках каждая и разливали сверху желтоватый свет.

Рене — один — прохаживался большими шагами по второй половине комнаты, скрестив на груди руки и покачивая головой. После долгих и неприятных размышлений он подошел к песочным часам.

— Ай-ай! Я и забыл перевернуть их, — может быть, песок пересыпался уже давно.

Он посмотрел на луну, едва продиравшуюся сквозь черную большую тучу, точно повисшую на шпиле колокольни собора Богоматери.

— Девять часов, — пробормотал он. — Если она придет как обычно, то, значит, через час или полтора; времени еще хватит на все.

В эту минуту на мосту послышались какие-то шаги. Рене приложил ухо к длинной трубке, выходившей на улицу другим своим концом в виде головы геральдической змеи.

— Нет, — сказал Рене, — это не она и не они. Шаги мужские; они направляются сюда... остановились у моей двери...

В это мгновение раздались три коротких удара в дверь. Рене быстро сбежал вниз, но не стал отпирать дверь, а приложил к ней ухо. Три таких же удара повторились.

— Кто там? — спросил мэтр Рене.

— А разве надо называть себя? — возразил чей-то голос.

— Обязательно, — ответил Рене.

— В таком случае, меня зовут граф Аннибал де Коконнас, — ответил тот же голос.

— А я граф Лерак де Ла Моль, — ответил второй голос.

— Подождите, господа, подождите, я к вашим услугам.

И Рене начал отодвигать засовы, поднимать щеколды и, наконец, открыл дверь молодым людям, после чего запер ее, но лишь на ключ, провел их по наружной лестнице и впустил во вторую половину верхней комнаты.

Входя в комнату, Ла Моль перекрестился под плащом, лицо его было бледно, рука дрожала: он не мог справиться с собой.

Коконнас начал рассматривать все предметы по порядку и, очутившись во время этого занятия перед входом в келью, хотел отворить дверь.

— Позвольте, граф, — внушительно сказал Рене, положив свою руку на руку пьемонтца, — все посетители, оказывающие мне честь входить сюда, располагают только этой половиной комнаты.

— А-а, это другое дело, — ответил Коконнас, — да я не прочь и посидеть. — И он сел на стул.

На минуту воцарилась полная тишина: мэтр Рене ждал, что кто-нибудь из молодых людей скажет о цели их прихода. Слышалось только свистящее дыхание еще не совсем выздоровевшего пьемонтца.

— Мэтр Рене, — сказал он наконец, — вы человек знающий; скажите мне: я так и останусь калекой, то есть всегда ли будет у меня такая одышка? А то мне трудно ездить верхом, фехтовать и есть яичницу с салом.

Рене приложил ухо к груди Коконнаса и внимательно выслушал легкие.

— Нет, граф, вы выздоровеете.

— Правда?

— Уверяю вас.

— Очень рад.

Снова наступило молчание.

— Не хотите ли, граф, узнать что-нибудь еще?

— Конечно! Я бы хотел знать, влюблен ли я на самом деле или нет? — сказал Коконнас.

— Влюблены, — отвечал Рене.

— Откуда вы это знаете?

— Потому что вы спрашиваете об этом.

— Дьявольщина!-Мне кажется, вы правы. А в кого?

— В ту самую, которая при всяком случае произносит то же ругательство, что и вы.

— Ей-богу, мэтр Рене, вы молодец! — сказал озадаченный Коконнас. — Ну, Ла Моль, теперь твой черед.

Ла Моль покраснел и смутился.

— Ну же! Какого черта! Говори! — воскликнул Коконнас.

— Говорите, — сказал флорентиец.

— Я не стану спрашивать у вас, влюблен ли я, — начал тихо и нерешительно Ла Моль, но затем стал говорить увереннее: — Не стану спрашивать потому, что я сам это знаю и не скрываю от себя; но вы скажите мне, буду ли я любим, хотя все, что раньше давало мне надежду, повернулось теперь против меня?

— Возможно, что вы не делали всего, что нужно.

— Что же надо делать, как доказать уважением и преданностью даме моей мечты, что она глубоко, истинно любима?

— Вы знаете, — ответил Рене, — что подобные проявления любви иногда бывают недостаточны.

— Значит, в таком случае надо оставить всякую надежду?

— Нет, тогда надо прибегнуть к науке. В человеческой природе может существовать нерасположение к чему-нибудь или кому-нибудь, которое можно преодолеть, и, наоборот, можно вызвать склонность к чему-нибудь или кому-нибудь. Железо не магнит, но если его намагнитить, оно само притягивает железо.

— Верно, верно, — прошептал Ла Моль, — но мне противны всякие заклинания.

— Если они вам противны, зачем же вы сюда пришли?

— Ну, ну, нечего ребячиться! — сказал Коконнас. — Месье Рене, не можете ли показать мне черта?

— Нет, граф.

— Досадно, я бы сказал ему два слова, — это, может быть, подбодрило бы Ла Моля.

— Ну, хорошо, — сказал Ла Моль, — будем говорить в открытую. Мне рассказывали о каких-то восковых фигурках, сделанных по подобию любимого человека. Это помогает?

— Без ошибки!

— Но в этом опыте нет ничего, что может повредить здоровью или жизни любимого существа?

— Ничего.

— Тогда попробуем.

— Хочешь, начну я? — спросил Коконнас.

— Нет, — ответил Ла Моль, — раз уж я начал, то и закончу.

— Есть ли у вас, месье де Ла Моль, стремление к чему-то точно определенному — стремление сильное, горячее, всевластное?

— О, смертельное, мэтр Рене! — воскликнул Ла Моль.

В эту минуту кто-то тихонько постучал во входную дверь с улицы, но так тихо, что только один мэтр Рене услышал стук, да и то, вероятно, потому, что ждал его.

Не подавая виду и продолжая задавать Ла Молю ничего не значащие вопросы, он приложил ухо к трубке и услышал на улице смешки, видимо, очень заинтересовавшие его.

— Теперь сосредоточьтесь на вашем желании, — сказал Рене Ла Молю, — и призывайте любимую особу.

Ла Моль стал на колени, точно взывая к какому-нибудь божеству, а Рене прошел во вторую половину комнаты и бесшумно спустился вниз по внешней лестнице; через минуту легкие шаги на цыпочках прошелестели в лавке.

Когда Ла Моль поднялся с колен, перед ним уже стоял мэтр Рене; в руках флорентийца была восковая грубо сделанная фигурка с короной на голове и в мантии.

— Все так же ли хотите вы, чтобы вас полюбила ваша коронованная возлюбленная? — спросил парфюмер.

— Да, хотя бы ценою моей жизни, гибелью моей души! — ответил Ла Моль.

— Хорошо, — сказал флорентиец; он взял кувшинчик, налил себе на пальцы воды и брызнул несколько капель на голову фигурки, произнося какие-то латинские слова.

Ла Моль вздрогнул, понимая, что совершается святотатство.

— Что вы делаете? — воскликнул он.

— Я нарекаю этой фигурке имя Маргариты.

— Но для чего?

— Чтобы создать взаимочувствие.

Ла Моль уже открыл было рот, собираясь прекратить это святотатство, но его удержал насмешливый взгляд пьемонтца.

Рене, поняв намерение Ла Моля, остановился в ожидании.

— Нужна полная, беззаветная воля, — сказал он.

— Действуйте, — ответил Ла Моль.

Рене написал на маленькой полоске красной бумаги какие-то кабалистические знаки, вдел бумажку в стальную иглу и проткнул иглой статуэтку в том месте, где должно быть сердце.

Странная вещь! На краях ранки появилась капелька крови. Тогда Рене поджег бумажку. Накалившаяся игла растопила воск вокруг себя и высушила кровяную капельку.

— Так ваша любовь своею силой пронзит и зажжет сердце женщины, которую вы любите.

Коконнас, как полагалось вольнодумцу, исподтишка посмеивался, но Ла Моль, по природе любящий и суеверный, чувствовал, как холодные капли пота выступают у корней его волос.

— А теперь, — сказал Рене, — приложитесь губами к губам статуэтки и скажите: «Маргарита, люблю тебя, приди!»

Ла Моль исполнил его требование.

В то же мгновение послышалось, как кто-то отворил дверь во второй половине и вошел легкими шагами. Любопытный и ни во что не верующий Коконнас, опасаясь, что Рене опять сделает ему замечание, как тогда, когда пьемонтец собирался отворить дверь в келью, — вынул кинжал, проткнул толстый ковер, разделявший комнату, приложил глаз к дырке и вскрикнул от изумления, а в ответ на его крик вскрикнули две женщины.

— Что там такое? — спросил Ла Моль и едва не выронил из рук фигурку, но Рене подхватил ее.

— А то, — ответил Коконнас, — что там герцогиня Невэрская и королева Маргарита.

— Ну что, маловер?! — со строгой улыбкой заметил ему Рене. — Вы и теперь будете сомневаться в силе взаимочувствия?

Ла Моль так и застыл на месте, увидев свою королеву. На одно мгновение закружилась голова и у Коконнаса, когда он узнал герцогиню Невэрскую. Ла Моль вообразил, что Маргарита только призрак, вызванный чарами мэтра Рене.

Коконнас же, видевший приоткрытую дверь, в которую вошли очаровательные призраки, сразу объяснил чудо причинами самыми естественными, присущими нашему земному, материалистическому миру.

Пока Ла Моль крестился и тяжело дышал, точно ворочал каменные глыбы, Коконнас уже успел призвать на помощь философию и отогнать злого духа кропилом неверия; поэтому, как только заметил он сквозь дырку в занавеске, что герцогиня Невэрская совершенно растерялась, а Маргарита ехидно улыбается, он сразу определил данный момент как момент решающий; сообразив, что от лица своего друга можно говорить то, чего нельзя сказать от самого себя, Коконнас подошел не к герцогине Невэрской, а прямо к Маргарите и, став на одно колено, наподобие царя Артаксеркса в ярмарочных шествиях, воскликнул довольно громким голосом, несмотря на сиплый звук, происходивший от раны в легком:

— Мадам, только сию минуту мэтр Рене, по просьбе моего друга графа де Ла Моль, вызвал вашу тень; и вот, к моему великому изумлению, тень ваша появилась, но не одна, а в сопровождении телесной оболочки, для меня столь драгоценной, что я хочу ее представить моему другу. Тень ее величества королевы Наваррской, соблаговолите приказать телесной оболочке вашей спутницы перейти по другую сторону этой занавески!

Маргарита рассмеялась и жестом пригласила Анриетту пройти в другую половину.

— Ла Моль, мой друг, — обратился к нему Коконнас, — поговори с герцогиней, будь красноречив, как Демосфен, как Цицерон, как канцлер Л'Опиталь, и прими во внимание — дело это пахнет смертью для меня, если ты не убедишь телесную оболочку герцогини Невэрской в том, что я самый преданный, самый покорный, самый верный ее слуга.

— Но... — робко начал Ла Моль.

— Делай, что тебе говорят! А вы, мэтр Рене, позаботьтесь, чтобы нам никто не помешал, — распорядился Коконнас.

Рене сошел вниз.

— Дьявольщина! Вы остроумный человек, месье Коконнас, — заметила Маргарита. — Я вас слушаю. Посмотрим, что скажете вы мне.

— Мадам, я хочу сказать, что тень моего друга, — а он лишь тень, доказательством чему служит полная его неспособность произнести хотя бы один звук, — итак, тень моего друга умоляет меня воспользоваться способностью телесных оболочек говорить внятно, чтобы передать вам следующее: прекрасная тень, вышеупомянутый бестелесный дворянин утратил от действия ваших суровых взоров не только тело, но и дух. Если бы передо мной стояли вы собственной персоной, то я бы скорее попросил мэтра Рене запрятать меня в какую-нибудь дыру, наполненную горячей серой, чем разговаривать так вольно с дочерью короля Генриха Второго, сестрой короля Карла Девятого и супругой короля Наваррского. Но тени чужды земной гордыне и не сердятся, когда их любят. Поэтому, мадам, умолите ваше тело немножко полюбить душу этого несчастного Ла Моля, душу, страдающую от небывалых мук; душу, сначала потерпевшую от друга, который трижды вонзал в ее нутро несколько дюймов стали; душу, сожженную огнем ваших глаз — огнем, в тысячу раз более жгучим, чем адский пламень. Сжальтесь над этой бедною душой, немного полюбите то, что было некогда красавчиком Ла Молем, и, если вы утратили дар слова, ответьте хоть улыбкой, жестом. Душа моего друга очень умная, она поймет все. Начинайте же! Или я проткну мэтра Рене шпагой за то, что, вызвав очень кстати вашу тень, он вместе с тем воспользовался своею властью над тенями и внушил ей поведение, совсем не подходящее такой любезной тени, какую, на мой взгляд, вы представляете собой.

Когда пьемонтец закончил свою речь и встал перед Маргаритой в трагическую позу, она залилась неудержимым смехом; затем молча, как и подобает в таких случаях королевской тени, протянула ему руку.

Коконнас бережно взял ее руку и позвал Ла Моля.

— Тень моего друга, приди ко мне, не медля! — воскликнул Коконнас.

Ла Моль, растерянный, трепещущий, сейчас же подошел.

— Вот и отлично, — сказал Коконнас, нажимая своей ладонью на его затылок. — Теперь нагните тень вашего загорелого красивого лица к этой тени белоснежной ручки королевы.

Сопровождая слова действием, Коконнас приложил губы Ла Моля к изящной ручке Маргариты и с минуту удерживал их в этом положении, хотя белая ручка и не пыталась уклониться от нежного прикосновения губ. Маргарита все время улыбалась, зато не улыбалась герцогиня Невэрская, еще взволнованная нежданным появлением двух молодых людей; она испытывала болезненное чувство все нараставшей ревности, так как ей казалось, что Коконнас не должен был до такой степени пренебрегать своими собственными интересами ради чужих.

Ла Моль заметил ее нахмуренные брови и недобрые огоньки в глазах; тогда, несмотря на свою страсть, призывавшую отдаться упоительному волнению его души, он все же понял, какая опасность грозила другу, и сообразил, что́ надо сделать для его спасения.

Встав с колен, Ла Моль оставил руку Маргариты в руке пьемонтца, подошел к герцогине Невэрской, взял ее руку, преклонил колено и сказал:

— Самая прекрасная, самая обаятельная из женщин! Я имею в виду живых женщин, а не тени, — он взглянул на Маргариту и улыбнулся, — разрешите душе, освобожденной от ее телесной, грубой оболочки, восполнить рассеянность одного тела, всецело проникнутого земной дружбой. Ведь этот месье Коконнас — только человек: крепкий, смелый, представляющий собою тело, может быть и красивое, однако бренное, как всякое живое тело — omnis caro fenum.

Хотя вышереченный дворянин с утра до вечера мне рассказывает о вас, хотя вы сами видели его в бою, смотрели, как он наносит небывалые во Франции удары, однако этот боевой мужчина, такой красноречивый перед тенью, не имеет смелости заговорить с живой женщиной. Вот почему, сам обратившись к тени королевы, он поручил мне говорить с вашей прекрасной телесной оболочкой и передать вам, что свое сердце, свою душу он кладет к вашим ногам; что просит ваши божественные глаза взглянуть на него с чувством сострадания, ваши горячие розовые пальчики — призывно поманить его, ваш звонкий музыкальный голос — сказать ему слова, каких нельзя забыть; но если сердце ваше не смягчится, то в этом случае он умолял меня пустить в ход мою шпагу — не тень ее, поскольку тень у шпаги бывает лишь при солнце, а, значит, шпагу настоящую, — и пронзить еще раз его тело, потому что не стоит жить, раз вы ему не разрешаете жить только ради вас.

Насколько речь пьемонтца отличалась жаром и веселостью, настолько воззвание Ла Моля было проникнуто чувствительностью, пленительной силой и нежною покорностью.

Анриетта, внимательно выслушав Ла Моля, перенесла свой взгляд на Коконнаса, желая убедиться, насколько выражение его лица соответствовало любовной речи друга. По-видимому, она была вполне удовлетворена; краснея, еле переводя дыхание, с улыбкой открывая два ряда жемчугов, оправленных в кораллы губ, она спросила у пьемонтца:

— Это правда?

— Дьявольщина! — воскликнул он, завороженный ее взглядом и пламенея огнем любви. — Правда! О да, да, мадам, все правда! Клянусь вашей жизнью! Клянусь моей смертью!

— Тогда подойдите! — сказала Анриетта и протянула ему руку, отдаваясь чувству, которое сквозило в томном выражении ее глаз.

Коконнас подкинул вверх свой бархатный берет и одним скачком очутился рядом с герцогиней. Ла Моль же, повинуясь жесту Маргариты, призывавшей его к себе, обменялся дамой со своим другом, как в кадрили.

В эту минуту мэтр Рене появился у двери в глубине комнаты.

— Тише! — произнес он таким тоном, что сразу потушил все пламенные чувства. — Тише!

В толще стены послышался лязг ключа о замочную скважину и скрип двери, повернувшейся на петлях.

— Мне кажется, однако, — гордо заявила Маргарита, — что, когда здесь мы, никто не имеет права сюда войти.

— Даже королева-мать? — спросил ее на ухо Рене.

Маргарита, схватив за руку Ла Моля, мгновенно устремилась к выходу; Анриетта и Коконнас, обняв за талию друг друга, бросились бежать за ними следом. И четверо влюбленных улетели, как улетают от подозрительного шума маленькие птички, только что целовавшиеся на цветущей ветке.

## II

## ЧЕРНЫЕ КУРЫ

Обе пары едва успели убежать. Екатерина Медичи уже подобрала ключ ко второй двери потайного хода в то самое мгновение, когда герцогиня Невэрская и Коконнас сбегали по наружной лестнице, так что Екатерина, войдя в комнату, могла слышать, как заскрипели ступеньки под ногами беглецов.

Она осмотрела все пытливым взором и подозрительно взглянула на склонившегося перед ней Рене.

— Кто был здесь? — спросила она.

— Любовники, вполне удовлетворенные моим заверением, что они любят друг друга.

— Пусть их, — ответила Екатерина, пожав плечами. — Здесь больше никого нет?

— Никого, кроме вашего величества и меня.

— Вы сделали то, что я вам сказала?

— Насчет черных кур?

— Да.

— Они здесь, мадам.

— Ах, если бы вы были еврей!

— Я — еврей? Почему, мадам?

— Вы бы могли прочесть замечательные книги, написанные евреями о жертвоприношениях. Я велела перевести для себя одну из них и прочла в ней, что евреи искали предсказаний не в сердце и не в печени, как это делали римляне, а в строении мозга и в форме букв, начертанных на нем всемогущей рукой судьбы.

— Да, мадам! Я сам об этом слышал от одного моего друга, старого раввина.

— Бывают буквы, — продолжала Екатерина, — начертанные так, что открывают путь для целого ряда предсказаний, но халдейские мудрецы советуют...

— Советуют... что? — спросил Рене, чувствуя, что Екатерина не решается продолжать дальше.

— Советуют делать опыт на человеческом мозге, как более развитом и более чувствительном к воле вопрошающего.

— Увы! Ваше величество хорошо знаете, что это невозможно, — сказал Рене.

— Во всяком случае, затруднительно, — ответила Екатерина. — Ах, Рене, если бы мы об этом знали в день святого Варфоломея... Как это было просто!.. При первой казни... я подумаю об этом. Ну, а покамест будем действовать в области возможного... Готова ли комната для жертвоприношений?

— Да, мадам.

— Пройдем туда.

Рене зажег свечу; судя по запаху от ее горения, то тонкому и сильному, то удушливому и противному, в состав свечи входило несколько веществ. Затем, освещая путь Екатерине, парфюмер первым вошел в келью.

Екатерина сама выбрала нож синеватой закалки. Две курицы, лежавшие в углу, тревожно вращали золотистыми глазами, когда к ним подходил Рене.

— Как будем делать опыт? — спросил он, взяв одну из них.

— У одной мы исследуем печень, у другой — мозг. Если оба опыта дадут один и тот же результат, то, значит, верно, в особенности, если эти результаты совпадут с полученными раньше.

— С какого опыта начнем?

— Над печенью.

— Хорошо, — сказал Рене.

Он привязал курицу к жертвеннику за два вделанных по его краям кольца, положив курицу на спину и закрепив так, что она могла только трепыхаться, не сдвигаясь с места.

Екатерина одним ударом ножа рассекла ей грудь. Курица вскрикнула три раза, некоторое время потрепыхалась и околела.

— Всегда три раза! — прошептала Екатерина. — Предзнаменование трех смертей. — Затем она вскрыла труп курицы. — И печень сместилась влево, — продолжала она, — всегда влево... три смерти и прекращение династии. Знаешь, Рене, это ужасно!

— Мадам, надо еще посмотреть, совпадут ли эти предсказания с предсказаниями второй жертвы.

Рене отвязал курицу и, бросив ее в угол, пошел за второй жертвой, но она, видя судьбу своей подруги, попыталась спастись: начала бегать вокруг кельи, а когда Рене загнал ее наконец в угол, взлетела выше головы Рене и движением воздуха от взмахов ее крыльев загасила чародейскую свечу в руке Екатерины.

— Вот видите, Рене, — сказала королева, — так угаснет и наш род. Смерть дунет на него, и он исчезнет с лица земли... Три сына! Ведь три сына! — прошептала она грустно.

Рене взял у нее погасшую свечу и пошел зажечь ее в соседнюю комнату.

Вернувшись, он увидел, что курица спрятала голову в воронку.

— На этот раз не будет криков, — сказала Екатерина, — я сразу отрублю ей голову.

Действительно, как только Рене привязал курицу, Екатерина исполнила свое обещание и одним ударом отрубила голову. Но в предсмертной судороге куриный клюв три раза раскрылся и закрылся.

— Видишь! — сказала Екатерина в ужасе. — Вместо трех криков — три зевка. Три, всё три! Умрут все трое. Души всех кур, отлетая, считают до трех и кричат троекратно. Теперь посмотрим, что скажет голова.

Екатерина срезала побледневший гребешок на голове курицы, осторожно вскрыла череп, разделила его так, чтоб ясно были видны мозговые полушария, и стала выискивать в кровавых извилинах мозговой оболочки что-нибудь похожее на буквы.

— Все то же! — крикнула она, всплеснув руками. — Все то же! И на этот раз предвестие яснее, чем когда-либо! Иди взгляни.

Рене подошел.

— Что это за буква? — спросила Екатерина, указывая ча сочетание линий в одном месте.

— Г, — ответил флорентиец.

— Сколько этих Г?

Рене пересчитал.

— Четыре! — сказал он.

— Вот, вот! Это так! Понятно — Генрих Четвертый. О, я проклята в своем потомстве! — простонала она, бросая нож.

Страшное зрелище представляла фигура этой женщины со сжатыми окровавленными руками, бледной как смерть и освещенной зловещим светом.

— Он будет царствовать, будет царствовать! — сказала она со вздохом безнадежности.

— Он будет царствовать, — повторил Рене, всецело занятый какой-то важной думой.

Но мрачное выражение быстро исчезло с лица Екатерины, видимо, от какой-то новой мысли, вспыхнувшей в ее мозгу.

Не оборачиваясь, не меняя положения головы, опущенной на грудь, она протянула руку по направлению к Рене и сказала:

— Рене, не было ли такого случая, когда один перуджинский врач отравил губной помадой и свою дочь, и ее любовника — обоих вместе?

— Да, был, мадам.

— А любовником ее был?.. — спросила Екатерина, все время думая о чем-то.

— Король Владислав, мадам.

— Ах да, верно! — прошептала Екатерина. — А вы не знаете подробностей этого происшествия?

— У меня имеется старинная книга, где есть рассказ об этом, — ответил Рене.

— Хорошо, пройдем в другую комнату, и вы мне дадите эту книгу почитать.

Оба вышли из кельи, и Рене запер за собою дверь.

— Ваше величество, будут ли от вас какие-нибудь другие распоряжения насчет новых жертвоприношений?

— Нет, нет, Рене! Я пока вполне убеждена и этими. Подождем, не удастся ли нам добыть голову какого-нибудь присужденного к смертной казни, тогда в день казни ты сговоришься с палачом.

Рене поклонился в знак согласия, затем, держа в руке свечу, подошел к полкам, где стояли книги, встал на стул, вынул одну из книг и подал королеве-матери.

Екатерина раскрыла книгу.

— Что это такое? — спросила она. — «Како вынашивати и питати ловчих птиц, соколов и кречетов, дабы они соделались смелы, сильны и к ловле охочи».

— Ах, простите, мадам, я ошибся! Это руководство к соколиной охоте, составленное одним ученым из Лукки для знаменитого Каструччо Кастракани. Оно стояло рядом с той и переплетено в такой же переплет, — я и ошибся. Впрочем, эта книга очень ценная; существуют только три экземпляра ее на всем свете: один в венецианской библиотеке, другой был куплен вашим предком Лоренцо Медичи, но затем Пьетро Медичи подарил его королю Карлу Восьмому, проезжавшему через Флоренцию, а вот это — третий.

— Чту его за редкость, — ответила Екатерина, — но он мне не нужен: возьмите обратно ваше руководство.

И, передавая его левой рукой, она протянула правую руку к Рене за другой книгой.

На этот раз Рене не ошибся — другая книга была та самая, какую хотелось королеве. Рене слез со стула, полистал книгу и подал Екатерине, открыв на нужной странице.

Екатерина села за стол. Рене поставил перед ней чародейскую свечу, и при ее синеватом свете Екатерина вполголоса прочла несколько строк.

— Хорошо, — сказала она, закрывая книгу, — тут все, что мне хотелось знать.

Она встала, оставив книгу на столе, но унося в своем уме мысль, которая только зарождалась и должна была еще созреть.

Рене со свечой в руке почтительно ожидал, когда королева-мать, видимо, собиравшаяся уходить, даст ему новые распоряжения или обратится с новыми вопросами.

Екатерина, склонив голову и приложив к губам палец, молча сделала несколько шагов.

Затем она вдруг остановилась перед парфюмером, вскинула на него широко раскрытые, прямо устремленные, как у хищной птицы, глаза и сказала:

— Признайся, ты для нее сделал какое-то приворотное зелье?

— Для кого? — спросил, затрепетав, Рене.

— Для Сов.

— Я, мадам? Никогда! — ответил Рене.

— Никогда?

— Клянусь душой, мадам.

— А все-таки тут не без колдовства; он влюблен в нее безумно, хотя никогда не отличался постоянством.

— Кто, мадам?

— Он, проклятый Генрих! Тот, кто наследует моим трем сыновьям и назовется Генрихом Четвертым, а ведь он сын Жанны д'Альбре!

Последние слова ее сопровождались таким вздохом, что Рене вздрогнул, вспомнив о пресловутых перчатках, которые он приготовил по приказанию Екатерины для покойной королевы Наваррской.

— Разве он бывает у нее? — спросил Рене.

— Все время.

— А мне казалось, что король Наваррский окончательно вернулся к своей супруге.

— Комедия, Рене, комедия! Не знаю, в каких целях, но все точно сговорились обманывать меня. Даже Маргарита, моя собственная дочь, и та настроена против меня. Возможно, она тоже рассчитывает на смерть своих братьев, — быть может, надеется стать французской королевой.

— Да, возможно, — сказал Рене, опять уйдя в свою думу и откликаясь, как эхо, на страшное подозрение королевы-матери.

— Ну, мы еще посмотрим! — сказала Екатерина и направилась к входной двери, полагая, вероятно, ненужным сходить по потайной лестнице, будучи уверена, что она здесь одна.

Рене шел впереди, и через несколько секунд они оба стояли в лавке парфюмера.

— Ты обещал мне новые притирания для рук и губ, — сказала она, — теперь зима, а ты ведь знаешь, как моя кожа чувствительна к холоду.

— Я уже позаботился об этом, мадам, и все принесу вам завтра.

— Завтра ты не застанешь меня раньше девяти-десяти часов вечера. Днем я занята делами благочестия.

— Хорошо, мадам, я буду в Лувре в девять часов вечера.

— У мадам де Сов красивые губы и руки, — небрежным тоном сказала Екатерина. — А какую мазь она употребляет?

— Для рук, мадам?

— Да, для рук.

— Мазь на гелиотропе.

— А для губ?

— Для губ она будет теперь употреблять новый опиат моего изобретения; завтра я принесу коробочку такого опиата вашему величеству, а кстати — и ей.

Екатерина задумалась на одно мгновение.

— Она действительно красива, — промолвила королева-мать, словно отвечая самой себе на какую-то тайную мысль, — и нет ничего удивительного, что Беарнец влюбился в нее по уши.

— А главное, она предана вашему величеству, по крайней мере мне так кажется, — сказал Рене.

Екатерина усмехнулась и пожала плечами.

— Раз женщина любит, — сказала она, — так разве она может быть предана кому-нибудь другому, кроме своего любовника? А все-таки, Рене, какое-то приворотное зелье ты ей изготовил!

— Клянусь, мадам, что нет!

— Ну ладно, бросим этот разговор. Покажи-ка мне твой новый опиат, от которого ее губки станут еще краснее и свежее.

Рене подошел к полке и показал на шесть одинаковых круглых серебряных коробочек, стоявших в ряд, одна к другой.

— Вот то единственное приворотное зелье, какое она просила у меня, — сказал Рене. — И как вы, ваше величество, совершенно верно изволили заметить, я эту мазь делал исключительно для мадам де Сов, так как ее губы настолько чувствительны и нежны, что трескаются и от солнца и от ветра.

Екатерина раскрыла одну коробочку, наполненную мазью карминного цвета удивительно красивого оттенка.

— Рене, дай мне мази для рук; я возьму с собой.

Рене взял свечу и пошел за мазью для королевы-матери в другое отделение лавки. По дороге он быстро обернулся, и ему показалось, что Екатерина стремительным движением руки схватила одну коробочку и спрятала ее под мантией. Но Рене уже свыкся с такими кражами королевы-матери и не подал виду, что заметил ее проделку. Достав требуемую мазь, запакованную в мешочек из бумаги с изображением лилий, он подошел к Екатерине.

— Вот, мадам.

— Благодарю, Рене! — ответила она и, помолчав с минуту, добавила: — Не носи этого опиата мадам де Сов раньше чем через неделю или дней десять; я хочу первая его попробовать.

Екатерина собралась уходить.

— Ваше величество, прикажете вас проводить? — спросил Рене.

— Только до конца моста, — ответила Екатерина, — а там меня дожидаются мои дворяне с носилками.

Екатерина и Рене вышли из лавки и дошли до угла улицы Барийри, где Екатерину ждали четыре дворянина верхом и носилки без гербов.

Вернувшись в лавку, Рене первым делом пересчитал коробочки с опиатом.

Одна исчезла.

# III

## ПОКОИ МАДАМ ДЕ СОВ

Екатерина не ошиблась в своих догадках: Генрих не изменил прежних привычек и каждый вечер отправлялся к мадам де Сов. Сначала эти посещения совершались в большой тайне, но мало-помалу осмотрительность его ослабла, он перестал принимать меры предосторожности, и благодаря этому Екатерине нетрудно было убедиться в том, что Маргарита лишь называлась королевою Наваррской, а в действительности ею была мадам де Сов.

В начале нашего повествования мы только обмолвились двумя словами о покоях мадам де Сов, но дверь, тогда открытая Дариолой королю Наваррскому, захлопнулась за ним так плотно, что место таинственных любовных свиданий пылкого Беарнца осталось нам неведомо.

Эти покои относились к тому разряду помещений, какие королевские особы отводят во дворце своим придворным, обязанным быть тут же, под рукой; они были, конечно, гораздо меньше и не так удобны, как собственные квартиры в городе. Покои мадам де Сов находились, как было сказано, в третьем этаже, почти над комнатами Генриха, и дверь из них выходила в коридор, освещенный в дальнем конце старинным окном с мелкими окончинами в свинцовом переплете, пропускавшими лишь тусклый свет даже в самый ясный день. Зимою же после трех часов дня необходимо было зажигать лампу; но в лампу наливали масла столько же, сколько летом, и к десяти часам вечера она гасла, обеспечивая двум влюбленным наибольшую безопасность их свиданий в это время года.

Маленькая передняя, обитая шелком с большими желтыми цветами, приемная, затянутая синим бархатом, и, наконец, спальня, а в ней кровать с витыми колонками и вишневым атласным пологом, отделенная от стены узким проходом, где стояло зеркало в серебряной оправе и висели две картины, изображавшие любовь Венеры и Адониса, вот и все покои — теперь бы сказали «гнездышко» — очаровательной придворной дамы из свиты королевы Екатерины Медичи.

Если поискать внимательнее, то в темном углу, напротив туалета со всеми принадлежностями, можно было найти маленькую дверцу, которая вела в своего рода молельню, где на помосте в две ступени стоял молитвенный, особой формы, аналой. Здесь на стенах висели картинки три-четыре духовно-возвышенного содержания, как бы в противовес любовно-мифологическим картинам, украшавшим спальню. Между картинами висело на золоченых гвоздиках женское оружие, так как и женщины в те времена тайных козней носили при себе оружие, а случалось, что и владели им не хуже, чем мужчины.

Вечером, на следующий день после описанных событий у мэтра Рене, мадам де Сов сидела у себя в спальне на диванчике и говорила Генриху Наваррскому о своей любви к нему и о своих страхах за него, доказывая и свою любовь, и свои страхи той преданностью, какую она обнаружила к нему в ночь, последовавшую за Варфоломеевской, то есть в ночь, когда Генрих ночевал у своей жены.

Генрих не скупился на выражения своей признательности. Мадам де Сов в простом батистовом пеньюаре была особенно очаровательна, а Генрих был особенно признателен. В такой обстановке Генрих, действительно влюбленный, размечтался. А мадам де Сов всем сердцем отдавалась любви, начавшейся по приказанию королевы-матери, и теперь подолгу вглядывалась в Генриха, чтоб уловить, насколько совпадало выражение его глаз с его словами.

— Слушайте, Генрих, — говорила мадам де Сов, — скажите откровенно: в ту ночь, когда вы спали в кабинете ее величества королевы Наваррской, а в ногах у вас спал Ла Моль, — вы не жалели о том, что этот достойный дворянин лежал преградой между вами и спальней королевы?

— Да, моя крошка, — ответил Генрих, — так как я должен был неизбежно пройти через ее спальню, чтобы попасть в ту комнату, где мне так хорошо и где в эту минуту я так счастлив.

Мадам де Сов улыбнулась.

— А после вы туда ходили?

— И всякий раз я вам об этом говорил.

— И не пойдете туда, не сказав мне?

— Никогда.

— Поклянитесь.

— Поклялся бы, будь я гугенот, но...

— Но что?

— Но в данное время я изучаю догматы католической веры, а она учит, что не надо клясться никогда.

— Хитрец! — сказала мадам де Сов, покачивая головой.

— Шарлотта, а если бы я стал вас так расспрашивать, вы бы ответили на мои вопросы?

— Конечно, — ответила мадам де Сов. — Мне нечего скрывать от вас.

— Тогда объясните мне, как произошло, что, оказав мне отчаянное сопротивление до моей женитьбы, вы после нее перестали быть жестокой по отношению ко мне, беарнскому увальню, смешному провинциалу, к государю настолько бедному, что он не может придать драгоценностям своей короны должный блеск?

— Генрих, вы требуете от меня разрешения загадки, которую в течение трех тысяч лет не могут разгадать философы всех стран. Никогда не спрашивайте у женщины, за что она вас любит, довольствуйтесь вопросом: «Любите ли вы меня?»

— Любите ли вы меня, Шарлотта?

— Люблю, — ответила мадам де Сов с обаятельной улыбкой, кладя свою красивую руку на руку возлюбленного.

Генрих сжал ее руку в своей руке.

— А что, если бы разгадку, которую так тщетно ищут все философы в течение трех тысяч лет, я нашел, по крайней мере, в отношении вас, Шарлотта?

Мадам де Сов покраснела.

— Вы меня любите, — продолжал Генрих, — следовательно, мне больше нечего просить у вас, и я считаю себя самым счастливым человеком на земле. Но вы знаете — во всяком счастье всегда чего-то не хватает. Даже Адам среди райского блаженства не чувствовал себя вполне счастливым и вкусил от злосчастного яблока, наградившего всех нас потребностью все знать, а поэтому в течение всей нашей жизни мы ищем то, что нам еще неведомо. Скажите, моя крошка, не было ли сначала так, что королева Екатерина приказала вам любить меня?

— Генрих, говорите тише, когда вы говорите о королеве-матери, — заметила мадам де Сов.

— О-о! — воскликнул Генрих с такой непринужденностью, с такой свободой, что обманул даже мадам де Сов. — Было время, когда мне приходилось остерегаться этой доброй матери, когда мы не могли поладить, но теперь я муж ее дочери...

— Муж королевы Маргариты? — спросила Шарлотта, покраснев от ревности.

— Лучше вы говорите тише, — сказал Генрих. — Теперь, когда я муж ее дочери, мы с королевой-матерью — лучшие друзья. Чего хотели от меня? Чтобы я стал католиком — по-видимому, так. Очень хорошо, благодать меня коснулась, и предстательством святого Варфоломея я стал католиком. Теперь мы живем по-семейному, как хорошие братья, как добрые христиане.

— А королева Маргарита?

— Королева Маргарита? Что ж, она-то и является для всех нас связующим звеном.

— Но вы мне говорили, Генрих, что королева Наваррская в награду за мою преданность, проявленную к ней тогда, поступила великодушно по отношению ко мне. Если вы мне сказали правду, если королева Маргарита великодушна ко мне, за что я очень ей признательна, и великодушна на самом деле, тогда она — только условное звено, которое нетрудно разорвать. И вам не удержаться за него, потому что мнимой близостью с королевой вам никого не провести.

— Однако я держусь и езжу на этом коньке уже три месяца.

— Значит, вы обманули меня! — воскликнула мадам де Сов. — Королева Маргарита ваша жена по-настоящему!

Генрих улыбнулся.

— Слушайте, Генрих, эти ваши улыбки выводят меня из себя до такой степени, что хотя вы и король, но иногда у меня является жестокое желание выцарапать вам глаза.

— Значит, мне удается провести кое-кого этой мнимой близостью, если бывают такие случаи, когда вам хочется выцарапать мне глаза, хотя я и король, — следовательно, и вы верите, что эта близость существует.

— Генрих, Генрих! Мне думается, что сам господь бог не знает ваших мыслей! — сказала мадам де Сов.

— Я мыслю, моя крошка, так, — сказал Генрих, — сначала Екатерина приказала вам меня любить, потом в вас заговорило чувство, и теперь, когда начинают говорить оба эти голоса, вы прислушиваетесь к голосу лишь своего сердца. Я вас тоже люблю от всей души, и вот поэтому, если бы у меня и были тайны, я не поверил бы их вам из страха как-нибудь запутать вас... ведь дружба королевы-матери ненадежна — это дружба тещи.

Совсем не это требовалось Шарлотте: каждый раз, когда она пыталась проникнуть в бездны души возлюбленного, между ними опускалась какая-то толстая завеса и тотчас становилась для Шарлотты непроницаемой стеной, отделявшей их друг от друга. Она почувствовала, что у нее слезы набегают на глаза от его ответа, и, услышав звон колокола, пробившего десять часов, сказала Генриху:

— Сир, время спать, мне завтра надо очень рано приступить к моим обязанностям у королевы-матери.

— На сегодняшний вечер вы изгоняете меня, моя крошка? — спросил Генрих.

— Генрих, мне грустно. А в грусти я покажусь вам скучной, вы перестанете меня любить. Поймите, что будет лучше, если вы уйдете.

— Хорошо! Раз вы хотите этого, Шарлотта, я уйду, но — святая пятница! — окажите мне милость и разрешите присутствовать при вашем переодевании!

— А как же королева Маргарита, сир? Неужели вы заставите ее ждать, пока я переоденусь?

— Шарлотта, — серьезным тоном сказал Генрих, — у нас было условие никогда не говорить о королеве Наваррской, а сегодня мы говорили о ней чуть ли не весь вечер.

Мадам де Сов вздохнула и села за туалетный столик. Генрих взял стул, пододвинул его к своей возлюбленной, стал коленом на сиденье и облокотился на спинку своего стула.

— Ну вот, милочка моя Шарлотта, — сказал Генрих, — теперь мне видно, как вы наводите красу, притом для меня, что бы вы там ни говорили. Боже мой! Сколько всяких вещей, сколько баночек с душистыми притираниями, сколько пакетиков с пудрой, сколько флаконов, сколько коробочек с помадой!

— Это только кажется, что много, — со вздохом ответила Шарлотта, — а на самом деле очень мало; оказывается, и этого все же недостаточно, чтобы царить одной в сердце вашего величества.

— Послушайте! Не будем возвращаться в область политики, — сказал Генрих. — Что это за тоненькая маленькая кисточка? Не для того ли, чтобы подводить брови моей богине?

— Да, сир, — с улыбкой ответила мадам де Сов, — вы сразу угадали.

— А этот гребешок слоновой кости?

— Делать пробор.

— А эта прелестная серебряная коробочка с чеканной крышечкой?

— О, это Рене прислал мне свой замечательный опиат; он уж давно сулился изготовить средство для смягчения моих губ, хотя вы, ваше величество, благоволите находить их иногда достаточно мягкими и так.

Тогда Генрих, все больше развеселяясь, по мере того как разговор вступал в область женского кокетства, нагнулся и, как бы в подтверждение слов, сказанных очаровательной женщиной, поцеловал ее в губы, которые она с большим вниманием разглядывала в зеркало.

Шарлотта протянула было руку к серебряной коробочке, служившей предметом разговора, желая, вероятно, показать Генриху, как нужно накладывать на губы эту красную помаду, как вдруг короткий стук в дверь заставил обоих влюбленных вздрогнуть.

— Мадам, кто-то стучится, — сказала Дариола, высовывая голову из-за портьеры.

— Узнай — кто и приди сказать, — ответила мадам де Сов.

Генрих и Шарлотта с тревогой переглянулись. Генрих уже собрался скрыться в молельню, где он не раз находил себе убежище, как появилась Дариола.

— Мадам, это парфюмер, мэтр Рене.

При этом имени Генрих нахмурился и невольно закусил губы.

— Если хотите, я откажусь его принять, — сказала мадам де Сов.

— Нет, нет! — ответил Генрих. — Мэтр Рене никогда не делает ничего, не продумав заранее своих действий, и если он пришел к вам, значит, у него есть основания для этого.

— Может быть, тогда вы спрячетесь?

— Не стану этого делать, — ответил Генрих, — потому что мэтр Рене имеет сведения обо всем, и мэтр Рене отлично знает, что я здесь.

— Но у вашего величества могут быть причины чувствовать себя неприятно в его обществе.

— У меня? Никаких! — ответил Генрих, делая над собой усилие, которое при всем самообладании он все же не смог скрыть совсем. — Правда, отношения у нас были прохладные, но с вечера святого Варфоломея они наладились.

— Впусти! — сказала Дариоле мадам де Сов.

Через минуту вошел Рене и одним взглядом осмотрел всю комнату.

Мадам де Сов продолжала сидеть перед туалетным столиком. Генрих Наваррский вернулся на диванчик. Шарлотта сидела на свету, Генрих — в полутьме.

— Мадам, я явился принести вам свои извинения, — почтительно, но непринужденно сказал Рене.

— А в чем, Рене? — спросила мадам де Сов с особой мягкой снисходительностью, свойственной хорошеньким женщинам по отношению к тому разряду своих поставщиков, которые способствуют их красоте.

— В том, что я давно уже обещал вам потрудиться для ваших красивых губок, а между тем...

— Сдержали ваше обещание только сегодня, да? — спросила мадам де Сов.

— Только сегодня? — удивленно повторил Рене.

— Да, я получила эту коробочку только сегодня, да и то вечером.

— Ах да, — произнес Рене с каким-то странным выражением лица, глядя на коробочку, стоявшую на столике перед мадам де Сов и совершенно похожую на те, какие у него остались в лавке. «Я так и думал!» — прошептал он про себя. — А вы уже пробовали мой опиат? — спросил он вслух.

— Нет еще; я только собиралась попробовать его, как вы вошли.

На лице Рене появилось выражение раздумья, не ускользнувшее от Генриха, от которого, впрочем, мало что ускользало.

— Ну, Рене, что с вами? — спросил король Наваррский.

— Со мной, сир? Ничего, — ответил парфюмер, — я смиренно жду, ваше величество, не скажете ли вы мне что-нибудь до моего ухода.

— Бросьте! — улыбаясь, сказал Генрих. — Разве вы и без моих слов не знаете, что я с удовольствием встречаюсь с вами?

Рене посмотрел вокруг себя, прошелся по комнате, как будто проверяя зрением и слухом все двери и обивку стен, потом стал так, чтобы видеть одновременно мадам де Сов и Генриха.

— Нет, я этого не знаю, — ответил он.

Изумительный инстинкт Генриха Наваррского, подобный какому-то шестому чувству и руководивший им всю первую половину его жизни среди ее опасностей, подсказал Беарнцу, что сейчас в уме Рене происходит нечто необычное, похожее на какую-то борьбу, и Генрих, обернувшись к парфюмеру, стоявшему на свету, тогда как Генрих оставался в полутьме, сказал Рене:

— Почему вы здесь в эти часы?

— Разве я имел несчастье потревожить ваше величество? — ответил парфюмер, делая шаг назад.

— Совсем нет. Мне только хотелось знать одну вещь.

— Какую, сир?

— Рассчитывали вы застать меня здесь?

— Я был уверен в этом.

— Значит, вы меня искали?

— Во всяком случае, я очень счастлив с вами встретиться.

— Вам надо что-нибудь сказать мне?

— Быть может, сир! — ответил Рене.

Шарлотта покраснела от страха — как бы парфюмер, видимо, собираясь сделать какое-то разоблачение, не коснулся ее прежнего поведения в отношении Генриха; сделав вид, что всецело занята своим туалетом и ничего не слышит, она раскрыла коробочку с опиатом и, прерывая разговор их, воскликнула:

— Ах, Рене, поистине вы чародей! У этой помады чудесный цвет, и я хочу, из уважения к вам, попробовать при вас ваше произведение.

Она взяла коробочку и кончиком пальца захватила немного красноватой мази, чтобы намазать ею губы. Рене вздрогнул.

Баронесса с улыбкой поднесла палец к губам.

Рене побледнел.

Генрих Наваррский, сидевший по-прежнему в полумраке, следил за всем происходящим жадным, напряженным взором, не упустив ни движения мадам де Сов, ни трепета Рене.

Пальчик Шарлотты почти коснулся губ, как вдруг Рене схватил ее за руку; в то же мгновение вскочил и Генрих, чтобы ее остановить, но тотчас бесшумно опустился на диванчик.

— Мадам, простите, — сказал Рене с деланной улыбкой, — этот опиат нельзя употреблять без особых наставлений.

— А кто же даст мне эти наставления?

— Я.

— Когда же?

— Как только я окончу мой разговор с его величеством королем Наваррским.

Шарлотта широко раскрыла глаза, ничего не поняв из таинственного разговора, который вели около нее; она так и осталась сидеть с коробочкой опиата в руке, глядя на кончик своего пальца, окрашенного мазью в карминный цвет.

Повинуясь какой-то мысли, носившей, как и все мысли молодого короля, двойственный характер: один — явный, как будто легкомысленный, другой — скрытый, глубокий. Генрих встал с места, подошел к Шарлотте, взял ее руку и стал поднимать вымазанный кармином пальчик к своим губам.

— Одну минуту, — торопливо сказал Рене, — одну минуту! Соблаговолите, мадам, помыть ваши прекрасные руки вот этим неаполитанским мылом, которое я забыл прислать вместе с опиатом, а имею честь поднести лично.

И, вынув из серебристой обертки прямоугольный кусок зеленоватого мыла, он положил его в серебряный, золоченый таз, налил туда воды и, встав на одно колено, поднес все это мадам де Сов.

— Честное слово, мэтр Рене, я вас не узнаю, — сказал Генрих. — Вашей любезностью вы заткнете за пояс всех придворных волокит.

— Какой прелестный запах! — воскликнула Шарлотта, намыливая руки жемчужной пеной, отделявшейся от душистого куска.

Рене до конца выполнил обязанности услужливого кавалера и подал мадам де Сов салфетку из тонкого фрисландского полотна, чтобы вытереть руки.

— Вот теперь, ваше величество, — сказал флорентиец Генриху, — можете делать что угодно.

Шарлотта протянула Генриху руку для поцелуя, затем уселась вполоборота, приготовляясь слушать, что станет говорить Рене. Король Наваррский воспользовался паузой и вернулся на свое место, окончательно убедившись, что в уме парфюмера происходит какая-то чрезвычайно важная работа.

— Итак, что же? — спросила Шарлотта у Рене.

Флорентиец, видимо, собрал всю свою волю и повернулся к Генриху.

# IV

## СИР, ВЫ СТАНЕТЕ КОРОЛЕМ

— Сир, — обратился к Генриху Рене, — я пришел поговорить с вами о том, что давно меня интересует.

— О духа́х? — улыбаясь, спросил Генрих.

— Да, сир, пожалуй... о духах! — ответил Рене, своеобразно оттенив последние слова.

— Говорите, я слушаю, этот предмет меня всегда очень занимал.

Рене взглянул на Генриха, пытаясь независимо от слов прочесть его непроницаемые мысли; но, увидев, что это дело совершенно безнадежное, стал продолжать:

— Сир, один мой друг должен на днях приехать из Флоренции: он много занимается астрологией...

— Да, — прервал его Генрих, — я знаю, что это страсть всех флорентийцев.

— В содружестве с лучшими мировыми учеными он составил гороскопы самых именитых дворян в Европе.

— Так, так! — сказал Генрих.

— И поскольку род Бурбонов является вершиной самых знатных родов, так как ведет свое начало от графа Клермона, пятого сына Людовика Святого, то ваше величество можете быть уверены, что им составлен гороскоп и ваш.

Генрих еще внимательнее стал слушать парфюмера.

— А вы помните этот гороскоп? — осведомился король Наваррский с улыбкой, но стараясь придать ей оттенок безразличия.

— О, — произнес Рене, утвердительно кивая головой, — такие гороскопы, как ваш, не забывают.

— В самом деле? — сказал Генрих с ироническою миной.

— Да, сир, согласно указаниям гороскопа, вас ожидает блестящая судьба.

Глаза молодого короля невольно сверкнули молнией, тотчас погасшей в облаке равнодушия.

— Все эти итальянские оракулы — льстецы, — возразил Генрих, — а льстец — все равно что обманщик. Разве один из них не предсказал мне, что я буду командовать армиями? Это я-то!

Генрих расхохотался. Но наблюдатель, менее занятый собой, чем Рене, почувствовал бы в его смехе оттенок деланности.

— Сир, — холодно сказал Рене, — гороскоп предвещает нечто большее.

— Он предвещает, что во главе одной из этих армий я одержу блестящие победы?

— Сир, больше этого.

— Ну, тогда вы увидите, что я стану завоевателем.

— Сир, вы станете королем.

— Святая пятница! Да я и так король, — сказал Генрих, пытаясь сдержать сильно забившееся сердце.

— Сир, мой друг знает цену своим обещаниям; вы будете не только королем, вы будете и царствовать.

— Понимаю, — тем же насмешливым тоном продолжал Генрих Наваррский, — ваш друг нуждается в пяти экю, — не так ли, Рене? Ведь по теперешним временам такое пророчество сильно льстит тщеславию. Слушайте, Рене, я не богат, поэтому сейчас я дам вашему другу пять экю, а еще пять экю — когда пророчество осуществится.

— Сир, вы уже дали обязательство Дариоле, — заметила мадам де Сов, — так не давайте слишком много обещаний.

— Мадам, надеюсь, что, когда настанет это время, ко мне будут относиться, как к королю; следовательно, если я сдержу даже половину своих обещаний, то все будут очень довольны.

— Сир, — сказал Рене, — я продолжаю.

— Как, еще не все? — воскликнул Генрих. — Ну хорошо, если я стану императором — плачу вдвойне.

— Сир, мой друг везет с собою из Флоренции ваш гороскоп, еще раньше проверенный им в Париже и все время предвещавший одно и то же; кроме того, мой друг доверил мне одну тайну.

— Тайну, важную для его величества? — оживленно спросила мадам де Сов.

— Думаю, что да, — ответил флорентиец.

«Он подыскивает слова, — подумал Генрих, не приходя мэтру Рене на помощь. — Высказать то, что у него на уме, как видно, нелегко».

— Так говорите же, в чем дело? — сказала мадам де Сов.

— Дело вот в чем, — начал флорентиец, взвешивая каждое свое слово, — дело в тех слухах о разных отравлениях, которые недавно ходили при дворе.

Ноздри короля Наваррского чуть-чуть расширились — единственный признак повышения его внимания к разговору, принявшему нежданный оборот.

— А ваш флорентийский друг кое-что знает об этих отравлениях? — спросил Генрих.

— Да, сир.

— Как же, Рене, вы поверяете мне чужую тайну, а тем более имеющую такое важное значение? — спросил Генрих, стараясь, насколько возможно, придать своему голосу естественную интонацию.

— Этому другу нужен совет вашего величества.

— Мой?

— Что ж в этом удивительного, сир? Вспомните старого солдата, участника сражения при Акциуме; у него был судебный процесс, и он просил совета у императора Августа.

— Август был адвокат, а я нет.

— Сир, когда мой друг поверил мне эту тайну, ваше величество находились в рядах протестантской партии, вы были первым ее вождем, а вторым был принц Конде.

— Что дальше? — спросил Генрих.

— Мой друг надеялся, что вы воспользуетесь вашим всемогущим влиянием на принца Конде и попросите его не питать вражды к моему другу.

— Объясните, Рене, в чем дело, если хотите, чтобы я вас понял, — сказал Генрих все с тем же выражением лица и тем же тоном.

— Сир, ваше величество поймете с первого слова: моему другу известно во всех подробностях, как пытались отравить его высочество принца Конде.

— А разве принца Конде пытались отравить? — спросил Генрих с прекрасно разыгранным изумлением. — В самом деле?.. Когда же?

— Неделю тому назад, сир.

— Какой-нибудь враг его?

— Да, — отвечал Рене, — враг, которого знаете вы, ваше величество, и который знает ваше величество.

— Да, да, мне кажется, я что-то слышал, — ответил Генрих, — но я не знаю никаких подробностей, которые друг ваш собирается мне рассказать, так расскажите сами.

— Хорошо! Принцу Конде кто-то прислал в подарок душистое яблоко, но, к счастью, в то время, когда принесли яблоко, у принца находился его врач. Он взял у посланного яблоко и понюхал, чтобы узнать, какой у него запах. Два дня спустя на лице у врача появилась гангренозная язва с кровоизлиянием, которая разъела ему все лицо, — так поплатился он за свою преданность или за свою неосторожность.

— Но я уже наполовину католик, — ответил Генрих, — и, к сожалению, утратил всякое влияние на принца Конде, так что ваш друг напрасно обратился бы ко мне.

— Ваше величество, своим влиянием вы можете быть полезны моему другу не только в отношении принца Конде, но и в отношении принца Порсиан, брата того Порсиан, который был отравлен.

— Знаете что, Рене, — возразила Шарлотта, — от ваших рассказов пробегает мороз по коже! Вы зря хлопочете. Уже поздно, а разговор ваш замогильный. Честное слово, духи ваши интереснее.

И Шарлотта снова протянула руку к коробочке с опиатом.

— Мадам, — сказал Рене, — вы собираетесь испробовать опиат, но, прежде чем это делать, послушайте, как могут злонамеренные люди воспользоваться подобными вещами.

— Рене, — ответила баронесса, — сегодня вечером вы просто зловещи.

Генрих нахмурил брови; ему было ясно, что Рене стремится к какой-то цели, но к какой, оставалось пока неясным, поэтому он решил довести до конца их разговор, хотя и возбуждавший в нем скорбные воспоминания.

— А вы знаете подробности отравления и принца Порсиан? — спросил Генрих.

— Да, — ответил Рене. — Было известно, что по ночам он оставлял гореть лампу, стоявшую около его постели; в масло примешали яд, и принц задохнулся от испарений.

Генрих стиснул покрывшиеся потом пальцы.

— Таким образом, — тихо сказал он, — тот, кого вы зовете своим другом, знает не только подробности этого отравления, но и его автора.

— Да, поэтому-то он и хотел узнать от вас, можете ли вы повлиять на здравствующего принца Порсиан, чтобы он простил убийце смерть своего брата?

— Но я наполовину еще гугенот и, к сожалению, не имею никакого влияния на принца Порсиан: ваш друг обратился бы ко мне напрасно.

— А что вы думаете о намерениях принца Конде и принца Порсиан?

— Откуда же мне знать, Рене, их намерения? Насколько мне известно, господь бог не наградил меня особою способностью читать в сердцах людей.

— Ваше величество могли бы в этом отношении спросить самого себя, — спокойно произнес Рене. — Нет ли в жизни вашего величества какого-нибудь события, настолько мрачного, что оно могло бы подвергнуть испытанию ваше чувство милосердия, как бы болезненно ни действовал на ваше великодушие этот пробный камень?

Даже Шарлотта вздрогнула от одного тона этих слов; в них заключался столь ясный; столь прямой намек, что баронесса отвернулась, скрывая краску своего смущения и не желая встречаться взглядом с Генрихом.

Генрих сделал над собой огромное усилие; грозные складки, набегавшие на его лоб, пока говорил Рене, разгладились, благородная, сжимавшая его сыновнее сердце скорбь сменилась раздумьем.

— Мрачного события... в моей жизни?.. — повторил Генрих. — Нет, Рене, не было; из времен юности я помню только свое сумасбродство и беспечность, а вместе с ними — неудовлетворенные, более или менее мучительные нужды, ниспосланные всем людям потребностями нашей природы и божиим испытанием.

Рене тоже сдерживал себя и пристально взглядывал то на Генриха, то на Шарлотту, как будто стараясь расшевелить первого и удержать вторую, так как Шарлотта, чтобы скрыть свое смущение, вызванное этим разговором, села опять за туалетный столик и протянула руку к коробочке с опиатом.

— Короче говоря, сир, если бы вы были братом принца Порсиан или сыном принца Конде и кто-нибудь отравил бы вашего брата или убил вашего отца...

Шарлотта чуть слышно вскрикнула и поднесла опиат к губам. Рене видел это, но на этот раз ни словом, ни жестом не остановил ее, а только крикнул:

— Ради бога, молю вас, сир, ответьте: если бы вы были на их месте, что сделали бы вы?!

Генрих собрался с духом, дрожащей рукой вытер на лбу капельки холодного пота, встал во весь рост и среди полной тишины, когда Шарлотта и Рене затаили даже дыхание, ответил:

— Если бы я был на их месте и если бы я был уверен, что буду царствовать, то есть представлять собой бога на земле, я сделал бы то же, что и бог, — простил бы.

— Мадам, — воскликнул Рене, вырывая опиат из руки мадам де Сов, — отдайте мне обратно эту коробочку! Я вижу, мой приказчик принес ее вам по ошибке; завтра я вам пришлю другую.

# V

# НОВООБРАЩЕННЫЙ

На другой день предстояла охота с гончими в Сен-Жерменском лесу.

Генрих Наваррский приказал, чтобы к восьми часам утра была готова — то есть оседлана и взнуздана — маленькая беарнская лошадь, которую он собирался подарить мадам де Сов, но предварительно хотел проехать на ней сам. Без четверти восемь лошадь стояла на дворе. Ровно в восемь Генрих вышел во двор.

Лошадь, несмотря на небольшой рост, сильная и горячая, прыгала на месте и потряхивала гривой. Ночью подморозило, и тонкий ледок покрывал землю.

Генрих Наваррский собрался перейти через двор к конюшням, где его ждал конюх с лошадью, но когда он поравнялся с часовым, стоявшим у дверей Лувра в форме швейцарского солдата, этот солдат сделал ему на караул и сказал:

— Да сохранит бог его величество короля Наваррского!

Услышав такое пожелание, а главное — голос, который произнес эти слова, Генрих вздрогнул. Он обернулся и отступил на шаг.

— Де Муи! — прошептал Генрих.

— Да, сир, де Муи.

— Зачем вы здесь?

— Ищу вас.

— Что вам надо?

— Мне надо с вами поговорить.

— Несчастный, — сказал Генрих, подходя к нему, — разве ты не знаешь, что рискуешь головой?

— Знаю.

— И что же?

— То, что я здесь.

Генрих чуть побледнел, сообразив, что опасность, которой подвергался пылкий молодой человек, грозила и ему; он с беспокойством посмотрел вокруг и снова отступил назад, но не так быстро, как в первый раз.

Генрих заметил, что в одном окне стоял герцог Алансонский, и сразу изменил поведение: он взял из рук де Муи, стоявшего, как мы сказали, на часах, мушкет и сделал вид, что хочет осмотреть его.

— Де Муи, — сказал он, — несомненно, какая-то очень важная причина побудила вас броситься в пасть волку?

— Да, сир. Вот уже неделя, как я высматриваю вас. Только вчера мне удалось узнать, что ваше величество будете сегодня утром пробовать лошадь, и я встал у входной двери Лувра.

— Но откуда у вас это костюм?

— Командир роты — протестант и мой друг.

— Вот вам ваш мушкет, несите опять ваш караул. За нами следят. На обратном пути я постараюсь сказать вам кое-что; но если я сам не заговорю, не останавливайте меня. Прощайте.

Де Муи принялся ходить взад и вперед, а Генрих пошел к лошади.

— Это что за милая скотина? — спросил из окна герцог Алансонский.

— Лошадка, которую мне надо попробовать сегодня утром, — ответил Генрих.

— Но она совсем не для мужчины.

— Она и предназначена для одной красивой дамы.

— Берегитесь, Генрих! Вы окажетесь предателем, потому что мы эту даму увидим на охоте. Если неизвестно, чей вы рыцарь, то все узнают, чей вы стремянный.

— О нет! Даю слово, не узнаете, — возразил Генрих с деланным добродушием, — так как эта дама не выйдет сегодня из дому: ей очень нездоровится.

— Ах, ах! Бедная мадам де Сов! — смеясь, сказал герцог Алансонский.

— Франсуа! Франсуа! Вот вы — предатель.

— А что такое с красавицей Шарлоттой? — спросил герцог Алансонский.

— Право, хорошо не знаю, — сказал Генрих, пуская лошадь коротким галопом и заставляя ее скакать по кругу, как в манеже. — Мне говорила Дариола, что у нее болит голова, какая-то вялость во всем теле — словом, общая слабость.

— Вам это не помешает ехать с нами? — спросил герцог.

— Мне? Почему? — отвечал Генрих. — Вы знаете, что я безумно люблю охоту с гончими и что никакие обстоятельства не заставили бы меня пропустить ее.

— Однако, Генрих, как раз эту вы пропустите, — сказал герцог, после того как обернулся и поговорил с кем-то, кто разговаривал с герцогом из глубины комнаты и был невидим Генриху, — так как его величество сию секунду известил меня, что охоты не будет.

— Вот так-так! — произнес Генрих с видом полного разочарования. — Почему же?

— Кажется, пришли очень важные письма от герцога Неверского. Король совещается с королевой-матерью и моим братом, герцогом Анжуйским.

«Ага! — подумал Генрих. — Уж не пришли ли новости из Польши?»

Затем громко ответил герцогу:

— В таком случае нечего мне и подвергать себя опасности по этой гололедице. До свидания, брат мой!

Отъехав к дверям Лувра и остановив лошадь против де Муи, Генрих сказал ему:

— Мой друг, позови кого-нибудь из твоих товарищей постоять до конца твоего караула вместо тебя, а сам помоги конюху расседлать лошадь, положи седло себе на голову и отнеси его к золотых дел мастеру в королевскую шорную мастерскую: надо доделать шитье, которое он не успел приготовить к сегодняшней охоте. А ответ его зайди сказать ко мне.

Де Муи поторопился исполнить приказание, так как герцог Алансонский исчез из окна и, видимо, что-то заподозрил.

Действительно, едва де Муи успел завернуть за калитку ограды, как герцог Алансонский появился у дверей Лувра. Настоящий швейцарец стоял на месте де Муи.

Герцог Алансонский очень внимательно осмотрел нового караульного, затем, обернувшись к Генриху Наваррскому, спросил:

— Брат мой, ведь вы не с этим человеком разговаривали несколько минут назад, да?

— Тот был мой младший слуга, которого я устроил на службу в отряд швейцарцев; сейчас я дал ему поручение, и он пошел его исполнить.

— А-а! — произнес герцог, как будто удовлетворившись этим ответом. — Как поживает Маргарита?

— Я иду спросить ее об этом.

— Разве со вчерашнего дня вы не видались с ней?

— Нет, вчера я к ней явился часов в одиннадцать вечера, но Жийона сказала мне, что Маргарита устала и уже спит.

— Вы не застанете ее, она отправилась куда-то в город.

— Да, возможно, — ответил Генрих, — она хотела поехать в Благовещенский монастырь.

Разговор не мог больше продолжаться: Генрих, видимо, решил только отвечать. Зять и шурин расстались: герцог Алансонский отправился, по его словам, узнавать политические новости, король Наваррский пошел к себе. Не прошло и пяти минут, как раздался стук в дверь.

— Кто там? — спросил Генрих.

— Сир, это с ответом от золотых дел мастера, — ответил голос, знакомый Генриху, — голос де Муи.

Генрих, явно волнуясь, предложил молодому человеку войти и закрыл за ним дверь.

— Это вы, де Муи?! Я надеялся, что вы еще подумаете.

— Сир, — ответил де Муи, — я думал три месяца, этого достаточно. Теперь время действовать.

На лице Генриха выразилось беспокойство.

— Не бойтесь, сир, мы одни, а время дорого, и я очень тороплюсь. Ваше величество можете одним словом вернуть нам все, что события этого года отняли у протестантов. Будем говорить ясно, кратко и откровенно.

— Я слушаю, мой храбрый де Муи, — ответил Генрих, видя, что избежать объяснения невозможно.

— Правда ли, что ваше величество отреклись от протестантства?

— Правда, — ответил Генрих.

— Да, но устами или сердцем?

— Всегда бываешь благодарен богу, когда он спасает тебе жизнь, — ответил Генрих, обходя прямой ответ на заданный вопрос, как он обычно это делал в подобных случаях, — а бог явно меня избавил от такой опасности.

— Сир, — продолжал де Муи, — давайте признаемся в одном.

— В чем?

— В том, что ваше отречение — следствие не вашего убеждения, а расчета. Вы отреклись для того, чтобы король оставил вас в живых, а не потому, что бог сохранил вам жизнь.

— Какова бы ни была причина моего обращения, де Муи, — отвечал Генрих, — все равно я католик.

— Но будете ли вы католиком всегда? При первой возможности вернуть себе свободу совести и вольную жизнь вы разве не вернете их? Теперь эта возможность вам предоставляется: Ла-Рошель восстала, Беарн и Русильон ждут только клича, чтобы действовать, по всей Гийене слышится призыв к войне. Скажите только, что вы католик лишь по принуждению, и я ручаюсь вам за ваше будущее.

— Дворян королевского происхождения, как я, не принуждают, мой милый де Муи. То, что я сделал, я сделал добровольно.

— Но, сир, — сказал молодой человек, у которого сжималось сердце от этого неожиданного сопротивления, — неужели вы не понимаете, что, поступая так, вы нас бросаете... нас предаете?

Генрих был невозмутим.

— Да, да, сир! Вы предаете своих, поскольку многие из нас явились сюда под страхом смерти, чтобы спасти вашу свободу и вашу честь. Мы подготовили все, чтобы добыть для вас престол. Сир, вы слышите? Не только свободу, но и власть. Престол по вашему выбору — потому что через два месяца вам можно будет выбирать между Наваррой и всей Францией.

— Де Муи, — заговорил Генрих, скрывая свои глаза, сверкнувшие, помимо его воли, при этом предложении, — де Муи, я жив, я католик, я муж королевы Маргариты, я брат короля Карла, я зять моей доброй тещи Екатерины. Де Муи, когда я принимал на себя все эти звания, я учитывал не только вытекавшие из них выгоды, но также обязательства.

— Тогда чему же верить, сир? Мне говорят, что брак ваш — только внешний, что в своем сердце — вы вольны, что ненависть Екатерины...

— Враки, враки! — поспешно перебил его Генрих. — Друг мой, вас нагло обманули. Милая Маргарита действительно моя жена, Екатерина действительно мне мать, наконец, Карл Девятый действительно мой повелитель, владыка моей жизни и души.

Де Муи вздрогнул, почти презрительная улыбка пробежала по его губам.

— Итак, сир, — сказал он печально, опуская руки и стараясь проникнуть в потемки этой загадочной души, — вот какой ответ я должен передать моим собратьям. Я им скажу, что король Наваррский подал руку и отдал свое сердце тем, кто резал нас! Я им скажу, что он стал льстецом королевы-матери и другом Морвеля...

— Мой милый де Муи, — отвечал Генрих Наваррский, — король сейчас выйдет из залы совета; мне надо пойти спросить его, по каким причинам отложено такое важное дело, как охота. Прощайте! Возьмите пример с меня, мой друг, — бросьте политику, вернитесь на службу к королю и примите католичество.

И Генрих проводил или, вернее сказать, выпроводил де Муи в переднюю как раз тогда, когда ошеломленный молодой человек начинал приходить в ярость.

Едва Генрих успел затворить дверь, де Муи не выдержал и дал волю страстному желанию выместить на ком-нибудь свое негодование, но за отсутствием «кого-нибудь» он скомкал шляпу, бросил ее на пол и стал топтать ногами, как топчет бык плащ матадора.

— Клянусь смертью! — восклицал он. — Вот никуда не годный государь! Пусть меня убьют на этом месте и опозорят его навеки моей кровью!

— Тс! Месье де Муи! — раздался чей-то голос сквозь щель чуть приоткрытой двери. — Тише! Вас могут услыхать другие.

Де Муи обернулся и увидел закутанного в плащ герцога Алансонского, который высунул голову в коридор, чтобы удостовериться, нет ли там еще кого-нибудь, кроме него и де Муи.

— Герцог Алансонский! — воскликнул де Муи. — Я погиб!

— Наоборот, — шепотом сказал герцог, — вы, может быть, нашли то, чего искали: ведь вы же видите — я не желаю, чтобы вас здесь убили, как вам того хотелось. Поверьте, ваша кровь может найти себе гораздо лучшее применение, вместо того чтобы кровянить порог короля Наваррского.

С этими словами герцог распахнул дверь, которую все время держал полуоткрытой.

— Эта комната двух моих дворян, — сказал герцог, — разыскивать нас здесь никто не будет, и мы можем беседовать свободно. Входите.

— К вашим услугам, ваша светлость! — ответил изумленный заговорщик.

Он вошел в комнату, и герцог Алансонский захлопнул за ним дверь так же поспешно, как и король Наваррский.

Де Муи входил в комнату еще во власти отчаяния и ярости, но холодный, неподвижный взгляд юного французского принца подействовал на гугенотского вождя, как лед на пьяного.

— Ваше высочество, — сказал он, — насколько я понял, вы желаете со мной поговорить?

— Да, месье де Муи, — ответил Франсуа. — Несмотря на ваше переодевание, мне еще раньше показалось, что это вы; а когда вы делали на караул моему брату Генриху, я вас узнал. Итак, де Муи, вы недовольны королем Наваррским?

— Ваше высочество!

— Бросьте, говорите смело. Хотя вы этого и не подозревали, но я, быть может, друг ваш.

— Вы, ваше высочество?

— Да, я. Говорите!

— Я не знаю, что и сказать вашему высочеству. То, о чем мне надо было переговорить с королем Наваррским, касается вопросов, которые вашему высочеству будут непонятны. Кроме того, — добавил де Муи, стараясь принять равнодушный вид, — и дело-то пустячное.

— Пустячное? — спросил герцог.

— Да, ваше высочество.

— Настолько пустячное, что ради него вы рискнули своей жизнью, проникнув в Лувр, где, как вы знаете, ваша голова оценена на вес золота? Всем хорошо известно, что вы, Генрих Наваррский и принц Конде — главные вожди гугенотов.

— Раз вы так думаете, ваше высочество, то и действуйте по отношению ко мне, как подобает действовать брату короля Карла и сыну королевы Екатерины.

— Зачем мне действовать так, если я говорю вам, что я ваш друг? Говорите правду.

— Ваше высочество, — отвечал де Муи, — клянусь вам...

— Не надо клясться. Протестантская вера запрещает давать клятвы, а в особенности ложные.

Де Муи нахмурился.

— Говорю вам, что мне известно все, — продолжал герцог.

Де Муи молчал.

— Вы сомневаетесь? — настойчиво, но благожелательно спросил герцог. — Ну что ж, придется убеждать вас. Вы сами сможете судить, верно ли я говорю. Предлагали вы или нет моему зятю Генриху, вот там, сейчас, — и герцог показал рукой в сторону, где находились покои Генриха Наваррского, — вашу помощь и помощь ваших сторонников для того, чтобы восстановить его на Наваррском троне?

Де Муи испуганно посмотрел на герцога.

— И он с ужасом отверг эти предложения.

Де Муи был ошеломлен.

— Разве вы не пытались взывать к вашей старинной дружбе, к памяти об общей с ним вере? Разве не манили вы короля Наваррского блестящей надеждой — настолько блестящей, что он был ею ослеплен, — получить корону всей Франции? А? Ну, скажите, плохие у меня сведения? Не затем ли вы приехали, чтобы предложить все это королю Наваррскому?

— Ваше высочество! — воскликнул де Муи. — Сейчас, в эту самую минуту, я задаю себе вопрос, не обязан ли я вам сказать: «Вы лжете, ваше королевское высочество», затеять с вами смертный бой и скрыть эту ужасную тайну смертью нас обоих?

— Потише, мой храбрый де Муи, потише! — сказал герцог, не изменясь в лице и не пошевелив пальцем при такой страшной угрозе. — Тайна гораздо лучше будет скрыта, если никто из нас не умрет, а мы оба будем живы. Выслушайте меня и перестаньте тормошить эфес вашей шпаги. В третий раз повторяю вам, что вы имеете дело с другом, — так отвечайте мне, как другу. Разве король Наваррский не отклонил все ваши предложения?

— Да, ваше высочество, в этом я могу признаться, поскольку такое признание не подводит никого, кроме меня.

— А выйдя из комнаты короля Наваррского, не вы ли топтали свою шляпу и кричали, что он трус и недостоин быть вашим вождем?

— Да, ваше высочество, правда. Я это говорил.

— Ах, правда? Наконец-то вы признались.

— Да.

— И вы продолжаете оставаться при этом мнении?

— Больше чем когда-либо, ваше высочество.

— Так вот что, месье де Муи! Я третий сын Генриха Второго, я принц королевской крови, — достаточно ли я благородный дворянин, чтобы командовать вашими солдатами? Рассудите сами, достаточно ли я честен, чтобы вы могли положиться на мое слово?

— Вы, ваше высочество, — вождь гугенотов?

— Отчего нет? Сейчас принято менять веру. Генрих стал католиком, я могу стать гугенотом.

— Конечно, ваше высочество, но тогда я жду, чем вы объясните...

— Ничего нет проще! В двух словах я опишу наше политическое положение. Брат мой Карл избивает гугенотов, чтобы расширить свою власть. Мой брат герцог Анжуйский не мешает избивать их, потому что он наследует моему брату Карлу, а брат мой Карл, как вам известно, часто болеет. А я... вот тут совсем другое дело: я никогда не буду на престоле, по крайней мере на престоле Франции, так как передо мной — два старших брата. И не столько естественный закон наследования, сколько ненависть ко мне со стороны моей матери и моих братьев отстранит меня от трона; мне не приходится надеяться ни на какие нежные семейные чувства, ни на какую славу, ни на какое королевство; но мое благородство не меньше, чем благородство старших братьев. Так вот, де Муи, я и хочу своею шпагой выкроить себе королевство в той Франции, которую они заливают кровью. Итак, выслушайте, де Муи, чего хочу я. Я хочу стать королем Наваррским не по родовому наследованию, а по избранию. Заметьте, что никаких возражений против этого у вас не может быть: ведь я не являюсь узурпатором, поскольку брат мой Генрих отверг ваши предложения и, погрязнув в своей бездейственности, открыто заявил, что королевство Наваррское лишь видимость. С Генрихом Беарнским у вас не выйдет ничего. Со мною у вас будут меч и имя. Франциск Алансонский, принц Франции, сумеет защитить своих товарищей или, если хотите, — соумышленников. Итак, месье де Муи, что скажете об этих предложениях?

— Ваше высочество, я ими ослеплен.

— Де Муи, де Муи, нам придется преодолеть очень много препятствий. Так не будьте же с самого начала так требовательны и так осторожны в отношении королевского сына и королевского брата, который сам идет навстречу вашим планам.

Ваше высочество, все было бы уже решено, если бы я один строил свои планы; но у нас есть совет, и, как бы ни было блестяще предложение, а может быть, именно поэтому, вожди протестантской партии не согласятся на него без определенного условия.

— Это другой вопрос, и ваш ответ идет от честного сердца и осторожного ума. По тому, как я сейчас поступил с вами, де Муи, вы должны признать мою порядочность. Но в таком случае и вы обращайтесь со мной, как с человеком, достойным уважения, а не как с государем, которому только льстят. Де Муи, есть ли для меня надежда на успех?

— Раз ваше высочество желаете знать мое мнение, то даю вам слово, что, после того как король Наваррский отверг предложение, сделанное мною, для вашего высочества есть полная надежда на успех. Но повторяю, ваше высочество, что я должен непременно сговориться с нашими вождями.

— Так сговаривайтесь, де Муи, — отвечал герцог Алансонский. — А когда ответ?

Де Муи молча посмотрел на герцога. Затем, видимо, приняв решение, сказал:

— Ваше высочество, дайте вашу руку; я должен быть уверен, что не буду выдан, для этого мне необходимо, чтобы рука французского принца коснулась моей руки.

Герцог Алансонский не только протянул руку, но сам пожал руку де Муи.

— Теперь, ваше высочество, я спокоен, — сказал юный гугенот. — Если нас предадут, я скажу, что вы тут ни при чем. Иначе, ваше высочество, как бы мало вы ни были замешаны, вас лишат чести.

— Зачем вы, де Муи, говорите мне об этом, еще не сказав, когда вы мне доставите ответ от ваших вождей?

— Потому, ваше высочество, что, спрашивая о времени ответа, тем самым вы спрашиваете и о месте, где находятся вожди; ведь если я скажу вам: «Сегодня вечером» — вы будете знать, что они тайно находятся в Париже.

И, сказав это, де Муи с недоверием вперил свой острый взгляд в бегающие, лживые глаза молодого человека.

— Слушайте, месье де Муи, — возразил герцог, — у вас все еще остались подозрения. Но я и не могу сразу требовать от вас полного доверия. Позже вы лучше узнаете меня. Мы будем связаны общностью наших интересов, и ваша подозрительность рассеется. Так вы говорите, сегодня вечером?

— Да, ваше высочество, время не терпит. До вечера! Но будьте любезны сказать — где?

— Здесь, в Лувре, в этой комнате. Вам это удобно?

— В этой комнате кто-нибудь живет? — спросил де Муи, указывая на две кровати, стоявшие одна против другой.

— Два моих дворянина.

— Ваше высочество, мне кажется, что приходить еще раз в Лувр было бы неосторожно.

— Почему?

— Потому, что раз вы меня узнали, то и другие могут оказаться так же зорки, как ваше высочество, и меня узнают. Но я все же приду в Лувр, если ваше высочество согласится дать мне то, о чем я попрошу.

— А именно?

— Свободный пропуск.

— Де Муи, если при вас найдут свободный пропуск, выданный мною, это погубит меня, но не спасет вас. Я могу быть вам полезен только при условии, что в глазах всех мы с вами люди, совершенно чуждые друг другу. Малейшее сношение с вами, если его докажут моей матери или моему брату, будет мне стоить жизни. Таким образом, мое чувство самосохранения послужит вам порукой с той минуты, как я поставлю себя в опасное положение, войдя в связь с другими вашими вождями, подобно тому как и сейчас я ставлю себя в опасное положение, разговаривая с вами. Свободный в своих действиях, сильный своей неразгаданностью, пока я не разгадан, — я отвечаю вам за все, не забывайте этого. Итак, вновь призовите ваше мужество и, полагаясь на мое слово, смело идите на то, на что вы шли, не имея слова моего брата Генриха. Сегодня вечером приходите в Лувр.

— Но как же я сюда явлюсь? Я не могу разгуливать по залам в этом костюме. Он годился только в подъезде и во дворе. Мой собственный костюм еще опаснее: здесь меня все знают, а он нисколько не изменяет мою внешность.

— Я сейчас соображу, — сказал герцог. — Подождите, подождите... мне думается, что... Да, верно!

Герцог окинул взглядом комнату, и глаза его остановились на парадной одежде де Ла Моля, разложенной на постели, где лежали и великолепный, шитый золотом вишневый плащ, о котором мы уже упоминали, и берет с белым пером, обшитый по тулье серебряными и золотыми маргаритками, и, наконец, атласный, серый с золотом, колет.

— Видите вы этот плащ, это перо и этот колет? — сказал герцог. — Они принадлежат одному из моих дворян, месье де Ла Молю, франту в лучшем стиле. Его наряд наделал такого шума при дворе, что когда Ла Моль в этом костюме — его все узнают за сто шагов. Я дам вам адрес его портного; заплатите двойную цену, и к вечеру он вам сошьет такой же. Вы запомните имя? Де Ла Моль.

Едва герцог Алансонский успел сделать это наставление, как в коридоре послышались шаги, приближавшиеся к двери, а вслед за этим звякнул ключ в замочной скважине.

— Эй! Кто там? — крикнул герцог, бросаясь к двери и задвигая задвижку.

— Черт возьми! — отвечал голос из-за двери. — Нахожу вопрос странным. Сами-то вы кто? Вот забавно: прихожу к себе домой, а меня спрашивают, кто там!

— Это вы, месье де Ла Моль?

— Конечно, я. А вот кто вы?

Пока Ла Моль выражал свое изумление по поводу того, что его комната оказалась занята, и пытался узнать, кто этот новый его сожитель, герцог Алансонский придержал одной рукой задвижку, а другой закрыл замочную скважину и, быстро обернувшись к де Муи, спросил его:

— Вы знакомы с Ла Молем?

— Нет, ваше высочество.

— И он не знает вас?

— Думаю, что нет.

— Тогда все хорошо. На всякий случай сделайте вид, что смотрите в окно.

Де Муи выполнил указание, не возражая, так как Ла Моль начинал выходить из терпения и колотил изо всей силы кулаком в дверь.

Герцог Алансонский взглянул в последний раз на де Муи и, убедившись, что тот стоит спиной, отворил дверь.

— Ваше высочество, герцог! — воскликнул Ла Моль, от изумления делая шаг назад. — О! Простите, простите, ваше высочество!

— Пустяки, месье. Мне понадобилась ваша комната, чтобы принять одного человека.

— Пожалуйста, ваше высочество, пожалуйста. Но, молю вас, разрешите взять на постели мой плащ и мою шляпу: другой плащ и другую шляпу я потерял ночью на Гревской набережной, где на меня напали воры.

— Да, месье, — сказал герцог, улыбаясь и лично передавая Ла Молю требуемые вещи, — вид у вас неважный. Ясно, что вы имели дело с напористыми молодцами.

Герцог сам передал Ла Молю берет и плащ. Молодой человек поклонился и ушел в переднюю переодеться, нисколько не задумываясь над тем, что герцог делал в его комнате, так как подобные случаи были довольно обычным делом в Лувре, где комнаты дворян, прикомандированных к высочайшим особам, служили этим особам своего рода гостиными, в которых происходили всевозможные приемы.

Де Муи подошел к герцогу, и они оба, прислушиваясь, стали дожидаться, когда Ла Моль закончит свое переодевание и уйдет; но Ла Моль сам вывел их из затруднения: кончив свой туалет, он подошел к двери и спросил:

— Простите, ваше высочество, вам не попадался граф Коконнас?

— Нет, граф, хотя сегодня утром он был назначен для услуг.

«Значит, его убили», — сказал Ла Моль самому себе, уходя из комнаты.

Герцог прислушался к постепенно затихавшим шагам Ла Моля, затем отворил дверь и, увлекая за собой де Муи, шепнул ему:

— Вглядитесь, как он идет, и постарайтесь перенять его неподражаемую выправку.

— Постараюсь как можно лучше, — ответил де Муи. — К сожалению, я не щеголь, а солдат.

— Как бы то ни было, но около полуночи я жду вас в этом коридоре. Если комната моих дворян будет свободна, я приму вас в ней, а если нет — найдем другую.

— Хорошо, ваше высочество.

— Итак, до ночи, до двенадцати часов.

— До двенадцати часов.

— Да, кстати, де Муи! При ходьбе сильно размахивайте правой рукой — это особая повадка де Ла Моля.

# VI

## ПЕРЕУЛОК ТИЗОН И ПЕРЕУЛОК КЛОШ-ПЕРСЕ

Ла Моль бегом выскочил из Лувра и бросился искать по Парижу бедного Коконнаса.

Он вспомнил, как часто его друг пьемонтец приводил известное латинское изречение, утверждавшее, что самыми необходимыми богами являются Амур, Вакх и Церера, поэтому он первым делом направился на улицу Арбр-сек к мэтру Ла Юрьер, в надежде что Коконнас после такой тревожной ночи, какую провели они, последует римскому изречению и найдет себе приют под вывеской «Путеводная звезда».

Коконнаса в гостинице не оказалось. Ла Юрьер, помня о взятом на себя обязательстве, очень любезно предложил позавтракать, на что Ла Моль охотно согласился и, несмотря на свою тревогу, покушал с аппетитом.

Успокоив желудок, но не душу, Ла Моль бросился бежать по берегу Сены, вверх по ее течению, как некий муж, искавший утонувшую жену. Добежав до Гревской набережной, Ла Моль узнал то место, где за три или четыре часа до этого он подвергся нападению во время своего ночного путешествия, о чем он рассказал герцогу Алансонскому и что было не редкостью в Париже за сто лет до того времени, когда Буало пришлось проснуться от звука пули, пробившей ставню в его спальне. Маленький обрывок пера с его шляпы валялся на поле битвы. Чувство собственности привито человеку. У Ла Моля было десять перьев, одно лучше другого, а все-таки он подобрал и это, вернее — его остаток. В то время как он с грустью разглядывал перо, совсем близко послышались тяжелые шаги, и несколько голосов грубо крикнули ему, чтоб он посторонился. Ла Моль поднял голову и увидел носилки, двигавшиеся в сопровождении стремянного и трех пажей. Носилки показались ему знакомыми, и он поспешно отошел в сторону.

Ла Моль не ошибся.

— Месье де Ла Моль?! — раздался из носилок прелестный голос, и в то же время нежная, как атлас, белая рука раздвинула занавески.

— Да, ваше величество, это я, — ответил Ла Моль, делая низкий поклон.

— Месье де Ла Моль — с пером в руке? — продолжала дама, сидевшая в носилках. — Уж не влюблены ли вы и только что нашли потерянный след милой?

— Да, мадам, я влюблен, и очень сильно, — отвечал Ла Моль, — однако в данную минуту я нашел только свои следы, хотя искал не их. Ваше величество, разрешите спросить, как ваше здоровье?

— Превосходно, месье, я, кажется, никогда так хорошо себя не чувствовала, вероятно, потому, что провела ночь не дома.

— А-а! Не дома?! — сказал Ла Моль, как-то странно посмотрев на Маргариту.

— Ну да! Что ж в этом удивительного?

— Можно ли спросить, не будучи нескромным, — в каком монастыре?

— Разумеется, это не тайна: в Благовещенском. А что здесь делаете вы, да еще с таким испуганным лицом?

— Мадам, я тоже провел ночь не дома, где-то около того же монастыря, а теперь я ищу моего исчезнувшего друга и вот во время поисков нашел это перо.

— А это его перо? Меня тоже пугает его участь — место здесь недоброе.

— Ваше величество, можете успокоиться: это перо мое; я потерял его в половине шестого утра на этом месте, где на меня напали четверо разбойников и, как кажется, хотели меня убить во что бы то ни стало.

Маргарита сдержалась и ничем не выдала своего испуга.

— Вот что! Расскажите же, как было дело, — сказала она.

— Очень просто, мадам. Как я имел честь доложить вашему величеству, было часов пять утра...

— В пять часов утра, — прервала его Маргарита, — вы уже вышли из дому?

— Простите, ваше величество, я еще не был дома, — ответил Ла Моль.

— Ах, месье де Ла Моль, месье де Ла Моль, возвращаться домой в пять часов утра! Так поздно! Вы были заслуженно наказаны, — проговорила Маргарита с улыбкой, которая показалась бы лукавой всякому другому, но для Ла Моля была только обаятельной.

— Я и не жалуюсь, мадам, — ответил Ла Моль, почтительно склоняясь, — и если бы меня за это даже искромсали, я бы все-таки чувствовал себя во сто раз счастливее, чем этого заслуживал. Словом, поздно или, если угодно вашему величеству, рано я возвращался домой из одного благодатного дома, где я провел ночь, как вдруг четыре разбойника с необычайно длинными ножами выскочили из-за угла переулка Мортельри и начали меня преследовать. Это смешно, мадам, — не правда ли? — а все же мне приходилось удирать, так как я забыл шпагу в том доме, где я был.

— Ах, понимаю! — ответила Маргарита с самым простодушным видом. — Вы вернулись за вашей шпагой?

Ла Моль взглянул на Маргариту так, точно какое-то подозрение мелькнуло у него в уме.

— Мадам, я, конечно, вернулся бы туда, и очень охотно, потому что на моей шпаге был замечательный клинок, но я не знаю, где этот дом.

— Как же это так, месье? — возразила Маргарита. — Вы не знаете, в каком доме вы провели ночь?

— Нет, мадам, пусть сам сатана сотрет меня с лица земли, если я только догадываюсь, где этот дом!

— Это странно! Ваше приключение — целый роман!

— Совершенно правильно, мадам, настоящий роман!

— Расскажите.

— Это немножко длинно.

— Ничего, у меня есть время.

— А главное, он очень неправдоподобен.

— Рассказывайте, рассказывайте, я как нельзя больше легковерна.

— Это приказание вашего величества?

— Да, если оно необходимо.

— Повинуюсь. Вчера вечером, расставшись с двумя обворожительными дамами, с которыми я и мой друг провели вечер на мосту Святого Михаила, мы поужинали у мэтра Ла Юрьер.

— Прежде всего, — вполне естественно спросила Маргарита, — что это за мэтр Ла Юрьер?

— Мэтр Ла Юрьер, мадам, — ответил Ла Моль, взглянув на Маргариту все так же подозрительно, как и в первый раз, — мэтр Ла Юрьер — это хозяин гостиницы «Путеводная звезда» на улице Арбр-сек.

— Хорошо, мне ее видно отсюда... Итак, вы ужинали у мэтра Ла Юрьер, и, конечно, вместе с вашим другом Коконнасом?

— Да, мадам, с моим другом Коконнасом. В это время вошел какой-то человек и передал каждому из нас по записке.

— Одинаковой? — спросила Маргарита.

— Совершенно одинаковой. Там была только одна строчка: «Вас ждут на улице Сент-Антуан, против улицы Жуи».

— И внизу никакой подписи? — спросила Маргарита.

— Нет, вместо подписи стояли три слова, три чарующих слова, трижды суливших одно и то же, а именно — тройное блаженство!

— Какие же три слова?

— Eros — Cupido — Amor.

— В самом деле, прелестные слова! И сдержали они то, что обещали?

— О мадам, гораздо больше, во сто раз больше!.. — восторженно сказал Ла Моль.

— Продолжайте; очень любопытно узнать, что ждало вас на улице Сент-Антуан, против улицы Жуи.

— Какие-то две дуэньи, каждая с платочком в руке, объявили, что завяжут нам глаза. Как предугадываете, ваше величество, мы не сопротивлялись и смело подставили свои головы. Моя провожатая повела меня налево, другая повела моего друга направо, и мы с ним расстались.

— А потом? — спросила Маргарита, видимо, решившая разузнать все до конца.

— Не знаю, — отвечал Ла Моль, — куда повели моего друга, возможно — в ад, но меня отвели в рай.

— Из которого вас, наверно, прогнали за чрезмерное любопытство?

— Справедливо, мадам, вы замечательно прозорливы! Я с нетерпением ждал рассвета, чтобы посмотреть, где я нахожусь, но в половине пятого ко мне вошла та же дуэнья, опять завязала мне глаза, взяла с меня обещание не поднимать повязки, вывела меня на улицу, прошла со мной шагов сто, еще раз заставила меня поклясться, что я не сниму повязки, пока не просчитаю до пятидесяти. Я сосчитал до пятидесяти... и оказался на улице Сент-Антуан, против улицы Жуи.

— А потом?..

— Потом, мадам, я шел в таком счастливом настроении, что не обратил внимания на четырех мерзавцев, от которых насилу отделался. И вот теперь, мадам, сердце мое радостно забилось, когда я здесь нашел обрывок моего пера; я поднял его для того, чтобы сохранить на память об этой благодатной ночи. Но, несмотря на мое счастливое настроение, меня мучит забота о том, что сталось с моим товарищем.

— Он разве не вернулся в Лувр?

— К сожалению, нет, мадам! Я разыскивал его всюду, где он мог быть, — и в «Путеводной звезде», и в доме для игры в мяч, и в других приличных местах, но нигде ни Аннибала, ни Коконнаса...

Говоря последние слова, Ла Моль грустно развел руками и, приоткрыв этим движением плащ, обнаружил свой колет с зияющими дырами, сквозь которые проглядывала подкладка, как в прорезях одежды тогдашних щеголей.

— Да вас изрешетили? — сказала Маргарита.

— Вот именно, изрешетили, — ответил Ла Моль, не отказываясь повысить себе цену перенесенной им опасности. — Смотрите, мадам! Видите?!

— Отчего же вы не переменили колета, когда вернулись в Лувр?

— Оттого, что в моей комнате были чужие люди, — ответил Ла Моль.

— Как они попали в вашу комнату? — спросила Маргарита с выражением изумления в глазах. — Кто же был в ней?

— Его высочество!

— Тс-с! — остановила его Маргарита.

Ла Моль замолк.

— Qui ad lecticam meam stant? — спросила по-латыни Маргарита.

— Duo pueri et unus eques.

— Optime, barbari! Dic Moles, quem inveneris in cubiculo tuo?

— Franciscum ducem.

— Agentem?

— Nescio quid.

— Quocum?

— Cum ignoto*.

— Странно, — сказала Маргарита. — Значит, вы так и не нашли своего друга? — продолжала она, видимо, совершенно не думая о том, что говорит.

— Вот почему, мадам, как я уже имел честь доложить вашему величеству, я просто изнываю от беспокойства.

— Тогда я не стану больше отвлекать вас от ваших розысков, — вздохнув, сказала Маргарита. — Но почему-то мне думается, что он найдется сам собой! Впрочем, поищите.

Сказав это, королева приложила палец к губам. Поскольку красавица королева не поведала Ла Молю никакой тайны, ни в чем не призналась, молодой человек рассудил, что этот очаровательный жест был сделан не с целью предписать ему молчание, а имел какое-то другое значение.

Процессия двинулась дальше, а Ла Моль, продолжая свои розыски, направился по набережной к улице Лон-Пон и вышел на улицу Сент-Антуан. Против улицы Жуи он остановился.

Вчера, как раз на этом месте, две дуэньи завязали глаза ему и Коконнасу. Он повернул влево и очутился перед домом, вернее — перед забором, за которым стоял дом; в заборе была дверь с навесом, обитая большими гвоздями, и с ружейными бойницами по сторонам.

Дом выходил в переулок Клош-Персе, между улицей Сент-Антуан и улицей Руа-де-Сисиль.

«Ей-ей, это здесь... готов поклясться!.. Когда я выходил, я протянул руку и нащупал совершенно такие гвозди на двери, потом я спустился по двум ступенькам. Еще когда я опустил только одну ногу на первую ступеньку, пробежал какой-то человек с криком: «Помогите!», и его убили на улице Руа-де-Сисиль».

---

* — Кто находится рядом с носилками?

— Два пажа и конюший.

— Отлично, они невежды. Скажи, Ла Моль, кого застал ты в своей комнате?

— Герцога Франсуа.

— Что он делал?

— Не знаю.

— С кем был?

— С неизвестным.

Ла Моль подошел к двери и постучал.

Дверь отворил какой-то усатый привратник.

— Was ist das?* — спросил он по-немецки.

«Ага! Оказывается, мы швейцарцы», — подумал Ла Моль и, самым обворожительным образом обращаясь к привратнику, сказал:

— Друг мой, я бы хотел взять свою шпагу, которую оставил в этом доме, где я ночевал!

— Ich verstehe nicht!** — ответил привратник.

— Шпагу... — повторил Ла Моль.

— Ich verstehe nicht, — повторил привратник.

— Которую я оставил... Шпагу, которую я оставил...

— Ich verstehe nicht...

— В этом доме, где я ночевал.

— Gehe zum Teufel!..*** — ответил привратник и захлопнул перед его носом дверь.

— Черт возьми! — сказал Ла Моль. — Будь со мной шпага, я с удовольствием проткнул бы тушу этого прохвоста... Но раз ее нет, придется отложить до другого раза.

Затем Ла Моль прошел до улицы Руа-де-Сисиль, свернул направо, сделал шагов пятьдесят, еще раз повернул направо и очутился в переулке Тизон, параллельном переулку Клош-Персе и совершенно похожем на него. Больше того: не сделал он и тридцати шагов, как снова наткнулся на калитку, обитую большими гвоздями, с навесом и бойницами и с лестницей в две ступеньки, — точно переулок Клош-Персе повернулся передом назад, чтобы еще раз взглянуть на проходившего Ла Моля.

Ла Моль подумал, что он вчера мог ошибиться и принять правую сторону за левую, поэтому он подошел к двери и постучал, собираясь заявить то же, что и у первой двери. Но на этот раз он стучал тщетно — дверь даже не открыли.

Ла Моль раза три проделал тот же путь и пришел к выводу, что дом имел два входа: один — из переулка Клош-Персе, другой — из переулка Тизон.

Однако это рассуждение при всей его логичности не возвращало ему шпаги и не указывало, где его друг.

---

* В чем дело?

** Не понимаю!

*** Иди к черту!..

На одну минуту у него мелькнула мысль купить другую шпагу и проткнуть мерзкого привратника, не желавшего говорить иначе как по-немецки; но ему тут же пришло в голову, что, может быть, этот привратник служит у Маргариты, а если Маргарита выбрала именно такого, значит, у нее были на это основания и, следовательно, ей будет неприятно его лишиться. Ла Моль же ни за какие блага в мире не стал бы делать что-нибудь неприятное для Маргариты.

Боясь все же поддаться искушению, он около двух часов дня вернулся в Лувр. На этот раз комната его была не занята, и он беспрепятственно вошел к себе. Надо было спешно сменить колет, который, как заметила ему королева, был основательно попорчен. Поэтому он прямо направился к постели, чтобы вместо изорванного колета надеть красивый жемчужно-серый. Но, к своему величайшему изумлению, первое, что он увидел, была лежавшая рядом с колетом шпага — та самая, которую он оставил в переулке Клош-Персе.

Ла Моль взял ее в руки, повертел на все лады: да, это была его шпага!

— Э-э! Уж нет ли тут какого-нибудь колдовства? — сказал он и со вздохом добавил: — Ах, если б и Коконнас нашелся так же, как моя шпага!

Спустя два-три часа после того, как Ла Моль перестал кружить вокруг да около двуликого дома, калитка с переулка Тизон отворилась. Было около пяти часов вечера, а следовательно — уже темно.

Женщина, закутанная в длинную, отороченную мехом мантилью, вышла в сопровождении служанки из калитки, открытой для нее дуэньей лет сорока, быстро проскользнула на улицу Руа-де-Сисиль, постучала в заднюю дверь какого-то особняка, выходившую в переулок д'Аржансон, вошла в нее, затем вышла через главный вход этого же особняка на улицу Вьей-Рю-дю-Тампль, проследовала до задней двери в доме Гизов, вынула из кармана ключ, открыла дверь и скрылась.

Через полчаса из той же калитки маленького домика вышел молодой человек с завязанными глазами, которого вела за руку какая-то женщина. Она вывела его на угол между улицами Жоффруа-Ланье и Мортельри, где она попросила его сосчитать до пятидесяти и только тогда снять повязку.

Молодой человек точно выполнил указание и, после того как сосчитал до пятидесяти, снял с глаз повязку.

— Дьявольщина! — сказал он, оглядываясь кругом. — Пусть меня повесят, если я знаю, где я! Уже шесть часов! — воскликнул он, услышав бой часов на соборе Парижской богоматери. — А что сталось с беднягой Ла Молем? Побегу в Лувр, может быть, там что-нибудь узнаю про него.

С этими словами Коконнас пустился бегом по улице Мортельри и добежал до ворот Лувра быстрее лошади; он растолкал и разметал движущуюся преграду из почтенных горожан, которые мирно разгуливали около лавочек на площади Бодуайе, и вошел в Лувр.

Там он расспросил солдата-швейцарца и часового. Швейцарец как будто видел утром выходившего Ла Моля, но не заметил, вернулся ли он в Лувр. Часовой сменился только полтора часа тому назад и ничего не знал.

Коконнас взбежал к себе наверх и стремительно распахнул дверь; в комнате валялся только колет Ла Моля, но весь изодранный, и это усилило тревогу пьемонтца.

Тогда Коконнас вспомнил о Ла Юрьере и побежал в гостиницу «Путеводная звезда». Оказалось, что Ла Моль завтракал у Ла Юрьера. Наконец Коконнас успокоился и, сильно проголодавшись, попросил дать ему ужинать. У Коконнаса были две необходимые предпосылки, чтобы хорошо поужинать: спокойствие духа и пустой желудок; поэтому он ужинал до восьми часов вечера. Пьемонтец подкрепился двумя бутылками легкого анжуйского вина, которое очень любил, и потягивал его с большим чувством, что выражалось в подмигивании глазом и прищелкивании языком. Подкрепившись, он отправился разыскивать Ла Моля и, продираясь снова сквозь толпу, усердно действовал пинками и кулаками, соответственно чувству дружбы, усиленному хорошим настроением, какое обычно наступает после еды.

Новая разведка заняла целый час; за это время Коконнас побывал на всех улицах по соседству с Гревской набережной, на Угольной пристани, на улице Сент-Антуан, в переулке Тизон и в переулке Клош-Персе, куда, как он думал, мог вернуться его друг. Наконец он сообразил, что есть одно место, где Ла Моль должен пройти непременно, а именно — пропускные ворота в ограде Лувра; поэтому он решил пойти к воротам и ждать там возвращения Ла Моля.

Не доходя всего ста шагов до Лувра, на площади Сен-Жермен-л'Озеруа Коконнас сшиб с ног какую-то супружескую пару и остановился, чтобы помочь супруге встать на ноги, как вдруг увидел в мутном свете фонаря, висевшего над подъемным мостом Лувра, бархатный вишневый плащ и белое перо своего друга, проходившего под опускной решеткой входных ворот и отвечавшего жестом на салют часового.

Пресловутый вишневый плащ так запечатлелся у всех в глазах, что ошибиться было невозможно.

— Дьявольщина! — воскликнул Коконнас. — Наконец он идет домой! Эй! Ла Моль! Эй, дружище! Что за черт? Голос у меня как будто сильный. Почему же он меня не слышит? Но у меня ноги не слабее голоса, сейчас я догоню его.

С этим намерением пьемонтец пустился бежать во все лопатки и через минуту был у Лувра; но быстрота его ног не помогла, и когда он вступил одной ногой во двор Лувра, вишневый плащ, видимо, тоже очень торопившийся, успел скрыться в вестибюле.

— Эй, Ла Моль! — крикнул пьемонтец, снова бросаясь бежать. — Подожди! Это я, Коконнас! Какого черта ты так бежишь? Уж не от меня ли ты удираешь?

В самом деле, вишневый плащ не взошел, а точно на крыльях взлетел на третий этаж.

— А-а! Ты не хочешь подождать? Ты недоволен мной? Ты рассердился на меня? Ладно! Ну и ступай к черту! А я больше не могу.

Все это Коконнас выкрикивал внизу у лестницы, но, отказавшись следовать за беглецом ногами, он продолжал следить за ним глазами на поворотах лестницы, вплоть до того этажа, где находились покои королевы Маргариты, и вдруг заметил, что из них вышла какая-то женская фигура и взяла за руку того, кого преследовал пьемонтец.

— Ого! — произнес Коконнас. — Она очень смахивает на королеву Маргариту. Его ждали. Тогда другое дело; понятно, что он мне не ответил.

Коконнас перегнулся через перила и, глядя в просвет лестницы, увидел, что вишневый плащ после каких-то тихо сказанных ему слов пошел за королевой в ее покои.

— Ладно! Ладно! Так и есть, — сказал Коконнас, — я, значит, не ошибся. Бывают случаи, когда присутствие даже лучшего друга некстати, и как раз такой случай оказался у моего милого Ла Моля.

Коконнас тихо поднялся по лестнице и уселся на бархатной скамье, стоявшей на площадке.

— Тогда я не пойду за ним, а подожду здесь... Да, но если, как я думаю, он у королевы Наваррской, — я могу прождать долго... А холодно, дьявольщина! Лучше я подожду его у нас в комнате. Поселись в ней сам черт, а Ла Молю не миновать в нее вернуться.

Едва он произнес эти слова и встал, чтобы осуществить свое намерение, как над его головой послышались легкие бодрые шаги, сопровождаемые песенкой, настолько любимой его другом, что Коконнас тотчас же вытянул шею в ту сторону, откуда слышались шаги и песенка. Это шел действительно Ла Моль из своей комнаты, а увидев Коконнаса, запрыгал через четыре ступеньки по маршам лестницы, отделявшим его от друга, и, наконец, бросился в его объятия.

— Дьявольщина! Так это ты? — сказал Коконнас. — Какой черт и откуда тебя вывел?

— Из переулка Клош-Персе?

— Да нет! Я говорю не про тот дом...

— А откуда же?

— От королевы.

— От королевы?

— От королевы Наваррской.

— Я туда и не входил.

— Рассказывай!

— Дорогой мой Аннибал, ты бредишь! Я иду из нашей комнаты, где ждал тебя целых два часа.

— Из нашей комнаты?

— Да.

— Значит, я гнался по Луврской площади не за тобой?

— Когда?

— Только что.

— Нет.

— Это не ты сейчас проходил под опускной решеткой входных ворот?

— Нет.

— Не ты сейчас взлетел по лестнице, точно за тобой гнался легион чертей?

— Нет.

— Дьявольщина! — воскликнул Коконнас. — Вино в «Путеводной звезде» не настолько забористое, чтобы так замутить мне голову. Говорю тебе, я только что видел в воротах Лувра твой вишневый плащ и твое белое перо, гнался за тем и за другим вплоть до этой лестницы, а твой плащ, твое перышко и самого тебя вместе с твоей размашистой рукой ждала здесь какая-то дама, по моему сильному подозрению — королева Наваррская, которая все это увлекла за собой вон в ту дверь, ведущую, если не ошибаюсь, к этой прекрасной Маргарите.

— Черт! Уже измена? — сказал Ла Моль, бледнея.

— Ну и отлично! — ответил Коконнас. — Ругайся, сколько хочешь, только не говори, что я вру.

Ла Моль схватился за голову и стоял одну минуту в нерешительности, колеблясь между чувством уважения и чувством ревности, но ревность взяла верх: он бросился к двери и начал колотить в нее изо всех сил, производя шум, совсем не подобающий жилищу высочайших особ.

— Мы добьемся, что нас арестуют, — сказал Коконнас, — но все равно, это забавно. Слушай, Ла Моль, а нет ли в Лувре привидений?

— Не знаю, — ответил Ла Моль, белый, как нависшее над его лбом перо, — но мне всегда очень хотелось посмотреть на какое-нибудь привидение; теперь такой случай мне представился, и я сделаю все возможное, чтобы встретиться с этим привидением лицом к лицу.

— Я не возражаю, — сказал Коконнас, — только стучи потише, если не хочешь его спугнуть.

Ла Моль, несмотря на свое отчаяние, понял справедливость замечания своего друга и начал стучать потише.

## VII

## ВИШНЕВЫЙ ПЛАЩ

Коконнас не ошибся. Дама, остановившая молодого человека в вишневом плаще, была действительно королева Наваррская, а кто был молодой человек в вишневом плаще — я думаю, читатель догадался и признал в нем храброго де Муи.

Узнав королеву Наваррскую, юный гугенот заподозрил, что вышла какая-то ошибка, но не решился ничего сказать из опасения, что Маргарита вскрикнет и этим его выдаст. Он решил пройти с ней в комнаты, и уже там сказать своей прекрасной проводнице: «Мадам, молчание за молчание!»

Маргарита тихонько пожала руку тому, кого в полумраке принимала за Ла Моля, и, нагнувшись к его уху, сказала по-латыни:

— Sola sum; introite, carissime*.

Де Муи, не отвечая, последовал за ней; но едва затворилась за ним дверь и он очутился в передней, освещенной лучше, чем лестница, Маргарита тотчас увидела, что это не Ла Моль. Произошло то, чего он опасался, — Маргарита тихо вскрикнула; к счастью, теперь это было не опасно.

— Месье де Муи?! — сказала она, отступая от него на шаг.

— Он самый, мадам, и молю ваше величество дать мне возможность свободно продолжать мой путь и никому не говорить о моем присутствии в Лувре.

— Я ошиблась, месье де Муи, — сказала Маргарита.

— Да, понимаю, — ответил де Муи, — ваше величество приняли меня за короля Наваррского — тот же рост, такое же белое перо, и, как говорили желавшие польстить мне люди, — такие же манеры.

Маргарита пристально взглянула на де Муи.

— Месье де Муи, вы знаете по-латыни? — спросила она.

— Когда-то знал, — отвечал молодой человек, — но забыл.

Маргарита улыбнулась.

— Месье де Муи, вы можете быть спокойны относительно моего молчания. А кроме того, мне кажется, что я знаю имя человека, ради которого вы пришли в Лувр, и могу предложить вам свои услуги, чтобы провести вас безопасно к этой особе.

— Извините меня, мадам, — ответил де Муи, — я думаю, что вы ошибаетесь и вам совершенно неизвестно, кого...

— Как! — воскликнула королева Маргарита. — Разве вы пришли не к королю Наваррскому?

— Нет, мадам, — ответил де Муи, — и мне очень грустно просить вас, чтобы вы скрыли мое присутствие здесь, в Лувре, особенно от его величества, вашего супруга.

---

* Я одна; входите, дорогой мой.

— Послушайте, месье де Муи, — изумленно заговорила Маргарита, — до сих пор я вас считала одним из самых надежных гугенотских вождей, одним из самых верных сторонников моего супруга, короля Наваррского — значит, я ошибалась?

— Нет, мадам, еще сегодня утром я был всецело таким, как вы сказали.

— А по какой причине все это с сегодняшнего утра изменилось?

— Мадам, — отвечал, почтительно склоняясь, де Муи, — будьте добры избавить меня от ответа и милостиво разрешите с вами попрощаться.

И де Муи с почтительным видом, но решительно сделал несколько шагов к двери, в которую вошел.

Маргарита остановила его:

— Тем не менее, месье, я решаюсь попросить вас кое-что мне разъяснить; думаю, что данное мной слово заслуживает веры?

— Мадам, я обязан молчать, — ответил де Муи, — и если я до сих пор не ответил вам, то, значит, делать этого нельзя.

— И все-таки, месье...

— Ваше величество имеете возможность погубить меня, но не можете требовать, чтобы я предал новых моих друзей.

— А разве прежние друзья не имеют на вас прав?

— Те, кто остался верен нам, — да; те же, кто не только отрекся от нас, но отрекся и от самого себя, — нет.

Маргарита встревожилась, задумалась и, вероятно, ответила бы новыми вопросами, как вдруг вбежала в комнату Жийона.

— Король Наваррский! — крикнула она.

— Где он идет?

— Потайным ходом.

— Выпустите гостя в другую дверь.

— Нельзя, мадам, нельзя. Слышите?

— Стучатся?

— Да, и как раз в ту дверь, куда ваше величество приказываете выпустить вашего гостя.

— А кто стучится?

— Не знаю.

— Пойдите посмотрите кто и вернитесь мне сказать.

— Мадам, осмелюсь заметить вашему величеству, — сказал де Муи, — что, если король Наваррский увидит меня в Лувре в этот час и в таком костюме, — я погиб!

Маргарита схватила за руку де Муи и повела его к пресловутому кабинету.

— Войдите сюда, месье, — сказала она. — Вы будете там скрыты и вне опасности, как у себя дома, мое честное слово будет вам порукой.

Де Муи вскочил в кабинет, и едва закрылась за ним дверь, как вошел Генрих.

На этот раз Маргарита, спрятав де Муи, не испытывала никакой тревоги: она была только мрачна, и ее мысли витали очень далеко от любовных дел.

Генрих Наваррский вошел с той чуткой настороженностью, благодаря которой он замечал малейшие подробности даже в самые мирные моменты своей жизни, а уж тем более глубоким наблюдателем он становился в обстоятельствах, подобных тем, какие создались теперь. Поэтому он сразу же заметил мрачное облако, набежавшее на лицо королевы Маргариты.

— Вы заняты, мадам? — спросил он.

— Я? Да, сир, я раздумывала.

— И хорошо делали, мадам: раздумье вам идет. Я тоже раздумывал; но, в противоположность вам, я ищу не одиночества, а нарочно пришел к вам, чтобы поделиться моими думами.

Маргарита приветливо ему кивнула и указала на кресло, сама же села на резной стул черного дерева, твердого, как сталь.

Между супругами наступила минута молчания; Генрих Наваррский первый его нарушил, сказав:

— Мадам, я вспомнил, что мои и ваши думы о будущем связаны между собою; несмотря на наше раздельное существование как супругов, мы оба выразили желание соединить нашу судьбу.

— Верно, сир.

— Мне думается, я верно понял также то, что во всех планах, какие я намечу для возвышения нас обоих, я найду в вас союзника не только верного, но и действенного.

— Да, сир, я и прошу лишь об одном, а именно: чтобы вы как можно скорее приступили к делу и дали бы мне возможность уже теперь принять в нем участие.

— Мадам, я очень счастлив, если у вас такие настроения, и, как мне кажется, вы ни одной минуты не считали меня способным забыть план, который я себе составил в тот день, когда я был почти уверен, что останусь жив благодаря вашему мужественному заступничеству.

— Месье, я думаю, что вся ваша беспечность — маска, я верю не только в предсказания астрологов, но и в ваши дарования.

— А что бы вы, мадам, сказали, если бы кто-нибудь встал поперек нашего пути и грозил обречь нас обоих на жалкое существование?

— Скажу, что я готова совместно с вами бороться открыто или тайно против этого кого-то, кто бы он ни был.

— Мадам, у вас ведь есть возможность проникнуть в любое время к вашему брату, герцогу Алансонскому? Вы пользуетесь его доверием, и он питает к вам горячие дружеские чувства. Что, если бы я осмелился обратиться к вам с просьбой узнать, не занят ли ваш брат тайным совещанием с кем-нибудь как раз в данную минуту?

Маргарита вздрогнула.

— С кем же, сир?

— С де Муи.

— Зачем это нужно?

— Затем, что если это так, то прощайте все наши планы! Во всяком случае — мои.

— Сир, говорите тише, — сказала Маргарита, делая ему соответствующий знак глазами и указывая пальцем на кабинет.

— Ого! Опять там кто-то есть? — сказал Генрих. — Честное слово, в этом кабинете так часты постояльцы, что ваша комната напоминает какой-то постоялый двор.

Маргарита улыбнулась.

— Надеюсь, что это по-прежнему Ла Моль? — спросил Генрих.

— Нет, сир, это де Муи.

— Он? — воскликнул Генрих, одновременно изумленный и обрадованный. — Так, значит, он не у герцога Алансонского? Ведите же его сюда, я с ним поговорю...

Маргарита побежала к кабинету, отворила дверь и, взяв де Муи за руку, без всяких рассуждений привела к королю Наваррскому.

— Ах, мадам, — сказал молодой человек с упреком, звучавшим скорее грустно, чем язвительно, — вы предаете меня, нарушив ваше слово! Это нехорошо. Что бы сказали вы, если бы я вздумал за это отомстить вам, рассказав...

— Мстить вы не будете, де Муи, — прервал его Генрих, пожимая ему руку, — во всяком случае, сначала выслушайте, что я скажу. Мадам, — обратился Генрих к королеве, — прошу вас, позаботьтесь, чтобы никто нас не подслушал.

Генрих только успел сказать последнее слово, как вошла перепуганная Жийона и сказала Маргарите на ухо нечто такое, от чего она вскочила со стула и побежала за Жийоной. В это время Генрих, не обращая внимания на то, что вызвало Маргариту из ее комнаты, осмотрел кровать, проход между кроватью и стеной, обои и выстукал пальцем стены. Де Муи, напуганный такими подготовительными действиями, также приготовился, попробовав, свободно ли выходит шпага из ножен.

Маргарита, выйдя из спальни, бросилась в переднюю и столкнулась лицом к лицу с Ла Молем, желавшим во что бы то ни стало пройти к королеве Маргарите, несмотря на все уговоры Жийоны.

За Ла Молем стоял Коконнас, готовый помочь ему пройти вперед или прикрыть отступление.

— А-а! Это вы, месье де Ла Моль! — воскликнула королева. — Но что с вами? Почему вы так бледны и так дрожите?

— Мадам, — сказала Жийона, — месье де Ла Моль так сильно стучал в дверь, что я, вопреки приказанию вашего величества, была вынуждена отворить.

— Ого! Это что такое? — строго спросила королева. — Она сказала правду, месье де Ла Моль?

— Мадам, дело в следующем: я хотел предупредить ваше величество, что какой-то незнакомец, кто-то чужой, быть может — вор, проник к вам в моем плаще и в моей шляпе.

— Вы сошли с ума, месье! На ваших плечах я вижу ваш плащ, и да простит мне бог, если я не вижу вашей шляпы у вас на голове, хотя вы разговариваете с королевой.

— О, простите меня, мадам, прошу вас! — воскликнул Ла Моль, срывая с себя шляпу. — Бог мне свидетель, это не от недостатка уважения!

— Нет? А от недостатка доверия, не так ли? — сказала королева.

— Что же делать, — ответил Ла Моль, — когда у вашего величества находится мужчина, который проник к вам, прикрываясь моим костюмом, а может быть, — кто знает? — и моим именем...

— Мужчина! — повторила Маргарита, нежно сжимая руку несчастному влюбленному. — Мужчина!.. Вы очень скромны, месье де Ла Моль. Загляните в щелку между портьерой и стеной, и вы увидите не одного, а двух мужчин.

Маргарита немного отодвинула бархатную, шитую золотом портьеру, и Ла Моль увидел Генриха Наваррского, беседующего с человеком в вишневом плаще. Коконнас, принимавший участие в этом деле, как будто оно касалось его самого, тоже заглянул и узнал де Муи. Оба друга были ошеломлены.

— Теперь, когда вы успокоились, как я надеюсь, — сказала Маргарита, — встаньте у входной двери и не пускайте, милый мой Ла Моль, никого, хотя бы ценой вашей жизни. Если кто-нибудь подойдет даже к площадке лестницы, дайте знать.

Безвольно и покорно, как ребенок, Ла Моль вышел, переглядываясь с пьемонтцем, и оба стали перед закрытой дверью, все еще озадаченные происшедшим.

— Де Муи! — недоумевая, сказал Коконнас.

— Генрих! — прошептал Ла Моль.

— Де Муи — в таком же вишневом плаще, с таким же белым пером, как у тебя, и так же размахивает рукой, как ты.

— Да, но... раз тут дело не в любви, то, несомненно, в каком-нибудь заговоре, — сказал Ла Моль.

— Ах, дьявольщина! Вот мы и влипли в политику, — проворчал Коконнас. — Хорошо, что в этом не замешана герцогиня Невэрская.

Маргарита вернулась к себе в комнату и села рядом с двумя собеседниками; отсутствие ее длилось не более минуты, и она хорошо воспользовалась этим временем: Жийона на страже у потайного хода и два дворянина на часах у главного входа были порукой полной безопасности.

— Мадам, как вы думаете, могут ли нас подслушать?

— Месье, эта комната обита войлоком, и в ней двойная деревянная обшивка, все это обеспечивает ее непроницаемость для слуха.

— Я полагаюсь в этом отношении на вас, — с улыбкой ответил Генрих.

Затем, обернувшись к де Муи, он шепотом, как будто у него еще остались опасения, несмотря на уверения Маргариты, сказал:

— Послушайте, зачем вы здесь?
— Здесь? — переспросил де Муи.
— Да, здесь, в этой комнате?
— Здесь он ни за чем, — ответила Маргарита, — это я его затащила.
— Вы, значит, знали?..
— Я догадалась обо всем.
— Вот видите, де Муи, оказывается, можно было догадаться.
— Сегодня утром месье де Муи и герцог Франсуа были в комнате двух дворян герцога.
— Вот видите, де Муи, все известно.
— Это правда, — ответил де Муи.
— Я был уверен, — сказал Генрих, — что герцог Алансонский завладеет вами.
— Это ваша вина, сир. Почему вы так упорно отвергали все, что я вам ни предлагал?
— Вы отвергли?! — воскликнула Маргарита. — Так я и думала!
— И вы, мадам, — ответил Генрих, покачав головой, — и вы, мой храбрый де Муи, — ей-богу, вы меня смешите вашими негодующими восклицаниями. Подумайте! Входит человек и предлагает трон, восстание, переворот — кому? Мне, Генриху, королю, которого терпят только потому, что он покорно склонил голову, гугеноту, которого пощадили только при условии, что он будет разыгрывать католика! И после этого мне согласиться на ваши предложения, сделанные у меня в комнате, не обитой войлоком и без двойной обшивки? Святая пятница! Вы или безумцы, или дети!
— Но, сир, разве вы не могли подать мне какую-нибудь надежду, если не словами, то жестом, знаком?
— Де Муи, о чем с вами говорил мой шурин? — спросил Генрих.
— Сир, это тайна не моя.
— Ах, боже мой! — произнес Генрих, досадуя на то, что приходится иметь дело с человеком, так плохо понимающим его слова. — Да я не спрашиваю вас, какие он вам делал предложения, я только спрашиваю, выслушал ли и понял ли он вас?
— Он выслушал и понял, сир.
— Выслушал и понял! Вы это сказали сами, де Муи! Плохой вы заговорщик! Скажи я слово — и вы погибли. Я,

разумеется, не знал наверно, но подозревал, что где-то рядом был он, а если не он, так герцог Анжуйский, Карл Девятый или королева-мать; вы, де Муи, не знаете стен Лувра, — это о них сложилась поговорка: «У стен есть уши», а вы хотите, чтобы я, хорошо знающий эти стены, проболтался! Помилосердствуйте, де Муи, вы невысокого мнения об уме короля Наваррского! И я поражаюсь тем, что вы, так плохо думая о Генрихе Наваррском, явились предлагать ему корону.

— Но, сир, — возразил де Муи, — когда вы отказывались от короны, вы же могли подать мне знак. Тогда бы я не пришел в полное отчаяние, не считал бы все потерянным!

— Эх, святая пятница! — воскликнул Генрих. — Если он подслушивал, то мог и подглядывать, а погубить себя можно не только словом, но и знаком! Послушайте, де Муи, — продолжал король, оглядываясь, — даже сейчас, сидя с вами рядом, сдвинув стул со стулом, я все же опасаюсь, не слышат ли меня другие. Де Муи, повтори мне свои предложения.

— Сир, — в отчаянии воскликнул де Муи, — теперь я уже связан с герцогом Алансонским!

Маргарита с досадой всплеснула своими прекрасными руками.

— Значит, слишком поздно? — сказала она.

— Наоборот, — прошептал Генрих, — поймите, что в этом нам покровительствует сам бог. Де Муи, продолжай свою связь с герцогом Франсуа, ибо он будет спасением для всех нас. Неужели ты воображаешь, что целость ваших голов обеспечит король Наваррский? Наоборот, из-за меня вас перебьют всех до одного и по малейшему подозрению. А принц Франции — совсем другое дело! Добудь улики его участия, потребуй от него гарантий; я вижу, ты простак: ты входишь в обязательства так, по душам, и тебе довольно одних слов!

— О сир! Поверьте мне, в его объятия бросили меня только отчаяние от вашего отказа и страх, что герцог владеет нашей тайной.

— Владей и ты своею, де Муи, это уже зависит от тебя. К чему стремится он? Стать королем Наварры? Обещай ему корону. Чего он хочет? Покинуть здешний двор? Предоставь ему возможность бежать отсюда. Работай для него так, как если б ты работал для меня, действуй этим щитом так, чтобы все удары, которые нам будут наносить, отражал он. Когда настанет время удирать отсюда, мы удерем оба; когда настанет время царствовать и драться, я буду царствовать один.

— Остерегайтесь герцога, — добавила Маргарита, — он человек темный и проницательный, не знающий ни чувства ненависти, ни чувства дружбы, способный в любое время отнестись к друзьям, как к врагам, и к врагам, как к друзьям.

— Он ждет вас, де Муи? — спросил Генрих.

— Да, сир.

— Где?

— В комнате его дворян.

— В котором часу?

— В полночь.

— Еще нет одиннадцати, — сказал Генрих, — но не надо терять времени. Идите, де Муи.

— Месье, вы дали нам честное слово, — заметила Маргарита.

— О мадам! — сказал Генрих с тем доверием, которое он так хорошо умел оказывать определенным лицам в определенных обстоятельствах. — С де Муи о таких вещах не говорят.

— Вы правы, сир, — ответил молодой человек, — но мне необходимо ваше слово, так как я должен сказать нашим вождям, что вы мне его дали. Ведь вы же не католик, нет?

Генрих пожал плечами.

— Вы не отказываетесь от Наваррского престола?

— Я не отказываюсь ни от какого престола, де Муи, но оставляю за собой право выбрать лучший, то есть такой, который больше подойдет и мне и вам.

— А если за это время ваше величество арестуют, ваше величество обещаете ничего не выдавать, даже в том случае, если не посчитаются с вашим королевским званием и подвергнут пытке?

— Клянусь богом, де Муи!

— Еще одно слово, сир: как я буду встречаться с вами?

— С завтрашнего дня у вас будет ключ от моей комнаты: вы будете приходить туда всякий раз, когда найдете нужным, в любой час, а уж дело герцога Алансонского отвечать за ваши появления в Лувре. Теперь поднимитесь наверх по маленькой лесенке, я вас провожу, а в это время королева приведет сюда другой вишневый плащ, недавно заходивший в ее переднюю. Не надо, чтобы вас с ним стали различать и знали, что вас двое, — верно, де Муи? Верно, мадам?

Генрих произнес последние слова смеясь и поглядывая на Маргариту.

— Да, — ответила она спокойно, — тем более что месье де Ла Моль состоит при моем брате, герцоге.

— Так постарайтесь перетянуть его на нашу сторону, мадам, — самым серьезным тоном сказал Генрих. — Не жалейте ни золота, ни обещаний. Все мои сокровища к его услугам.

— Раз это ваше желание, — ответила Маргарита с улыбкой, свойственной лишь женщинам Боккаччо, — я приложу все свои силы, чтобы его исполнить.

— Отлично, мадам, отлично! А вы, де Муи, идите к герцогу, опутайте его.

## VIII

## МАРГАРИТА

Пока шел разговор между Генрихом, де Муи и Маргаритой, Ла Моль и Коконнас стояли на часах у двери, Ла Моль — немного грустный, Коконнас — слегка встревоженный.

У Ла Моля было время пораздумать, Коконнас ему помог.

— Что думаешь ты, друг, обо всем этом? — спросил Ла Моль.

— Я думаю, — отвечал пьемонтец, — что это все дворцовая интрига.

— А если придется, ты примешь в ней участие?

— Дорогой мой, — отвечал Коконнас, — выслушай внимательно, что я тебе скажу, и постарайся извлечь из этого пользу. Во всех этих интригах всяких принцев, во всех этих королевских кознях мы можем, и в особенности мы, только промелькнуть, как тени; там, где король Наваррский потеряет кусок пера от своей шляпы, а герцог Алансонский — пряжку от плаща, мы потеряем жизнь. Для королевы ты лишь прихоть, а королева для тебя — одна мечта, не больше. Сложи голову за любовь, но не за политику.

Совет был мудрый. Ла Моль выслушал его печально, как человек, который сознает, что, стоя на распутье между безрассудством и рассудком, он изберет путь безрассудства.

— Для меня королева — не мечтанье, Аннибал. Я люблю ее, и — на счастье или на несчастье — люблю всей душой. Ты скажешь, это безрассудство! Допускаю, что это так и я безумец. Но ты, Коконнас, благоразумный человек. Ты не должен страдать из-за моих глупостей и моей злой судьбы. Ступай к своему герцогу и не порти себе жизнь.

Коконнас, с минуту подумав, поднял голову и ответил:

— Дорогой мой, все, что ты говоришь, совершенно справедливо; ты влюблен, так и действуй, как влюбленный. Я же честолюбив и, как честолюбец, думаю, что жизнь дороже поцелуя женщины. Если мне придется рисковать жизнью, то я поставлю свои условия. И ты, бедный мой Медор, постарайся тоже поставить свои условия.

С этими словами Коконнас протянул Ла Молю руку и ушел, обменявшись с ним последним взглядом и последней улыбкой.

Минут через десять после его ухода дверь отворилась, из нее, осторожно оглядываясь, вышла Маргарита, взяла Ла Моля за руку, не говоря ни слова, отвела его в самую отдаленную от потайного хода комнату и сама затворила двери с особой тщательностью, что указывало на все значение предстоящего разговора.

Войдя в комнату, она остановилась, потом села на стул черного дерева и, крепко взяв за руки Ла Моля, привлекла его к себе.

— Теперь, мой милый друг, когда мы одни, — сказала она, — поговорим серьезно.

— Серьезно, мадам? — спросил Ла Моль.

— Или любовно; вам это больше нравится? Серьезные вопросы могут быть и в любви, особенно в любви королевы.

— Побеседуем в таком случае о вещах серьезных, но с условием, что ваше величество не будете сердиться на меня, если я стану говорить с вами безрассудно.

— Я буду сердиться только на одно, Ла Моль: если вы будете называть меня мадам или ваше величество. Для вас, мой дорогой, я просто Маргарита.

— Да, Маргарита! Да, жемчужина моя! — воскликнул молодой человек, глядя на королеву страстным взглядом.

— Вот так лучше! — сказала Маргарита. — Итак, вы ревнуете, мой красавец?

— О, до потери рассудка!

— Еще как?..

— До безумия!

— К кому же вы ревнуете?

— Ко всем.

— А все-таки?

— Во-первых, к королю.

— После того что вы видели и слышали, мне думается, на этот счет вы могли быть спокойны.

— Затем к де Муи, которого я видел сегодня утром в первый раз, а уже сегодня вечером он оказался очень близким вам человеком.

— К де Муи?

— Да.

— Откуда у вас такие подозрения?

Выслушайте меня... я узнал его по росту, по цвету волос, по моему непроизвольному чувству ненависти! Ведь это он сегодня утром был у герцога Алансонского?

— Хорошо, но какое же это имеет отношение ко мне?

— Герцог Алансонский ваш брат, и, говорят, вы очень его любите; вы, вероятно, намекнули ему на потребности вашего сердца, а он, по придворному обычаю, пошел навстречу вашему желанию и подослал к вам де Муи. Было ли только счастливой для меня случайностью то, что король Наваррский оказался здесь одновременно с ним? Не знаю. Но, во всяком случае, мадам, будьте со мной откровенны: такая любовь, как моя, сама по себе имеет право на откровенность. Вы видите, я у ваших ног. Если то, что вы чувствуете ко мне, лишь прихоть, я возвращаю вам ваше слово, ваше обещание, вашу любовь, возвращаю герцогу Алансонскому его милостивое отношение ко мне и мою должность дворянина при его особе и еду искать смерти под стенами осажденной Ла-Рошели, если любовь не убьет меня раньше, чем я туда попаду!

Маргарита с улыбкой слушала эти пленительные слова, любуясь его движениями, полными изящества; потом задумчиво склонила свою красивую голову на руки и спросила:

— Вы любите меня?

— О мадам! Больше жизни, больше спасения моей души, больше всего на свете! А вы, вы... меня не любите.

— Несчастный безумец! — прошептала она.

— Да, да, мадам, — воскликнул Ла Моль, стоя на коленях, — я говорил вам, что я безумец!

— Итак, дорогой Ла Моль, главная цель вашей жизни — любовь?

— Только одна-единственная, мадам.

— Хорошо, пусть будет так! Все остальное я постараюсь сделать дополнением к этой любви. Вы меня любите, вы хотите остаться близ меня?

— Я молю бога только об одном — никогда не разлучать меня с вами.

— Хорошо! Вы не расстанетесь со мной, Ла Моль, — вы мне необходимы.

— Я вам необходим? Солнцу необходим светляк?

— Если я вам скажу, что я люблю вас, будете ли вы мне преданы всецело?

— А разве я уже не предан вам, мадам, весь, целиком?

— Да, но у вас все еще есть какие-то сомнения.

— О, я виноват, неблагодарен, или, вернее, — как я уже сказал, а вы согласились, — я безумец! Но зачем месье де Муи был у вас сегодня вечером? Почему я его видел сегодня утром у герцога Алансонского? К чему этот вишневый плащ, это белое перо, это старание подражать моим манерам? Ах, мадам, я действительно подозреваю, но не вас, а вашего брата!

— Несчастный! — сказала Маргарита. — Да, несчастный, раз вы думаете, будто герцог Франсуа простирает свою любезность до того, что подсылает воздыхателей к своей сестре! Вы говорите, что ревнивы, а вы просто безрассудны и очень недогадливы! Слушайте, Ла Моль: герцог Алансонский завтра же убил бы вас собственной рукой, если бы узнал, что вы сегодня вечером были у меня, у моих ног, а я, вместо того чтобы выгнать вас вон, говорила: Ла Моль, останьтесь, потому что я люблю вас, красивый молодой человек. Понимаете? Я вас люблю! И я вам повторяю, он вас убил бы.

— Великий боже! — воскликнул Ла Моль, отшатываясь и с ужасом глядя на Маргариту. — Неужели это возможно?

— Все, мой друг, возможно в наше время и при таком дворе. Теперь еще одно: не для меня явился в Лувр де Муи, надев ваш плащ и скрыв лицо под вашей шляпой, а ради герцога Алансонского. Но я ввела его сюда, приняв за вас. Он знает нашу тайну, Ла Моль, его необходимо сохранить для нас.

— Я бы предпочел его убить, — сказал Ла Моль, — это проще и надежнее.

— А я, мой храбрый друг, — сказала королева, — предпочитаю, чтобы он жил, а вы бы знали все, так как его жизнь не только полезна нам, но необходима. Выслушайте меня и, прежде чем ответить, хорошо обдумайте ваши слова: достаточно ли сильно вы меня любите, Ла Моль, чтобы порадоваться, когда я стану настоящей королевой, иными словами — властительницей действительного королевства?

— Увы, мадам, я вас люблю настолько, что каждое ваше желание — мое желание, хотя бы оно стало несчастьем всей моей жизни!

— В таком случае — хотите помочь мне осуществить мое желание, удача принесет и вам еще большее счастье?

— О мадам, тогда я потеряю вас! — воскликнул Ла Моль, закрывая лицо руками.

— Совсем нет, наоборот: из первого моего слуги вы станете первым моим подданным. Вот и все.

— О, здесь не место выгодам... не место честолюбию! Не унижайте сами того чувства, какое я питаю к вам... Только преданность, одна преданность — и больше ничего!

— Благородная душа! — сказала Маргарита. — Хорошо! Я принимаю твою преданность и сумею отплатить.

Она протянула обе руки Ла Молю, который стал осыпать их поцелуями.

— Так как же? — спросила Маргарита.

— О да, — ответил Ла Моль. — Да, Маргарита, я начинаю понимать тот смутный для меня проект, о котором шла речь среди нас, гугенотов, еще до дня святого Варфоломея; ради его осуществления и я в числе многих, более достойных, вызван был в Париж. Вы добиваетесь настоящего Наваррского королевства вместо мнимого; к этому вас побуждает король Генрих. Де Муи в заговоре с вами, да? Но при чем тут герцог Алансонский? Где для него трон? Я не вижу. Неужели герцог Алансонский в такой степени вам друг, что помогает вам, ничего не требуя в награду за ту опасность, которой он подвергает себя?

— Друг мой, герцог входит в заговор ради самого себя. Пусть заблуждается: он будет отвечать своею жизнью за нашу жизнь.

— Но я состою при нем, разве могу я изменять ему?

— Изменять ему! А в чем измена? Что вам доверил он? Не он ли предательски поступил с вами, дав де Муи ваш плащ и вашу шляпу, чтобы свободно проходить к нему? Вы говорите: «Я состою при нем!» Раньше, чем при нем, вы состояли при мне, мой милый дворянин! Больше ли он доказал вам свою дружбу, чем я свою любовь?

Ла Моль вскочил, бледный, как будто пораженный громом.

— О-о! Коконнас предсказывал мне это, — прошептал он. — Интрига обвивает меня своими кольцами... и задушит!

— Так что же?

— Вот мой ответ, — сказал Ла Моль, — там, на другом конце Франции, где ваше имя пользуется славой, где общая молва о вашей красоте дошла до моего сердца и возбудила в нем какое-то смутное желание неизвестного, — там говорят, я это слышал сам, что вы не раз любили и каждый раз ваша любовь оказывалась роковой для тех, кого любили вы, — их уносила смерть, словно ревнуя к вам.

— Ла Моль!..

— Не перебивайте, Маргарита, любовь моя! Говорят еще, будто сердца этих верных вам друзей вы храните в золотых ящичках, иногда благоговейно смотрите на эти печальные останки и с грустью вспоминаете о тех, кто вас любил. Вы вздыхаете, моя дорогая королева, глаза ваши туманятся, — значит, это правда. Тогда пусть буду я самым любимым, самым счастливым из ваших возлюбленных. Всем остальным вы пронзили только сердце, и вы храните их сердца; у меня вы берете больше — вы кладете мою голову на плаху... За это, Маргарита, клянитесь вот этим крестом, символом бога, который спас мне жизнь здесь, у вас, клянитесь, что если я умру за вас, как говорит мне мрачное предчувствие, и палач отрубит мою голову, то вы сохраните ее и иногда коснетесь вашими губами. Клянитесь, Маргарита, и я за обещание такой награды от моей царицы буду нем, стану изменником и, если будет надо, подлецом, — иными словами, буду вам беззаветно предан, как подобает вашему возлюбленному и сообщнику.

— О, какая скорбная, безумная мечта, мой дорогой! — сказала Маргарита. — Какая роковая мысль, любимый мой!

— Клянитесь...

— Надо клясться?

— Да, вот на этом ларчике с крестом на крышке. Клянитесь!..

— Хорошо! — сказала Маргарита. — Если, чего не дай боже, твои предчувствия осуществятся, любимый мой, клянусь тебе этим крестом, что ты, живой или мертвый, будешь близ меня, пока сама я буду жить; если я не смогу спасти тебя от гибели, которая тебя постигнет из-за меня, — да, я уверена, из-за меня одной, — я дам бедной душе твоей это заслуженное утешение.

— Еще одно, Маргарита. Теперь я спокоен и могу умереть, если меня ждет смерть, но я могу остаться и в живых — наше дело может закончиться успехом: король Наваррский станет королем, вы — королевой. Тогда король вас увезет с собой, и ваш обоюдный договор о раздельной супружеской жизни нарушится сам собой, а это разлучит нас. Слушайте, моя милая, моя любимая Маргарита, вашей клятвой вы успокоили меня на случай моей смерти, успокойте же теперь меня на тот случай, если я останусь жив.

— О нет, не бойся, я твоя душой и телом! — воскликнула Маргарита, еще раз протягивая руку к ларчику и кладя ее на крест. — Если поеду отсюда я, со мной поедешь ты; если король откажется взять тебя с собой, я не поеду с ним.

— Но вы не решитесь ему противиться.

— Мой дорогой, любимый, ты не знаешь Генриха. Сейчас он думает лишь об одном — стать королем; для этой цели он готов жертвовать всем, чем обладает, и уж подавно тем, чем не обладает. Прощай!

— Мадам, вы прогоняете меня? — улыбаясь, спросил Ла Моль.

— Час поздний, — ответила Маргарита.

— Верно, но куда же мне идти? В моей комнате де Муи и герцог Алансонский.

— Ах да, конечно, — сказала Маргарита с обаятельной улыбкой. — Да и мне надо еще многое вам рассказать об этом заговоре.

С этой ночи Ла Моль перестал быть простым любимцем королевы и получил право носить гордо свою голову, которой было уготовано, и мертвой и живой, такое заманчивое будущее. Но временами эта голова тяжело клонилась долу, щеки бледнели, и горькое раздумье прокладывало борозду между бровями молодого человека, некогда веселого — теперь счастливого.

## IX

## ДЕСНИЦА БОЖИЯ

Расставаясь с мадам де Сов, Генрих Наваррский сказал ей:

— Шарлотта, ложитесь в постель, притворитесь тяжелобольной и завтра ни под каким видом не принимайте никого.

Шарлотта послушалась, не спрашивая даже и себя о том, почему король дал ей такой совет. Она уже привыкла к подобным выходкам, как бы сказали в наше время, или чудачествам, как говорили в старину. Кроме того, она хорошо знала, что Генрих глубоко прятал в своей душе такие тайны, о которых не говорил ни с кем, а в уме своем таил такие планы, что боялся, как бы не выдать их во сне. Шарлотта сделалась послушной всем его желаниям, будучи уверена, что даже самые причудливые его мысли направлены к какой-то определенной цели.

Так и теперь она еще с вечера начала жаловаться Дариоле на тяжесть в голове и резь в глазах. Указать такие симптомы ей посоветовал Генрих Наваррский.

На следующее утро она сделала вид, что хочет встать с постели, но, едва коснувшись ногой пола, пожаловалась на общую слабость и опять легла в постель.

Нездоровье мадам де Сов, о чем Генрих Наваррский рассказал герцогу Алансонскому сегодня утром, было первой новостью, которую узнала Екатерина Медичи, спросив совершенно хладнокровно, почему при ее вставании отсутствует мадам де Сов.

— Она больна! — ответила Екатерине герцогиня Лотарингская.

— Больна?! — повторила Екатерина, ни одним мускулом лица не выдав того живого интереса, какой в ней возбудил этот ответ. — Просто лень!

— Совсем нет, мадам, — возразила герцогиня. — Она жалуется на жестокую боль в голове и на такую слабость, что она не в состоянии ходить.

Екатерина ничего не ответила, но, вероятно, чтобы скрыть внутреннюю радость, повернулась к окну; увидев Генриха, проходившего по двору после своего разговора с де Муи, она встала с постели, чтобы лучше разглядеть его, и, под влиянием совести, которая невидимо, но непрестанно бурлит в глубине души у всех, даже у людей, закоренелых в преступлениях, спросила командира своей охраны:

— Не кажется ли вам, что сын мой Генрих сегодня бледен?

Ничего подобного не было; Генрих был очень тревожен душой, но совершенно здоров телом.

Мало-помалу все обычно присутствующие при вставании королевы удалились; осталось три-четыре человека — самых близких; Екатерина нетерпеливо выпроводила их, сказав, что хочет побыть одна.

Как только все вышли, Екатерина заперла дверь, затем подошла к потайному шкафу, скрытому за панно в деревянной резной обшивке стен, отодвинула дверь, ходившую на рейках с выемкой, и вынула из шкафа книгу, бывшую, судя по измятым страницам, в частом употреблении.

Она положила книгу на стол, раскрыла ее закладкой-лентой, облокотилась о стол и подперла голову рукой.

— Как раз то самое, — шептала она, читая, — головная боль, общая слабость, резь в глазах, воспаление нёба. Кроме головной боли и общей слабости, говорится и о других признаках, но они еще появятся.

Екатерина продолжала:

— Затем воспаление переходит на горло, оттуда — на живот; сжимает сердце как будто огненным кольцом и, наконец, молниеносно поражает мозг.

Она прочла все это про себя и затем, уже вполголоса, заговорила:

— Шесть часов на лихорадку, двенадцать часов на общее воспаление, двенадцать часов на гангрену, шесть — на агонию, — всего тридцать шесть часов. Теперь предположим, что всасывание пройдет медленнее, чем растворение в желудке, тогда вместо тридцати шести часов понадобится сорок, допустим даже — сорок восемь; да, сорока восьми часов будет достаточно. Но почему же не слег он, Генрих? Потому, во-первых, что он мужчина, во-вторых — он крепкого сложения, а может быть, оттого, что после поцелуев он пил, а после питья вытер губы.

Екатерина с нетерпением ждала обеденного часа: Генрих ежедневно обедал за королевским столом. Он пришел, но тоже пожаловался на плохое самочувствие, ничего не ел и ушел сразу после обеда, сказав, что не спал всю ночь и чувствует неодолимую потребность выспаться.

Екатерина прислушалась к его неровным удаляющимся шагам и послала проследить за ним. Ей донесли, что король Наваррский пошел к мадам де Сов.

«Сегодня вечером, — говорила она про себя, — Генрих докончит отравление смертельным ядом, быть может, недостаточное в первый раз по какой-нибудь случайности».

Генрих действительно отправился к мадам де Сов, но только с целью убедить ее, чтобы она продолжала играть роль больной.

На следующий день Генрих все утро не выходил из своей комнаты и не пришел обедать к королю.

Екатерина ликовала. Накануне утром она услала Амбруаза Паре в Сен-Жермен, где занемог ее любимый слуга: ей было необходимо, чтобы к мадам де Сов и Генриху позвали преданного ей врача, который бы сказал то, что она прикажет. Если бы, вопреки ее желанию, в это дело впутался какой-нибудь другой врач и новое отравление открылось, ужаснув весь двор, уже напуганный рассказами о многих отравлениях, Екатерина рассчитывала воспользоваться слухами о ревности Маргариты к предмету любовной страсти ее супруга. Читатель помнит, что королева-мать при всяком удобном случае распространялась о вспышках ревности у Маргариты и, между прочим, во время прогулки к расцветшему боярышнику сказала своей дочери в присутствии нескольких придворных дам и кавалеров:

— Оказывается, вы ревнивы, Маргарита?

Екатерина, подготовив заранее выражение своего лица, ждала с минуты на минуту, что дверь отворится, войдет какой-нибудь бледный, перепуганный служитель и доложит:

— Ваше величество, король Наваррский при смерти, а мадам де Сов скончалась!

Пробило четыре часа дня. Екатерина заканчивала полдник в птичьем вольере, где раздавала крошки бисквита редким птичкам, которых кормила из своих рук; и хотя выражение ее лица было, как всегда, спокойно, даже мрачно, но при малейшем шуме ее сердце начинало учащенно биться.

Вдруг дверь распахнулась, вошел командир ее охраны и заявил:

— Мадам, король Наваррский...

— Болен? — перебивая, спросила королева-мать.

— Слава богу, нет, мадам.

— Тогда о чем же вы говорите?

— Король Наваррский здесь.

— Что ему нужно?

— Он принес вашему величеству маленькую обезьянку очень редкой породы.

В это мгновение вошел сам Генрих, держа в руке корзинку и лаская лежавшую в ней уистити. Он улыбался, как будто всецело занятый очаровательным животным, которое он нес; но, при всем кажущемся увлечении своим занятием, он сохранял способность с одного взгляда оценивать положение вещей, способность, которой отличался Генрих в трудных обстоятельствах. Екатерина побледнела и становилась тем бледнее, чем яснее видела здоровый румянец на щеках подходившего к ней молодого человека. Королева-мать не могла прийти в себя от этого удара. Она машинально приняла подарок, смутилась, поблагодарила Генриха и одобрила его хороший вид, добавив:

— С особым удовольствием вижу вас, сын мой, в добром здравии, так как слышала, будто вы болели; да, помнится, вы и при мне жаловались на нездоровье. Но теперь я понимаю, — сказала она, силясь улыбнуться, — это было лишь предлогом, чтобы уйти.

— Нет, мадам, я был в самом деле болен, — ответил Генрих, — но одно лекарство, известное у нас в горах и мне завещанное покойной матерью, излечило мою болезнь.

— А-а! Так вы дадите мне его рецепт, да, Генрих? — сказала Екатерина, улыбаясь уже по-настоящему, но с иронией, которой не могла скрыть.

«Какое-то противоядие, — подумала Екатерина, — но мы придумаем что-нибудь другое, а впрочем, не стоит: он заметил, что мадам де Сов вдруг заболела, и насторожился. Честное слово, можно подумать, что десница божия простерлась над этим человеком».

Екатерина нетерпеливо ждала ночи: мадам де Сов не появлялась. Во время игры в карты королева-мать справилась о ее здоровье и получила ответ, что состояние здоровья мадам де Сов все ухудшается.

Весь вечер Екатерина провела в тревоге, возбуждая у всех мучительный вопрос: каковы же ее мысли, если они вызывают такое явное выражение волнения на этом лице, обычно неподвижном?

Все разошлись. Екатерина приказала своим женщинам раздеть ее и уложить в постель; но как только весь Лувр улегся спать, она встала, надела длинный черный капот, взяла лампу, выбрала из связки ключей ключ от двери мадам де Сов и поднялась к своей придворной даме.

Предвидел ли Генрих это посещение, был ли занят делами, или где-то прятался, но, как бы то ни было, молодая женщина была одна.

Екатерина осторожно отворила дверь, миновала переднюю, вошла в гостиную, поставила лампу на столик, потому что около больной горел ночник, и тенью проскользнула в спальню. Дариола, вытянувшись на большом кресле, спала около своей хозяйки.

Кровать была со всех сторон задернута пологом. Молодая женщина дышала настолько тихо, что на одну минуту у Екатерины мелькнула мысль — не перестала ли она дышать совсем.

Наконец она услышала слабое дыхание и пожелала лично убедиться в действии страшного яда: королева злорадно приподняла полог, заранее испытывая трепет от того, что вот сейчас увидит мертвенную бледность или губительную красноту предсмертной лихорадки; но вместо этого молодая женщина спала мирным, тихим сном, смежив беломраморные веки, приоткрыв розовый ротик, уютно подложив под щеку точеную бело-розовую руку, а другую вытянув по красному узорчатому шелку, служившему ей одеялом, — спала, как будто еще радуясь чему-то: ей, вероятно, снился прекрасный сладкий сон, вызывая нежный румянец на щеках, а на устах улыбку ничем не нарушаемого счастья.

Королева-мать не удержалась, тихо вскрикнула от изумления и разбудила Дариолу. Екатерина спряталась за полог. Дариола открыла глаза, но одурманенная сном девушка даже не пыталась выяснить причину своего пробуждения, а снова опустила отяжелевшие веки и заснула.

Екатерина вышла из-за полога и, оглядев всю комнату, заметила стоявшие на столике графин с испанским вином, фрукты, сладкое печенье и два стакана. Несомненно, Генрих ужинал у баронессы, видимо, чувствовавшей себя так же хорошо, как и ее любовник.

Королева-мать быстро подошла к туалетному столику и взяла серебряную коробочку, на одну треть уже пустую. Это была та самая коробочка, по крайней мере совершенно схожая с той, которую она послала мадам де Сов. Екатерина взяла на кончик золотой иглы кусочек губной помады величиной с жемчужину, вернулась к себе в спальню и дала этот кусочек обезьянке, которую ей подарил Генрих сегодня днем. Животное, соблазнившись приятным запахом помады, жадно проглотило ее и, свернувшись клубочком, заснуло в своей корзинке. Екатерина подождала четверть часа.

«От половины того, что съела обезьянка, моя собака Брут издохла в течение минуты, — подумала Екатерина. — Меня провели! Неужели Рене? Нет, немыслимо, чтобы Рене! Тогда — Генрих! О судьба! Ясно, раз ему предназначено царствовать, он не может умереть!.. Но, может быть, против него бессилен только яд? Посмотрим, что скажет сталь!»

И Екатерина легла спать, обдумывая новый план. Наутро он, видимо, уже созрел, судя по тому, что она призвала к себе командира своей охраны, дала ему письмо, приказала отнести его по адресу и вручить в собственные руки адресата.

Адрес был следующий: «Командиру королевских петардщиков Лувье де Морвелю, улица Серизе, близ Арсенала».

## X

## ПИСЬМО ИЗ РИМА

Прошло несколько дней со времени этих событий, когда однажды утром во дворе Лувра появились носилки в сопровождении нескольких дворян, одетых в придворные цвета герцога Гиза, и королеве Наваррской доложили, что герцогиня Невэрская просит оказать ей честь, приняв ее.

В это время у Маргариты была мадам де Сов. Красавица баронесса впервые вышла из своих комнат после своей мнимой болезни. Она знала, что за время ее болезни, почти в течение недели вызывавшей столько разговоров при дворе, королева Наваррская выражала своему мужу живое беспокойство по поводу здоровья баронессы, и мадам де Сов пришла теперь благодарить за это королеву.

Маргарита поздравила мадам де Сов с выздоровлением и выразила радость по поводу того, что баронесса благополучно перенесла внезапный приступ странной болезни, которая, по мнению Маргариты, знакомой с медициной, была очень опасна.

— Надеюсь, вы примете участие в большой охоте? — сказала Маргарита. — Она была один раз отложена, но теперь окончательно назначена на завтра. Для зимы — погода мягкая. Солнце обогрело землю, и наши охотники всех уверяют, что день будет на редкость благоприятный для охоты.

— Мадам, не знаю, достаточно ли я для этого окрепла.

— Нет, нет, возьмите себя в руки, — ответила Маргарита. — Кроме того, я, как женщина боевая, предоставила в полное распоряжение моего мужа беарнскую лошадку, на которой должна была ехать, а под вами она пойдет отлично. Вы разве о ней не слышали?

— Слышала, мадам, но не знала, что лошадка предназначалась для вашего величества, я бы ее тогда не приняла.

— Из гордости, баронесса?

— Нет, мадам, из скромности.

— Значит, вы поедете?

— Ваше величество делаете мне много чести. Я поеду, раз вы приказываете.

В эту минуту доложили о герцогине Невэрской. При ее имени лицо Маргариты невольно выразило большую радость; баронесса поняла, что королеве и герцогине Невэрской надо поговорить наедине, и встала, собираясь уходить.

— Итак, до завтра, — сказала Маргарита.

— Да завтра, мадам.

— Кстати, — сказала Маргарита, провожая ее за руку, — имейте в виду, баронесса, что на людях я вас не выношу, так как я страшно ревнива.

— А в действительности? — спросила мадам де Сов.

— О, в действительности я вам не только все прощаю, но даже вас благодарю.

— В таком случае, ваше величество, разрешите...

Маргарита протянула ей руку; баронесса почтительно ее поцеловала, сделала реверанс и вышла.

Пока мадам де Сов взбегала к себе наверх, прыгая, как козочка, сорвавшаяся с привязи, герцогиня Невэрская обменялась с королевой церемонными приветствиями, давая время удалиться сопровождавшим ее дворянам. Когда дверь за ними затворилась, Маргарита крикнула:

— Жийона, Жийона! Позаботься, чтобы нас никто не прерывал.

— Да, — сказала герцогиня, — потому что нам надо поговорить о вещах очень серьезных.

И с этими словами она без церемоний уселась в кресло, заняв лучшее место, «поближе к солнцу и огню», уверенная, что теперь уже никто не помешает свободе задушевных отношений, которые установились между ней и королевой Наваррской.

— Ну, как поживает наш знаменитый рубака? — спросила Маргарита.

— Милая моя королева, клянусь душой, это существо мифологическое! — ответила герцогиня. — Он бесподобен! У него неиссякаемое остроумие! Он говорит такие штуки, что и святой у себя в раю умрет со смеху. Кроме того, это такой отъявленный язычник в католической шкуре, какого не бывало! Я от него просто без ума! Ну, а как твой Аполлон?

— Ох! — вздохнула Маргарита.

— Это «ох!» меня пугает, королева. Может быть, ваш милый Ла Моль чересчур почтителен? Или чересчур сентиментален? Тогда должна признаться, что он полная противоположность своему другу, Коконнасу.

— Да нет, он иногда бывает и другой, — ответила Маргарита, — а мое «ох!» относится только ко мне самой.

— Что ж это значит?

— А то, милая герцогиня, что я ужасно боюсь полюбить его по-настоящему.

— Правда?

— Честное слово!

— О, тем лучше! Как весело тогда мы заживем! — воскликнула Анриетта. — Моя мечта — любить немножко, твоя — любить глубоко. Не правда ли, моя дорогая и ученая королева, как приятно дать отдохнуть уму и уйти в чувство? А после безумств — улыбаться! Ах, Маргарита, предчувствую, что мы отлично проведем этот год!

— Ты так думаешь? — сказала королева. — А у меня совсем другие мысли: не знаю, отчего это происходит, но я все вижу сквозь траурную дымку. Вся наша политика меня ужасно тревожит. Кстати, узнай, так ли предан моему брату твой Аннибал, как он это изображает? Разузнай, мне это важно.

— Это он-то предан кому-нибудь или чему-нибудь? Видно, что ты его не знаешь так, как я! Если он чему и предан, так только честолюбию, вот и все. Если твой брат может ему обещать много — о, тогда другое дело: он будет ему предан. Но если брат твой вздумает не выполнить своих обещаний — тогда, хоть он и принц Франции, берегись твой герцог Алансонский!

— Правда?

— Уж я тебе говорю! Даю слово, Маргарита, что этот прирученный мною тигр пугает даже меня. Как-то я ему сказала: «Аннибал, не обманывайте меня, а если обманете, то берегитесь!..» Но, говоря это, я на него глядела моими изумрудными глазами, о которых Ронсар сложил стихи:

У красавицы Невэр,
    Например,
Глазки зелены и нежны;
Но порой сверкает в них
Больше молний голубых,
Чем в пучинах роковых
    В страшный миг
Бури бешено-мятежной!

— И что же?

— Я думала, что он ответит: «Мне? Обманывать вас? Никогда!» — и дальше в том же духе... А знаешь, что он ответил?

— Нет.

— «А если вы, — ответил он, — обманете меня, то, какая вы там ни есть принцесса, тоже берегитесь!..» И, говоря это, он грозил мне не только глазами, но и мускулистым тонким пальцем с острым, как копье, ногтем, причем тыкал мне этим пальцем чуть не в нос. Признаюсь, милая королева, у него было такое выражение лица, что я вздрогнула, хотя и не трусиха. Суди сама, что это за человек!

— Грозить тебе, Анриетта? Как он смел?

— Ого, дьявольщина! Я ему тоже пригрозила! В сущности говоря, у него было основание. Как видишь, он предан только до известного момента, вернее — до неизвестного момента.

— Тогда посмотрим, — задумчиво сказала Маргарита, — я поговорю с Ла Молем. У тебя нет ничего больше рассказать?

— Есть, и очень интересное, из-за этого я и пришла. Но ты со мной заговорила о вещах, для меня более интересных. Я получила вести.

— Из Рима?

— Да, нарочный от моего мужа...

— О польском деле?

— Да, дело подвигается чудесно, и может так случиться, что в самом скором времени ты отделаешься от своего брата, герцога Анжуйского.

— Значит, папа утвердил его избрание?

— Да, дорогая.

— И ты мне не сказала этого с самого начала! — воскликнула Маргарита. — Ну, скорей, скорей, выкладывай все по порядку.

— Кроме того, что я тебе сказала, я, честное слово, больше ничего не знаю. Впрочем, подожди, я дам тебе прочесть письмо моего мужа. На, вот оно! Ах, нет! Это стихи Аннибала, и прежестокие, милая королева, — он других не пишет. А-а, на этот раз оно! Нет, опять не то: это записочка от меня ему, я захватила с собой, чтобы ты передала ее через Ла Моля. Ага, ну вот наконец это письмо!

И герцогиня Невэрская передала письмо королеве.

Маргарита поспешно его открыла и прочла; но оно действительно содержало только то, что она уже слышала от своей подруги.

— А как дошло до тебя это письмо? — продолжала королева.

— С нарочным моего мужа, получившим приказание, раньше чем ехать в Лувр, заехать в дом Гизов и передать мне это письмо, а потом отвезти в Лувр письмо, адресованное королю. Зная, какое значение придает этой новости моя королева, я сама просила мужа так распорядиться. И видишь — он послушался меня. Это не то что мое чудовище Коконнас. Сейчас во всем Париже эту новость знают только три человека: король, ты да я; а еще — разве тот человек, который ехал по пятам нашего нарочного.

— Какой человек?

— Что за ужасное ремесло! Представь себе, несчастный наш гонец приехал усталый, растерзанный, весь в пыли; он скакал семь дней и семь ночей, не останавливаясь ни на минуту.

— А что это за человек, о котором ты сейчас сказала?

— Погоди, скажу. Во время этого пути от Рима до Парижа, на протяжении четырехсот лье, за нашим нарочным скакал человек, которого тоже ждали подставы. У него был такой свирепый вид, что наш бедняга боялся каждую минуту заполучить в спину пулю из пистолета. Оба они в одно и то же время подскакали к заставе Святого Михаила, оба промчались по улице Муфтар и через центр города; но в конце моста Парижской Богоматери наш нарочный взял вправо, а другой повернул налево, через площадь Шатле, и пролетел по набережной Лувра, как стрела из арбалета.

— Спасибо, Анриетта, спасибо, хорошая моя! — воскликнула Маргарита. — Твоя правда, вести интересные... Чей же это второй нарочный? Надо узнать. Теперь прощай; вечером встретимся на улице Тизон, да? А завтра — на охоте. Только выбери лошадь поноровистей, которая заносится, чтобы нам удрать от всех вдвоем. Сегодня вечером скажу тебе, что́ надо выведать у Коконнаса.

— Ты не забудешь передать мою записку? — смеясь, спросила герцогиня.

— Нет, нет, будь покойна, он получит ее вовремя.

Герцогиня Невэрская вышла, а Маргарита в ту же минуту послала за Генрихом; он тотчас явился и прочел письмо герцога Невэрского.

— Так, так! — сказал он.

Маргарита рассказала ему о двух нарочных.

— Верно, — ответил Генрих, — я видел того гонца, когда он въехал во двор Лувра.

— Может быть, он прискакал к королеве-матери?

— Нет, в этом я уверен; я тогда на всякий случай вышел в коридор, но там никто не проходил.

— В таком случае, — сказала Маргарита, — он, вероятно, приехал к...

— К вашему брату Франсуа, хотите вы сказать? — спросил Генрих.

— Да. Но как это узнать?

— А нельзя ли, — сказал небрежно Генрих, — послать за одним из этих двух дворян и узнать от него...

— Верно, сир! — сказала Маргарита, очень довольная предложением мужа. — Я сейчас пошлю за Ла Молем... Жийона! Жийона!

Девушка вошла.

— Мне нужно сию же минуту поговорить с Ла Молем, — сказала королева. — Постарайся найти его и привести сюда.

Жийона вышла. Генрих уселся за стол, где лежала немецкая книга с гравюрами Альбрехта Дюрера, и начал их рассматривать с большим вниманием, как будто не замечая вошедшего Ла Моля, — даже не поднял головы.

В свою очередь, молодой человек, увидев короля Наваррского у Маргариты, остановился на пороге, безмолвный от неожиданности и бледный от тревожного волнения.

Маргарита сама подошла к нему и спросила:

— Месье де Ла Моль, не можете ли мне сказать, кто у герцога Алансонского сегодня на дежурстве?

— Коконнас, мадам... — ответил Ла Моль.

— Попытайтесь от него узнать, не пропускал ли он сегодня к герцогу человека, забрызганного грязью, как будто проделавшего долгий путь не слезая с лошади.

— Мадам, боюсь, что он об этом не станет говорить; за последние дни он стал очень неразговорчив.

— Вот как! Но мне думается, что если вы передадите ему записочку, он должен будет вам чем-то отплатить.

— От герцогини!.. О, имея в руках эту записочку, я попытаюсь...

— Добавьте, — сказала Маргарита шепотом, — что эта записка сегодня вечером послужит ему пропуском в известный вам дом.

— А какой же пропуск получу я, мадам?..

— Назовите свое имя, и этого довольно.

— Давайте, мадам, записку, давайте, — сказал Ла Моль, сгорая от любви, — я отвечаю за успех.

Ла Моль вышел.

— Завтра мы будем знать, осведомлен ли герцог Алансонский о делах в Польше, — спокойно сказала Маргарита, обращаясь к мужу.

— Этот Ла Моль воистину любезен и услужлив, — сказал Беарнец с особенной улыбкой, свойственной лишь одному ему. — И — клянусь мессой! — я устрою его судьбу.

# XI

## ВЫЕЗД НА ОХОТУ

Когда на следующее утро из-за холмов, окружающих Париж, всходило ярко-красное солнце без лучей, как это бывает в ясный зимний день, на дворе Лувра все было уже в движении еще два часа назад.

Великолепный берберский жеребец, высокий и нервный, на сухих, с целой сеткой переплетающихся жил, ногах, как у оленя, бил копытом о землю, прядал ушами и шумно выпускал горячее дыхание из ноздрей, ожидая Карла IX; но он был все же менее нетерпелив, чем его хозяин, задержанный Екатериной, которая остановила сына на ходу, чтобы поговорить, по ее словам, о важном деле.

Мать и сын стояли в стеклянной галерее: Екатерина — холодная, бледная, бесстрастная, как всегда, а Карл IX, дрожа от нетерпения, грыз ногти и стегал двух собак — своих любимцев, на которых надеты были кольчужные попоны, чтобы предохранить их от ударов клыков и дать возможность безопасно схватиться с ужасным зверем. На груди поверх кольчуги нашит был маленький щиток с гербом Франции, вроде тех, что нашивали на грудь пажей, которые не раз завидовали преимуществам этих любимых благоденствующих псов.

— Карл, примите во внимание, — говорила Екатерина, — что никому, кроме меня и вас, еще не известно о скором прибытии сюда поляков; а между тем король Наваррский — да простит мне бог! — ведет себя так, как будто он об этом знает. Несмотря на свой переход в католическую веру, который был всегда мне подозрителен, Генрих поддерживает сношения с гугенотами. Разве вы не заметили, что за последние дни он часто уходит из дому? У него появились деньги, а их у него никогда не было; он покупает лошадей, оружие, а в дождливую погоду по целым дням упражняется в искусстве фехтования.

— Ах, боже мой! — сказал Карл IX в нетерпении. — Неужели, матушка, вы думаете, что он собирается убить меня или моего брата, герцога Анжуйского? Тогда ему надо еще поучиться: не далее как вчера я налепил ему своей рапирой одиннадцать точек на колет, а он насчитал у меня лишь шесть. А мой брат Анжуйский фехтует еще искуснее меня или, по его словам, так же хорошо, как я.

— Послушайте, Карл, не относитесь так легко к тому, что говорит вам ваша мать. Польские послы скоро приедут — вот вы тогда увидите! Как только они появятся в Париже, Генрих Наваррский сделает все возможное, чтобы привлечь их внимание к себе. Он вкрадчив, он себе на уме, не говоря уже о том, что жена его, которая, неизвестно по каким причинам, ему способствует, будет болтать с послами, говорить с ними по-латыни, по-гречески, по-венгерски и так далее. Говорю вам, Карл, я никогда не ошибаюсь, — так я говорю вам: что-то затевается.

В эту минуту пробили часы, и Карл IX, перестав слушать Екатерину, прислушался к их бою.

— Смерть моя! Семь часов! — воскликнул он. — Час ехать — итого восемь! Час на то, чтобы доехать до места сбора и набросить гончих, — мы только в девять начнем охоту. Честное слово, матушка, вы вынуждаете меня терять время. Отстань, Удалой!.. Отстань же, говорят тебе, разбойник!

Он сильно хлестнул по спине молосского дога; бедное животное, изумленное таким наказанием в ответ на свою ласку, взвизгнуло от боли.

— Карл, выслушайте же меня, ради бога, — сказала Екатерина, — и не швыряйтесь вашей собственной судьбой и судьбой Франции. У вас на уме только охота, охота и охота!.. Выполните ваши обязанности короля и тогда охотьтесь сколько угодно.

— Ладно, ладно, матушка! — сказал Карл, бледнея от нетерпения. — Объяснимся поскорее, — из-за вас во мне все кипит. Честное слово, бывают дни, когда я вас просто не понимаю!

И он остановился, похлопывая рукояткой арапника по сапогу.

Екатерина решила, что момент благоприятный и упускать его нельзя.

— Сын мой, у нас есть доказательства, что де Муи вернулся в Париж, — сказала королева-мать. — Его видел Морвель, которого вы хорошо знаете. Он мог приехать только к королю Наваррскому. Надеюсь, этого достаточно, чтобы подозревать Генриха больше, чем когда-либо.

— Слушайте, опять вы против моего бедного Анрио! Вы хотите, чтобы я его казнил, да?

— О нет!

— Изгнал? Но как вы не понимаете, что в качестве изгнанника он гораздо опаснее, чем когда он здесь, у нас на глазах, в Лувре, где он не может сделать ничего, что не стало бы известно нам в ту же минуту!

— Поэтому я и не собираюсь изгонять его.

— Тогда чего же вы хотите? Говорите скорее!

— Я хочу, чтобы на время пребывания поляков он находился в заключении, — например, в Бастилии.

— Ну, это уж нет! — воскликнул Карл. — Сегодня мы с ним охотимся на кабана, а он мой лучший помощник на охоте. Без него нет охоты. Черт возьми! Вы, матушка, только о том и думаете, как бы меня вывести из терпения!

— Ах, милый сын мой, разве я говорю, что сегодня? Послы приедут завтра или послезавтра. Арестуем его после охоты, сегодня вечером... нет... ночью.

— Это другое дело. Там увидим! Мы еще поговорим об этом. После охоты — я не возражаю. Прощайте! Сюда, Удалой! Или ты тоже будешь на меня дуться?

— Карл, — сказала Екатерина, останавливая сына за руку и рискуя вызвать этой задержкой новую вспышку гнева, — я думаю, что самый арест можно отложить до вечера или до ночи, но распоряжение об аресте лучше подписать сейчас.

— Писать приказ, подписывать, разыскивать печать для королевских грамот, в то время как меня ждут, чтоб ехать на охоту, а я никогда не заставлял ждать себя! Ну его к черту!

— Но я вас так люблю, что не собираюсь вас задерживать. Я все предусмотрела. Войдите сюда, ко мне.

Екатерина проворно, точно ей было двадцать лет, отворила дверь в свой кабинет, показала на чернильницу, перо, грамоту, печать и зажженную свечу.

Король взял грамоту и быстро пробежал ее:

— «Повеление... арестовать и препроводить в Бастилию брата нашего Генриха Наваррского». Готово! — сказал он, подписывая одним росчерком. — Прощайте, матушка!

И бросился вон из кабинета в сопровождении своих собак, радуясь, что так легко отделался от матери.

На дворе все с нетерпением ждали Карла IX и, зная его точность в делах охоты, удивлялись тому, что он опаздывал.

Зато когда он появился, охотники приветствовали его криками, выжлятники — фанфарами, лошади — ржанием, а собаки — лаем.

Весь этот шум и крики возбуждающе подействовали на Карла; бледные щеки его покрылись румянцем, сердце забилось, и на одну минуту он стал юн и счастлив.

Король только кивнул всему блестящему обществу, собравшемуся во дворе, мотнул головой Маргарите, махнул рукой герцогу Алансонскому, прошел мимо Генриха Наваррского, делая вид, что его не замечает, и вскочил на своего берберского жеребца, который под ним запрыгал, но, сделав два-три курбета, почувствовал, с каким ездоком имеет дело, и успокоился.

Снова раздался звук фанфар, и король выехал из Лувра в сопровождении герцога Алансонского, короля Наваррского, Маргариты, герцогини Невэрской, мадам де Сов, Тавана и придворной вельможной знати.

Само собою разумеется, что Коконнас и Ла Моль входили в число дворян, сопровождавших короля.

Что касается герцога Анжуйского, то он уже три месяца отсутствовал, участвуя в осаде Ла-Рошели.

Пока ждали короля, Генрих Наваррский подъехал поздороваться со своей женой, которая, ответив на его приветствие, сказала ему на ухо:

— Нарочный из Рима был у герцога Алансонского. Коконнас лично ввел его туда на четверть часа раньше, чем посланный герцога Невэрского был принят королем.

— Значит, он знает все? — спросил Генрих.

— Наверняка, — ответила Маргарита. — Только взгляните, как блестят его глаза, несмотря на всю его способность скрывать и притворяться.

— Святая пятница! Еще бы, — прошептал Генрих, — сегодня он уже охотник на трех зайцев: Францию, Польшу и Наварру, не считая кабана!

Он поклонился жене и вернулся на свое место, затем подозвал одного из слуг, своего обычного посланца по любовным поручениям, родом беарнца, предки которого в течение столетия служили его предкам, и сказал:

— Ортон, возьми вот этот ключ и доставь его известному тебе кузену мадам де Сов, живущему у своей возлюбленной на улице Катр-Фис; скажи ему, что его кузина желает поговорить с ним сегодня вечером. Пусть он войдет ко мне в комнату и, если меня не будет дома, подождет; если же я очень запоздаю, пускай ложится спать на мою постель.

— Ответа не требуется, сир?

— Нет, только сообщи мне, застал ты его дома или нет. Ключ никому, кроме него, — понимаешь?

— Да, сир.

— Постой! Куда ты? Не уезжай от меня сейчас. При выезде из Парижа я подзову тебя, чтобы переседлать мне лошадь, — тогда будет понятно, почему ты отстал; исполнив поручение, догонишь нас в Бонди.

Слуга кивнул головой и отъехал в сторону.

Все общество двинулось по улице Сент-Оноре, затем по улице Сен-Дени и, наконец, достигло предместья; там, на улице Сен-Лоран, лошадь короля Наваррского расседлалась. Ортон подъехал, и все произошло, как было условлено между слугой и господином, который затем последовал за королевским поездом на улицу Реколе, в то время как верный слуга его скакал на улицу Катр-Фис.

Когда Генрих Наваррский присоединился к королю, Карл IX был занят интересным разговором с герцогом Алансонским о возрасте обложенного кабана-одинца, о месте его лежки и сделал вид, будто не заметил, что Генрих некоторое время оставался позади.

Маргарита все это время наблюдала издали за поведением их обоих, и ей казалось, что каждый раз, как ее брат — король смотрел на Генриха, глаза его выражали какое-то смущение.

Герцогиня Невэрская хохотала до слез, потому что Коконнас, особенно веселый в этот день, беспрестанно отпускал остроты, стараясь насмешить окружавших ее дам. Ла Моль уже два раза нашел случай поцеловать белый, обшитый золотой бахромой шарф Маргариты и сделал это с ловкостью, свойственной любовникам, так, что лишь три-четыре человека заметили его проделку.

В четверть девятого все общество прибыло в Бонди.

Карл IX первым делом справился, не ушел ли кабан. Обошедший зверя ловчий ручался, что кабан в кругу.

Закуска была уже готова. Король выпил стакан венгерского вина, пригласил дам к столу, а сам, от нетерпения и чтобы убить время, пошел осматривать псарню и ловчих птиц, приказав не расседлывать его лошадь, оправдывая это тем, что такой выносливой и сильной верховой лошади у него никогда не было.

В то время когда король производил осмотр, приехал герцог Гиз. Он был вооружен, как будто ехал не на охоту, а на войну; его сопровождало человек двадцать или тридцать дворян в таком же снаряжении. Он тотчас осведомился, где король, пошел к нему и вернулся вместе с ним, продолжая какой-то разговор.

Ровно в девять часов король сам подал в рог сигнал «набрасывать» собак, все сели на лошадей и поехали к месту охоты.

По дороге Генрих Наваррский, улучив удобную минуту, подъехал еще раз к своей жене.

— Что у вас нового? — спросил он.

— Ничего, кроме того, что мой брат Карл как-то странно на вас посматривает, — ответила Маргарита.

— Я заметил.

— А вы приняли какие-нибудь меры предосторожности? — спросила Маргарита.

— У меня под одеждой кольчуга, а на боку охотничий испанский нож, отточенный, как бритва, острый, как игла, — я разрубаю им дублоны пополам.

— Ну, да хранит вас бог! — сказала Маргарита.

Доезжачий, ехавший во главе охоты, дал знак остановиться; охота подъехала к месту лежки.

# ЧАСТЬ ЧЕТВЕРТАЯ

## I

## МОРВЕЛЬ

В то время как вся эта молодежь, веселая и беззаботная, по крайней мере с виду, неслась золотистым вихрем по дороге на Бонди, Екатерина, свернув в трубку драгоценный приказ, только что подписанный Карлом, велела ввести к себе в комнату человека, которому командир ее охраны отнес несколько дней тому назад письмо на улицу Серизе близ Арсенала. Широкая из тафты повязка, похожая на погребальный венчик, скрывала один глаз этого человека, оставляя на виду другой глаз, горбину ястребиного носа меж двух выпиравших скул и покрытую седеющей бородкой нижнюю часть лица. На нем надет был длинный плотный плащ, под которым, видимо, скрывался целый арсенал. Кроме того, вопреки обычаю являться ко двору без оружия, у него сбоку висела большая боевая шпага с двойной гардой. Одна рука все время скрывалась под плащом, нащупывая рукоять кинжала.

— А-а, вот и вы! — сказала королева-мать, усаживаясь в кресло. — Вы знаете, что после дня святого Варфоломея, когда вы оказали нам отменные услуги, я обещала, что не оставлю вас в бездействии. Теперь явилась для этого возможность, вернее — я создала ее сама. Поблагодарите же меня за это.

— Мадам, нижайше вас благодарю, — раболепно, но не без наглости, ответил человек с черной повязкой.

— Воспользуйтесь этой возможностью, месье; она не повторится в вашей жизни.

— Мадам, я жду... только поначалу я опасаюсь...

— Что это дело не очень громкое? Не такое, до каких охотники те, кто желает выдвинуться? Однако поручение, которое имею я в виду, такого рода, что вам могли бы позавидовать Таван и даже Гизы.

— Мадам, поверьте мне, каково бы оно ни было, я весь в распоряжении вашего величества.

— В таком случае прочтите, — сказала Екатерина, передавая ему королевский приказ.

Человек пробежал его глазами и побледнел.

— Как! Арестовать короля Наваррского?! — воскликнул он.

— Ну и что же тут необыкновенного?

— Но ведь короля, мадам! Воистину, я думаю, что для этого я слишком низкого ранга дворянин.

— Мое доверие делает вас, месье Морвель, первым в ряду моих придворных дворян, — ответила Екатерина.

— Приношу глубокую благодарность вашему величеству, — сказал убийца с волнением, в котором чувствовалось колебание.

— Так вы исполните?

— Раз ваше величество прикажет — мой долг повиноваться.

— Да, я приказываю.

— Тогда я повинуюсь.

— Как вы возьметесь за это дело?

— Пока не знаю, мадам. Я очень бы желал, чтобы ваше величество дали мне наставление.

— Вы боитесь шума?

— Сознаюсь — да!

— Возьмите с собой двенадцать человек, а если надо, то и больше.

— Конечно, ваше величество, я понимаю это как разрешение мне принять все меры для успеха, за что я очень вам признателен; но в каком месте я должен взять короля Наваррского?

— Там, где находите для себя удобным.

— Если возможно, то лучше в таком месте, которое само своей почтенностью обеспечило бы мне безопасность.

— Понимаю. В каком-нибудь королевском дворце... например, в Лувре. Что вы на это скажете?

— О, если бы ваше величество мне разрешили, то это было бы великой милостью.

— Хорошо, возьмите его в Лувре.

— А в каком месте Лувра?

— У него в комнате.

— Когда, мадам?

— Сегодня вечером или лучше — ночью.

— Хорошо, мадам, а теперь соблаговолите дать мне указания в одном отношении.

— В каком?

— В смысле степени уважения к сану...

— Уважение... Сан!.. — с иронией повторила Екатерина. — Вам разве не известно, что король Франции никому не обязан оказывать уважение в своем королевстве, где нет ему равных по сану?

Морвель еще раз низко поклонился.

— И все же, ваше величество, разрешите мне остановиться на этом вопросе?

— Разрешаю, месье.

— А что, если король Наваррский будет оспаривать подлинность приказа? Это маловероятно, но все-таки...

— Наоборот, месье; наверно, так и будет.

— Будет оспаривать?

— Несомненно.

— Но тогда он откажется повиноваться?

— Боюсь, что да.

— И окажет сопротивление?

— Вероятно.

— Ах, черт возьми! — произнес Морвель. — Но в таком случае...

— В каком? — спросила Екатерина, пристально глядя на Морвеля.

— В случае сопротивления — что тогда делать?

— А как вы поступаете, месье Морвель, когда вам в руки дан королевский приказ, то есть когда вы представляете собою лицо короля, а вам оказывают сопротивление?

— Мадам, когда я почтен таким приказом и дело касается простого дворянина, я убиваю.

— Я уже сказала вам, месье, и вы не могли этого забыть, что король Франции в своем королевстве не считается ни с каким саном! Иными словами, во Франции есть только один король — король Франции, а все другие перед ним, даже носящие самый высокий титул, — простые дворяне.

Морвель начинал понимать и побледнел.

— Ого! Шутка ли, убить короля Наваррского!

— Кто вам сказал — убить? Где у вас приказ убить его? Королю угодно отправить Генриха Наваррского в Бастилию, и приказ говорит только об этом. Если он даст себя арестовать — отлично! Но так как он не даст себя арестовать, окажет сопротивление и попытается вас убить...

Морвель снова побледнел.

— Вы будете защищаться, — продолжала Екатерина. — Нельзя же требовать от такого храброго человека, как вы, чтобы он дал себя убить, не пытаясь защищаться; а при защите — ничего не поделаешь! — мало ли что может случиться! Понятно вам?

— Да, мадам; а все-таки...

— Хорошо, вам хочется, чтобы после слова «взять» я приписала своей рукой «живого или мертвого»?

— Мадам, признаться, это облегчило бы мне совесть.

— Если вы думаете, что без этого нельзя исполнить поручение, придется сделать так.

И Екатерина, пожав плечами, развернула приказ и приписала: «живого или мертвого».

— Возьмите, — сказала она, — такая формулировка приказа удовлетворяет вас?

— Да, мадам, — отвечал Морвель. — Но я прошу ваше величество предоставить исполнение приказа в мое полное распоряжение.

— А чем может повредить исполнению то, что я предложила вам?

— Ваше величество предлагает взять двенадцать человек?

— Да, чтобы было надежнее...

— А я прошу разрешения взять только шестерых.

— Почему?

— Видите ли, мадам, весьма вероятно, что с королем Наваррским случится неприятность... А если случится такая неприятность, то шестерым ее простят, потому что шестеро боялись упустить подлежащего аресту, но никто не простит двенадцати, что они подняли руку на королевское величество раньше, чем потеряли от его руки половину своих товарищей.

— Хорошо королевское величество — без королевства! Нечего сказать!

— Мадам, королевский сан дается не королевством, а происхождением, — ответил Морвель.

— Ну хорошо! Делайте, как знаете, — сказала Екатерина. — Только должна вас предупредить, чтобы вы не выходили никуда из Лувра.

— Но, мадам, мне надо собрать своих людей.

— У вас есть какой-то там сержант; вы можете это поручить ему.

— У меня есть слуга; он парень не только верный, но уже помогавший мне в таких делах.

— Пошлите за ним и сговоритесь. Вы ведь знаете Оружейную палату короля, да? Там вам дадут позавтракать; там же отдадите ваши приказания. Само это место укрепит вашу решимость, если она поколебалась. Потом, когда мой сын вернется с охоты, вы перейдете в мою молельню и там ждите, пока наступит время действовать.

— А как проникнуть в его комнату? Король Наваррский, наверно, подозревает что-то и запрется изнутри.

— У меня есть запасные ключи от всех дверей, — сказала Екатерина, — а задвижки в комнате Генриха все сняты. Прощайте, месье Морвель, до скорого свидания. Я велю проводить вас в Оружейную палату короля. Да, кстати! Не забудьте, что повеления короля должны быть выполнены независимо ни от чего, недопустимы никакие оправдания. Провал, даже какая-нибудь неудача нанесут ущерб чести короля, — это тяжкий проступок...

Екатерина, не давая Морвелю времени ответить, позвала командира своей охраны, месье Нансе, и приказала ему отвести Морвеля в Оружейную палату короля.

«Черт возьми! — говорил про себя Морвель, идя за своим проводником. — В делах убийства я иду вверх по иерархической лестнице: от простого дворянина до командира армии, от командира армии до адмирала, от адмирала до некоронованного короля. А кто знает, не доберусь ли я когда-нибудь и до коронованного?»

# II

## ОХОТА С ГОНЧИМИ

Доезжачий, который обошел кабана и поручился королю за то, что зверь не выходил из круга, оказался прав. Как только навели на след ищейку, она сейчас же стронула кабана, лежавшего в колючих зарослях, и, как определил по его следу доезжачий, зверь оказался очень крупным одинцом.

Кабан взял напрямки и в пятидесяти шагах от короля перебежал дорогу, преследуемый только той ищейкой, которая его и подняла. Немедленно спустили со смычков очередную стаю, и двадцать гончих бросились по следу зверя.

Карл IX страстно любил охоту. Как только кабан перебежал дорогу, Карл сейчас же поскакал за ним, трубя «по зрячему»; за королем скакали герцог Алансонский и Генрих Наваррский, которому Маргарита сделала знак, чтоб он не отставал от Карла.

Все прочие охотники последовали за королем. В те времена, о которых идет речь, королевские леса совсем не походили на теперешние охотничьи парки, изрезанные проезжими дорогами. Тогда леса не разрабатывались. Королям еще не приходило в голову стать торгашами, разбивать леса на делянки, на строевой лес и на сечи. Деревья насаждались не учеными лесничими, а божиею десницею, бросавшей семена по воле ветра, и не выстраивались в шахматном порядке, а росли, где им удобнее, как в девственных лесах Америки. Короче говоря, в то время этот лес являлся надежным убежищем для множества зверей — кабанов, волков, оленей, — а также для разбойников; двенадцать тропок расходились звездой из одной точки — из Бонди, а весь Бондийский лес кругом охватывала проселочная дорога, как обод охватывает спицы колеса.

Если это сравнение продолжить, то ступицу довольно точно представлял единственный перекресток в самом центре леса, служивший местом сбора отбившихся охотников, откуда они снова устремлялись к тому месту, где слышались звуки потерянной охоты.

Спустя четверть часа произошло то, что всегда бывает в подобных случаях: на пути охотников оказались непреодолимые препятствия, голоса гончих потерялись где-то вдалеке, и даже сам король вернулся к перекрестку, ругаясь, по своему обыкновению, и проклиная все на свете.

— Что это такое? И вы, Франсуа, и вы, Анрио, тихи и смиренны, как монашки, идущие за игуменьей. Слушайте, это не охота! У вас, Франсуа, такой вид, точно вас вынули из сундука, и от вас так пахнет духами, что если вы проедете между моими гончими и зверем, то собаки сколются со следа. Послушайте, Анрио, где у вас рогатина, где аркебуза?

— Сир, а зачем мне аркебуза? Я знаю, что вы сами любите стрелять по зверю, когда его остановят гончие. А рогатиной я владею плохо — она не годится у нас в горах, и мы охотимся на медведя просто с кинжалом.

— Клянусь смертью, Генрих, когда вы вернетесь к себе в Пиренеи, непременно пришлите мне целый воз живых медведей! Наверно, это чудесная охота, когда бьешься один на один со зверем, который может задушить тебя... Прислушайтесь! Мне кажется — это гон. Нет, я ошибся.

Король взял рог и протрубил призыв. Ему ответило несколько рогов. Как вдруг один выжлятник подал в рог другой сигнал.

— По зрячему! По зрячему! — крикнул король и пустился вскачь; за ним — охотники, которые собрались по его сигналу.

Выжлятник не ошибся. Чем дальше скакал король, тем яснее слышался гон стаи, состоявшей теперь из шестидесяти собак, так как на зверя спускали одну за другой запасные стаи, оказавшиеся там, где пробегал кабан. Король еще раз «перевидел» зверя и, пользуясь тем, что здесь был чистый бор, поскакал за кабаном прямо через лес, трубя изо всех сил в рог.

Некоторое время вельможи скакали вслед за ним. Но король ехал на сильной лошади и, увлеченный страстью, скакал по таким буеракам и такой чаще, что сначала женщины, затем герцог Гиз со своими дворянами, наконец, король Наваррский и герцог Алансонский вынуждены были отстать от короля. Немного дольше продержался Таван, но в конце концов и он отстал.

Все общество за исключением Карла и нескольких выжлятников, не отстававших от короля благодаря обещанной награде, вновь собралось близ перекрестка.

Король Наваррский и герцог Алансонский стояли вдвоем на длинной просеке, а в ста шагах от них спешились герцог Гиз и его дворяне; на самом перекрестке собрались женщины.

— А право, — сказал герцог Алансонский Генриху, подмигивая глазом в сторону герцога Гиза, — у этого человека, с его свитой, увешанной оружием, такой вид, как будто он король. Он даже не удостаивает взглядом таких жалких царственных особ, как мы.

— Почему же он станет относиться к нам лучше, чем наши родственники? — ответил Генрих. — Эх, брат мой! Разве мы с вами не пленники французского двора, не заложники от нашей партии?

При этих словах герцог Алансонский вздрогнул и так взглянул на Генриха Наваррского, точно хотел вызвать его на дальнейшее объяснение; но Генрих и так сказал больше, чем имел обыкновение, и теперь молчал.

— Что вы хотели сказать, Генрих? — спросил герцог Алансонский, очевидно, недовольный тем, что его зять не продолжает разговора, предоставляя самому вступать в объяснения.

— Я хотел сказать, — ответил Генрих, — что все эти хорошо вооруженные люди, видимо, получили заданис нс выпускать нас из виду и, по всем признакам, похожи на стражу, готовую задержать двух определенных лиц, если они вздумают бежать.

— Почему бежать? Зачем бежать? — спросил герцог Алансонский, прекрасно разыгрывая наивное удивление.

— Под вами, Франсуа, отличный испанский жеребец, — отвечал Генрих, делая вид, что меняет тему разговора, но продолжая свою мысль, — я уверен, что он может проскакать семь лье в час, а сегодня до полудня сделать двадцать лье. Погода хорошая, честное слово, так и подмывает отдать повод. Смотрите, какая там хорошая тропинка. Разве она не соблазняет вас, Франсуа? А у меня зуд даже в шпорах.

Франсуа не ответил ни слова. Он то краснел, то бледнел и делал вид, что прислушивается, стараясь определить, где охота.

«Вести из Польши подействовали на него, — сказал про себя Генрих, — и мой дорогой шурин что-то затевает. Ему бы очень хотелось, чтобы бежал я, но я не побегу один».

Едва успел он сделать это заключение, как подъехала коротким галопом группа гугенотов, принявших католичество и вернувшихся ко двору два или три месяца тому назад; с приветливой улыбкой они поклонились герцогу Алансонскому и королю Наваррскому.

Было очевидно, что стоило герцогу Алансонскому, подзадоренному откровенными намеками короля Наваррского, сказать слово или сделать соответствующий жест, и человек сорок всадников, ставших около них, как бы в противовес отряду герцога Гиза, прикрыли бы бегство их обоих; но герцог Франсуа отвернулся и, приставив к губам рог, протрубил сбор.

В это время вновь прибывшие всадники, вероятно, думая, что нерешительность герцога Алансонского вызвана присутствием и близким соседством гизовцев, незаметно один за другим очутились между свитой герцога Гиза и двумя представителями королевских домов и выстроились с таким тактическим искусством, которое указывало на привычку к боевым порядкам. Теперь надо было сначала опрокинуть их, чтобы добраться до герцога Алансонского и короля Наваррского, тогда как перед братом короля и его зятем лежал до самого горизонта свободный путь.

Неожиданно в просвете между деревьями появился какой-то дворянин верхом, которого не видели до этого ни Генрих, ни герцог Алансонский. Генрих старался угадать, кто он такой, но дворянин, приподняв шляпу, сам показал себя Генриху, — это был виконт Тюрен, один из вождей протестантской партии, находившийся, как думали, в Пуату.

Виконт даже мотнул головой в сторону дороги, что явно обозначало: «Едем?»

Генрих, внимательно вглядевшись в безразличное выражение лица и мертвые глаза герцога Алансонского, раза три повел шеей вправо и влево, делая вид, что ему жмет воротник колета. Это означало — нет. Виконт понял, дал лошади шпоры и скрылся в чаще леса.

В то же время послышался гон стаи и начал приближаться; немного погодя все увидели, как в дальнем конце просеки перебежал кабан, через минуту вслед за ним пронеслись гончие и, наконец, подобно «дикому охотнику», проскакал Карл IX, без шляпы, не отрывая губ от рога и трубя что было силы в легких; четыре выжлятника следовали за ним. Таван где-то заблудился.

— Король! — крикнул герцог Алансонский и поскакал на гон.

Генрих, почувствовав себя увереннее благодаря присутствию своих друзей, сделал им знак не отдаляться и подъехал к дамам.

— Ну что? — спросила Маргарита, выехав на несколько шагов ему навстречу.

— Что? Охотимся на кабана, мадам, — ответил Генрих.

— Только и всего?

— Да, со вчерашнего утра ветер подул с другой стороны; помнится, я это и предсказывал.

— А перемена ветра не благоприятствует охоте, да? — спросила Маргарита.

— Да, — ответил Генрих, — иногда это путает весь установленный распорядок, и приходится его менять.

В это время чуть слышный гон стал быстро приближаться, и какое-то тревожное волнение заставило охотников насторожиться. Все приподняли головы и превратились в слух.

Почти сейчас же показался кабан, но он не проскочил обратно в лес, а побежал вдоль по тропе прямо к перекрестку, где находились дамы и любезничавшие с ними придворные дворяне и охотники, еще раньше отбившиеся от охоты.

За кабаном, «вися у него на хвосте», неслись штук сорок наиболее вязких гончих; вслед за собаками скакал Карл IX, потеряв берет и плащ, в разорванной колючками одежде, с изодранными в кровь руками и лицом.

С ним оставался только один выжлятник.

Король то бросал трубить, чтобы голосом натравливать собак, то переставал натравливать, чтобы трубить в рог. Весь мир перестал для него существовать. Если бы под ним пала лошадь, он крикнул бы, как Ричард III: «Корону — за коня!»

Но его конь, видимо, горел таким же пылом, как и всадник, едва касался земли ногами и дышал огнем.

Кабан, собаки и король — все промелькнуло как видение.

— На драку! На драку! — крикнул на скаку король и снова приложил рог к своим окровавленным губам.

На небольшом расстоянии от короля скакали следом герцог Алансонский и два выжлятника. У всех остальных лошади или отстали, или совсем остановились.

Все общество поскакало на звуки гона, так как было ясно, что кабан станет на «отстой». Действительно, не прошло и десяти минут, как зверь свернул с тропинки и пошел лесом; но, добежав до какой-то полянки, прислонился задом к большому камню и стал головой к гончим. На крик Карла, не отстававшего от кабана, все собрались здесь, на поляне.

Наступил самый увлекательный момент охоты. Зверь, видимо, решил оказать отчаянное сопротивление. Гончие, разгоряченные трехчасовой гоньбой, подстрекаемые криком и руганью короля, с остервенением накинулись на зверя.

Охотники расположились широким кругом, — король впереди всех, за ним герцог Алансонский, вооруженный аркебузой, и Генрих с простым охотничьим ножом.

Герцог Алансонский отстегнул аркебузу от седельного крюка и разжег фитиль. Генрих Наваррский попробовал, свободно ли вынимается из ножен охотничий нож.

Презиравший охотничьи потехи герцог Гиз стоял со своими дворянами вдали от всех.

Дамы, сбившись в кучу, стояли тоже отдельной группой, подобно гизовцам.

Немного в стороне стоял выжлятник, напрягая все свое тело, чтобы сдержать двух одетых в кольчужные попоны молосских догов короля, которые выли от нетерпения и так рвались, что казалось, вот-вот разорвут державшие их цепи.

Кабан, защищаясь, делал чудеса. Штук сорок гончих с визгом нахлынули на него разом, точно накрыв его пестрым ковром, и норовили впиться в морщинистую шкуру, покрытую ставшей дыбом щетиной, но зверь каждым ударом своего клыка подбрасывал на десять футов вверх какую-нибудь собаку, которая падала с распоротым животом и, волоча за собой внутренности, снова бросалась в свалку. В это время Карл, всклокоченный, с горящими глазами, пригнувшись к шее лошади, яростно трубил «на драку».

Не прошло и десяти минут, как двадцать собак выбыли из строя.

— Догов! — крикнул король. — Догов!..

Выжлятник спустил двух молосских догов, которые ринулись в свалку; расталкивая и опрокидывая все, одетые в кольчуги, они мгновенно проложили себе путь, и каждый впился в кабанье ухо. Кабан, почувствовав на себе догов, щелкнул клыками от ярости и боли.

— Браво, Зубастый! Браво, Удалой! — кричал Карл IX. — Смелей, собачки! Рогатину! Рогатину!

— Не хотите ли мою аркебузу? — спросил герцог Алансонский.

— Нет, нет! — крикнул король. — Пулю не чувствуешь, как она входит, — никакого удовольствия, а рогатину чувствуешь. Рогатину! Рогатину!

Королю подали охотничью рогатину со стальным закаленным пером.

— Брат, осторожнее! — крикнула Маргарита.

— У-лю-лю! У-лю-лю! — закричала герцогиня Невэрская. — Сир, не промахнитесь! Пырните хорошенько этого гугенота!

— Будьте покойны, герцогиня! — ответил Карл.

Взяв рогатину наперевес, он кинулся на кабана, которого два дога держали с такой силой, что он не мог избежать удара. Но, увидев блестящее перо рогатину, зверь отклонился в сторону, и рогатина попала ему не в грудь, а скользнула по лопатке, ударила в камень, к которому прислонился задом зверь, и затупилась.

— Тысяча чертей! Промазал! — крикнул король. — Рогатину! Рогатину!

Король осадил лошадь, как делают ездоки перед прыжком, и отшвырнул уже негодную рогатину.

Один охотник хотел подать ему другую, но в это самое мгновение кабан, как бы предвидя грозившую ему беду, рванулся, вырвал из зубов молосских догов свои растерзанные уши и с налившимися кровью глазами, вздыбленной щетиной, шумно выпуская воздух, как кузнечный мех, опустив голову и щелкая клыками, отвратительный и страшный, налетел на лошадь короля. Карл IX был опытный охотник и предвидел возможность нападения: он поднял лошадь на дыбы, но не рассчитал силы и слишком туго натянул поводья; лошадь от чересчур затянутых удил, а может быть, и от испуга, запрокинулась назад. У всех зрителей вырвался крик ужаса; лошадь упала и придавила королю ногу.

— Сир! Отдайте повод! — крикнул Генрих Наваррский.

Король бросил поводья, левой рукой ухватился за седло, а правой старался вытащить охотничий нож; но, к несчастью, ножны зажало телом короля, и нож не вынимался.

— Кабан! Кабан! — кричал король. — Ко мне, Франсуа! На помощь!

Между тем лошадь, предоставленная самой себе, словно поняв грозившую ее хозяину опасность, напрягла все мускулы и уже поднялась на три ноги, но в ту же минуту Генрих Наваррский увидел, как герцог Франсуа, услышав призыв своего брата, страшно побледнел, приложил аркебузу к плечу и выстрелил. Пуля ударила не в кабана, который был в двух шагах от короля, а раздробила колено королевской лошади, и она ткнулась мордой в землю. Кабан бросился на короля и одним ударом клыка распорол ему сапог.

— О-о! — прошептал побелевшими губами герцог Алансонский. — Кажется, королем Франции будет герцог Анжуйский, а королем Польши — я.

В самом деле, кабан уже добрался до самой ляжки Карла! Как вдруг король почувствовал, что кто-то приподнял ему руку, затем перед его глазами сверкнул клинок и весь вонзился под лопатку зверю; в то же время чья-то одетая в железную перчатку рука оттолкнула кабанье рыло, уже проникшее под платье короля.

Карл, успевший высвободить ногу, пока поднималась его лошадь, с трудом встал и, увидев на себе струившуюся кровь, побледнел как смерть.

— Сир! — сказал Генрих Наваррский, все еще стоя на коленях и придерживая кабана, раненного в сердце. — Это пустяки! Ваше величество не ранены, — я отвел клык.

Затем он встал, оставив нож в туше зверя, и кабан упал, истекая кровью, хлынувшей не из раны, а из горла.

Карл IX, стоя среди задыхавшейся от волнения толпы, ошеломленный криками ужаса, способными поколебать мужество в самом стойком человеке, одно мгновение был готов упасть тут же, рядом с тушей издыхающего кабана. Но король взял себя в руки и, обернувшись к Генриху Наваррскому, пожал ему руку, сопровождая свое рукопожатие взглядом, где блеснуло теплое подлинное чувство, вспыхнувшее в сердце короля впервые за все двадцать четыре года его жизни.

— Спасибо, Анрио! — сказал он.

— Бедный брат! — воскликнул герцог Алансонский, подходя к Карлу.

— А-а! Это ты, Франсуа! — сказал король. — Ну, знаменитый стрелок, где твоя пуля?

— Наверное, она расплющилась о шкуру кабана.

— Что вы? Боже мой! — воскликнул Генрих, прекрасно разыгрывая изумление. — Видите, Франсуа, ваша пуля раздробила ногу лошади его величества. Как странно!

— Гм! Это правда? — спросил король.

— Возможно, — уныло ответил герцог, — у меня так дрожали руки!

— Несомненно одно: для такого искусного стрелка, как вы, Франсуа, выстрел небывалый! — сказал Карл IX, нахмурив брови. — Еще раз спасибо, Анрио! Господа, — продолжал он, обращаясь ко всем, — возвращаемся в Париж, с меня довольно.

Маргарита подъехала поздравить Генриха.

— Да, да, Марго, — сказал Карл IX, — похвали его от чистого сердца! Без него французского короля звали бы теперь Генрих Третий.

— Увы, мадам, — тихо сказал Беарнец, — герцог Анжуйский и без того мой враг, а теперь обозлится еще больше. Но как быть?! Каждый делает, что может, — спросите хоть герцога Алансонского.

Он нагнулся, вытащил из туши кабана охотничий нож и раза три всадил его в землю, чтобы счистить кровь.

# III

## БРАТСТВО

Спасая жизнь Карлу, Генрих Наваррский не просто спас жизнь человеку: он предотвратил смену государей в трех королевствах.

Если бы Карл IX погиб, то королем Франции стал бы герцог Анжуйский, а королем Польши, по всем вероятиям, — герцог Алансонский. Но так как герцог Анжуйский был любовником жены принца Конде, то наваррская корона, возможно, пошла бы в уплату мужу за покладистость его жены.

Таким образом, изо всей этой великой передряги не могло выйти ничего хорошего для Генриха Наваррского. Он получал другого господина — только и всего; но вместо Карла IX, относившегося к нему сносно, Генрих Наваррский мысленно представлял себе на троне Франции герцога Анжуйского, умом и сердцем двойника своей матери Екатерины, который поклялся уничтожить Генриха и, несомненно, сдержал бы свою клятву.

В то мгновение, когда кабан набросился на Карла IX, все эти мысли мелькнули разом в голове Генриха, и мы видели последствия быстрого, как молния, вывода, — что собственная жизнь Генриха связана с жизнью Карла.

Карл IX спасся благодаря преданности Генриха Наваррского, но настоящая ее причина осталась неизвестной королю. Однако Маргарита поняла все и подивилась неожиданной для нее смелости Генриха, блиставшего, подобно молнии, только в грозовую погоду.

Избавиться от царствования герцога Анжуйского было, к сожалению, еще не все, — надо было самому стать королем. Надо было бороться за Наварру с герцогом Алансонским и принцем Конде; а самое главное — надо было уехать от этого двора, где приходилось лавировать между двумя пропастями, но уехать под защитой брата короля.

Возвращаясь из Бонди, Генрих Наваррский обдумал положение, и, когда он входил в Лувр, план его уже созрел.

Не снимая сапог, как был — в пыли и крови, он прошел прямо к герцогу Алансонскому; герцог в сильном возбуждении ходил большими шагами по комнате. При виде Генриха на лице герцога выразилось неудовольствие.

— Да, — сказал Генрих Наваррский, беря его за обе руки, — да, брат мой, я понимаю вас! Вы сердитесь на меня за то, что я первый обратил внимание короля на пулю, попавшую в ногу королевской лошади, а не туда, куда хотели вы, то есть в кабана. Что делать! Я не сдержал чувства изумления. Но все равно, король и без меня заметил бы ваш промах, не правда ли?

— Конечно, конечно, — пробормотал герцог Алансонский, — но все же ничему другому, кроме злонамеренности, я не могу приписать сделанное вами замечание, которое, как вы видели, вызвало у моего брата Карла сомнения в искренности моих намерений и омрачило наши отношения.

— Мы сейчас вернемся к этому, — ответил Генрих. — Что же касается моих добрых или злых намерений по отношению к вам, то я нарочно и пришел сюда, чтобы вы сами могли о них судить.

— Хорошо! — ответил с обычной сдержанностью герцог Алансонский. — Говорите, Генрих, я слушаю.

— Когда я выскажу вам все, то вы увидите, каковы мои намерения, так как я пришел сделать вам признание, совершенно откровенное и очень неосторожное, после которого вы можете погубить меня одним словом.

— Что такое? — спросил Франсуа, начиная беспокоиться.

— Я долго колебался, — продолжал Генрих, — раньше нежели сказать вам то, что привело меня сюда, особенно после того как вы сегодня не захотели меня слушать.

— Ей-богу, я не понимаю, — сказал, бледнея, герцог, — что вы хотите сказать, Генрих.

— Мне слишком дороги ваши интересы, брат мой, — ответил Генрих, — и я не могу не сообщить вам, что гугеноты предприняли известные шаги.

— Шаги? — переспросил герцог Алансонский. — Какого же рода?

— Один из гугенотов, а именно месье де Муи де Сен-Фаль, сын храброго де Муи, убитого Морвелем, — да вы знаете...

— Да.

— Так он, рискуя жизнью, явился сюда нарочно, с целью доказать мне, что я нахожусь в плену.

— Ах, вот как! И что же вы ему ответили?

— Брат мой, вам известно, что я люблю Карла нежною любовью и что королева-мать заменила мне мою мать. Поэтому я отверг все предложения.

— А в чем заключались эти предложения?

— Гугеноты желают восстановить наваррский престол, а так как по наследству престол принадлежит мне, они и предложили мне его занять.

— Так! И де Муи вместо согласия получил отказ?

— Решительный... даже в письменной форме, — продолжал Генрих. — Но с тех пор...

— Вы раскаялись? — прервал его герцог Алансонский.

— Нет, но я заметил, что де Муи, не удовлетворенный мною, направил свои взоры куда-то в другое место.

— Куда же? — тревожно спросил герцог.

— Не знаю. Быть может, на принца Конде.

— Да, это вероятно, — ответил Франсуа.

— Впрочем, — заметил Генрих, — я имею возможность безошибочно узнать, кого наметил он в вожди.

Франсуа побледнел как смерть.

— Но гугеноты, — продолжал Генрих, — не единодушны, и де Муи, как он ни безупречен и ни храбр, все же является представителем только одной их части. Другая же часть, и немалая, не утратила надежды возвести на трон Генриха Наваррского, который вначале поколебался, но потом мог раздумать.

— Вы так полагаете?

— Я каждый день вижу доказательства этому. Вы заметили, из кого состоял тот отряд, что присоединился к нам на охоте?

— Да, из обращенных дворян-гугенотов.

— Вы узнали их начальника, который подал мне знак?

— Да, это виконт Тюрен.

— Вы поняли, чего они хотели от меня?

— Да, они предлагали вам бежать.

— Как видите, — сказал Генрих встревоженному герцогу, — есть вторая партия, которая хочет другого, а не того, что де Муи.

— Вторая партия?

— Да. И, повторяю, очень сильная. Таким образом, чтоб обеспечить себе успех, надо объединить эти две партии — Тюрена и де Муи. Заговор ширится, войска размещены и ждут только сигнала. Это крайне напряженное положение требует быстрой развязки, и у меня созрели два решения, между которыми я до сих пор колеблюсь. Я и пришел отдать их на суд вам, как своему другу.

— Скажите лучше — как своему брату.

— Да, как брату, — подтвердил Генрих.

— Говорите, я слушаю.

— Прежде всего, я должен объяснить вам мое душевное состояние. Никаких стремлений, никакого честолюбия у меня нет, да и нет для этого нужных способностей, — я простой деревенский дворянин, бедный, чувствительный и робкий; деятельность заговорщика представляется мне связанной с такими неприятностями, которые не вознаграждаются даже твердой надеждой на получение короны.

— Нет, брат мой, — отвечал Франсуа, — вы заблуждаетесь относительно себя: печально положение наследника царственного дома, когда все его благосостояние ограничено межевым камнем на отцовском поле, а весь почет — почетом от одного слуги; и я не очень верю тому, что вы мне говорите.

— Но тем не менее все, что я говорю вам, — правда, и настолько, что, будь у меня настоящий друг, я готов отказаться в его пользу от власти, которую мне предлагают заинтересованные во мне люди; но, — прибавил он со вздохом, — такого друга у меня нет.

— Так ли? Вы, несомненно, ошибаетесь.

— Святая пятница! Нет! — сказал Генрих. — Кроме вас, мой брат, нет никого, кто бы любил меня. Поэтому мне не хотелось бы, чтобы ужасные междоусобия обратились в мертворожденную попытку выдвинуть на свет божий кого-нибудь... недостойного... и я предпочитаю осведомить моего брата —

короля о том, что происходит. Я никого не назову, не скажу, где и когда, а только предотвращу огромное несчастье.

— Великий боже! — воскликнул герцог Алансонский, не в силах подавить чувство ужаса. — Что вы говорите!.. И кто? Вы, единственная надежда протестантской партии со времени смерти адмирала! Вы, гугенот, правда обращенный, но, как думают, плохо обращенный, — вы занесете нож над вашими собратьями! Генрих, Генрих! Неужели вы не понимаете, что, поступив так, вы устроите вторую Варфоломеевскую ночь всем гугенотам королевства? Точно вы не знаете, что Екатерина спит и видит, как бы дорезать всех, кто уцелел?

И герцог с красными пятнами на лице, в трепете, стиснул руку Генриха, умоляя отказаться от этого решения, которое губило его самого.

— Вот что! — сказал Генрих с выражением полной невинности. — Неужели вы думаете, это повлечет за собой столько несчастий? Мне кажется, что, заручившись словом короля, я гарантирую жизнь заговорщикам.

— Слово короля Карла Девятого? Генрих, разве он не дал слово адмиралу? Разве он не дал его и Телиньи? Да, наконец, вам лично? Говорю вам, Генрих: поступив так, вы всех погубите; не только гугенотов, но и всех тех, кто был с ними в косвенных или прямых сношениях.

Генрих с минуту как будто размышлял.

— Если бы я был при этом дворе королевским принцем, имеющим значение, — сказал он, — я бы поступил иначе. Например, будь я на вашем месте, Франсуа, то есть принцем французского царствующего дома, возможным наследником престола...

Франсуа иронически покачал головой.

— Как бы поступили вы на моем месте? — спросил он.

— На вашем месте я бы стал во главе движения, чтобы направлять его, — ответил Генрих. — Тогда бы мое имя, мой политический вес ручались перед моею совестью за жизнь мятежников, и я бы извлек пользу прежде всего для себя, а может быть, и для короля из предприятия, которое в противном случае может нанести величайший вред Франции.

Герцог слушал Генриха с такой радостью, что всякое напряжение исчезло с его лица.

— И вы думаете, — спросил он, — что такой образ действий осуществим и нас избавит от тех бедствий, которые вы предвидите в противном случае?

— Да, думаю, — ответил Генрих. — Гугеноты любят вас. Ваша внешняя скромность, ваше высокое и в то же время внушающее участие положение, наконец, ваше всегдашнее благоволение к приверженцам протестантской веры побудят их служить вам.

— Но в протестантской партии раскол, — сказал герцог. — Будут ли за меня ваши сторонники?

— Я берусь уговорить их благодаря двум обстоятельствам.

— Каким же?

— Во-первых, благодаря доверию их вождей ко мне; во-вторых, благодаря их страху за свою участь, так как ваша светлость, зная их имена...

— Но кто же мне скажет их имена?

— Я, святая пятница!

— И вы это сделаете?

— Послушайте, Франсуа, я уже сказал вам, что из всего здешнего двора я не люблю никого, кроме вас; происходит это, несомненно, оттого, что вас преследуют так же, как и меня; да и моя жена никого так не любит, как вас...

Франсуа покраснел от удовольствия.

— Поверьте, брат мой, — продолжал Генрих, — возьмите это дело в свои руки и царствуйте в Наварре. И если вы обеспечите мне место за вашим столом и хороший лес для охоты, я почту себя счастливым.

— Царствовать в Наварре! — сказал герцог. — Но если...

— Герцог Анжуйский будет провозглашен польским королем, да? Я за вас кончаю вашу мысль.

Франсуа с некоторым страхом посмотрел на Генриха.

— Так слушайте, Франсуа! — продолжал Генрих. — Поскольку от вас ничто не скрыто, я выскажу свои соображения на эту тему: предположим, герцог Анжуйский становится королем Польским, а в это время наш брат Карл — от чего сохрани его бог! — умирает, то ведь от По до Парижа двести лье, тогда как от Варшавы до Парижа — четыреста: следовательно, вы будете здесь и наследуете Карлу, когда король Польский только еще узнает, что французский престол свободен. После этого, Франсуа, если вы будете довольны мной, вы мне вернете Наваррское королевство, которое будет лишь зубцом в вашей короне; и только при этом условии я его приму. Худшее, что может с вами быть, — это остаться королем в Наварре и сделаться там родоначальником новой династии, продолжая жить по-семейному со мной и с моей семьей. А кто вы здесь? Несчастный, преследуемый принц, жалкий третий сын, раб двух старших, которого по любой прихоти могут засадить в Бастилию.

— Да, да, — ответил Франсуа, — я это чувствую так же хорошо, как плохо понимаю, почему вы сами отказываетесь от этого плана и предлагаете его мне? Неужели у вас ничего не бьется здесь?

И герцог Алансонский положил руку на сердце Генриха.

— Бывают ноши не в подъем, — ответил, улыбаясь, Генрих, — а этот груз я даже не стану пытаться поднимать. Я так боюсь самого усилия, что у меня пропадает всякое желание завладеть грузом.

— Итак, Генрих, вы действительно отказываетесь?

— Я это сказал де Муи и повторяю вам.

— Но в таких делах, мой милый брат, не говорят одни слова, а доказывают делом.

Генрих вздохнул свободно, как борец, почувствовавший, что спина противника начинает подаваться.

— Я это и докажу сегодня же, — ответил он. — В девять часов вечера и список вождей, и план их действий будут у вас. Акт о моем отречении я уже вручил де Муи.

Франсуа взял руку Генриха и с чувством пожал ее обеими руками.

В эту минуту к герцогу Алансонскому вошла Екатерина, и, как обычно, без доклада.

— Вместе! Как два хороших брата! — улыбаясь, сказала королева-мать.

— Надеюсь! — ответил Генрих с полным самообладанием, тогда как герцог Алансонский побледнел от страха.

Затем Генрих отошел на несколько шагов, чтобы дать Екатерине возможность поговорить с сыном не стесняясь.

Королева-мать вынула из своей сумочки дорогую, превосходно сделанную вещицу.

— Эта застежка сделана во Флоренции, — сказала Екатерина сыну, — я вам дарю ее, чтобы носить на поясе и пристегивать к ней шпагу. — Затем шепотом добавила: — Если сегодня вечером вы услышите шум в комнате вашего зятя Генриха, не выходите.

Франсуа сжал руку матери, говоря:

— Не разрешите ли показать ему застежку, которую вы мне подарили?

— Можете сделать еще лучше: подарите от вашего и моего имени, потому что я заказала для него такую же.

— Слышите, Генрих, — сказал Франсуа, — моя милая матушка принесла мне эту драгоценную вещичку и делает ее еще драгоценнее, разрешая подарить вам.

Генрих пришел в восторг от красоты этой вещицы и рассыпался в благодарностях. Когда его излияния кончились, Екатерина сказала сыну:

— Я чувствую себя немного нездоровой и пойду лечь в постель; брат ваш Карл очень устал после охоты и тоже ляжет спать. Поэтому сегодня вечером семейного ужина не будет, а всем подадут ужин в комнаты. Ах, Генрих! Я и забыла похвалить вас за ваше мужество и ловкость: вы спасли жизнь вашему королю и брату! Вы будете вознаграждены за это.

— Мадам, я уже вознагражден! — ответил с поклоном Генрих.

— Сознанием исполненного долга? — ответила Екатерина. — Этого недостаточно; будьте уверены, что мы с Карлом не останемся в долгу и что-нибудь придумаем...

— От вас, мадам, и от моего дорогого брата Карла все будет принято, как благо.

И, раскланявшись, он вышел.

«Эге, мой братец Франсуа! — подумал, выйдя, Генрих. — Теперь я уверен, что уеду не один и что заговор, имевший пока тело, будет иметь и голову. Только необходимо быть настороже. Екатерина сделала мне подарок, Екатерина обещала мне награду: тут скрыта какая-то дьявольская штука! Надо сегодня вечером поговорить с Марго».

## IV

## БЛАГОДАРНОСТЬ КОРОЛЯ КАРЛА IX

Морвель провел часть дня в Оружейной палате короля, но когда подошло время возвращения с охоты, Екатерина велела отвести его и его подручных к себе в молельню. Как только Карл вернулся в Лувр, кормилица его предупредила, что какой-то человек провел часть дня в его кабинете. Карл IX сначала страшно рассердился на то, что допустили постороннего в его покои, но затем он попросил кормилицу описать наружность этого человека, и когда кормилица ему сказала, что это тот самый человек, которого она к нему вводила по его распоряжению, король догадался, что это был Морвель. Вспомнив о приказе, вырванном у него матерью сегодня утром, он понял все.

— Ого! В тот самый день, когда он спас мне жизнь! — пробурчал Карл. — Время выбрано неудачно.

Он уже сделал несколько шагов, собираясь идти к матери, но его остановила одна мысль:

«Клянусь богом! Если я с ней заговорю об этом, то конца не будет спорам! Лучше будем действовать каждый по-своему».

— Кормилица, — сказал он, — запри все двери и скажи королеве Елизавете*, что я плохо чувствую себя после падения и эту ночь буду спать у себя.

Кормилица пошла исполнить приказания, а Карл, так как было еще рано для осуществления его проекта, сел писать стихи.

За этим занятием время бежало для короля всего быстрее. И когда пробило девять часов вечера, он думал, что еще только семь. Карл сосчитал удары и с последним ударом встал с места.

— Черт возьми! Пора! — сказал он.

Взяв плащ и шляпу, он вышел в потайную дверь, пробитую, по его приказу, в деревянной обшивке стены и неизвестную даже самой Екатерине.

Карл IX направился в покои Генриха, но Генрих прямо от герцога Алансонского зашел к себе только переодеться и тотчас вышел.

«Наверно, он пошел ужинать к Марго, — подумал король. — Насколько я могу судить, теперь он с ней в наилучших отношениях».

И Карл направился к покоям Маргариты.

После охоты Маргарита привела к себе герцогиню Невэрскую, Коконнаса и Ла Моля и вместе с ними подкреплялась сладкими пирожками и вареньем.

---

* Елизавета Австрийская — жена Карла IX.

Карл IX стукнул во входную дверь; ее открыла Жийона, но при виде короля так перепугалась, что едва нашла в себе силы сделать реверанс и, вместо того чтобы бегом предупредить свою госпожу о приходе августейшего гостя, только ахнула и впустила Карла.

Король прошел через переднюю и, услышав взрывы смеха, двинулся на голоса к столовой.

«Бедняга Генрих! — раздумывал король. — Он веселится, не чуя над собой беды».

— Это я, — сказал он громко, приподняв завесу и высунув свое веселое лицо.

Маргарита вскрикнула от страха; несмотря на веселое выражение королевского лица, оно подействовало на нее, как голова Медузы. Сидя против завесы, она сразу узнала короля.

Двое мужчин сидели спиной ко входу.

— Его величество! — с ужасом воскликнула Маргарита и встала с места.

В то время как трое сотрапезников испытывали такое ощущение, будто их головы сейчас упадут с плеч, Коконнас сохранил ясное сознание. Он тоже вскочил с места, но так неловко, что опрокинул стол и свалил на пол все — посуду, стаканы, кушанья и свечи.

На минуту водворилась полная темнота и мертвая тишина.

— Удирай! — сказал Коконнас Ла Молю. — Смелей! Смелей!

Ла Моль не заставил просить себя вторично: он бросился к стене и стал ощупывать ее руками, стремясь попасть в опочивальню и спрятаться в знакомом кабинете. Но только он переступил порог опочивальни, как столкнулся с другим мужчиной, который только что вошел туда потайным ходом.

— Что это значит? — спросил Карл IX тоном, в котором послышалась грозная нотка раздражения. — Разве я враг пирушек, что при виде меня происходит такая кутерьма? Эй, Анрио! Анрио! Где ты? Отвечай!

— Мы спасены! — прошептала Маргарита, хватая чью-то руку и принимая ее за руку Ла Моля. — Король думает, что мой муж участвует в пирушке.

— Я и оставлю его в этом заблуждении, мадам, — успокойтесь, — сказал Генрих, отвечая в тон Маргарите.

— Великий боже! — произнесла Маргарита, выпуская руку, оказавшуюся рукой короля Наваррского.

— Тише! — ответил Генрих.

— Тысяча чертей! Что вы там шепчетесь? — крикнул Карл. — Генрих, отвечайте, где вы?

— Я здесь, сир, — ответил голос короля Наваррского.

— Черт возьми! — прошептал Коконнас, прижавшись в углу с герцогиней Невэрской. — Час от часу не легче!

— Теперь мы окончательно погибли, — ответила Анриетта.

Коконнас, с его отчаянной смелостью, решил, что рано или поздно, а придется зажечь свечи, и лучше это сделать раньше; пьемонтец выпустил руку герцогини Невэрской, нашел среди упавшей сервировки подсвечник, подошел к жаровне для подогревания кушаний, раздул уголек и зажег от него свечу.

Комната осветилась.

Карл IX окинул ее внимательным взором.

Генрих стоял рядом со своей женой; герцогиня Невэрская прижалась в углу одна; а Коконнас, посреди комнаты с подсвечником в руке, освещал всю сцену.

— Извините, братец, — сказала Маргарита, — мы вас не ожидали.

— Поэтому, ваше величество, как вы изволили видеть, вы нас так и напугали! — заметила Анриетта.

— Да я и сам, — ответил Генрих, догадываясь обо всем, — как видно, перепугался не на шутку, потому что, вставая, опрокинул стол.

Коконнас бросил на короля Наваррского взгляд, казалось, говоривший: «Замечательно! Вот это муж так муж — все понимает с полуслова».

— Какой переполох! — повторил Карл IX. — Анрио, твой ужин на полу. Идем со мной заканчивать ужин в другом месте; сегодня я кучу с тобой.

— Неужели, сир! — сказал Генрих. — Ваше величество делает мне честь?

— Да, мое величество делает тебе честь увести тебя из Лувра. Марго, одолжи его мне; завтра утром я тебе его верну.

— Что вы, братец?! — ответила Маргарита. — Вам не требуется разрешения — здесь вы хозяин.

— Сир, я пойду к себе взять другой плащ и через минуту вернусь сюда.

— Не надо, Анрио; тот, что на тебе, вполне хорош.

— Но, сир... — попытался возразить Беарнец.

— Говорят, не ходи к себе, тысяча чертей! Не понимаешь, что тебе говорят? Идем со мной.

— Да, да, ступайте! — вдруг спохватилась Маргарита и сжала мужу локоть, догадавшись по особенному выражению глаз Карла, что говорит он неспроста.

— Я готов, сир, — сказал Генрих.

Но Карл перевел взгляд на Коконнаса, который, продолжая выполнять обязанности осветителя, зажигал другие свечи.

— Кто этот дворянин? — спросил он у Генриха, упорно глядя на пьемонтца. — Уж не Ла Моль ли?

«Кто это ему наговорил про Ла Моля?» — подумала Маргарита.

— Нет, сир, — ответил Генрих. — Здесь нет Ла Моля, и жаль, что нет, а то бы я имел честь его представить вашему величеству вместе с его другом — месье Коконнасом; они неразлучны, и оба служат у герцога Алансонского.

— Так-так! У знаменитого стрелка! — ответил Карл. — Ну хорошо.

Потом спросил, насупив брови:

— А этот Ла Моль не гугенот?

— Обращенный, сир, — ответил Генрих, — и я отвечаю за него, как за себя.

— Если вы, Анрио, после того что вы сегодня сделали, отвечаете за кого-нибудь, то я не имею права в нем сомневаться. Но все равно, мне бы хотелось посмотреть на этого месье де Ла Моля. Ну, посмотрю когда-нибудь в другой раз.

Еще раз оглядев своими большими глазами комнату, Карл IX поцеловал Маргариту и, взяв под руку короля Наваррского, увел его с собой. У выхода из Лувра Генрих хотел остановиться и сказать что-то часовому.

— Идем, идем! Не задерживайся, Анрио, — сказал Карл. — Раз я говорю, что воздух Лувра сегодня тебе вреден, так верь же мне, черт тебя возьми!

«Святая пятница! — подумал Генрих. — А как же де Муи? Что будет с ним у меня в комнате? Ведь он один! Хорошо, если воздух Лувра, вредный для меня, не окажется еще вреднее для него!»

— Да, вот что! — сказал Карл IX, когда они прошли подъемный мост. — Тебе ничего, что молодцы герцога Алансонского ухаживают за твоей женой?

— В чем это выражается, сир?

— А разве этот месье Коконнас не делает глазки твоей Марго?

— Кто вам сказал, сир?

— Да уж говорили! — ответил король.

— Простая шутка, сир; месье Коконнас делает глазки, это верно, но только герцогине Невэрской.

— Вот как!

— Ручаюсь вашему величеству, что это так.

Карл IX расхохотался.

— Ладно, — сказал он, — пусть теперь герцог Гиз начнет мне сплетничать, я ему утру нос, рассказав проделки его невестки. Впрочем, — сказал, подумав, Карл, — я не уверен, о ком он говорил, — о месье Коконнасе или о месье де Ла Моле.

— Ни тот, ни другой, сир, — ответил Генрих. — За чувства моей жены я отвечаю.

— Вот это хорошо, Анрио! Хорошо! — сказал король. — Люблю тебя, когда ты такой. Клянусь честью, ты молодец! И думаю, что без тебя мне будет трудно обойтись.

Сказав это, он свистнул особенным образом, — тотчас четверо дворян, ждавших на углу улицы Бове, подошли к королю, и вся компания углубилась в город. Пробило десять часов.

Когда король и Генрих ушли от Маргариты, она сказала:

— Так как же? Сядем опять за стол?

— Нет, нет, — ответила герцогиня Невэрская, — я натерпелась такого страха! Да здравствует домик в переулке Клош-Персе! Туда не войдешь без предварительной осады, там наши молодцы-кавалеры имеют право пустить в ход шпаги. Месье Коконнас, что вы ищете в шкафах и под диванами?

— Ищу моего друга Ла Моля, — отвечал пьемонтец.

— Поищите лучше около моей опочивальни, — сказала Маргарита, — там есть такой кабинет...

— Хорошо, — ответил пьемонтец, — уже иду.

И он вошел в опочивальню.

— Ну, в каком положении наши дела? — послышалось из темноты.

— Ага! Дьявольщина! Мы дошли до десерта.

— А король Наваррский?

— Он ничего не видит. Превосходный муж! Желаю такого же моей жене. Но боюсь, что такой будет у нее только во втором браке.

— А король Карл?

— А король — другое дело; он увел мужа.

— Правда?

— Да уж говорю тебе. Кроме того, он сделал мне честь, посмотрев на меня искоса, когда узнал, что я на службе у герцога Алансонского, и совсем косо — когда узнал, что я твой друг.

— Неужели ты думаешь, что ему говорили обо мне?

— Боюсь, не наговорили ли чересчур много. Но дело сейчас не в этом; по-видимому, наши дамы собираются совершить паломничество на улицу Руа-де-Сисиль, а мы будем конвоировать паломниц.

— Нельзя! Ты же сам знаешь.

— Нельзя? Почему?

— Ведь мы сегодня дежурим у его королевского высочества.

— Дьявольщина! Верно! Я все забываю, что у нас есть чин и мы имели честь сделаться из дворян лакеями.

Друзья подошли к королеве и герцогине Невэрской и сказали, что они должны быть при герцоге хотя бы в то время, когда он будет укладываться спать.

— Хорошо, — сказала герцогиня Невэрская, — но мы уходим из дому.

— А можно узнать — куда? — спросил Коконнас.

— Вы слишком любопытны, — ответила герцогиня. — Quaere et invenies*.

Оба молодых человека раскланялись и со всех ног побежали наверх, к герцогу Алансонскому.

Герцог был в кабинете и, видимо, ждал их.

— Ай-ай! Вы очень запоздали, господа.

— Только что пробило десять, ваше высочество.

Герцог вынул из кармашка часы и посмотрел.

— Верно, — сказал он. — Но в Лувре уже все легли спать.

— Да, ваше высочество, и мы к вашим услугам. Прикажете впустить в опочивальню вашего высочества дворян, дежурных при вашем отходе ко сну?

— Наоборот, пройдите в маленькую залу и отправьте всех по домам.

Молодые люди исполнили распоряжение, которое никого не удивило, принимая во внимание характер герцога, и затем вернулись.

---

* Ищи и найдешь *(лат.)*.

— Ваше высочество, — спросил Коконнас, — вы ляжете спать или будете работать?

— Нет, вы свободны до завтрашнего дня.

— Эге! Сегодня, как видно, весь Лувр не ночует дома, — шепнул Коконнас на ухо Ла Молю, — все беса празднуют, а чем мы хуже?

И молодые люди, прыгая через ступеньки, взбежали к себе наверх, схватили ночные шпаги и плащи, кинулись вслед за своими дамами и нагнали их на углу переулка Кок-Сент-Оноре.

В это время герцог Алансонский заперся у себя в спальне и, напрягая слух и зрение, стал ждать тех чрезвычайных событий, о которых его предупреждала королева-мать.

# V

## БОГ РАСПОЛАГАЕТ

Как верно заметил герцог Алансонский, полная тишина царила в Лувре.

Королева Маргарита с герцогиней Невэрской отправились в переулок Тизон. Коконнас и Ла Моль пошли их провожать. Король и Генрих разгуливали где-то в городе. Герцог Алансонский затаился у себя и со смутной тревогой ждал событий, предреченных королевой-матерью. Наконец сама Екатерина улеглась в постель, а мадам де Сов, сидя у изголовья ее кровати, читала вслух итальянские новеллы, очень смешившие эту милую королеву.

Екатерина уже давно не чувствовала себя в таком хорошем настроении. С большим аппетитом поужинав в обществе своих дам, посоветовавшись с врачом, подсчитав домашние расходы за истекший день, она заказала молебен за успех некоего предприятия, важного, как она сказала, для благополучия ее детей. Это был ее обычай — впрочем, обычай общефлорентийский — заказывать при известных обстоятельствах молебны и обедни, назначение которых известно было только заказчику да богу.

Она даже успела еще раз принять Рене и выбрать несколько новинок из его душистых подушечек и обширного набора всякой парфюмерии.

— Пошлите узнать, — сказала она, — дома ли дочь моя, королева Наваррская, и если она дома, то пусть попросят ее прийти посидеть со мной.

Паж, получивший это приказание, вышел и через минуту вернулся в сопровождении Жийоны.

— Я посылала за госпожой, а не за ее фрейлиной, — строго заметила королева-мать.

— Мадам, — отвечала Жийона, — я сочла своим долгом лично явиться к вашему величеству, так как королева Наваррская вышла из дому вместе со своей подругой, герцогиней Невэрской.

— Ушла из дому так поздно? — сказала Екатерина, нахмурив брови. — Куда же она могла пойти?

— Смотреть алхимические опыты, — ответила Жийона, — они будут происходить в доме Гизов, в павильоне герцогини Невэрской.

— А когда она вернется? — спросила королева-мать.

— Опыты продлятся до глубокой ночи, — ответила Жийона, — и весьма возможно, что ее величество королева Наваррская останется у герцогини Невэрской до завтрашнего дня.

— Счастливица эта королева Наваррская, — как бы про себя заметила Екатерина, — она королева, а у нее есть друзья; она носит корону, зовется «ваше величество», а у нее нет подданных, — какая счастливица!

После этого своеобразного замечания, вызвавшего затаенную улыбку у присутствующих, Екатерина сказала Жийоне:

— Впрочем, если она ушла из дому... Ведь вы говорите, что она ушла?

— С полчаса тому назад, мадам.

— Ну, тем лучше. Ступайте.

Жийона поклонилась и вышла.

— Продолжайте чтение, Карлотта, — сказала королева-мать.

Мадам де Сов начала читать.

Минут через десять Екатерина прервала чтение, сказав:

— Ах да! Пусть удалят охрану из галереи.

Это был сигнал, которого дожидался Морвель.

Приказание королевы-матери было исполнено, и мадам де Сов снова принялась за чтение новеллы.

Она читала уже с четверть часа, и ничто не прерывало чтения, как вдруг до королевской спальни донесся протяжный и такой ужасный крик, что у присутствующих волосы встали дыбом. Вслед за ним раздался пистолетный выстрел.

— Что с вами, Карлотта? Почему вы перестали читать? — спросила Екатерина.

— Мадам, разве вы не слышали? — побледнев, сказала молодая дама.

— Что? — спросила Екатерина.

— Крик.

— И пистолетный выстрел, — добавил командир охраны.

— Крик? Пистолетный выстрел?.. Я ничего не слыхала, — сказала Екатерина. — А кроме того, и крик, и пистолетный выстрел — разве это такой редкий случай в Лувре? Читайте, Карлотта, читайте!

— Прислушайтесь, мадам, — говорила мадам де Сов, в то время как командир охраны стоял, положив руку на эфес шпаги и не смея выйти из спальни без разрешения Екатерины, — слышите? Топот, ругательства!

— Мадам, не надо ли узнать, в чем дело? — спросил командир охраны.

— Совершенно не нужно, месье, оставайтесь на своем месте, — сказала Екатерина, приподнимаясь на локте, как будто для того, чтобы подчеркнуть непреложность приказания. — А кто будет охранять меня в случае тревоги?.. Да это передрались какие-нибудь пьяные швейцарцы.

Спокойствие королевы-матери, с одной стороны, и ужас, реявший над всеми остальными, так явно противоречили друг другу, что мадам де Сов, несмотря на свою робость, пытливо посмотрела на королеву-мать.

— Мадам, но ведь похоже на то, что там кого-то убивают!

— Ну кого там могут убивать?

— Да короля Наваррского! Это шум в его покоях.

— Дура! — сказала королева-мать, которая, при всем своем самообладании, начала волноваться и забормотала какую-то молитву. — Этой дуре всюду чудится ее король Наваррский!

— Боже мой! Боже мой! — произнесла мадам де Сов, откидываясь на спинку кресла.

— Все кончилось, кончилось! — сказала Екатерина. — Командир, — продолжала она, обращаясь к де Нансе, — я надеюсь, что за этот беспорядок во дворце вы завтра сурово накажете виновных. Продолжайте чтение, Шарлотта.

Екатерина откинулась на подушку как будто с чувством равнодушия к происходящему, но это равнодушие очень походило на изнеможение, судя по крупным каплям пота, выступившим на ее лице.

Мадам де Сов повиновалась строгому приказу, но лишь ее глаза и рот участвовали в чтении; мысли же витали в другом месте, где она видела страшную опасность, нависшую над головой возлюбленного. Через несколько минут эта внутренняя борьба между взволнованными чувствами и требованиями этикета так угнетающе подействовала на мадам де Сов, что голос перешел в какой-то невнятный звук, книга выскользнула у нее из рук и сама она упала в обморок.

Вдруг снова раздался шум, но еще сильнее; быстрый топот ног прокатился по коридору; два выстрела громыхнули так, что задребезжали стекла. Екатерина, изумленная затянувшейся борьбой, приподнялась на постели, бледная, с широко раскрытыми глазами. Командир охраны хотел выбежать в коридор, но в тот же миг Екатерина его остановила, сказав:

— Все оставайтесь здесь, я сама пойду узнать, в чем дело.

А вот что происходило в это время или, вернее, уже произошло.

Утром де Муи получил через Ортона ключ от спальни Генриха Наваррского. В полый стержень ключа была засунута свернутая трубочкой записка. Де Муи при помощи булавки вынул записку. В записке был пароль для прохода в Лувр на ближайшую ночь.

Кроме этого, Ортон на словах передал де Муи приглашение Генриха явиться в Лувр в десять часов вечера.

В половине десятого де Муи надел крепкую, не раз испытанную кирасу, натянул сверху шелковый колет, прицепил шпагу, засунул за пояс пистолеты и все это прикрыл пресловутым вишневым плащом, таким же, как у Ла Моля.

Мы уже знаем, что Генрих, прежде чем зайти к себе, почел нужным навестить Маргариту и, пройдя к ней по потайной лестнице, успел как раз вовремя втолкнуть Ла Моля в спальню Маргариты и занять его место в столовой, куда уже вошел король. Это произошло в ту самую минуту, когда и де Муи благодаря присланному Генрихом паролю и знаменитому вишневому плащу вошел в пропускную калитку Лувра. Молодой человек, стараясь как можно лучше подражать походке Ла Моля, поднялся наверх, к королю Наваррскому. В передней он застал Ортона, который его ждал.

— Сир де Муи, — сказал горец, — король вышел из Лувра, но приказал мне провести вас к нему в спальню и просить вас подождать. Если он очень запоздает, то предлагает вам лечь спать на его кровати.

Де Муи вошел в спальню без дальнейших объяснений, так как все сказанное Ортоном было лишь повторением того, что он уже сообщил утром.

Чтобы не терять времени, де Муи взял перо и чернила и, подойдя к висевшей на стене превосходной карте Франции, стал высчитывать и вычерчивать перегоны между Парижем и По.

На эту работу ушло всего четверть часа, и, кончив ее, де Муи не знал, чем себя занять.

Он прошелся несколько раз по комнате, протер глаза, зевнул, сел, потом встал и опять сел. Наконец, воспользовавшись предложением Генриха и свободой обращения, существовавшей тогда между владетельными особами и их дворянами, де Муи положил на ночной столик пистолеты, поставил на него лампу, разлегся на кровати с темными занавесками, стоявшей в глубине комнаты, положил у бедра обнаженную шпагу и в полной уверенности, что его не застигнут врасплох, так как в соседней комнате был слуга, заснул крепким сном, и вскоре его храп стал перекатываться эхом под сводом балдахина, высившегося над кроватью. Де Муи храпел, как подобает настоящему рубаке, и мог поспорить в этом отношении с самим королем Наваррским.

В это время семь человек с кинжалами на поясах и с обнаженными шпагами в руках молча крались по коридору, в который выходила дверь из покоев короля Наваррского и маленькая дверь из покоев королевы-матери.

Один из семи шел впереди. Кроме обнаженной шпаги и большого, похожего на охотничий нож кинжала, два неизменных пистолета были прицеплены у него к поясу серебряными застежками.

Этот человек был Морвель.

Подойдя к двери Генриха Наваррского, он остановился.

— Вы уверены, что часовые удалены из коридора? — спросил он одного, видимо начальника отряда.

— Ни на одном посту нет охраны, — ответил начальник.

— Хорошо, — сказал Морвель, — теперь надо узнать, дома ли тот, кто нам нужен.

— Но ведь это покои короля Наваррского, — возразил начальник, хватая за руку Морвеля, уже взявшегося за дверной молоток.

— А кто вам говорит, что это не его покои? — спросил Морвель.

Все переглянулись в полном изумлении, а начальник даже отступил назад.

— Фью-ю-ю! — свистнул начальник. — Как? Арестовать кого-нибудь в такое время, да еще в покоях короля Наваррского?

— А что вы скажете, — спросил Морвель, — когда узнаете, что тот, кого вы должны сейчас арестовать, — сам король Наваррский?

— Скажу, что это дело очень важное, и без приказа, подписанного рукою короля Карла...

— Читайте, — прервал его Морвель.

И, вынув из-под колета приказ, врученный ему Екатериной, подал его начальнику.

— Хорошо, — сказал начальник, прочитав приказ, — не могу ничего возразить.

— И вы готовы его исполнить?

— Я готов.

— А вы? — продолжал Морвель, обращаясь к пяти другим.

Они почтительно поклонились.

— Выслушайте меня, — сказал Морвель, — вот план действий: двое остаются у этой двери, двое станут у опочивальни и двое войдут туда со мной.

— Дальше? — спросил начальник.

— Слушайте внимательно: нам приказано не допускать никаких криков, ни малейшего шума; всякое нарушение этого приказа будет наказано смертью.

— Ну, ну! У него разрешение на все! — сказал начальник тому, кто был назначен идти вместе с ним за Морвелем.

— Без исключения, — сказал Морвель.

— Бедняга король Наваррский, теперь ему несдобровать. Видно, так уж ему и на роду написано.

— И на бумаге, — добавил Морвель, беря от начальника приказ и засовывая его опять за пазуху.

Морвель вставил в замочную скважину ключ, данный ему Екатериной, и, оставив двух человек у входной двери, вошел с четырьмя другими в переднюю.

— Ага! — произнес он, услышав раскатистый храп спавшего, слышный даже в передней. — Как видно, мы найдем то, что нам нужно.

Ортон, думая, что это вернулся его хозяин, тотчас вышел навстречу и столкнулся с пятью вооруженными людьми, уже вошедшими в первую комнату.

Увидев зловещее лицо Морвеля, по прозвищу Королевский Истребитель, верный слуга отступил назад и загородил собою дверь в следующую комнату.

— Кто вы такой? — спросил Ортон. — Что вам нужно?

— Именем короля — где твой господин? — ответил Морвель.

— Мой господин?

— Да, где король Наваррский?

— Короля Наваррского нет дома, — сказал Ортон, еще настойчивее заграждая дверь, — значит, вам незачем и входить.

— Отговорки! Враки! — сказал Морвель. — Ну-ка отойди!

Беарнцы вообще упрямы, и этот заворчал, как горская овчарка, и, не оробев, ответил:

— Не войдете! Короля здесь нет. — И Ортон вцепился в дверь.

Морвель подал знак. Все четверо набросились на упрямца и стали отрывать его от наличника, за который он ухватился; тогда Ортон решил крикнуть, но Морвель зажал ему рот рукой. Верный слуга жестоко укусил его в ладонь. Морвель с глухим стоном отдернул руку и ударил его по голове эфесом шпаги. Ортон зашатался и, крикнув: «К оружию! К оружию!» — упал; голос его прервался, и Ортон потерял сознание.

Убийцы перешагнули через его тело, двое остались у этой двери, а двое других под предводительством Морвеля вошли в спальню.

При свете лампы, горевшей на ночном столике, они увидели кровать, но полог был задернут.

— Ого! А он ведь перестал храпеть, — сказал начальник.

— Бери! — приказал Морвель.

При звуке его голоса из-за полога раздался хриплый крик, скорее похожий на рычание льва, чем на голос человека. Полог стремительно распахнулся, и глазам убийц предстал мужчина в кирасе и в шлеме, покрывавшем голову до самых глаз, — он сидел на кровати, положив обнаженную шпагу на колени и держа в каждой руке по пистолету.

Едва успев разглядеть лицо и узнать де Муи, Морвель почувствовал, что у него волосы на голове шевелятся и встают дыбом; лицо его страшно побледнело, рот наполнился слюной, он попятился назад, как будто перед ним было привидение.

Вдруг сидевшая фигура встала и шагнула вперед на столько же, на сколько отступил Морвель, — казалось, что тот, кому грозили смертью, наступал, а от него бежал насильник.

— Ага, злодей! — глухим голосом сказал де Муи. — Ты пришел убить и меня, как убил моего отца?!

Только двое, вошедших в спальню короля вместе с Морвелем, слышали эти грозные слова, и одновременно с этими словами пистолетное дуло направилось в лоб Морвеля. В то мгновение, когда де Муи нажал спуск, Морвель упал на колени; раздался выстрел; один из стражей позади Морвеля, оказавшийся на виду вследствие уловки Морвеля, свалился замертво, получив пулю в сердце. Морвель сейчас же ответил выстрелом, но пуля расплющилась о кирасу де Муи.

Де Муи, мгновенно измерив глазами расстояние, весь собрался для прыжка, одним махом своей тяжелой шпаги раскроил череп другому стражу, мгновенно сделал поворот к Морвелю и скрестил свою шпагу с его шпагой.

Бой был жестокий, но короткий. На четвертой схватке Морвель почувствовал у себя в горле холод пронзавшей стали; он сдавленно вскрикнул, упал навзничь и, падая, опрокинул лампу, которая тут же потухла.

Тогда де Муи, пользуясь внезапной темнотой, сильный и ловкий, как гомеровский герой, бросился стремглав в переднюю, сбил с ног одного стража, отпихнул другого, мелькнул, как молния, мимо двух, стоявших у входной двери, выпустил еще две пули, оставившие выбоины на стенах коридора, и теперь уже мог считать себя спасенным, имея еще один заряд в пистолете в придачу к шпаге, наносившей такие страшные удары.

На одно мгновение де Муи задумался: бежать ли ему к герцогу Алансонскому, как будто бы открывшему в то время свою дверь, или попытаться уйти из Лувра. Он принял последнее решение, не очень быстро пробежал по галереям, одним скачком перемахнул через десять ступенек вниз, к пропускной калитке, сказал пароль и проскользнул мимо часовых, крича:

— Бегите туда: там убивают по приказанию короля!

Благодаря растерянности караульных, озадаченных этими словами, тем более что им предшествовали выстрелы, де Муи спокойно дошел до переулка Кок и скрылся в темноте, не получив ни одной царапины.

Это произошло как раз в то время, когда Екатерина остановила командира своей охраны, сказав ему:

— Побудьте здесь, я посмотрю сама, что там происходит.

— Мадам, — ответил командир, — все же опасность, которой может подвергнуться ваше величество, требует, чтобы я вам сопутствовал.

— Останьтесь здесь, месье! — сказала Екатерина уже более властным тоном. — У королей есть более мощная охрана, нежели меч.

Командир остался в комнате.

Екатерина взяла лампу, сунула ноги в бархатные ночные туфли, вышла из своей опочивальни в коридор, еще наполненный пороховым дымом, и двинулась, бесстрастная, невозмутимая, как призрак, к покоям короля Наваррского.

Всюду царила тишина. Екатерина подошла к двери, переступила через порог и прежде всего увидела в передней Ортона, лежавшего без чувств.

— Так! Вот слуга. Очевидно, дальше найдем и господина!

И она вошла в следующую дверь; здесь ее нога наткнулась на какой-то труп, она опустила лампу: это лежал стражник с разрубленной головой, он уже умер. В трех шагах от него лежал начальник, раненный пулей, и испускал последний хриплый вздох.

Наконец еще дальше, у кровати, валялся третий, бледный как смерть; кровь лилась у него из двух ран на шее, он судорожно двигал руками, стараясь приподняться. Это был Морвель.

Дрожь пробежала по всему телу Екатерины. Она посмотрела на пустую кровать, оглядела всю комнату, тщетно стараясь найти среди этих людей, плававших в собственной крови, желанный труп.

Морвель узнал Екатерину; глаза его с ужасом расширились, и он сделал жест отчаяния протянутой к ней рукой.

— Где он? — спросила королева тихо. — Куда девался? Негодяи, вы его упустили!

Морвель попытался выговорить какие-то слова, но из его раненой гортани вырывались лишь невнятные свистящие звуки, красноватая пена окрасила его губы, он замотал головой, выражая этим и свое бессилие, и физическую боль.

— Говори же! — крикнула Екатерина. — Говори! Скажи хоть одно слово!

Морвель показал на свое горло, снова издал какие-то бессвязные звуки, попытался пересилить себя, но только захрипел и потерял сознание.

Екатерина огляделась: вокруг нее лежали одни трупы или умирающие; ручьи крови текли по комнате, и могильное безмолвие царило на месте действия.

Она попробовала еще раз спросить Морвеля, но не могла привести его в сознание. Морвель лежал не только безгласен, но и недвижим: из-под его колета высовывалась какая-то бумага — это был приказ об аресте короля Наваррского. Екатерина выхватила его и спрятала себе на грудь.

В эту минуту позади нее чуть скрипнула половица. Екатерина обернулась и увидела герцога Алансонского, стоявшего в дверях спальни, — он не удержался, пришел на шум и остолбенел от зрелища, представшего его глазам.

— Вы здесь? — спросила Екатерина.

— Да, мадам. Боже мой, что произошло? — в свою очередь спросил герцог.

— Франсуа, идите к себе; вы скоро узнаете, что произошло.

Герцог Алансонский был не так уж неосведомлен о происшедшем, как это думала Екатерина. Едва по коридору раздались шаги солдат, он стал прислушиваться. Когда же герцог увидел людей, входивших к королю Наваррскому, то, сопоставив это со словами, сказанными ему Екатериной, он догадался, что должно было произойти, и радостно предвкушал минуту, когда рука, более сильная, чем у него, уничтожит его опасного союзника.

Вскоре выстрелы и быстрые шаги убегавшего человека привлекли внимание герцога; он увидел, как в узкой полоске света, падавшего из его чуть приоткрытой двери на лестницу, мелькнул хорошо знакомый вишневый плащ.

— Де Муи! — воскликнул он. — Де Муи у моего зятя! Но это невозможно! Неужели это Ла Моль?

Герцог встревожился. Он вспомнил, что молодой человек был ему рекомендован самой Маргаритой, и, желая убедиться, был ли бежавший человек Ла Моль, быстро поднялся в комнату молодых дворян. Там никого не было, но в одном ее углу висел знаменитый вишневый плащ. Сомнения его рассеялись: значит, это был не Ла Моль, а де Муи.

Герцог, бледный, дрожа от страха, как бы гугенот не попался и не выдал заговора, сейчас же побежал к пропускной калитке Лувра. Там он узнал, как удалось вишневому плащу благополучно проскользнуть, крикнув, что в Лувре убивают по приказанию короля.

— Он ошибся, — прошептал герцог Алансонский, — не короля, а королевы-матери!

Герцог вернулся на арену боя, где и застал Екатерину, бродившую, как гиена, среди трупов.

По приказанию матери юноша ушел к себе, притворяясь послушным и спокойным, несмотря на большое смятение в его мыслях.

Екатерина была в отчаянии от неудавшегося покушения; она позвала командира своей охраны, велела убрать трупы, распорядилась отнести раненого Морвеля к нему домой и приказала не будить короля.

— Ох! И на этот раз он ускользнул! — говорила она, возвращаясь к себе в покои. — Десница божия простерлась над этим человеком, он будет царствовать! Да, будет царствовать!

Перед тем как открыть дверь в спальню, она провела рукою по лбу и сложила губы в свою обычную улыбку.

— Мадам, что там такое? — спросили в один голос все присутствующие, кроме мадам де Сов, которая была до такой степени испугана, что не могла говорить.

— Пустяки, — ответила Екатерина, — просто драка.

— Ой! — вдруг вскрикнула мадам де Сов, показывая пальцем на то место, где прошла Екатерина. — О-о! Ваше величество, вы говорите — пустяки, а каждый шаг ваш оставляет на ковре кровавый след.

# VI

## КОРОЛЕВСКАЯ НОЧЬ

А в это время Карл IX, взяв под руку Генриха Наваррского, шел по Парижу в сопровождении четырех дворян, шедших сзади, и двух факельщиков — впереди.

— Когда я выхожу из Лувра, — говорил король, — я испытываю такое же наслаждение, точно попадаю в прекрасный лес; я легко дышу, я живу, я чувствую себя свободным.

Генрих улыбнулся.

— Как бы вам было хорошо в наших беарнских горах! — сказал Генрих.

— Да, Анрио, я понимаю, что тебе хочется туда вернуться; но если тебе уж очень невтерпеж, то добрый мой совет: будь очень осторожен, ибо моя мать Екатерина так тебя любит, что без тебя не может жить.

— Как ваше величество намерены провести этот вечер? — спросил Генрих, уклоняясь от этого опасного разговора.

— Хочу тебя кое с кем познакомить, а ты мне скажешь свое мнение.

— Я в полном распоряжении вашего величества. Два короля, сопровождаемые охраной, прошли улицу Савонри и, поравнявшись с домом принца Конде, заметили, что два человека, закутанные в длинные плащи, выходят из потайной двери, которую один из них бесшумно запер за собой.

— Ого! — произнес король, обращаясь к Генриху, который тоже всматривался в них, но, по своему обыкновению, молча. — Это заслуживает внимания.

— Почему вы так думаете, сир? — спросил король Наваррский.

— Это касается не тебя, Анрио. Ты уверен в верности своей жены, — с улыбкой отвечал Карл, — но твой двоюродный братец Конде в своей жене не так уверен, а если уверен, то, черт возьми, напрасно!

— Но откуда вы взяли, что эти господа были у мадам Конде?

— Чутьем чую. Как только они нас увидали, сейчас же спрятались под ворота и стоят там не шелохнувшись; а ко всему прочему, у того, что меньше ростом, — своеобразный покрой плаща... Ей-богу, это было бы оригинально.

— Что?

— Так... ничего! Просто мне в голову пришло одно соображение. Идем.

Король пошел прямо к двум незнакомцам, которые, заметив это, стали уходить.

— Эй, господа! Остановитесь! — крикнул король.

— Это к нам относится? — спросил чей-то голос, от которого вздрогнули король Карл и его спутник.

— Ну, Анрио, узнаешь теперь, чей это голос? — спросил Карл.

— Сир, — отвечал Генрих, — если бы ваш брат был не под Ла-Рошелью, я бы побился об заклад, что это он.

— Значит, он не под Ла-Рошелью, вот и все, — ответил Карл.

— Кто же с ним?

— А ты не узнаешь?

— Нет, сир.

— Однако у него такой рост, что ошибиться трудно. Подожди, сейчас узнаешь... Эй! Вам говорят! Разве вы не слышите, черт подери?

— А вы разве патруль, что останавливаете прохожих? — спросил высокий, выпрастывая руку из-под плаща.

— Считайте, что мы патруль, и когда вам приказывают, то стойте! — сказал король и, наклонившись к Генриху, шепнул: — Сейчас увидишь извержение вулкана.

— Вас восемь человек, — сказал высокий, обнажая не только руку, но и свое лицо, — да хотя бы вас была сотня, — лучше идите своей дорогой.

— Вот так так! Герцог Гиз! — прошептал Генрих.

— Наш милый родственник, герцог Лотарингский! — сказал король. — Наконец-то вы показали, кто вы такой! Очень хорошо!

— Король! — воскликнул герцог Гиз.

Его спутник, услышав это восклицание, снял было из уважения шляпу, но тотчас опять закутался в свой плащ и остался на месте.

— Сир, — сказал герцог Гиз, — я только что был у моей невестки, мадам Конде.

— Да-а... И взяли с собой одного из ваших дворян. Кого именно?

— Сир, — ответил герцог, — ваше величество его не знает.

— Ну, что ж, мы познакомимся, — ответил король и направился к закутанной фигуре, сделав знак служителю подойти с факелом.

— Простите, брат мой! — сказал герцог Анжуйский, распахивая свой плащ и кланяясь с плохо скрытой досадой.

— Ха-ха-ха! Так это вы, Генрих?.. Да нет, это невозможно! Я, верно, ошибаюсь... Мой брат, герцог Анжуйский, не пошел бы в гости, не повидавшись раньше со мной. Ему хорошо известно, что когда принцы крови возвращаются в Париж, они входят в него только одним путем: в пропускные ворота Лувра.

— Простите, сир! — сказал герцог Анжуйский. — Прошу ваше величество извинить мне мою ветреность.

— А что, дорогой мой брат, вы делали в доме Конде? — шутливо спросил король.

— Да то, — с лукавым видом сказал король Наваррский, — о чем ваше величество сейчас говорили, — и, нагнувшись к уху короля, закончил свою мысль, после чего громко расхохотался.

— Что тут такого? — высокомерно спросил герцог Гиз, обращавшийся с бедным королем Наваррским, как и все при дворе, довольно грубо. — Почему мне не бывать у моей невестки? Ведь герцог Алансонский ходит же к своей?

Генрих слегка покраснел.

— К какой невестке? — спросил Карл. — Я знаю только одну его невестку — королеву Елизавету.

— Простите, сир, я хотел сказать — к сестре, королеве Маргарите, которую мы видели полчаса тому назад, когда шли сюда: она проследовала в своих носилках, а их сопровождали два франтика, бежавшие один с правой стороны носилок, другой с левой.

— Вот как! — сказал Карл. — Что скажете на это, Генрих?

— То, что королева Наваррская вольна ходить, куда ей хочется, но я сомневаюсь, чтобы она вышла из Лувра.

— А я в этом уверен, — ответил герцог Гиз.

— Я тоже, — добавил герцог Анжуйский, — и это подтверждается тем обстоятельством, что ее носилки стояли в переулке Клош-Персе.

— В ее прогулке, наверно, участвует и ваша невестка; не эта, — сказал Генрих Наваррский Гизу, указывая пальцем на дом Конде, — а та, — и обратил палец в ту сторону, где находился дом Гизов, — когда мы уходили, они были вместе; да вы сами знаете, что они неразлучны.

— Я не понимаю, о чем говорит ваше величество, — ответил Гиз.

— Наоборот, все очень ясно, — возразил король, — недаром два франта были при носилках, — у каждой дверцы свой.

— Хорошо, — сказал герцог Гиз, — раз королева и моя невестка явно совершают неподобающий поступок, то передадим его на суд короля, чтобы прекратить такой соблазн!

— К чему? — сказал Генрих Наваррский. — Оставьте в покое и принцессу Конде, и герцогиню Невэрскую... Король не боится за свою сестру... а я доверяю своей жене.

— Нет, нет, — возразил Карл, — я хочу вывести это дело на чистую воду, но мы займемся им сами. Так вы говорите, что носилки остановились в переулке Клош-Персе?

— Да, сир, — ответил герцог Гиз.

— А вы нашли бы то место, где они остановились?

— Да, сир.

— Тогда идем туда, и если понадобится сжечь дом, чтобы узнать, кто там находится, его сожгут.

С этими намерениями, обещавшими мало хорошего тем, о ком шла речь, четыре представителя владетельных особ христианского мира направились на улицу Сент-Антуан, а затем свернули в переулок Клош-Персе.

Карл хотел ограничить это дело семейным кругом; поэтому он отпустил сопровождавших его дворян, предоставив им провести ночь, как хотят, но приказал быть около Бастилии к шести часам утра и привести с собой двух верховых лошадей.

В переулке Клош-Персе было всего три дома, и отыскать нужный оказалось тем легче, что жильцы двух домов охотно соглашались впустить к себе; один дом примыкал к улице Сент-Антуан, а другой — к улице Руа-де-Сисиль.

Совсем по-другому показал себя третий: это был тот самый дом, который находился под охраной швейцара-немца, а немец был не из сговорчивых людей. Казалось, что в эту ночь Парижу было предназначено судьбой явить миру два образца верных слуг.

Напрасно герцог Гиз грозил немцу на самом чистом немецком языке, напрасно герцог Анжуйский предлагал кошелек, набитый золотыми, напрасно Карл решился объявить себя начальником патруля — честный немец не обращал внимания ни на угрозы, ни на золото, ни на приказ. Увидев, что непрошеные гости от него не отстают, даже наоборот — становятся еще назойливее, он просунул сквозь прутья железной решетки дуло уже знакомой аркебузы, что вызвало лишь смех у трех пришельцев (Генрих Наваррский стоял в стороне, как будто все это дело его нисколько не касалось); а смех вызывало то обстоятельство, что дуло, засунутое между прутьями решетки, нельзя было повернуть ни в ту, ни в другую сторону, и оно представляло опасность только для человека, который сам встал бы прямо против дула, то есть только для слепого.

Убедившись, что привратника нельзя ни подкупить, ни уговорить, ни запугать, герцог Гиз сделал вид, что уходит вместе со своими спутниками, но это отступление было недолгим. На углу улицы Сент-Антуан герцог нашел, что было ему нужно: камень, вроде тех, какими действовали три тысячи лет тому назад Аякс Теламонид и Диомед; герцог взвалил его себе на плечо и, сделав знак спутникам идти за ним, вернулся к дому. Как раз в эту минуту привратник, увидев, что те, кого он принимал за злоумышленников, ушли, стал запирать калитку, но не успел еще задвинуть засовы. Герцог Гиз воспользовался этим и, как живая катапульта, метнул камень. Замок вылетел вместе с куском стены, в которую был вделан, и дверь распахнулась, опрокинув немца; но, падая, он закричал изо всей мочи, чтобы поднять тревогу в гарнизоне, который подвергался большой опасности оказаться застигнутым врасплох.

В это самое время Ла Моль и Маргарита занимались переводом одной из идиллий Феокрита, а Коконнас, уверяя, что он тоже древний грек, приналег на сиракузское вино — конечно, с участием Анриетты. И разговор научный, и разговор вакхический были прерваны насильственным вторжением.

Коконнас и Ла Моль сейчас же потушили свечи, открыли окна, выбежали на балкон, увидели в темноте каких-то четверых мужчин, подняли ужасный стук шпагами, не достававшими до неприятеля, а ударявшими плашмя только по стене дома, и забросали пришельцев всем, что попадало под руку. Карла, самого ярого из осаждавших, ударило в плечо серебряным кувшином, на герцога Анжуйского свалился таз с компотом из апельсинных ломтиков и цедры, в герцога Гиза попал кабаний окорок.

Один Генрих Наваррский остался невредим. Он шепотом расспрашивал привратника, которого герцог Гиз привязал к воротам; но немец на все вопросы твердил неизменное «Verstehe nicht».

Женщины подзадоривали мужчин и подавали им метательные снаряды, которые градом сыпались на осаждающих.

— Смерть дьяволу! — крикнул Карл IX, когда упавший на голову табурет надвинул ему шляпу на нос. — Сейчас же отоприте дверь, или я велю перевешать всех, кто там, наверху!

— Брат! — шепотом сказала Маргарита Ла Молю.

— Король! — передал Ла Моль Анриетте.

— Король! Король! — шепнула Анриетта Коконнасу, в то время как пьемонтец подтаскивал к окну сундук, чтобы прикончить герцога Гиза, с которым все время имел дело, его не узнавая. — Король, говорят вам!

Коконнас бросил сундук и удивленно посмотрел.

— Король? — спросил он.

— Да, король.

— Тогда играем отступление.

— Э-э! Маргарита и Ла Моль уже бежали. Идем!

— Куда?

— Идем, раз я говорю!

И Анриетта, схватив Коконнаса за руку, увела его в потайную дверь, выходившую на соседний двор; все четверо, заперев за собой дверь, убежали другим ходом в переулок Тизон.

— Ага! Мне кажется, что гарнизон сдается! — сказал Карл.

Осаждавшие подождали несколько минут, но в доме не слышалось ни звука.

— Они придумали какую-то ловушку, — сказал герцог Гиз.

— Вернее, они узнали голос брата и удрали, — сказал герцог Анжуйский.

— Им все равно пришлось бы пройти здесь, — возразил Карл.

— Да, — заметил герцог Анжуйский, — если в доме нет второго выхода.

— Кузен, — обратился король к герцогу Гизу, — берите опять ваш камень и сделайте с другой дверью то же, что сделали вы с первой.

Герцог Гиз, определив, что вторая дверь слабее первой, решил, что не стоит прибегать к сильным средствам, и вышиб ее ногой.

— Факелов! Факелов! — крикнул король.

Слуги подбежали. Хотя факелы были погашены, но у лакеев имелось все, чтоб их разжечь, и пламя вспыхнуло. Карл IX взял один факел сам, а другой передал герцогу Анжуйскому. Впереди пошел герцог Гиз со шпагою в руке. Генрих Наваррский замыкал шествие. Все поднялись во второй этаж.

В столовой был собран ужин, или, вернее, он был «разобран», так как метательными снарядами служили главным образом его объекты. Канделябры опрокинуты, мебель перевернута вверх ногами, и вся посуда, за исключением серебряной, разбита вдребезги.

Из столовой перешли в гостиную, но и в ней нашлось не больше указаний на то, кто именно здесь был. Несколько греческих и латинских книг да несколько музыкальных инструментов — вот и все.

Спальня оказалась еще более безответной: только в алебастровом шаре, свисавшем с потолка, горел ночник; но в спальню, видимо, никто не заходил.

— В доме есть другой выход, — сказал Карл.

— Вероятно, — ответил герцог Анжуйский.

— Да, но где он? — спросил герцог Гиз.

Все начали его искать, но не нашли.

— Где привратник? — спросил король.

— Я привязал его к решетке у ворот, — ответил герцог Гиз.

— Расспросите его, кузен.

— Он не ответит.

— Ну, если ему немножко подпалить ноги, так заговорит, — смеясь, сказал король.

Генрих Наваррский поспешно заглянул в окно.

— Его уже нет, — сказал он.

— Кто же его отвязал? — спросил герцог Гиз.

— Смерть дьяволу! — воскликнул король. — Так мы ничего и не узнаем.

— Сир, как видите, — сказал Генрих Наваррский, — ничто не доказывает, что моя жена и невестка месье Гиза находились в этом доме.

— Правда, — ответил Карл. — В Библии сказано: три существа не оставляют следа: птица — в воздухе, рыба — в воде и женщина... нет, ошибся... мужчина...

— Таким образом, — прервал его Генрих Наваррский, — самое лучшее, что мы можем сделать...

— Это, — продолжал Карл, — мне заняться моим ушибом, вам, Анжу, смыть с себя апельсинный сироп, а вам, Гиз, отчистить кабанье сало.

После этого все четверо вышли из дома, даже не закрыв за собой двери.

Когда они дошли до улицы Сент-Антуан, король спросил герцога Анжуйского и герцога Гиза:

— Вы куда?

— Сир, мы идем к Нантуйе, он ждет нас, меня и моего лотарингского кузена, ужинать. Не желаете, ваше величество, присоединиться к нам?

— Нет, благодарю; мы идем в другую сторону. Не хотите ли взять одного из моих факельщиков?

— Благодарим за милостивое предложение, но нам он не нужен, — поспешил ответить герцог Анжуйский.

— Ладно... — согласился король. — Это он боится, чтоб я не велел проследить его, — шепнул Карл на ухо королю Наваррскому. Затем, взяв его под руку, сказал: — Идем, Анрио! Сегодня я угощаю тебя ужином.

— Разве мы не вернемся в Лувр? — спросил Генрих Наваррский.

— Говорю тебе — нет, чертов упрямец! Раз тебе говорят — пойдем, так иди!

И Карл повел Генриха Наваррского по улице Жоффруа-Ланье.

## VII

## АНАГРАММА

На улицу Жоффруа-Ланье выходил переулок Гарнье-сюр-Ло, а другим концом он упирался в пересекавшую его улицу Бар. В нескольких шагах от их пересечения, по направлению к переулку Мортельри, на улице Бар притаился домик, одиноко стоявший среди сада, окруженного высокой каменной стеной, где имелся только один вход, закрытый массивной дверью.

Карл вынул из кармана ключ, легко открыл дверь, запертую только на замок, затем, пропустив Генриха и двух слуг с факелами, снова запер за собою дверь.

Одно маленькое оконце светилось в доме. Карл показал на него пальцем Генриху и улыбнулся.

— Сир, не понимаю, — сказал Генрих.

— Сейчас поймешь, Анрио.

Генрих Наваррский с удивлением посмотрел на короля: и голос, и выражение лица у Карла были проникнуты такою нежностью, до такой степени чуждой обычному выражению его лица, что Генрих просто не узнавал своего шурина.

— Анрио, — сказал король, — я уже говорил тебе, что когда я выхожу из Лувра — я выхожу из ада. Когда я вхожу сюда — я вхожу в рай.

— Сир, — ответил Генрих, — я счастлив тем, что ваше величество удостоили взять меня с собой в путешествие на небо.

— Путь туда тесный, — сказал король, вступая на узенькую лестницу, — и вполне подходит под сравнение.

— Какой же ангел охраняет вход в ваш Эдем, сир?

— Сейчас увидишь, — ответил Карл IX.

Он сделал знак Генриху идти потише, отворил одну дверь, затем другую и остановился на пороге.

— Взгляни! — сказал он.

Генрих Наваррский подошел и замер на месте перед самой очаровательной картиной.

Женщина лет восемнадцати — девятнадцати спала, положив голову на изножие кроватки, где спал младенец, и держала обеими руками его ножки у своих губ, а ее длинные вьющиеся волосы рассыпались по одеялу золотой волной. Точь-в-точь как на картине Альбани, изображающей деву Марию и Христа-младенца.

— О сир! Кто это прелестное создание? — спросил Генрих.

— Ангел моего рая, — отвечал король, — единственное существо, которое любит меня ради меня.

Генрих улыбнулся.

— Да, ради меня самого, — сказал Карл, — она меня полюбила, когда еще не знала, что я король.

— А когда узнала?

— А когда узнала, — ответил Карл со вздохом, говорившим о том, что залитая кровью власть бывала для него тяжелым бременем, — а когда узнала, то не разлюбила. Суди сам!

Король подошел на цыпочках и прикоснулся губами к цветущей щеке молодой женщины так осторожно, как пчелка к лилии. И все-таки она проснулась.

— Шарль! — прошептала она, открыв глаза.

— Слышишь? — сказал Генриху король. — Она зовет меня просто Шарль.

— Ах! — воскликнула молодая женщина. — Сир, вы не один?

— Нет, милая Мари. Мне хотелось показать тебе другого короля, более счастливого, чем я, потому что на нем нет короны, и более несчастного, чем я, потому что у него нет Мари Туше. Бог всех равняет.

— Сир, это король Наваррский? — спросила Мари.

Он самый, милое дитя. Подойди к нам, Анрио.

Король Наваррский подошел. Карл взял его руку.

— Мари, взгляни на его руку; это рука хорошего брата и честного друга! Знаешь ли, если бы не она...

— То что же, сир?

— Если бы не эта рука, Мари, то наш ребенок остался бы сегодня без отца.

Мари вскрикнула, упала на колени, схватила руку Генриха и поцеловала.

— Хорошо, Мари, так и надо, — сказал Карл.

— А чем вы его отблагодарили, сир?

— Тем же.

Генрих с изумлением посмотрел на Карла.

— Когда-нибудь, Анрио, ты поймешь смысл моих слов. А покуда — иди взгляни!

И Карл подошел к кроватке, в которой спал младенец.

— Да, — сказал король, — если бы этот карапуз спал в Лувре, а не в домике на улице Бар, многое было бы по-другому и теперь, а может быть, и в будущем.

— Сир, вы уж извините меня, — заметила Мари, — но мне больше по душе, что он спит здесь: тут ему спокойнее.

— Ну и дадим ему спать спокойно. Хорошо спится, когда не видишь снов! — сказал король.

— Угодно, сир? — спросила Мари, показывая рукой на дверь в другую комнату.

— Да, правильно, Мари, — ответил Карл, — будем ужинать.

— Милый мой Шарль, — сказала Мари, — вы ведь попросите вашего брата — короля извинить меня?

— За что?

— За то, что я отпустила наших слуг. Видите ли, сир, — обратилась она к королю Наваррскому, — Шарль любит, чтобы за столом ему служила одна я.

— Святая пятница! Охотно верю, — ответил Генрих.

Мужчины прошли в столовую, а заботливая и трепещущая за ребенка мать укрыла теплым одеяльцем малютку Шарля, который спал крепким детским сном, вызывавшим зависть у большого Шарля, и не проснулся.

Тогда Мари прошла к гостям.

— Здесь только два прибора! — сказал Карл.

— Разрешите мне прислуживать вашим величествам, — ответила Мари.

— Вот видишь, Анрио, из-за тебя мне неприятность! — сказал Карл.

— Какая, сир? — спросила Мари.

— А ты не понимаешь?

— Простите, Шарль, простите!

— Прощаю, садись рядом со мной — здесь, между нами.

— Хорошо, — ответила Мари.

Она принесла еще прибор, села между двумя королями и стала их угощать.

— Не правда ли, Анрио, — сказал Карл, — хорошо, когда у тебя есть такое место, где ты можешь есть и пить спокойно, не заставляя кого-нибудь другого сначала пробовать твое кушанье и твое вино?

— Сир, поверьте, что я, как никто, способен оценить всю прелесть такого счастья, — сказал Генрих, улыбаясь и отвечая этой улыбкой на свою мысль о собственных вечных опасениях.

— А чтобы мы продолжали чувствовать себя так же хорошо, говори с ней о чем-нибудь хорошем, — не надо ее впутывать в политику; в особенности не надо ей знакомиться с моею матерью.

— Да, королева Екатерина так любит ваше величество, что может приревновать вас к другой любви, — ответил Генрих, ловко увернувшись от опасной темы разговора, затронутой королем.

— Мари, — сказал король, — рекомендую тебе самого хитрого и самого умного человека, какого я когда-либо знавал. При дворе — а это немало значит — он околпачил всех; один я, быть может, вижу ясно, что у него на уме, но не то, что у него в душе.

— Сир, меня огорчает, — ответил Генрих, — что вы сильно преувеличиваете одно и подозрительно относитесь к другому.

— Я ничего не преувеличиваю, Анрио. Впрочем, когда-нибудь все станет ясно.

Повернувшись затем к Мари, король сказал ей:

— Он замечательно составляет анаграммы. Попроси его составить анаграмму из твоего имени, — ручаюсь, что он сделает.

— О! Что же может выйти из имени простой девушки вроде меня? Какую тонкую, приятную мысль можно извлечь из сочетания букв, которыми судьба случайно написала: Мари Туше?

— О, сделать анаграмму из этого имени такие пустяки, что и хвалить не за что, — ответил Генрих.

— Ага! Уже готово! — сказал Карл. — Видишь, Мари!

Генрих Наваррский вынул из кармана записную книжку, вырвал из нее листочек и под именем:

Marie Touchet*

написал:

Je charme Tout**.

Затем передал листок молодой женщине.

— В самом деле, просто нельзя поверить! — воскликнула Мари.

— Что он там выискал? — спросил Карл.

— Сир, я не решаюсь повторить, — ответила Мари.

— Сир, — сказал Генрих, — если в имени Marie заменить букву i буквой j, как это делают, то получается анаграмма, буква в букву: Je charme Tout.

— Верно, буква в букву! — воскликнул Карл. — Слушай, Мари, я хочу, чтоб это стало твоим девизом. Никогда ни один

---

* Мари Туше.

** Чарую всё.

девиз так справедливо не бывал заслужен. Спасибо, Анрио. Мари, я велю выложить его из алмазов и подарю тебе.

Ужин кончился; на соборе Богоматери пробило два часа.

— Теперь, Мари, — сказал Карл, — в награду за его хвалу тебе ты дашь ему кресло, чтобы он мог поспать в нем до утра; только подальше от нас, а то он так храпит, что даже страшно. Затем, если проснешься раньше меня, то разбуди нас, — нам в шесть часов утра надо быть в Бастилии. Доброй ночи, Анрио. Устраивайся, как тебе любо. Но вот что, — добавил он, подойдя к королю Наваррскому и положив ему руку на плечо, — заклинаю тебя твоей жизнью, — слышишь, Генрих, твоей жизнью! — не выходи отсюда без меня и ни в каком случае не вздумай вернуться в Лувр.

Генрих если не понимал, то слишком многое подозревал, чтобы пренебречь этим советом.

Карл IX ушел в свою комнату, а Генрих, ко всему привычный горец, вполне удовлетворился креслом и очень скоро оправдал предосторожность своего шурина, который поместил его подальше от себя.

На рассвете Карл разбудил Генриха, а так как Генрих спал одетым, то туалет его не занял много времени. Король был счастлив и приветлив — таким его никто не видел в Лувре. Часы, которые он проводил в домике на улице Бар, были в его жизни часами солнечного света.

Они вдвоем прошли через спальню. Молодая женщина спала на своей кровати, младенец спал в колыбели. Во сне и она и он чему-то улыбались. Карл остановился на минуту и с бесконечной нежностью глядел на них, затем, обернувшись к Генриху, сказал:

— Анрио, если ты когда-нибудь узнаешь, какую услугу я оказал тебе сегодня ночью, а меня уже не будет на этом свете, то не забудь этого ребенка, которого ты видишь в колыбели.

Не дав Генриху времени задать вопрос, Карл поцеловал в лоб мать и ребенка, шепнув им:

— До свидания, ангелы мои.

И вышел. Генрих в раздумье последовал за ним.

Дворяне, которым Карл приказал с ним встретиться, ждали у Бастилии, держа под уздцы двух лошадей. Карл жестом предложил Генриху сесть на одну из них, сам сел на другую, проехал через Арбалетный сад и направился по кольцу внешних бульваров.

— Куда мы едем? — спросил Генрих.

— Мы едем, — ответил Карл, — посмотреть, вернулся ли герцог Анжуйский ради одной мадам Конде, или у него в душе столько же честолюбия, сколько и любви? А я сильно подозреваю, что это так.

Генрих не понял ничего из этих слов и молча следовал за Карлом.

Когда они доехали до Маре, где из-за частокола укреплений открывался вид на все то место, которое в то время называлось предместьем Сен-Лоран, Карл указал Генриху в сероватой дымке утра каких-то людей в больших плащах и с меховыми шапками на голове, ехавших верхом за тяжело нагруженным фургоном. По мере того как эти люди подвигались ближе, они вырисовывались четче, и можно было различить ехавшего тоже верхом и беседовавшего с ними человека в длинном коричневом плаще и в широкополой французской шляпе, надвинутой на лоб.

— Ага, — сказал Карл, улыбаясь. — Я так и думал!

— Сир, вон тот всадник в коричневом плаще — герцог Анжуйский? Я не ошибаюсь? — спросил Генрих Наваррский.

— Он самый, — ответил Карл. — Подайся немного назад, Анрио, — я не хочу, чтобы нас видели.

— А кто же эти люди в сероватых плащах и в меховых шапках? И что вон в той повозке?

— Эти люди — польские послы, — ответил Карл, — а в повозке — корона. Теперь, — сказал он, пуская лошадь в галоп по дороге к воротам Тампля, — едем, Анрио. Я видел все, что хотел видеть!

# VIII

## ВОЗВРАЩЕНИЕ В ЛУВР

Не сомневаясь, что в комнате короля Наваррского сделано все, как приказано, — трупы стражей убраны, Морвель перенесен домой, ковры замыты, — Екатерина отпустила придворных дам, так как была полночь, и попыталась заснуть. Но потрясение оказалось слишком сильным, а разочарование — слишком горьким. Проклятый Генрих, все время ускользавший из ее ловушек, обычно действовавших смертельно, казалось, был храним какой-то непреодолимой силой, которую Екатерина упорно звала случаем, хотя другой голос в глубине ее души говорил, что имя этой силы — не случай, а судьба. Мысль о том, что слух о неудачном покушении, распространившись по Лувру и вне его, внушит Генриху и гугенотам еще большую уверенность в их будущем, приводила ее в такую ярость, что, если б этот «случай», против которого она столь неудачно вела борьбу, столкнул ее в эту минуту с проклятым Генрихом, она бы не задумалась пустить в ход висевший у нее на поясе флорентийский кинжальчик, чтобы сорвать эту игру судьбы, благоприятную для Генриха Наваррского.

Ночные часы, такие тягучие для тех, кто ждет или не спит, влачились один вслед за другим, а королева-мать все не смыкала глаз. За эту ночь целый сонм новых проектов возник в ее уме, обуреваемом страшными видениями. Наконец, едва забрезжил свет, она встала с постели, сама оделась и направилась в покои Карла IX.

Стража, привыкшая к ее приходам во всякое время дня и ночи, пропустила королеву-мать. Через переднюю она прошла в Оружейную палату, но застала там одну кормилицу.

— Где мой сын? — спросила королева-мать.

— Мадам, к нему запрещено входить до восьми часов.

— Запрещение не касается меня.

— Оно для всех, мадам.

Екатерина усмехнулась.

— Да, я знаю, — продолжала кормилица, — хорошо знаю, что здесь ничто не может воспрепятствовать вашему величеству; я только молю внять просьбе простой женщины и не ходить дальше.

— Кормилица, мне надо поговорить с сыном.

— Мадам, я отопру, но только по королевскому приказу вашего величества.

— Откройте, я требую! — приказала Екатерина.

Услышав повелительный тон, внушавший больше уважения и страха, чем голос самого Карла, кормилица подала Екатерине ключ. Но Екатерина в нем не нуждалась, она вынула из кармана свой ключ и быстрым поворотом отперла дверь в покои сына.

В спальне никого не было, постель не смята; борзая Актеон, лежавшая около кровати на медвежьей шкуре, встала, подошла к Екатерине и полизала ее руки цвета слоновой кости.

— Вот как! Он ушел из дому, — сказала королева-мать. — Я подожду.

В мрачной решимости Екатерина задумчиво села у окна, выходившего на Луврский двор как раз против пропускных ворот.

Просидев два часа, недвижная и белая, как мраморная статуя, она наконец увидела, что в Лувр въезжает отряд всадников с Карлом и Генрихом Наваррским во главе.

Она сразу поняла все: Карл не захотел с ней препираться из-за ареста своего зятя, а просто увел его и этим спас.

— Слепец! Слепец! Слепец! — прошептала Екатерина и стала ждать.

Минуту спустя в Оружейной палате раздались шаги.

— Сир, хотя бы теперь, когда мы уже в Лувре, — говорил голос Генриха Наваррского, — скажите мне, почему вы увели меня и какую услугу мне оказали?

— Нет, нет, Анрио! — смеясь, ответил Карл. — Когда-нибудь узнаешь; но сейчас это тайна. Знай только одно, что, по всей вероятности, у меня будет из-за тебя ссора с матерью.

Сказав это, Карл отдернул занавеску и очутился лицом к лицу с Екатериной. Из-за его плеча выглянуло встревоженное и бледное лицо Генриха Наваррского.

— А-а! Вы здесь, мадам! — сказал Карл, нахмурив брови.

— Да, сын мой. Мне надо поговорить с вами.

— Со мной?

— С вами, и наедине.

— Что делать? — сказал Карл, оборачиваясь к зятю. — Раз уж нельзя избежать этого совсем, то чем скорее, тем лучше.

— Я ухожу, сир, — сказал Генрих.

— Да, да, оставь нас одних, — ответил Карл. — Ты ведь теперь католик, Анрио, так сходи к обедне и помолись за спасение моей души, а я останусь слушать проповедь.

Генрих поклонился и вышел.

Карл сам предупредил вопросы матери.

— Итак, мадам, — сказал он, пытаясь обратить все дело в шутку, — вы меня ждали, чтобы побранить, так ведь? Я непочтительно испортил ваши планы. Но — смерть дьяволу! — не мог же я позволить арестовать и посадить в Бастилию человека, только что спасшего мне жизнь. А в то же время мне не хотелось браниться с вами: я хороший сын. Да и сам бог, — добавил Карл шепотом, — карает тех детей, которые бранятся с матерью; пример — мой брат Франциск Второй. Простите меня великодушно и признайтесь, что я неплохо пошутил.

— Ваше величество ошибается, — ответила Екатерина, — это дело совсем не шуточное.

— Так я и знал! Знал, что вы так и посмотрите на это, черт меня возьми!

— Сир, вашим легкомыслием вы разрушили целый план, который должен был открыть нам многое.

— Ба! Целый план!.. Неужели какой-то неудавшийся план может вас смутить — вас, матушка? Вместо него вы придумаете двадцать новых, и в них я уж обещаю вам свое содействие.

— Даже если бы вы и стали мне содействовать, то теперь поздно: он предупрежден и будет начеку.

— Слушайте, — сказал король, — будем говорить прямо: что вы имеете против Анрио?

— То, что он заговорщик.

— Да, понятно, в этом вы его обвиняете все время! Но кто в этом прелестном обиталище, которое зовется Лувр, кто не занимается заговорами больше или меньше?

— Но больше всех — он, и он тем более опасен, что никто об этом и не подозревает.

— По-вашему, он Лоренцино! — сказал Карл.

Екатерина нахмурилась при этом имени, напоминавшем ей одну из наиболее кровавых драм флорентийской истории.

— Слушайте, — сказала она, — у вас есть возможность доказать мне, что я не права.

— Каким образом?

— Спросите Генриха, кто был у него в спальне сегодня ночью?

— В его спальне... сегодня ночью?

— Да. И если он вам скажет...

— То что?

— Тогда я готова признать свою ошибку.

— Но если это была женщина, не можем же мы от него требовать...

— Женщина?

— Да.

— Женщина, которая убила двух ваших стражей и ранила Морвеля, быть может, насмерть?

— Ого! Это уже серьезно, — сказал король. — Значит, дело было кровавое?

— Трое легли на месте.

— А тот, кто их уложил?

— Убежал цел и невредим.

— Клянусь Гогом и Магогом! — сказал Карл. — Вот молодец! И вы правы, матушка, мне надо знать, кто он такой.

— А я заранее вам говорю, что не узнаете, — по крайней мере, от Генриха.

— А от вас? Не мог же этот человек наделать таких дел, не оставив никаких следов? Неужели никто не заметил чего-нибудь особенного в его одежде?

— Заметили только то, что на нем был очень изящный вишневый плащ.

— Так, так! Вишневый плащ! — сказал Карл. — Здесь, при дворе, мне известен только один такой, который бросается в глаза.

— Совершенно верно, — ответила Екатерина.

— А именно?

— Подождите меня здесь, сын мой, — сказала Екатерина, — я пойду узнать, как выполнены мои приказания.

Екатерина вышла, а Карл начал рассеянно ходить по комнате, насвистывая охотничью песенку, заложив одну руку за колет и свободно опустив другую, которую лизала его борзая, всякий раз когда он останавливался.

Генрих Наваррский ушел от своего шурина сильно встревоженный и, вместо того чтобы идти обычным путем — по коридору, пошел по маленькой боковой лестнице, которая уже не раз упоминалась; она вела в третий этаж. Поднявшись всего на четыре ступеньки, он увидел на первом повороте чью-то тень. Генрих остановился и взялся за рукоять кинжала, но быстро разглядел, что это была женщина; она схватила его за руку, говоря хорошо ему знакомым, милым голосом:

— Слава богу, сир, вы целы и невредимы, я так за вас боялась! Но, верно, бог услышал мою молитву.

— Что случилось? — спросил Генрих.

— Все поймете, когда войдете к себе. Не беспокойтесь об Ортоне, я его приютила у себя.

И мадам де Сов быстро сбежала вниз мимо него, как будто встретилась с ним на лестнице случайно.

— Странно! — сказал Генрих. — Что же такое произошло? Что с Ортоном?

К сожалению, мадам де Сов не слышала его вопросов, она была уже далеко.

Вслед за ней в верхнем пролете лестницы появилась другая тень, на этот раз мужчины.

— Тс-с! — произнес он.

— А-а! Это ты, Франсуа?!

— Не называйте меня по имени.

— Что случилось?

— Пройдите к себе и узнаете, а потом проскользните в коридор, хорошенько осмотритесь, не подглядывают ли за вами, и зайдите ко мне, — дверь будет только притворена.

И Франсуа исчез, точно провалившись, как театральный призрак в люк.

— Святая пятница! — прошептал Беарнец. — Загадка остается загадкой; но раз отгадка находится в моих покоях, идем туда, а затем посмотрим.

Однако, продолжая свой путь, Генрих испытывал сильное волнение. Он обладал юношеской восприимчивостью: в его душе все отражалось четко, как в зеркале, а то, что он до сих пор слышал, предвещало какую-то беду.

Король Наваррский подошел к двери в свои покои и прислушался. Внутри все было тихо. Кроме того, Шарлотта посоветовала ему зайти к себе, значит, там не было ничего опасного. Он быстро заглянул в переднюю: никого! Но не было и никакого указания на то, что произошло.

«Ортона в самом деле нет», — сказал он про себя и перешел в следующую комнату. Там все стало ему ясно.

Хотя воды и не жалели, но всюду на полу виднелись большие красноватые потеки; одно кресло исковеркано; в занавесках полога — дырки от ударов шпаг; венецианское зеркало пробито пулей; окровавленная рука оставила на стене страшный отпечаток, говоривший о том, что эта безмолвная комната совсем еще недавно была свидетельницей борьбы не на жизнь, а на смерть.

Генрих Наваррский блуждающим взором пробежал по этим разнородным признакам борьбы, отер рукою выступивший на лбу пот и прошептал:

— Да-а! Теперь я понимаю, что́ за услугу мне оказал король; какие-то люди приходили сюда меня убить... А де Муи? Что сделали с де Муи? Мерзавцы! Они его убили!

Как герцогу Алансонскому хотелось поскорее рассказать Генриху о событиях этой ночи, так и самому Генриху не терпелось узнать то, что произошло; и, бросив на окружающее последний мрачный взор, он выбежал в коридор, убедился, что никого нет, быстро открыл приотворенную дверь, тщательно запер ее за собой и проскочил к герцогу Алансонскому.

Герцог ждал его в первой комнате. Он быстро схватил Генриха за руку и, приложив палец к своим губам в знак молчания, увлек короля Наваррского в отдельный круглый кабинетик, помещавшийся в башенке и благодаря этому совершенно недоступный для шпионства.

— Ах, брат мой, какая ужасная ночь! — сказал герцог.

— А что такое было?

— Хотели вас арестовать.

— Меня?

— Да, вас.

— Почему?

— Не знаю. Где вы были?

— Король с вечера увел меня с собою в город.

— Значит, он знал, — сказал герцог. — Но если вас не было дома, то кто же был у вас?

— А разве кто-нибудь у меня был? — спросил Генрих, будто не зная.

— Да, какой-то мужчина. Услыхав шум, я побежал к вам на помощь, но было уже поздно.

— А этого мужчину арестовали? — спросил Генрих с мучительной тревогой.

— Нет, он опасно ранил Морвеля, убил двух стражей и убежал.

— Молодец де Муи!

— Так это был де Муи? — подхватил герцог.

Генрих почувствовал свой промах.

— Я так предполагаю, — ответил он, — потому что назначал ему свидание с целью сговориться о вашем бегстве и заявить ему, что все свои права на наваррский престол я уступаю вам.

— Если это станет известно, мы погибли, — сказал герцог Алансонский, побледнев.

— Да, несомненно, Морвель скажет.

— Морвель ранен шпагой в горло; я спрашивал хирурга, который делал ему перевязку, он сказал, что раньше недели Морвель не сможет произнести ни одного слова.

— Неделя! Для де Муи это больше, чем нужно, чтобы оказаться в полной безопасности.

— В конце концов, это мог быть и не де Муи, — сказал герцог Алансонский.

— Вы так думаете? — спросил Генрих.

— Да. Ведь человек так быстро скрылся, что заметили только его вишневый плащ.

— В самом деле, — ответил Генрих, — такой плащ больше подходит какому-нибудь дамскому угоднику, а не солдату. Никому в голову не придет подозревать в де Муи обладателя вишневого плаща.

— Нет, — сказал герцог, — уж если кого и заподозрят, так скорее... — Герцог запнулся.

— Ла Моля, — продолжил Генрих.

— Разумеется! Я и сам, глядя на бежавшего человека, одну минуту подумал на Ла Моля.

— Вы и сами думали? Тогда вполне возможно, что это был Ла Моль.

— Он ничего не знает? — спросил герцог Алансонский.

— Ровно ничего, во всяком случае — важного, — ответил Генрих.

— Теперь я сам уверен, что это был он.

— Черт возьми! — сказал Генрих. — Если так, то это очень огорчит королеву Наваррскую, она принимает в нем большое участие.

— Участие, говорите вы? — спросил герцог в замешательстве.

— Конечно, Франсуа. Разве вы забыли, что вам его рекомендовала ваша сестра?

— Верно, — ответил герцог упавшим голосом. — Поэтому мне и хотелось быть ему полезным, — настолько, что я из опасения, как бы его вишневый плащ не навлек подозрений, поднялся к нему в комнату и унес вишневый плащ к себе.

— Что умно, то умно, — ответил Генрих. — Теперь я мог бы не только биться об заклад, но даже поклясться, что это был Ла Моль.

— Даже на суде? — спросил герцог.

— Ну конечно, — ответил Генрих. — Наверное, он приходил ко мне с каким-нибудь поручением от королевы Маргариты.

— Если бы я был уверен, что вы выступите свидетелем, я бы выступил против него как обвинитель, — сказал герцог.

— Если вы, Франсуа, выступите с обвинением, то, разумеется, я же не стану вас опровергать.

— А королева? — спросил герцог.

— Ах да! Королева!

— Надо бы узнать, как она поступит?

— Это я беру на себя.

— А знаете что, братец? Ей, пожалуй, не будет смысла опровергать нас; ведь этот молодой человек прогремит теперь как храбрец, и слава ему не будет стоить ни гроша, — он купит ее в кредит, на веру. Правда, весьма возможно, что ему придется за это уплатить вместе с процентами и капитал.

— Ничего не поделаешь! — ответил Генрих. — Ничто не дается даром в этом мире.

И, с улыбкой махнув рукой герцогу Алансонскому, он осторожно высунул голову в коридор; убедившись, что никто их не подслушивал, Генрих быстро проскользнул на боковую лесенку, которая вела в покои Маргариты.

Королева Наваррская, так же как и ее муж, была в волнении. Ее сильно тревожил ночной поход против нее и герцогини Невэрской, предпринятый королем, герцогом Анжуйским, герцогом Гизом и Генрихом Наваррским, которого она тоже узнала. Несомненно, что у них не было никаких улик против нее; привратник, которого отвязал от ворот Ла Моль, уверял, что не сказал ни слова. Но четыре высокопоставленные особы, которым два простых дворянина — Ла Моль и Коконнас — оказали сопротивление, — эти особы свернули со своего пути не случайно, а с определенной целью. Маргарита вернулась в Лувр на рассвете, проведя остаток ночи у герцогини Невэрской. Она тотчас легла в постель, но вздрагивала при малейшем шуме и не могла заснуть.

И вот среди мучительной тревоги она вдруг слышит стук в потайную дверь; узнав через Жийону, кто пришел, Маргарита велела его впустить.

Генрих остановился на пороге; он нисколько не походил на оскорбленного мужа — на тонких губах его играла обычная улыбка, ни один мускул лица не выдавал тех треволнений, которые он пережил несколько минут тому назад.

Глазами он как бы спрашивал Маргариту, не разрешит ли она ему остаться с ней наедине. Маргарита поняла его взгляд и сделала Жийоне знак уйти.

— Мадам, — обратился к ней Генрих, — я знаю, как вы любите своих друзей, и боюсь, что я принес вам неприятное известие.

— Какое, месье? — спросила Маргарита.

— Один из самых милых наших людей попал в большое подозрение.

— Кто же?

— Милый граф де Ла Моль.

— Графа де Ла Моль подозревают! В чем же?

— Как виновника событий этой ночи.

Несмотря на умение владеть собой, Маргарита покраснела. Но, сделав над собой усилие, спросила:

— Каких событий?

— Как?! Неужели вы не слыхали даже такого шума, какой был в Лувре этой ночью? — спросил Генрих.

— Нет, месье.

— Ваше счастье, мадам, — с очаровательным простодушием сказал Генрих, — это доказывает, как хорошо вы спали.

— А что же здесь произошло?

— А то, что наша добрая матушка приказала Морвелю и шести стражам арестовать меня.

— Вас, месье? Вас?!

— Да, меня.

— На каком основании?

— Ну-у! Кто может знать основания такого глубокого ума, как ум нашей матушки. Я их уважаю, но не знаю.

— Вы разве не ночевали дома? — спросила Маргарита.

— Нет, но случайно. Вы верно угадали, мадам, — я не был дома. Вчера вечером король предложил мне пойти с ним в город; но пока меня не было дома, там был другой человек.

— Кто же другой?

— По-видимому, месье де Ла Моль.

— Граф де Ла Моль? — изумилась Маргарита.

— Черт возьми! И молодец же этот провансалец, — добавил Генрих. — Представьте себе, он ранил Морвеля и убил двух стражей.

— Ранил Морвеля и убил двух стражей?! Это невозможно.

— Как? Вы сомневаетесь в его храбрости, мадам?

— Нет, я только говорю, что Ла Моль не мог быть у вас.

— Почему же он не мог быть у меня?

— Да потому, что... потому, что... он был в другом месте, — смущенно ответила Маргарита.

— А-а! Если он может доказать свое алиби — тогда другое дело, — сказал Генрих. — Он просто скажет, где он был, и вопрос о нем будет исчерпан.

— Где он был?! — с волнением повторила Маргарита.

— Конечно... Сегодня же он будет арестован и допрошен. К сожалению, против него имеются улики...

— Улики! Какие же?

— Человек, оказавший такое отчаянное сопротивление, был в вишневом плаще, — ответил Генрих.

— Да, такого плаща нет ни у кого, кроме Ла Моля... хотя мне известен и другой человек...

— Мне — тоже... Но вот что получится: если у меня в спальне был не Ла Моль, то, значит, это был другой обладатель вишневого плаща. А вы знаете, кто он...

— Боже мой! — воскликнула Маргарита.

— Вот где наш подводный камень! Ваше волнение, мадам, доказывает, что вы тоже его видите. Поэтому поговорим, как говорят о вещи, самой завидной в мире, — о престоле... и... о самом драгоценном благе — о своей жизни... Если арестуют де Муи — мы погибли!

— Я понимаю.

— А граф де Ла Моль никого не может подвести, — продолжал Генрих, — если только вы не считаете его способным выдумать какую-нибудь небылицу; вдруг скажет, например, что он был там-то с дамами... да бог его знает — что...

— Если вы опасаетесь только этого, — ответила Маргарита, — то можете быть спокойны... он этого не скажет.

— Вот как! — сказал Генрих. — Ничего не скажет, даже если ему за это будет грозить смерть?

— Не скажет.

— Вы уверены?

— Ручаюсь.

— Значит, все складывается к лучшему, — сказал Генрих, вставая.

— Месье, вы уже уходите? — с волнением спросила Маргарита.

— Да. Все, что мне надо было вам сказать, я сказал.

— А вы идете к?..

— Постарайтесь вывести всех нас из того опасного положения, в которое поставил нас этот дьяволенок в вишневом плаще.

— О боже мой! Боже мой! Бедный юноша! — горестно воскликнула Маргарита, заломив пальцы.

— Этот милый Ла Моль воистину очень услужлив, — говорил Генрих, уходя.

# IX

# ПОЯСОК КОРОЛЕВЫ-МАТЕРИ

Карл IX вернулся домой в самом веселом расположении духа; но после десятиминутного разговора с матерью можно было подумать, что свое раздражение и свою бледность она передала сыну, а его радостное настроение взяла себе.

— Ла Моль?! Ла Моль! — повторял Карл. — Надо вызвать Генриха и герцога Алансонского. Генриха — потому, что этот молодой человек был гугенотом; герцога Алансонского — потому, что Ла Моль у него на службе.

— Что ж, позовите их, сын мой, если хотите. Боюсь только, что Генрих и Франсуа связаны друг с другом больше, чем это кажется на вид. Допрашивать их — это только возбуждать в них подозрения; было бы надежнее подвергнуть их искусу не спеша, в течение нескольких дней. Если вы, сын мой, дадите преступникам вздохнуть свободно, если вы укрепите в них мысль, что им удалось обмануть вашу бдительность, то, осмелев и торжествуя, они дадут вам более удобный случай поступить с ними сурово; и тогда мы всё узнаем.

Карл в нерешительности ходил по комнате, стараясь отделаться от чувства гнева, как лошадь от удил, и судорожным движением руки хватался за сердце, раненное подозрением.

— Нет, нет, — сказал он наконец, — не стану ждать. Вы не понимаете, каково мне ждать, когда я чувствую кругом себя присутствие каких-то призраков. Кроме того, все эти придворные франтики наглеют день ото дня: сегодня ночью двое каких-то дамских прихвостней имели дерзость сопротивляться и бунтовать против нас!.. Если Ла Моль невинен, очень хорошо; но я желал бы знать, где был он этой ночью, когда избивали мою стражу в Лувре, а меня били в переулке Клош-Персе. Пусть позовут — сначала герцога Алансонского, а потом Генриха: я хочу допросить их порознь. Вы можете остаться здесь.

Екатерина села. При том уме, какой был у нее, всякое обстоятельство, как будто и далекое от ее цели, могло быть так повернуто могучей рукой Екатерины, что повело бы к осуществлению ее замыслов. Каждый удар двух вещей друг о друга или производит звук, или дает искру. Звук указывает направление, искра — светит.

Вошел герцог Алансонский. Разговор с Генрихом Наваррским подготовил его к предстоящему объяснению, и он был спокоен.

Все его ответы были очень определенны. Так как мать приказала ему не выходить из своих покоев, то он ровно ничего не знает о ночных событиях. Но его покои выходят в тот же коридор, что и покои короля Наваррского, поэтому он кое-что слышал: сначала уловил звук, похожий на взламывание двери, потом — ругательства и, наконец, выстрелы. Только тогда он осмелился приоткрыть дверь и увидел бегущего человека в вишневом плаще.

Карл и его мать переглянулась.

— В вишневом плаще? — спросил король.

— В вишневом, — ответил герцог Алансонский.

— А этот вишневый плащ не вызывает у вас подозрений на кого-нибудь?

Герцог Алансонский напряг всю силу своей воли, чтобы ответить как можно естественнее:

— Должен признаться вашему величеству: по первому взгляду мне показалось, что это плащ одного из моих дворян.

— А как зовут этого дворянина?

— Месье де Ла Моль.

— А почему же этот месье де Ла Моль был не при вас, как этого требовала его должность?

— Я отпустил его, — ответил герцог.

— Хорошо! Ступайте! — сказал Карл.

Герцог Алансонский направился к той двери, в которую входил.

— Нет, не в эту, — сказал Карл, — а вон в ту. — И он указал на дверь в комнату кормилицы.

Ему не хотелось, чтобы герцог встретился с Генрихом Наваррским. Карл не знал, что зять и шурин виделись, хотя и на минуту, но этого было достаточно, чтобы согласовать им свои действия...

Вслед за герцогом, по знаку Карла, впустили Генриха.

Генрих не стал ждать допроса и заговорил сам:

— Сир, очень хорошо, что ваше величество за мной послали, потому что я сам уже собрался идти к вам и просить вашего суда.

Карл нахмурил брови.

— Да, суда, — повторил Генрих. — Начну с благодарности вашему величеству за то, что вчера вечером вы взяли меня с собой; теперь я знаю, что вы спасли мне жизнь. Но что я такое сделал? За что хотели меня убить?

— Не убить, — поспешно сказала Екатерина, — а арестовать.

— Пусть будет — арестовать, — ответил Генрих. — Но за какое преступление? Если я в чем-нибудь виноват, то я виновен в этом и сегодня утром так же, как был виновен вчера вечером. Сир, скажите, в чем моя вина?

Карл, не зная, что ответить, посмотрел на мать.

— Сын мой, — обратилась Екатерина к Генриху Наваррскому, — у вас бывают подозрительные люди.

— Допустим, мадам. И эти подозрительные люди навлекают подозрение и на меня, не так ли, мадам?

— Да, Генрих.

— Назовите же мне их! Назовите, кто они? Сделайте мне с ними очную ставку!

— Правда, — сказал Карл, — Анрио имеет право требовать расследования.

— Я этого и требую! — продолжал Генрих, чувствуя преимущество своего положения и стремясь воспользоваться им. — Об этом я и прошу моего доброго брата Карла и мою дорогую матушку Екатерину. Со дня моего брака с Маргаритой разве я не был хорошим мужем? Спросите Маргариту. Разве я не был добрым католиком? Спросите моего духовника. Разве я не был хорошим родственником? Спросите всех, кто присутствовал на вчерашней охоте.

— Да, это правда, Анрио, — сказал король, — но все же говорят, что ты в заговоре.

— Против кого?

— Против меня.

— Сир, если бы я против вас злоумышлял, я мог бы все предоставить обстоятельствам, когда ваша лошадь с перебитой ногой не могла подняться, а разъяренный кабан набросился на ваше величество.

— Смерть дьяволу! А ведь он прав, матушка.

— Но все-таки, кто же был у вас сегодня ночью? — спросила Екатерина.

— Мадам, в такие времена, когда так трудно отвечать даже за собственные действия, я не могу брать на себя ответственность за действия других. Я ушел из моих покоев в семь часов вечера, а в десять брат мой Карл увел меня с собой; всю ночь я провел с ним. Так как все время я был с его величеством, — откуда я мог знать, что происходит у меня дома?

— Да, — отвечала Екатерина, — однако остается несомненным то, что какой-то ваш человек убил двух стражей его величествва и ранил Морвеля.

— Мой человек?! — спросил Генрих. — Кто же он, мадам? Назовите.

— Все обвиняют месье де Ла Моля.

— Мадам, месье де Ла Моль вовсе не мой человек, — он на службе у герцога Алансонского и рекомендован ему не мной, а вашей дочерью.

— А все же, не Ла Моль ли был у тебя, Анрио? — спросил король.

— Сир, откуда же мне знать? Я этого не отрицаю и не подтверждаю... Месье де Ла Моль — человек очень милый, услужливый, очень преданный королеве Наваррской и часто приходит ко мне с поручениями от Маргариты, которой он признателен за рекомендацию герцогу Алансонскому, или же он приходит по поручению самого герцога. Я не могу утверждать, что это был не Ла Моль...

— Это был он, — сказала Екатерина. — Его узнали по вишневому плащу.

— А разве у Ла Моля есть вишневый плащ? — спросил Генрих.

— Да, — ответила Екатерина.

— И у того человека, который так расправился с двумя моими стражами и с Морвелем...

— Тоже был вишневый плащ? — перебивая короля, спросил Генрих.

— Совершенно верно, — подтвердил Карл.

— Ничего не могу сказать, — ответил Генрих. — Но мне кажется, что если у меня в покоях был не я, а, по вашим словам, Ла Моль, то следовало вызвать вместо меня Ла Моля и допросить его. Однако разрешите, ваше величество, обратить ваше внимание на одно обстоятельство.

— На какое?

— Если бы я, видя подписанный моим королем приказ, не подчинился ему и оказал сопротивление, я был бы виноват и заслужил бы любое наказание. Но ведь это был какой-то незнакомец, которого приказ нисколько не касался! Его хотели арестовать незаконно — он воспротивился; быть может, слишком рьяно, но он был вправе!

— Тем не менее... — начала Екатерина.

— Мадам, в приказе было сказано арестовать именно меня? — спросил Генрих.

— Да, — ответила Екатерина, — и его величество подписал его собственноручно.

— А значилось ли в приказе — в случае ненахождения меня арестовать всякого, кто окажется на моем месте?

— Нет, — ответила Екатерина.

— В таком случае, — продолжал Генрих, — пока не будет доказано, что я заговорщик, а человек, находившийся у меня в комнате, мой сообщник, — этот человек невинен.

Затем обернувшись к Карлу IX, Генрих добавил:

— Сир, я никуда не выйду из Лувра. Я даже готов по одному слову вашего величества направиться в любую государственную тюрьму, какую будет вам угодно мне назначить. Но пока не будет доказано противного, я имею право называть себя самым верным слугой, подданным и братом вашего величества!

И Генрих с таким достоинством, какого от него не ожидали, раскланялся и вышел.

— Браво, Анрио! — сказал Карл, когда Генрих Наваррский вышел.

— Браво? За то, что он нас высек? — сказала Екатерина.

— А почему бы мне не аплодировать? Когда мы с ним фехтуем и он наносит мне удар, разве не говорю я «браво»? Матушка, вы напрасно так плохо относитесь к нему.

— Сын мой, — ответила Екатерина, — не плохо отношусь, а я боюсь его.

— И тоже напрасно! Анрио мне друг; он верно говорил, что, если бы он злоумышлял против меня, он дал бы кабану сделать свое дело.

— Да, чтобы его личный враг, герцог Анжуйский, стал королем Франции?

— Матушка, не все ли равно, по какому побуждению он спас мне жизнь; но что спас он, так это факт! И — смерть всем чертям! — я не позволю огорчать его. Что же касается Ла Моля, то я сам поговорю о нем с герцогом Алансонским, у которого он служит.

Этими словами он предлагал матери удалиться. Она вышла, стараясь собрать и закрепить в какой-то определенной форме бродившие в ней подозрения. Ла Моль, человек слишком незначительный, не годился для ее целей.

Войдя к себе, Екатерина застала там Маргариту, которая ее ждала.

— А-а! Это вы, дочь моя? Я посылала за вами вчера вечером.

— Я знаю, мадам, но меня не было дома.

— А сегодня утром?

— А сегодня я пришла сказать вашему величеству, что вы готовитесь совершить великую несправедливость.

— Какую?

— Вы собираетесь арестовать графа де Ла Моль.

— Вы ошибаетесь, дочь моя! Я никого не собираюсь арестовывать — приказы об аресте отдает король, а не я.

— Мадам, не будем играть словами в таком серьезном деле. Ла Моля арестуют, это верно?

— Возможно.

— По обвинению в том, что этой ночью он находился в комнате короля Наваррского, ранил Морвеля и убил двух стражей?

— Да, именно это преступление вменяется ему в вину.

— Мадам, оно вменяется ему ошибочно, — сказала Маргарита, — месье де Ла Моль в нем неповинен.

— Ла Моль в нем неповинен?! — воскликнула Екатерина, чуть не подскочив от радости и сразу почувствовав, что разговор с Маргаритой прольет ей некоторый свет на это дело.

— Нет, неповинен! — повторила Маргарита. — И не может быть повинен, потому что он был не у короля.

— А где же?

— У меня, мадам.

— У вас?!

— Да, у меня.

За такое признание наследной принцессы Франции Екатерина должна была бы наградить ее уничтожающе грозным взглядом, а она только скрестила руки на своем поясе.

— И если... — сказала Екатерина после минутного молчания, — если его арестуют и допросят...

— Он скажет, где и с кем он был, — твердо ответила Маргарита, хотя была уверена в противном.

— Если это так, то вы правы, дочь моя: Ла Моля нельзя арестовать.

Маргарита вздрогнула: ей показалось, что в тоне, каким Екатерина произнесла эти слова, заключался таинственный и страшный смысл; но делать было уже нечего, поскольку ее просьба была удовлетворена.

— Но если это был не месье де Ла Моль, — сказала Екатерина, — кто же был другой?

Маргарита промолчала.

— А этот другой вам, дочка, не знаком? — спросила Екатерина.

— Нет, матушка, — не очень твердым тоном ответила Маргарита.

— Ну же, не будьте откровенны только наполовину.

— Повторяю, мадам, что я его не знаю, — ответила Маргарита, невольно побледнев.

— Ладно, ладно, — сказала Екатерина равнодушным тоном, — это узнается. Ступайте, дочь моя! Будьте покойны: ваша мать стоит на страже вашей чести.

Маргарита вышла.

«Ага! У них союз! — говорила про себя Екатерина. — Генрих и Маргарита сговорились: жена онемела за то, что муж ослеп. Вы очень ловки, детки, и воображаете, что очень сильны; но ваша сила в единении, а я вас всех разъединю. Кроме того, настанет день, когда Морвель будет в состоянии говорить или писать, назовет имя или начертит шесть букв, — и тогда все станет известно. Да, но до того времени виновный будет в безопасности. Самое лучшее — это разъединить теперь же эту пару».

Немедля Екатерина вернулась к сыну и застала его за разговором с герцогом Алансонским.

— А-а! Это вы, матушка! — сказал он, нахмурив брови.

— Почему, Карл, вы не прибавили «опять»? Это слово было у вас на уме.

— То, что у меня на уме, мадам, это мое дело, — ответил Карл грубым тоном, который временами появлялся у него даже в разговоре с Екатериной. — Что вам надо? Говорите поскорее.

— Вы были правы, сын мой. А вы, Франсуа, ошиблись.

— В чем? — спросили оба сына.

— У короля Наваррского был вовсе не Ла Моль.

— А-а! — произнес Франсуа, бледнея.

— Кто же? — спросил Карл.

— Пока неизвестно, но это мы узнаем, как только Морвель заговорит. Итак, отложим это дело, которое вскоре разъяснится, и вернемся к Ла Молю.

— Но при чем же тогда Ла Моль, матушка, раз не он был у короля Наваррского?

— Да, он не был у короля Наваррского, но был у... королевы Наваррской.

— У королевы! — воскликнул Карл и нервически расхохотался.

— У королевы! — повторил герцог Алансонский, смертельно побледнев.

— Да нет! Нет! — возразил Карл. — Гиз говорил мне, что встретил носилки Маргариты.

— Так оно и было, — ответила Екатерина, — где-то в городе у нее есть дом.

— Переулок Клош-Персе! — воскликнул Карл.

— О-о! Это уж чересчур! — сказал герцог Алансонский, вонзая ногти себе в грудь. — И его рекомендовала она мне!

— Ага! Теперь я понял! — сказал король, вдруг останавливаясь на месте. — Так это он сопротивлялся нам сегодня ночью и сбросил мне на голову серебряный кувшин. Вот негодяй.

— Да, да! Негодяй! — повторил герцог Алансонский.

— Вы правы, дети мои, — сказала Екатерина, не подавая виду, что понимает, какое чувство побуждало каждого из них произнести этот приговор. — Вы правы! Он может погубить честь принцессы крови одним неосторожным словом. А для этого ему достаточно подвыпить.

— Или расхвастаться, — добавил Франсуа.

— Верно, верно, — ответил Карл. — Но мы не можем перенести это дело в суд, если сам Анрио не согласится подать жалобу.

— Сын мой, — сказала Екатерина, кладя свою руку Карлу на плечо и выразительно его сжимая, чтобы обратить все внимание короля на то, что она собиралась предложить, — выслушайте меня. Преступление уже налицо, но может выйти и позорная история. А за такие проступки против королевского достоинства наказывают не судьи и не палачи. Будь вы просто дворяне, мне было бы нечему учить вас, — вы оба люди храбрые, но вы принцы крови, и вам нельзя скрестить ваши шпаги со шпагою какого-то дворянчика! Обдумайте способ мести, возможный для принцев крови.

— Смерть всем чертям! — воскликнул Карл. — Вы правы, матушка! Я что-нибудь придумаю.

— Я помогу вам, брат мой, — откликнулся герцог Алансонский.

— И я, — сказала Екатерина, развязывая шелковый черный поясок, который тройным кольцом обвивал ее талию и свешивался до колен двумя концами с кисточками, — я ухожу, но вместо себя я оставляю это.

И она бросила свой поясок к ногам двух братьев.

— А-а! Понимаю, — воскликнул Карл.

— Так этот поясок... — заговорил герцог Алансонский, поднимая его с пола.

— И наказание и тайна, — торжествующе сказала Екатерина. — Было бы недурно впутать в это дело Генриха, — добавила она и вышла.

— Чего же проще! — сказал герцог Алансонский. — Как только Генрих узнает, что жена ему неверна... — И, обернувшись к королю, спросил: — Итак, вы согласны с мнением нашей матушки?

— От слова до слова! — ответил Карл, не подозревая, что всаживает тысячу кинжалов в сердце герцога. — Это рассердит Маргариту, зато обрадует Анрио.

Затем он позвал офицера своей стражи и приказал сказать Генриху, что король просит его к себе, но тотчас раздумал.

— Нет, не надо, я сам пойду к нему. А ты, Алансон, предупреди Анжу и Гиза.

И, выйдя из своих покоев, он пошел по маленькой винтовой лестнице, которая вела в третий этаж, к покоям Генриха Наваррского.

# X

# МСТИТЕЛЬНЫЕ ЗАМЫСЛЫ

Генрих благодаря своей выдержке при допросе получил короткую передышку и забежал к мадам де Сов. Там он застал Ортона, уже совсем оправившегося от своего обморока; но Ортон мог рассказать только то, что какие-то люди ворвались к нему и что их начальник оглушил его, ударив эфесом шпаги.

Об Ортоне тогда никто не вспомнил. Екатерина, увидев его распростертым на полу, подумала, что он убит. На самом деле Ортон, очнувшись как раз в промежуток времени между уходом Екатерины и появлением командира стражи, которому было приказано очистить комнату, сейчас же побежал к мадам де Сов.

Генрих попросил Шарлотту приютить у себя Ортона до получения вестей от де Муи, который непременно напишет из своего прибежища. Тогда он, Генрих, отправит с Ортоном ответ свой де Муи и, таким образом, будет иметь там не одного, а двух преданных ему людей.

Решив поступить так, Генрих вернулся к себе и, рассуждая сам с собой, начал ходить взад и вперед по комнате, как вдруг дверь растворилась и вошел король.

— Ваше величество! — воскликнул Генрих, бросаясь к нему навстречу.

— Собственной персоной... Честное слово, Анрио, ты молодец! Я начинаю любить тебя все больше.

— Сир, ваше величество меня захвалили, — ответил Генрих.

— У тебя только один недостаток, Анрио.

— Какой? Уж не тот ли, в котором вы упрекали меня не один раз, что я предпочитаю соколиной охоте охоту с гончими?

— Нет, нет, Анрио, я говорю не об этом, а о другом.

— Если ваше величество объясните мне, в чем дело, я постараюсь исправиться, — ответил Генрих, увидев по улыбке Карла, что он в хорошем настроении.

— Дело в том, что у тебя хорошие глаза, а видишь ты ими плохо.

— Может быть, сир, я, сам того не зная, стал близорук?

— Хуже, Анрио, хуже: ты ослеп.

— Вот что! — удивился Беарнец. — Но может быть, это случается со мной, когда я закрываю глаза?

— Да, да! Ты так и делаешь, — сказал Карл. — Как бы то ни было, я их тебе открою.

— Господь сказал: «Да будет свет, и бысть свет». Ваше величество являетесь представителем бога на земле, — следовательно, ваше величество можете сотворить на земле то, что бог творит на небе. Я слушаю.

— Когда вчера вечером Гиз сказал, что встретил твою жену в сопровождении какого-то волокиты, ты не хотел верить.

— Сир, — отвечал Генрих, — как же я мог поверить, что сестра вашего величества способна на такое безрассудство?

— Тогда он прямо указал, что твоя жена отправилась в переулок Клош-Персе, но этому ты тоже не поверил!

— А разве я мог предполагать, что принцесса Франции решится открыто ставить на карту свое доброе имя?

— Когда мы осаждали дом в переулке Клош-Персе и в меня попали серебряным кувшином, Анжу облили апельсиновым компотом, а Гиза угостили кабаньим окороком, разве ты не видел там двух женщин и двух мужчин?

— Сир, я ничего не видел. Ваше величество, наверно, помните, что в это время я допрашивал привратника.

— Зато я, черт подери, видел!

— А-а! Если вы, ваше величество, видели сами, то, конечно, это так.

— Да, я видел двух женщин и двух мужчин. Теперь для меня нет сомнений, что одна из этих женщин была Марго, а один из мужчин — Ла Моль.

— Однако если Ла Моль был в переулке Клош-Персе, значит, он не был здесь, — возразил Генрих.

— Нет, нет, его здесь не было, — сказал король. — Но сейчас вопрос не в том, кто был здесь, — это узнается, когда болван Морвель сможет говорить или писать. Вопрос в том, что Марго тебя обманывает.

— Пустяки! Не верьте всяким сплетням, сир, — ответил Генрих.

— Говорю тебе, что ты не близорук, а просто слеп. Смерть дьяволу! Поверь мне хоть один раз, упрямец! Говорят тебе, что Марго тебя обманывает, и мы сегодня вечером задушим предмет ее увлечения.

Генрих даже отпрянул при такой неожиданности и с изумлением посмотрел на Карла.

— Признайся, Анрио, что в глубине души ты не против этого. Марго, конечно, раскричится, как сто тысяч ворон, но тем хуже для нее. Я не хочу, чтобы тебе причиняли горе. Пусть Анжу наставляет рога принцу Конде, я закрываю глаза: Конде — мне враг; а ты мне брат, больше того — друг.

— Но, сир...

— И я не хочу, чтобы тебя притесняли, не хочу, чтобы над тобой издевались; довольно ты служил мишенью для всяких волокит, приезжающих сюда, чтобы подбирать крошки с нашего стола и увиваться около наших жен. Пусть только посмеют заниматься таким делом, черт их возьми! Тебе изменили, Анрио, — это может случиться со всяким, — но, клянусь, ты получишь удовлетворение, которое поразит всех, и завтра будут говорить: «Тысяча чертей! Король Карл, как видно, очень любит своего брата Анрио, если сегодня ночью заставил Ла Моля вытянуть язык».

— Сир, это дело действительно решенное? — спросил Генрих.

— Решено и подписано. Этому щеголю нельзя пожаловаться на свою судьбу; исполнителями будут я, Анжу, Алансон и Гиз: один король, два принца крови и владетельный герцог, не считая тебя.

— Как — не считая меня?

— Ну да, ты-то ведь будешь с нами!

— Я?!

— Да. Мы будем его душить, а ты пырни его как следует кинжалом — по-королевски!

— Сир, я смущен вашей добротой, — ответил Генрих, — но откуда вы все это знаете?

— А-а! Ни дна ему, ни покрышки! Говорят, он этим похвалялся. Он все время бегает к ней то в Лувре, то в переулок Клош-Персе. Они вместе сочиняют стихи, — хотел бы я посмотреть на стихи этого фертика; какие-нибудь пасторальчики, болтают о Гионе и о Мосхосе да перевертывают на все лады Дафниса и Коридона. Знаешь что, выбери у меня трехгранный кинжал получше.

— Сир, это надо обдумать... — сказал Генрих.

— Что?

— Вы, ваше величество, поймете, почему мне нельзя участвовать в этом деле. Мне кажется, что мое присутствие будет неприличным. Я являюсь настолько заинтересованным лицом, что мое личное участие в этом возмездии покажется жестокостью. Ваше величество мстите за честь сестры нахалу, оклеветавшему женщину своим бахвальством, — такая месть вполне естественна с вашей стороны и поэтому не опозорит Маргариту, которую я, сир, продолжаю считать невинной. Но если в это дело вмешаюсь я, получится совсем другое; мое участие превратит акт правосудия в простую месть. Это будет уже не казнь, а убийство; жена моя окажется не жертвой клеветы, а женщиной виновной.

— Черт возьми! Ты, Генрих, златоуст! Я только что говорил матери, что ты умен, как дьявол.

И Карл доброжелательно взглянул на Генриха, благодарившего поклоном за этот комплимент.

— Как бы то ни было, но ты доволен, что тебя избавят от этого франтика?

— Все, что делает ваше величество, — все благо, — ответил король Наваррский.

— Ну и отлично, предоставь мне сделать это дело за тебя и будь покоен, оно будет сделано не хуже.

— Я полагаюсь на вас, сир, — ответил Генрих.

— Да! А в котором часу он обычно бывает у твоей жены?

— Часов в девять вечера.

— А уходит от нее?

— Раньше, чем прихожу к ней я, судя по тому, что я никогда его не застаю.

— Приблизительно когда?..

— Часов в одиннадцать.

— Хорошо! Сегодня ступай к ней в полночь; все будет уже кончено.

Сердечно пожав руку Генриху и еще раз пообещав ему свою дружбу, Карл вышел, насвистывая любимую охотничью песенку.

— Святая пятница! — сказал Беарнец, провожая глазами Карла. — Весь этот дьявольский замысел исходит не иначе как от королевы-матери; она только и думает о том, как бы поссорить нас, меня и мою жену, — такую милую чету!

И Генрих рассмеялся, как смеялся лишь тогда, когда его никто не видел и не слышал.

Часов в семь вечера красивый молодой человек принял ванну, выщипал портившие лицо волоски и, напевая песенку, стал самодовольно прогуливаться перед зеркалом в одной из комнат Лувра. Рядом спал или, вернее сказать, потягивался на постели другой молодой человек. Один был тот самый Ла Моль, о котором так много говорили в этот день, другой — его друг, Коконнас.

Вся сегодняшняя гроза прошла над Ла Молем так незаметно для него, что он не слышал раскатов ее грома, не видел сверкания ее молний. Возвратясь домой в три часа утра, он до трех часов дня пролежал в постели: спал, мечтал и строил замки на том зыбучем песке, который зовется — будущее; затем он встал, провел час у модных банщиков, сходил пообедать к мэтру Ла Юрьер и по возвращении в Лувр закончил свой туалет, намереваясь совершить обычный свой визит к королеве Наваррской.

— Ты говоришь, что уже обедал? — спросил, позевывая, Коконнас.

— И с большим аппетитом.

— Какой ты эгоист, почему ты не позвал меня с собою?

— Ты так крепко спал, что мне не хотелось тебя будить. А знаешь что? Поужинай вместо обеда. Только не забудь спросить у мэтра Ла Юрьер того легкого анжуйского вина, которое он получил на днях.

— Хорошее?

— Вели подать — уж я тебе говорю.

— А куда ты?

— Я? — спросил Ла Моль, изумленный таким вопросом своего друга. — Куда я? Ухаживать за моей королевой.

— А кстати, не пойти ли мне обедать в наш домик в переулке Клош-Персе; пообедаю остатками от вчерашнего; кстати, там есть аликантское вино, которое хорошо подбадривает.

— Нет, Аннибал, после того что произошло сегодня ночью, это будет неосторожно, мой друг. А кроме того, с нас взяли слово, что мы одни туда ходить не будем. Передай мне мой плащ!

— Верно, верно, я и забыл об этом, — ответил Коконнас. — Но какого черта! Где же твой плащ?.. А-а! Вот он.

— Да нет! Ты даешь мне черный, а я прошу вишневый. Я в нем больше нравлюсь королеве.

— Честное слово, его нет, — сказал Коконнас, посмотрев во все стороны, — ищи сам, я не могу найти.

— Как не можешь найти? Куда же он девался?

— Ты, может быть, его продал...

— Зачем? У меня осталось еще шесть экю.

— Надень мой.

— Вот хорошо — желтый плащ к зеленому колету! Я буду похож на попугая.

— Уж очень ты требователен. Тогда делай как знаешь.

Но когда Ла Моль, перевернув все вверх дном, начал посылать всевозможные ругательства по адресу воров, способных пробираться даже в Лувр, в эту минуту вошел паж герцога Алансонского с драгоценным плащом в руках.

— Ага! Вот он! Наконец-то! — воскликнул Ла Моль.

— Это ваш плащ, месье? — спросил паж. — Да?.. Его высочество посылал взять его у вас, чтобы решить одно пари по поводу оттенка вашего плаща.

— О, мне он был нужен только потому, что я собираюсь уходить, но если его высочество желает его пока оставить у себя...

— Нет, граф, вопрос уже решен.

Паж вышел, а Ла Моль пристегнул свой плащ.

— Ну как? Что ты решил делать? — спросил Ла Моль.

— Сам не знаю.

— А я тебя застану здесь сегодня вечером?

— Ну разве я могу сказать это наверно?

— Так ты не знаешь, что будешь делать через два часа?

— Я знаю, что буду делать я, но не знаю, что мне велят делать.

— Герцогиня Невэрская?

— Нет, герцог Алансонский.

— В самом деле, — сказал Ла Моль, — с некоторого времени я замечаю, что он уделяет тебе много внимания.

— Ну да, — ответил Коконнас.

— Тогда твоя судьба обеспечена, — смеясь, сказал Ла Моль.

— Фу! Младший сын! — ответил Коконнас.

— О-о! У него такое желание сделаться старшим, что небо, может быть, совершит для него чудо. Так, значит, ты не знаешь, где будешь сегодня вечером?

— Нет.

— Тогда иди к черту... или, лучше, ну тебя к богу! Прощай!

«Ла Моль — ужасный человек, — рассуждал пьемонтец сам с собой, — вечно требует, чтобы ты сказал, где будешь вечером! Разве это можно знать? Впрочем, похоже на то, что мне хочется спать».

И Коконнас опять улегся в постель. Что касается Ла Моля, то он полетел к покоям королевы. В коридоре, нам уже известном, он встретил герцога Алансонского.

— А-а! Это вы, месье де Ла Моль? — сказал герцог.

— Да, ваше высочество, — ответил Ла Моль, почтительно его приветствуя.

— Вы уходите из Лувра?

— Нет, ваше высочество, я иду засвидетельствовать свое почтение ее величеству королеве Наваррской.

— В котором часу вы уйдете от нее?

— Ваше высочество желаете что-нибудь мне приказать?

— Нет, не сейчас, но мне надо будет поговорить с вами сегодня вечером.

— В котором часу?

— Так между девятью и десятью.

— Буду иметь честь явиться в этот час к вашему высочеству.

— Хорошо, я полагаюсь на вас.

Ла Моль раскланялся и продолжал свой путь.

«Иногда этот герцог вдруг бледнеет, как мертвец... странно!..» — подумал он.

Затем он постучал в дверь к королеве; Жийона, словно ждавшая его прихода, проводила Ла Моля к Маргарите.

Маргарита сидела за какой-то работой, видимо очень утомительной; перед ней лежала исписанная бумага, пестревшая поправками, и том произведений Исократа. Она сделала знак Ла Молю не мешать ей дописать раздел; довольно быстро его закончив, она отбросила перо и предложила молодому человеку сесть рядом.

Ла Моль сиял. Никогда еще не был он таким красивым и веселым.

— Греческая! — воскликнул он, посмотрев на книгу. — Торжественная речь Исократа. Зачем она вам понадобилась? Ага! Я вижу на вашем листе бумаги латинское заглавие:

Ab Sarmatiae legatos Margaritae contio*.

Так вы собираетесь держать этим варварам торжественную речь на латинском языке?

— Приходится, потому что они не говорят по-французски, — ответила Маргарита.

— Но как вы можете готовить ответную речь, не зная, что они скажут?

— Женщина более кокетливая, чем я, оставила бы вас в заблуждении, что она импровизирует; но по отношению к вам, мой Гиацинт, я на такие обманы не способна: мне заранее сообщили их речь, и я отвечаю на нее.

— А разве польские послы прибудут так скоро?

— Они уже приехали сегодня утром.

— Об этом никто не знает.

— Они прибыли инкогнито. Их торжественный въезд в Париж перенесен, кажется, на послезавтра. Во всяком случае, то, что я сделала сегодня вечером, — в духе Цицерона, вы услышите, — добавила Маргарита с легким оттенком самодовольства и собственного превосходства. — Но бросим эти пустяки. Поговорим лучше о том, что с вами было.

— Со мной?

— Да.

— А что со мной было?

— Вы напрасно храбритесь, я вижу, что вы немного побледнели.

— Вероятно, я переспал; и смиренно винюсь в этом.

— Бросьте, бросьте! Не прикидывайтесь, я все знаю.

— Будьте добры, неоцененная, объяснить мне, в чем дело, потому что я ничего не знаю.

— Ответьте мне — только откровенно: о чем расспрашивала вас королева-мать?

---

* Речь Маргариты к послам Сарматии.

— Королева-мать, меня?! Разве она собиралась говорить со мной?

— Как?! Вы с ней не виделись?

— Нет.

— А с королем Карлом?

— Нет.

— И с королем Наваррским?

— Нет.

— Но с герцогом Алансонским вы виделись?

— Да, сию минуту я встретился с ним с коридоре.

— Что он сказал?

— Что ему надо дать мне какие-то приказания между девятью и десятью часами.

— Больше ничего?

— Больше ничего.

— Странно.

— Что же тут странного, скажите же мне наконец?

— Вы не слыхали никаких разговоров?

— Да что случилось?

— А случилось то, несчастный, что за сегодняшний день вы повисли над пропастью.

— Я?

— Да.

— По какому поводу?

— Слушайте. Прошедшей ночью хотели арестовать короля Наваррского, но вместо него в его комнате застали де Муи, который убил трех человек и убежал никем не узнанный; заметили только пресловутый вишневый плащ.

— Так что же?

— А то, что этот вишневый плащ, который один раз ввел в заблуждение меня, теперь ввел в заблуждение и других: вас подозревают, даже обвиняют в этом тройном убийстве. Сегодня утром собирались вас арестовать, судить и, может быть, — кто знает? — приговорить к смерти; ведь вы, чтобы спасти себя, не признались бы, где вы были, не правда ли?

— Сказать, где я был?! — воскликнул Ла Моль. — Выдать вас, мою августейшую красавицу?! О, вы совершенно правы: я бы умер, распевая песни, за то, чтобы ни одной слезинки не пало из ваших прекрасных глаз!

— Увы, несчастный мой поклонник! Мои прекрасные глаза плакали бы горько.

— Но каким образом утихла эта страшная гроза?

— Догадайтесь.

— Откуда мне знать?

— Есть только одно средство доказать, что вы не были в комнате короля Наваррского.

— Какое?

— Сказать, где вы были.

— И что же?

— Я и сказала.

— Кому?

— Моей матери.

— И королева Екатерина...

— Королева Екатерина знает, что вы мой любовник.

— О мадам, после того что вы для меня сделали, вы можете потребовать от меня чего угодно. То, что вы сделали, воистину прекрасно и велико! О Маргарита, моя жизнь принадлежит вам!

— Надеюсь! Потому что я вырвала ее у тех, кто хотел ее отнять у меня. Но теперь вы спасены.

— И вами! Моей обожаемой королевой! — воскликнул молодой человек.

В это мгновение звонкий треск заставил их вздрогнуть. Ла Моль в безотчетном страхе отпрянул назад. Маргарита вскрикнула и замерла на месте, глядя во все глаза на разбитое окно.

Пробив стекло, в комнату влетел камень величиной с куриное яйцо и покатился по паркету.

Ла Моль тоже увидел разбитое стекло и понял причину такого звука.

— Кто этот наглец? — крикнул он и бросился к окну.

— Подождите, — сказала Маргарита. — По-моему, этот камень чем-то обернут.

— В самом деле, похоже на бумагу, — заметил Ла Моль.

Маргарита подбежала к странному метательному снаряду и сорвала тонкий листок бумаги, сложенный в узенькую ленточку и обернутый вокруг камня.

Бумага была прикреплена ниткой, кончик которой уходил за окно сквозь пробитую дыру.

Маргарита развернула бумажку и прочла.

— Вот несчастный! — воскликнула она.

Ла Моль, бледный и неподвижный, стоял как воплощение страха.

Маргарита передала ему записку, и Ла Моль со сжавшимся от горького предчувствия сердцем прочел следующее:

«В коридоре, который ведет к герцогу Алансонскому, длинные шпаги ждут месье де Ла Моля. Может быть, он предпочтет прыгнуть из этого окна и присоединиться в Манте к де Муи?»

— Э, их шпаги не длиннее моей! — сказал Ла Моль.

— Да, но их может быть десять против одной.

— Кто же прислал записку? Кто этот друг? — спросил Ла Моль.

Маргарита взяла записку от молодого человека и пристально взглянула на нее горящим взором.

— Почерк короля Наваррского! — воскликнула она. — Если предупреждает он, значит, действительно есть опасность. Бегите же, Ла Моль, бегите, я вас прошу.

— А как же мне бежать? — спросил Ла Моль.

— В окно. В ней же говорится — из этого окна.

— Приказывайте, моя королева, я готов повиноваться и прыгну, хотя бы мне грозило разбиться двадцать раз, пока я буду падать!

— Постойте, постойте! — сказала Маргарита. — Мне кажется, к этой нитке что-то прикреплено.

— Посмотрим, — ответил Ла Моль.

Ла Моль и Маргарита стали подтягивать привешенный предмет и, к несказанной радости, увидели конец лестницы, сплетенной из конского волоса и шелка.

— Теперь вы спасены! — воскликнула Маргарита.

— Это какое-то чудо!

— Нет, это доброе дело короля Наваррского.

— А если, наоборот, это ловушка? — спросил Ла Моль. — Если эта лестница должна порваться подо мной? А ведь вы сегодня сами признались в ваших теплых чувствах ко мне?

Маргарита, в душе которой сама радость стала источником страдания, побледнела как полотно.

— Вы правы, возможно, это так, — ответила она и кинулась к двери.

— Куда вы? Что вы хотите делать? — крикнул Ла Моль.

— Хочу убедиться лично — правда ли, что вас поджидают в коридоре.

— Ни в коем случае! Ни за что! Чтобы они выместили свою злобу на вас?!

— Что могут сделать наследнице французских королей и принцессе королевской крови? Я вдвойне неприкосновенна.

Маргарита произнесла эти слова с таким достоинством, с такой уверенностью, что Ла Моль сам поверил и в ее неприкосновенность, и в необходимость дать ей свободу действий.

Маргарита оставила Ла Моля под охраной Жийоны, предоставив самому решить — в зависимости от обстоятельств, — бежать ли или ждать ее прихода, и вышла в коридор. Коридор имел ответвление, которое вело к библиотеке, к нескольким гостиным, затем шло, параллельно коридору, к покоям короля и королевы-матери, а также к боковой лесенке, выходившей к покоям герцога Алансонского и короля Наваррского. Хотя пробило только девять часов, лампы были везде потушены, весь коридор оказался в полной темноте и лишь из ответвления коридора чуть брезжил какой-то свет. Маргарита не успела пройти еще и трети коридора, как услышала перешептывание нескольких людей, явно старавшихся приглушить свои голоса, что придавало их шепоту таинственный и жуткий характер. Но в ту же минуту точно по команде голоса затихли, даже чуть брезживший свет почти померк, и все погрузилось в непроглядный мрак.

Маргарита продолжала свой путь прямо туда, где ее могла ждать опасность. С виду Маргарита была спокойна, но судорожно сжатые руки говорили о сильном нервном напряжении. По мере того как она двигалась вперед, тишина становилась все более зловещей, и какая-то тень, похожая на тень руки, заслонила тусклый мерцающий источник света.

Когда она подошла к ответвлению коридора, вдруг чья-то мужская тень выступила на два шага вперед, открыла серебряный, вызолоченный фонарик, осветив себя, и крикнула:

— Вот он!

Маргарита лицом к лицу столкнулась со своим братом Карлом. Сзади стоял герцог Алансонский, держа в руке шелковый шнурок. Еще две тени стояли рядом в полной темноте, и только отблеск света на их обнаженных шпагах выдавал присутствие этих двух людей.

Маргарита в мгновение ока охватила всю картину и, сделав над собой огромное усилие, с улыбкой ответила Карлу:

— Сир, вы хотите сказать: «Вот она!»

Карл отступил от нее на шаг. Все остальные продолжали стоять неподвижно.

— Марго! Ты?! Куда ты идешь так поздно? — спросил он.

— Так поздно? А разве уже такой поздний час? — сказала она.

— Я тебя спрашиваю, куда ты идешь?

— Взять книгу речей Цицерона, я ее забыла, кажется, у матушки.

— Идешь так, без света?

— Я думала, что коридор освещен.

— Ты из своих покоев?

— Да.

— Чем же ты занималась сегодня вечером?

— Я готовлю торжественную речь польским послам. Ведь собрание совета завтра, и мы условились, что каждый из нас представит свою речь вашему величеству.

— А в этой работе тебе никто не помогает?

Маргарита собрала все свои силы.

— Да, братец, месье де Ла Моль, он человек очень образованный.

— Настолько образованный, — сказал герцог Алансонский, — что я просил его, когда он кончит работу с вами, прийти ко мне, чтобы помочь и мне своим советом, так как я не могу равняться с вами моим образованием.

— Так это вы его ждали здесь? — самым естественным тоном спросила Маргарита.

— Да, — раздраженно ответил герцог Алансонский.

— Тогда я его сейчас пришлю вам, брат мой. Мы уже кончили.

— А ваша книга? — спросил Карл.

— Я пошлю за ней Жийону.

Братья переглянулись.

— Идите, — сказал Карл, — а мы продолжим наш обход.

— Ваш обход? Кого вы ищете? — спросила Маргарита.

— Красного человечка, — ответил Карл. — Разве вы не знаете красного человечка, который иногда приходит в древний Лувр? Брат Алансон уверяет, что видел его, и мы идем его разыскивать.

— Удачной охоты! — пожелала им Маргарита.

Уходя, Маргарита оглянулась. На стене коридора дрожали тени четырех мужчин, которые, видимо, совещались.

В одну минуту королева Наваррская была у своей двери.

— Жийона, впусти, впусти меня, — сказала она.

Жийона отворила дверь.

Маргарита вбежала к себе в комнату, где ждал ее Ла Моль; он стоял решительный, спокойный, держа в руке шпагу.

— Бегите, бегите, не теряя ни минуты! — сказала Маргарита. — Они ждут вас в коридоре и хотят убить.

— Вы приказываете? — спросил Ла Моль.

— Я требую! Чтобы нам свидеться потом, надо бежать сию минуту.

В отсутствие Маргариты Ла Моль успел прикрепить лестницу к железному пруту в окне; теперь он сел верхом на подоконник и, прежде чем поставить ногу на первую ступеньку лестницы, нежно поцеловал руку королевы.

— Если эта лестница — ловушка и я умру, Маргарита, ради вас, не забудьте ваше обещание!

— Это не обещание, а клятва. Не бойтесь ничего, Ла Моль. Прощайте!

Ободренный этими словами, Ла Моль не слез, а соскользнул по лестнице. В ту же минуту раздался стук в дверь.

Маргарита тревожным взглядом следила за опасным спуском и обернулась лишь тогда, когда своими глазами убедилась, что Ла Моль благополучно стал на землю.

— Мадам, мадам! — повторяла Жийона.

— Что такое? — спросила Маргарита.

— Король стучится в дверь.

— Откройте.

Жийона исполнила приказание.

Четверо высокопоставленных особ пришли, не утерпев, и стояли на пороге.

В комнату вошел только Карл. Маргарита с улыбкой на устах двинулась к нему навстречу.

Король быстрым взглядом оглядел комнату.

— Братец, что вы ищете? — спросила Маргарита.

— Я ищу... ищу... Э, черт возьми! Ищу Ла Моля!

— Ла Моля?

— Да! Где он?

Маргарита взяла Карла за руку и подвела к окну.

В отдалении два всадника уже скакали прочь от Лувра, приближаясь к Деревянной башне; один из них снял с себя шарф, белый атлас зареял в знак прощания на черном фоне ночи. То был Ла Моль, а с ним Ортон. Маргарита указала на них Карлу.

— Что это значит? — спросил король.

— Это значит, — отвечала Маргарита, — что герцог Алансонский может спрятать в карман шелковый шнурок, а герцоги Анжу и Гиз — вложить шпаги в ножны: месье де Ла Моль сегодня не пойдет по коридору.

## XI

## АТРИДЫ

По возвращении своем в Париж Генрих Анжуйский еще ни разу не имел возможности свободно поговорить с матерью, хотя и был ее любимцем.

Свидание с матерью являлось для него не выполнением суетного этикета, не церемонией, а приятным долгом признательного сына, который сам, быть может, и не любил матери, но был уверен в ее нежных материнских чувствах по отношению к нему.

Действительно, за храбрость ли, за красоту ли, так как в Екатерине сказывались одновременно и мать и женщина, или, наконец, за то, что Генрих Анжуйский, если верить скандальной дворцовой хронике, напоминал Екатерине одну счастливую годину ее тайных любовных приключений, но так или иначе, а королева-мать любила его гораздо больше, чем остальных своих детей.

Лишь она знала о возвращении герцога Анжуйского в Париж; даже Карл IX не подозревал бы о его приезде, если бы случайно не очутился у дома Конде в ту минуту, когда его брат оттуда выходил. Карл IX ждал его только на следующий день, но Генрих Анжуйский нарочно приехал на день раньше, надеясь сделать тайком от брата-короля два дела: во-первых, свидеться с красавицей Марией Клевской, принцессою Конде, и, во-вторых, — заблаговременно переговорить с польскими послами.

Относительно этого второго дела, цель которого оставалась неясной даже Карлу, Генрих Анжуйский и хотел посоветоваться с матерью. Читатель, подобно Генриху Наваррскому, конечно, тоже заблуждавшийся относительно цели свидания герцога Анжуйского с поляками, извлечет пользу из разговора сына с матерью.

Как только долгожданный герцог Анжуйский вошел к матери, обычно холодная и сдержанная Екатерина, со времени отъезда своего любимца не обнимавшая от полноты души никого, кроме Колиньи накануне его убийства, раскрыла свои объятия любимому ребенку и прижала его к своей груди с таким порывом материнской любви, какой был совершенно неожидан в ее зачерствелом сердце.

Затем она немного отошла назад, осмотрела сына и начала снова обнимать.

— Ах, мадам! — сказал Генрих Анжуйский. — Раз уж небо дало мне счастье увидеть свою мать без свидетелей, утешьте самого злополучного человека в мире.

— Господи! Что же приключилось с вами, милый сын? — воскликнула Екатерина.

— Только то, что вам известно, матушка. Я влюблен, и я любим! Но и любовь становится моим несчастьем.

— Говорите яснее, сын мой, — сказала Екатерина.

— Эх, матушка... Все эти послы, мой отъезд...

— Да, — ответила Екатерина, — послы прибыли, и это обстоятельство потребует от вас немедленного отъезда.

— Нет, обстоятельства не потребуют немедленного выезда, но этого потребует мой брат. Он ненавидит меня за то, что я его затеняю, и хочет от меня отделаться.

Екатерина усмехнулась.

— Дав вам трон?

— А ну его, этот трон, матушка! — возразил Генрих Анжуйский с горечью. — Я не хочу уезжать. Я, наследник французского престола, воспитанный среди утонченных, учтивых нравов, под крылом лучшей из матерей, любимый лучшею из женщин, должен куда-то ехать — в холодные снега, на край света, медленно умирать между дикарями, которые пьянствуют с утра до ночи и судят о достоинствах своего короля, как о винной бочке, — сколько может он вместить в себя вина! Нет, матушка, не хочу ехать, я там умру!

— Послушай, Генрих, — сказала Екатерина, сжимая руки сына, — это настоящая причина, да?

Генрих Анжуйский потупил глаза, точно не решаясь признаться даже матери в том, что у него было на душе.

— Нет ли другой причины, — продолжала Екатерина, — не столь романтичной, а более разумной?.. Политической?

— Матушка, не моя вина, если у меня в голове засела одна мысль и занимает в ней больше места, чем следовало бы; но вы же сами мне говорили, что гороскоп, составленный при рождении моего брата Карла, предсказал ему смерть в молодом возрасте.

— Да, мой сын, но гороскоп может и солгать. В настоящее время я сама хочу надеяться, что гороскопы говорят неправду.

— Но все-таки его гороскоп говорил о ранней смерти?

— Он говорил о четверти века; но неизвестно — относилось ли это ко времени всей жизни или ко времени царствования.

— Хорошо, матушка, тогда устройте так, чтобы я остался здесь. Моему брату почти двадцать четыре года: через год вопрос будет решен.

Екатерина глубоко задумалась.

— Да, конечно, так было бы лучше, если бы могло быть так, — ответила она.

— Посудите сами, матушка, в каком я буду отчаянии, если окажется, что я променял французскую корону на польскую! Там, в Польше, меня будет терзать мысль, что я мог бы царствовать здесь, в Лувре, среди этого изящного и образованного двора, рядом с лучшей из матерей, которая своими мудрыми советами облегчила бы мне труд и заботы управления; которая, привыкнув нести вместе с моим отцом государственное бремя, согласилась бы разделить это бремя и со мною. Ах, матушка! Я был бы великим королем!

— Ля-ля, мой милый сын! Не огорчайтесь, — ответила Екатерина, всегда питавшая сладкую надежду на такое будущее. — А вы сами ничего не придумали, чтобы остаться?

— Ну конечно, да! Для этого-то я и вернулся на два дня раньше, чем меня ждали, и дал понять моему брату Карлу, что поступил так ради мадам Конде; после этого я поехал навстречу самому значительному лицу из всего посольства — пану Ласко, познакомился с ним и при первом же свидании сделал все от меня зависящее, чтобы произвести отвратительное впечатление, чего, надеюсь, и достиг.

— Ах, это дурно, милый сын, — сказала Екатерина. — Интересы Франции надо ставить выше своих предубеждений.

— Скажите, матушка, а разве в интересах Франции, чтобы, в случае несчастья с моим братом Карлом, в ней царствовал герцог Алансонский или король Наваррский?

— О-о! Король Наваррский! Ни за что, ни за что! — прошептала Екатерина, и ее лоб омрачила тень тревоги, набегавшая каждый раз, как только возникал этот вопрос.

— Даю слово, — продолжал Генрих Анжуйский, — что мой брат Алансон не лучше его и любит вас не больше.

— А что же говорил Ласко? — спросила Екатерина.

— Ласко сам заколебался, когда я торопил его испросить аудиенцию у короля. Ах, если бы он мог написать в Польшу и отменить это избрание!

— Глупости, сын мой, глупости!.. То, что постановил сейм, — нерушимо.

— А нельзя ли, матушка, навязать этим полякам вместо меня моего брата?

— Если это и не невозможно, то, во всяком случае, очень трудно, — ответила Екатерина.

— Все равно, попытайтесь, матушка, поговорите с королем! Свалите все на мою любовь к мадам Конде, скажите, что от любви я сошел с ума, потерял голову. А он и в самом деле видел, как я выходил из дома Конде вместе с Гизом, который в этом случае оказывает мне дружеские услуги.

— Да, чтобы составить Лигу! Вы все этого не видите, но я-то вижу.

— Верно, матушка, верно, но я им пользуюсь только до поры до времени. Когда человек, преследуя свои цели, служит нашим целям, — разве это не выгодно для нас?

— Что вам сказал король, когда вас встретил?

— Как будто поверил моим словам, то есть тому, что я вернулся в Париж только из-за своей любви.

— А он не расспрашивал вас, где вы проведете остаток ночи?

— Спрашивал, матушка, но я ужинал у Нантуйе и нарочно устроил там большой скандал, чтобы король узнал о нем и не сомневался, что я там был.

— Значит, о вашем свидании с Ласко он не знает?

— Совершенно.

— Тем лучше. Тогда я попытаюсь поговорить с ним о вас, мой милый сын. Но вы ведь знаете, что у него тяжелый характер и никакое влияние на него не действует.

— Ах, матушка, какое было бы это счастье, если бы я остался здесь! Я бы еще больше стал вас любить — если только возможно любить больше!

— Если вы останетесь здесь, вас опять пошлют на войну.

— Это не важно — лишь бы не уезжать из Франции.

— Вас могут убить.

— Смерть от оружия — не смерть... Смерть — от горя, от тоски! Но Карл не разрешит остаться; меня он не выносит.

— Он вас ревнует к славе, прекрасный победитель, это всем известно. Зачем вы так храбры и так удачливы? Зачем, едва достигнув двадцати лет, вы побеждаете в сражениях, как Александр Македонский или Цезарь?.. Покамест никому не выдавайте своих намерений, делайте вид, что вы примирились со своей судьбой, ухаживайте за королем. Сегодня соберется малый совет короля для чтения и обсуждения речей, которые будут произнесены во время торжественного приема послов, изображайте из себя короля Польского, а остальное предоставьте мне. Кстати, чем кончилось ваше вчерашнее предприятие?

— Провалилось, матушка! Этого франтика предупредили, и он улепетнул в окно.

— В конце концов, — сказала Екатерина, — я все-таки узнаю, кто этот злой гений, который разрушает все мои замыслы... Я подозреваю кто... и горе ему!

— Так как же, матушка? — спросил герцог Анжуйский.

— Предоставьте это дело мне.

И она нежно поцеловала сына в глаза, провожая его из кабинета.

Сейчас же к королеве-матери вошли вельможные дамы ее личного двора.

Карл был в хорошем настроении — своевольная смелость Маргариты не раздражила его, а скорее развеселила: он лично ничего не имел против самого Ла Моля, и если накануне ночью с некоторым увлечением поджидал Ла Моля в коридоре, так только потому, что это было похоже на охоту из засады.

Наоборот, герцог Алансонский находился в очень беспокойном состоянии. Его всегдашнее чувство неприязни к Ла Молю обратилось в ненависть с той минуты, как он узнал, что Ла Моль любим его сестрой.

Маргарите приходилось одновременно и напряженно думать, и зорко смотреть, ничего не забывать и быть начеку. О вчерашней сцене с ней никто не говорил, как будто ничего и не было.

Польские послы прислали тексты своих речей для предстоящего приема. Маргарита прочла их речи, на которые каждый член королевской семьи, кроме короля, должен был произнести ответную речь. Карл разрешил Маргарите ответить, как она найдет нужным, очень строго отнесся к подбору выражений в речи герцога Алансонского, а речью герцога Анжуйского остался более чем недоволен: всю ее беспощадно исчеркал и переправил.

Это заседание хотя еще не вызвало никакой вспышки, но крайне раздражило многих.

Генриху Анжуйскому надо было почти всю свою речь переделать заново, он и пошел заняться этим делом. Маргарита, не имевшая никаких вестей от Генриха Наваррского, кроме проникшей сквозь разбитое окно, поспешила к себе в надежде найти там своего мужа.

Герцог Алансонский, подметив нерешительность в глазах своего брата Анжу и тот особый взгляд, каким Анжу и мать многозначительно обменялись, ушел к себе, чтобы обдумать это обстоятельство, в котором он видел начало каких-то новых козней.

Наконец и Карл собрался пройти в кузницу, чтобы закончить рогатину, которую он делал сам. Екатерина его остановила. Карл, подозревавший, что встретит со стороны матери сопротивление своим распоряжениям, остановился и, пристально глядя на нее, спросил:

— Что еще?

— Сир, только одно слово. Мы забыли обсудить одно обстоятельство, а между тем оно немаловажно. На какой день мы назначим торжественный прием?

— Ах да! Верно! — сказал Карл, садясь в кресло. — Давайте, матушка, поговорим. Какой бы день вам был угоден?

— Мне думалось, — ответила Екатерина, — что в самом умолчании об этом, в кажущейся забывчивости вашего величества заключался какой-то глубоко продуманный расчет.

— Нет, матушка! Почему вы так думаете?

— По-моему, сын мой, — очень кротко ответила Екатерина, — не надо показывать полякам, что мы так гонимся за их короной.

— Наоборот, матушка, — ответил Карл, — это они торопились и ехали сюда из Варшавы ускоренными переходами... Честь за честь, учтивость за учтивость!

— Ваше величество, вы, может быть, и правы с одной стороны, но с другой — могу и я не ошибаться. Итак, вы за то, чтобы поторопиться с торжественным приемом?

— Конечно, матушка! А разве вы держитесь другого мнения?

— Вы знаете, что у меня нет других мнений, кроме тех, которые могут наиболее способствовать вашей славе; поэтому я опасаюсь, не вызовет ли такая торопливость нареканий в том, что вы злоупотребили возможностью избавить королевскую семью от расходов на содержание вашего брата, хотя он, несомненно, возмещает это своею преданностью и военной славой.

— Матушка, — ответил Карл, — при отъезде брата из Франции я одарю его настолько щедро, что никому даже не придет в голову то, чего вы опасаетесь.

— Тогда я сдаюсь, — ответила Екатерина, — раз на все мои возражения у вас есть такие хорошие ответы... Но для приема этого воинственного народа, который судит о силе государства по внешним признакам, вам надо показать большую военную силу, а я не думаю, чтобы в Иль-де-Франсе было сейчас много войск.

— Извините меня, матушка, за то, что я предусмотрел события и подготовился. Я призвал два батальона из Нормандии, один из Гийени; вчера прибыл из Бретани отряд моих стрелков; легкая конница, стоявшая постоем в Тюрени, будет завтра же в Париже, и, когда все думают, что в моем распоряжении не более четырех полков, у меня двадцать тысяч человек, готовых предстать на торжестве.

— Ай-ай-ай! Тогда вам не хватает только одного, — сказала Екатерина, — но это мы достанем.

— Чего?

— Денег. Не думаю, чтобы у вас их было чересчур много.

— Наоборот, мадам, наоборот! — ответил Карл IX. — У меня миллион четыреста тысяч экю в Бастилии; мои личные сбережения дошли за последние дни до восьмисот тысяч экю, — я их запрятал в погреба здесь, в Лувре; а в случае нехватки, у Нантуйе хранится триста тысяч экю, и они в моем распоряжении.

Екатерина вздрогнула: до сих пор она видала Карла буйным, вспыльчивым, но никогда не замечала в нем человека дальновидного.

— Значит, ваше величество думаете обо всем? Это замечательно! И если только портные, вышивальщики и ювелиры поторопятся, то через каких-нибудь полтора месяца ваше величество будете иметь возможность принять послов.

— Полтора месяца? — воскликнул Карл. — Да портные, вышивальщики и ювелиры работают с того дня, как стало известно, что мой брат избран королем. На крайний случай все может быть готово хоть сегодня, а через три-четыре дня — уже наверно!

— О! Я даже не думала, что вы торопитесь до такой степени, сын мой.

— Я же вам сказал: честь за честь!

— Хорошо. Значит, эта честь, оказанная французской королевской семье, вам так льстит?

— Разумеется.

— И видеть французского принца на польском престоле — это ваше горячее желание, не так ли?

— Совершенно верно.

— Значит, вам важен самый факт, а не человек? И кто бы там ни царствовал, вам...

— Нет, матушка, совсем не так. Какого черта! Останемся при том, что есть! Поляки сделали хороший выбор. Это народ ловкий, сильный! Народ-вояка, народ-солдат — он и выбирает в государи полководца. Это логично, черт возьми! Брат Анжу как раз по ним: герой Жарнака и Монконтура для них скроен, как по мерке... А кого же, по-вашему, им дать? Алансона? Труса?.. Нечего сказать, хорошее представление создастся у них о Валуа! Алансон! Да он удерет от свиста первой пули; а Генрих Анжуйский — это воин! Хорош! Пеший ли, конный ли, но всегда — шпага наголо и впереди всех!.. Удалец! Колет, рубит, режет! О! Мой брат — это такой вояка, что будет водить их в битву круглый год, с утра до вечера. Правда, пьет он мало, но покорит их своей выдержкой, вот и все! Милейший Генрих будет там в своей сфере. Гой! Гой! Туда! На поле битвы! Браво трубам и барабанам! Да здравствует король! Да здравствует победитель! Его будут провозглашать «императором» по три раза в год! Это будет великолепно для славы французского двора и чести Валуа!.. Быть может, его убьют, но — черт возьми! — какая эта будет восхитительная смерть!

Екатерина вздрогнула, и молния сверкнула в ее глазах.

— Скажите проще, — воскликнула она, — вы хотите удалить Генриха Анжуйского, вы не любите своего брата!

— Ха-ха-ха! — нервным смехом расхохотался Карл. — Неужели вы догадались, что я хочу его удалить? Неужели вы догадались, что я не люблю его? А если бы и так? Любить брата! А за что?! Ха-ха-ха! Вы что, смеетесь?.. — По мере того как он говорил, на щеках его все больше проступал лихорадочный румянец. — А он меня любит? А вы меня любите? Разве меня кто-нибудь когда-нибудь любил, за исключением моих собак, Мари Туше и моей кормилицы? Нет, нет! Я не люблю своего брата! Я люблю только себя, слышите?! И не мешаю моему брату поступать так же.

— Сир, раз вы раскрыли вашу душу, то придется и мне открыть свою, — сказала королева-мать, тоже разгорячаясь. — Вы действуете, как государь слабый, как монарх неразумный, вы отсылаете вашего второго брата — естественную поддержку трона, человека, во всех смыслах достойного наследовать вам на случай несчастья с вами, когда французская корона окажется свободной; вы сами же сказали, что герцог Алансонский слишком молод, неспособен, слаб духом и даже больше — трус! Вы понимаете, что за ними следом идет Беарнец?

— А-а! Смерть всем чертям! — воскликнул Карл. — А какое мне дело, что будет, когда меня не будет? Вы говорите, что следом за моими братьями идет Беарнец? Тем лучше, черт возьми!.. Я сказал, что не люблю никого, — неверно: я люблю Анрио! Да, да, люблю доброго, хорошего Анрио! Он смотрит открыто, у него теплая рука. А что я нахожу кругом себя? Лживые глаза и ледяные руки! Я готов поклясться, что он не способен на предательство против меня. Не говоря уж о том, что я обязан вознаградить Анрио за его утрату: у него отравили мать, — бедняга! — и, как я слышал, это сделал кто-то из моей семьи. А кроме всего прочего, я чувствую себя здоровым. Но если я заболею, я потребую, чтобы он не отходил от меня, ничего ни от кого не приму, а только из его рук; если буду умирать, его провозглашу королем Франции и Наварры!.. И — клянусь брюхом папы! — один он не будет радоваться моей смерти, как мои братья, а будет плакать или хоть сделает вид, что плачет.

Если бы молния ударила у самых ее ног, Екатерина не так бы ужаснулась ей, как этим словам Карла. Совершенно пришибленная, она блуждающим взором смотрела на своего сына и только через несколько секунд воскликнула:

— Король Наваррский! Генрих Наваррский — король Франции, в нарушение прав моих детей?! О, святая матерь божия! Посмотрим! Так вы для этого хотите услать моего сына?

— Вашего сына!.. А я чей? Сын волчицы, как Ромул! — воскликнул Карл, дрожа от гнева и сверкая глазами, в которых бегали злые огоньки. — Ваш сын?! Верно! Король Франции — вам не сын: у короля Франции нет братьев, у короля Франции нет матери, у короля Франции есть только подданные! Королю Франции нужны не чувства, а воля! Он обойдется и без любви, но потребует повиновения!

— Сир, вы неправильно истолковали мои слова. Я назвала своим сыном того, который должен со мной разлучиться. Сейчас я люблю его больше, потому что боюсь потерять его. Разве это преступление, если матери не хочется расстаться со своим ребенком?

— А я говорю вам, что он с вами расстанется, что он уедет из Франции, что он отправится в Польшу! И это будет через два дня! А если вы скажете еще слово — то это будет завтра; а если вы не покоритесь, если вы не перестанете грозить мне вашими глазами — я удавлю его сегодня вечером, как вы вчера хотели удавить любовника вашей дочери! Только его уж я не упущу, как упустили мы Ла Моля.

Екатерина потупила голову перед такой угрозой; но тут же подняла ее.

— О бедное мое дитя! Твой брат собирается тебя убить. Хорошо! Будь спокоен, твоя мать защитит тебя!

— А-а! Издеваться надо мной! — крикнул Карл. — Так, клянусь кровью Христа, он умрет не сегодня вечером, не в этот час, а сию минуту! Оружие! Кинжал! Нож! А-а!

И Карл, напрасно отыскивая взглядом какое-нибудь оружие около себя, вдруг увидел маленький кинжальчик на поясе Екатерины; он схватил его, выдернул из сафьяновых с серебряной инкрустацией ножен и выбежал из комнаты, чтобы заколоть Генриха Анжуйского, где бы он ни был. Но, добежав до передней, Карл сразу изнемог от сверхчеловеческого возбуждения, — он протянул руку вперед, выронил кинжальчик, который вонзился в пол, жалобно вскрикнул, осел всем телом и упал на пол.

В то же мгновение кровь хлынула у него из горла и из носа.

— Господи Иисусе! — прохрипел он. — Они меня убивают! Ко мне! Ко мне!

Екатерина, последовав за ним, видела, как он упал; одну минуту она смотрела на сына безучастно, не трогаясь с места, затем, опомнившись, открыла дверь и, движимая не материнским чувством, а своим щекотливым положением, закричала:

— Королю дурно! Помогите! Помогите!

На этот крик сбежалась целая толпа слуг, придворных, офицеров и окружила короля. Растолкав их всех, вперед прорвалась женщина и приподняла бледного как смерть Карла.

— Кормилица, меня хотят убить, убить! — пролепетал Карл, обливаясь потом и кровью.

— Убить тебя, мой Шарль? — воскликнула кормилица, пробегая по окружавшим таким взглядом, от которого все, не исключая самой Екатерины, попятились назад. — Кто хочет тебя убить?

Карл тихо вздохнул и потерял сознание.

— Ай-ай! Как плохо королю! — сказал Амбруаз Паре, которого немедля привели.

«Теперь волей-неволей ему придется отложить прием», — подумала непримиримая Екатерина.

Оставив короля, она направилась к своему второму сыну, с тревогой ждавшему в ее молельне, чем кончатся переговоры, которые имели для него столь важное значение.

# ЧАСТЬ ПЯТАЯ

## I

## ГОРОСКОП

Рассказав Генриху Анжуйскому все, что произошло, и выйдя из молельни, Екатерина застала у себя в комнате Рене.

Впервые после посещения лавки на мосту Святого Михаила Екатерина встретилась со своим астрологом; накануне она послала Рене записку, и теперь он лично принес ответ.

— Ну как? Вы его видели? — спросила королева-мать.

— Да.

— В каком он положении?

— Пожалуй, лучше, а не хуже.

— Он может говорить?

— Нет, шпага перерезала ему гортань.

— Но я же вам сказала — пусть в таком случае напишет.

— Я пробовал; он старался изо всех сил, но его рука успела начертить только две неразборчивые буквы, а затем он потерял сознание. У него вскрыта шейная вена, и от потери крови он совершенно обессилел.

— Вы видели эти буквы?

— Вот они.

Рене вынул из кармана бумагу и подал Екатерине; она торопливо развернула.

— Две буквы — М и О, — сказала она. — Неужели это действительно Ла Моль, а вся комедия, разыгранная Маргаритой, только отвод глаз?

— Мадам, — сказал Рене, — если я смею высказать свое мнение в таком вопросе, в котором даже ваше величество затрудняется иметь свое, я бы сказал, что месье де Ла Моль слишком влюблен, чтобы серьезно заниматься политикой.

— Вы думаете?

— Да, и в особенности — чтобы преданно служить королю Наваррскому: Ла Моль слишком влюблен в королеву, а настоящая любовь ревнива.

— А вы думаете, что он влюбился в нее по уши?
— Уверен.
— Он прибегал к вашей помощи?
— Да.
— Он просил у вас какого-нибудь любовного напитка?
— Нет, мы занимались восковой фигуркой.
— Пронзенной в сердце?
— Да.
— И эта фигурка сохранилась?
— Да.
— У вас?
— У меня.
— Было бы любопытно, если бы все эти кабалистические заклинания имели то действие, какое им приписывают!
— Ваше величество можете лучше меня судить по результату.
— Разве королева Наваррская любит Ла Моля?
— До такой степени, что не щадит себя. Вчера она спасла его от смерти, не боясь потерять и свою честь, и жизнь. Вот видите, мадам, а вы всё сомневаетесь.
— В чем?
— В науке.
— Потому что ваша наука обманула меня, — сказала Екатерина, пристально глядя на Рене. Но флорентиец выдержал ее взгляд с поразительным спокойствием.
— В каком случае? — спросил он.
— О, вы отлично знаете, о чем я говорю! Впрочем, тут дело, может быть, и не в науке, а в самом ученом.
— Мадам, я не понимаю, о чем вы говорите, — ответил флорентиец.
— А не выдыхаются ли ваши духи, Рене?
— Нет, мадам, когда их получают из моих рук; но если они проходят через другие руки, то возможно...
Екатерина усмехнулась и покачала головой.
— Ваш опиат, Рене, подействовал чудесно: у мадам де Сов еще никогда не было таких красных, таких цветущих губ!
— Мой опиат здесь ни при чем; мадам де Сов, пользуясь правом всех хорошеньких женщин иметь капризы, больше не заговаривала со мной об опиате, а я после наставления вашего величества считал неудобным посылать его от себя лично. Все коробочки стоят у меня дома — те самые, что

были и при вас; кроме одной, которая исчезла, но я не знаю ни кто ее взял, ни с какой целью.

— Хорошо, Рене, когда-нибудь мы еще вернемся к этому, — ответила Екатерина, — а пока поговорим о другом.

— Слушаю, мадам.

— Что нужно знать, чтобы определить продолжительность жизни данного человека?

— Прежде всего — день его рождения, его теперешний возраст и под каким знаком зодиака он родился.

— И что еще?

— Нужны его волосы и кровь.

— Значит, если я вам принесу его волосы и кровь, скажу, под каким знаком он родился, его возраст и день рождения, вы узнаете, когда он умрет?

— Да, с точностью до нескольких дней.

— Хорошо! Волосы у меня есть, кровь я достану.

— Этот человек родился днем или ночью?

— Вечером, в пять часов двадцать три минуты.

— Будьте у меня завтра в пять часов: время опыта должно точно совпасть со временем рождения.

— Хорошо, — ответила Екатерина, — мы будем в это время.

Рене откланялся и вышел, как будто не обратив внимания на слова «мы будем», которые указывали, что Екатерина, против своего обыкновения, собиралась явиться не одна. На рассвете следующего дня Екатерина прошла к Карлу.

В полночь она справлялась о состоянии здоровья короля, и ей ответили, что при нем находится мэтр Амбруаз Паре и собирается пустить кровь, если нервное возбуждение не прекратится.

Карл, еще бледный от потери крови и вздрагивая во сне, спал на плече верной кормилицы, которая уже три часа сидела, прислонясь к его кровати, и боялась шевельнуться, чтобы не потревожить своего питомца.

Время от времени на губах больного показывалась пена, и кормилица вытирала ее вышитым платочком из тонкого батиста. У изголовья лежал другой носовой платок, весь в пятнах крови.

Екатерине пришла было в голову мысль завладеть этим платком, но она подумала, что кровь, растворенная слюной, возможно, будет действовать слабее; тогда она спросила у кормилицы, не пускал ли доктор ее сыну кровь, как он предполагал сделать. Кормилица ответила, что кровь уже пускали, что крови вышло очень много и что поэтому Карл два раза терял сознание.

Королева-мать, имевшая, как все принцессы того времени, некоторые познания в медицине, попросила показать ей кровь; сделать это было очень просто, так как Амбруаз Паре велел сохранить кровь для наблюдений.

Кювета с кровью стояла в соседней комнате. Екатерина прошла туда и налила красной жидкости в маленький флакончик, принесенный для этой цели. Затем вернулась, пряча в карманах свои пальцы, кончики которых, испачканные кровью, могли бы выдать ее поступок, оскорблявший святость материнских чувств.

В то же мгновение, когда она появилась на пороге, Карл открыл глаза и был неприятно поражен, увидев свою мать. Припоминая, как это бывает после сна, все свои мысли, проникнутые чувством злой обиды, он сказал:

— А! Это вы, мадам? Так объявите вашему любимому сыну, вашему Генриху Анжуйскому, что прием будет завтра.

— Милый Карл, прием будет тогда, когда вы пожелаете, — ответила Екатерина. — Успокойтесь и спите.

Карл, как бы послушавшись ее совета, действительно закрыл глаза; а Екатерина, дав этот совет, как обычно дают подобные советы — только для утешения больного или ребенка, вышла из комнаты. Но едва Карл услышал, что дверь за ней закрылась, он сел на постели и голосом, еще глухим от мучительного приступа болезни, вдруг крикнул:

— Канцлера! Печати! Двор! Все — сюда!

Кормилица, нежно применяя силу, вновь положила голову короля к себе на плечо и попыталась укачать его, точно он был еще ребенком.

— Нет, нет, кормилица, я больше не засну. Позови моих придворных, я хочу поработать сегодня утром.

Когда Карл говорил таким тоном, надо было слушаться. И даже сама кормилица, несмотря на то что ее царствующий питомец сохранил за ней все былые привилегии, не решалась противиться его приказам. Явились все, кого потребовал король, и прием послов был назначен не на завтра, что оказалось невозможным, а через пять дней.

Между тем в назначенный час, то есть в пять часов вечера, королева-мать и герцог Анжуйский отправились к Рене, который, как известно, был предупрежден об этом посещении и успел все приготовить для таинственного действа.

В келье для жертвоприношений стояла жаровня, на ней лежал раскалившийся докрасна стальной клинок, на поверхности которого причудливыми арабесками должны были обрисоваться грядущие события в жизни того, о ком вопрошали оракула. На жертвеннике была раскрыта Книга судеб. Ночь была ясная, и Рене легко мог наблюдать ход и положение светил.

Первым вошел герцог Анжуйский, — он был в накладных волосах, в маске и в широком ночном плаще, скрывавшем его фигуру. Вслед за ним явилась королева-мать. Не знай она заранее, что это ее сын, она его сама бы не узнала. Екатерина сняла маску; герцог Анжуйский остался в маске.

— Ты ночью делал наблюдения? — спросила Екатерина.

— Да, мадам, — ответил Рене, — и звезды уже дали мне ответ о прошлом. Тот, о ком вы вопрошаете, отличается как и все лица, родившиеся под созвездием Рака, пылким сердцем и беспримерной гордостью. Он могуществен; он прожил почти четверть века; небо даровало ему славу и богатство. Так, мадам?

— Может быть, — ответила Екатерина.

— С вами волосы и кровь?

— Вот они.

И Екатерина передала некроманту русый локон и флакончик с кровью.

Рене взял флакончик, встряхнул его, чтобы смешать фибрин с серозной жидкостью, и капнул на раскаленный докрасна клинок большую каплю крови, которая тотчас закипела и стала испаряться фантастическими очертаниями.

— О мадам, — воскликнул Рене, — я вижу, как он корчится от жестоких болей. Слышите, как стонет он, точно зовет на помощь? Видите, как все вокруг него становится кровавым? Видите, как вокруг смертного его одра готовятся великие бои? Вот копья, вот мечи...

— И долго будет так? — спросила Екатерина, несказанно волнуясь и останавливая рукой Генриха Анжуйского, который с жадным любопытством наклонился над жаровней.

Рене подошел к жертвеннику и произнес кабалистическое заклинание с таким убеждением, с таким жаром, что на висках у него вздулись жилы, а сам он затрясся от нервной дрожи и задергался в пророческих конвульсиях, вроде тех, какие сотрясали древних пифий, восседавших на треножниках, и не оставляли их до смертного одра.

Наконец он встал и объявил, что все готово, взял одной рукой флакончик, еще на три четверти полный, а другой — локон; затем, приказав Екатерине раскрыть наугад книгу и остановить свой взгляд на первом попавшемся месте, он вылил всю оставшуюся кровь на стальной клинок, а локон бросил в жаровню, произнося кабалистическую формулу, состоявшую из еврейских слов, значения которых он сам не понимал.

Тотчас герцог Анжуйский и Екатерина увидели, как вдоль клинка протянулась какая-то белая фигура, закутанная в саван; над ней склонилась другая, как будто женская фигура. В то же время локон ярко вспыхнул красным острым языком.

— Один год! — воскликнул Рене. — Не больше чем через год этот человек умрет, и его будет оплакивать только одна женщина! Впрочем, там, на другом конце клинка, видна еще одна женщина, и на руках у нее, кажется, ребенок.

Екатерина посмотрела на сына и, казалось, спрашивала его, кто же эти две женщины. Но едва Рене успел произнести эти слова, как стальной клинок побелел, и все рассеялось.

Тогда Екатерина раскрыла книгу наугад и чужим голосом, который она была не в силах изменить, несмотря на все свое самообладание, прочла следующее двустишие:

Погибнет тот, пред кем трепещет свет,
Коль позабудет мудрости совет.

Некоторое время царила полная тишина.

— А каковы знамения в этом месяце для лица, тебе известного? — спросила Екатерина через несколько секунд.

— Как всегда, самые благоприятные, мадам. Если только не удастся преодолеть рок, вызвав единоборство одного божества с другим, то будущее обеспечено за этим человеком. Хотя...

— Хотя — что?

— Одна из звезд, входящая в его созвездие, пока я наблюдал ее, была закрыта темным облачком.

— Ага, темным облачком!.. Значит, есть некоторая надежда.

— Мадам, о ком вы говорите? — спросил герцог Анжуйский.

Екатерина отвела сына подальше от света жаровни и шепотом начала ему что-то говорить.

В это время Рене стал на колени и, капнув себе на руку последнюю каплю крови, рассматривал ее при свете горевшей жаровни.

— Странное противоречие, — говорил он, — но оно доказывает, как ненадежны заключения простой науки, которой занимаются рядовые люди! Не для меня, а для всякого другого — врача, ученого, даже для Амбруаза Паре, — вот эта кровь — чиста, здорова, кислотна, полна животных соков и обещает долгие годы жизни тому телу, из которого она взята; а тем не менее вся ее сила иссякнет быстро — не пройдет и года, как эта жизнь угаснет!

Екатерина и Генрих Анжуйский обернулись и прислушались. Глаза герцога блестели сквозь глазные прорези маски.

— Да, — продолжал Рене, — простым ученым доступно только настоящее, а нам открыто прошедшее и будущее.

— Итак, вы продолжаете утверждать, что он умрет не позже, чем через год?

— Так же верно, как то, что и мы трое, еще живущие, когда-нибудь упокоимся в гробу.

— Однако вы говорили, что кровь чиста, здорова, что она пророчит долгую жизнь?

— Да, если бы все шло естественным путем. Но ведь всегда возможен несчастный случай...

— О да! Вы слышите, — сказала Екатерина Генриху Анжуйскому, — возможен несчастный случай...

— Увы! Тем больше оснований мне остаться, — ответил герцог.

— Об этом нечего и думать: это невозможно.

Герцог Анжуйский обернулся к Рене и сказал, изменив свой голос:

— Благодарю! Возьми этот кошелек.

— Идемте, граф, — сказала Екатерина, нарочно дав этот титул своему сыну, чтобы сбить Рене с толку.

И оба посетителя вышли из лавки парфюмера.

— Матушка, посудите, — говорил Генрих Анжуйский, — возможен несчастный случай! А если он произойдет в мое отсутствие? Ведь я же буду от вас в четырехстах милях...

— Четыреста миль, мой сын, можно проехать в одну неделю.

— Да, но пустят ли меня сюда другие? Неужели нельзя мне подождать?!

— Как знать? — ответила Екатерина. — Быть может, несчастный случай, упомянутый Рене, и есть тот самый, который со вчерашнего дня уложил короля в постель? Слушайте, мой милый сын, возвращайтесь отдельно от меня, а я пройду в калитку монастыря Августинок — моя свита ждет меня в монастыре. Ступайте, Генрих, ступайте! И если увидите своего брата, не раздражайте его ни в коем случае.

## II

## ПРИЗНАНИЯ

Первое, о чем узнал Генрих Анжуйский, было решение устроить торжественный въезд польского посольства через четыре дня. Герцога ждали портные и ювелиры с великолепными одеяниями и роскошными украшениями, заказанными для него королем.

Меж тем как герцог со слезами злости на глазах примеривал все это великолепие, Генрих Наваррский очень весело разглядывал прекрасное ожерелье из изумрудов, шпагу с золотым эфесом и драгоценный перстень, присланные ему Карлом еще с утра. Герцог Алансонский получил какое-то письмо и заперся у себя в комнате, чтобы прочесть его спокойно, без помехи. А в это время Коконнас расспрашивал о своем друге всех встречных в Лувре.

Коконнас, по понятным причинам, был не очень удивлен отсутствием Ла Моля в течение всей ночи, но утром он уже начал чувствовать некоторое беспокойство и в конце концов решил отправиться на поиски своего друга: сначала он обследовал гостиницу «Путеводная звезда», из «Путеводной звезды» прошел в переулок Клош-Персе, из переулка Клош-Персе перешел в переулок Тизон, из переулка Тизон — к мосту Святого Михаила и, наконец, от моста Святого Михаила вернулся в Лувр.

Расспросы, с которыми Коконнас обращался к разным лицам, отличались, как это легко себе представить, зная его эксцентрический характер, особенно манерой, — или такой своеобразной, или такой настойчивой, что вызвали между ним и тремя придворными дворянами объяснения, имевшие конец, обычный в ту эпоху, то есть дуэль. Коконнас провел все три встречи с тем добросовестным усердием, какое он вкладывал обычно в дела такого рода: убил первого и ранил двух других, каждый раз говоря:

— Бедняга Ла Моль, он так хорошо знал по-латыни!

Так что третий, барон де Буасе, упав на землю, сказал ему:

— Ну, ради бога, Коконнас, придумай что-нибудь другое, скажи хоть, что он знал по-гречески!

В конце концов слухи о засаде в коридоре дошли до Коконнаса, и он был сам не свой от горя: ему уже казалось, что все эти короли и принцы убили его друга или бросили в какую-нибудь камеру для смертников. Он узнал, что в этом деле принимал участие и герцог Алансонский. Пренебрегая почтительностью к августейшей особе, Коконнас отправился к нему и потребовал от него объяснений, как от простого дворянина.

Сначала герцог Алансонский возымел большое желание выкинуть за дверь наглеца, осмелившегося требовать отчета в его действиях, но Коконнас говорил таким резким тоном, глаза его сверкали таким огнем, да и три дуэли за одни сутки создали пьемонтцу такую славу, что герцог раздумал и, не поддавшись первому побуждению, с очаровательной улыбкой ответил своему придворному:

— Милейший мой Коконнас, совершенно верно, что и король, пришедший в ярость от удара серебряным кувшином, и герцог Анжуйский, облитый апельсинным компотом, и герцог Гиз, заполучивший себе в лицо кабаний окорок, сговорились убить месье де Ла Моля; но один благоприятель вашего друга отвел удар. Заговор не удался, даю вам слово принца!

— Уф! — произнес Коконнас, выпуская воздух из легких, как из кузнечного меха. — Уф, дьявольщина! Что хорошо, то хорошо, ваша светлость, и мне бы очень хотелось познакомиться с этим благожелателем, чтобы выразить ему мою признательность.

Герцог Алансонский ничего на это не ответил, а только улыбнулся еще приятнее, чем раньше, предоставляя Коконнасу думать, что благожелатель не кто иной, как сам герцог.

— Ваша светлость, — продолжал Коконнас, — раз уж вы были так добры, что рассказали мне начало этой истории, то завершите ваше благодеяние, рассказав и ее конец. Вы говорите, что хотели его убить, но не убили, — что же с ним сделали? Слушайте, ваше высочество, я человек мужественный, я перенесу дурную весть, — говорите! Его, наверно, бросили в какой-нибудь каменный мешок, да? Тем лучше, он будет осмотрительнее, а то он никогда меня не слушался. А кроме того, мы вытащим его оттуда. Камни — помеха не для всех.

Герцог Алансонский покачал головой.

— Самое скверное во всем этом, храбрый мой Коконнас, то, что после ночного предприятия твой друг исчез; и неизвестно, куда он делся.

— Дьявольщина! — воскликнул пьемонтец, снова побледнев. — Если он делся даже в ад, так я и там его найду!

— Послушай, я дам тебе один дружеский совет, — сказал герцог Алансонский, тоже очень желавший, но совсем по другим побуждениям, знать, где находится Ла Моль.

— Давайте, ваше высочество, давайте!

Сходи к королеве Маргарите, она наверно знает, что сталось с тем, кого ты так оплакиваешь.

— Признаться, ваше высочество, я уже об этом думал, только не решался: мадам Маргарита внушает мне почтение такое, что я не в силах выразить, а кроме того, я еще боялся застать ее в слезах. Но раз ваше высочество заверяете, что Ла Моль не умер и что ее величество королева знает, где он находится, я наберусь храбрости и схожу к ней.

— Иди, мой друг, иди. А когда узнаешь, сообщи мне; я так же беспокоюсь, как и ты. Только, Коконнас, помни об одном.

— О чем?

— Не говори, что пришел к ней от меня: если ты сделаешь эту ошибку, то, возможно, не узнаешь ничего.

— Ваше высочество, с той минуты, как вы советуете держать это в тайне, я буду нем, как рыба или как королева-мать!

— Хороший принц, замечательный принц, великодушный принц, — бормотал Коконнас по дороге к королеве Наваррской.

Маргарита ждала Коконнаса, так как слух об его отчаянии дошел и до нее, а узнав, в каких подвигах выразилось его горе, она почти простила пьемонтцу несколько грубое обращение с ее подругой, герцогиней Невэрской, с которой он не разговаривал уже дня три по случаю большой размолвки между ними. Как только доложили о приходе Коконнаса, королева распорядилась его впустить.

Коконнас вошел и не мог побороть смущения, находившего на него всякий раз перед королевой — не в силу ее высокого положения, а в силу ее умственного превосходства, но Маргарита приняла его с улыбкой и сразу успокоила.

— Ах, мадам! — сказал Коконнас. — Верните мне моего друга или хотя скажите, что с ним сталось, — я не могу без него жить. Представьте себе Евриала без Нисоса, Дамона без Финтия или Ореста без Пилада! Сжальтесь над моим несчастьем во имя одного из этих героев, сердца которых не превзойдут моего сердца нежностью своей любви.

Маргарита улыбнулась и, взяв с него слово сохранить тайну, рассказала о бегстве в окно. Что же касалось места пребывания Ла Моля, то, несмотря на настоятельные просьбы Коконнаса, она так и не сказала ничего. Коконнас был удовлетворен только наполовину; поэтому он прибег к дипломатическим подходам самого тонкого порядка. Из них Маргарита ясно поняла, что герцог Алансонский желал не меньше своего придворного узнать о дальнейшей судьбе Ла Моля.

— Если уж вы хотите непременно знать что-нибудь определенное о вашем друге, — посоветовала Маргарита, — спросите у короля Наваррского, — только он имеет право об этом говорить; я же могу сказать вам лишь одно: друг ваш жив, верьте моему слову.

— Я верю еще более очевидному, мадам, — ответил Коконнас, — ваши прекрасные глаза не заплаканы.

Затем, полагая, что больше нечего прибавить к этой фразе, обладавшей двойной ценностью — ясностью мысли и выражением его высокого мнения о достоинствах Ла

Моля, — Коконнас вышел и стал обдумывать способ примирения с герцогиней Невэрской, — не ради нее лично, а с целью узнать то, чего не могла знать Маргарита.

Большая скорбь — состояние ненормальное, поэтому человек стремится стряхнуть с себя этот гнет возможно скорее. Первоначально мысль о разлуке с Маргаритой сокрушала сердце Ла Моля, и он согласился бежать не столько ради сохранения своей жизни, сколько для того, чтобы спасти доброе имя королевы. И вот уже на следующий день к вечеру Ла Моль вернулся в Париж, чтобы полюбоваться своею королевой, когда она выйдет на балкон. В свою очередь, Маргарита, точно какой-то тайный голос ей сообщил о возвращении молодого человека, провела весь вечер у окна; и оба вновь увидели друг друга с тем несказанным чувством счастья, какое обычно сопутствует запретным радостям. Склонный к романтической грусти, Ла Моль находил даже известную прелесть в постигшей их невзгоде. Но любовник, увлеченный настоящим чувством, бывает счастлив лишь в то время, когда любуется или обладает предметом своей любви, но страдает, когда с ним разлучен; поэтому Ла Моль, горя желанием опять соединиться с Маргаритой, спешно занялся подготовкой того события, которое должно было вернуть ему любимую женщину, — подготовкой бегства короля Наваррского.

Маргарита тоже отдавалась счастью быть любимой с такой чистой, бескорыстной преданностью.

Часто она сердилась на себя за то, что сама считала слабостью, презирая своим мужским умом скудость обывательской любви; она была чужда тем мелким радостям, в которых чувствительные души видят самое сладостное, самое желанное, самое утонченное счастье, а в то же время считала счастливым тот день, если часам к девяти вечера, одевшись в белый пеньюар и выйдя на балкон, вдруг замечала там, во мраке набережной, фигуру всадника, который прикладывал свою руку то к сердцу, то к губам, а она только многозначительно покашливала, пробуждая в милом воспоминание о любимом голосе. Иногда ее маленькая ручка размахивалась и бросала комок бумаги, заключавший в себе какую-нибудь драгоценную вещицу, — драгоценную не стоимостью, а тем, что принадлежала тому, кто ее бросил. Вещица звонко падала на мостовую к ногам Ла Моля, и он, как коршун, бросался на добычу, прижимал ее к сердцу и пускался в обратный путь; а Маргарита не уходила с заветного балкона, пока не затихал во мраке ночи топот лошади, которая скакала сюда во весь опор, а удалялась так, как будто была сделана из того же материала, что и прославленный троянский конь.

Вот почему королева Наваррская не тревожилсь за участь Ла Моля, но, опасаясь, как бы его не выследили, упорно не допускала других встреч, кроме таких свиданий «по-испански», которые и продолжались каждый вечер, вплоть до приема польских послов, отложенного на несколько дней по настояниям Амбруаза Паре.

Накануне приема, около девяти часов вечера, когда все в Лувре были заняты приготовлениями к торжеству, Маргарита открыла окно и вышла на балкон; но едва она показалась, как Ла Моль, не дожидаясь, пока она бросит ему записку, и, видимо, очень торопясь, сам бросил ей письмо, которое и упало, как всегда, к ногам его возлюбленной. Маргарита сразу поняла, что послание заключает в себе что-то необычное, и вернулась к себе в комнату, чтобы прочесть. На оборотной стороне первой страницы было написано: «Мадам, мне необходимо поговорить с королем Наваррским. Дело спешное. Жду».

А на обороте второй страницы, которую можно было отделить от первой: «Мадам, сделайте так, чтобы я мог поцеловать вас не воздушным, а настоящим поцелуем. Жду».

Маргарита едва успела пробежать глазами вторую часть письма, как услышала голос Генриха Наваррского, который, с обычной осторожностью, постучал в общую входную дверь и спрашивал Жийону, можно ли войти.

Королева разорвала письмо на две половинки, одну спрятала за корсаж, другую сунула в карман, подбежала к окну и, затворив его, быстро прошла к двери.

— Входите, сир, — сказала Маргарита.

Как ни тихо, быстро и ловко она захлопнула окно, легкий шум все-таки дошел до слуха Генриха, у которого все чувства, крайне напряженные в придворной обстановке, заставлявшей его быть постоянно начеку, приобрели в конце концов почти ту же остроту, какая развивается у дикарей. Но король Наваррский не принадлежал к числу деспотов, которые не позволяют своим женам дышать свежим воздухом и любоваться звездами.

— Мадам, — сказал он, — пока придворные примеряют торжественные одеяния, мне вздумалось обменяться с вами мыслями о моих делах, надеясь, что вы продолжаете считать их вашими, не так ли?

— Конечно! — ответила Маргарита. — Ведь наши общие интересы остаются теми же?

— Да, мадам, поэтому-то мне и хотелось вас спросить, как вы смотрите на то обстоятельство, что герцог Алансонский за последние дни нарочно избегает меня, а третьего дня даже уехал из Лувра в Сен-Жермен. Объясняется ли это намерением бежать отсюда одному — благо за ним не следят, или же намерением остаться здесь? Ваше мнение, мадам? Признаюсь, оно будет иметь большой вес для утверждения моего собственного мнения.

— Ваше величество имеете полное основание беспокоиться молчанием моего брата. Я думала об этом сегодня целый день, и мое мнение такое: изменились обстоятельства, а в связи с этим и он переменился.

— Иными словами, увидав, что король Карл заболел, а Генрих Анжуйский стал польским королем, он почел за благо оставаться в Париже и приглядывать за французской короной?

— Совершенно верно.

— Отлично, пусть остается здесь. Это все, что мне нужно. Но это меняет весь наш план, так как теперь для моего бегства мне требуется гарантий втрое больше, чем если бы я бежал вместе с вашим братом, который обеспечивал мне безопасность своим присутствием и своим именем. А что меня поражает, так это молчание де Муи. Пребывать в бездействии совсем не в его привычках. Нет ли о нем каких-нибудь известий у вас, мадам?

— У меня, сир? — удивленно спросила Маргарита. — Откуда же?

— Э, моя крошка! Это могло быть очень просто: чтобы сделать мне удовольствие, вы соблаговолили спасти жизнь Ла Молю... Этот мальчик должен был уехать в Мант... А когда люди уезжают, то могут и вернуться...

— А-а! Вот где ключ к загадке, которую я тщетно пыталась разгадать! — ответила Маргарита. — Я оставила у себя окно открытым, а когда вернулась в комнату, то нашла на ковре какую-то записку.

— Ну вот видите! — сказал Генрих Наваррский.

— Но сначала я в ней ничего не поняла и не придала ей никакого значения, — продолжала Маргарита. — Может быть, я не сообразила, и она от де Муи?

— Возможно, — ответил Генрих, — я даже решаюсь утверждать, что это очень вероятно. Нельзя ли мне посмотреть вашу записку?

— Конечно, сир, — сказала Маргарита, подавая ему ту половинку, которую сунула в карман.

Король Наваррский взглянул на записку и спросил:

— А разве это почерк не Ла Моля?

— Не знаю, — ответила Маргарита, — мне показалось, что почерк только подделан под его.

— Все равно прочтем, — сказал Генрих и прочел: «Мадам, мне необходимо поговорить с королем Наваррским. Дело спешное. Жду». — Ага! Вот как! — продолжал Генрих. — Видите, он ждет!

— Конечно, вижу, — сказала Маргарита. — Но чего же вы хотите?

— Эх, святая пятница! Хочу, чтобы он пришел сюда.

— Пришел сюда?! — воскликнула Маргарита, удивленно глядя на мужа красивыми глазами. — Как можете вы говорить такие вещи, сир? Человек, которого король хотел убить, человек приговоренный, обреченный... А вы говорите, чтобы он пришел сюда? Мыслимо ли это? Двери не для тех, кому пришлось бежать...

— В окно... хотите вы сказать?

— Вы совершенно верно закончили мою мысль.

— Ну что ж! Если путь в окно ему знаком, пускай воспользуется им, раз он не может входить в двери. Ведь это очень просто.

— Вы так думаете? — спросила Маргарита, краснея от мысли свидеться с Ла Молем.

— Уверен.

— Но как же сюда влезть? — спросила Маргарита.

— Неужели вы не сохранили веревочную лестницу, которую я вам прислал? Ай-ай! Не узнаю вашей обычной дальновидности.

— Конечно, сохранила, сир.

— Тогда все превосходно! — ответил Генрих.

— Жду приказаний вашего величества, — сказала Маргарита.

— Они очень просты, — ответил Генрих. — Привяжите лестницу к балкону и спустите вниз. Если это де Муи, как хочется мне думать... то он надежный друг, и коли найдет нужным лезть, так влезет.

И, не теряя спокойствия, Генрих Наваррский взял свечу, чтобы посветить Маргарите, пока она будет искать лестницу; но искать пришлось недолго — она оказалась спрятанной в знаменитом кабинете.

— Она самая, — сказал Генрих. — Теперь, мадам, я попрошу вас, если только не слишком злоупотребляю вашей любезностью: привяжите эту лестницу к балкону.

— Почему я, а не вы, сир?

— Потому что лучшие заговорщики — это те, которые наиболее осторожны. Появление мужчины может напугать нашего друга. Понятно?

Маргарита улыбнулась и привязала лестницу.

— Так! — сказал Генрих, прячась за стенку у окна. — Покажите себя получше; теперь покажите лестницу! Чудесно! Я уверен, что де Муи будет здесь.

Действительно, минут через десять какой-то человек, вне себя от радости, уже карабкался на балкон, но, увидев, что королева не вышла к нему навстречу, остановился в нерешительности. Тогда вместо Маргариты вышел Генрих.

— Ба! Да это не де Муи, а месье де Ла Моль! — приветливо сказал он. — Добрый вечер, месье де Ла Моль, входите, прошу вас.

Ла Моль был ошеломлен. Если бы он еще висел на лестнице, а не стал твердо на балкон, то, наверно, упал бы вниз.

— Вы желали спешно поговорить с королем Наваррским, — сказала Маргарита, — я за ним послала, и он перед вами.

Генрих отошел, чтобы затворить окно.

— Люблю, — шепнула Маргарита, сжимая руку молодого человека.

— Итак, месье де Ла Моль, — сказал Генрих Наваррский, вернувшись и подставляя Ла Молю стул, — что мы скажем?

— Сир, мы скажем, — отвечал Ла Моль, — что я расстался с де Муи у заставы. Ему хочется знать, заговорил ли Морвель и стало ли известным, что он был в спальне вашего величества.

— Пока нет, но Морвель заговорит, и очень скоро; нам надо торопиться.

— Сир, де Муи того же мнения, и если герцог Алансонский готов уехать завтра вечером, то де Муи с пятьюстами всадников будет ждать у ворот Сен-Марсель; еще пятьсот будут ждать вас в Фонтенбло: оттуда вы поедете через Блуа и Ангулем в Бордо.

— Мадам, — обратился Генрих к своей жене, — что до меня, то я буду готов уехать завтра, успеете ли вы?

Глаза Ла Моля с тоской остановились на Маргарите.

— Я дала вам слово: куда бы вы ни ехали, я еду с вами, — ответила королева, — но, как вы сами понимаете, необходимо, чтобы и герцог Алансонский ехал вместе с нами. С ним невозможен средний путь: или он наш, или он нас предаст; если он будет колебаться — мы остаемся.

— Месье де Ла Моль, ему известно что-нибудь об этом замысле? — спросил Генрих Наваррский.

— Несколько дней тому назад он должен был получить письмо от де Муи.

— Вот как! А он мне ничего не говорил об этом, — сказал Генрих.

— Берегитесь его, сир, берегитесь! — заметила Маргарита.

— Будьте покойны, я держусь настороже. Как дать ответ де Муи?

— Не беспокойтесь, сир, — ответил Ла Моль, — завтра, видимо или невидимо для вас, но где-нибудь поблизости от вашего величества, де Муи будет на приеме послов; надо только, чтобы королева какой-нибудь фразой в своей речи дала ему понять — согласны вы или нет; должен ли он вас ждать или бежать один. Если герцог Алансонский откажется, то де Муи потребуется две недели, чтобы все перестроить заново, но вашим именем.

— Честное слово, де Муи драгоценный человек! — сказал Генрих Наваррский. — Мадам, можете ли вы вставить соответственную фразу в вашу речь?

— Это очень просто, — ответила Маргарита.

— Тогда я завтра повидаю герцога Алансонского. Пусть де Муи будет на своем месте и постарается понять ответ с одного слова.

— Он будет, сир.

— В таком случае, месье де Ла Моль, отправляйтесь и передайте ему мой ответ. Вероятно, вас поблизости ждут лошадь и слуга?

— Ортон ждет меня на набережной.

— Ступайте, граф, к нему... О нет! Не в окно! Это годится только на крайний случай. Вас могут увидеть, а так как никто не будет знать, что это вы проделали ради меня, то подведете королеву.

— Сир, а как же иначе?

— Если вам нельзя было войти в Лувр одному, то выйти вы можете со мной, так как я знаю пароль; у вас есть плащ — и у меня тоже; мы в них закутаемся и выйдем. А я буду очень рад лично передать Ортону свои распоряжения. Обождите здесь, я пойду посмотрю, нет ли кого-нибудь в коридоре.

И Генрих Наваррский с самым непринужденным видом пошел разведать путь. Ла Моль остался наедине с королевой.

— О, когда же я опять увижусь с вами? — воскликнул Ла Моль.

— Если мы бежим, то завтра; а если не бежим, то на этих днях вечером, в переулке Клош-Персе.

— Месье де Ла Моль, — сказал, вернувшись, Генрих, — можете идти: никого нет.

Ла Моль почтительным поклоном простился с королевой.

— Мадам, дайте же ему поцеловать вашу руку, — заметил Генрих Наваррский, — месье де Ла Моль не просто наш слуга.

Маргарита протянула Ла Молю руку.

— Да, кстати! Спрячьте получше лестницу, — сказал Генрих. — Для заговорщиков это предмет обстановки драгоценный: он оказывается нужным, когда этого ожидаешь меньше всего. Идемте, месье де Ла Моль!

## III

## ПОСЛЫ

На следующий день с утра все население Парижа двинулось к воротам Сент-Антуан, откуда должен был состояться въезд польских послов в Париж. Цепь из швейцарцев сдерживала толпу, отряды кавалерии расчищали путь для придворных вельмож и дам, ехавших встречать послов.

Вскоре около аббатства Сент-Антуан показался отряд всадников в красно-желтых одеждах — в меховых шапках и плащах и с обнаженными кривыми, как у турок, саблями. На флангах ехали офицеры.

За этим отрядом двигался другой отряд, одетый с восточной роскошью. А вслед за ним ехали послы. Их было четверо, представлявших собой самое сказочное рыцарское королевство шестнадцатого века.

Одним из четырех послов был краковский епископ, одетый в полувоенный, полусвященнический наряд, блиставший золотом и драгоценными каменьями. Белый конь с длинной, волнистой гривой, шедший величавым шагом, казалось, извергал пламя из своих ноздрей; нельзя было поверить, что это благородное животное в течение месяца делало по пятнадцати миль в день, да еще по дорогам, которые стали почти непроезжими из-за плохой погоды.

Рядом с епископом ехал палатин Ласко, могущественный вельможа, близкий к престолу, сам обладавший королевским богатством и такой же спесью.

Вслед за двумя главными послами и за сопровождавшими их еще двумя другими ехало множество польских вельмож на лошадях в роскошной сбруе из шелка, золота и драгоценных камней, что вызывало шумное одобрение народа. И в самом деле, польские гости совершенно затмили французских всадников, хотя они были тоже богато разодеты и называли поляков варварами.

Екатерина до последнего момента надеялась, что продолжающаяся физическая слабость Карла сломит его решимость и прием послов будет опять отложен. Но когда назначенный день настал и она увидела бледного, как привидение, Карла, надевавшего на себя великолепную королевскую мантию, она поняла, что хотя бы внешне, но надо будет подчиниться этой железной воле, и стала проникаться мыслью, что пышное изгнание, на которое осужден Генрих Анжуйский, будет для него самым безопасным выходом из создавшегося положения.

Кроме нескольких слов, произнесенных Карлом, когда он раскрыл глаза и увидел мать, выходившую из кабинета, Карл больше не разговаривал с Екатериной после той сцены, которая и вызвала припадок, едва не погубивший короля. Все в Лувре знали, что мать и сын страшно повздорили между собой, но никто не знал из-за чего, и даже самые смелые дрожали от этой холодности и этого жуткого молчания, так же как птицы приходят в трепет от тишины, когда она предшествует грозе.

Тем не менее в Лувре все было готово, но все имело такой вид, точно готовилось не празднество, а торжественные похороны. Все люди повиновались мрачно, безучастно. Стало известно, что трепещет сама Екатерина, — и трепетали все.

Для торжества привели в порядок тронный зал, а так как собрания такого рода бывали, по обычаю, народными, то королевской страже и часовым было приказано впускать вслед за послами и народ, сколько могли вместить приемные залы и дворы.

Париж представлял собою зрелище, какое представляет в подобных обстоятельствах всякий большой город: олицетворение толкотни и любопытства. Однако в этот день внимательный наблюдатель столичной толпы заметил бы среди простодушно глазеющих почтенных горожан значительное количество людей, закутанных в широкие плащи; они обменивались взглядами и жестами, когда находились на расстоянии друг от друга, а сходясь, перешептывались короткими, многозначительными фразами. Эти люди, видимо, очень интересовались торжественным шествием послов в Лувр, шли за ними в первых рядах и, казалось, получали приказания от почтенного старика с седой бородой и седеющими бровями, но с живыми черными глазами, которые подчеркивали его бодрую подвижность. В конце концов, своими ли силами или с помощью товарищей, этому старику удалось одному из первых протискаться в Лувр, а благодаря любезности начальника швейцарцев — уважаемого гугенота и очень плохого католика, несмотря на обращение в католическую веру, — стать позади послов, как раз против Маргариты и Генриха Наваррского.

Генрих Наваррский, предупрежденный Ла Молем о том, что переодетый де Муи будет на приеме послов, поглядывал во все стороны. Наконец глаза его встретились с глазами старика и остановились в нерешительности, — но де Муи одним движением глаз рассеял сомнения короля Наваррского. Де Муи был настолько неузнаваем, что сам Генрих усомнился: неужели этот старик с белой бородой — тот самый бесстрашный вождь гугенотов, который шесть дней тому назад оказал такое яростное сопротивление целому отряду!

Генрих обратил внимание Маргариты на де Муи, сказав ей на ухо только одно слово. Тогда ее красивые глаза пробежали по всему залу, ища Ла Моля, но напрасно: Ла Моля не было.

Начались речи. Первая речь была обращена к королю. От имени сейма Ласко спрашивал его, согласен ли он на то, чтобы польская корона была предложена принцу из дома французских королей.

Карл ответил коротко и точно, охарактеризовал своего брата, герцога Анжуйского, и расхвалил польским послам его храбрость. Говорил он по-французски, а переводчик сейчас же переводил вслух каждую законченную фразу его ответа. Пока она переводилась, король прижимал ко рту платок, а когда отнимал его, то было видно, что платок окрашен кровью.

Как только Карл закончил свой ответ, Ласко обратился к герцогу Анжуйскому с латинской речью, предлагая ему корону от имени польского народа.

Герцог Анжуйский, тщетно пытаясь справиться с дрожавшим от волнения голосом, ответил на том же языке, что он с признательностью принимает оказанную честь. Все время, пока он говорил, Карл стоял, сжав губы, устремив на герцога взор, неподвижный и грозный, как взор орла.

После речи герцога Анжуйского Ласко взял с красной бархатной подушки корону Ягеллонов и, пока два польских вельможи надевали на герцога Анжуйского королевскую мантию, вручил корону королю Карлу.

Карл подал знак брату. Герцог Анжуйский склонил перед ним колени, и Карл собственноручно надел ему корону на голову, после чего братья поцеловались со взаимной ненавистью, пожалуй, беспримерной в истории братских поцелуев.

И в то же мгновение герольд воскликнул:

— Александр-Эдуард-Генрих Французский, герцог Анжуйский, коронован королем Польским. Да здравствует король Польский!

Все собравшиеся повторили в один голос:

— Да здравствует король Польский!

Затем Ласко обратился к Маргарите. Речь королевы Маргариты была оставлена напоследок. Поскольку право держать речь предоставлялось ей как любезность, чтобы она могла блеснуть своим умом или, как выражались тогда, своим прекрасным гением, все с большим вниманием ждали ее ответной речи на латинском языке. Как мы уже сказали, она готовила ее сама.

Речь Ласко была не столько политической, сколько хвалебной. Каким бы ни был он сарматом, но и он отдал общую дань восхищения прекрасной Наваррской королеве. Языком Овидия, но стилем Ронсара он рассказал, что он и его спутники, выехав из Варшавы в глухую ночь, наверное, сбились бы с пути, если бы их, как некогда волхвов, не вели две звезды; они сияли все ярче и ярче по мере того, как их посольство приближалось к Франции, где наконец послы увидели, что эти две звезды были не звезды, а чудесные глаза Наваррской королевы. Затем, переходя с Евангелия на Коран, из Сирии — в Аравию, из Назарета — в Мекку, он в заключение выразил готовность последовать примеру тех сектантов, ярых приверженцев пророка, которые, удостоившись счастья созерцать его гробницу, выкалывали себе глаза, ибо полагали, что после такого прекрасного зрелища уже ничем не стоит любоваться в этом мире.

Речь была покрыта рукоплесканиями тех, кто, зная по-латыни, вполне разделял мнение оратора, а также тех, которые ничего не понимали, но старались делать вид, что понимают.

Маргарита сделала реверанс любезному сармату, затем, обращаясь к послу, но посматривая на де Муи, начала речь такими словами:

— Guod nunc hac in aula insperati adestis exultaremus ego et conjux, nisi ideo immineret calamitas, scilicet non solum fratris sed etiam amici orbitas*.

Эти слова имели двойной смысл — один для де Муи, другой для коронации Генриха Анжуйского. Приняв их на свой счет, Генрих Анжуйский поклонился в знак признательности.

Карл не помнил такой фразы в той речи, которую ему давали на просмотр несколько дней тому назад, но он не

---

* Ваше неожиданное появление среди этого двора преисполнило бы радостью меня и моего мужа, если бы не связанное с этим горе — утрата не только брата, но и друга.

придавал значения словам Маргариты, поскольку ее речь была простой учтивостью. Кроме того, латинский язык знал он плохо.

Маргарита продолжала:

— Adeo dolemur a te dividi ut tecum poficisci maluissemus. Sed idem fatum quod nunc sine ulla mora Lutetia cedere juberit, hac in urbe detinet. Proficiscere ergo, frater; proficiscere, amice; proficiscere sine nobis; proficiscentem sequuntur spes et desideria nostra*.

Само собой разумеется, что де Муи с большим вниманием прислушивался к словам, обращенным к посланникам, но предназначенным только для него. Со своей стороны, Генрих Наваррский отрицательно повертел головой, давая понять молодому гугеноту, что герцог Алансонский отказался; но одного этого жеста, который мог оказаться случайным, было бы недостаточно для де Муи, если бы его не подтвердили слова Маргариты.

В то время как он смотрел на Маргариту и слушал всем существом своим, его черные, блестевшие из-под седых бровей глаза поразили Екатерину: она вздрогнула и больше не спускала глаз с той части зала, где стояли Генрих, Маргарита и этот старик.

«Странная фигура, — говорила она себе, сохраняя выражение лица, какого требовала торжественная обстановка. — Кто этот человек? Почему он так пристально смотрит на Маргариту и Генриха Наваррского, а они так пристально смотрят на него?»

Между тем королева Наваррская продолжала свою речь, отвечая теперь на любезности польского посла, а Екатерина ломала голову над тем, кто мог быть этот красивый старик. В это время к ней подошел церемониймейстер и подал душистое саше, куда была засунута сложенная вчетверо бумажка. Она раскрыла саше, вынула записку и прочла следующие слова:

---

* Мы очень огорчены разлукой с вами и очень желали бы поехать с вами. Но тот же рок, который требует, чтобы вы безотлагательно покинули Париж, привязывает нас к этому городу. Отправляйтесь в путь, наш милый брат; отправляйтесь в путь без нас. Вам будут сопутствовать наши лучшие пожелания и надежды.

«Благодаря сердечному лекарству, которое я дал Морвелю, он немного окреп и смог написать имя человека, который находился в комнате короля Наваррского, — это де Муи».

«Де Муи! — подумала королева-мать. — Я так и чувствовала. Но этот старик... А-а! Cospetto! Да это и есть...»

Екатерина с открытыми остановившимися глазами замерла на месте.

Затем, нагнувшись к уху командира своей охраны, стоявшего с ней рядом, сказала ему без всякого волнения:

— Месье де Нансе, посмотрите на пана Ласко — на того, кто сейчас говорит. Сзади него... да... там... видите старика с белой бородой и в черном бархатном одеянии?

— Да, мадам, — ответил командир.

— Так не теряйте его из виду.

— Вот тот, которому король Наваррский подал сейчас какой-то знак? — спросил Нансе.

— Совершенно верно. Станьте с десятью своими людьми у ворот Лувра и, когда старик будет выходить, пригласите его от имени короля к обеду. Если он пойдет за вами, отведите его в какую-нибудь комнату и держите там под арестом. Если же он откажется идти, захватите его живым или мертвым. Идите, идите!

К счастью, Генрих Наваррский мало слушал речь Маргариты, но не спускал глаз с Екатерины, все время следя за выражением ее лица. Увидев, с какою жадностью Екатерина вглядывалась в де Муи, он забеспокоился: когда же он заметил, что королева-мать отдала какое-то приказание начальнику своей охраны, все стало ему понятно.

В это-то время он и подал де Муи знак, замеченный командиром де Нансе и на языке жестов обозначавший: «Вас узнали, немедленно спасайтесь».

Де Муи сразу понял его знак, совершенно естественно завершавший ту часть речи Маргариты, которая предназначалась для него. Ему не требовалось повторений — он замешался в толпе и скрылся.

Но Генрих Наваррский не успокоился, пока не увидел де Нансе, вновь подошедшего к Екатерине, и не догадался по злому выражению ее лица, что де Нансе попал к воротам Лувра слишком поздно. Торжественный прием закончился.

Маргарита обменялась еще несколькими, но уже неофициальными, словами с Ласко.

Карл IX, шатаясь, встал, поклонился всем и вышел, опираясь на плечо Амбруаза Паре, не отходившего от короля со времени его припадка.

За ним последовали Екатерина, бледная от злобы, и Генрих Наваррский, безмолвный от огорчения.

Что касается герцога Алансонского, то на торжестве он совершенно стушевался, и Карл IX, ни на секунду не сводивший глаз с герцога Анжуйского, даже ни разу не взглянул на младшего брата.

Новый польский король чувствовал себя погибшим. Отделенный от матери обступившей его толпою северных варваров, он походил на сына Земли — Антея, терявшего все свои силы, как только Геркулес приподнимал его на воздух. Герцогу Анжуйскому все дело представлялось таким образом, что стоит ему переехать границу Франции, как французский престол уйдет от него навеки. Вот почему он не последовал за королем, а пошел прямо в покои своей матери.

Она была не менее его удручена и озабочена: ее преследовало умное, лукавое лицо, которое она не выпускала из виду во время торжества, — лицо Беарнца, этого баловня судьбы, как бы сметавшей с его пути королей, царственных убийц, врагов и все препятствия.

Увидев своего любимого сына, вошедшего к ней в короне, но бледного как смерть, в королевской мантии, но совершенно разбитого физически, молча сжимавшего с мольбой свои красивые, унаследованные от нее руки, Екатерина встала и пошла к нему навстречу.

— О матушка, теперь я осужден умереть в изгнании! — воскликнул король Польский.

— Сын мой, неужели вы так скоро забыли предсказание Рене? — сказала ему Екатерина. — Успокойтесь, вы там пробудете недолго.

— Матушка, заклинаю вас, — взмолился герцог Анжуйский, — при первом же намеке, при первом подозрении, что французский престол может освободиться, предупредите меня...

— Не тревожьтесь, сын мой, — ответила Екатерина. — Отныне и до того дня, которого мы оба ждем, в моей конюшне будет стоять и днем и ночью оседланная лошадь, а в моей передней всегда будет дежурить курьер, готовый скакать в Польшу.

# IV

## ОРЕСТ И ПИЛАД

Генрих Анжуйский уехал. Казалось, мир и благоденствие вновь водворились в Лувре — прибежище этой семьи Атридов.

Карл IX перестал грустить и совершенно выздоровел, все время проводя на охоте с Генрихом Наваррским, а когда нельзя было охотиться, беседуя с ним об охоте; он ставил Генриху в упрек только одно — равнодушие к соколиной охоте — и говорил, что Генрих был бы безупречным королем, если бы умел так же искусно вынашивать кречетов, соколов и ястребов, как он искусно наганивал гончих и натаскивал легавых.

Екатерина вновь стала хорошей матерью: нежной с Карлом и герцогом Алансонским, ласковой с Генрихом Наваррским и Маргаритой, милостивой с герцогиней Невэрской и мадам де Сов; и даже два раза навестила Морвеля у него дома на улице Серизе под тем предлогом, что он был ранен при выполнении ее приказа.

Маргарита продолжала свои свидания на испанский лад — каждый вечер раскрывала заветное окно и переговаривалась с Ла Молем жестами или записками; а Ла Моль в каждом своем послании напоминал своей прекрасной королеве, что она, в награду за его ссылку, обещала ему хоть несколько минут свидания в переулке Клош-Персе.

Только один человек в этом тихом и умиротворенном Лувре чувствовал себя одиноким и выбитым из колеи. Это был наш друг, граф Аннибал де Коконнас.

Разумеется, сознание того, что Ла Моль жив, уже кое-что значило; конечно, очень хорошо быть предметом любви герцогини Невэрской, самой веселой и самой взбалмошной из всех женщин. Но и счастье свиданий наедине с красавицей герцогиней, и все успокоительные разговоры с Маргаритой о судьбе их общего друга не стоили в глазах пьемонтца и одного часа, проведенного вместе с Ла Молем у их друга Ла Юрьера за кружкой сладкого вина, или какой-нибудь из их беспутных прогулок по таким местам, где порядочный дворянин рисковал своей шкурой, кошельком или одеждой.

К стыду человеческой природы надо признаться, что герцогиню Невэрскую очень раздражало такое соперничество с ней Ла Моля. Не то чтобы она не выносила провансальца — наоборот: повинуясь, как все женщины, помимо воли, непреодолимому влечению кокетничать с возлюбленным другой женщины, в особенности если эта женщина ее подруга, она щедро дарила Ла Моля сверкающими взглядами своих изумрудных глаз, и сам Коконнас мог бы позавидовать пожатиям рук и обилию любезностей, выпадавших на долю его друга в те дни, когда менялось ее настроение и звезда пьемонтца, казалось, тускнела на горизонте его красавицы. Но пьемонтец, готовый зарезать хоть пятнадцать человек по одному взгляду своей дамы, был настолько не ревнив к Ла Молю, что не один раз в случае подобной смены настроения у герцогини предлагал ему на ухо такие вещи, от которых бедного провансальца бросало в краску.

Так как отсутствие Ла Моля лишило герцогиню всех прелестей, которые давало ей общество пьемонтца, а именно — возможности проявлять свое неистощимое веселье и удовлетворять свою неутолимую жажду удовольствий, то в один прекрасный день Анриетта явилась к Маргарите и умоляла ее вернуть в Париж третье необходимое звено, без которого и ум и сердце Коконнаса день ото дня все больше увядают.

Маргарита, любезная вообще, к тому же побуждаемая мольбами самого Ла Моля и влечением собственного сердца, назначила свидание Анриетте на следующий день в доме с двумя выходами, чтобы обсудить все это дело основательно и так, чтобы никто их не прервал.

Коконнас без большого удовольствия прочел записку Анриетты, предлагавшей ему прийти в переулок Тизон в половине десятого вечера. Но все же он поплелся к месту свидания, где и застал Анриетту, рассерженную тем, что она явилась первой.

— Фи, месье! — сказала она. — Как это невоспитанно — заставлять ждать... не говоря уже про принцессу... а просто женщину.

— Ого! Ждать! Это — по-вашему! — ответил Коконнас. — Наоборот, я бьюсь об заклад, что мы пришли рано.

— Я? Да.

— И я тоже. Уверен, что сейчас не больше десяти.

— А в моей записке сказано: половина десятого.

— Я и вышел из Лувра в девять часов, потому что я нахожусь на службе герцога Алансонского, кстати говоря; и на этом же основании я через час должен буду вас покинуть.

— И вы от этого в восторге?

— Совсем нет, поскольку герцог Алансонский очень угрюмый и нравный господин; и я предпочитаю, чтобы меня ругали такими хорошенькими губками, как у вас, чем он своим перекошенным ртом.

— А-а! Вот это уже немного лучше, — заметила герцогиня. — Да! Ведь вы сказали, что вышли из Лувра в девять часов вечера?

— Ах, боже мой, ну да, и хотел идти прямо сюда, как вдруг на углу улицы Гренель вижу человека, похожего на Ла Моля!

— Ну вот — опять Ла Моль!

— Не опять, а всегда, с вашего или без вашего позволения.

— Грубиян!

— Прекрасно! — ответил Коконнас. — Значит, начнем обычный наш обмен любезностями.

— Нет, но довольно ваших рассказов.

— Да ведь я рассказываю не по своей охоте — вы спрашивали меня, почему я опоздал.

— Конечно, разве я должна приходить первой?

— Да, но вам не надо было никого искать.

— Вы несносны, дорогой мой! Ну, уж продолжайте. Итак, на углу улицы Гренель вы заметили человека, похожего на Ла Моля... А что это у вас на колете? Кровь?

— Ах, какой-то прохвост меня опять обрызгал.

— Вы что — дрались?

— Разумеется.

— Из-за вашего Ла Моля?

— А из-за кого ж мне драться? Из-за женщины?

— Спасибо!

— Итак, я бегу следом за человеком, который имел наглость походить на моего друга, нагоняю его у переулка

Кокийер, обгоняю и, пользуясь светом из дверей какой-то лавочки, заглядываю ему в лицо — не он.

— Ну что ж, все очень хорошо!

— Только не для него! «Месье, — сказал я ему, — вы бахвал; вы позволили себе походить издали на моего друга Ла Моля! Он отменный мужчина, а вы вблизи — просто какой-то бродяга!» Тогда он обнажил шпагу, ну и я тоже. После третьей схватки ему пришлось плохо — он упал и забрызгал меня кровью.

— Но вы, надеюсь, оказали ему помощь?

— Я только хотел помочь ему, как вдруг мимо проскакал всадник. О, на этот раз я был уверен, что это Ла Моль. К несчастью, он ехал вскачь. Я бросился за ним бежать, а зрители, собравшиеся посмотреть на нашу драку, побежали вслед за мной. Но так как вся эта сволочь преследовала меня по пятам и орала, меня могли принять за вора, — пришлось мне обернуться и обратить эту ораву в бегство; а пока я терял на это время, всадник куда-то скрылся. Я кинулся его разыскивать, начал разузнавать, расспрашивать, объясняя, какой масти его лошадь, но все тщетно, — крышка! — никто его не приметил. Наконец, когда мне это надоело, я пришел сюда.

— Когда мне надоело! — повторила герцогиня. — Как это любезно!

— Послушайте, мой милый друг, — сказал Коконнас, небрежно раскидываясь в кресле, — вы опять собираетесь донимать меня из-за бедняги Ла Моля? Совершенно напрасно, потому что дружба — это, знаете, это... Эх, кабы мне ум и образование моего друга, я бы нашел такое сравнение, что вы бы ощутили мою мысль... Видите ли, дружба — это звезда, а любовь... любовь... ага! — нашел сравнение! — а любовь — только свечка. Вы мне возразите, что бывают различные сорта...

— Чего? Любви?

— Нет... свечей... и среди этих сортов бывают и приятные: например, розовые; возьмем розовые... они лучше; но хотя бы и розовая, все равно — она сгорает, а звезда блистает вечно. На это вы мне возразите, что если сгорит одна свеча, можно вставить другую.

— Месье Коконнас, вы бахвал!

— Ля!

— Месье Коконнас, вы нахал!

— Ля! Ля!

— Месье Коконнас, вы обманщик!

— Мадам, предупреждаю, вы добьетесь только того, что я втройне буду сожалеть об отсутствии Ла Моля.

— Вы меня больше не любите.

— Наоборот, герцогиня, я вас боготворю, только вы этого не понимаете. Но я могу любить вас, обожать, боготворить, а когда я ничем не занят, расхваливать моего друга.

— «Ничем не занят» — так-то называете вы время, когда бываете со мной?

— Ну как мне быть, если бедняга Ла Моль не выходит у меня из головы?!

— Он вам дороже меня! Это бессовестно! Слушайте, Аннибал: я вас ненавижу! Будьте честны, скажите, что он вам дороже. Аннибал, предупреждаю вас: если вам что-нибудь дороже меня на свете...

— Анриетта, прекраснейшая из герцогинь! Ради вашего собственного спокойствия не поднимайте скользких вопросов. Я вас люблю больше всех женщин, а Ла Моля люблю больше всех мужчин.

— Хороший ответ! — вдруг произнес чей-то голос. Камчатная шелковая завеса перед деревянным раздвижным панно в стене, закрывавшим вход в другую комнату, вдруг приподнялась, и в раскрытом четырехугольнике панно обрисовалась фигура Ла Моля, как в золоченой раме — тициановский портрет.

— Ла Моль! — крикнул Коконнас, не обратив внимания на Маргариту и не подумав поблагодарить ее за неожиданную радость. — Ла Моль, друг мой! Милый мой Ла Моль!

И он кинулся в объятия своего друга, перекувырнув кресло, на котором сидел, и опрокинув попавшийся по дороге стол. Ла Моль с большим чувством ответил на его объятия; но все же, отвечая на его ласки, обратился к герцогине Невэрской:

— Простите меня, мадам, если мое имя нарушало иногда согласие в вашем очаровательном союзе с моим другом; конечно, я бы повидался с вами раньше, но это зависело не от меня, — добавил он, с невыразимой нежностью взглянув на Маргариту.

— Как видишь, Анриетта, я сдержала свое слово: вот он, — сказала Маргарита.

— Неужели я этим счастьем обязан только просьбам герцогини? — спросил Ла Моль.

— Только ее просьбам, — ответила Маргарита и, обращаясь к Ла Молю, добавила: — Но вам, Ла Моль, я разрешаю не верить ни одному слову из того, что я сказала.

После того как Коконнас раз десять прижал друга к своему сердцу, раз двадцать обошел вокруг него, даже поднес канделябр к его лицу, чтобы налюбоваться им всласть, он, наконец, встал на колено перед Маргаритой и поцеловал полу ее платья.

— Ах, как хорошо! — воскликнула герцогиня Невэрская. — Ну, теперь я буду сносной.

— Дьявольщина! Для меня вы будете, как всегда, обожаемой! — сказал Коконнас. — Я стану это говорить от всего сердца, и будь при этом хоть тридцать поляков, сарматов и прочих гиперборейских варваров, я их заставлю признать вас королевой всех красавиц!

— Эй, эй! Коконнас! Легче, легче, — сказал Ла Моль. — А королева Маргарита?

— О, я не отопрусь от своих слов, — ответил Коконнас свойственным ему чуть шутовским тоном, — мадам Анриетта — королева всех красавиц, мадам Маргарита — краса всех королев.

Но что бы Коконнас ни говорил, что бы он ни делал, он весь был поглощен счастьем вновь видеть Ла Моля и не сводил с него глаз.

— Идем, идем, краса всех королев! — говорила герцогиня Невэрская. — Оставим этих безупречных друзей поговорить наедине; им столько надо сказать друг другу, что они будут перебивать наш разговор. Уйти от них нам нелегко, но, уверяю вас, это единственное средство совершенно вылечить месье Аннибала. Согласитесь, милая королева, ради меня: я имею глупость любить эту буйную голову, как ее называет его же друг Ла Моль.

Маргарита шепнула несколько слов на ухо Ла Молю, которому, несмотря на все его стремление вновь видеть Коконнаса, теперь хотелось, чтобы нежность друга была не так обременительна... А в это время сам Коконнас старался при помощи всевозможных уверений вернуть на уста Анриетты ясную улыбку и ласковую речь, чего и добился без особого труда. После этого обе дамы проследовали в столовую, где был накрыт ужин.

Два друга остались теперь наедине. Само собой разумеется, что первое, о чем Коконнас расспросил своего друга, это подробности рокового вечера, который едва не стоил Ла Молю жизни; и чем больше он узнавал их из рассказа друга, тем сильнее его охватывала дрожь, а, как известно, пьемонтца взволновать рассказом было трудно.

— Почему ты бежал куда глаза глядят и причинил мне столько горя, а не укрылся у нашего главы? Герцог ведь защищал тебя, он бы тебя и спрятал. Я бы жил вместе с тобой, сделал бы вид, что горюю, и таким способом провел бы всех придворных дураков.

— У нашего главы? — тихо спросил Ла Моль. — У герцога Алансонского?

— Ну да. Судя по его разговорам, я думал, что он спас тебе жизнь.

— Жизнь спас мне король Наваррский, — ответил Ла Моль.

— Вот оно что! — сказал Коконнас. — А ты уверен в этом?

— Вполне!

— Что за добрый, что за прекрасный король! А какое же участие принимал в этом деле герцог Алансонский?

— У него-то в руках и был шнурок, чтобы задушить меня.

— Дьявольщина! — воскликнул Коконнас. — Ла Моль, а ты уверен в том, что говоришь? Как, этот бледный герцог, щенок, мозгляк, хотел задушить моего друга! Дьявольщина! Завтра скажу ему, что я думаю об этом.

— Ты с ума сошел!

— Да, верно, он, пожалуй, начнет заново... Да все равно, этому не бывать!

— Ну, ну, Коконнас, успокойся и не забудь, что пробило половину двенадцатого, а ты сегодня на дежурстве.

— Плевать мне на его службу! Пускай его ждет! Моя служба! Чтобы я служил человеку, который держал в руках веревку для тебя!.. Ты шутишь? Нет!.. Это судьба! Так предначертано, что я должен был вновь встретиться с тобой и больше уже не расставаться. Я остаюсь здесь.

— Подумай, несчастный! Ведь ты не пьян.

— К счастью. Будь я пьян, я бы поджег Лувр.

— Послушай, Аннибал, будь благоразумен. Ступай в Лувр. Служба — вещь священная.

— Идем вместе.

— Немыслимо.

— Разве они еще думают тебя убить?

— Едва ли. Я слишком мало значу, чтобы против меня был настоящий заговор, какое-нибудь твердое решение. Нашла прихоть — и захотелось меня убить, вот и все. Владыки были просто в веселом настроении!

— А что ты делаешь?

— Я? Ничего. Брожу, шатаюсь где придется.

— Ладно! Я тоже буду шататься и бродить с тобой. Прекрасное занятие! К тому же, если кто нападет, нас будет двое, и мы покажем, где зимуют раки. Пусть только явится это насекомое, твой герцог! Я его пришпилю к стене, как бабочку!

— Тогда хоть попроси его дать тебе отставку.

— Да, окончательно!

— В таком случае предупреди его, что ты с ним расстаешься.

— Совершенно верно. Согласен. Сейчас напишу ему.

— Знаешь, Коконнас, это будет слишком вольно — писать письмо принцу крови.

— Принцу крови! Какой крови? Крови моего друга! Погоди у меня, — крикнул Коконнас, трагически вращая глазами, — погоди! Стану еще я соблюдать с ним этикет!

«И в самом деле, — подумал Ла Моль, — через несколько дней ему не будет дела ни до принца, ни до кого другого; ведь мы возьмем его с собой, если он захочет ехать с нами».

Коконнас вооружился пером и, не встречая больше сопротивления со стороны своего друга, тут же сочинил образчик красноречия, прилагаемый здесь для прочтения:

> «Ваше высочество!
>
> Несомненно, что человек, столь начитанный в произведениях античной древности, как Ваша светлость, знаком с трогательной повестью об Оресте и Пиладе, двух героях, славных своей несчастною судьбой и своей дружбой. Мой друг Ла Моль несчастен не менее Ореста, а нежное чувство дружбы знакомо мне не меньше, чем Пиладу. А друг мой в данную минуту занят такими важными делами, которые требуют моего содействия. Мне невозможно его бросить. Ввиду этого я, с разрешения Вашего высочества,

ухожу в отставку, решив связать свою судьбу с судьбою моего друга, куда бы она меня ни повела. Теперь Вашему высочеству понятно, сколь велика сила, отрывающая меня от Вашей службы, в рассуждении чего я не отчаиваюсь получить Ваше прощение и решаюсь с почтительностью именовать себя по-прежнему —

*Вашего королевского высочества*
*нижайшим и покорнейшим слугой*
*Аннибалом графом де Коконнас,*
*неразлучным другом графа*
*де Ла Моль».*

Закончив это образцовое произведение, Коконнас прочел его вслух Ла Молю, который только пожал плечами.

— Что скажешь? — спросил Коконнас, не заметив или сделав вид, что не заметил этого жеста.

— Скажу, что герцог Алансонский только посмеется над нами, — ответил Ла Моль.

— Над нами?

— Совокупно.

— По-моему, это все же лучше, чем душить нас в розницу.

— У него одно не помешает другому, — смеясь, ответил Ла Моль.

— Э, пускай! Будь что будет; а письмо отправлю завтра утром! Куда же мы отсюда пойдем спать?

— К мэтру Ла Юрьер. Знаешь, туда, в ту комнатку, где ты хотел пырнуть меня кинжалом, когда мы еще не были Орестом и Пиладом.

— Ладно, я, кстати, отправлю свое письмо с нашим хозяином.

В эту минуту панно опять раздвинулось.

— Как себя чувствуют Орест и Пилад? — спросили хором обе дамы.

— Дьявольщина! Мы умираем от голода и от любви!

На следующее утро мэтр Ла Юрьер действительно отнес в Лувр всеподданнейшее послание графа Аннибала де Коконнас.

# V

# ОРТОН

Несмотря на отказ герцога Алансонского бежать, который ставил под угрозу все дело и даже самую жизнь Генриха Наваррского, последний стал еще большим другом герцога, чем раньше.

Заметив их близость, Екатерина заключила, что они не только сговорились между собой, но и составили какой-то заговор. Она решила расспросить Маргариту; но Маргарита оказалась достойной ее дочерью: главным ее талантом было умение избегать скользких разговоров, поэтому она крайне осторожно отнеслась к вопросам своей матери и так ответила на них, что королева еще больше запуталась в своих догадках.

Таким образом, этой флорентийке не оставалось ничего другого, как руководиться своим чутьем интриги, приобретенным ею еще в Тоскане, самом интриганском изо всех мелких государств той эпохи, и чувством ненависти, воспитанным на нравах французского двора, где в эти времена борьба различных интересов и воззрений кипела сильнее, чем при любом другом дворе.

Прежде всего она поняла, что сила Беарнца отчасти заключалась в его союзе с герцогом Алансонским, и решила их разъединить. Приняв это решение, она начала улавливать своего сына с терпением и талантом рыболова, который, забросив грузила невода подалее от рыбы, мало-помалу подтягивает их к одному месту, пока не окружит со всех сторон свою добычу. Герцог Франсуа заметил усиление родительской нежности и, со своей стороны, пошел навстречу матери. А Генрих Наваррский сделал вид, что ничего не замечает, и стал следить за своим союзником еще внимательнее, чем прежде.

Каждый из них ждал какого-нибудь события. А пока они ждали этого события, для одних — вполне определенного, для других — только вероятного, в это время, утром, когда вставало розовое солнце, разливая мягкое тепло и нежный аромат — предвестники ясной погоды, какой-то бледный человек, опираясь на палку, с трудом вышел из домика за Арсеналом и поплелся по улице Пти-Мюз. Близ ворот Сент-Антуан он прошел вдоль болотистого луга, окружавшего рвы Бастилии, затем, оставив влево большой бульвар, вошел в Арбалетный сад, где сторож приветствовал его низкими поклонами.

В саду не было никого, потому что сад, как показывает само название, принадлежал частному обществу — обществу любителей стрельбы из арбалета. Но если бы там оказались гуляющие, то этот человек заслуживал бы всяческого их внимания: длинные усы, походка, хотя замедленная болезнью, но сохранившая военную выправку, — все это указывало на то, что незнакомец был офицер, раненный недавно в какой-то стычке, который пробовал свои силы после болезни и вновь привыкал к жизни под открытым небом.

Человек был закутан в длинный плащ, несмотря на наступавшую жару, и казался безобидным, но странное дело: когда распахивался плащ, под ним виднелись два длинных пистолета, пристегнутые серебряными застежками к поясу, который поддерживал засунутый за него большой кинжал и шпагу такой длины, что казалось, у владельца шпаги не хватит силы обнажить ее, а кроме того, заканчивая снизу этот ходячий арсенал, она все время била ножнами по его похудевшим и дрожавшим ногам. В дополнение к этим мерам предосторожности таинственный посетитель сада, несмотря на полное одиночество, пытливо озирался при каждом шаге, точно исследуя каждый поворот дорожки, каждую канавку, каждый кустик.

Так, пробираясь потихоньку, он углубился в сад и спокойно вошел в какое-то подобие беседки, примыкавшей к самому бульвару и отделенной от него только двойной оградой в виде густой живой изгороди и небольшой канавы. Там этот человек разлегся на дерновой скамейке рядом со столом, а через минуту сторож, совмещавший с этой должностью и ремесло харчевника, принес туда какой-то напиток для укрепления сердца.

Больной лежал уже минут десять, несколько раз подносил ко рту фаянсовую чашку и пил из нее маленькими глотками принесенное питье, как вдруг лицо его, несмотря на «интересную бледность», стало страшным. Он увидел, как со стороны Круа-Фобен, по тропинке, где теперь Неаполитанская улица, подъехал всадник, закутанный в широкий плащ, остановился у бастиона и стал ждать.

Прошло минут пять; за этот срок бледный человек, в котором читатель, вероятно, уже узнал Морвеля, едва успел оправиться от волнения, вызванного появлением всадника, как в то же время по дороге, ставшей потом улицей Фосе-Сен-Николя, какой-то юноша, одетый в узенькую безрукавку, как у пажей, подошел к всаднику.

Морвель, совершенно скрытый листвой беседки, имел полную возможность все видеть и даже слышать, и если принять во внимание, что всадник был де Муи, а юноша в курточке — Ортон, то можно себе представить, как напряглись и слух и зрение Морвеля.

Оба вновь прибывших стали тщательно осматривать все кругом. Морвель затаил дыхание.

— Месье, можете говорить, — первым заговорил Ортон, как более молодой и, следовательно, менее осторожный, — здесь никто нас не увидит и не услышит.

— Это хорошо, — ответил де Муи. — Ты пойдешь к мадам де Сов; если она дома, отдашь ей эту записку в собственные руки; если ее дома нет, засунь записку за зеркало, куда король Наваррский кладет свои записки; после этого подожди в Лувре. Если получишь ответ, отнесешь его в известное тебе место; если же ответа не будет, то захвати с собой коротенькую аркебузу и приходи ко мне туда, куда я указал тебе и откуда я сейчас выехал.

— Ладно, знаю, — ответил Ортон.

— Я поеду; у меня еще куча дел на сегодняшний день. А ты не торопись, нет смысла; тебе нечего делать в Лувре до *его* прихода, а *он*, как я думаю, берет урок соколиной охоты. Ступай и действуй открыто: ты уже здоров и пришел в Лувр просто поблагодарить мадам де Сов за ее заботы о тебе, пока ты выздоравливал. Ступай, мой мальчик.

У Морвеля, пока он это слушал, глаза впились в одну точку, волосы зашевелились на голове и пот выступил на лбу. Первым его движением было отстегнуть пистолет и прицелиться в де Муи; но, повернувшись на седле, де Муи приоткрыл полы своего плаща и обнаружил надетую на нем прочную кирасу. Могло случиться, что пуля расплющится на ней или ударит в такую часть тела, где рана будет не смертельна. Кроме того, Морвель сообразил, что здоровый, хорошо вооруженный де Муи легко одержит верх над ним, раненным, и, тяжело вздохнув, опустил свой пистолет, уже направленный на гугенота.

— Какое горе, — прошептал он, — что нельзя убить его теперь, когда нет свидетелей, кроме этого разбойника-мальчишки, который стоит второй пули!

Но у него сейчас же мелькнула мысль, что, может быть, записка, врученная Ортону для передачи мадам де Сов, важнее, чем жизнь или смерть гугенотского вождя.

— Ну ладно, сегодня ты от меня ушел! Ступай подобру-поздорову! Зато завтра я свое возьму, хотя бы пришлось лезть за тобой в самый ад, откуда ты и вышел, чтобы меня убить, если я не убью тебя.

В это время де Муи прикрыл лицо плащом и поскакал по направлению к Тампльским болотам. Ортон пошел вдоль рвов, которые вели к реке. Тогда Морвель вскочил так бодро и проворно, как сам не ожидал, добрался до улицы Серизе, вошел к себе в дом, велел оседлать лошадь и, несмотря на большую слабость и на опасность, что раны его могут открыться, поскакал по улице Сент-Антуан, затем по набережной и влетел в Лувр.

Через пять минут после того, как он мелькнул в пропускных воротах, Екатерина уже знала все, что произошло, а Морвель получил тысячу экю золотом, обещанные ему за арест короля Наваррского.

— Теперь или я ошибаюсь, — сказала Екатерина, — или де Муи будет тем самым темным пятном, которое Рене нашел в гороскопе проклятого Беарнца!

Через четверть часа после приезда Морвеля Ортон совершенно открыто, как и советовал де Муи, вошел в Лувр и, поговорив с несколькими придворными лакеями, направился к мадам де Сов.

В покоях мадам де Сов находилась одна Дариола. Минут за пять до прихода Ортона Екатерина вызвала к себе Шарлотту, чтобы переписать набело какие-то нужные письма.

— Ладно, подожду, — сказал Ортон.

Будучи своим человеком в доме, юноша прошел в спальню баронессы и, убедившись, что он один, положил записку за зеркало. В то самое мгновение — когда он отнимал руку от зеркала, вошла Екатерина.

Ортону показалось, что быстрый, пронизывающий взгляд королевы-матери направился на зеркало, и юноша побледнел.

— Мальчик, ты что здесь делаешь? Уж не ищешь ли ты мадам де Сов? — спросила Екатерина.

— Да, мадам; я уже давно ее не видел и не успел еще поблагодарить, поэтому боялся, что она сочтет меня неблагодарным.

— А ты очень любишь милую Карлотту?

— Всей душой, мадам.

— И, говорят, ты ей предан?

— Ваше величество сами поймете, что это вполне естественно, если рассказать вам, как мадам де Сов за мной ходила; а я простой слуга и не заслуживал таких забот.

— А по какому случаю она ухаживала за тобой? — спросила Екатерина, как будто не знала того, что случилось с юношей.

— Мадам, когда я был ранен.

— Ах, бедный мальчик! — сказала Екатерина. — Так ты был ранен?

— Да, мадам.

— Когда же?

— А когда приходили арестовать короля Наваррского. Я увидал солдат и так перепугался, что закричал и стал звать на помощь; один из них ударил меня по голове, и я упал в обморок.

— Бедный мальчик! Но теперь ты поправился?

— Да, мадам.

— И ты ищешь короля Наваррского, чтобы опять ему служить?

— Нет, мадам, король Наваррский узнал, что я осмелился противиться вашим приказаниям, и выгнал меня вон без всякой жалости.

— Вот как! — сказала Екатерина, изображая участие. — Хорошо! Я сама возьмусь за это дело. Но если ты ждешь мадам де Сов, то напрасно, — она занята наверху, у меня в кабинете.

У Екатерины мелькнула мысль, что Ортон, возможно, еще не успел спрятать записку за зеркало, и она ушла в кабинет мадам де Сов, чтобы предоставить юноше полную свободу действий.

В это время Ортон, встревоженный неожиданным приходом королевы-матери, мучился сомнением: не связан ли ее приход с каким-нибудь заговором против его господина.

Как вдруг он услышал три легких удара в потолок: а когда король Наваррский бывал у мадам де Сов и Ортон их сторожил, то в его обязанность входило давать такой сигнал в случае опасности.

Услышав три удара, Ортон затрепетал; в силу какого-то таинственного озарения он понял, что эти три удара были предупреждением ему. Он подбежал к зеркалу и вытащил из-за него записку. Екатерина сквозь щелку между портьерами следила за всеми его движениями; она видела, как он бросился к зеркалу, но не знала — затем ли, чтобы спрятать или же вытащить записку.

«Почему же он не уходит?» — нетерпеливо спрашивала себя Екатерина.

И она быстро вошла в комнату, приветливо улыбаясь.

— Ты еще здесь, малыш? — спросила она. — Чего ты ждешь? Я же тебе сказала, что берусь сама тебя устроить. Ты не веришь тому, что я обещаю?

— О мадам! Избави боже! — ответил Ортон.

Он подошел к королеве-матери, опустился на колено, поцеловал полу ее платья и вышел.

При выходе он увидел в передней командира охраны, ожидавшего Екатерину. Это не только не ослабило подозрений Ортона, а их усилило. Не успела портьера опуститься за Ортоном, как королева устремилась к зеркалу. Но тщетно ее дрожавшая от нетерпения рука шарила за зеркалом — записки не было. А между тем она ясно видела, что мальчик подходил к зеркалу. Значит, он подходил, чтобы взять, а не положить записку! Перед лицом рока противники равны. С той минуты, как этот мальчик вступал в борьбу с Екатериной, он превращался для нее в мужчину.

Она все перевернула, пересмотрела, перерыла — ничего!

— Ах, негодяй! — воскликнула она. — Я не хотела ему зла, но раз он вытащил записку, он сам подписал свой приговор! Эй! Месье де Нансе! Эй!

Звонкий крик королевы-матери пронесся через гостиную до передней, где, как мы уже сказали, находился командир охраны.

Де Нансе прибежал на зов Екатерины.

— Я здесь, мадам! — сказал он. — Что прикажете, ваше величество?

— Вы были в передней?

— Да, мадам.

— Вы видели выходившего отсюда юношу, мальчика?

— Видел.

— Он, наверно, недалеко ушел?

— Самое большое — до половины лестницы.

— Кликните его.

— Как его зовут?

— Ортон. Если он не пойдет, приведите его силой. Только не пугайте его зря, если он не будет сопротивляться. Мне надо поговорить с ним сию же минуту.

Командир охраны побежал, и его предположение оправдалось: Ортон едва успел дойти до половины лестницы, спускаясь нарочно медленно в надежде встретить на лестнице или увидеть где-нибудь в коридорах короля Наваррского или мадам де Сов.

Ортон услышал, что его зовут, и задрожал. Первой его мыслью было бежать; но благодаря своей сметливости, развитой не по летам, он сообразил, что если побежит, то все погубит, — и остановился.

— Кто меня зовет?

— Я, месье де Нансе, — ответил командир охраны, сбегая с лестницы.

— Но я очень тороплюсь, — ответил Ортон.

— Я послан ее величеством, королевой-матерью — сказал де Нансе, подходя к Ортону.

Мальчик вытер пот, струившийся по лбу, и пошел обратно. Позади него шел командир.

Первоначально Екатерина решила арестовать Ортона, обыскать и отнять у него записку, которую он принес; для этого она придумала обвинить его в краже и уже взяла с туалетного столика алмазную застежку, с тем чтобы приписать мальчику ее исчезновение; но затем раздумала, боясь, что это возбудит подозрения у самого Ортона, который предупредит своего господина, а тогда Генрих будет осторожнее и примет меры, чтобы не попасться.

Екатерина, конечно, могла засадить юношу в одиночку, но, как ни соблюдай при этом тайну, слух об аресте все-таки распространится по Лувру, и одного слова об аресте будет достаточно, чтобы Генрих Наваррский насторожился.

Тем не менее записка де Муи к королю Наваррскому была необходима королеве-матери: в записке, отправленной с такими предосторожностями, наверное, заключался целый заговор.

Екатерина положила застежку на прежнее место.

«Нет, нет, — рассуждала она сама с собой, — выдумка с застежкой достойна полицейского агента, — никуда не годится. Но записка... А может быть, она ничего не стоит, — говорила она, нахмурив брови и так тихо, что сама еле слышала себя. — Да, впрочем, не моя вина; он сам виноват. Почему этот разбойник не положил записку, куда ему было приказано? Она должна быть у меня».

В это время вошел Ортон.

Несомненно, выражение лица Екатерины было страшно, потому что Ортон сразу побледнел и остановился на пороге. Он был чересчур молод и не умел еще владеть собой.

— Мадам, — сказал он, — вы сделали мне честь позвать меня; чем я могу служить вашему величеству?

Лицо Екатерины прояснилось, точно его озарил луч солнца.

— Я велела позвать тебя, потому что мне нравится твое лицо и я обещала заняться твоей судьбой. Я хочу сдержать свое обещание теперь же. Про нас, королев, говорят, что мы забывчивы. Но в этом виновато не наше сердце, а наш ум, занятый важными делами. Я вспомнила, что судьбы людей зависят от королевской воли, вот почему и позвала тебя. Пойдем, мальчик, идем со мной.

Де Нансе, принявший эту сцену за чистую монету, с изумлением смотрел на умилительную нежность Екатерины.

— Ты умеешь ездить верхом, мой мальчик? — спросила Екатерина.

— Да, мадам.

— Тогда пойдем ко мне в кабинет. Я дам тебе письмо, ты отвезешь его в Сен-Жермен.

— Я в распоряжении вашего величества.

— Нансе, велите оседлать ему лошадь.

Нансе ушел.

— Пойдем, мальчик, — сказала Екатерина.

Она пошла впереди, Ортон за ней. Королева-мать спустилась в следующий этаж, затем повернула в коридор, где находились покои короля и покои герцога Алансонского, дошла до витой лестницы, спустилась этажом ниже, отперла дверь в полукруглую галерею, от которой ключ был только у короля и у нее, впустила Ортона, вошла вслед за ним и затворила за собой дверь. Галерея окружала, как некое укрепление, часть покоев короля и королевы-матери. Так же как галерея замка Святого Ангела в Риме и галерея в палаццо Питти во Флоренции, она служила убежищем в случае опасности.

Когда закрылась дверь, Екатерина и Ортон оказались в темном коридоре. Так они прошли шагов двадцать — Екатерина впереди, Ортон сзади. Вдруг Екатерина обернулась, и мальчик увидел то же страшное выражение лица, какое видел десять минут тому назад. В темноте казалось, что ее круглые, как у пантеры или кошки, глаза испускали пламя.

— Стой! — приказала она.

Ортон почувствовал, что у него по спине забегали мурашки: каменный свод обдавал холодом, как ледяной покров; пол казался мрачным, как могильный камень; взгляд королевы-матери, острый и колючий, вонзался в грудь бедного Ортона. От этого взгляда он затрепетал и отступил к стене.

— Где записка, которую тебе поручили передать королю Наваррскому?

— Передать записку? — спросил Ортон.

— Да, передать или, в случае его отсутствия, сунуть за зеркало?

— Мне, мадам? Я не понимаю, о чем вы говорите.

— Записку, которую дал тебе де Муи час тому назад за Арбалетным садом.

— У меня нет никакой записки, — ответил Ортон. — Ваше величество, наверно, ошиблись.

— Лжешь! Отдай записку, и я исполню обещание, которое тебе дала.

— Какое обещание, мадам?

— Я тебя сделаю богатым.

— У меня нет записки, мадам, — повторил мальчик.

Екатерина заскрежетала зубами, но сейчас же пересилила себя и улыбнулась.

— Отдашь записку — получишь тысячу экю золотом, — сказала она.

— У меня нет записки, мадам.

— Две тысячи экю.

— Невозможно! Коль ее нет у меня, как же я ее отдам?

— Ортон, десять тысяч!

Ортон видел, как ее злоба, поднимаясь изнутри, приливала к лицу, тогда он подумал, что единственный способ спасти своего господина — это проглотить записку. Он поднес руку к карману. Екатерина поняла намерение Ортона и остановила его руку.

— Брось, мальчик! — сказала она весело. — Хорошо, я вижу, ты человек верный! Когда короли хотят иметь при себе близкого слугу, бывает неплохо удостовериться, способна ли его душа на преданность. Теперь я знаю, как себя вести с тобой. На, возьми мой кошелек как первую награду. Ступай и отнеси эту записку твоему господину и скажи ему, что с сегодняшнего дня ты у меня на службе. Ступай, ты можешь выйти без меня в ту же дверь, в которую мы сюда вошли; она открывается к себе.

Екатерина всунула кошелек в руку ошеломленного юноши и, сделав несколько шагов вперед, приложила свою руку к стене.

Ортон продолжал стоять в нерешительности. Он не мог поверить, что налетевшая на него гроза пронеслась мимо.

— Ну, чего ж ты так дрожишь? — спросила Екатерина. — Ведь я тебе сказала, что можешь уйти свободно и совсем, а если захочешь вернуться, то место тебе обеспечено.

— Спасибо, мадам, — ответил Ортон. — Значит, вы меня прощаете?

— Больше того — я даю тебе награду! Ты хороший разносчик любовных записок, милый посланец любви; но ты забываешь, что тебя ждет твой господин.

— Ах да! Верно! — сказал юноша и побежал к двери.

Но едва он сделал три шага, как пол исчез под его ногами. Ортон оступился, распростер руки, дико вскрикнул и провалился в камеру смертников, открытую рычагом, который нажала королева-мать.

— А теперь, — сказала Екатерина, — из-за его упорства мне придется идти сто пятьдесят ступенек вниз.

Екатерина поднялась к себе, зажгла потайной фонарь, вернулась в галерею, поставила рычаг на место, отворила дверь на витую лестницу, казалось, уходившую в недра земли, и, сгорая от любопытства, разжигаемого чувством ее ненависти к Беарнцу, спустилась до железной двери, которая вела прямо на дно провала.

Там, упав с высоты ста футов, лежал разбитый, исковерканный, окровавленный, но еще трепещущий Ортон. За стеной слышалось журчание Сены, воды которой, просачиваясь под землей, подходили к самому основанию лестницы.

Екатерина ступила в эту вонючую сырую яму, видавшую немало таких падений на своем веку, обыскала тело, взяла письмо, убедилась, что это то, что было нужно ей, пнула ногой труп, нажала рычаг, дно камеры наклонилось, и труп, увлекаемый вниз собственной тяжестью, исчез по направлению к реке.

Затворив дверь, Екатерина взошла наверх, заперлась у себя в кабинете и прочла записку следующего содержания:

> «Сегодня в десять часов вечера, улица Арбр-сек, гостиница «Путеводная звезда». Если придете — ответа не надо; если не придете — скажите *нет* подателю письма.
>
> *Де Муи де Сен-Фаль*».

Читая это письмо, Екатерина только улыбалась; она думала лишь о предстоящей своей победе, совсем забыв о том, какой ценой она ее приобрела.

В конце концов, что такое Ортон? Верное сердце, преданная душа, красивый мальчик — вот и все! Само собой понятно, что это ни на одно мгновение не могло поколебать чашу холодных весов, на которых взвешиваются судьбы государств.

Закончив чтение, Екатерина сейчас же поднялась к мадам де Сов и положила за зеркало записку.

Спустившись с лестницы, она встретила у входа в коридор командира своей охраны.

— Мадам, по распоряжению вашего величества лошадь оседлана, — сказал де Нансе.

— Дорогой барон, лошадь не нужна. Я поговорила с этим мальчиком, — он оказался слишком глуп для той должности, какая ему предназначалась. Я брала его в лакеи, а он годен разве что в конюхи; я дала ему немного денег и выпустила черным ходом.

— А как же быть с поручением? — спросил де Нансе.

— С поручением? — переспросила Екатерина.

— Да, с тем, которое он должен был выполнить в Сен-Жермене; не желаете ли, ваше величество, чтобы я исполнил его сам или поручил кому-нибудь из моих подчиненных?

— Нет, нет! — возразила Екатерина. — У вас и у ваших людей будет сегодня вечером другое дело.

И Екатерина ушла в свои покои, твердо надеясь, что сегодня вечером решится участь окаянного Беарнца.

## VI

## ГОСТИНИЦА «ПУТЕВОДНАЯ ЗВЕЗДА»

Часа два спустя после описанного события, не оставившего никаких следов на лице Екатерины, мадам де Сов, закончив свою работу у королевы-матери, поднялась в свои покои. Вслед за ней вошел Генрих Наваррский и, узнав от Дариолы, что заходил Ортон, пошел прямо к зеркалу и взял записку.

Как было сказано, записка гласила следующее:

«Сегодня в десять часов вечера, улица Арбр-сек, гостиница «Путеводная звезда». Если придете — ответа не надо; если не придете — скажите *нет* подателю письма».

Адресат не был указан.

«Генрих непременно пойдет на свидание, — подумала Екатерина. — Если даже ему и не захочется идти, то теперь сказать *нет* некому!»

В этом отношении Екатерина действительно не ошиблась. Генрих спросил об Ортоне, и Дариола сказала ему, что он ушел с королевой-матерью; но, найдя записку на своем месте и зная, что Ортон не способен на предательство, Генрих Наваррский перестал беспокоиться.

Как всегда, он пообедал у короля, который все время издевался над ошибками, какие делал Генрих на соколиной охоте сегодня утром. Генрих оправдывался тем, что он житель гор, а не равнин, но обещал Карлу изучить соколиную охоту. Екатерина была очаровательна и, встав из-за стола, увела к себе Маргариту на весь вечер.

В восемь часов вечера Генрих Наваррский, взяв с собой двух дворян, вышел с ними из Парижа в ворота Сент-Оноре, сделал большой крюк, вернулся в город со стороны Деревянной башни, переправился через Сену на пароме у Нельской башни, проехал вдоль реки до улицы Сен-Жак и здесь отпустил дворян под предлогом, что у него любовное свидание. На углу улицы Де-Матюрен он увидел всадника, закутанного в плащ, и подошел к нему.

— Мант, — сказал всадник.

— По, — ответил король Наваррский.

Всадник сейчас же спешился. Генрих закутался в его плащ, забрызганный грязью, сел на его взмыленную лошадь, вернулся к улице Ла-Гарп, снова переехал через Сену по мосту в Мельниках, проехал вдоль набережной, свернул на улицу Арбр-сек и постучал в дверь мэтра Ла Юрьер.

Ла Моль сидел в знакомой нам зале и писал длинное любовное письмо, а кому писал — понятно. Коконнас пребывал в кухне вместе с мэтром Ла Юрьер, наблюдая, как жарились на вертеле шесть куропаток, и спорил со своим приятелем-трактирщиком о том, при какой степени прожаренности надо снимать их с вертела.

В это время постучался Генрих. Грегуар открыл дверь, отвел лошадь в конюшню, а приезжий вошел в залу, так топая своими сапогами об пол, точно хотел размять затекшие ноги.

— Эй! Мэтр Ла Юрьер! — крикнул Ла Моль, не поднимая головы от своего письма. — Вас тут спрашивает какой-то дворянин.

Ла Юрьер вошел, осмотрел Генриха с головы до ног, и так как плащ из грубого сукна не внушал ему большого уважения, то спросил:

— Кто вы такой?

— Вот чудак! — сказал Генрих. — Вон тот дворянин сказал же вам, что я гасконский дворянин и приехал в Париж выдвинуться при дворе.

— Что вам угодно?

— Комнату и ужин.

— Хм! У вас есть лакей? — задал Ла Юрьер обычный свой вопрос.

— Нет, — ответил Генрих, — но я возьму лакея, как только выдвинусь.

— Я не сдаю господских комнат без лакейских, — ответил Ла Юрьер.

— Даже если я предложу вам за ужин золотой, с тем чтобы за остальное рассчитаться завтра?

— Ого! Уж очень вы щедры, дворянин! — сказал Ла Юрьер, подозрительно глядя на Генриха.

— Нет. Собираясь провести вечер и ночь в вашей гостинице, которую мне очень хвалил наш один помещик, я пригласил сюда поужинать со мной моего приятеля. У вас есть хорошее арбуасское вино?

— У меня есть такое, какого не пивал и сам Беарнец.

— Отлично! Я заплачу за него отдельно. А-а! Вот и мой приятель!

В самом деле, дверь отворилась и пропустила другого дворянина, на несколько лет постарше первого, с длиннейшей рапирой на боку.

— Ага! Вы точны, мой юный друг! Явиться минута в минуту — это совершенно замечательно для человека, проделавшего двести миль, — сказал вошедший.

— Это ваш приглашенный? — спросил Ла Юрьер.

— Да, — ответил приехавший первым, подходя к молодому человеку с длинной рапирой и пожимая ему руку, — приготовьте нам поужинать.

— Здесь или в вашей комнате?

— Где хотите.

— Хозяин! — позвал Ла Моль. — Избавьте нас от этих гугенотских рож; нам с Коконнасом нельзя будет говорить при них о своих делах.

— Эй! Накройте ужин в комнате номер два, в четвертом этаже, — приказал Ла Юрьер. — Идите наверх, господа.

Двое приезжих последовали за Грегуаром, шедшим впереди и освещавшим путь.

Ла Моль смотрел им вслед, пока они не скрылись; обернувшись, он увидел, что Коконнас высунул голову из кухни. Широко раскрытые глаза и разинутый рот превращали его голову в редкостный символ удивления.

Ла Моль подошел к нему.

— Дьявольщина! Видел? — спросил Коконнас.

— Что?

— Двух дворян?

— И что же?

— Готов поклясться, что это...

— Кто?

— Да... король Наваррский и человек в вишневом плаще.

— Клянись чем хочешь, но не громко.

— Ты тоже узнал?

— Конечно.

— Зачем они сюда пришли?

Какие-нибудь любовные делишки.

— Ты думаешь?

— Уверен.

— Я больше люблю хорошие удары шпагой, а не любовные делишки. Сейчас я был готов поклясться, а теперь бьюсь об заклад...

— О чем?

— Что тут какой-нибудь заговор.

— Э! Ты с ума сошел.

— Я тебе говорю...

— А я тебе говорю, что если они заговорщики, то это их дело.

— Да, правда. Ведь я больше не служу у Алансона. Пускай себе разделываются, как хотят.

Между тем куропатки достигли, по-видимому, той степени прожаренности, какую любил Коконнас, поэтому пьемонтец, рассчитывающий на них как на главное блюдо своего ужина, позвал мэтра Ла Юрьер снять их с вертела.

В это время Генрих Наваррский и де Муи устроились у себя в комнате.

— Сир, вы видели Ортона? — спросил де Муи, когда Грегуар накрыл стол.

— Нет, но я получил записку, которую он положил за зеркало. Мне думается, что мальчик испугался; дело в том, что его застала там Екатерина, поэтому он убежал, не дожидаясь меня. Сначала я встревожился, когда Дариола сказала мне, что королева-мать долго разговаривала с Ортоном.

— О! Это не опасно. Он парень изворотливый, и, хотя королева-мать знает свое дело, он обернет ее вокруг пальца, я уверен.

— А вы, де Муи, видели его потом? — спросил Генрих Наваррский.

— Нет, но я его увижу сегодня: в полночь он должен зайти сюда за мной и принести мне аркебузу, а по дороге он мне все расскажет.

— Что это за человек был на углу улицы Де-Матюрен?

— Какой человек?

— Тот, что дал мне плащ и лошадь; вы в нем уверены?

— Это один из самых преданных нам людей. А кроме того, он вас не знает, сир, и остается в неведении, с кем он имел дело.

— Значит, мы можем говорить о наших делах совершенно спокойно?

— Конечно. Кроме того, нас сторожит Ла Моль.

— Чудесно. Герцог Алансонский не хочет уезжать, он очень ясно высказался на этот счет. Избрание герцога Анжуйского польским королем и нездоровье короля Карла изменили все его намерения.

— Так это он провалил наш план?

— Да.

— А он не выдаст нас?

— Пока нет, но предаст при первом удобном случае.

— Трусливая душонка! Предательский умишко! Почему он не отвечал на письма, которые я ему писал?

— Для того, чтобы иметь вещественные доказательства, но не давать их. А пока все проиграно, не так ли, де Муи?

— Наоборот, сир, все выиграно. Вы хорошо знаете, что гугенотская партия, кроме небольшой группы сторонников принца Конде, стояла за вас, а входя в сношения с герцогом Алансонским, пользовалась им только как щитом. И вот, со времени торжественного приема польских послов, я успел всех их вновь объединить и связать с вашей судьбой. Чтобы бежать с герцогом Алансонским, вам было достаточно ста человек; теперь я завербовал пятьсот, через неделю они будут готовы и расставлены отрядами вдоль дороги на По. Это будет уже не бегство, а отступление. Сир, довольно с вас пятисот человек? Будете ли вы чувствовать себя в безопасности с такою армией?

Генрих улыбнулся и, хлопнув его по плечу, сказал:

— Ты-то, де Муи, знаешь — и знаешь только ты один, — что король Наваррский, по свойству своей натуры, совсем не так пуглив, как некоторые думают.

— Э, боже мой! Мне ли не знать, сир! И я надеюсь, что уж недалеко время, когда вся Франция будет знать это не хуже меня.

— Но заговорщикам необходим успех. Первое условие успеха — решимость, а для того, чтобы действовать решительно — то есть быстро, прямо, крепко, — надо быть уверенным в удаче.

— Сир, по каким дням бывает охота?

— Каждую неделю или каждые десять дней — или с гончими, или соколиная.

— Когда была последняя охота?

— Сегодня.

— Значит, через неделю или через десять дней опять поедут на охоту?

— Несомненно, а может быть, и раньше.

— Выслушайте меня. По-моему, все успокоилось: герцог Анжуйский уехал, и о нем забыли думать; здоровье короля с каждым днем улучшается; преследования гугенотов почти прекратились. Делайте глазки королеве-матери, делайте глазки герцогу Алансонскому; все время ему твердите, что вы не можете уехать без него; постарайтесь, чтобы он вам верил, — это самое трудное.

— Будь покоен, поверит!

— А вы думаете, что он так доверяет вам?

— Совсем нет, избави боже! Но он верит всему, что говорит королева Наваррская.

— А королева нам служит искренно?

— О! У меня на это есть доказательства. Кроме того, она честолюбива — и несуществующая наваррская корона жжет ей лоб.

— Хорошо. Тогда за три дня до охоты пришлите мне сказать, где она будет — в Бонди, в Сен-Жермене или в Рамбуйе; прибавьте, что вы готовы; а когда мимо вас проскачет Ла Моль, следуйте за ним и гоните во весь мах. Лишь бы вам выехать из лесу, а там пусть королева-мать, если ей захочется вас видеть, скачет за вами вслед. Только, как я надеюсь, ее нормандские лошади не увидят даже подков наших испанских жеребцов и берберских лошадей.

— Решено, де Муи.

— У вас есть деньги, сир?

Генрих поморщился так же, как морщился всякий раз при таком вопросе.

— Не очень много, но, кажется, они есть у Марго.

— Все равно, ваши ли, ее ли, но берите с собой как можно больше.

— А что ты будешь делать до этого?

— После занятий делами вашего величества — и очень действенно, как вы видели — надеюсь, что ваше величество разрешите мне заняться моими собственными?

— Конечно, де Муи, конечно! Но какие это у тебя «свои дела»?

— Вот какие, сир. Ортон — мальчик умный, и я особенно рекомендую его вашему величеству — вчера сказал мне, что встретил около Арсенала этого разбойника Морвеля, что он благодаря лечению Рене теперь поправился и, как подобает змее, греется на солнышке.

— Ага! Понимаю, — сказал Генрих.

— Вы понимаете? Это хорошо... Когда-нибудь вы будете королем, и если вам тоже надо будет отомстить кому-нибудь, то вы осуществите вашу месть по-королевски. Я же солдат и буду мстить по-солдатски. Поэтому, как только наши мелкие дела устроятся, что даст этому разбойнику еще пять-шесть дней на поправку, я погуляю около Арсенала, пришпилю мерзавца к земле четырьмя хорошими ударами рапиры и тогда уеду из Парижа с облегченным сердцем.

— Делай свои дела, мой друг, делай! — сказал король Наваррский. — Кстати, ты ведь доволен Ла Молем?

— О-о! Обаятельный юноша, преданный вам душой и телом, сир! Вы можете на него положиться, как на меня... Молодец!..

— А главное — умеет молчать. Мы возьмем его с собой в Наварру и там подумаем, чем сможем его вознаградить.

Едва король Наваррский с хитрой улыбкой произнес эти слова, как дверь распахнулась, точно сорвалась с петель, и появился тот, о ком шла речь, бледный, возбужденный.

— Тревога, сир! Тревога! — крикнул Ла Моль. — Дом окружен!

— Окружен?! — воскликнул Генрих, вставая с места. — Кем?

— Королевской стражей!

— Ого! Как видно, будет драка, — сказал де Муи, вытаскивая из-за пояса пистолеты.

— Какие там пистолеты, какая драка! Что вы сделаете против пятидесяти человек?! — возразил Ла Моль.

— Он прав, — сказал король Наваррский, — если бы нашелся путь к отступлению...

— Есть, — ответил Ла Моль, — я уже раз им пользовался; и если ваше величество желаете последовать за мной...

— А де Муи?

— И де Муи может пойти с нами; но только поторопитесь оба.

На лестнице раздались шаги.

— Поздно, — сказал Генрих.

— Я готов ответить за жизнь короля, лишь бы их кто-нибудь задержал минут на пять! — воскликнул Ла Моль.

— Тогда вы, месье, отвечайте за него, — сказал де Муи, — а я берусь их задержать. Идите, сир, идите!

— А как же ты?

— Не беспокойтесь, сир! Идите!

И де Муи быстро спрятал тарелку, салфетку и стакан короля, чтобы подумали, будто он ужинал один.

— Идемте, сир, идемте, — говорил Ла Моль, хватая короля за руку и увлекая его к лестнице.

— Де Муи! Мой храбрый де Муи, — сказал король Наваррский, протягивая руку молодому человеку.

Де Муи поцеловал руку Генриха, вытолкнул его из комнаты и запер за ним дверь на задвижку.

— Да, да, понимаю, — говорил Генрих, — он отдаст себя им в руки, а мы спасемся... Но какой черт нас выдал?

— Идемте, сир, идемте! Они уже на лестнице!

Действительно, свет факелов пополз вверх по узкой лестнице, и снизу донеслось бряцание шпаг.

— Быстрей, сир, быстрей! — сказал Ла Моль.

Он вел короля в полной темноте, поднялся с ним на два этажа выше, распахнул дверь в какую-то комнату, запер дверь на задвижку и отворил окно.

— Ваше величество не очень боится путешествия по крышам? — спросил он.

— Я-то? Охотник за сернами? Да что вы! — ответил Генрих.

— Тогда идите за мной; дорогу я знаю и буду вам проводником.

— Ступайте, — сказал Генрих, — я за вами.

Ла Моль первым перелез через подоконник и пошел вдоль широкого закрая крыши, служившего водосточным желобом, в конце которого две сходящиеся крыши образовали как бы ущелье; в это ущелье выходил какой-то чулан в чужом, необитаемом чердаке.

— Сир, здесь вы у пристани, — сказал Ла Моль.

— Ага! Тем лучше, — ответил Генрих и вытер бледный, покрытый капельками пота лоб.

— Теперь все пойдет как по маслу, — сказал Ла Моль. — К чердаку ведет лестница, внизу она выходит в сени, а из сеней ход на улицу. Я проделал, сир, весь этот путь ночью, которая была пострашнее этой.

— Тогда вперед! — сказал Генрих.

Ла Моль первым проник в настежь раскрытое чердачное окно, дошел до двери, только притворенной, открыл ее, очутился на верхней ступеньке витой лестницы и, всунув в руку королю Наваррскому веревку, служившую поручнями, сказал:

— Спускайтесь, сир.

На середине Генрих остановился у окошка, выходившего во двор гостиницы «Путеводная звезда». Видно было, как в доме напротив бегали по лестнице солдаты — одни со шпагами в руках, другие — с факелами. Вдруг в одной их кучке король Наваррский увидел де Муи. Он отдал свою шпагу и мирно сходил с лестницы.

— Бедный юноша, — сказал Генрих, — преданная и честная душа.

— Заметьте, ваше величество, — сказал Ла Моль, — он совершенно спокоен, честное слово; смотрите, он даже смеется. А де Муи, как вам известно, смеется редко: наверняка он придумал какой-то выход.

— А этот молодой человек, который был с вами?

— Месье Коконнас? — спросил Ла Моль.

— Да, месье Коконнас, что с ним?

— О, за него, сир, я не беспокоюсь. Увидав солдат, он мне сказал только одну фразу: «Давай рискнем!» — «Головой?» — спросил я. «А ты сумеешь спастись?» — «Надеюсь». — «И я тоже!» — ответил он. Клянусь вам, сир, что он спасется. Если Коконнаса когда-нибудь и схватят, то только потому, что это будет нужно ему самому — ручаюсь вам!

— В таком случае все хорошо; постараемся добраться до Лувра.

— Боже мой, да это совсем просто, сир: закутаемся в плащи и выйдем на улицу; она полна народу, сбежавшегося на шум, и нас примут за любопытных горожан.

В самом деле, дверь оказалась отпертой, и единственное, что мешало Генриху и Ла Молю выйти, — это толпа народа, загромоздившего всю улицу.

Тем не менее им удалось протискаться в переулок Д'Аверон; но, попав оттуда на улицу Де-Пули, они увидели, что через площадь Сен-Жермен-Л'Озеруа шел де Муи, окруженный конвоем под предводительством командира охраны де Нансе.

— Вот как! По-видимому, его ведут в Лувр, — сказал король Наваррский. — Черт возьми! Пропускные ворота будут закрыты... У всех входящих будут спрашивать имена; а если я войду после де Муи, то будет очень вероятно, что я был с ним.

— Так что же, сир, — сказал Ла Моль, — проникните в Лувр другим путем.

— Каким же чертом я туда проникну?

— А разве для вашего величества не существует окно королевы Наваррской?

— Святая пятница! — воскликнул Генрих. — Ваша правда, месье де Ла Моль. А я и позабыл об этом!.. Да, но как дать знать королеве?

— О-о! Ваше величество, — сказал Ла Моль, почтительно кланяясь, — вы бросаете камешки так метко...

## VII

## ДЕ МУИ ДЕ СЕН-ФАЛЬ

Екатерина на этот раз предусмотрела все так хорошо, что была уверена в успехе.

Ввиду этого, около десяти часов вечера, убедившись, что королева Наваррская ничего не подозревает (так оно и было) об умыслах против ее мужа, королева-мать отпустила Маргариту, а сама прошла к королю с просьбой, чтобы он не ложился спать. Заинтригованный тем, что лицо матери, вопреки ее обычной скрытности, сияло торжеством, Карл стал расспрашивать Екатерину, на что она ответила лишь следующее:

— Могу сказать вашему величеству одно: сегодня вечером вы избавитесь от двух злейших своих врагов.

Король повел бровью, как бы говоря самому себе: «Хорошо, посмотрим», и, посвистав крупной борзой собаке, которая подползла к нему на брюхе, как змея, и положила свою тонкую умную морду ему на колени, Карл стал ждать.

Спустя несколько минут, в течение которых Екатерина стояла, устремив глаза в одну точку и вся превратившись в слух, во дворе Лувра раздался пистолетный выстрел.

— Что за шум? — спросил Карл, сдвинув брови, в то время как борзая вскочила и насторожила уши.

— Пустяки, просто сигнал, — ответила Екатерина.

— А что значит этот сигнал?

— Он значит, что с этой минуты, сир, единственный ваш настоящий враг уже не может вам вредить.

— Там убили человека? — спросил Карл, глядя на свою мать взором властелина, говорившим: «Смертная казнь и помилование — два неотъемлемых атрибута королевской власти».

— Нет, сир; только арестовали двух человек.

— Ох! — пробормотал Карл. — Эти вечные тайные козни, вечные каверзы, и — все без ведома короля. Смерть дьяволу! Матушка, я уже взрослый, настолько взрослый, что могу сам охранить себя и не нуждаюсь ни в няньках, ни в детских помочах. Ехали бы в Польшу с вашим сыном Генрихом, коли хотите царствовать, а здесь, говорю вам, напрасно вы играете в эту игру!

— Сын мой, — сказала Екатерина, — это в последний раз я вмешиваюсь в ваши дела. Но дело было начато давно, и вы все время обвиняли меня в напраслине, поэтому я всей душой стремилась доказать вашему величеству, что я была права.

В эту минуту несколько человек остановились в вестибюле, и слышно было, как небольшой отряд стрелков со стуком опустил мушкеты на пол.

Почти сейчас же вслед за этим месье де Нансе попросил позволения войти к королю.

— Пусть войдет, — оживившись, ответил Карл.

Месье де Нансе вошел, поклонился королю и, обращаясь к Екатерине, сказал:

— Мадам, приказание вашего величества исполнено: *он* взят.

— Как *он*? — воскликнула Екатерина в полном смущении. — Разве вы захватили только одного?

— Он был один, мадам.

— Он защищался?

— Нет, спокойно ужинал в комнате и при первом требовании отдал свою шпагу.

— Кто такой? — спросил король.

— Сейчас увидите, — сказала Екатерина. — Месье де Нансе, введите арестованного.

Через пять минут ввели де Муи.

— Де Муи! — воскликнул король. — В чем дело?

— Сир! — совершенно спокойно отвечал де Муи. — Если ваше величество соблаговолите разрешить мне, я задам тот же вопрос.

— Вместо этого, месье де Муи, — сказала Екатерина, — будьте добры сказать моему сыну, кто недавно ночью находился в комнате короля Наваррского и в ту же ночь, не подчинившись приказу его величества, как и подобало такому мятежнику, убил двух королевских стражей и ранил Морвеля?

— Да, в самом деле, — сказал Карл, нахмурившись, — не знаете ли вы, месье де Муи, имя этого человека?

— Знаю, сир. Ваше величество желаете знать, как его зовут?

— Признаюсь, это доставило бы мне удовольствие.

— Сир, его зовут де Муи де Сен-Фаль.

— Это были вы?

— Я собственной персоной.

Екатерина, изумленная такой смелостью, сделала шаг по направлению к молодому человеку.

— А как же вы осмелились не подчиниться приказу короля? — спросил Карл.

— Прежде всего, сир, я даже не знал, что был приказ вашего величества; затем я видел только одно, вернее — только одного человека: Морвеля, убийцу адмирала и моего отца. Я вспомнил, что года полтора тому назад вот в этой комнате, где мы собрались вечером двадцать четвертого августа, ваше величество обещали всем и лично мне судить убийцу; но поскольку с тех пор произошли крупные события, я подумал, что короля, помимо его воли, отвлекли от его намерений. Увидав Морвеля прямо перед собой, я был убежден, что мне его послало само небо. Остальное известно вашему величеству: я ударил его шпагой, как убийцу, и стрелял в его людей, как в разбойников.

Карл не ответил ни слова; благодаря своей дружбе с Генрихом он с некоторого времени стал смотреть на многое не так, как раньше, а по-другому, и нередко — с ужасом. Королева-мать уже давно отметила у себя в памяти высказывания своего сына о Варфоломеевской ночи, похожие на угрызения совести.

— Но зачем вы приходили в такой поздний час к королю Наваррскому? — спросила Екатерина.

— Это долго рассказывать, — ответил де Муи. — Но если его величество будет иметь терпение выслушать...

— Да, — согласился Карл, — говорите, я хочу слышать.

Екатерина села, вперив в молодого человека тревожный взгляд.

— Мы слушаем, — сказал Карл. — Сюда, Актеон!

Собака подошла и снова положила голову к нему на колени.

— Сир, я приходил к королю Наваррскому в качестве уполномоченного моих собратьев, а ваших верноподданных протестантского вероисповедания.

Екатерина подмигнула Карлу.

— Не беспокойтесь, матушка, я не упускаю ни одного слова. Продолжайте, месье де Муи, продолжайте. Так зачем же вы приходили?

— Предупредить короля Наваррского, что его отречение от протестантства лишило его доверия гугенотской партии; но тем не менее в память его отца Антуана Бурбона, а главное — в память его матери, мужественной Жанны д'Альбре, имя которой нам всем дорого, представители протестантской религии считали своим долгом оказать ему снисхождение, попросив его, чтобы он сам отказался от своих прав на наваррский престол.

— Что он говорит?! — воскликнула Екатерина, которая, при всем своем самообладании, была не в силах вынести без стона такой неожиданный для нее удар.

— Ха-ха-ха! — рассмеялся Карл. — Мне все-таки кажется, что эта наваррская корона, которую так свободно перекладывают, не спросив меня, с одной головы на другую, чуточку принадлежит и мне.

— Сир, гугеноты больше, чем кто-либо, признают феодальное право сюзеренства, которое сейчас вы предъявили как король. Поэтому они надеялись уговорить ваше величество, чтобы вы сами возложили наваррскую корону на любезную вашему сердцу голову.

— Я? На любезную моему сердцу голову?! — сказал Карл. — Смерть дьяволу! О какой голове, месье, вы говорите? Я вас не понимаю!

— На голову герцога Алансонского.

Екатерина побледнела как смерть и впилась в де Муи горящими глазами.

— А мой брат Алансон об этом знает?

— Да, сир.

— И он согласен принять эту корону?

— В случае соизволения вашего величества, поэтому он нас направил к вам.

— О! Эта корона изумительно пойдет нашему брату Алансону! А мне и в голову не приходило! Спасибо, де Муи, спасибо! Когда вас будут осенять такие мысли, добро пожаловать к нам в Лувр.

— Сир, вы были бы давно извещены об этом проекте, кабы не это несчастное столкновение с Морвелем, из-за которого я опасался, что впал в немилость вашего величества.

— А что говорил Генрих относительно этого проекта? — спросила Екатерина.

— Мадам, король Наваррский подчинился желанию своих собратьев, и его отречение готово.

— В таком случае, — возразила Екатерина, — отречение должно быть у вас на руках.

— Верно, мадам, — сказал де Муи, — случайно я захватил его с собой, оно подписано и датировано.

— А дата предшествует той сцене в Лувре? — спросила Екатерина.

— Да, мадам; помнится, это было накануне.

И де Муи вынул из кармана письменное отречение в пользу герцога Алансонского, подписанное собственной рукою Генриха и помеченное указанным числом.

— Верно, — сказал Карл, — по всем правилам.

— А что требовал Генрих взамен своего отречения? — спросила Екатерина.

— Ничего, мадам; он нам сказал, что дружба короля Карла вполне вознаградит его за потерю трона.

Екатерина от ярости закусила губы и заломила руки.

— Все, де Муи, выражено совершенно точно, — добавил король.

— А если между вами и королем Наваррским все было установлено, тогда зачем же вам понадобилось видеться с ним сегодня вечером? — возразила королева-мать.

— Кому? Мне, мадам, с королем Наваррским? — спросил де Муи. — Арестовавший меня месье де Нансе подтвердит, что я был один. Его величество может его позвать.

— Месье де Нансе! — кликнул король.

Командир королевской охраны вошел.

— Месье де Нансе, — поспешно обратилась к нему Екатерина, — в трактире «Путеводная звезда» месье де Муи был совсем один?

— В комнате — да, но в трактире — нет.

— А-а! Кто же был его товарищ? — спросила Екатерина.

— Я не знаю, мадам, был ли тот дворянин товарищ месье де Муи; знаю только, что он бежал в заднюю дверь, уложив двух моих солдат.

— Вы, конечно, узнали, кто этот дворянин?

— Не я, а мои солдаты.

— Кто же он такой?

— Граф Аннибал де Коконнас.

— Аннибал де Коконнас! — повторил король, насупившись и что-то соображая. — А-а! Это тот, что в Варфоломеевскую ночь так отчаянно резал гугенотов?

— Месье де Коконнас — дворянин при герцоге Алансонском, — напомнил де Нансе.

— Ладно, месье де Нансе, ладно, можете идти, — сказал Карл IX, — только в другой раз не забывайте одного...

— Чего, сир?

— Что вы на службе у меня и обязаны повиноваться только мне.

Де Нансе вышел, пятясь назад и почтительно кланяясь. Де Муи иронически улыбнулся Екатерине.

На мгновение воцарилось молчание. Екатерина крутила кисточки своего пояса, Карл ласкал собаку.

— Но как вы думали достигнуть цели, месье де Муи? — спросил Карл. — Стали бы вы действовать силой?

— Против кого, сир?

— Против Генриха, против Франсуа, против меня.

— Сир, мы получили отречение вашего зятя и согласие вашего брата; и, как я имел честь доложить вам, мы уже собрались просить соизволения вашего величества, но помешало это роковое происшествие в Лувре.

— Так что же, матушка? — сказал Карл. — Во всем этом я не вижу ничего плохого. Вы, месье де Муи, были вправе просить себе короля. Да, Наварра может и должна быть отдельным королевством. Больше того, это королевство точно создано для того, чтобы выделить нашего брата Алансона, которому так хочется иметь на голове корону, что когда он ее видит на нашей голове, то не сводит с нее глаз.

Его восшествию на наваррский престол препятствовало одно обстоятельство, а именно — права Анрио; но раз Анрио от них отказывается добровольно...

— Добровольно, сир, — подтвердил де Муи.

— Тогда похоже, что это воля божия! Месье де Муи, вы можете свободно вернуться к вашим собратьям, которых я покарал... немного жестоко, может быть; но это дело разберется между мной и богом. А вы скажите им, что если они хотят иметь Наваррским королем моего брата, герцога Алансонского, то король пойдет навстречу их желаниям. С этого времени Наварра будет королевством, а ее король будет носить имя — Франциск Первый. Мне потребуется всего неделя, чтобы подготовить отъезд моего брата в Наварру с той пышностью и блеском, какие подобают королю. Поезжайте, месье де Муи, поезжайте!.. Месье де Нансе, выпустите месье де Муи, он свободен.

— Сир, — сказал де Муи, делая шаг вперед, — ваше величество, разрешите?

— Да, — ответил король и протянул руку молодому гугеноту.

Де Муи встал на одно колено и поцеловал королю руку.

— Кстати, — сказал король, удерживая де Муи, собиравшегося встать, — ведь вы просили моего суда над этим разбойником Морвелем?

— Да, сир...

— Не знаю, где он, — он куда-то спрятался, но если вы встретите его, то расправьтесь с ним сами, я разрешаю, и весьма охотно.

— О сир, вот это поистине великая награда, — воскликнул де Муи. — Ваше величество можете положиться на меня: я тоже не знаю, где он, но будьте покойны — я его найду.

Почтительно поклонившись Карлу и Екатерине, де Муи вышел без каких-либо препятствий со стороны конвоя, который привел его сюда. Он миновал коридоры, быстро прошел в пропускную дверь и, выйдя из Лувра, одним махом очутился с площади Сен-Жермен-Л'Озеруа в трактире «Путеводная звезда», где и нашел свою лошадь; а через три часа после описанной сцены де Муи уже чувствовал себя в полной безопасности за стенами Манта.

Екатерина, сдерживая свой гнев, удалилась к себе, а оттуда прошла к Маргарите.

Там она застала Генриха Наваррского в халате, видимо, собиравшегося ложиться спать.

— Сатана, — прошептала Екатерина, — помоги хоть ты несчастной матери, раз ей отказывается помогать бог!

# VIII

## ДВЕ ГОЛОВЫ ПОД ОДНУ КОРОНУ

— Попросите герцога Алансонского прийти ко мне, — распорядился Карл, отпустив мать.

Де Нансе, решивший после назидания короля повиноваться лишь ему, в одно мгновение проскочил от Карла к его брату и без всяких околичностей передал ему полученное приказание.

Герцог Алансонский затрепетал; он и всегда дрожал перед братом Карлом, а теперь с тем большим основанием, что, вступив в заговор, сам создал себе повод бояться брата. Тем не менее он побежал к брату с рассчитанной поспешностью.

Карл стоял, насвистывая сигнал «на драку!». Входя, герцог Алансонский подметил в стеклянных глазах Карла ядовитое, хорошо знакомое выражение ненависти.

— Ваше величество требовали меня к себе? — сказал он. — Что угодно вашему величеству?

— Мне угодно сказать вам, мой добрый брат, что в награду за ту большую дружбу, какую вы питаете ко мне, я сделаю для вас то, чего вы больше всего желаете.

— Для меня?

— Да, для вас. Найдите у себя в уме нечто такое, о чем мечтали вы все это время, но просить меня не смели, и что теперь я сам хочу вам подарить.

— Сир, клянусь вам, как своему брату, — сказал Франсуа, — что я желаю только одного — доброго здоровья королю.

— В таком случае, Алансон, вы должны быть довольны: нездоровье, постигшее меня во время приезда поляков, теперь прошло. Благодаря Анрио, я спасся от разъяренного кабана, который чуть не вспорол меня, и теперь чувствую себя так, что не завидую самому здоровому человеку в королевстве; таким образом, вы не окажетесь плохим братом, если пожелаете мне чего-нибудь другого, кроме здоровья, которое и без этого отлично.

— Я ничего не хотел, сир.

— Нет, нет, Франсуа, — возразил Карл, начиная раздражаться, — вам хотелось наваррской короны, о чем вы сговаривались с Анрио и де Муи: с первым — для того, чтобы он отказался от нее, со вторым — чтобы он вам ее доставил. Анрио от нее отказывается, а де Муи передал мне вашу просьбу, поэтому корона, которой вы домогаетесь...

— Что же? — спросил дрожащим голосом герцог Алансонский.

— А то же, — смерть дьяволу! — что она ваша.

Герцог Алансонский страшно побледнел; кровь сразу прилила к сердцу, едва не разорвав его, затем отхлынула к конечностям, а щеки густо залила румянцем: в данное время королевская милость приводила его в отчаяние.

— Но, сир, — заговорил герцог, дрожа от волнения и тщетно стараясь овладеть собой, — я же ничего не хотел, а главное, не просил ничего подобного.

— Возможно, — ответил Карл, — возможно, потому что вы очень скромны, брат мой; но другие за вас желали и просили, братец мой.

— Сир, я никогда, клянусь вам богом...

— Не оскорбляйте бога.

— Сир, значит, вы отправляете меня в изгнание?

— Вы называете это изгнанием, Франсуа? На вас не угодишь... Вы что же — надеетесь на что-нибудь лучшее?

Герцог Алансонский закусил губы от отчаяния.

— Ей-богу, Франсуа, — заговорил Карл с напускным добродушием, — я и не знал, что вы так популярны, в особенности у гугенотов! Но они требуют вас, и мне приходится сознаться, что я был в заблуждении. Да и для меня самого — чего же лучше: иметь во главе партии, воевавшей с нами тридцать лет, своего человека, родного брата, который меня любит и не способен меня предать! Это умиротворит всех, как по волшебству, не говоря уже о том, что в нашей семье будет три короля. Один бедняга Анрио останется ничем — только моим другом. Но он не честолюбив и примет это звание, которого не домогается никто.

— Сир, вы ошибаетесь, я домогаюсь звания вашего друга, и у кого же на это больше прав? Генрих — только зять, родня вам по свойству, я же ваш брат по крови, а главное — по чувству... Сир, умоляю вас, оставьте меня при себе!

— Нет, нет, Франсуа, — ответил Карл, — это значило бы сделать вас несчастным.

— Почему же?

— По множеству причин.

— Но подумайте немного, сир, где вы найдете такого верного товарища, как я? С самого детства я не разлучался с вашим величеством.

— Знаю, знаю! Иногда мне даже хотелось, чтобы вы были подальше от меня.

— Что, ваше величество, хотите вы сказать?

— Так... ничего... это я про себя... А какая там охота! Завидую вам, Франсуа! Поймите — в этих дьявольских горах охотятся на медведей, как мы на кабана! Не забудьте оставлять нам самые красивые шкуры. Вы знаете, там на медведей охотятся с одним кинжалом: зверя выжидают, затем дразнят, разъяряют; он идет прямо на охотника, в четырех шагах от него поднимается на задние лапы — и вот тогда ему вонзают кинжал в сердце, как сделал Генрих с кабаном в последнюю охоту. Это, конечно, опасно; но вы, Франсуа, храбрец, и такая опасность доставит вам истинное наслаждение.

— Ваше величество только усиливаете мою скорбь; я буду лишен возможности охотиться с вами вместе.

— Тем лучше, черт возьми! — сказал король. — Наши совместные охоты оказываются неудачными для нас обоих.

— Что это значит, сир?

— Охота со мной вам доставляет такое удовольствие, так вас волнует, что вы, будучи олицетворением стрелкового искусства и попадая из незнакомой аркебузы в сороку на сто шагов, — вы, в последнюю охоту, когда охотились мы вместе, из собственной вашей аркебузы, из аркебузы, вам хорошо знакомой, промахнулись в кабана на двадцать шагов и вместо него попали в ногу лучшей моей лошади. Смерть дьяволу! Над этим можно призадуматься!

— О сир! Простите мне мое волнение, — взмолился герцог Алансонский, став бледно-серым.

— Ну да, волнение, я его хорошо понимаю! — продолжал Карл. — Так вот, зная настоящую цену этому волнению, я и говорю вам: поверьте мне, Франсуа, нам лучше охотиться подальше друг от друга, особенно при таком волнении, как ваше. Подумайте над этим, брат мой, но не в моем присутствии — оно смущает вас, — а когда вы будете один, и вы сами убедитесь, что у меня есть все причины опасаться, как бы при другой охоте ваше волнение не проявилось по-другому, ведь ни от чего не чешутся так руки, как от волнения, — и тогда вы вместо лошади убьете всадника, а вместо зверя — короля. Чертова штука! Пуля повыше, пуля пониже — глядишь, лицо правительства сразу изменилось; ведь в нашей собственной семье есть этому пример. Когда Монтгомери убил нашего отца Генриха Второго, случайно или от волнения, то один удар его копья вознес нашего брата Франциска Второго на престол, а нашего отца Генриха Второго унес в аббатство Сен-Дени. Богу не много надо, чтобы натворить больших дел!

Герцог Алансонский чувствовал, как по его лбу заструился пот от этого грозного и непредвиденного удара.

Король яснее ясного высказал своему брату, что он все понял. Заволакивая свой гнев завесой шутки, Карл был, пожалуй, еще страшнее, чем если бы он дал свободно вылиться наружу той лаве ненависти, которая кипела у него в душе; и месть его соответствовала силе затаенной злобы. По мере того как один становился все ниже, другой вырастал все выше; и герцог Алансонский впервые почувствовал угрызения совести, вернее — сожаление о том, что задуманное преступление не удалось.

Он боролся, пока мог, но последний удар заставил герцога поникнуть головой, и Карл заметил в его глазах жгучий пламень, который у нежных созданий прожигает ту бороздку, откуда льются слезы. Но герцог Алансонский принадлежал к числу людей, плачущих только от злости.

Карл взором коршуна смотрел на него в упор, точно вбирая в себя все волнения, сменявшиеся в душе молодого человека; и, благодаря тому что Карл хорошо знал свою семью, все переживания Франсуа представлялись ему четко, как будто душа герцога была открытой книгой.

Герцог стоял раздавленный, безмолвный, недвижимый. Карл продержал его в таком состоянии с минуту, потом сказал твердым, проникнутым ненавистью тоном:

— Брат, мы объявили вам свое решение, и наше решение непреложно: вы уедете.

Герцог Алансонский собрался что-то сказать, но Карл сделал вид, что не заметил этого, и продолжал:

— Я хочу, чтобы Наварра могла гордиться тем, что ее государь — брат короля Франции. Золото, власть, почести — все, что приличествует вашему происхождению, все это вы получите, как получил их брат ваш Генрих, и так же, как он, — с усмешкой добавил Карл, — будете меня благословлять издалека. Но это все равно — для благословений не существует расстояний.

— Сир...

— Соглашайтесь или, вернее, покоряйтесь. Как только вы станете королем, вам подыщут супругу, достойную сына французских королей. И кто знает, может быть, она принесет вам другой престол.

— Но ваше величество забыли про своего друга Генриха.

— Генриха? Но я уже сказал вам, что он не хочет наваррского престола; сказал и то, что он предоставляет его вам. Генрих — жизнерадостный малый, а не такая бледная личность, как вы. Он хочет веселиться и жить в свое удовольствие, а не сохнуть под короной, на что осуждены мы.

Герцог Алансонский тяжко вздохнул.

— Так ваше величество приказываете мне озаботиться...

— Нет, нет! Ни о чем не беспокойтесь, Франсуа, — я все устрою сам; положитесь на меня, как на хорошего брата. А теперь, когда мы обо всем условились, ступайте. Хотите — говорите, хотите — нет, о нашем разговоре вашим друзьям; но я приму меры, чтобы это дело как можно скорее стало известно всем. Ступайте, Франсуа!

Отвечать было нечего; герцог поклонился и вышел с яростью в душе.

Ему не терпелось повидать Генриха Наваррского и поговорить с ним о том, что сейчас произошло; но увиделся он только с Екатериной: Генрих уклонялся от разговора, а королева-мать, наоборот, его искала.

Увидев Екатерину, герцог подавил скорбь и постарался улыбнуться. Он не был так находчив, как Генрих Анжуйский, и искал в Екатерине не мать, а лишь союзницу. Франсуа скрытничал и притворялся перед ней, будучи убежден, что для доброго союза необходимо слегка обманывать друг друга.

Так и теперь — он подошел к Екатерине, сделав лицо, на котором только проглядывали едва заметные следы тревоги.

— О! Какие новости, мадам! Вы не знаете?

— Я знаю месье, что вас собираются сделать королем.

— Мой брат так добр, мадам.

— Вот как?

— Но мне хочется думать, что половину своей признательности я должен отдать вам: ведь если совет подарить мне престол дали вы, то значит, я буду этим обязан вам; хотя признаюсь: в глубине души мне больно грабить так короля Наваррского.

— А вы, по-видимому, очень любите Анрио, мой сын?

— Да, да! С некоторых пор мы стали очень близки.

— И вы думаете, что он вас любит так же, как вы его?

— Надеюсь, мадам.

— Знаете, такая дружба очень назидательна, в особенности между принцами. Но придворные узы дружбы, милый Франсуа, считаются непрочными.

— Матушка, примите во внимание, что мы не только друзья, а почти братья.

Екатерина улыбнулась странной улыбкой.

— А разве короли бывают братьями?

— Но когда возникла наша дружба, мы королями не были; да никогда ни тот, ни другой и не должны были стать королями, вот почему мы полюбили друг друга.

— Да, но теперь обстоятельства сильно изменились.

— В чем сильно изменились?

— Несомненно! Кто может сказать, что вы оба не будете королями?

Нервная дрожь и внезапно покрасневший лоб Франсуа дали понять Екатерине, что удар ее пришелся прямо в сердце.

— Он? Анрио — король? — спросил герцог. — Какого же государства?

— Одного из самых великолепных во всем христианском мире.

— О чем вы говорите? — сказал герцог Алансонский, побледнев.

— О том, о чем хорошая мать должна сказать своему сыну, и о чем вы, Франсуа, не раз мечтали.

— Я? Я ни о чем не мечтал, мадам, клянусь вам! — воскликнул герцог.

— Охотно верю; дело в том, что ваш друг, ваш брат Генрих, как вы его зовете, прикрывается наружной откровенностью, а на самом деле очень ловкий, очень хитрый человек, который умеет хранить свои тайны гораздо лучше, чем вы ваши, Франсуа. Например, говорил ли он вам когда-нибудь, что де Муи — это его поверенный в политических делах?

Говоря эти слова, Екатерина вонзила взгляд свой, как стилет, в душу Франсуа. Но, обладая одним достоинством или, лучше сказать, одним пороком — умением притворяться, герцог Алансонский стойко выдержал взгляд королевы-матери.

— Де Муи? — удивленно сказал он, как будто впервые слышал это имя по такому поводу.

— Да, гугенот де Муи де Сен-Фаль — тот самый, который чуть не убил Морвеля и, тайно разъезжая по Франции и по столице, переодетый то так, то этак, ведет интригу и собирает армию, чтобы поддержать Генриха, вашего брата, против вашей родной семьи.

С этими словами Екатерина, не знавшая, что Франсуа осведомлен был в этом не меньше, а даже больше, чем она, встала, собираясь величественно выйти.

Франсуа удержал мать.

— Матушка, — сказал он, — прошу вас: одно слово! Раз вы уж соблаговолили посвятить меня в ваши политические мысли, скажите, как же Генрих, с такими слабыми силами и мало кому известный, окажется в состоянии вести войну настолько серьезную, что может наврсдить моей семье?

— Ребенок! — сказала она с улыбкой. — Поймите, что у него уже есть опора в тридцать тысяч войска, а может быть, и больше; что по одному его слову эти тридцать тысяч разом выскочат, как из-под земли; не забудьте, что эти тридцать тысяч — гугеноты, иными словами — самые храбрые солдаты во всем мире. А затем... затем у него есть покровитель, которого вы не сумели примирить с собой.

— Кто же?

— Король! Король, который его любит и выдвигает; король, который из ненависти к своему брату, королю Польскому, и из презрения к вам ищет себе преемника. И только вы, слепец, не видите, что ищет он его не в своей семье.

— Сам король?.. Матушка, вы так думаете?

— Неужели вы не заметили, как он ласкает Анрио, «своего Анрио»?

— Верно, матушка, верно!

— А этот Анрио платит королю взаимностью и, забыв, что шурин хотел в Варфоломеевскую ночь пристрелить его из аркебузы, теперь ползает перед ним на брюхе и, как собака, лижет руку, которая его побила.

— Да, да, — пробормотал Франсуа, — я и сам заметил, как он покорен моему брату Карлу.

— Да, сын мой! Генрих умеет угождать ему во всем.

— И еще как! — подхватил герцог. — Анрио стало досадно, что король все время смеется над его невежеством по части соколиной охоты, так Анрио решил заняться ею и, помнится, еще вчера — да, не раньше, чем вчера, — спрашивал, нет ли у меня каких-нибудь хороших руководств по соколиной охоте.

— Постойте, постойте, — сказала Екатерина, сверкнув глазами, точно озаренная какой-то мыслью, — а что вы ему ответили?

— Что поищу у себя в библиотеке.

— Отлично, — сказала Екатерина, — отлично! Надо ему дать такую книгу.

— Да я искал, мадам, но не нашел.

— Я найду!.. Найду я, а вы ее передадите как будто от себя.

— А что же из этого получится?

— Франсуа, вы мне верите?

— Да, матушка.

— Намерены вы слепо слушаться меня во всем, что будет относиться к Генриху, которого вы не любите, что бы вы там ни говорили?

Герцог Алансонский усмехнулся.

— А я не выношу, — добавила Екатерина.

— Да, буду слушаться, — ответил герцог.

— Послезавтра приходите ко мне, я дам вам книгу, а вы отнесете ее к Генриху... и...

— И?..

— И предоставьте богу, провидению или случаю довершить все остальное.

Франсуа, достаточно хорошо зная свою мать, знал также и то, что не в ее обычаях было возлагать на бога, провидение или случай осуществление своих дружественных или враждебных замыслов; но он воздержался от дальнейших разговоров на эту тему, поклонился, как бы соглашаясь исполнить поручение, и вышел.

«Что она затеяла? — думал молодой человек, поднимаясь по лестнице. — Не могу понять. Но во всем этом ясно для меня одно: она действует против нашего общего врага. Ну и пусть действует!»

В это время Маргарита получила через Ла Моля письмо от де Муи. Ввиду того что между двумя просвещенными супругами не существовало тайн в области политики, Маргарита распечатала и прочла это письмо. Видимо, письмо оказалось очень интересным, так как она сейчас же, пользуясь наступившей темнотой в коридорах Лувра, быстро пробралась потайным ходом, поднялась по витой лестнице, внимательно осмотрела все кругом и легкой тенью проскользнула в переднюю короля Наваррского.

Со времени исчезновения Ортона переднюю никто не охранял. Это исчезновение, о котором мы ничего не говорили с того момента, когда читатель наблюдал трагический конец Ортона, очень встревожило Генриха Наваррского. Он поделился своей тревогой с мадам де Сов и с Маргаритой, но и та и другая знали не более его. Только мадам де Сов дала кое-какие сведения, на основании которых в его уме сложилось совершенно ясное представление о том, что бедный мальчик стал жертвою каких-то махинаций королевы-матери, и вследствие тех же махинаций он сам чуть-чуть не был захвачен совместно с де Муи в трактире «Путеводная звезда».

Всякий другой стал бы молчать, боясь проговориться, но Генрих все продумал: он понял, что молчание его погубит — ведь люди обычно не теряют своих слуг или доверенных людей так просто, а наводят справки и производят розыски. Генрих тоже наводил справки и расспрашивал в присутствии короля и самой Екатерины; спрашивал про Ортона у всех в Лувре, начиная с часового, ходившего у пропускных ворот, до командира охраны, дежурившего у короля в передней, но все было напрасно. Очевидно, Генрих был так глубоко огорчен этим событием, был так привязан к бедному слуге, что заявил о своем решении никем его не замещать, пока не убедится окончательно в бесследном исчезновении Ортона.

Как мы уже сказали, в передней было пусто, когда туда входила Маргарита. Как ни легко ступала королева, Генрих услышал ее шаги и обернулся.

— Вы, мадам?! — воскликнул он.

— Да. Читайте скорее, — сказала Маргарита и подала ему раскрытое письмо, содержавшее такие строки:

«Сир, настало время осуществить наш план. Послезавтра назначена соколиная охота вдоль Сены от Сен-Жермена до «Домиков», то есть — на протяжении всего леса.

Хотя это охота соколиная, но примите в ней участие; наденьте под платье хорошую кольчугу, прихватите лучшую вашу шпагу и выберите самую резвую лошадь из вашей конюшни.

Около полудня, то есть в разгар охоты, как только король поскачет вслед за соколом, ускользните один — если поедете на охоту один, или с королевой Наваррской — если королева едет с вами.

Пятьдесят человек наших будут спрятаны в павильоне Франциска I; ключ от павильона у нас; никто не будет знать, что они там, — они приедут только ночью, и ставни будут закрыты. Вы проедете дорогою Фиалок, в конце которой я буду ждать вас, а на поляне будут Коконнас и Ла Моль с двумя свежими лошадьми: эти лошади предназначаются для смены, на случай если ваша лошадь и лошадь ее величества королевы Наваррской устанут.

Прощайте, сир, будьте готовы вы, — мы-то будем».

— Жребий брошен! — сказала Маргарита, повторяя через тысячу шестьсот лет слова, произнесенные Цезарем на берегах Рубикона.

— Хорошо, мадам, — ответил Генрих, — я не обману ваших ожиданий.

— Станьте героем, сир. Это не так трудно: вам только надо идти своей дорогой; а для меня создайте красивый трон, — сказала дочь Генриха II.

Неуловимая улыбка скользнула по тонким губам Беарнца. Поцеловав руку Маргарите, он вышел первым посмотреть, можно ли ей пройти, и, выходя, стал напевать припев старинной песни:

Тот, кто строил крепко замок,
В нем не будет жить.

Принятая им предосторожность оказалась не напрасной: в ту минуту, когда он отворял дверь своей опочивальни, герцог Алансонский отворил дверь из своей передней; Генрих подал рукою знак Маргарите, а затем громко сказал:

— А-а! Это вы, брат мой! Добро пожаловать!

По знаку мужа Маргарита поняла, чтó надо делать, и убежала в туалетную комнату, вход в которую завешен был огромною ковровою завесой.

Герцог Алансонский вошел робкой походкой, все время озираясь.

— Мы одни, брат мой? — вполголоса спросил он.

— Совершенно одни. Что случилось? У вас такой расстроенный вид.

— Генрих, мы разоблачены!

— Каким образом?

— Захватили де Муи.

— Я знаю.

— И де Муи все рассказал королю.

— Что же он сказал?

— Что я желал занять наваррский престол и что для этого я входил в заговор.

— Экое горе! — сказал Генрих. — Вы оказались в опасном положении, мой бедный брат. Почему же вы до сих пор не арестованы?

— Я сам не знаю. Король, издеваясь надо мной, предлагал мне наваррскую корону. Он, разумеется, рассчитывал вызвать у меня какие-нибудь признания; но я не выдал ничего.

— И хорошо сделали. Святая пятница! Будем держаться крепко, от этого зависит наша с вами жизнь.

— Да, дело щекотливое, — ответил Франсуа, — поэтому, брат мой, я и пришел спросить вашего совета: как вы думаете — бежать мне или оставаться?

— Ведь вы же видели короля, если он с вами говорил?

— Конечно.

— Так вы должны были прочесть ответ в его мыслях. Действуйте на основании вашего чутья.

— Я бы предпочел остаться здесь.

Как ни владел собою Генрих, на лице его мелькнуло радостное выражение, и, несмотря на всю его мгновенность, Франсуа подметил это выражение на лету.

— Тогда оставайтесь, — сказал Генрих.

— А вы?

— Помилуйте! Зачем же мне ехать, если вы остаетесь здесь. Я ведь хотел уехать вместе с вами из чувства дружбы, чтобы не расставаться с братом, которого люблю.

— Конец всем нашим планам, — сказал герцог Алансонский, — вы отступаете без боя при первом налете злого рока.

— Я не вижу злого рока в том, что останусь здесь; с моим беспечным характером мне хорошо везде.

— Ладно, пусть так, не будем больше говорить об этом, — ответил герцог Алансонский. — Но если вы примете какое-нибудь другое решение, известите меня.

— Ну разумеется! Поверьте мне, я не премину это сделать. Разве мы не условились, что у нас нет тайн друг от друга?

Герцог Алансонский прекратил свои расспросы и в раздумье удалился, заметив, что в какое-то мгновение завеса на двери туалетной комнаты чуть всколыхнулась.

Действительно, как только герцог Алансонский вышел, завеса приподнялась и Маргарита появилась снова.

— Что вы думаете об этом посещении? — спросил Генрих.

— Думаю — произошло что-то новое и важное.

— А что, по вашему?

— Еще не знаю, но узнаю.

— А до этого?

— А до этого — непременно зайдите ко мне завтра вечером.

— Не премину, мадам! — ответил Генрих, любезно целуя жене руку.

И с теми же предосторожностями, с какими шла сюда, Маргарита вернулась в свои покои.

# IX

# КНИГА О СОКОЛИНОЙ ОХОТЕ

Прошло тридцать шесть часов со времени событий, описанных в предшествующей главе. День только занимался, а в Лувре все уже встали, как это бывало в дни охоты, и герцог Алансонский направился к Екатерине, помня ее наказ явиться в этот день.

Королевы-матери уже не было в ее опочивальне, но, уходя, она распорядилась на случай прихода герцога, чтобы его попросили обождать. Через несколько минут Екатерина вышла из потайного кабинета, где она уединялась для химических опытов и куда никто другой входить не смел.

Вместе с Екатериной, пристав к ее одежде или же сквозь щель только прикрытой двери, в комнату проник какой-то едкий запах, и герцог увидел в эту щель густой дым, как от сожженных ароматических курений, плававший белым облаком в лаборатории, откуда вышла королева-мать.

Герцогу не удалось скрыть свой любопытный взгляд.

— Да, — сказала Екатерина Медичи, — я сожгла кое-какие ветхие пергаменты, а от них пошла такая вонь, что пришлось подкинуть в жаровню немного можжевельника, вот от него и этот запах.

Герцог Алансонский поклонился.

— Ну, что у вас нового со вчерашнего дня? — спросила Екатерина, пряча в широкие рукава капота свои руки, кое-где покрытые красно-желтыми пятнами.

— Ничего, матушка, — ответил герцог.

— Вы не виделись с Генрихом?

— Виделся.

— И он по-прежнему отказывается уезжать?

— Наотрез.

— Жулик!

— Что вы сказали?

— То, что он уедет.

— Вы думаете?

— Уверена.

— Значит, он ускользнет от нас?

— Да, — ответила Екатерина.

— И вы дадите ему уехать?

— Не только дам ему уехать, а скажу вам больше: даже необходимо, чтобы он уехал.

— Я вас не понимаю, матушка.

— Выслушайте, Франсуа, внимательно, что я скажу. Один весьма искусный врач, давший мне книгу, которую вы отнесете Генриху, уверял меня, что у короля Наваррского — начало какой-то изнурительной болезни, одной из тех болезней, которые не милуют и против которых наука не знает никаких лекарств. Теперь для вас понятно, что если ему суждено умереть от страшного недуга, то лучше пусть умрет подальше от нас, а не при дворе.

— Да, разумеется, это сильно огорчит нас, — сказал герцог.

— В особенности вашего брата Карла, — добавила Екатерина. — Если же Генрих окажет ему неповиновение, а затем умрет, король увидит в его смерти божью кару.

— Вы правы, матушка, — ответил герцог Алансонский, восхищаясь матерью, — необходимо, чтобы он уехал. Но убеждены ли вы в том, что он уедет?

— Он уже принял для этого все меры. Встреча назначена в Сен-Жерменском лесу. Пятьдесят гугенотов должны его сопровождать до Фонтенбло, где будут ожидать еще пятьсот.

— А сестра моя Марго? — спросил герцог с некоторым колебанием и заметно побледнев. — Она тоже едет с ним?

— Да, — ответила Екатерина, — это решено. Но как только Генрих умрет, Марго вернется ко двору свободной вдовой.

— А Генрих умрет наверно?

— По крайней мере, врач, давший мне книгу об охоте, уверял, что — да.

— Мадам, а где же книга?

Екатерина тихим шагом подошла к потайному кабинету, открыла дверь, вошла в глубь кабинета и через минуту появилась с книгою в руках.

— Вот она, — сказала королева-мать.

Герцог Алансонский с некоторым ужасом глядел на книгу, которую ему протягивала мать.

— Что это за книга, мадам? — спросил, дрожа от страха, герцог.

— Я уже вам сказала, сын мой, что это книга об искусстве выращивать и вынашивать соколов, кречетов и ястребов, написанная весьма ученым человеком, луккским тираном — Каструччо Кастракани.

— А как с ней быть?

— Отнести вашему другу Анрио, который, как вы говорили, просил у вас эту или какую-нибудь другую книгу того же содержания, чтобы научиться соколиной охоте. Так как на сегодня назначена королевская охота с ловчими птицами, он непременно прочтет хоть несколько страниц и не упустит случая показать королю, что он послушался его советов и взялся за учение. Все дело в том, чтобы вручить книгу самому Генриху.

— Я не посмею, — ответил герцог, весь дрожа.

— Отчего? — спросила Екатерина. — Книга как книга, только она долго лежала в шкафу, и страницы слиплись. Вы сами не пробуйте ее читать, потому что придется мусолить пальцы и отделять страницу от страницы, а это и очень долго, и очень трудно.

— Значит, только тот, кто горит желанием научиться, станет терять на это время и тратить свои силы? — спросил герцог Алансонский.

— Совершенно верно. Вы понятливы, сын мой.

— Ага! Вон Анрио уже на дворе. Давайте, мадам, давайте! Я воспользуюсь тем, что его нет дома, и отнесу книгу; он вернется и найдет ее у себя.

— Лучше бы вы отдали ее лично, Франсуа, так было бы вернее.

— Я уже сказал, мадам, что не посмею, — возразил герцог.

— Пустяки! Во всяком случае, положите ее на видном месте.

— Раскрытую? Или класть раскрытую будет хуже?

— Нет, лучше.

— Так давайте.

Герцог Алансонский трепетной рукой взял книгу из твердо протянутой руки Екатерины.

— Берите же, — сказала Екатерина, — раз я ее касаюсь, значит, не опасно, к тому же вы в перчатках.

Для герцога Алансонского этого было недостаточно, и он завернул книгу в плащ.

— Поторопитесь, Франсуа, — сказала Екатерина, — Генрих каждую минуту может вернуться.

— Верно, мадам, иду, — сказал герцог и вышел, шатаясь от волнения.

Мы уже не раз вводили нашего читателя в покои короля Наваррского и делали свидетелем происходивших там событий — то радостных, то страшных, в зависимости от того, грозил ли или улыбался гений-покровитель будущему королю Франции. Но в этих стенах, забрызганных кровью убийств, залитых вином веселых кутежей, опрысканных духами ради любовных встреч, быть может, никогда не появлялось лица более бледного, чем лицо герцога Алансонского, когда он с книгою в руке отворял дверь в опочивальню короля Наваррского.

А между тем в ней, как и ожидал герцог, не было ни одного свидетеля, который мог бы тревожным или любопытным оком подсмотреть то, что собирался сделать Франсуа. Первые лучи солнца освещали совершенно пустую комнату. На стене висела наготове шпага, которую де Муи советовал Генриху взять с собой; несколько колечек от кольчуги валялось на полу; туго набитый кошелек и маленький кинжал лежали на столе; тонкий пепел еще вился в камине — все это вместе с другими признаками ясно говорило герцогу Алансонскому, что король Наваррский надел кольчугу, потребовал от своего казначея денег и сжег компрометирующие документы.

— Матушка не ошиблась. Этот жулик предает меня! — сказал герцог Алансонский.

Несомненно, что заключение такого рода придало бодрости молодому человеку; он исследовал глазами каждый уголок комнаты, приподнял все занавески, и когда сильный шум, долетавший со двора, и полная тишина в покоях Генриха убедили герцога, что никто не думает подсматривать за ним, он вынул из-под плаща книгу, быстро положил на стол, где лежал кошелек, и прислонил ее к пюпитру из резного дуба; затем, отойдя подальше, вытянул руку в перчатке и нерешительным движением руки, выдававшим его страх, раскрыл книгу на странице с охотничьей гравюрой.

Раскрыв книгу, он тотчас отступил на три шага, сорвал с руки перчатку и бросил ее в горевшую жаровню, где Генрих сжигал письма. Мягкая кожа зашипела, свернулась и развернулась, как змея, и вскоре от нее остался лишь черный сморщенный комочек.

Герцог Алансонский дождался момента, когда пламя сожгло перчатку до конца, затем свернул плащ, в котором принес книгу, сунул его под мышку и убежал к себе. С бьющимся сердцем отворяя свою дверь, он услышал чьи-то шаги по винтовой лестнице; в твердом убеждении, что это возвращается Генрих, он быстро запер за собою дверь.

Войдя в свои покои, он бросился к окну, но вид из него открылся лишь на часть дворцового двора, и в этой части не было короля Наваррского. Это еще больше укрепило Франсуа в убеждении, что по лестнице шел Генрих, возвращаясь в свои покои.

Герцог сел, раскрыл книгу и попробовал читать. Это была история Франции, с эпохи Фарамона до Генриха II, читавшего эту книгу с особенной охотой спустя несколько дней после своего восшествия на престол Франции.

Но герцогу было не до чтения. Лихорадка ожидания горячим током разливалась по его жилам, биение в висках отдавалось в самой глубине мозга, и, как это бывает иногда во сне или в состоянии гипноза, герцогу Алансонскому казалось, что он видит сквозь стены; его взгляд проникал в комнату короля Наваррского, несмотря на тройное препятствие, отделявшее его от спальни Генриха.

Чтобы отстранить от себя страшный предмет, который чудился его мысленному взору, герцог пытался сосредоточить свою мысль на чем-нибудь другом, а не на этой ужасной книге, прислоненной к дубовому пюпитру и открытой на охотничьей гравюре; но тщетно брал он в руки то один, то другой предмет из своего оружия, перебирал свои драгоценности, сотни раз прошел взад и вперед по одной линии, — все напрасно: каждая подробность гравюры, виденной лишь мельком, запечатлелась в его уме. На ней изображался какой-то помещик на коне, — он сам исполнял обязанность сокольника, махал вабилом, подманивая сокола, и скакал во весь опор среди болотных трав. Как ни напрягал герцог свою волю, сила зрительной памяти брала над нею верх.

Вслед за этим ему привиделась не только книга, а вместе с ней и сам король Наваррский: вот он подходит к книге, смотрит гравюру, пытается перевернуть страницу, но, встретив препятствие в виде слипшихся листов, мусолит палец и, отлепляя упрямые страницы, листает книгу.

Как ни мнимо, как ни фантастично было подобное видение, однако герцог Алансонский зашатался, оперся одной рукой на стол, а другой прикрыл глаза, как будто, заслонив рукой глаза, он видел не так ясно то зрелище, от которого хотел бежать. А зрелище было плодом его воображения!

Вдруг герцог Алансонский взглянул во двор и увидел там Генриха, который остановился на несколько минут около людей, грузивших на двух мулов якобы охотничий запас, а на самом деле — деньги и вещи, необходимые для путешествия; потом, сделав распоряжения, наискось пересек двор, очевидно, направляясь ко входу в Лувр.

Герцог Алансонский застыл на месте. Стало быть, по винтовой лестнице всходил не Генрих? Значит, и все душевные муки, четверть часа терзавшие его, он претерпел напрасно? То, что Франсуа полагал уже конченным или близким к концу, должно было только начаться.

Герцог Алансонский отворил дверь из своей комнаты, потом затворил ее за собой и, подойдя к двери в коридор, прислушался. На этот раз по коридору шел Генрих, — нельзя было обмануться: герцог Алансонский узнал его походку и даже особый, характерный звон его шпор.

Дверь в покои короля Наваррского отворилась и захлопнулась. Герцог Алансонский вернулся в свою комнату и упал в кресло.

«Да! Да! — говорил он сам с собой. — Там происходит следующее: он прошел переднюю, прошел первую комнату, вошел в опочивальню; теперь он ищет глазами свою шпагу, кошелек, кинжал — и на том же столике вдруг видит книгу. «Что это за книга? — спрашивает он себя. — Кто ее принес?» Затем подходит ближе, видит гравюру, изображающую соколиного охотника, хочет почитать книгу и старается перевернуть страницу».

Холодный пот выступил на лбу у герцога.

«Будет ли он звать на помощь? Действует ли этот яд сразу? Нет, конечно, нет! Ведь матушка говорила, что он умрет медленно, от изнурительной болезни».

Это соображение немного успокоило его. Так прошло минут десять — целая вечность из мучительных секунд, и каждая из них несла с собою все, что способен породить безумный страх в воображении человека, — целый мир видений.

Герцог не выдержал — встал, прошел через переднюю, где уже начали собираться его придворные.

— Привет вам, господа! — сказал он. — Я пройду к королю.

И чтоб отделаться от снедающей тревоги, а может быть, и подготовить свое алиби, герцог действительно сошел вниз к своему брату. Зачем он шел к нему? Он сам не знал. Что сказать брату? Неизвестно. Он шел не к Карлу, а бежал от Генриха.

Спустившись по винтовой лестнице, Франсуа увидел, что дверь в королевские покои приоткрыта. Стража пропустила его, не останавливая: в дни охоты отменялся этикет и разрешался свободный вход. Франсуа прошел переднюю, гостиную и опочивальню, не встретив никого; тогда он сообразил, что Карл, наверно, в Оружейной, и отворил дверь из опочивальни в Оружейную.

В большом высоком кресле с резной остроконечной спинкой сидел Карл, лицом к столу, спиною к двери, в которую вошел Франсуа. Он, видимо, был погружен в какое-то занятие, которое его всецело захватило.

Франсуа подошел к нему на цыпочках; Карл читал.

— Ей-богу, вот замечательная книга! — неожиданно воскликнул Карл. — Я о ней слышал, но не знал, что она есть во Франции.

Герцог Алансонский насторожился и придвинулся на один шаг.

— Проклятые страницы, — сказал король, намусолив палец и нажимая им на прочитанную страницу, чтобы отделить ее от следующей. — Можно подумать, будто нарочно склеили все страницы, желая скрыть от людских глаз чудесное содержание этой книги.

Герцог Алансонский торопливо шагнул вперед. Книга, над которой склонился Карл, была та самая, что герцог положил у Генриха! Он глухо вскрикнул.

— А-а! Это вы, Алансон? — сказал Карл. — Добро пожаловать! Подойдите и посмотрите на эту книгу о соколиной охоте — лучше ее не выходило из-под пера человека.

Первым побуждением Франсуа было вырвать книгу из рук брата, но адская мысль приковала его к месту, страшная усмешка пробежала по его бледным губам; он провел рукой по глазам, как будто ослепленный молнией, затем мало-помалу пришел в себя, но ни на шаг не двинулся ни взад, ни вперед.

— Сир, как к вам попала эта книга? — спросил герцог Алансонский.

— Очень просто. Сегодня утром я зашел к Анрио посмотреть, готов ли он, а его уже не было дома, — наверно, бегал по псарням и конюшням; но взамен его я там нашел это сокровище и принес сюда, чтобы почитать вволю.

Король опять поднес палец к губам и перевернул строптивую страницу. У герцога волосы встали дыбом и во всем теле почувствовалась какая-то жуткая истома.

— Сир, — пролепетал он, — я пришел сказать вам...

— Дайте мне дочитать главу, Франсуа, а потом говорите все что угодно, — ответил Карл. — Я читаю с такой жадностью, что прочел уже пятьдесят страниц.

«Он принял яд двадцать пять раз, — подумал Франсуа. — Мой брат уже мертвец!»

И у него мелькнула мысль, что это вовсе не случайность, а перст божий.

Франсуа трясущейся рукой вытер капли холодного пота, проступившие на лбу, и, выполняя приказание брата, стал ждать окончания главы.

## X

## СОКОЛИНАЯ ОХОТА

Карл продолжал читать. Увлеченный интересным содержанием, он жадно пробегал страницу за страницей, а каждая страница — от долгого ли лежания в сырости или по другим причинам — плотно прилипла к следующей.

Герцог Алансонский угрюмо смотрел на страшное зрелище, только один предвидя его развязку.

«Ох, что же это будет? — рассуждал он с самим собой. — Как? Я уеду, пойду в изгнание на мнимый трон, а Генрих Наваррский при первой вести о нездоровье короля захватит какой-нибудь укрепленный город милях в двадцати от столицы, будет наблюдать за ниспосланной случаем добычей и одним махом очутится в Париже; не успеет король Польский получить известие о смерти своего брата, как произойдет смена династии. Это недопустимо!»

Такие мысли пересилили первое невольное чувство ужаса, побудившее Франсуа остановить Карла. Казалось, что рок неизменно охраняет Генриха Бурбона и преследует потомков Валуа, но Франсуа решил пойти еще раз против рока.

Весь план его действий по отношению к Генриху Наваррскому в одну минуту изменился. Ведь вместо Генриха отравленную книгу прочел Карл. Генрих должен был уехать, но как виновный перед королем. Если же судьба спасла его еще раз, было необходимо оставить Генриха в Париже: заключенный в Бастилию или Венсенский замок, он будет менее опасен, чем сделавшись королем Наваррским и став во главе тридцатитысячной гугенотской армии.

Итак, герцог Алансонский дал Карлу дочитать главу, а когда король поднял голову от книги, сказал:

— Брат мой, я исполнил приказание вашего величества и ждал, но с большим сожалением, потому что мне надо было сказать вам одну вещь огромной важности.

— Нет! К черту разговоры! — возразил Карл, щеки которого начали краснеть — то ли от чрезмерного напряжения при чтении, то ли от начавшего действовать яда. — К черту! Если ты пришел говорить со мной все о том же, ты уедешь так же, как брат твой Генрих. Я освободился от него, освобожусь и от тебя. Больше ни одного слова на эту тему!

— Я пришел, брат мой, поговорить не о своем отъезде, а об отъезде другого человека. Ваше величество обидели меня в самом глубоком, в самом нежном моем чувстве — в моей братской любви, в моем верноподданстве, и я стремлюсь доказать вам, что я не изменник.

Карл облокотился на книгу, положил одну ногу на другую и, посмотрев на Франсуа с видом человека, запасающегося терпением вопреки своим привычкам, сказал:

— Ну, какой-нибудь новый слух? Какое-нибудь обвинение, придуманное сегодня утром?

— Нет, сир, дело вполне достоверное. Заговор, который я только по какой-то смехотворной щепетильности не решался вам открыть.

— Заговор? — спросил Карл. — Послушаем, какой там заговор!

— Сир, пока вы будете охотиться вдоль реки и по долине Везине, король Наваррский свернет в Сен-Жерменский лес, где будет ждать отряд его друзей, и с их помощью он убежит.

— Так я и знал, — ответил Карл. — Еще новая клевета на моего бедного Анрио! Вот что! Когда вы оставите его в покое?

— Вашему величеству не надо будет долго ждать, чтобы убедиться — клевета или нет то, что я имел честь сказать вам.

— Каким образом?

— Таким, что наш зять убежит сегодня вечером.

Карл встал с места.

— Слушайте, в последний раз я делаю вид, что верю вашим вымыслам; но предупреждаю и тебя и мать — это в последний раз.

Затем он громко крикнул:

— Позвать ко мне короля Наваррского!

Один из стражей двинулся, чтобы исполнить приказание, но Франсуа жестом остановил его:

— Так делать не годится, брат мой, так не узнаете вы ничего. Генрих отречется, предупредит своих сообщников, они все разбегутся, а тогда и меня, и мою мать обвинят не в одной игре воображения, а в клевете.

— Чего же вы тогда хотите?

— Чтобы ваше величество во имя нашего родства послушались меня, чтобы во имя моей преданности, в которой вы убедитесь, ничего не делали сгоряча. Действуйте так, чтоб настоящий преступник, тот, кто в течение двух лет изменял вашему величеству своими замыслами, рассчитывая изменить потом и делом, наконец был признан виновным на основании неопровержимых доказательств и наказан по заслугам.

Карл ничего не ответил, прошел к окну и отворил его: кровь приливала ему к мозгу. Затем, быстро обернувшись, спросил:

— Хорошо! Как поступили бы вы сами? Говорите, Франсуа.

— Сир, — начал герцог Алансонский, — я бы велел оцепить Сен-Жерменский лес тремя отрядами легкой кавалерии, с тем чтобы они в условленное время, например часов в одиннадцать, двинулись облавой, сгоняя всех, кто окажется в лесу, к павильону Франциска Первого, который я, будто случайно, назначил бы местом сбора для обеда. Затем я лично сделал бы вид, что скачу за соколом, а как только увидал бы, что Генрих отдалился от охоты, я поскакал бы к месту сбора, где бы и застал Генриха с его сообщниками.

— Мысль хорошая, — сказал король, — велите командиру моей охраны прийти ко мне.

Герцог Алансонский вынул из-за колета серебряный свисток на золотой цепочке и свистнул. Явился командир. Карл подошел к нему и шепотом отдал ему свои распоряжения.

В это время его борзая Актеон, делая игривые скачки, схватила какую-то вещь, начала ее таскать по комнате и раздирать своими острыми зубами.

Карл обернулся и разразился ужасной руганью. Вещь, схваченная Актеоном, оказалась драгоценной книгой о соколиной охоте, существовавшей, как мы уже сказали, лишь в трех экземплярах на всем свете. Наказание соответствовало преступлению: Карл хлестнул арапником, и он со свистом обвился тройным кольцом вокруг собаки. Актеон взвизгнул и залез под стол, накрытый огромным ковром и служивший Актеону убежищем в подобных случаях.

Карл поднял книгу и очень обрадовался, увидев, что не хватало только одной страницы, да и та заключала не текст, а лишь гравюру. Он старательно поставил книгу на полку, где Актеон уже не мог ее достать. Герцог Алансонский смотрел на это с беспокойством. Ему хотелось, чтобы книга, выполнив свое страшное назначение, теперь ушла от Карла.

Пробило шесть часов. В шесть часов король должен был сойти во двор, где теснились лошади в богатой сбруе, дамы и кавалеры, одетые в богатые одежды. Сокольники держали на руке соколов в клобучках; у нескольких выжлятников висели через плечо рога, на случай если королю надоест охота с ловчими птицами и он захочет, как это не раз бывало, поохотиться на дикую козу или на лань.

Король сошел вниз, предварительно заперев дверь в Оружейную палату. Герцог Алансонский, следивший за каждым его движением горящим взглядом, видел, как он положил ключ в карман.

Сходя вниз, король остановился и приложил руку ко лбу. Ноги его дрожали, но и у герцога они дрожали не меньше, чем у короля.

— А мне кажется, — сказал герцог, — что будет гроза.

— Гроза в январе? Ты с ума сошел! — сказал Карл. — У меня кружится голова, и я чувствую какую-то сухость в коже. Нет, просто я устал. — Потом тихо про себя добавил: — Своею ненавистью и заговорами они меня убьют.

Но, как только король ступил во двор, свежий воздух, крики охотников, шумные приветствия ста приглашенных на охоту произвели на Карла обычное действие. Он вздохнул радостно, свободно. Прежде всего он отыскал глазами Генриха. Генрих был рядом с Маргаритой.

Эти замечательные супруги, казалось, так любили друг друга, что не могли расстаться.

Увидев Карла, Генрих поднял на дыбы лошадь и, заставив ее сделать три курбета, очутился рядом с королем.

— Ого, Анрио, — произнес Карл, — вы выбрали такую лошадь, как будто собрались скакать за ланью, а вам известно, что сегодня охота с соколами.

Затем, не дожидаясь ответа, он повернулся к собравшимся.

— Едем, господа, едем! Нам надо быть на месте охоты к девяти часам, — сказал он почти грозным тоном, нахмурив брови.

Екатерина смотрела из окна. Из-за приподнятой занавески виднелось ее бледное, прикрытое вуалью лицо, а фигура в черном одеянии терялась в полумраке.

По сигналу Карла вся раззолоченная, разукрашенная, раздушенная компания участников охоты вытянулась лентой, чтобы проехать в пропускные ворота Лувра, и выкатилась лавиной на дорогу в Сен-Жермен, сопровождаемая криками толпы, приветствовавшей короля, который ехал впереди на белоснежной лошади, задумчивый и озабоченный.

— Что он сказал вам? — спросила Маргарита Генриха.

— Похвалил мою лошадь.

— И только?

— Только.

— Тогда он что-то знает.

— Боюсь, что да.

— Будем осторожны.

Свойственная Генриху хитрая улыбка озарила его лицо, как бы говоря Маргарите: «Будьте покойны, моя крошка».

Екатерина, как только вся охота выехала со двора, опустила занавеску. От нее не скрылись некоторые обстоятельства: бледность Генриха, и его нервные вздрагивания, и перешептывания с Маргаритой.

Но бледность Генриха происходила оттого, что его мужество носило не сангвинический характер: во всех случаях, когда жизнь его ставилась на карту, у него кровь не приливала к мозгу, как обычно, а отливала к сердцу. Нервные вздрагивания были вызваны сухим приемом Карла, настолько отличным от всегдашней его манеры, что это сильно подействовало на короля Наваррского. Наконец переговоры с Маргаритой объяснялись, как мы знаем, тем обстоятельством, что в области политики муж и жена заключили между собой оборонительный и наступательный союз.

Но Екатерина истолковала эти обстоятельства по-своему.

— На этот раз, — прошептала она со своей флорентийской улыбкой, — я думаю, что дорогому Генриху несдобровать!

Чтобы убедиться в этом, она подождала четверть часа, пока охота выедет из Парижа, затем вышла из своих покоев, проследовала коридором к винтовой лестнице, поднялась по ней наверх и с помощью второго ключа открыла дверь в покои короля Наваррского.

Однако Екатерина тщетно разыскивала книгу по всем комнатам. Жадным взглядом осматривала столы, столики, полки и шкафы — все напрасно: книги, которая ее интересовала, не было нигде.

— Наверно, Алансон уже унес ее; это умно.

Она опять прошла к себе, почти уверенная, что замысел ее на этот раз удался.

Тем временем король ехал по пути в Сен-Жермен, куда и прибыл через полтора часа быстрой езды. Все общество не стало подниматься к старому замку, мрачно и величественно стоявшему на вершине холма среди разбросанных вокруг него домов. Охота переправилась через реку по деревянному мосту, наведенному в то время против дуба, который и теперь зовется дубом Сюлли. После этого дан был сигнал разукрашенным флагами лодкам перевезти на ту сторону короля и его свиту.

Через несколько минут веселая молодежь, увлеченная разнообразной сменой впечатлений, двинулась во главе с королем по роскошной долине, которая сбегает с покрытого лесом Сен-Жерменского холма, и вся долина сразу приобрела вид какого-то огромного ковра, пестревшего изображениями многокрасочных фигур и отороченного серебристой каймой пенившейся у берега реки.

Впереди короля, ехавшего верхом на белой лошади и державшего на правой руке своего любимого сокола, шли сокольники в зеленых безрукавках, в высоких сапогах и, направляя голосом шестерых грифонов, обыскивали тростники, окаймлявшие реку.

В это время скрытое за тучами солнце выглянуло из темного облачного океана. Яркие лучи осветили все это золото, все драгоценности, все эти горящие глаза и превратились в пламенный поток.

И, точно дождавшись наконец, когда великолепное солнце озарит ее гибель, из гущи тростников с жалобным протяжным криком вылетела цапля.

— Го-го! — крикнул Карл, сняв клобучок с сокола и выпуская его на беглянку.

— Го-го! — крикнули все, подбадривая сокола.

Сокол, на мгновение ослепленный светом, перевернулся в воздухе, описал небольшой круг на месте и, вдруг заметив цаплю, быстрым взмахом крыльев понесся вслед за ней.

Но осторожная цапля поднялась шагах в ста от сокольников и за то время, пока король расклобучивал сокола, а сокол освоился со светом, успела отдалиться или, вернее, набрать высоту. Таким образом, когда сокол заметил цаплю, она уже поднялась больше чем на пятьсот футов и, найдя в верхних слоях воздуха течение, благоприятное для ее могучих крыльев, быстро шла ввысь.

— Го-го! Остроклювый, — кричал Карл, подзадоривая сокола, — покажи ей, какой ты породы! Го-го!

Благородная птица как будто поняла подбадривающий клич и понеслась стрелой по диагонали к вершине вертикальной линии полета цапли, которая шла все выше и выше, словно хотела утонуть в эфире.

— Ага! Трусиха! — крикнул Карл, как будто она могла его услышать, и, держась направления охоты, поскакал с запрокинутой головой, чтобы ни на одно мгновение не упустить из виду обеих птиц. — Ага, трусиха, удираешь! Но Остроклювый тебе покажет свою породу. Погоди! Погоди! Го-го! Остроклювый! Гой!

Действительно, борьба становилась интересной: обе птицы сближались или, лучше сказать, сокол приближался к цапле. Вопрос теперь был в том, кто из них при первой сшибке возьмет верх. У страха крылья оказались быстрее, чем у храбрости.

Сокол, вместо того чтобы взмыть над цаплей, с разлета пронесся у нее под брюхом. Цапля воспользовалась этим и клюнула его своим длинным клювом.

Получив удар, точно кинжалом, сокол три раза перекувырнулся в воздухе как потерянный, и одно мгновение казалось, что он пойдет вниз. Но, подобно раненому воину, который, встав опять на ноги, делается еще страшнее, сокол издал пронзительный, грозный крик и вновь полетел за цаплей.

Пользуясь достигнутым преимуществом, цапля изменила направление полета и повернула к лесу, пытаясь на этот раз выиграть расстояние и уйти по прямой, а не забираться ввысь. Но сокол был хорошей породы и обладал глазомером кречета. Он повторил прежний прием, по диагонали налетев на цаплю, которая раза три жалобно крикнула и взмыла вверх.

Через несколько минут этого благородного соревнования создалось впечатление, что обе птицы вот-вот скроются из глаз. Цапля представлялась не больше жаворонка, а сокол виднелся черной точкой и с каждым мгновением становился незаметнее.

Ни Карл, ни окружающие уже не скакали вслед за птицами. Все остановились и не спускали глаз с сокола и цапли.

— Браво! Браво, Остроклювый! — вдруг крикнул Карл. — Смотрите, смотрите, он взял верх! Го-го!

— Честное слово, не вижу ни того, ни другой, — сказал Генрих Наваррский.

— И я тоже, — сказала Маргарита.

— Но если ты не видишь, Анрио, — ответил Карл, — то можешь еще слышать, во всяком случае — цаплю. Слышишь? Слышишь? Она просит пощады.

В самом деле, три жалобных крика, уловимых только для очень развитого слуха, донеслись с неба на землю.

— Слушай! Слушай! — крикнул Карл. — Ты увидишь, как они начнут спускаться гораздо быстрее, чем поднимались.

Действительно, в то время как король произносил эти слова, показались обе птицы. Пока виднелись лишь две черные точки, но по величине точек можно было легко заметить, что сокол держит верх над цаплей.

— Смотрите! Смотрите! — крикнул Карл. — Остроклювый забьет ее.

Цапля, находясь под хищной птицей, даже не пыталась защищаться. Она быстро шла книзу, все время подвергаясь нападениям сокола, и только вскрикивала в ответ. Вдруг она сложила крылья и камнем стала падать вниз, но то же самое сделал и ее противник, а когда цапля хотела расправить крылья, чтобы лететь опять, последний удар клюва распластал ее в воздухе; она, кувыркаясь, начала падать, и как только коснулась земли, сокол пал на нее с победным криком, покрывшим собою смертный стон побежденной.

— К соколу! К соколу! — крикнул Карл, пуская галопом лошадь, и поскакал в том направлении, куда спустились обе птицы.

Вдруг он сразу осадил лошадь, вскрикнул, выпустил из рук поводья и уцепился одной рукой за гриву, а другой схватился за живот, как будто собирался вырвать внутренности.

На его крик собрались все придворные.

— Ничего, ничего, — говорил Карл с блуждающим взором и с горячечным румянцем на лице, — у меня было такое ощущение, точно мне провели по животу раскаленным железом. Едем, едем, это пустяки!

И Карл снова пустился вскачь. Герцог Алансонский побледнел.

— Что нового? — спросил Генрих у Маргариты.

— Не знаю, — ответила она. — Но вы заметили, мой брат сделался пунцовым.

— Это ему не свойственно, — ответил Генрих.

Придворные удивленно переглянулись и последовали за королем. Наконец все добрались до места, где опустились птицы; сокол уже выклевывал у цапли мозг.

Подъехав, Карл спрыгнул с лошади, чтобы поближе посмотреть на конец битвы. Но, ступив на землю, он вынужден был придержаться за седло, — земля уходила у него из-под ног. Карлу непреодолимо хотелось спать.

— Брат! Брат! — воскликнула Маргарита. — Что с вами?

— У меня такое же ощущение, какое, вероятно, было у Порции, когда она проглотила горящие уголья; во мне все горит, и мне кажется, что я дышу пламенем.

Карл дыхнул и, видимо, был удивлен, что из его губ не вырвался огонь.

В это время сокола взяли, снова накрыли клобучком, и все обступили короля.

— Ну что? Ну что? Зачем вы собрались? Клянусь Христовым телом, ничего нет! Просто солнце нажгло мне голову и опалило глаза. Едем, едем, господа! На охоту! Вон целая стая чирков! Пускай всех! Пускай всех! Уж и потешимся!

Сразу расклобучили и пустили шесть соколов, которые и устремились прямо на чирков, а вся охота во главе с королем подошла к берегу реки.

— Что скажете, мадам? — спросил Генрих Маргариту.

— Время удобное; если король не обернется, мы свободно проедем в лес.

Генрих подозвал сокольника, который нес цаплю; и в то время как раззолоченная шумная лавина катилась вдоль крутого берега, где теперь устроена терраса, король Наваррский остался позади, делая вид, что разглядывает добытую птицу.

# ЧАСТЬ ШЕСТАЯ

## I

## ПАВИЛЬОН ФРАНЦИСКА I

Как прекрасна была королевская охота с ловчими птицами, когда сами короли казались чуть не полубогами, когда охота их являлась не простой забавой, а искусством! И все же нам придется расстаться с этим великолепным зрелищем и войти в ту часть леса, куда к нам соберутся все актеры сейчас разыгранного действа.

Вправо от дороги Фиалок идет длинный арочный свод из густо разросшейся листвы деревьев, образуя мшистый приют, где среди зарослей вереска и лаванды пугливый заяц то и дело настораживает уши, где вольная лань, поднимая голову, отягощенную рогами, прислушивается и, раздувая ноздри, нюхает воздух; в этом приюте есть полянка, расположенная так удачно, что с нее видна дорога, но сама она с дороги не заметна.

Среди полянки двое мужчин лежали на траве, подостлав под себя дорожные плащи, положив рядом свои шпаги и два мушкетона с раструбом на конце дула, тогда носившие название «пуатриналь». Издали эти мужчины, одетые в изящные костюмы, напоминали веселых рассказчиков «Декамерона», вблизи же грозное вооружение придавало им сходство с теми разбойниками, каких сто лет спустя Сальватор Роза зарисовывал с натуры и помещал в свои картины.

Один из них сидел, подперев голову рукой, а руку коленом, и прислушивался, подобно зайцу или лани, о которых мы сейчас упоминали.

— Мне кажется, — сказал он, — что сейчас охота все больше стала приближаться к нам, — странно; мне даже слышно, как кричат сокольники, натравливая соколов.

— А я сейчас не слышу ничего, — сказал другой, ожидавший событий, видимо, более философски, чем его товарищ. — Вероятно, охота стала удаляться. Я говорил тебе, что это место не годится для наблюдений. Правда, тебя не видно, но и ты не видишь ничего.

— Какого черта, дорогой мой Аннибал! — возразил другой собеседник. — А куда было деть двух лошадей наших, да двух запасных, да двух мулов, настолько нагруженных, что неизвестно, как они будут поспевать за нами? Для выполнения этой задачи я не вижу ничего подходящего, кроме сени из этих столетних буков и дубов. Поэтому я не только не могу ругать де Муи, как делаешь ты, но решительно утверждаю, что во всей подготовке этого предприятия под его руководством чувствуется глубокая продуманность настоящего заговорщика.

— Отлично! — сказал второй дворянин, в котором читатель, наверное, уже признал Коконнаса. — Отлично! Слово вылетело, я его и ждал, — ловлю тебя на нем. Так мы занимаемся заговором?

— Мы занимаемся не заговором, а служим королю и королеве.

— Которые составили заговор, а это совершенно одинаково относится и к нам.

— Я же говорил тебе, Коконнас, что ни на одну минуту не понуждаю тебя участвовать в этом деле вместе со мной, так как мое участие вызывается моим личным чувством, которого ты не понимаешь и понимать не можешь.

— А, дьявольщина! Кто говорит, что ты меня понуждаешь? Прежде всего я еще не знаю такого человека, который мог бы заставить графа Коконнаса делать то, чего он не хочет; но неужели ты воображаешь, что я позволю тебе идти на это дело без меня, когда вижу, что ты идешь в лапы к черту?

— Аннибал! Аннибал! — окликнул Ла Моль. — Помоему, вон там виднеется белая кобыла Маргариты. Как странно, — стоит мне только подумать о возлюбленной, и сейчас же у меня начинает биться сердце.

— Странно, а вот у меня совсем не бьется! — сказал, зевнув, Коконнас.

— Нет, это не королева, — говорил Ла Моль. — Что же случилось? Ведь, кажется, было назначено в полдень.

— Случилось то, что еще нет полудня, вот и все; и, думается, у нас еще есть время немножко поспать.

И Коконнас разлегся на плаще с видом человека, готового сочетать слово с делом. Но только его ухо коснулось земли, он замер, подняв палец кверху в знак молчания.

— Что такое? — спросил Ла Моль.

— Тише! На этот раз я действительно кое-что слышу.

— Странно, я слушаю, а ничего не слышу.

— Ничего не слышишь?

— Нет.

Коконнас приподнялся и, положив свою руку на руку Ла Моля, сказал:

— Тогда посмотри на лань.

— Где?

— Вон там, — ответил Коконнас и показал Ла Молю лань.

— И что же?

— Сейчас увидишь.

Ла Моль присмотрелся к лани. Лань, нагнув голову, как будто собиралась щипать траву, стояла неподвижно и прислушивалась, затем подняла голову с великолепными рогами и повела ухом в ту сторону, откуда доносился до нее какой-то звук; и вдруг без видимой причины с быстротой молнии ускакала в лес.

— Да-а! Лань спасается бегством. Кажется, ты прав.

— Раз она спасается бегством, значит, она слышит то, чего не слышишь ты.

Вскоре глухой, чуть слышный шорох пронесся по траве; для малоразвитого слуха — это был ветер; для наших всадников — отдаленный галоп каких-то лошадей.

Ла Моль мгновенно вскочил на ноги.

— Это сюда. Берегись! — сказал он.

Коконнас встал спокойнее; казалось, живость пьемонтца переселилась в душу Ла Моля и, наоборот — его беспечность перешла в друга. Сказывалось то, что в данном случае один действовал с воодушевлением, а другой неохотно.

Наконец ритмичный, ровный топот уже отчетливо дошел до слуха их обоих; послышалось лошадиное ржание, и лошади друзей, стоявшие оседланными в десяти шагах от них, насторожили уши, а вслед за этим по тропинке промчалась белым призраком фигура всадницы, обернулась в их сторону и, подав им какой-то неопределенный знак, скрылась.

— Королева! — вскрикнули оба разом.

— Что это значит? — спросил Коконнас.

— Она сделала рукой так, — ответил Ла Моль, — что значит: «Сейчас».

— Она сделала так, — возразил Коконнас, — что значит: «Уезжайте».

— Ее знак обозначает: «Ждите меня».

— Ее знак обозначает: «Спасайтесь».

— Хорошо, — сказал Ла Моль, — будем каждый действовать по своему убеждению. Ты уезжай, а я останусь.

Коконнас пожал плечами и снова улегся на траву.

В ту же минуту со стороны, противоположной той, куда умчалась королева, по той же тропке проскакал, отдав поводья, отряд всадников, в которых оба друга узнали пылких, почти непримиримых протестантов. Их лошади скакали, как те кобылки, о которых говорится в Книге Иова. Всадники мелькнули и исчезли.

— Черт! Дело серьезное! — сказал Коконнас, вставая. — Едем в павильон Франциска Первого.

— Ни в коем случае! — ответил Ла Моль. — Если наше дело открылось, так все внимание короля будет прежде всего обращено на этот павильон! Ведь общий сбор назначен там.

— На этот раз ты вполне прав, — пробурчал Коконнас.

Едва пьемонтец произнес эти слова, как между деревьями молнией промелькнул какой-то всадник и, прыгая через водомоины, кусты, свалившиеся деревья, доскакал до молодых людей. В этой безумной скачке он правил лошадью только коленями, а в руках держал по пистолету.

— Де Муи! — тревожно крикнул Коконнас, сразу став беспокойнее Ла Моля. — Месье де Муи бежит! Значит, надо спасаться!

— Живей! Живей! — крикнул гугенот. — Удирайте; все пропало! Я нарочно сделал крюк, чтобы вас предупредить. Бегите!

Так как де Муи все это крикнул на скаку, то был уже далеко, когда Ла Моль и Коконнас вполне усвоили значение его слов.

— А королева? — крикнул ему вслед Ла Моль.

Но вопрос молодого человека повис в воздухе: де Муи уже отъехал слишком далеко, чтобы его услышать, а тем более — чтобы ответить.

Коконнас сразу принял решение. Пока Ла Моль стоял, не двигаясь и следя глазами за де Муи, мелькавшим вдалеке среди ветвей, которые то раздвигались перед ним, то вновь смыкались, Коконнас побежал за лошадьми, привел их, вскочил на свою лошадь, бросил поводья от другой на руки Ла Моля и приготовился дать шпоры.

— Ну же! Ну! Ла Моль! Повторяю тебе слова де Муи: «Бежим»! А де Муи зря не говорит! Бежим! Бежим, Ла Моль!

— Одну минуту, — ответил Ла Моль, — ведь мы сюда явились ради какой-то цели.

— Во всяком случае, не ради той, чтобы нас повесили! — возразил Коконнас. — Советую не терять времени. Догадываюсь: ты сейчас займешься риторикой и начнешь толковать на все лады понятие «бежать», говорить о Горации, бросившем свой щит, и об Эпаминонде, который вернулся на щите. Я же говорю тебе просто: где бежит де Муи де Сен-Фаль, там каждый имеет право убежать.

— Ему не поручали увезти королеву Маргариту, — возразил Ла Моль, — и де Муи де Сен-Фаль не влюблен в королеву Маргариту.

— Дьявольщина! И хорошо делает, раз эта любовь внушала бы ему те глупости, какие ты, я вижу, намерен совершить. Пусть пятьсот тысяч чертей унесут в ад любовь, которая может стоить жизни двум честным людям! «Смерть дьяволу!» — как говорит король Карл. Мы, дорогой мой, заговорщики, а когда заговорщикам не повезло — им надо утекать. Садись! Садись! Ла Моль!

— Беги, я тебе не мешаю, а даже прошу. Твоя жизнь дороже моей. Так и спасай ее.

— Лучше скажи: «Коконнас, пойдем на виселицу вместе», а не говори: «Коконнас, убегай один».

— Нет, дорогой мой, — возразил Ла Моль, — веревка — это для мужиков, а не для таких дворян, как мы.

— Начинаю думать, — сказал Коконнас, — что я недаром совершил один предусмотрительный поступок.

— Какой?

— Подружился с палачом.

— Ты стал зловещим, дорогой Коконнас.

— Ну, что мы будем делать? — раздраженно спросил пьемонтец.

— Найдем королеву.

— Где это?

— Не знаю... Найдем короля!

— Где это?

— Не знаю. Но мы найдем их и сделаем вдвоем то, чего не могли или не посмели сделать пятьдесят человек.

— Ты играешь на моем самолюбии, Гиацинт, это плохой знак!

— Тогда — на лошадей, и бежим.

— Вот так-то лучше.

Ла Моль повернулся к лошади и взялся за седельную луку, но в то мгновение, когда он вставлял ногу в стремя, чей-то повелительный голос крикнул:

— Стой! Сдавайтесь!

Одновременно из-за деревьев показалась голова, потом другая, потом — тридцать; то были легкие конники, которые спешились и, двигаясь ползком сквозь вереск, обыскивали лес.

— Что я тебе говорил? — прошептал Коконнас.

Ла Моль ответил каким-то сдавленным рычанием.

Легкие конники были еще шагах в тридцати от двух друзей.

— Слушайте, в чем дело? — крикнул Коконнас лейтенанту легких конников.

Лейтенант скомандовал взять на прицел двух друзей. В это время Коконнас шепнул Ла Молю:

— Садись! Еще есть время. Прыгай на лошадь, как делал сотни раз при мне, и скачем.

Затем, обернувшись к конникам, он крикнул:

— Какого черта, господа? Не стреляйте, вы можете убить своих друзей!

И опять шепнул Ла Молю:

— Сквозь чащу стрельба плохая; они выстрелят и промахнутся.

— Нельзя! — ответил Ла Моль. — Нам не увести с собой лошадь Маргариты и двух мулов, а они замешают ее в дело; на допросе же я отведу от нее всякое подозрение. Скачи один, мой друг, скачи!

— Господа, — крикнул Коконнас, вынимая шпагу и поднимая ее в воздух, — мы сдаемся!

Легкие конники подняли вверх дула мушкетонов.

— Но прежде разрешите спросить, почему мы должны сдаваться?

— Об этом вы спросите у короля Наваррского.

— Какое преступление мы совершили?

— Об этом вам скажет его высочество герцог Алансонский.

Коконнас и Ла Моль переглянулись: имя их общего врага не могло действовать успокоительно в подобных обстоятельствах.

Но как бы то ни было, ни один из них не оказал сопротивления. Коконнасу было предложено слезть с лошади, что он и выполнил, не прекословя. Затем обоих поместили в середину кольца из легких конников и повели по дороге к павильону Франциска I.

— Ты хотел посмотреть на павильон Франциска Первого? — сказал Коконнас, заметив в просвет между деревьями стены очаровательной готической постройки. — Так похоже на то, что ты его увидишь.

Ла Моль ничего не ответил, а только пожал пьемонтцу руку.

Рядом с прелестным павильоном, выстроенным при Людовике XII, но получившим название в честь Франциска I, который постоянно назначал в нем сбор охотников, недавно был построен еще домик для выжлятников, но теперь, за стеной сверкавших мушкетонов, алебард и шпаг, он был почти не виден, как кротовая кучка за стеною золотистой нивы.

В этот домик и отвели пленников.

Теперь бросим свет на очень туманное, в особенности для двух пленников, положение вещей, рассказав о том, что происходило до ареста двух друзей.

Как было условлено, дворяне-гугеноты собрались в павильоне Франциска I, отперев его ключом, который, как мы знаем, был у де Муи. Вообразив себя хозяевами леса, они выставили кое-где дозорных, но легкие конники сменили белые перевязи на красные и благодаря этой хитроумной выдумке командира де Нансе неожиданным налетом сняли всех дозорных, не сделав ни одного выстрела.

После этого легкие конники продолжали двигаться облавой, окружая павильон; однако де Муи, ждавший короля Наваррского в конце дороги Фиалок, заметил, что красные перевязи не идут, а крадутся по-волчьи, и это сразу возбудило в нем подозрение. Он отъехал в сторону, чтобы его не увидели, и обратил внимание на то, как они все более сжимают круг, — очевидно, с целью прочесать лес и охватить все место сбора.

Одновременно в конце главной дороги он различил маячившие вдалеке белые эгретки и сверкающие аркебузы королевской охраны. Наконец он увидел и короля Карла IX, а в другой стороне и короля Наваррского. Тогда он взмахнул крест-накрест своей шляпой, что было условленным сигналом, означавшим: «Все пропало!»

Поняв его сигнал, король Наваррский повернул обратно и скрылся. Тотчас же де Муи вонзил шпоры в бока лошади, пустился удирать и на скаку предупредил Коконнаса и Ла Моля.

Карл IX, заметивший отсутствие Генриха и Маргариты, направился в сопровождении герцога Алансонского к павильону Франциска I, желая лично посмотреть, как будут Генрих и Маргарита выходить из домика выжлятников, куда он приказал запереть не только тех, кто находился в павильоне, но и тех, кто встретится в лесу.

Герцог Алансонский, вполне уверенный в успехе, скакал рядом с королем, страдавшим от острых болей, которые усиливали его плохое настроение.

— Ну! Ну! Давайте поскорее, — сказал король, подъехав. — Я тороплюсь домой. Тащите этих нечестивцев из их норы. Сегодня день святого Власия, а он в родстве со святым Варфоломеем.

По слову короля стена из пик и аркебуз пришла в движение: всех гугенотов, захваченных в лесу и в павильоне, вывели наружу. Но среди них не было ни Маргариты, ни короля Наваррского, ни де Муи.

— Ну, а где же Генрих? Где Марго? — спросил король. Вы, Алансон, ручались мне, что они здесь, и — смерть чертям! — подайте их!

— Сир, короля Наваррского и королевы мы даже не видали, — ответил де Нансе.

— Да вон они, — сказала герцогиня Невэрская.

Действительно, в конце тропинки, со стороны реки, вдруг появились Генрих и Маргарита — оба спокойные, как ни в чем не бывало: держа на руке по соколу и любовно прижимаясь один к другому, они скакали бок о бок с таким искусством, что создавалось впечатление, будто их лошади слюбились тоже и шли голова в голову, как бы ласкаясь.

Тогда-то разъяренный герцог Алансонский дал приказ обыскать все кругом, и легкие конники наткнулись на Коконнаса и Ла Моля, укрывшихся под сенью из плюща.

Их тоже вывели королевские телохранители, которые образовали вокруг них круг, взяв за руки друг друга. Но поскольку оба друга не были королями, то и не смогли придать себе такой же бодрый вид, как Генрих Наваррский и Маргарита: Ла Моль сильно побледнел, а Коконнас густо покраснел.

# II

## РАССЛЕДОВАНИЕ

Когда обоих молодых людей вводили в этот круг, их поразило зрелище действительно незабываемое.

Карл IX, как мы уже о том сказали, наблюдал проходивших перед ним дворян-гугенотов, которых его стража выводила одного вслед за другим из домика выжлятников.

Король и герцог Алансонский следили ничего не выражавшим взглядом за этим шествием, ожидая, что наконец появится оттуда и король Наваррский. Ожидание обмануло их.

Но этого было мало, оставалось неизвестным, куда же делись Генрих и Маргарита. И вот когда в конце тропинки появились молодые супруги, герцог Алансонский побледнел, у Карла же отлегло от сердца; совершенно безотчетно ему очень хотелось, чтобы вся эта затея его брата обернулась против него же.

— Опять ускользнул! — прошептал герцог.

В эту минуту приступ жестокой боли потряс Карла: он выпустил поводья, схватился за бок и дико закричал. Генрих Наваррский поспешил к нему; но пока он проскакал двести шагов, отделявших его от короля, Карл пришел в себя.

— Откуда вы приехали, месье? — спросил он таким жестким тоном, что Маргарита взволновалась.

— Откуда?.. С охоты, брат мой! — ответила она.

— Охота была у реки, а не в лесу.

— Когда я отстал от охоты, чтобы посмотреть на цаплю, мой сокол унесся за фазаном, — сказал Генрих.

— Где же фазан?

— Вот он! Красивый петух, не правда ли?

И Генрих с самым невинным видом показал Карлу птицу, отливавшую пурпуром, золотом и синевой.

— Так, так! Ну, а заполевав фазана, почему не присоединились вы ко мне?

— Потому, что фазан полетел к охотничьему парку, сир; а спустившись опять к реке, мы увидали вас уже на полмили впереди, когда вы поднимались к лесу. И мы сейчас же поскакали вслед за вами, так как, участвуя в охоте, не хотели от нее отбиться.

— А вот эти дворяне приглашены тоже на охоту? — спросил Карл.

— Какие дворяне? — сказал Генрих, с недоумением озираясь.

— Ваши гугеноты, черт их возьми! — ответил Карл. — Во всяком случае, их приглашал не я.

— Но, может быть, их пригласил герцог Алансонский, — предположил Генрих.

— Месье д'Алансон! Зачем они вам? — спросил Карл.

— Мне? — воскликнул герцог.

— Ну да, вам, брат мой, — сказал Карл. — Разве не вы заявили мне вчера, что вы король Наваррский? Очевидно, гугеноты, хлопотавшие о передаче вам наваррской короны, явились поблагодарить вас за согласие, а короля за передачу. Ведь так, господа?

— Да! Да! — крикнули двадцать голосов.

— Да здравствует герцог Алансонский! Да здравствует король Карл!

— Я не король гугенотов, — сказал Франсуа, позеленев от злости. Затем, бросив косой взгляд на Карла, добавил: — И твердо надеюсь никогда им не быть.

— Чепуха! — сказал Карл. — А вам, Генрих, да будет ведомо: я нахожу все это крайне странным.

— Сир, — твердо ответил Генрих, — да простит мне бог, но похоже на то, что мне делают допрос.

— А если я скажу: да, я допрашиваю вас, — что можете на это возразить?

— Что я такой же король, как вы! — гордо ответил Генрих. — Королевское достоинство дается не короной, а рождением, и отвечать я буду только моему брату и другу, а не судье.

— Очень желал бы знать, — тихо сказал Карл, — чему мне верить хоть раз в жизни!

— Пусть приведут месье де Муи, — сказал герцог Алансонский, — и вы узнаете. Де Муи, наверное, захвачен.

— Есть ли среди взятых месье де Муи? — спросил король.

Генрих встревожился и обменялся взглядом с Маргаритой; но это было лишь мгновение. Никто не отзывался.

— Месье де Муи нет среди захваченных, сир, — ответил де Нансе. — Нескольким моим людям показалось, что они его видели, но это не наверно.

Герцог Алансонский непристойно выругался.

— А вот, сир, два дворянина герцога Алансонского, — вмешалась Маргарита и показала королю на слышавших весь этот разговор Коконнаса и Ла Моля, уверенная в том, что может положиться на их сообразительность. — Допросите их, и они вам ответят.

Герцог почувствовал нанесенный ему удар.

— Я сам приказал их задержать в доказательство того, что они не служат у меня, — возразил герцог.

Король взглянул на двух друзей и вздрогнул, увидев Ла Моля.

— Ага, опять этот провансалец! — сказал он.

Коконнас грациозно поклонился королю.

— Что вы делали, когда вас взяли? — спросил его король.

— Сир, мы обсуждали военные и любовные вопросы.

— Верхом? Вооруженные до зубов? Готовясь бежать?

— Совсем нет, сир; вашему величеству неверно доложили. Мы лежали в тени, под буком... Sub tegmine fagi.

— А-а! Лежали под буком?

— И даже могли бы убежать, если бы думали, что чем-то навлечем на себя гнев вашего величества. Послушайте, господа, — обратился Коконнас к легким конникам, — полагаюсь на ваше честное солдатское слово: как вы думаете, могли мы удрать от вас, если бы хотели?

— Правду говоря, эти господа даже шагу не сделали, чтобы убежать, — ответил лейтенант конников.

— Потому что их лошади стояли вдалеке, — сказал герцог Алансонский.

— Прошу покорно извинить меня, ваше высочество, — ответил Коконнас, — я уже сидел на лошади, а граф Лерак де Ла Моль держал свою под уздцы.

— Это правда, господа? — спросил король.

— Правда, сир, — ответил лейтенант, — месье Коконнас даже слез с лошади, увидав нас.

Коконнас скорчил улыбку, говорившую: «Вот видите, сир!»

— А что значат две заводные лошади и два мула, нагруженные ящиками? — спросил Франсуа.

— Мы разве конюхи? Велите отыскать конюха, который был при них, и спросите.

— Его там не было! — сказал разъяренный герцог.

— Значит, он испугался и удрал, — возразил Коконнас. — Нельзя требовать от мужика такой же выдержки, как от дворянина.

— Все время один и тот же способ оправдания, — пробурчал герцог Алансонский, скрежеща зубами. — К счастью, сир, я вас предупредил, что эти господа уже несколько дней как у меня не служат.

— Как, ваше высочество! Я имею несчастье больше не служить у вас?

— А! Черт возьми! Вы знаете это лучше всех; вы же сами просили вас уволить, написав мне довольно наглое письмо, которое я, слава богу, сохранил, и, к счастью, оно при мне.

— Ах, я думал, что ваше высочество простили мне письмо, написанное в минуту плохого настроения. Это было, когда я узнал, что ваше высочество собирались задушить моего друга Ла Моля в одном из коридоров Лувра.

— Что за разговор? — перебил его король.

— Я тогда думал, что ваше высочество были только одни, — продолжал Коконнас. — Но потом оказалось, что там было еще трое.

— Молчать! — крикнул король. — Все ясно! Генрих, — обратился Карл к королю Наваррскому, — даете слово не бежать?

— Даю, ваше величество.

— Возвращайтесь в Париж вместе с месье де Нансе и ждите распоряжений в вашей комнате. А вы, господа, — сказал он двум дворянам, — сдайте ваши шпаги.

Ла Моль взглянул на Маргариту. Она улыбнулась.

Ла Моль сейчас же отдал шпагу ближайшему командиру. Коконнас последовал его примеру.

— Ну что ж, нашли мне де Муи? — спросил король.

— Нет, сир, — ответил де Нансе, — или его не было, или он бежал.

— Плохо! — сказал король. — Едем домой. Мне холодно, и я что-то неясно вижу.

— Сир, это, наверно, от раздражения, — сказал Франсуа.

— Да, возможно. У меня какое-то мерцание в глазах. Где арестованные? Я ничего не вижу. Разве сейчас ночь? О-о! Боже, сжалься! Во мне все горит! Помогите! Помогите!

Несчастный король выпустил поводья, вытянул руки и опрокинулся назад; испуганные придворные подхватили его на руки.

Франсуа, один знавший причину мучительного недуга брата, стоял в стороне и вытирал пот со лба.

Король Наваррский, стоявший по другую сторону, уже под охраной де Нансе, с возрастающим удивлением смотрел на эту сцену и благодаря непостижимой интуиции, временами превращавшей его в какого-то прозорливца, говорил себе:

«Эх! Пожалуй, было бы лучше, если б меня схватили во время бегства!»

Он взглянул на Маргариту, которая широко раскрытыми от изумления глазами посматривала то на него, то на короля. На этот раз король потерял сознание. Подвезли походную тележку, положили на нее Карла, накрыли плащом, снятым с одного из конников, и весь поезд тихо направился в Париж, который утром провожал веселых заговорщиков и радостного короля, а вечером встречал короля умирающим, а мятежников — взятыми под стражу.

Маргарита, несмотря ни на что сохранившая способность владеть собой морально и физически, обменялась в последний раз многозначительным взглядом со своим мужем, затем, проехав настолько близко от Ла Моля, что он мог ее услышать, обронила два греческих слова:

— Me déidé, — что означало: «Не бойся».

— Что она тебе сказала? — спросил Коконнас.

— Она сказала, что бояться нечего, — ответил Ла Моль.

— Тем хуже, — тихо сказал пьемонтец, — тем хуже! Это значит, что дело наше плохо. Каждый раз, как мне говорили для ободрения эту фразу, я получал или пулю, или удар шпаги, а то и цветочный горшок на голову. По-еврейски ли, по-гречески ли, по-латыни или по-французски это всегда значило для меня: «Берегись!»

— Идемте, господа! — сказал лейтенант легких конников.

— Извините мою нескромность, месье: куда вы нас ведете? — спросил Коконнас.

— Вероятно, в Венсенский замок, — ответил лейтенант.

— Я бы предпочел отправиться в другое место, — сказал Коконнас, — но в конце концов не всегда идешь туда, куда хочешь.

По дороге король пришел в сознание и почувствовал себя лучше. В Нантере он даже захотел сесть верхом на свою лошадь, но его отговорили.

— Пошлите за мэтром Амбруазом Паре, — сказал Карл, прибыв в Лувр.

Он слез с повозки, поднялся по лестнице, опираясь на руку Тавана, и, придя в свои покои, приказал никого к себе не пускать.

Все заметили, что король Карл был очень сосредоточен. В пути он ни с кем не говорил, не интересовался ни заговором, ни заговорщиками, а все о чем-то думал. Было очевидно, что его тревожила болезнь: заболевание внезапное, острое и странное, с теми же самыми симптомами, что и у брата короля — Франциска II незадолго до его смерти.

Поэтому приказ короля — пускать к нему одного только мэтра Паре — никого не удивил. Мизантропия, как известно, была основной чертой характера Карла IX.

Карл вошел к себе в опочивальню, сел в кресло, напоминавшее шезлонг, подложил под голову подушки и, рассудив, что мэтра Амбруаза Паре могут не застать дома и он придет не скоро, собрался провести время ожидания недаром. Он хлопнул в ладоши, и сейчас же вошел один из телохранителей.

— Скажите королю Наваррскому, что я хочу с ним говорить, — распорядился Карл.

Телохранитель поклонился и пошел исполнить приказание.

Король откинул голову назад: мысли его путались от страшной тяжести в мозгу, какой-то кровавый туман застилал глаза; во рту все пересохло, и Карл выпил целый графин воды, не утолив жажды.

Он пребывал в каком-то дремотном состоянии, когда дверь отворилась и вошел Генрих; сопровождавший его де Нансе остановился в передней и не пошел дальше.

Генрих, услышав, что дверь за ним закрылась, сделал несколько шагов к Карлу.

— Сир, вы вызывали меня? Я пришел.

Король вздрогнул при звуке его голоса и бессознательно протянул ему руку.

— Сир, — обратился к нему Генрих, стоя с опущенными по бокам руками, — ваше величество запамятовали, что я больше не брат, а узник.

— Ах да, верно, — сказал Карл, — спасибо, что напомнили. Но мне помнится еще вот что: как-то раз мы с вами были наедине, и вы мне обещали отвечать на мои вопросы чистосердечно.

— И я готов сдержать это обещание. Спрашивайте, сир.

Король смочил ладонь водою и приложил ко лбу.

— Что истинного в обвинении герцога Алансонского? Ну, отвечайте, Генрих.

— Только половина: бежать должен был сам герцог Алансонский, а я — сопровождать его.

— А зачем вам было его сопровождать? — спросил Карл. — Вы что же, недовольны мной?

— Нет, сир, наоборот; я мог только радоваться отношению вашего величества ко мне: бог, читающий в сердцах людей, видит и в моем сердце, какую глубокую привязанность питаю я к моему брату и королю.

— Мне кажется противоестественным бегать от людей, которых любишь и которые тебя любят, — ответил Карл.

— Я и бежал не от тех, кто меня любит, а от тех, кто меня терпеть не может. Ваше величество, разрешите мне говорить с открытой душой?

— Говорите, месье.

— Меня не выносят герцог Алансонский и королева-мать.

— Относительно Алансона я не отрицаю, — сказал Карл, — но королева-мать проявляет к вам всячески свое внимание.

— Вот поэтому-то я и боюсь ее, сир. И слава богу, что я ее боялся!

— Ее?

— Ее или окружающих ее. Вам, сир, известно, что иногда несчастьем королей является не то, что им чересчур плохо угождают, а то, что угождают слишком рьяно.

— Говорите яснее: вы сами обязались говорить все.

— Как видите, ваше величество, я так и поступаю.

— Продолжайте.

— Ваше величество сказали, что любите меня?

— То есть я любил вас, Анрио, до вашей измены.

— Предположите, сир, что вы продолжаете меня любить.

— Пусть так.

— Раз вы меня любите, то вы, наверно, желаете, чтобы я был жив, да?

— Я был бы в отчаянии, если бы с тобой случилось какое-нибудь несчастье.

— Так вот, ваше величество, вы уже два раза могли прийти в отчаяние.

— Как так?

— Да, сир, два раза только провидение спасло мне жизнь. Правда, во второй раз провидение приняло облик вашего величества.

— А в первый раз чей облик?

— Облик человека, который был бы очень изумлен тем, что его приняли за провидение, — облик Рене. Да, сир, вы спасли меня от стали...

Карл нахмурился, вспомнив, как он увел Генриха на улицу Бар.

— А Рене? — спросил он.

— Рене спас меня от яда.

— Фу! Тебе везет, Анрио: спасать — это не его специальность, — сказал король, пытаясь улыбнуться, но от сильной боли не улыбка, а судорога пробежала по его губам.

— Итак, сир, меня спасли два чуда: одно — раскаяние Рене, другое — доброта вашего величества. Должен сознаться, я боюсь, как бы бог не устал делать чудеса, поэтому я и решил бежать, руководясь истиной: на бога надейся, а сам не плошай.

— Отчего же ты не сказал мне об этом раньше, Генрих?

— Если бы я сказал об этом вам даже вчера, я был бы доносчиком.

— А сегодня?

— Сегодня — другое дело; меня обвиняют — я защищаюсь.

— А ты, Анрио, уверен в первом покушении?

— Так же, как во втором.

— И тебя хотели отравить?

— Пытались.

— Чем?

— Опиатом.

— А как отравляют опиатом?

— Спросите, сир, у Рене: раз отравляют и перчатками...

Карл насупился, но понемногу лицо его разгладилось.

— Да, да, — говорил он, как будто разговаривая с самим собой, — всем тварям, по самой их природе, свойственно бежать от смерти. Так почему же не делать сознательно того, что делается по инстинкту?

— Итак, довольны ли вы, ваше величество, моею откровенностью и верите ли, что я сказал вам все?

— Да, Анрио, да, ты хороший малый. И ты думаешь, что те, кто желает тебе зла, еще не угомонились и будут покушаться впредь на твою жизнь?

— Сир, каждый вечер я удивляюсь, что еще живу.

— Они знают, как я тебя люблю, Анрио, поэтому-то они и хотят тебя убить. Но будь спокоен — они понесут наказание за свою злую волю. А теперь ты свободен.

— То есть я могу уехать из Парижа, сир? — спросил Генрих.

— Нет, нет, ты знаешь, я не могу обойтись без тебя. А! Тысяча чертей! Надо же, чтобы при мне был хоть один человек, который меня любит.

— В таком случае, сир, если ваше величество хотите меня оставить при себе, то окажите мне одну милость...

— Какую?

— Оставьте меня здесь не под видом друга, а под видом узника.

— Как узника?

— Да так. Разве вы, ваше величество, не видите, что ваша дружба меня губит?

— И ты желаешь, чтобы я тебя возненавидел?

— Только для вида, сир. В такой ненависти мое спасение: до тех пор пока они будут думать, что я в немилости, они не станут торопиться умертвить меня.

— Не знаю, Анрио, каковы твои желания, — заявил Карл, — не знаю, какая у тебя цель, но если твои желания не осуществятся, если ты не достигнешь поставленной тобой цели — я буду очень удивлен.

— Значит, я могу рассчитывать на то, что король будет относиться ко мне строго?

— Да.

— Тогда я спокоен... Что прикажете сейчас, ваше величество?

— Ступай к себе, Анрио. Я болен; пойду посмотрю своих собак и лягу в постель.

— Сир, — сказал Генрих, — вашему величеству надо было бы позвать врача: ваше сегодняшнее нездоровье, может быть, серьезнее, чем вы думаете.

— Я послал за мэтром Амбруазом Паре.

— Тогда я ухожу, чувствуя себя спокойнее.

— Клянусь душой, Анрио, — сказал король, — из всей моей семьи ты, кажется, один на самом деле меня любишь.

— Это ваше искреннее убеждение, сир?

— Честное слово дворянина.

— Хорошо! В таком случае поручите месье де Нансе стеречь меня, как человека, который настолько прогневил своего короля, что не проживет и месяца: это единственное средство, чтобы я мог любить вас долго.

— Месье де Нансе! — крикнул Карл.

Вошел командир королевской охраны.

— Я отдаю вам на руки, — сказал ему король, — самого важного государственного преступника; вы мне ответите головой за его сохранность.

И Генрих с унылым видом пошел вслед за де Нансе.

## III

## АКТЕОН

Оставшись один, Карл очень удивился, что к нему не пришел ни один из верных его друзей; а два верных его друга были — кормилица Мадлена и борзая Актеон.

«Кормилица, наверное, пошла к какому-нибудь знакомому гугеноту петь псалмы, — подумал он. — Актеон же все еще дуется за то, что я сегодня хлестал его арапником».

Карл взял свечу и прошел к кормилице. Ее не было дома. Читатель, наверное, помнит, что из комнаты Мадлены была дверь в Оружейную палату. Карл подошел к этой двери, но пока он шел, у него опять начались боли, которые вдруг появлялись и потом сразу проходили; сейчас было такое ощущение, точно в его внутренностях ковыряли каленым железом. Неутолимая жажда мучила его; на столе он увидел чашку с молоком, выпил ее залпом и почувствовал облегчение. Затем опять взял свечу, которую поставил до этого на стол, и вошел в Оружейную палату.

К его крайнему изумлению, Актеон не бросился навстречу. Быть может, его заперли? Но тогда, почуяв, что хозяин вернулся с охоты, он стал бы выть. Карл свистел, звал — собака не являлась. Он прошел шага четыре дальше, и, когда свеча осветила дальний угол комнаты, он там увидел на полу неподвижно распростертую собаку.

— Сюда! Актеон! Сюда! — позвал Карл и еще раз свистнул.

Собака оставалась недвижима.

Карл подбежал и прикоснулся к ней: бедное животное уже закоченело. Из ее рта, перекошенного болью, вытекло на пол несколько капель желчи, смешанной с кровавой пенистой слюной. Собака нашла берет Карла и умерла, положив голову на вещь, олицетворявшую для нее хозяина.

Глядя на труп собаки, Карл забыл о своих болях и почувствовал себя бодрее; от ярости кровь закипела у него в жилах, ему хотелось закричать; но короли, скованные собственным величием, не могут поддаваться первому порыву, которым руководится обычный человек в своих страстях или в случае самозащиты. Карл сообразил, что здесь кроется какое-то предательство, и промолчал.

Он встал на колени около собаки и опытным взглядом осмотрел труп. Глаза собаки имели стекловидную окраску, язык был красный и весь в язвинах, заболевание настолько своеобразное, что Карл вздрогнул.

Король взял заткнутые за пояс перчатки, надел их, приподнял посиневшую губу собаки и в промежутках между острыми клыками заметил какие-то застрявшие беловатые кусочки. Вытащив несколько кусочков, он увидел, что это бумага; около бумаги опухоль была сильнее, десны вздулись, а слизистая оболочка разъедена, как купоросом. Он внимательно осмотрел все кругом. На ковре валялись два-три маленьких обрывка бумаги, похожей на ту, какую он обнаружил во рту собаки. На одном обрывке, побольше других, сохранились остатки гравюры. У Карла волосы зашевелились, когда он разглядел эти остатки и узнал изображение соколиного охотника, которое Актеон выдрал из охотничьей книги.

— А-а! Книга была отравлена, — сказал он побледнев.

И вдруг он вспомнил свое чтение.

— Тысяча чертей? Ведь каждую страницу я трогал своим пальцем и каждый раз его мусолил. Вот откуда мои обмороки, боли, рвота... Я отравлен!

Под гнетом этой страшной мысли Карл на одну минуту замер. Потом вскочил, глухо рыча, и метнулся к двери.

— Мэтра Рене! — крикнул он. — Мэтра Рене, флорентийца! Чтобы сейчас же сбегали на мост Святого Михаила и привели его! Чтобы через десять минут он был здесь. Пусть кто-нибудь скачет туда верхом, возьмет запасную лошадь для Рене и с ним вернется. А если придет мэтр Амбруаз Паре, велите подождать.

Один из телохранителей бросился бегом исполнять приказание.

— О-о! Если понадобится, я велю пытать хоть всех, но узнаю, кто дал эту книгу Анрио.

С каплями пота на лбу и судорожно сжатыми руками Карл стоял на месте, задыхаясь и устремив взгляд на труп собаки. Через десять минут флорентиец робко, не без тревоги, постучался в дверь. Есть люди с такой совестью, что ясной погоды не бывает в их душе.

— Войдите! — сказал Карл.

В дверях показался парфюмер. Карл подошел к нему торжественно, со сжатыми губами.

— Ваше величество требовали меня? — сказал Рене, весь дрожа.

— Вы ведь хороший химик? — спросил король.

— Сир...

— И вы знаете то, что знают лучшие врачи?

— Ваше величество преувеличиваете мои знания.

— Нет, так говорила мне моя матушка. Кроме того, я доверяю вам и предпочитаю посоветоваться с вами, а не с кем-нибудь другим. Вот, — продолжал Карл, указывая на труп собаки, — взгляните, что такое между зубами собаки, и скажите, отчего она издохла?

В то время как Рене, взяв в руку свечку, нагнулся до пола, чтобы исполнить приказание короля и скрыть свое волнение, Карл стоял, не спуская с него глаз, и ждал с понятным нетерпением его слова, которое должно было стать для Карла или смертным приговором, или залогом его выздоровления.

Рене вынул из кармана похожий на скальпель ножик, раскрыл его и кончиком отделил от десен приставшие кусочки бумаги, затем долго и внимательно разглядывал желчь и кровь, сочившиеся из каждой ранки.

— Сир, признаки очень неутешительные, — сказал он с трепетом.

Карл почувствовал, как струя похолодевшей крови пробежала по его жилам и залила сердце.

— Собака была отравлена, да? — спросил он.

— Боюсь, что так, сир.

— А каким ядом?

— Минеральным, как я предполагаю.

— Можете ли вы установить точно, была ли она отравлена?

— Да, конечно, вскрыв и исследовав желудок.

— Вскройте! Я хочу, чтоб у меня не оставалось никаких сомнений.

— Надо будет позвать кого-нибудь помочь мне.

— Я сам вам помогу, — сказал Карл.

— Вы сами, сир?

— Да, сам. А если она отравлена, что мы найдем, какие признаки?

— Красноту и древовидное поражение оболочек.

— Приступим! — сказал Карл.

Рене одним ударом скальпеля вскрыл грудь борзой и сильным нажатием рук раздвинул ее стенки, а Карл светил ему судорожно сжатой, дрожащею рукой.

— Видите, сир, — сказал Рене, — вот явные следы отравы. Вот та краснота, о которой я говорил вам; а вот и кровавые жилки, похожие на разросшийся корень растения, что я и назвал древовидным поражением. Я здесь нашел все, что искал.

— Значит, собака отравлена?

— Да, сир.

— Минеральным ядом?

— По всей вероятности.

— А если бы человек нечаянно проглотил этот яд, что бы он ощущал?

— Сильную головную боль, такое жжение внутри, точно он проглотил горячие уголья, боли во внутренностях, тошноту.

— И жажду? — спросил Карл.

— Неутолимую, — ответил Рене.

— Все так, все так! — прошептал Карл.

— Сир, я не понимаю цели ваших расспросов.

— К чему ее доискиваться? Вам незачем и знать ее. Отвечайте на мои вопросы — и только.

— Спрашивайте, ваше величество.

— Какое противоядие прописывают человеку, проглотившему то же вещество, что и моя собака?

Рене с минуту подумал.

— Есть несколько минеральных ядов, — ответил он. — Прежде чем дать ответ, я хотел бы знать, о каком яде идет речь. Ваше величество имеет представление, каким способом была отравлена собака?

— Да, — сказал Карл, — она съела страницу из одной книги.

— Страницу из книги? — переспросил Рене.

— Да.

— Ваше величество, а эта книга у вас?

— Вот она, — сказал Карл, взяв с полки книгу и показывая ее Рене.

На лице Рене выразилось изумление, что не ускользнуло от короля.

— Она съела страницу из этой книги? — пролепетал Рене.

— Из этой, — ответил Карл и указал место, откуда вырвана страница.

— Разрешите, сир, вырвать еще одну страницу?

— Хорошо.

Рене вырвал страницу и поднес ее к пламени свечи. Бумага вспыхнула, и едкий запах чеснока распространился по всей комнате.

— Книга отравлена составом из мышьяка, — сказал Рене.

— Вы уверены?

— Как если бы ее обрабатывал я сам.

— А какое противоядие?..

Рене отрицательно покачал головой.

— Как? Вы не знаете никакого средства?

— Самое лучшее — яичные белки, взбитые с молоком но...

— Но... что?

— Но надо было их принять тотчас, а иначе...

— А иначе?..

— Сир, это страшный яд, — еще раз подтвердил Рене.

— Все же он убивает не сразу, — сказал Карл.

— Нет, зато верно: не важно, сколько времени пройдет до смерти; иногда время даже входит в расчеты отравителя.

Карл оперся на мраморный стол.

— Теперь вот что, — сказал он, кладя руку на плечо Рене, — вам знакома эта книга?

— Мне, сир?! — сказал Рене, бледнея.

— Да, вам. При взгляде на нее вы сами себя выдали.

— Сир, клянусь вам...

— Рене, — перебил его король, — послушайте меня хорошенько: вы отравили перчатками королеву Наваррскую; вы отравили дымом лампы принца Порсиан; вы пытались отравить душистым яблоком принца Конде. Рене, я прикажу содрать с вас кожу по кусочкам раскаленными щипцами, если вы мне не скажете, чья это книга.

Флорентиец увидел, что с гневом короля шутить нельзя, и решил взять смелостью.

— А если я скажу правду, сир, кто мне поручится за то, что я не буду наказан еще мучительнее?

— Я.

— Вы мне дадите ваше королевское слово?

— Честное слово дворянина, я сохраню вам жизнь.

— В таком случае — книга принадлежит мне.

— Вам? — воскликнул Карл, отступая назад и глядя на отравителя мутным взглядом.

— Да, мне.

— А как же она ушла из ваших рук?

— Ее взяла у меня ее величество королева-мать.

— Королева-мать! — воскликнул Карл.

— Да.

— С какой целью?

— Мне думается, с целью отнести ее королю Наваррскому, который просил у герцога Алансонского такого рода книгу, чтобы изучить соколиную охоту.

— А! Так, так! — воскликнул Карл. — Мне все понятно! Действительно, книга была у Анрио. От судьбы я не ушел.

В эту минуту сухой, жесткий кашель потряс Карла и снова вызвал боль во внутренностях. Карл глухо вскрикнул раза три и упал в кресло.

— Что с вами, сир? — испуганно спросил Рене.

— Ничего, — ответил Карл. — Мне только хочется пить, дайте мне воды.

Рене налил стакан воды и подал дрожащей рукой Карлу, который и выпил ее залпом.

— Теперь, — сказал король, беря перо и обмакивая его в чернила, — напишите на этой книге.

— Что написать? — спросил Рене.

— То, что я сейчас вам продиктую: «Это руководство к соколиной охоте дано мною королеве-матери, Екатерине Медичи».

Рене взял перо и написал.

— А теперь подпишитесь.

Флорентиец подписался.

— Вы обещали сохранить мне жизнь, — сказал парфюмер.

— Что касается меня, я сдержу свое слово.

— А что касается королевы-матери? — спросил Рене.

— А что касается ее, то не касается меня. Если на вас нападут, защищайтесь сами.

— Сир, если я увижу, что моей жизни грозит опасность, могу ли я уехать из Франции?

— Я дам ответ вам через две недели.

— А до этого...

Сдвинув брови, Карл приложил палец к бледным губам.

— О, будьте покойны, сир!

И, довольный тем, что отделался так дешево, флорентиец сделал поклон и вышел.

Сейчас же в дверях своей комнаты появилась кормилица.

— Что с тобой, милый Шарло?

— Кормилица, я походил по росе, и мне плохо.

— Правда, ты очень побледнел, Шарло.

— Я очень ослабел. Дай мне руку и доведи меня до моей кровати.

Кормилица подбежала к нему; Карл оперся на нее и добрался до своей опочивальни.

— Теперь я сам улягусь, — сказал Карл.

— А если придет мэтр Амбруаз Паре?

— Скажи ему, что мне стало лучше и он не нужен.

— А что тебе дать сейчас?

— Да самое простое лекарство, — ответил Карл, — яичные белки, взбитые с молоком. Кстати, кормилица, бедный Актеон издох. Надо завтра утром похоронить его где-нибудь в луврском саду. Это был мой лучший друг... Я поставлю ему памятник... если успею.

# IV

## ВЕНСЕНСКИЙ ЛЕС

На основании приказа Карла IX в тот же вечер Генрих Наваррский был препровожден в Венсенский лес. Так звали в те времена известный замок, от которого теперь остались лишь развалины, но даже они настолько грандиозны, что дают представление о былом его величии.

Генриха перенесли туда в крытых носилках; с каждой стороны их шли четыре стража, а впереди ехал верхом де Нансе, имея при себе королевский приказ, открывавший Генриху двери темницы — его убежища.

Перед подземным ходом в твердыню замка — его большую башню — процессия остановилась. Де Нансе слез с лошади, открыл дверцы носилок, запертые на замок, и почтительно предложил королю Наваррскому выйти. Генрих вышел без всяких разговоров — любое место жительства казалось ему надежнее, чем Лувр; десять дверей, затворяясь вслед за ним, отделяли его от Екатерины Медичи.

Августейший узник перешел через подъемный мост, охраняемый двумя солдатами-часовыми, прошел в три двери нижней части башни и в три двери нижней части лестницы, затем, предшествуемый де Нансе, поднялся на один этаж. Генрих собрался идти по лестнице и выше, но командир королевской охраны остановил его, сказав:

— Ваше величество, остановитесь здесь.

— Ага! Как видно, меня удостаивают второго этажа, — сказал Генрих.

— Сир, к вам относятся, как к венценосной особе.

«Черт их возьми! — подумал Генрих. — Два-три этажа выше меня бы не унизили ничуть. Тут слишком хорошо, и это может вызвать подозрения».

— Ваше величество, не желаете ли последовать за мной? — спросил де Нансе.

— Святая пятница! Вам очень хорошо известно, месье, как мало значит здесь то, что я желаю и чего я не желаю; здесь значит лишь приказ моего брата Карла. Есть приказ — следовать за вами?

— Да, сир.

— В таком случае, месье, я следую за вами.

Они пошли по длинному проходу вроде коридора, пересекавшему просторный зал с темными стенами, который имел крайне мрачный вид.

Генрих не без тревожного чувства осмотрелся.

— Где мы? — спросил он.

— Мы проходили, ваше величество, по допросной палате.

— А-а! — произнес король Наваррский и стал разглядывать внимательнее.

В палате было всего понемногу: воронки и станки для пытки водой, клинья и молоты для пыток испанскими сапогами; кругом, вдоль стен почти всей комнаты, шли каменные сиденья для несчастных, ожидавших пытки, а около сидений — на их уровне и выше и ниже их — были вделаны в стены железные кольца, но не симметрично, а соответственно роду пытки. Сама близость этих колец к сиденьям указывала их назначение — привязывать к ним части тела тех, кто будет занимать эти места.

Генрих пошел дальше, не сказав ни слова, но и не упустив ни одной подробности этого мерзкого устройства, так сказать, запечатлевшего на этих стенах повесть о человеческих страданиях.

Внимательно разглядывая окружающее, Генрих не посмотрел под ноги и споткнулся.

— А это что такое? — спросил он, указывая на какой-то желоб, выдолбленный в сыром каменном настиле, заменявшем собою пол.

— Это сток, сир.

— Разве здесь идет дождь?

— Да, сир, кровавый.

— Ага! Прекрасно, — сказал Генрих. — Мы еще не скоро дойдем до моей комнаты?

— Вы уже пришли, ваше величество, — сказал какой-то призрак, смутно рисовавшийся в полутьме, но становившийся по мере приближения все более определенным и реальным. Генриху показался знакомым этот голос, а сделав несколько шагов, он узнал и самого человека.

— Ба! Да это вы, Болье! — сказал Генрих. — Какого черта вы здесь делаете?

— Сир, я только что получил назначение коменданта Венсенской крепости.

— Ваш дебют делает вам честь: вы сразу получили узника-короля. Это неплохо.

— Простите, сир, — ответил Болье, — раньше вас я принял двух дворян.

— Каких? Ах, простите, я, может быть, нескромен? В таком случае условимся, что я не спрашивал.

— Ваше величество, у меня нет предписания соблюдать относительно них тайну. Это месье де Ла Моль и месье де Коконнас.

— А, верно! Я видел, что их забрали. Как эти бедные дворяне переносят свое несчастье?

— Совершенно по-разному: один весел, другой печален; один поет, другой вздыхает.

— Какой же вздыхает?

— Месье де Ла Моль, сир.

— Мне более понятен тот, что вздыхает, чем тот, который распевает. Судя по тому, что я видел, тюрьма — место вовсе не веселое. А на каком этаже их поместили?

— На пятом, самом верхнем.

Генрих вздохнул. Ему самому хотелось попасть туда.

— Так покажите мне, месье Болье, мою комнату; я потому тороплюсь попасть в нее, что очень устал за этот день.

— Пожалуйста, ваше величество, — сказал Болье, указывая на растворенную дверь.

— Номер второй, — сказал Генрих. — А почему не номер первый?

— Он уже предназначен, ваше величество.

— Ага! Как видно, вы ждете узника познатнее меня.

— Я не сказал, ваше величество, что этот номер предназначен для узника.

— А для кого же?

— Вашему величеству лучше не настаивать на моем ответе, так как я буду вынужден промолчать и тем самым не оказать вам должного повиновения.

— Ну, это другое дело, — сказал Генрих и еще больше задумался, чем прежде: видимо, номер первый очень занимал его.

Впрочем, комендант не изменил своей первоначальной вежливости. Со всевозможными ораторскими оговорками он поместил Генриха в его комнату, всячески извинялся за могущие оказаться неудобства, поставил двух солдат у его двери и ушел.

— Теперь пойдем к другим, — сказал комендант слуге-тюремщику.

Впереди пошел слуга-тюремщик, и они двинулись в обратный путь, прошли допросную палату, коридор и очутились опять у лестницы; следуя за своим проводником, Болье поднялся на три этажа.

Оказавшись таким образом на пятом этаже, тюремщик открыл одну за другой три двери, из которых каждая запиралась двумя замками и тремя огромными засовами. Когда он начал отпирать третью дверь, из-за нее послышался веселый голос:

— Эй! Дьявольщина! Отпирайте поскорее, хотя бы для того, чтобы проветрить. Ваша печка до того нагрелась, что задохнешься.

И Коконнас, которого читатель уже признал по его любимому ругательству, одним прыжком очутился у двери.

— Одну минутку, дорогой дворянин, — сказал тюремщик, — я пришел не для того, чтобы вас вывести, а чтобы войти самому, а за мной идет комендант.

— Комендант? Зачем? — спросил Коконнас.

— Навестить вас.

— Он делает мне много чести. Милости просим! — ответил Коконнас.

Болье вошел и сразу уничтожил сердечную улыбку Коконнаса ледяной учтивостью, присущей комендантам, тюремщикам и палачам.

— Есть у вас деньги, месье?

— У меня? Ни одного экю, — ответил Коконнас.

— Драгоценности?

— Одно кольцо.

— Разрешите вас обыскать?

— Дьявольщина! — воскликнул Коконнас, краснея от гнева. — Ваше счастье, что я и вы в тюрьме.

— Все допустимо, раз служишь королю.

— Так, значит, — ответил пьемонтец, — те почтенные люди, которые грабят на Новом мосту, служат королю так же, как вы? Дьявольщина! Оказывается, месье, я до сих пор был очень несправедлив, считая их ворами.

— Привет мой вам, месье, — сказал Болье. — Тюремщик, заприте месье Коконнаса.

Комендант ушел, взяв у пьемонтца перстень с прекрасным изумрудом, который подарила ему герцогиня Невэрская на память о своих глазах.

— К другому, — сказал комендант.

Они миновали одну пустую камеру и опять привели в действие три двери, шесть замков и девять засовов. Когда последняя дверь отворилась, посетителей встретил только вздох.

Камера была еще унылее той, откуда сейчас вышел комендант. Четыре длинные узкие бойницы с решеткой прорезывали стену, все уменьшаясь изнутри наружу, и слабо освещали это печальное жилище. В довершение всего железные прутья перекрещивались в них так часто, что глаз повсюду натыкался на тусклые линии решетки и узник даже сквозь бойницы не видел неба. Готические нервюры, выходя из каждого угла, постепенно сближались к середине потолка и переходили там в розетку.

Ла Моль сидел в углу и, несмотря на приход посетителей, даже не шевельнулся, как будто ничего не слышал.

— Добрый вечер, месье де Ла Моль, — сказал Болье.

Молодой человек медленно приподнял голову.

— Добрый вечер, месье, — ответил он.

— Месье, я пришел вас обыскать, — продолжал комендант.

— Не нужно, — ответил Ла Моль, — я вам отдам все, что у меня есть.

— А что у вас есть?

— Около трехсот экю, вот эти драгоценности и кольца.

— Давайте, месье, — сказал комендант.

— Возьмите.

Ла Моль вывернул карманы, снял кольца и вырвал из шляпы пряжку.

— Больше нет ничего?

— Ничего, насколько мне известно.

— А что это на шелковой ленточке висит у вас на шее? — спросил Болье.

— Это не драгоценность, это образок.

— Дайте.

— Вы требуете даже это?

— Мне приказано не оставлять вам ничего, кроме одежды, а образок — не одежда.

Ла Моль чуть не набросился на тюремщиков, и гневный порыв человека, отличавшегося своею благородной, тихой скорбью, показался страшным даже этим людям, привыкшим к бурным проявлениям чувств.

Но Ла Моль тотчас взял себя в руки.

— Хорошо, — сказал он, — я сейчас покажу вам эту вещь.

Сделав вид, что поворачивается к свету, он отвернулся, вытащил мнимый образок, представлявший собой не что иное, как медальон, где вставлен был чей-то портрет, вынул портрет из медальона, несколько раз поцеловал, затем как бы нечаянно уронил его на пол и, ударив по нему изо всех сил каблуком, разбил на мельчайшие кусочки.

— Месье!.. — воскликнул комендант.

Он нагнулся и посмотрел, не осталось ли в целости чего-нибудь от неизвестного предмета, который собирался утаить от него Ла Моль, но миниатюра была разбита вдребезги.

— Королю нужна драгоценная оправа, — сказал Ла Моль, — но у него нет никаких прав на портрет, который был в нее вставлен. Вот вам медальон, можете его взять.

— Месье, я пожалуюсь на вас королю.

И, не сказав ни слова на прощание, комендант вышел в таком раздражении, что оставил тюремщика одного запирать двери.

Тюремщик пошел было к выходу, но, увидев, что Болье сходит с лестницы, вернулся и сказал Ла Молю:

— Как хорошо я сделал, месье, что сразу же предложил дать мне сто экю за то, что я устрою вам разговор с вашим товарищем, иначе комендант забрал бы их вместе с этими тремястами, а уж тогда бы совесть мне не позволила сделать что-нибудь для вас; но вы заплатили мне вперед, а я вам обещал свидание с вашим другом... Идемте... у честного человека слово крепко. Только по возможности, и ради себя и ради меня, не говорите о политике.

Ла Моль вышел вместе с ним и очутился лицом к лицу с пьемонтцем, ходившим взад и вперед широкими шагами по своей камере.

Они бросились в объятия друг другу.

Тюремщик сделал вид, что утирает набежавшую слезу, и вышел сторожить, как бы кто не застал узников вместе, а больше для того, чтобы не попасться самому.

— А-а! Вот ты наконец! — воскликнул Коконнас. — Этот противный комендант заходил к тебе?

— Как и к тебе, надо думать.

— И отобрал у тебя все?

— Как и у тебя.

— Ну, у меня-то было немного — только перстень Анриетты, вот и все.

— А наличные деньги?

— Все, что у меня было, я отдал этому доброму тюремщику за то, чтоб он устроил нам свидание.

— Выходит, что он брал обеими руками, — сказал Ла Моль.

— А ты тоже заплатил?

— Я дал ему сто экю.

— Очень хорошо, что наш тюремщик негодяй!

— Конечно, за деньги с ним можно будет делать что угодно, а есть надежда, что в деньгах у нас не будет недостатка.

— Теперь скажи: ты понимаешь, что с нами произошло?

— Вполне... Нас предали.

— И предал этот гнусный герцог Алансонский; недаром мне хотелось свернуть ему шею.

— По-твоему, дело наше серьезное?

— Боюсь, что да.

— Так что можно опасаться... пытки?

— Не скрою от тебя, что я об этом уже думал.

— Что ты будешь говорить, если дело дойдет до этого?

— А ты?

— Я буду молчать, — ответил Ла Моль, густо краснея.

— Не скажешь ничего?

— Да, если хватит сил.

— Ну, а я, — сказал Коконнас, — если со мной учинят такую подлость, наговорю хорошеньких вещей! Это уж наверняка.

— Каких вещей? — с тревогой спросил Ла Моль.

— О, будь покоен, только таких, от которых герцог Алансонский на некоторое время лишится сна.

Ла Моль хотел ответить, но в это время прибежал тюремщик, вероятно, услышавший какой-то шум, втолкнул того и другого в их камеры и запер.

# V

## ВОСКОВАЯ ФИГУРКА

Карл уже семь дней не вставал с постели, томясь от лихорадочного жара, который перемежался сильными припадками, напоминавшими падучую болезнь. Иногда во время таких припадков у него вырывались крики, похожие на вой, пугавший стражу в передней комнате и гулко разносившийся по Лувру, уже взволнованному зловещим слухом. Когда припадки проходили, Карл, совершенно разбитый, с угасшим взором, падал на руки кормилицы, храня молчание, в котором чувствовалось и презрение к людям, и скрытый страх перед роковым концом.

Рассказывать о том, как мать и сын — Екатерина Медичи и герцог Алансонский, — не поверяя друг другу своих чувств, не встречаясь и даже избегая друг друга, каждый в одиночку вынашивали в голове свои злокозненные мысли, рассказывать об этом — все равно что описывать тот омерзительный живой клубок, который копошится в гнезде гадюки.

Генрих Наваррский сидел в заключении, и на свидание с ним, по его личной просьбе к Карлу, не давалось разрешения никому, даже Маргарите. В глазах всех это являлось признаком опалы. Екатерина и герцог Алансонский дышали свободнее, считая Генриха погибшим, а Генрих ел и пил спокойнее, надеясь, что о нем забыли.

При дворе ни один человек не подозревал об истинной причине болезни короля. Амбруаз Паре и его коллега Мазилло, приняв следствие за причину, определяли воспаление желудка, и только. На основании этого они прописывали мягчительные средства, лишь помогавшие действию того особого питья, которое назначил королю Рене. Карл принимал его из рук кормилицы три раза в день, оно же составляло и главное питание больного.

Ла Моль и Коконнас содержались в Венсенском замке под самым бдительным надзором. Маргарита и герцогиня Невэрская раз десять пытались проникнуть к ним или по крайней мере передать им записку, но безуспешно.

Карл, при постоянных колебаниях его здоровья то к лучшему, то к худшему, почувствовав себя однажды утром немного лучше, велел впустить к себе весь двор, который, по обычаю, являлся каждое утро ко времени вставания короля, хотя сама церемония этого обряда была отменена. Двери растворились, и все могли заметить — по бледности щек, по желтизне лба цвета слоновой кости, по лихорадочному блеску ввалившихся и обведенных черными кругами глаз — то страшное разрушение, какое произвела в юном монархе постигшая его болезнь.

Королевская опочивальня быстро наполнилась любопытными придворными. О том, что король принимает, известили Екатерину, герцога Алансонского и Маргариту. Все трое пришли порознь, один вслед за другим. Екатерина уселась у изголовья сына, не замечая взгляда, каким он ее встретил. Герцог Алансонский встал у изножия кровати. Маргарита прислонилась к столу и, посмотрев на бледный лоб, исхудалое лицо и провалившиеся глаза своего брата, тяжело вздохнула и прослезилась.

Карл, все замечавший, увидел ее слезы, услышал ее вздох и незаметно сделал Маргарите знак головой. Этот едва заметный жест успокоил Маргариту, которую Генрих не успел предупредить, а может быть, и не хотел предупреждать, и лицо ее прояснилось. Она боялась за мужа и трепетала за возлюбленного. За себя ей нечего было опасаться: она слишком хорошо знала Ла Моля и была уверена, что может положиться на него.

— Как чувствуете себя, сын мой? — спросила Екатерина.

— Лучше, матушка.

— А что говорят ваши врачи?

— Мои врачи! О, это великие ученые! — сказал Карл, расхохотавшись. — Для меня высшее удовольствие слушать их рассуждения о моей болезни. Кормилица, дай мне попить.

Кормилица принесла в чашке обычное его питье.

— Что же они дают вам принимать, сын мой?

— Мадам, ну кто же знает их кухню? — ответил Карл и с жадностью выпил принесенное питье.

— Самое лучшее для моего брата, — сказал герцог Алансонский, — было бы встать и выйти на солнце; брат так любит охоту, что она подействует на него очень хорошо.

— Да, — подтвердил Карл с усмешкой, значение которой осталось непонятным герцогу, — только в последний раз она подействовала на меня очень плохо.

Карл произнес эту фразу таким тоном, что разговор, в котором не принимали участия другие, на этом оборвался. Карл кивнул головой; придворные поняли, что прием закончен, и один за другим вышли. Герцог Алансонский хотел было подойти к брату, но какое-то неосознанное чувство его остановило. Он только поклонился и тоже вышел.

Маргарита бросилась к брату, схватила его костлявую руку, сжала ее в своих руках, поцеловала и ушла.

— Милая Марго! — прошептал Карл.

Екатерина продолжала сидеть у изголовья. Оставшись с ней вдвоем, Карл отодвинулся к противоположной стороне кровати под влиянием того же чувства, какое заставляет вас невольно отступить перед змеей. Благодаря признаниям Рене, а, пожалуй, еще больше благодаря размышлению в тишине и одиночестве у Карла не осталось даже такого успокоительного средства, как сомнение.

— Вы остаетесь, мадам? — спросил он.

— Да, сын мой, — ответила Екатерина, — мне надо поговорить с вами о важных вещах.

— Говорите, мадам, — сказал Карл, отодвигаясь еще дальше.

— Сир, вы сейчас говорили, что ваши врачи — великие ученые...

— Я это подтверждаю, мадам.

— Какую пользу принесли они с начала вашей болезни?

— По правде говоря, никакой... но если бы вы слышали, что они говорили... Честное слово, мадам, стоит заболеть, чтобы послушать их ученые рассуждения.

— Так разрешите, сын мой, сказать вам одну вещь?

— Ну конечно! Говорите, матушка.

— Я сильно подозреваю, что ваши великие ученые ровно ничего не понимают в вашей болезни.

— В самом деле, мадам?

— Да, они видят только следствия, а не причину.

— Возможно, мадам.

— Таким образом, они лечат симптомы, а не самую болезнь.

— Клянусь душой, матушка, — ответил изумленный Карл, — по-моему, вы правы!

— И вот, поскольку ваша длительная болезнь претит и моим материнским чувствам, и благу государства, а кроме того, принимая во внимание, что болезнь может вредно отразиться на вашем моральном состоянии, я собрала самых крупных ученых.

— В медицине, мадам?

— Нет, в науке более глубокой, в науке, которая дает возможность познавать не только тело, но и душу.

— Прекрасная наука, мадам, — сказал Карл, — как жаль, что этому не обучают королей! И что же? Ваши изыскания привели к какому-нибудь результату?

— Да.

— К какому же?

— К тому, какого я и ожидала. Теперь я принесла вам средство, которое наверно исцелит и ваше тело, и ваш дух.

Карл вздрогнул. Ему пришло в голову: не находит ли мать, что он умирает слишком долго, и потому решила сознательно закончить начатое неумышленно злодейство.

— А на что оно действует? — спросил Карл, приподнимаясь на локте и глядя на Екатерину.

— На самую причину болезни, — ответила она.

— А в чем причина болезни?

— Выслушайте меня, сын мой, — сказала Екатерина. — Вы когда-нибудь слышали о том, что бывают тайные враги, которые убивают на расстоянии жертву своей мести.

— Железом или ядом? — спросил Карл, ни на секунду не спуская глаз с бесстрастного лица Екатерины.

— Нет, другими средствами, но не менее надежными и не менее страшными.

— Расскажите.

— Верите вы, сын мой, в действие кабалистики и магии? — спросила флорентийка.

— Очень, — ответил Карл.

— Так вот — оттуда ваша болезнь и ваши страдания, — радостно заговорила Екатерина. — Враг вашего величества, не смея покуситься на вас прямо, замыслил погубить вас тайно. Против особы вашего величества он направил заговор, страшный в особенности тем, что в нем не было сообщников, и потому таинственные нити заговора оставались до сих пор неуловимы.

— Нет, нет! — ответил Карл, возмущенный таким лицемерием Екатерины.

— А вы поищите получше, сын мой, — сказала Екатерина, — вспомните некоторые попытки к бегству, которое должно было обеспечить безнаказанность убийце.

— Убийце?! — воскликнул Карл. — Вы говорите — убийце?! Стало быть, по-вашему, меня пытались убить?

Екатерина притворно закатила глаза, блестевшие кошачьим блеском, под верхние морщинистые веки.

— Да, сын мой, вы можете, конечно, сомневаться, но я-то знаю наверно.

— Я никогда не сомневаюсь в том, что говорите вы, — язвительно сказал король. — Очень любопытно знать, каким же способом хотели меня убить?

— Если бы заговорщик, которого я назову... Да в глубине души вы, ваше величество, и сами его себе уже назвали... Если бы он, выставив свои батареи и уверенный в успехе, успел бежать, может быть, никто и никогда бы не узнал причину болезни вашего величества; но, к счастью, сир, вас оберегал ваш брат.

— Какой брат? — спросил Карл.

— Ваш брат Франсуа.

— Ах да! Правда, я все забываю, что у меня есть брат, — с горьким смехом сказал Карл. — Так вы говорите, мадам...

— Я говорю, что, к счастью, он раскрыл вашему величеству внешние проявления заговора. Но, как мальчик еще неопытный, он искал лишь следов обычного заговора и доказал только проделку молодого человека; я же искала доказательств гораздо большего злодейства, так как я знаю, какой ум у этого преступника.

— Вот как! А ведь похоже на то, матушка, что вы имеете в виду короля Наваррского? — спросил Карл, желая знать, до каких пределов дойдет ее флорентийское притворство. Екатерина лицемерно потупила глаза.

— Помнится, я велел его арестовать и посадить в Венсенский замок за ту проделку, о которой вы упомянули; а значит, он оказался еще преступнее, чем я думал?

— Вы чувствуете, как вас съедает лихорадка? — спросила Екатерина.

— Конечно, мадам, — ответил Карл, сдвинув брови.

— Чувствуете вы жар, который жжет вам внутренности?

— Да, мадам, — ответил Карл, все более мрачнея. — А острые боли в голове, которые, как стрелы, ударяют вам в глаза и через них проникают в мозг?

— Да, да, мадам! Все это я чувствую, и даже очень! О-о! Вы отлично описываете мою болезнь!



17-2

— А достигается все это очень просто, — ответила флорентийка. — Взгляните...

Она вытащила из-под мантии какой-то предмет и подала королю.

Это была фигурка из желтоватого воска вышиною дюймов в шесть. На фигурке надето было платье с золотыми звездочками, а поверх платья — королевская мантия, все из воска.

— При чем тут эта статуэтка? — спросил Карл.

— Посмотрите, что у нее на голове? — сказала Екатерина.

— Корона, — ответил Карл.

— А в сердце?

— Иголка.

— Вы разве не узнаете в этом самого себя?

— Меня?

— Да, вас, в короне и мантии.

— А кто сделал фигурку? — спросил Карл, утомленный этой комедией. — Разумеется, король Наваррский?

— Совсем нет, сир.

— Нет?! Тогда я вас не понимаю.

— Я говорю «нет», — возразила Екатерина, — так как иначе ваше величество могли бы понять, что он сделал ее сам. Но если бы ваше величество поставили вопрос по-другому, я бы сказала — «да».

Карл не ответил. Он пытался проникнуть в мысли этой темной души, которая все время закрывалась от него в то самое мгновение, когда он был уже готов прочесть, что в ней таится.

— Сир, — продолжала Екатерина, — благодаря стараниям главного прокурора Лягеля эта статуэтка была найдена в комнате человека, который во время соколиной охоты держал наготове запасную лошадь для короля Наваррского.

— У месье де Ла Моля? — спросил Карл.

— У него самого! И будьте добры, взгляните еще раз на стальную иглу, которая прокалывает сердце, и посмотрите, какая буква написана на привязанной к ней бумажке.

— Я вижу букву *М*, — ответил Карл.

— Это значит — смерть, — такова магическая формула. Посягатель пишет, с какою целью он наносит ранку статуэтке. Если бы он хотел навлечь безумие, как это сделал герцог Бретонский с Карлом Шестым, он бы вонзил иголку в голову и вместо *М* написал *Ф**.

— Итак, — сказал Карл IX, — по вашему мнению, мадам, на мою жизнь посягал Ла Моль?

— Да... постольку, поскольку кинжал посягает на чье-нибудь сердце, но ведь кинжал направляет какая-то рука.

— Так это и есть причина моей болезни? Значит, как только чары будут уничтожены, болезнь моя пройдет? Но каким образом этого достичь? — спрашивал Карл. — Вы моя добрая мать, вы-то, конечно, знаете — как? Вы всю жизнь занимались этим делом, а я, не в пример вам, очень невежествен в кабалистике и магии.

— Со смертью посягателя чары его теряют силу; и как только его смерть разрушит чары, в тот же день пройдет болезнь. Все очень просто, — сказала Екатерина.

— Вот как? — удивленно спросил Карл.

— Да; неужели вы этого не знаете?

— Я не колдун, — ответил Карл.

— Но теперь вы убедились, что это так?

— Конечно.

— И ваше беспокойство теперь исчезнет?

— Вполне.

— Это вы говорите из любезности?

— Нет, матушка, от души.

Екатерина повеселела.

— Слава богу! — воскликнула она, как будто веря в бога.

— Да, слава богу! — иронически повторил Карл. — Теперь я знаю, кто виновник моего недуга и кого надо наказать.

— Мы и накажем...

— Месье де Ла Моля: ведь вы сказали, что виновник — он?

— Я сказала, что он — орудие.

— Хорошо, сначала Ла Моля — он самый важный, — ответил Карл. — Все эти болезненные приступы, которым я подвержен, могут вызвать при дворе опасные подозрения. Требуется спешно пролить на это дело свет и открыть истину.

— Итак, месье де Ла Моль...

— Да, — перебил ее Карл, — он вполне подходит как виновник. Я согласен, начнем с него; а если у него есть сообщник, так он его выдаст.

---

* По-французски смерть — mort (мор); безумие — folie (фоли).



17-4

«Да, — сказала про себя Екатерина, — а если сам не выдаст, так его заставят это сделать. У нас для этого есть средства, которые действуют безотказно».

Затем она встала и спросила Карла:

— Вы разрешите, сир, приступить к следствию?

— И как можно скорее, я очень этого хочу, — ответил Карл.

Екатерина пожала руку сыну, не поняв, почему так дрогнула его рука, когда он пожимал ей руку, и вышла, не слыша раздавшегося ей вслед язвительного смеха, а за ним — ужасного ругательства.

Карл сейчас же спохватился: не опасно ли предоставлять свободу действия подобной женщине, которая в несколько часов натворит такого, чего уже не поправишь?

Но в ту минуту, когда Карл, следя глазами за уходившей матерью, убедился, что портьера за ней опустилась, он услышал сзади себя какой-то шорох и, обернувшись, увидел Маргариту, которая приподняла ковер, закрывавший проход в комнату кормилицы.

Бледность, блуждающий взор, тяжело дышавшая грудь выдавали сильное волнение Маргариты.

— О сир, сир! — воскликнула Маргарита, кидаясь к ложу брата. — Вы же знаете, что она лжет!

— Кто «она»? — спросил Карл.

— Слушайте, Шарль! Это, разумеется, ужасно — обвинять собственную мать! Но я подозревала, что она осталась у вас недаром, а с целью погубить их окончательно. Клянусь вам душой моей и душой вашей, душою нас обоих, что она лжет!

— Погубить?! Кого она хочет погубить?..

Оба инстинктивно говорили шепотом, точно боялись услышать самих себя.

— Прежде всего вашего Анрио, который вас любит, предан вам больше всех.

— Ты так думаешь, Марго?

— О сир, я в этом уверена.

— И я тоже, — ответил Карл.

— Брат, если вы в этом уверены, — с удивлением сказала Маргарита, — почему же вы приказали его арестовать и посадить в Венсенский замок?

— Потому что он сам просил об этом.

— Он сам просил, сир?

— Да, у Анрио своеобразные мысли. Может быть, он прав: одно из его соображений заключается в том, что ему безопаснее находиться в моей немилости, чем в милости, дальше от меня, чем ближе, в Венсенском замке, чем в Лувре.

— Ага! Понимаю, — сказала Маргарита. — Так он там в безопасности?

— Еще бы! Что может быть безопаснее, если Болье отвечает головой за его жизнь.

— О, спасибо, брат мой, спасибо за Генриха! Но...

— Но что?

— Там есть еще другой человек, сир... и, может быть, с моей стороны это проступок, но я очень озабочена его судьбой.

— А кто он?

— Сир, пожалейте меня... я едва решусь назвать его моему брату... и не посмею произнести его имя королю.

— Месье де Ла Моль, наверно? — спросил Карл.

— Увы, да! — ответила Маргарита. — Когда-то вы собирались его убить, сир, и только чудом он избег вашей королевской мести.

— Так было, Маргарита, когда он совершил только одно преступление; а теперь, когда за ним числятся два...

— Сир, во втором он неповинен.

— Бедная Марго, ты разве не слышала, что говорила наша милая матушка?

— О Шарль, я же сказала, что она лжет, — ответила Маргарита, понизив голос.

— Вам, может быть, не известно о существовании некоей восковой фигурки, изъятой у месье де Ла Моля?

— Известно, брат мой.

— И то, что эта фигурка проткнута иглой в сердце, и то, что к этой иголке прикреплен флажок с буквой *М*?

— И это знаю.

— И то, что у этой фигурки на плечах королевская мантия, а на голове корона?

— Все знаю.

— И что скажете на это?

— Скажу, что эта фигурка с королевской мантией на плечах и с короной на голове изображает женщину, а не мужчину.

— Вот что! — сказал Карл. — А игла, пронзающая сердце?

— Это чародейство, чтобы пробудить к себе любовь женщины, а не злодейство, чтобы причинить смерть человеку.

— А буква М?

— Она обозначает вовсе не «смерть», как утверждает королева-мать.

— Что же она обозначает? — спросил Карл.

— Она обозначает... обозначает имя женщины, которую любил Ла Моль.

— А как зовут ее?

— Братец, ее зовут Маргарита, — сказала королева Наваррская, падая на колени перед ложем короля; она охватила своими руками его руку и прижала к ней залитое слезами лицо.

— Тише, сестра! — говорил Карл, бросая вокруг сверкающие взоры из-под сдвинутых бровей. — Ведь если слышали вы, то и вас могут услыхать!

— Все равно! — ответила Маргарита, подняв голову. — Пусть меня слышит хоть весь свет! Я перед всем светом заявлю, что подло, воспользовавшись любовью дворянина марать его честное имя подозрением в убийстве.

— Марго, а если я тебе скажу: я знаю так же хорошо, как ты, что правда и что неправда?

— Брат?!

— Если я тебе скажу, что Ла Моль невинен?

— Вы это знаете?

— Если я тебе скажу, кто истинный виновник?

— Истинный виновник?! — воскликнула Маргарита. — Так, значит, преступление все же было?

— Да. Вольно или невольно, но преступление совершено.

— Против вас?

— Против меня.

— Не может быть!

— Не может быть?.. Посмотри на меня. Марго.

Маргарита вгляделась в брата и даже вздрогнула, увидев, до какой степени он бледен.

— Марго, мне не прожить и трех месяцев, — сказал Карл.

— Вам, брат мой?! Тебе, мой Шарль?! — воскликнула сестра.

— Меня отравили, Марго.

Маргарита вскрикнула.

— Молчи, — сказал Карл, — необходимо, чтобы все думали, будто я умираю от колдовства.

— А вы знаете виновника?

— Знаю.

— Вы сказали, что это — не Ла Моль?

— Нет, не он.

— Конечно, и не Генрих!.. Великий боже! Неужели это...

— Кто?

— Мой брат... Франсуа?.. — прошептала Маргарита.

— Возможно.

— Или же, или же... — Маргарита понизила голос, точно сама испугавшись того, что сейчас скажет, — или же... наша мать?..

Карл промолчал.

Маргарита посмотрела на него, прочла в его взгляде утвердительный ответ и, упав снова на колени, бессильно прислонилась к сиденью кресла.

— Боже мой! Боже мой! — шептала она. — Это немыслимо!

— Немыслимо! — сказал Карл с визгливым смехом. — Жаль, что здесь нет Рене, а то бы он рассказал тебе целую историю.

— Рене?

— Да. Он рассказал бы, например, как одна женщина, которой он ни в чем не смеет отказать, попросила у него охотничью книгу из его библиотеки; как каждую страницу этой книги пропитала сильным ядом; как этот яд, предназначенный не знаю для кого, проник, игрою случая или божьим попущением, в другого, а не в того, кому предназначался... Но Рене здесь нет, а если хочешь взглянуть на эту книгу, то она там, в моей Оружейной; на ее страницах осталось столько яду, что хватит уморить еще двадцать человек, а надпись, сделанная рукою флорентийца, тебе скажет, что книга дана им лично соотечественнице.

— Тише, Шарль, тише! — сказала Маргарита.

— Теперь ты сама видишь, как важно, чтобы все думали, будто я умираю от колдовства.

— Но это же несправедливо, это ужасно! Пощадите! Пощадите! Вы же знаете, что он невинен!

— Да, знаю, но надо, чтобы он был виновен. Переживи смерть своего возлюбленного: это ничто в сравнении с честью французского королевского дома. Ведь я переживаю свой конец безмолвно, чтобы со мной умерла и тайна.

Маргарита поникла головой, поняв, что от короля нельзя ждать спасения Ла Моля, и вышла вся в слезах, не возлагая больше надежды ни на кого, кроме самой себя.

Как и предвидел Карл, Екатерина не потеряла ни минуты; она сейчас же написала главному королевскому прокурору Лягелю письмо, которое, сохранившись в летописях истории дословно, бросает кровавый свет на все это дело:

> «Господин прокурор, сегодня вечером мне сказали, что Ла Моль совершил святотатство. В его городской квартире найдено много предосудительных бумаг и книг. Прошу вас вызвать председателя суда и как можно скорее приступить к следствию по делу о восковой фигурке, пронзенной в сердце, — деяние, направленное им против короля.
>
> *Екатерина*».

# VI

## НЕЗРИМЫЕ ЩИТЫ

На другой же день после письма Екатерины комендант Венсенского замка вошел к Коконнасу в самом внушительном окружении, состоявшем из двух алебардщиков и четырех личностей в черном одеянии.

Заключенному предложили сойти в залу, где его ждали прокурор Лягель и двое судей, чтобы произвести допрос на основании инструкций, данных Екатериной.

За неделю, проведенную в тюрьме, пьемонтец многое обдумал; каждый день он ненадолго виделся с Ла Молем благодаря усердию их тюремщика, который, ничего не говоря, делал им этот неожиданный подарок, — по всей вероятности, не только ради человеколюбия; но, кроме этих встреч с Ла Молем, когда они согласовали свое поведение на суде, решив отрицать все, Коконнас убедил себя, что при известной ловкости дело его примет хороший оборот; обвинения против них лично были не более серьезны, чем обвинения против других. Генрих и Маргарита не сделали никакой попытки к бегству, — следовательно, ни Ла Моля, ни его нельзя было изобличать в таком деле, где главные виновники его остались на свободе. Коконнас не знал, что король Наваррский находился в том же замке, а любезность их тюремщика внушила ему мысль, что над его головой простерлись какие-то защитные покровы, и он назвал их «незримыми щитами».

До сих пор все допросы касались намерений короля Наваррского, планов бегства и того участия, какое должны были принять в этом бегстве оба друга. На все подобные вопросы Коконнас отвечал более чем туманно и очень ловко. Он и на этот раз готовился ответить в том же духе, заранее продумав свои ответы, но сразу увидел, что допрос перенесен в другую область. Разговор шел о том, один или несколько раз они были у Рене, одну или несколько фигурок заказывал Ла Моль.

Коконнас, готовивший себя к другому, решил, что обвинение становится значительно слабее, поскольку дело шло уже не об измене королю, а о том, кто делал статуэтку королевы, да и статуэтку-то вышиной каких-нибудь шесть дюймов. Поэтому он очень весело ответил, что и он, и его друг уже давно перестали играть в куклы, и с удовольствием заметил, что его ответы несколько раз возбуждали в судьях смех. Тогда еще не было сказано стихами: «Я засмеялся и стал безоружен»; но в прозе это говорилось часто. Поэтому Коконнас вообразил себе, что, заставив смеяться судей, он уже наполовину их обезоружил.

После допроса пьемонтец поднялся к себе в камеру, шумя и распевая — нарочно для того, чтобы Ла Моль вывел из этого благоприятное заключение о ходе следствия.

Ла Моля тоже отвели вниз. Подобно своему другу, и он изумился тому, что обвинение сошло с прежнего пути и направилось совсем в другую сторону. Его спросили о посещениях лавки Рене. Ла Моль ответил, что был там один раз. Его спросили, не тогда ли он заказал восковую статуэтку. Он ответил, что Рене показал ему уже готовую фигурку. Его спросили, не представляет ли собой эта фигурка мужчину. Он ответил, что это женская фигура. Его спросили, не имело ли колдовство целью причинить смерть данному лицу. Он ответил, что хотел вызвать к себе любовь изображенной женщины.

Подобные вопросы задавались ему и так и сяк — на множество ладов; но как бы они ни задавались, Ла Моль все время давал ответы одни и те же. Судьи переглянулись в нерешительности, не зная, ни что еще сказать, ни что им делать с таким прямодушным человеком, но принесенная записка прокурору вывела их из затруднения.

В записке было сказано:

«Если обвиняемый будет отрицать, прибегните к пытке.

*Е*».

Прокурор сунул записку в карман, улыбнулся Ла Молю и учтиво отправил его обратно. Ла Моль вернулся к себе в камеру если и не такой веселый, то почти в такой же мере успокоенный, как и его друг.

— Мне думается, все идет хорошо, — сказал он.

Час спустя он услышал шаги и увидел записку, пролезавшую под дверь, но не видел, чья рука двигала ее; он глядел на нее в полной уверенности, что это послание передает тюремщик.

Вид этой записки пробудил в его душе надежду, проникнутую почти таким же горьким чувством, как разочарование: у него явилась мысль, что это пишет Маргарита, от которой он не имел никаких вестей после своего ареста. Ла Моль с трепетом схватил записку и, разглядев почерк, от радости едва не умер.

«Мужайтесь, — говорилось в ней, — я хлопочу».

— О, если заботится она, — я спасен! — воскликнул Ла Моль, покрывая поцелуями бумагу, которой касалась милая рука.

Для того чтобы Ла Моль понял значение этой записки и поверил в то, что Коконнас назвал «незримыми щитами», — для этого нам надо вернуться в тот домик и в ту комнату, где столько сцен упоительного счастья, столько ароматов еще не испарившихся духов, столько чарующих воспоминаний стали теперь источником мучительной тоски, обуревавшей женщину, которая полулежала на бархатных подушках.

— Быть королевой, быть сильной, молодой, богатой, красивой — и так страдать! — восклицала женщина. — О, это нестерпимо!

От возбуждения она вставала, начинала ходить, вдруг останавливалась, прижималась горячим лбом к холодному мрамору, снова поднимала бледное заплаканное лицо, ломала руки и падала от изнеможения в кресло.

Вдруг занавеска, отделявшая покои, выходившие в переулок Клош-Персе, от покоев, выходивших в переулок Тизон, приподнялась, шелковисто прошелестела по панели, и герцогиня Невэрская явилась на пороге.

— О, наконец-то! — воскликнула Маргарита. — С каким нетерпением я ждала тебя! Ну! Какие новости?

— Плохие, плохие, милая подруга. Екатерина сама руководит следствием; она и сейчас в Венсенском замке.

— А Рене?

— Арестован.

— Прежде чем ты успела с ним поговорить?

— Да.

— А наши узники?

— О них я кое-что узнала.

— От тюремщика?

— Как всегда.

— И что же?

— Каждый день они говорят друг с другом. Позавчера их обыскали. Ла Моль разбил твой портрет, чтобы его не отдавать.

— Милый Ла Моль!

— Аннибал насмехался над инквизиторами прямо им в лицо.

— Какой хороший Аннибал! Дальше?

— Сегодня их допрашивали о бегстве короля, о планах восстания в Наварре, но они не сказали ничего.

— О, я знала, что они будут молчать; но и молчание и признание их губит одинаково.

— Да, но мы их спасем.

— Ты что-нибудь сделала для нашего предприятия?

— Со вчерашнего дня я только этим и занималась.

— И что же?

— Сейчас я заключила сделку с Болье. Ах, милая королева, что это за несговорчивый человек и какой скряга! Дело будет стоить жизни одному человеку и триста тысяч экю.

— Ты говоришь — несговорчивый и скряга... А он требует одной человеческой жизни и триста тысяч экю... Да это даром!

— Даром?.. Триста тысяч экю? Да все твои и мои драгоценности этого не стоят.

— О! За этим дело не станет. Заплатит король Наваррский, заплатит герцог Алансонский, заплатит брат мой Карл или разве...

— Брось! Ты рассуждаешь, как безумная. Эти триста тысяч у меня есть.

— У тебя?

— Да, у меня.

— Откуда же ты их достала?

— Вот достала!

— Это тайна?

— Для всех, кроме тебя.

— О боже мой! Не украла же ты их? — спросила Маргарита, улыбаясь сквозь слезы.

— Сейчас увидишь.

— Посмотрим.

— Помнишь ты этого противного Нантуйе?

— Богача, ростовщика?

— Да, если хочешь.

— Дальше?

— Дальше то, что в один прекрасный день Нантуйе увидел одну даму, блондинку с зелеными глазами, в прическе, украшенной тремя рубинами — один на лбу, два у висков, что очень шло даме; не зная, что дама — герцогиня, этот ростовщик воскликнул: «За право поцеловать туда, где горят эти три рубина, я выращу на их месте три алмаза по сто тысяч экю каждый».

— Дальше, Анриетта.

— Дальше, дорогая, алмазы выросли и... проданы!

— Ах! Анриетта! Анриетта! — пожурила Маргарита.

— Вот еще! — воскликнула герцогиня с наивным и в то же время величественным бесстыдством, характерным для женщин той эпохи. — Вот еще! Я же люблю Аннибала!

— Это верно, ты его любишь очень, и даже чересчур! — ответила Маргарита, улыбаясь и краснея, но все-таки пожала ей руку.

— И вот, — продолжала Анриетта, — благодаря нашим трем алмазам у нас есть триста тысяч экю и нужный человек.

— Человек? Какой человек?

— Ну, которого должны убить: ты забыла, что надо убить человека?

— И ты нашла такого человека?

— Конечно.

— За эту цену? — усмехнувшись, спросила Маргарита.

— За эту цену?! Да за такие деньги я нашла бы тысячу! — ответила Анриетта. — Нет, нет, всего за пятьсот экю.

— И ты отыскала человека, который согласился за пятьсот экю, чтобы его убили?

— Что поделаешь? Жить надо!

— Милый друг, я перестаю тебя понимать; наше положение не из таких, чтобы терять время на разгадки твоих загадок. Говори яснее.

— Так слушай: тюремщик, которому поручен надзор за Ла Молем и Коконнасом, — бывший солдат и знает толк в ранах; он согласен помочь нам спасти наших друзей, но не хочет терять место. Умело нанесенный удар кинжалом устроит это дело; его вознаградим мы, да и государство выплатит ему вознаграждение за увечье. Таким образом этот милый человек загребет деньги обеими руками.

— Все это хорошо, — сказала Маргарита, — но ведь удар кинжалом...

— Не беспокойся! Аннибал сумеет это сделать.

— Верно, на него можно положиться! — смеясь, ответила Маргарита. — Он нанес Ла Молю три удара и шпагой и кинжалом, а Ла Моль не умер!

— Злая! Пожалуй, ты не стоишь того, чтобы тебе рассказывать.

— О нет, нет! Молю тебя, расскажи, что дальше. Как же мы их спасем?

— Вот как: единственное место, куда могут проникнуть женщины — не тамошние узницы, — это часовня в замке. Нас прячут в алтаре; под покровом престола они находят два кинжала; дверь в ризницу заранее будет отперта. Коконнас ударяет кинжалом своего тюремщика, тот падает и притворяется мертвым; мы выбегаем, набрасываем каждому из наших друзей плащ на плечи, бежим вместе с ними в дверь ризницы, а так как пароль будет нам известен, то беспрепятственно выходим.

— А потом что?

— У ворот их ждут две лошади; они вскакивают на лошадей, переезжают границу Иль-де-Франса и попадают в Лотарингию, откуда время от времени будут приезжать сюда инкогнито.

— О, ты вернула меня к жизни! — сказала Маргарита. — Значит, мы их спасем!

— Почти ручаюсь.

— А скоро?

— Дня через три-четыре. Болье предупредит нас.

— Но если тебя узнает кто-нибудь в окрестностях Венсена, это ведь может повредить нашему проекту?

— А как меня узнать? Я выхожу из дому в одеянии монахини, под покрывалом; и благодаря этому меня не узнаешь, даже столкнувшись нос к носу.

— Чем больше предосторожностей, тем надежней.

— Знаю. «Дьявольщина!» — как сказал бы бедный Аннибал.

— А что король Наваррский, ты справлялась?

— Разумеется, справлялась.

— И что же?

— По-видимому, он еще никогда не бывал так доволен, — поет, смеется, ест с удовольствием и просит только об одном: чтобы его получше стерегли!

— Правильно! А что моя мать?

— Я уже сказала: всеми силами торопит судопроизводство.

— Относительно нас она ничего не подозревает?

— Как она может что-нибудь подозревать? Тем, кто участвует в нашей тайне, самим необходимо соблюдать ее. Ах да! Как я узнала, она велела передать судьям города Парижа, чтобы они были наготове.

— Давай действовать быстрее, Анриетта. Если наших бедных узников переведут в другую тюрьму, придется все начинать сначала.

— Не беспокойся, я сама не меньше тебя стремлюсь увидеть их подальше от тюрьмы.

— О, это я знаю! Спасибо, сто раз спасибо за то, что ты сделала для их спасения!

— Прощай, Маргарита! Иду опять в поход.

— А Болье надежен?

— Думаю.

— А тюремщик?

— Он обещал.

— А лошади?

— Будут лучшие из всей конюшни герцога Невэрского.

— Люблю тебя, Анриетта!

И Маргарита кинулась на шею своей подруге, после чего они расстались, пообещав друг другу встречаться каждый день в том же месте и в то же время.

Вот два очаровательных и преданных создания, которых пьемонтец справедливо называл «незримыми щитами».

# VII

## СУДЬИ

Когда приятели встретились после первого допроса о восковой фигурке, Коконнас сказал Ла Молю:

— Ну, дорогой друг, по-моему, все идет прекрасно, и в ближайшее время сами судьи откажутся от нас, а это совсем не то, что отказ врачей: врач тогда отказывается от больного, когда уже нет надежды его спасти; если же судья отказывается от обвиняемого — это значит, что у судьи нет надежды отрубить ему голову.

— Да, — ответил Ла Моль, — мне даже думается, что эта учтивость и обходительность тюремщиков, эти сговорчивые двери наших камер — все дело преданных нам подруг; по крайней мере я просто не узнаю Больe — судя по тому, что я о нем слышал.

— Нет, я-то его очень узнаю, — ответил Коконнас, — но только это стоило дорого; да о чем тут говорить: одна — принцесса, другая — королева; обе богаты, а лучшего случая употребить на благо свои деньги у них не будет. Теперь вкратце повторим наше задание: нас отводят в часовню, оставляют там под охраной нашего тюремщика; в условленном месте мы находим кинжалы, я протыкаю живот тюремщику...

— О нет, нет, только не в живот, — так ты его лишишь пятисот экю; бей в руку.

— В руку? Нет, так беднягу только подведешь! Сразу увидят, что у нас с ним сговор. Нет, нет, надо в правый бок, вскользь по ребрам; такой удар похож на настоящий, но безвреден.

— Ладно, пусть так, а затем...

— Затем ты завалишь входную дверь скамейками; наши принцессы выбегут из алтаря, и Анриетта откроет дверку ризницы. Честное слово, теперь я люблю Анриетту; наверно, она мне изменила, если я взялся за ум.

— А затем мы скачем в лес, — сказал Ла Моль тем вибрирующим голосом, который звучит, как музыка. — Каждому из нас довольно одного поцелуя, чтобы стать веселым, сильным. Ты представляешь себе, Аннибал, как мы несемся, пригнувшись к нашим быстрым скакунам, а сердце сладко замирает? О, этот страх в предчувствии опасности! Как он хорош на воле, когда у тебя сбоку хорошая шпага, когда кричишь «ура», давая шпоры своему коню, а он при каждом крике наддает и уже не скачет, а летит!

— Да, Ла Моль, но что ты скажешь о прелестях страха в четырех стенах? Кое-что в этом роде я испытал и могу рассказать. Когда бледная физиономия Болье впервые появилась в моей камере, а позади него блеснули алебарды и лязгнула зловеще сталь о сталь, — клянусь тебе, я сразу же подумал о герцоге Алансонском и так и ждал появления его мерзкой рожи между двумя противными башками алебардщиков. Я ошибся, и это было моим единственным утешением; но все же их посещение не прошло бесследно: ночью я увидал герцога во сне.

— Да, — говорил Ла Моль, следуя за своей приятной мыслью, а не за мыслью своего друга, блуждавшей в области фантазии, — да, они все предусмотрели, даже место нашего пребывания. Мы едем в Лотарингию, дорогой друг. По правде, я бы предпочел Наварру; в Наварре я был бы у «нее», но Наварра слишком далеко, Нанси удобнее, мы там будем всего в восьмидесяти милях от Парижа. Знаешь, Аннибал, когда я буду выходить отсюда, о чем я буду сожалеть?

— Нет, честное слово... Что касается меня, так все сожаления я оставлю здесь.

— Мне будет жаль, что мы не сможем взять с собой этого почтенного тюремщика, вместо того чтобы его...

— Да он сам не захочет, — возразил Коконнас, — он слишком много потеряет: подумай, пятьсот экю от нас да вознаграждение от правительства, а может быть, и повышение по службе. Как этот молодец будет хорошо жить, когда я его убью! А что с тобой?

— Так... ничего... У меня мелькнула одна мысль.

— Видно, не очень веселая, то-то ты побледнел?

— Я спрашиваю себя: а зачем нас поведут в часовню?

— Как зачем? Для причастия, — ответил Коконнас. — Думаю, что так.

— Нет, — сказал Ла Моль, — в часовню водят только осужденных на смерть или после пытки.

— Ого! Это стоит разузнать, — ответил Коконнас, тоже побледнев. — Спросим доброго человека, которого мне придется потрошить. Эй! Друг! Ключарь!

— Вы меня звали, месье? — спросил тюремщик, карауливший на верхних ступенях лестницы.

— Да, поди сюда.

— Вот я.

— Условлено, что мы бежим из часовни, так ведь?

— Тс! — произнес ключарь, с ужасом оглядываясь.

— Будь покоен, нас никто не слышит.

— Да, месье, из часовни.

— Значит, нас поведут в часовню?

— Конечно, таков обычай.

— Так это обычай?

— Да, после вынесения смертного приговора полагается осужденным провести ночь в часовне накануне казни.

Коконнас и Ла Моль вздрогнули и посмотрели друг на друга.

— Вы полагаете, что нас осудят на смерть? — спросил Ла Моль.

— Непременно... да и вы сами думаете то же.

— Почему — то же?

— Конечно... если бы вы думали иначе, вы бы не стали подготовлять себе бегство.

— А знаешь, он рассуждает очень здраво, — заметил Коконнас.

— Да... по крайней мере, теперь я знаю, что мы играем, как видно, в опасную игру, — ответил Ла Моль.

— А я-то, — сказал тюремщик, — думаете, не рискую? А вдруг месье от волнения ошибется и ударит не в тот бок!..

— Э, дьявольщина! Я бы хотел быть на твоем месте, — возразил Коконнас, — чтобы иметь дело только с этой рукой и только с тем железом, которым я тебя коснусь.

— Смертный приговор! — тихо произнес Ла Моль. — Нет, это невозможно!

— Невозможно? Почему же? — простодушно спросил тюремщик.

— Тс-с! — произнес Коконнас. — Мне показалось, что внизу отворили дверь.

— Верно, — волнуясь, подтвердил тюремщик. — По камерам, месье, скорее!

— А когда, вы думаете, вынесут нам приговор? — спросил Ла Моль.

— Самое позднее — завтра. Но не беспокойтесь: тех, кого надо, предупредят.

— Тогда обнимем друг друга и простимся с этими стенами.

Друзья горячо обнялись и вернулись в свои камеры: Ла Моль — вздыхая, Коконнас — что-то напевая.

До семи часов вечера ничего нового не произошло. На Венсенскую башню надвинулась темная, дождливая ночь — самая подходящая для бегства. Коконнасу принесли обычный ужин, и он поужинал с аппетитом, предвкушая удовольствие вымокнуть на дожде, хлеставшем по стенам замка. Он уже готовился заснуть под глухой, однообразный шум ветра, к которому не раз прислушивался с неведомым до тюрьмы тоскливым чувством, но теперь ему показалось, что ветер как-то необычно стал поддувать под двери, да и печь тоже гудела с большей яростью, чем в другое время: так бывало каждый раз, когда открывали верхние камеры, а в особенности — камеру напротив. По этому признаку Коконнас всегда знал, что тюремщик выходит от Ла Моля и сейчас зайдет к нему.

На этот раз, однако, Аннибал тщетно вытягивал шею и напрягал слух. Время шло, никто к нему не приходил.

«Странно, — рассуждал Коконнас, — у Ла Моля отворили дверь, а у меня нет. Быть может, его вызвали на допрос? Или он заболел? Что это значит?»

Для узника все может стать поводом к радости, к надежде, но также к подозрению, к тревоге.

Прошло полчаса, час, полтора. Коконнас с досады начал засыпать, как вдруг услышал лязг ключа в замочной скважине и вскочил с постели

«Эге! Неужели пришел час освобождения и нас отведут в часовню без приговора? — подумал он. — Дьявольщина! Какое наслаждение бежать в такую ночь, когда ни зги не видно: лишь бы лошади хорошо видели».

Он весело собрался расспросить обо всем тюремщика, но увидел, что тюремщик приложил палец к губам и весьма красноречиво скосил глаза. Действительно, за его спиной слышался шорох и виднелись тени. Наконец он разглядел в темноте две каски, благодаря тому, что свет дымной свечи заиграл на той и на другой золотистым бликом.

— Ого! К чему бы эта ужасная свита? — шепотом спросил он. — Куда мы идем?

Тюремщик ответил только вздохом, очень похожим на стон.

— Дьявольщина! Что за несносная жизнь! Все время какие-то крайности, никакой твердой опоры, то барахтаешься в воде на глубине ста футов, то летаешь над облаками — ничего среднего! Слушайте, куда мы идем?

— Месье, следуйте за алебардщиками, — сказал картавый голос, показавший Коконнасу, что замеченных им солдат сопровождал какой-то судебный пристав.

— А месье де Ла Моль? — спросил Коконнас. — Где он? Что с ним?

— Следуйте за алебардщиками, — ответил тот же картавый голос тем же тоном.

Надо было повиноваться. Коконнас вышел из своей камеры и увидел человека в черном одеянии, обладателя неприятного голоса. Это был пристав, маленький горбун. Вероятно, он пошел по судейской части, чтобы скрыть под длинным черным одеянием другой свой недостаток: у него одна нога была короче другой.

Пьемонтец стал медленно спускаться по винтовой лестнице. Во втором этаже конвой остановился.

— Спуститься-то спустились, но не настолько, насколько нужно, — прошептал Коконнас.

Отворилась дверь. У пьемонтца было рысье зрение и чутье ищейки; он сразу почуял судей и разглядел в темноте силуэт какого-то человека с голыми руками, при виде которого у него выступил на лбу пот. Тем не менее он придал себе веселый вид, склонил голову слегка налево, как предписывалось хорошим тоном тех времен, и, подбоченясь правой рукой, вошел в зал.

Кто-то отдернул занавес, и Коконнас действительно увидел судей и повытчиков. В нескольких шагах от судей и повытчиков на скамейке сидел Ла Моль.

Коконнаса подвели к судьям. Он встал против них, с улыбкой кивнул головой Ла Молю и стал ждать вопросов.

— Как ваше имя, месье? — спросил председатель суда.

— Марк-Аннибал де Коконнас, — ответил Коконнас с предельной любезностью, — граф де Монпантье, Шено и других мест; но я думаю, что наши звания и общественное положение известны.

— Где вы родились?

— В Сен-Коломбане, близ Сузы.

— Сколько вам лет?

— Двадцать семь лет и три месяца.

— Хорошо, — сказал председатель.

«По-видимому, это ему понравилось», — сказал про себя Коконнас.

Молча дождавшись, пока повытчик запишет ответы обвиняемого, председатель спросил:

— Теперь скажите, с какой целью вы бросили службу у герцога Алансонского?

— Чтобы быть вместе с месье де Ла Молем, вот с этим моим другом, который бросил у него службу за несколько дней до меня.

— Что вы делали на охоте, когда вас арестовали?

— Как — что?.. Охотился, — ответил Коконнас.

— Король тоже был на этой охоте и там почувствовал первые приступы той болезни, которой он болен в настоящее время.

— Относительно этого я ничего не могу сказать, потому что был далеко от короля. Я даже не знал, что он чем-то заболел.

Судьи переглянулись с недоверчивой усмешкой.

— А-а! Вы не знали?.. — сказал председатель.

— Да, месье, я очень сожалею о болезни короля. Хотя французский король и не является моим королем, но я чувствую к нему большую симпатию.

— В самом деле?

— Честное слово! Не то что к его брату, герцогу Алансонскому. Признаюсь, его я...

— Герцог Алансонский тут ни при чем, — перебил его председатель, — дело идет о его величестве...

— Я уже сказал вам, что я его покорнейший слуга, — ответил Коконнас с очаровательной развязностью, принимая небрежную позу.

— Если вы, как утверждаете, действительно слуга его величества, то не скажете ли суду, что вам известно о чародейской статуэтке?

— А! Вот что! Как видно, опять мы принимаемся за статуэтку?

— Да, месье, а вам это не нравится?

— Совсем напротив! Это мне более по вкусу. Давайте.

— Почему эта статуэтка оказалась у месье де Ла Моля?

— У месье де Ла Моля? Вы хотите сказать: у Рене?

— Вы, значит, признаете, что она существует?

— Пусть мне ее покажут.

— Вот она. Это та самая, которая вам известна?

— И очень хорошо.

— Повытчик, запишите, — сказал председатель. — Обвиняемый признался, что видел эту статуэтку у месье де Ла Моля.

— Нет, нет, — возразил Коконнас, — давайте не путать! Видел у Рене.

— Пусть будет — у Рене. Когда?

— Единственный раз, когда я и месье де Ла Моль были у Рене.

— Вы, значит, признаете, что вместе с месье де Ла Молем были у Рене?

— Я этого никогда и не скрывал.

— Повытчик, запишите: обвиняемый признался, что был у Рене в целях колдовства.

— Эй, эй! Потише, потише, господин председатель! Умерьте ваш пыл, будьте любезны, об этом я не говорил ни звука.

— Вы отрицаете, что были у Рене в целях колдовства?

— Отрицаю. Колдовство имело место случайно, без предварительного умысла.

— Но оно имело место?

— Я не могу отрицать того, что происходило нечто похожее на ворожбу.

— Повытчик, пишите: обвиняемый признался, что у Рене имела место ворожба против жизни короля.

— Как против жизни короля? Это мерзкая ложь! Никогда никакой ворожбы против жизни короля не было!

— Вот видите, господа, — сказал Ла Моль.

— Молчать! — приказал председатель; затем, обернувшись к повытчику, продолжал: — Против жизни короля. Записали?

— Да нет же, нет, — возразил Коконнас. — Да и статуэтка изображает вовсе не мужчину, а женщину.

— Что я вам говорил, господа? — вмешался Ла Моль.

— Месье де Ла Моль, вы будете отвечать, когда вас спросят, — заметил ему председатель, — но не перебивайте допрос других. Итак, вы утверждаете, что это женщина?

— Конечно, утверждаю.

— Почему же на ней корона и королевская мантия?

— Да очень просто, — отвечал Коконнас, — потому что она...

Ла Моль встал с места и приложил палец к губам. «Верно, — подумал Коконнас. — Но что бы такое рассказать, что удовлетворило бы господ судей?»

— Вы продолжаете настаивать, что эта статуэтка изображает женщину?

— Да, разумеется, настаиваю.

— Но отказываетесь говорить, кто эта женщина.

— Это моя соотечественница, — вмешался Ла Моль, — которую я любил и хотел, чтобы и она меня полюбила.

— Допрашивают не вас, месье де Ла Моль, — воскликнул председатель. — Молчите, или вам заткнут рот.

— Заткнут рот?! — воскликнул Коконнас. — Как вы сказали, господин в черном? Заткнут рот моему другу?.. Дворянину? Ну-ка?

— Введите Рене, — распорядился главный прокурор Лягель.

— Да, да, введите Рене, — сказал Коконнас, — посмотрим, кто будет прав: вы ли трое или мы двое...

Рене вошел, бледный, постаревший, почти неузнаваемый, согбенный под гнетом преступления, которое он собирался совершить, — еще более тяжкого, чем совершенные им раньше.

— Мэтр Рене, — спросил председатель, — узнаете ли вы вот этих двух обвиняемых?

— Да, месье, — ответил Рене голосом, выдававшим сильное волнение.

— Где вы их видели?

— В разных местах, в том числе и у меня.

— Сколько раз они у вас были?

— Один раз.

По мере того как говорил Рене, лицо Коконнаса все больше прояснялось; лицо Ла Моля, наоборот, оставалось строгим, как будто он предчувствовал дальнейшее.

— По какому поводу они были у вас?

Рене, казалось, поколебался на одно мгновение.

— Чтобы заказать восковую фигурку, — ответил он.

— Простите, простите, мэтр Рене, — вмешался Коконнас, — вы ошибаетесь.

— Молчать! — сказал председатель: затем, обращаясь к Рене, спросил: — Эта фигурка изображает мужчину или женщину?

— Мужчину, — ответил Рене.

Коконнас подскочил, как от электрического разряда.

— Мужчину?! — спросил он.

— Мужчину, — повторил Рене, но таким слабым голосом, что даже председатель едва расслышал его ответ.

— А почему у статуэтки на плечах мантия, а на голове корона?

— Потому, что статуэтка изображает короля.

— Подлый лжец! — воскликнул Коконнас в бешенстве.

— Молчи, молчи, Коконнас, — прервал его Ла Моль, — пусть говорит: каждый волен губить свою душу.

— Но не тело других, дьявольщина! — возразил Коконнас.

— А что обозначает стальная иголка в сердце статуэтки и буква *М* на бумажном флажке? — спросил председатель.

— Иголка уподобляется шпаге или кинжалу, буква *М* обозначает — *смерть*.

Коконнас хотел броситься на Рене и задушить его, но четыре конвойных удержали пьемонтца.

— Хорошо, — сказал прокурор Лягель, — для суда достаточно этих сведений. Отведите узников в камеры ожидания.

— Нельзя же, — воскликнул Коконнас, — слушать такие обвинения и не протестовать!

— Протестуйте, месье, никто вам не мешает. Конвойные, вы слышали?

Конвойные завладели двумя обвиняемыми и вывели их — Ла Моля в одну дверь, Коконнаса — в другую.

Затем прокурор поманил рукой человека, которого Коконнас заметил в темной глубине залы, и сказал ему:

— Не уходите, мэтр, у вас будет работа в эту ночь.

— С кого начать, месье? — спросил человек, почтительно снимая колпак.

— С этого, — сказал председатель, показывая на Ла Моля, удалявшегося в сопровождении двух конвойных. Затем председатель подошел к Рене, который с трепетом ожидал, что его опять отведут в Шатле, где он был заключен.

— Прекрасно, месье, — сказал ему председатель, — будьте спокойны: королева и король будут поставлены в известность о том, что раскрытием истины в этом деле они обязаны только вам.

## VIII

## ИСПАНСКИЕ САПОГИ

Когда Коконнаса отвели в другую камеру, замкнули за ним дверь и он оказался наедине с самим собой, то весь подъем духа, который поддерживался в нем борьбой с судьями и злостью на Рене, сразу исчез, и грустные мысли стали тесниться одна вслед за другой.

«Мне думается, — говорил он сам с собой, — все оборачивается самым скверным образом, сейчас бы как раз время побывать в часовне. Того гляди, приговорят нас к смерти; а то, что они сейчас выносят нам смертный приговор, не подлежит сомнению. Побаиваюсь я этих смертных приговоров при закрытых дверях в крепости, да еще со стороны таких противных рож, как те, что сидели перед нами. Они серьезно намерены отрубить нам головы... Гм-гм!.. Я возвращаюсь к своей прежней мысли — пора идти в часовню».

За тихим разговором с самим собой наступила гробовая тишина, как вдруг ее прорезал жалобный, глухой, тягучий крик, совершенно не похожий на голос человека; казалось, он пробился сквозь толщу каменной стены и прозвенел в железных прутьях ее решеток. Коконнас невольно вздрогнул, несмотря на то что мужество у подобных храбрецов — чувство врожденное, как инстинкт хищных животных; он замер в том положении, в каком его застал этот страшный вопль, сомневаясь, возможен ли у человека такой крик. Коконнас приписывал его и вою ветра, пронесшегося по деревьям, и одному из многих ночных звуков, гуляющих в пространстве между неведомыми мирами, среди которых вертится наш мир. Но вот донесся новый вопль — сильнее, жалостнее первого; и на этот раз Коконнас не только ясно различил в нем человеческий крик боли, но, как ему показалось, узнал голос самого Ла Моля.

При звуке его голоса Коконнас забыл о том, что сидит за двумя дверьми, за тремя решетками и за стеной в двенадцать футов толщиной; он ринулся всем телом на стену, как будто собираясь повалить ее и броситься на помощь с криком: «Кого здесь режут?», но, ударившись об эту им забытую преграду, Коконнас отлетел к каменной скамье и рухнул на нее.

— О-о! Его убили! Это чудовищно! А здесь и нечем защищаться... никакого оружия!

Он стал шарить вокруг себя руками.

— Ага! Вот железное кольцо! — воскликнул он. — Вырву его — и горе тому, кто подойдет ко мне!

Коконнас встал, ухватился за кольцо и первым же рывком настолько расшатал его, что казалось, еще два таких усилия — и кольцо выскочит из стены.

Вдруг дверь отворилась, свет двух факелов ворвался в камеру, и тот же картавый голос, который еще наверху так не понравился Коконнасу, да и спустившись ниже на три этажа, не стал, по мнению пьемонтца, приятнее, — этот голос произнес:

— Идемте, месье, вас ожидает суд.

— Хорошо, — ответил Коконнас, выпустив из рук кольцо. — Я сейчас выслушаю приговор, не так ли?

— Да, месье.

— Уф, стало легче! Идем.

Коконнас последовал за приставом, который пошел вперед ковыляющей походкой, держа в руках черный жезл.

Хотя Коконнас в первую минуту и выразил удовольствие, он все же с беспокойством поглядывал вперед, назад и по сторонам.

«Эх! Что-то не видать моего почтенного тюремщика! — говорил себе Коконнас. — Признаться, очень неприятно, что его нет».

Все шествие проследовало в зал, откуда только что вышли судьи, кроме одного, — оставшегося у стола. Коконнас сразу узнал в нем главного прокурора, который во время допроса неоднократно выступал, и всякий раз с явной неприязнью к подсудимым. Именно ему Екатерина поручала ведение процесса.

Отдернутая завеса давала возможность разглядеть всю комнату, дальняя часть которой терялась в сумраке, а освещенный передний план наводил такой страх, что у Коконнаса стали подгибаться ноги.

— О господи! — воскликнул он.

Этот крик ужаса вырвался у него недаром: картина была действительно зловещая. Зал, в большей своей части скрытый завесой на время заседания суда, теперь казался преддверием ада. На переднем плане стоял деревянный станок с веревками, блоками и прочими принадлежностями пытки. Дальше пылал огонь в жаровне, падая красными отсветами на окружающие предметы и придавая еще более мрачный вид силуэтам людей, стоявших в пространстве между Коконнасом и жаровней. Около одного из каменных столбов, поддерживавших своды, стоял недвижно, точно статуя, какой-то человек, держа в руке веревку и прислонясь к столбу; казалось, он был высечен вместе со столбом из одного камня. По стенам, над каменными скамейками, промеж железных колец висели цепи и сверкала сталь орудий пытки.

— Ого! Зал пыток в полной готовности и как будто только ждет своей жертвы! — шептал Коконнас. — Что это значит?

— Марк-Аннибал Коконнас, на колени! — произнес чей-то голос, заставивший Коконнаса поднять голову. — Выслушайте на коленях вынесенный вам приговор.

Инстинктивно все существо Коконнаса всегда противилось такого рода предложениям. Он и теперь готов был воспротивиться, но два человека налегли на его плечи так неожиданно, а главное, так крепко, что он сразу упал обоими коленями на каменный настил.

Голос продолжал:

— «Приговор суда, вынесенный в Венсенской крепости по делу Марка-Аннибала де Коконнас, обвиненного и уличенного в преступлении против его величества, а именно: в покушении на отравление, в ворожбе и колдовстве, направленных против особы короля, в заговоре против государственной безопасности, а также в том, что своими гибельными советами он подстрекал принца крови к мятежу...»

На все эти обвинения Коконнас отрицательно мотал в такт головой, как упрямый школьник.

Судья продолжал:

— «Принимая все вышеизложенное во внимание, суд постановил: препроводить означенного Марка-Аннибала де Коконнас из тюрьмы на площадь Сен-Жан-ан-Грев и там обезглавить, имущество его конфисковать, его строевые леса срубить до высоты в шесть футов, замки его разрушить и поставить на чистом поле столб с медной доской, на коей будут указаны его вина и наказание...»

— Что касается моей головы, — сказал Коконнас, — то, думается, ее действительно отрубят, потому что она — во Франции и даже слишком далеко зашла. Что же касается моих строевых лесов и моих замков, то ручаюсь, что ни пилам, ни киркам христианнейшего королевства там делать будет нечего!

— Молчать! — приказал судья и стал продолжать чтение: — «Сверх того, означенный Коконнас...»

— Как? — прервал его Коконнас. — И, срубив мне голову, будут со мной еще что-то делать? О, это уж чересчур сурово.

— Нет, месье, — ответил председатель, — не после, а до... — И продолжал: — «Сверх того, означенный Коконнас до исполнения приговора имеет быть подвергнут чрезвычайной пытке в десять клиньев».

Коконнас вскочил на ноги, сверкая глазами.

— Зачем?! — воскликнул он, не найдя, кроме этого наивного вопроса, других слов, чтобы выразить целый сонм мыслей, вдруг замелькавших в его мозгу.

Действительно, пытка являлась для Коконнаса полным крушением его надежд: его отправят в часовню только после пытки, а от нее часто умирали, и умирали тем вернее, чем сильнее и мужественнее был человек, смотревший на вынужденное признание как на малодушие; а раз человек не делал признаний, то пытку не только продолжали, но пытали более жестоко.

Председатель суда не удостоил Коконнаса ответом, так как конец приговора давал ответ вместо него, и продолжал читать:

— «Дабы заставить его раскрыть весь заговор, всех сообщников и все их козни во всех подробностях...»

— Дьявольщина! — воскликнул Коконнас. — Ведь это же бессовестно! Даже не бессовестно, а подло!

Привыкший ко всяким выражениям ярости несчастных жертв — ярости, которую затем мучения превращают в слезы, — председатель безучастно сделал только знак рукой.

Коконнаса схватили за плечи и за ноги, свалили с ног, понесли, уложили на станок, прикрутили к нему веревками — и все это произвели так быстро, что он не успел даже разглядеть тех, что совершал над ним насилие.

— Негодяи! — рычал Коконнас, так сотрясая в припадке ярости станок и его подножки, что от него отшатнулись сами палачи. — Негодяи! Пытайте, терзайте, режьте меня на куски, но, клянусь, ничего вам не узнать! Вы воображаете, что вашими железками и деревяшками можно заставить говорить такого родовитого дворянина, как я? Валяйте, валяйте, я презираю вас!

— Повытчик, приготовьтесь записывать, — сказал председатель.

— Да, да, приготовляйся! — рычал Коконнас. — Будет тебе работа, если станешь записывать все, что скажу вам, мерзавцы, палачи! Пиши, пиши!

— Вам угодно сделать признания? — спросил так же спокойно председатель.

— Ни одного слова, ничего. К черту!

— Вы лучше поразмыслите, месье, покамест будут делаться приготовления. Мэтр, приладьте господину сапожки.

При этих словах человек, до этих пор стоявший неподвижно с веревкою в руке, отделился от столба и медленным шагом подошел к Коконнасу, который, повернувшись в его сторону лицом, собирался скорчить рожу.

Это был мэтр Кабош, палач парижского судебного округа. Горькое изумление выразилось на лице Коконнаса, и, вместо того чтобы кричать и биться, он замер, будучи не в силах отвести глаз от лица этого забытого им друга, появившегося в такую страшную минуту.

Ни один мускул не дрогнул на лице Кабоша; ничем не показав, что он когда-либо встречал пьемонтца, и как будто увидев его впервые на станке, Кабош задвинул ему две доски меж голеней, а две такие же доски приложил к их внешней части, затем обвязал все, голени и доски, веревкой, которую держал в руке. Это приспособление и называлось «испанские сапоги».

При простой пытке забивалось шесть деревянных клиньев между внутренними досками, и доски, раздвигаясь, сплющивали мускулы. При пытке чрезвычайной забивали десять клиньев, и тогда доски не только раздавливали мускулы, но и дробили кости.

Закончив подготовку, мэтр Кабош просунул кончик клина между досками, стал на одно колено, поднял молот и выжидательно посмотрел на председателя суда.

— Будете вы говорить? — спросил председатель.

— Нет, — ответил Коконнас решительно, хотя пот выступил у него на лбу и волосы на голове зашевелились.

— Начинайте, — сказал председатель, — первый простой клин.

Кабош поднял над головой тяжелый молот и обрушил на клин страшный удар, издавший глухой звук.

Коконнас даже не вскрикнул от первого удара, обычно вызывавшего стоны у самых решительных людей. Больше того — на лице пьемонтца выразилось неописуемое изумление. Он с недоумением посмотрел на Кабоша, который стоял на одном колене вполоборота, спиной к председателю и, замахнувшись молотом, готов был повторить удар.

— Для чего скрывались вы в лесу? — спросил председатель.

— Чтобы посидеть в тени, — ответил Коконнас.

— Продолжайте, — сказал председатель Кабошу. Кабош дал второй удар, издавший тот же звук. Но, так же как и при первом ударе, Коконнас даже не повел бровью и с тем же хмурым выражением взглянул на палача.

Председатель нахмурился.

— Ну и крепкий мужик! — пробурчал он. — Мэтр, до конца ли вошел клин?

Кабош нагнулся, чтобы посмотреть, и, склоняясь над Коконнасом, шепнул ему:

— Кричите же, несчастный!

Затем, поднявшись, доложил:

— Да, до конца, месье.

— Второй простой, — хладнокровно распорядился председатель.

Слова Кабоша разъяснили все: благородный палач оказывал «своему другу» величайшее одолжение, какое только мог оказать дворянину палач, — вместо цельных дубовых клиньев великодушный Кабош вколачивал ему меж голеней клинья из упругой кожи, лишь сверху обложенные деревом. Этим он избавлял Коконнаса не только от физических мучений, но и от позора вынужденных признаний, сверх того, он сохранял Коконнасу силы достойно взойти на эшафот.

— Добрый, хороший мой Кабош, — шептал Коконнас, — не бойся: раз это нужно, я заору так, что если будешь мною недоволен, то на тебя трудно угодить.

В это время Кабош просунул между краями досок второй клин, толще первого.

— Продолжайте, — сказал председатель. Кабош ударил так, точно собрался разрушить весь Венсенский замок.

— Ой-ой-ой! У-у-у! — заорал Коконнас на все лады. — Тысяча громов! Осторожней, вы ломаете мне кости!

— Ага! Второй сделал свое дело, — ухмыляясь, сказал председатель, — а то я уж начал удивляться.

Коконнас дышал шумно, как кузнечный мех.

— Так что же вы делали в лесу? — повторил вопрос председатель.

— А! Дьявольщина! Я уж сказал вам: дышал свежим воздухом!

— Продолжайте, — распорядился председатель.

— Признавайтесь, — шепнул Кабош.

— В чем?

— В чем хотите, хоть что-нибудь.

И Кабош дал второй удар, не слабее первого. Коконнас чуть не задохся от крика.

— Ох! Ой! Что вы хотите знать, месье? По чьему приказанию я был в лесу?

— Да, месье.

— Я был там по приказанию герцога Алансонского.

— Запишите, — распорядился председатель.

— Если я подстраивал ловушку королю Наваррскому и совершил этим преступление, — продолжал Коконнас, — так я был простым орудием, месье, я выполнял только приказание моего господина.

Повытчик принялся записывать.

«Ага, ты донес на меня, бледная рожа! — говорил про себя Коконнас. — Погоди же у меня, погоди!»

Он рассказал, как герцог Алансонский ходил к королю Наваррскому, как герцог виделся с де Муи, историю с вишневым плащом, — рассказал все, не забывая орать и время от времени давая повод возобновлять удары молотом.

Словом, он сообщил кучу всяких сведений, очень ценных, верных, неопровержимых и опасных для герцога Алансонского, делая вид, что дает эти сведения только из-за страшной боли. Коконнас так хорошо играл роль, так естественно гримасничал, выл, стонал на все лады, дал столько показаний, что наконец сам председатель испугался того количества позорных, особенно для принца крови, подробностей, которые по его же приказанию заносились в протокол пытки.

«Вот это ладно! — думал Кабош. — Моему дворянину не надо повторять одно и то же; уж и задал он повытчику работу. Господи Иисусе! А что бы было, кабы клинья были не кожаные, а деревянные?»

За эти признания Коконнасу простили последний клин чрезвычайной пытки; но и без него те девять клиньев, которые ему забили, должны были превратить его ноги в месиво.

Председатель подчеркнул, что смягчение приговора дано за признания Коконнаса, и вышел.

Коконнас остался наедине с Кабошем.

— Ну, как себя чувствуете, месье? — спросил Кабош.

— Ах, друг мой, мой хороший друг, милый мой Кабош! — сказал Коконнас. — Будь уверен, что я останусь признателен тебе... всю жизнь.

— Да-а! И будете правы, месье: кабы узнали, что я для вас сделал, то после вас на этом станке лежал бы я; но уж меня не пощадили бы, как пощадил вас я.

— Но как тебе пришло в голову устроить эти...

— А вот как, — говорил Кабош, обертывая Коконнасу ноги в окровавленные тряпки. — Я узнал, что вас арестовали, узнал, что над вами нарядили суд, узнал, что королева Екатерина добивается вашей смерти, догадался, что вас будут пытать, и принял нужные меры.

— Несмотря на то, что тебе грозило?

— Месье, вы единственный дворянин, который пожал мне руку, — ответил Кабош, — ведь у палача тоже есть память и душа, какой он там ни будь палач, а может быть, как раз оттого, что он палач. Вот завтра увидите, какая будет чистая работа.

— Завтра? — спросил Коконнас.

— Конечно, завтра.

— Какая работа?

— Как — какая? Вы, что же, забыли приговор?

— Ах да! Верно, приговор, — ответил Коконнас, — я и забыл.

В действительности Коконнас не забывал о приговоре, но занят был другим: воображал себе часовню, нож, спрятанный под покровом престола, Анриетту и королеву, дверь в ризнице и двух лошадей у опушки леса; он думал о свободе, о скачке по вольному простору, о безопасности за границей Франции.

— Теперь надо половчее переложить вас со станка на носилки. Не забудьте, что для всех, даже для моих помощников, у вас раздроблены ноги, и при каждом движении вы должны кричать.

— Ой, ой! — простонал Коконнас, увидев двух помощников палача, подходивших к нему с носилками.

— Ну, ну, подбодритесь, — сказал Кабош, — если вы стонете уже от этого, что же будет с вами сейчас?

— Дорогой Кабош, — взмолился Коконнас, — не давайте меня трогать вашим почтенным спутникам, будьте так добры... может быть, у них не такая легкая рука, как у вас.

— Поставьте носилки рядом со станком, — приказал Кабош.

Его помощники выполнили приказание. Мэтр Кабош поднял Коконнаса, как ребенка, и переложил на носилки; но, несмотря на всю его осторожность, Коконнас кричал благим матом. В эту минуту появился и добросовестный тюремщик с фонарем в руке.

— В часовню, — сказал он.

Носильщики понесли Коконнаса, пожавшего мэтру Кабошу второй раз руку.

Первое пожатие оказалось настолько благотворным для пьемонтца, что от его предубеждений не осталось и следа.

## IX

## ЧАСОВНЯ

Мрачное шествие в гробовом молчании проследовало по двум подъемным мостам крепости и направилось через широкий двор самого замка к часовне, где на цветных окнах просвечивали мягким светом бледные лики и красные хитоны апостолов.

Коконнас жадно вдыхал ночной воздух, насыщенный дождевой влагой. Вглядываясь в густую темь, он радовался всей обстановке, благоприятной для их побега.

В самой часовне ему понадобилась вся сила его воли, все благоразумие, все самообладание, чтобы не спрыгнуть с носилок, когда он увидел у клироса, в трех шагах от алтаря, лежавшее на полу тело, прикрытое белым покрывалом. Это был Ла Моль.

Два солдата, сопровождавшие носилки, остались за дверьми часовни.

— Раз уж нам оказывают последнюю милость и вновь соединяют нас, — сказал Коконнас, придавая жалобный тон голосу, — то отнесите меня к моему другу.

Так как носильщики не получали на этот счет запрета, они без возражений исполнили просьбу Коконнаса.

Ла Моль лежал сумрачный и бледный, прислонясь головой к мраморной стене; сильный пот придавал его бледному лицу тусклый оттенок слоновой кости, а смоченные по́том волосы имели такой вид, как будто они встали у него на голове и в этом состоянии остались.

Тюремщик рукой дал знак двум носильщикам, чтобы они сходили за священником, — это было условным сигналом бегства.

Коконнас с мучительным нетерпением следил глазами за уходившими носильщиками; да и не один Коконнас следил за ними: едва носильщики скрылись из виду, как две женщины с радостным смехом выбежали из-за алтаря и бросились на клирос, всколыхнув воздух, как теплый шумный порыв ветра перед грозой.

Маргарита кинулась к Ла Молю и обняла его. Ла Моль ответил тем диким воплем, какой долетел тогда в камеру пьемонтца и чуть не свел его с ума.

— Боже мой! Что такое?! — воскликнула Маргарита, в ужасе отстраняясь от Ла Моля.

Ла Моль только застонал и закрыл глаза руками, как будто не желая ее видеть. Его молчание и этот жест перепугали Маргариту больше, чем его крик.

— Боже, что с тобой? — воскликнула она. — Ты весь в крови.

Коконнас, уже успевший подбежать к престолу, схватить кинжал и обнять за талию Анриетту, обернулся на ее слова.

— Вставай, вставай же, — говорила Маргарита, — разве ты не видишь? Пора бежать!

Горькая улыбка скользнула по бледным губам Ла Моля, хотя ему как будто и не пристало улыбаться.

— Дорогая королева! — сказал молодой человек. — Вы не учли, на что способна Екатерина. Меня пытали, у меня раздроблены все кости, мое тело — сплошная рана, а мои старания поцеловать вас в лоб причиняют мне такую боль, что легче смерть.

Действительно, приложив свои губы ко лбу королевы, Ла Моль весь побелел от этого усилия.

— Пытали?! — воскликнул Коконнас. — Так меня тоже пытали; но разве палач обошелся с тобой не так же, как со мной?

И Коконнас рассказал, как было дело.

— Ах! Все понятно! — сказал Ла Моль. — Когда мы были у него, ты пожал ему руку; а я забыл, что все люди — братья, во мне заговорила спесь. Бог наказал меня за мою гордыню, — благодарю за это бога!

И Ла Моль молитвенно сложил руки. Коконнас и обе дамы в неизъяснимом ужасе переглянулись.

— Скорей, скорей! — сказал тюремщик, вернувшись от входной двери, где он стоял на страже. — Не теряйте времени: ударяйте меня кинжалом — только по чести, как дворянин! Скорей, а то они сейчас придут!

Маргарита стояла на коленях перед Ла Молем, подобно мраморной надгробной статуе, склоненной над изображением того, кто покоится в гробнице.

— Друг, не унывай, — сказал Коконнас. — Я сильный, я унесу тебя, посажу на твою лошадь, а если не сможешь сам держаться в седле, я посажу тебя перед собой и буду держать; но едем, едем! Ты слышал, что сказал нам честный тюремщик? Это вопрос жизни!

— Правда, от этого зависит твоя жизнь, — сказал Ла Моль.

Он сделал сверхчеловеческое, невероятное усилие и попытался встать. Аннибал взял его под мышки и поставил стоймя. Но пока он это делал, из уст Ла Моля все время слышалось какое-то глухое завывание; а как только Коконнас на одно мгновение отстранился от Ла Моля, чтобы подойти к тюремщику, и оставил мученика на руках двух женщин, ноги Ла Моля подогнулись, и, несмотря на все усилия Маргариты и Анриетты, он рухнул на пол с раздирающим душу криком, который разнесся по часовне зловещим эхом и несколько секунд гудел в ее высоких сводах.

— Видите, — скорбно произнес Ла Моль, — видите, королева? Бросьте же меня, оставьте здесь, сказав последнее «прости». Маргарита, я не произнес ни слова, ваша тайна осталась скрытой в моей любви и умрет вместе со мной. Прощайте, моя королева, прощайте!..

Маргарита, сама чуть живая, обвила руками дорогую ей голову и поцеловала ее непорочным поцелуем, почти святым.

— Аннибал, — сказал Ла Моль, — ты избежал мучений, ты еще молод, ты можешь жить; беги, беги, мой друг! Я хочу знать, что ты на свободе, дай мне это последнее утешение.

— Время идет, — крикнул тюремщик. — Скорее, торопитесь!

В это время Маргарита с распущенными волосами стояла на коленях около Ла Моля и плакала горючими слезами, похожая на кающуюся Магдалину, а Анриетта втихомолку старалась увести пьемонтца.

— Беги, Аннибал, — повторил Ла Моль, — не давай нашим врагам радостно смотреть, как два невинных дворянина будут умирать позорной смертью.

Коконнас нежно отстранил Анриетту, тянувшую его к двери, и, сделав в сторону тюремщика торжественный и, в данных обстоятельствах, величественный жест, сказал:

— Мадам, прежде всего отдайте этому человеку пятьсот экю, которые ему обещаны.

— Вот они, — ответила Анриетта.

Затем, грустно покачав головой, он обратился к Ла Молю:

— Милый мой Ла Моль, ты оскорбил меня, если подумал хотя на одну минуту, что я способен тебя бросить. Разве я не поклялся и жить и умереть с тобой? Но ты так мучишься, мой бедный друг, что я тебе прощаю.

Он решительно лег рядом со своим другом, наклонил к нему голову и коснулся губами его лба. Затем тихо, осторожно, как мать берет ребенка, взял голову Ла Моля и положил ее к себе на грудь.

Маргарита стала мрачной. Она подняла кинжал, который обронил Коконнас.

— Королева моя, — говорил Ла Моль, догадываясь о ее намерении и протягивая к ней руки, — о моя королева! Не забывайте: я пошел на смерть, чтобы всякое подозрение о нашей любви исчезло.

— Если нельзя мне даже умереть с тобой, — что же другое могу я сделать для тебя? — воскликнула Маргарита.

— Можешь, — ответил Ла Моль, — ты можешь сделать так, что мне будет мила и сама смерть, что она придет за мной с приветливым лицом.

Маргарита нагнулась к нему, сложив ладони, как бы умоляя его говорить.

— Маргарита, помнишь вечер, когда я предложил тебе взять мою жизнь, ту, которую я отдаю тебе сегодня, а ты, взамен ее, мне свято обещала одну вещь?

Маргарита затрепетала.

— А-а! Ты вздрогнула, значит, ты помнишь?

— Да, помню, да, и клянусь душой, мой Гиацинт, исполню то, что обещала.

Маргарита простерла руки к алтарю, как бы вторично беря бога в свидетели своей клятвы.

Лицо Ла Моля сразу просияло, как будто своды часовни вдруг разверзлись и небесный луч пал на его лицо.

— Идут! Идут! — предупредил тюремщик.

Маргарита вскрикнула и кинулась было к Ла Молю, но с трепетом остановилась из страха причинить ему боль.

Анриетта поцеловала Коконнаса и сказала:

— Понимаю тебя, мой Аннибал, и горжусь тобой. Я знаю, твой героизм ведет к смерти, но за этот героизм я и люблю тебя. Кроме бога, я буду любить тебя больше всего на свете, и хотя не знаю, в чем Маргарита поклялась Ла Молю, но клянусь сделать то же самое и для тебя!

И она протянула руку Маргарите.

— Ты хорошо сказала, благодарю тебя, — ответил Коконнас.

— Перед расставанием, королева моя, — сказал Ла Моль, — окажите последнюю вашу милость: дайте мне что-нибудь на память о вас, что я мог бы поцеловать, всходя на эшафот.

— О да! — воскликнула Маргарита. — Вот!

И она сняла с шеи маленький золотой ковчежец на золотой цепочке.

— На, возьми! Этот святой ковчежец я ношу с самого детства. Моя мать надела мне его на шею, когда я была малюткой и она меня еще любила; нам он достался по наследству от нашего дяди, папы Климента. Я никогда не расставалась с ним. На, возьми!

Ла Моль взял и горячо поцеловал ковчежец.

— Отпирают дверь! — крикнул тюремщик. — Бегите же! Скорей, скорей!

Обе дамы побежали и скрылись за алтарем.

Вошел священник.

## X

## ПЛОЩАДЬ СЕН-ЖАН-АН-ГРЕВ

Семь часов утра. Шумная толпа заполняет улицы, площади, набережные и ждет.

В десять часов утра та же таратайка, что некогда привезла в Лувр двух лежавших без сознания друзей после их дуэли, выехала из Венсенского замка, медленно проследовала по улице Сент-Антуан, где зеваки, давя друг друга, стояли, словно статуи, с застывшим взглядом и с печатью молчания на устах. В этот день королева-мать показала народу действительно раздирающее душу зрелище.

В таратайке, тащившейся по улицам, два молодых человека с непокрытой головой, одетые в черное, полулежали на соломе, прижавшись один к другому. Коконнас держал у себя на коленях Ла Моля, который возвышался головой над краями таратайки и мутным взором смотрел по сторонам.

В это время толпа, стараясь проникнуть жадными глазами в самую глубину повозки, теснилась вокруг нее, приподнималась, становилась на цыпочки, влезала на тумбы, лепилась по выступам на стенах и чувствовала себя удовлетворенной лишь тогда, когда ей удавалось прощупать взглядом каждый дюйм на этих двух телах, уцелевших от пытки только для того, чтобы уйти в небытие.

Кто-то сказал, что Ла Моль умирает, не признав ни одного предъявленного обвинения. Коконнас же, как уверяли, не стерпел боли и все раскрыл.

Поэтому со всех сторон раздавались крики:

— Видите, видите рыжего? Это он все рассказал, все выболтал! Трус! Из-за него и другой идет на смерть. А другой — храбрый, не сказал ни слова.

Оба друга хорошо слышали и похвалы одному, и оскорбления другому, сопровождавшие их смертный путь. Ла Моль жал руки своему другу, а лицо пьемонтца выражало безграничное презрение, и он глядел на глупую толпу с высоты мерзкой таратайки, как с триумфальной колесницы.

— Скоро ли мы доедем? — спросил Ла Моль. — Друг, у меня больше нет сил, я чувствую, что упаду в обморок.

— Держись, Ла Моль, сейчас проедем мимо переулков Тизон и Клош-Персе. Смотри, смотри!

— Ах! Приподними меня — хочу еще раз поглядеть на этот приют блаженства!

Коконнас тронул рукой плечо Кабоша, который сидел спереди и правил лошадью.

— Мэтр, — сказал Коконнас, — окажи нам услугу и остановись на минуту против переулка Тизон.

Кабош кивнул головой в знак согласия и, доехав до переулка, остановился. Ла Моль благодаря помощи друга кое-как приподнялся, со слезами на глазах посмотрел на одинокий домик, безмолвный, наглухо закрытый, как гробница, и тяжкий вздох вырвался из его груди.

— Прощай! — шептал Ла Моль. — Прощай, молодость, любовь, жизнь!

И голова его поникла.

— Не падай духом! — сказал Коконнас. — Быть может, все это мы опять найдем на небесах.

— Ты веришь в это? — спросил Ла Моль.

— Верю, потому что так мне сказал священник, а главное, потому, что я надеюсь. Но не теряй сознания, держись, мой друг, а то нас засмеют все эти негодяи, которые на нас глазеют.

Кабош услышал его последние слова и, подгоняя одной рукой лошадь, протянул назад другую руку и незаметно передал маленькую губку, пропитанную настолько сильным возбуждающим, что Ла Моль, понюхав губку и потерев ею виски, сразу почувствовал себя свежее и бодрее.

— Уф! Я ожил, — сказал он и поцеловал висевший у него на шее золотой ковчежец.

Когда они доехали до угла набережной и обогнули очаровательное небольшое здание, построенное Генрихом II, стал виден эшафот, который возвышался над толпой и представлял собой высокий, голый, кровью залитый помост.

— Друг, я хочу умереть первым, — сказал Ла Моль.

Коконнас второй раз дотронулся рукой до плеча Кабоша.

— Что такое, месье? — спросил палач, обернувшись.

— Милый человек, ты хочешь доставить мне удовольствие? По крайней мере, ты так мне говорил.

— Да, и повторяю это.

— Вот друг мой пострадал больше меня, поэтому и сил у него меньше.

— Так что?

— Он говорит, что ему будет чересчур тяжко смотреть, как будут меня казнить. А кроме того, если я умру первым, некому будет внести его на эшафот.

— Ладно, ладно, — сказал Кабош, отирая слезу тыльной стороной руки, — не беспокойтесь, будет по-вашему.

— И с одного удара, да? — шепотом спросил Коконнас.

— Одним махом.

— Вот это хорошо... А если с одного удара трудно, так отыгрывайтесь на мне.

Таратайка остановилась; подъехав к эшафоту, Коконнас надел шляпу.

Шум, похожий на рокот морских волн, долетел до Ла Моля. Он хотел приподняться, но не хватило сил; пришлось пьемонтцу и Кабошу поддерживать его под мышки.

Вся площадь казалась вымощенной головами, ступени городской думы походили на амфитеатр, забитый зрителями. Из каждого окна высовывались лица, возбужденные, с горящими глазами. Когда толпа увидела красивого молодого человека, который не мог держаться на раздробленных ногах и сделать последнее усилие, чтобы самому взойти на эшафот, общий крик жалости потряс всю площадь, слив воедино рокочущие голоса мужчин и жалобные вопли женщин.

— Это один из самых больших придворных щеголей; таких казнят не у Сен-Жан-ан-Грев, а на Пре-о-Клерк, — говорили мужчины.

— Что за красавчик! Какой бледный! Это тот, который не захотел отвечать, — говорили женщины.

— Друг, я не могу держаться на ногах! — сказал Ла Моль. — Отнеси меня!

— Хорошо, — ответил Коконнас.

Он сделал палачу знак отстраниться, затем нагнулся, взял на руки Ла Моля, как ребенка, твердым шагом взошел с этой ношей на помост и опустил на него своего друга под неистовые крики и рукоплескания толпы.

Коконнас снял с головы шляпу и раскланялся, а затем бросил ее к своим ногам.

— Посмотри кругом, — сказал Ла Моль, — не увидишь ли где-нибудь «их».

Коконнас медленно стал обводить взглядом площадь, пока не дошел до одной точки; тогда он остановился и, не спуская с нее глаз, протянул руку и тронул за плечо Ла Моля.

— Взгляни на окно в той башенке, — сказал он.

Другой рукой он показал на окно маленького здания, существующего и до сих пор между улицей Ванри и улицей Мутон, как осколок былых времен. Две женщины, одетые в черное, стояли не у самого окна, а несколько в глубине.

— Ах! Я боялся только одного, — сказал Ла Моль, — что я умру, не повидав их. Я вижу их и могу спокойно умереть.

Не отрывая жадных глаз от этого оконца, Ла Моль поднес к губам и расцеловал зажатый в руке ковчежец.

Коконнас приветствовал обеих дам с таким изяществом, как будто щеголял манерами в гостиной.

В ответ на это обе дамы замахали платочками, мокрыми от слез.

Кабош дотронулся пальцем до плеча Коконнаса и многозначительно повел глазами на Ла Моля.

— Да, да! — ответил Коконнас и повернулся к своему другу.

— Поцелуй меня, — сказал он, — и умри достойно. Такому храбрецу, как ты, это не трудно!

— Ах! Я так мучусь, что для меня не велика заслуга умереть достойно!

Подошел священник и поднес Ла Молю распятие, но Ла Моль с улыбкой показал ему ковчежец, который держал в руках.

— Все равно, — сказал священник, — просите того, кто сам претерпел то же, что и вы, укрепить вас.

Ла Моль приложился к ногам Христа.

— Поручите мою душу, — сказал он, — молитвам монахинь в монастыре благодатной девы Марии.

— Скорей, Ла Моль, скорей, а то я так страдаю за тебя, что сам слабею, — сказал Коконнас.

— Я готов, — ответил Ла Моль.

— Можете ли вы держать голову совсем прямо? — спросил Кабош, став позади Ла Моля и готовясь нанести удар мечом.

— Надеюсь, — ответил Ла Моль.

— Тогда все будет хорошо.

— А вы не забудете, о чем я вас просил? — спросил Ла Моль. — Этот ковчежец будет вам пропуском.

— Будьте покойны. Старайтесь держать голову прямее.

Ла Моль вытянул шею и обратил глаза в сторону башенки, шепча:

— Прощай, Маргарита, благосло...

Ла Моль не кончил. Одним ударом сверкнувшего, как молния, меча Кабош снес ему голову, и она покатилась к ногам пьемонтца.

Тело Ла Моля тихо опустилось, как будто он лег сам.

Раздался оглушительный гул из слившихся воедино голосов множества людей, и Коконнасу показалось, что среди женских голосов один прозвучал более скорбно, чем другие.

— Спасибо, мой великодушный друг, спасибо! — сказал Коконнас, в третий раз пожимая руку палачу.

— Сын мой, — сказал священник, — не надо ли вам чего-нибудь доверить богу?

— Ей-богу, нет, отец мой! — ответил пьемонтец. — Все, что мне надо было бы ему сказать, я вам сказал еще вчера.

Затем, повернувшись к Кабошу, добавил:

— Ну, мой последний друг, палач, окажи еще одну услугу.

Но прежде чем стать на колени, Коконнас обвел глазами площадь таким спокойным, ясным взглядом, что по толпе пронесся рокот восхищения, лаская слух и самолюбие пьемонтца.

Тогда Коконнас взял голову Ла Моля, поцеловал ее в посиневшие губы и бросил последний взгляд на башенку; затем опустился на колени и, продолжая держать в руках голову горячо любимого друга, сказал Кабошу:

— Я гот...

Он не успел договорить, как голова его слетела с плеч.

После удара нервная дрожь охватила честного Кабоша.

— Хорошо, что все кончилось, — прошептал он, — бедный мальчик!

И он с трудом вынул ковчежец из судорожно сжатых рук Ла Моля, затем накрыл своим плащом печальные останки, которые он должен был везти к себе домой на той же таратайке.

Зрелище кончилось; толпа рассеялась.

# XI

## БАШНЯ ПОЗОРНОГО СТОЛБА

Ночь только что сошла на город, еще взволнованный рассказами об этой казни, подробности которой, переходя из уст в уста, из дома в дом, омрачали веселое время семейных ужинов.

В противоположность унынию и тишине в городе в Лувре было шумно, весело и все освещено. Во дворце происходило большое празднество по распоряжению короля. Карл IX, назначив казнь на утро, одновременно назначил на вечер празднество.

Королева Наваррская еще накануне получила распоряжение быть на этом вечере; надеясь, что Ла Моль и Коконнас спасутся той же ночью, так как была уверена в успехе мер, принятых для их спасения, она просила передать брату, что исполнит его желание.

Но после сцены в часовне, когда исчезла всякая надежда; после того как, в порыве скорби о гибнущей любви, самой большой, самой глубокой в ее жизни, она присутствовала при казни, Маргарита дала себе слово, что ни просьбы, ни угрозы не заставят ее принять участие в веселом празднестве в тот самый день, когда ей пришлось видеть на Гревской площади такое удручающее зрелище.

В этот день Карл IX еще раз показал силу своей, быть может, беспримерной воли: в течение двух недель прикованный к кровати, слабый, умирающий, серо-бледный, как труп, он встал с постели в пять часов вечера и оделся в лучшую одежду. Правда, во время одевания он трижды падал в обморок.

В восемь часов вечера Карл осведомился о своей сестре, спрашивал, не видел ли кто-нибудь ее и не знают ли, что она делает. Никто не мог ему ответить, так как королева Наваррская вернулась к себе в одиннадцать часов утра и заперлась, воспретив пускать к ней посторонних.

Для Карла не существовало запертых дверей. Опираясь на руку де Нансе, он поплелся к покоям королевы Наваррской и неожиданно вошел в них потайным ходом.

Карл знал, что его ждет печальное зрелище, и подготовился к нему, но та плачевная картина, какую он увидел, превзошла его воображение. Маргарита, полумертвая, лежала на шезлонге, уткнувшись головой в подушки; она не плакала и не молилась, а лишь хрипела, как будто в агонии. В другом углу комнаты Анриетта Невэрская, эта бестрепетная женщина, лежала в обмороке прямо на ковре. Вернувшись с Гревской площади, она, так же как и Маргарита, лишилась сил, и бедная Жийона бегала от одной к другой, не решаясь сказать им слово утешения.

Во время нервного кризиса, после таких великих потрясений, люди ревниво относятся к своей душевной боли, как скупец к своим сокровищам, и полагают врагом всякого, кто попытается отнять у них ее малейшую частицу.

Карл IX, отворив дверь и оставив де Нансе в коридоре, бледный и дрожащий, вошел в комнату. Ни Маргарита, ни Анриетта не заметили его, только Жийона, возившаяся с Анриеттой, привстала на одно колено и в испуге смотрела на короля. Король подал ей знак рукой, она встала, сделала реверанс и вышла.

Карл подошел к Маргарите и молча глядел на свою сестру; постояв некоторое время, он обратился к ней с такою теплотой в голосе, какой нельзя было от него ждать:

— Марго! Сестричка!

Маргарита вздрогнула и приподнялась на кресле.

— Ваше величество! — сказала она.

— Сестричка, не падай духом!

Маргарита подняла глаза к небу.

— Да, понимаю, — продолжал Карл, — но выслушай меня.

Королева Наваррская кивнула головой, давая знать, что слушает.

— Ты обещала прийти на бал, — сказал Карл.

— Мне! На бал?! — воскликнула Маргарита.

— Да, ты обещала, и тебя ждут; если ты не придешь, это вызовет общее недоумение.

— Извините меня, братец, — ответила Маргарита, — вы видите, как я страдаю.

— Пересильте себя.

Маргарита, видимо, попыталась взять себя в руки, но тотчас силы оставили ее, и она снова упала головой в подушки.

— Нет, нет, не пойду, — говорила Маргарита.

Карл сел рядом с ней и, взяв ее за руку, сказал:

— Марго, я знаю — ты потеряла сегодня друга; но взгляни ты на меня: я потерял всех своих друзей! Больше того — я потерял мать! Ты всегда могла так плакать, как сейчас; а я всегда должен был улыбаться, даже при самой сильной душевной боли. Ты страдаешь; а посмотри на меня — ведь я же умираю! Ну, Марго, будь мужественной! Прошу тебя, сестричка, во имя нашей доброй славы! Честь нашего королевского дома — это наш крест, будем же нести его, подобно Христу, до Голгофы; а если и мы споткнемся на своем пути, то снова встанем, безропотно и мужественно, как он.

— О господи, господи! — воскликнула Маргарита.

— Да, — говорил Карл, отвечая на ее мысль, — да, сестричка, жертва тяжела; но каждый приносит свою жертву — один жертвует своею честью, другой — своею жизнью. Неужели ты думаешь, что я, будучи двадцати пяти лет от роду и занимая лучший престол в мире, хочу смерти и умру без сожаления? Вглядись в меня... ведь у меня и глаза, и цвет лица, и губы умирающего; но я улыбаюсь... и, глядя на мою улыбку, разве нельзя подумать, что я надеюсь жить? А на самом деле, моя сестричка, через неделю, самое большое — через месяц, ты будешь оплакивать меня, как оплакиваешь сейчас того, кто умер сегодня утром.

— Братец!.. — воскликнула Маргарита, обнимая его за шею.

— Ну же, дорогая Маргарита, одевайтесь, — сказал король, — как-нибудь скройте вашу бледность и покажитесь на балу. Я сейчас приказал отнести вам новые драгоценности и наряды, достойные вашей красоты.

— Ах! Все эти алмазы, платья... О, как мне не до них! — сказала Маргарита.

— Жизнь еще впереди, Маргарита, — по крайней мере для тебя, — ответил, улыбаясь, Карл.

— Нет! Нет! Ни за что!

— Сестричка, не забывай одного: иногда достойнее почтишь память мертвых, подавив или, вернее, скрыв свое горе.

— Хорошо, сир! Я приду, — с дрожью ответила Маргарита.

Слеза набежала на глаза Карла и тотчас испарилась на воспаленных веках. Он наклонился к сестре, поцеловал ее в лоб, с минуту постоял над Анриеттой, ничего не видевшей и не слышавшей.

— Бедная женщина! — сказал он и молча вышел.

Сейчас же после короля вошли пажи, которые несли укладки и футляры.

Маргарита указала пальцем, чтобы сложили все вещи на пол. Когда пажи ушли и осталась одна Жийона, Маргарита сказала ей:

— Жийона, приготовь мне все, чтобы одеться.

Девушка посмотрела на нее с изумлением.

— Да, — подтвердила Маргарита с непередаваемым оттенком горечи, — да, я оденусь и пойду на бал; меня там ждут. Только поскорее! День будет вполне закончен: торжественное утро на Гревской площади — торжественный вечер в Лувре!

— А герцогиня? — спросила Жийона.

— О! Она счастливица! Ей можно остаться здесь; можно плакать, можно горевать, сколько захочет. Она не королевская дочь, не королевская жена, не королевская сестра — она не королева! Дай мне одеться, Жийона.

Жийона помогла ей надеть великолепные украшения и пышное платье. Маргарита никогда не была так хороша. Она посмотрела на себя в зеркало.

— Брат мой прав, — сказала она. — Какое жалкое создание — человек!

В это время вернулась выходившая в переднюю Жийона.

— Мадам, вас спрашивает какой-то человек.

— Меня?

— Да, вас.

— Кто такой?

— Не знаю, но внешность у него жуткая — от одного вида берет дрожь.

— Спроси, как его зовут, — сказала Маргарита, побледнев.

Жийона вышла и через несколько секунд вернулась.

— Он не хочет говорить свое имя, мадам, но просит передать вам это. — Жийона протянула ковчежец, который Маргарита дала вчера вечером Ла Молю.

— Впусти, впусти его! — взволнованно сказала Маргарита.

Она еще больше побледнела и застыла.

Тяжелые шаги загремели по паркету, отдаваясь в деревянной обшивке стен как бы негодующим на такой шум эхом, и на пороге комнаты появился какой-то человек.

— Ведь вы?..

— Я тот, мадам, с кем вы постречались на Монфоконе, тот, кто привез в Лувр в своей таратайке двух раненых дворян.

— Да, да, я узнаю вас, вы мэтр Кабош.

— Палач парижского судебного округа, мадам.

Это были первые слова, расслышанные Анриеттой за последний час. Она приподняла бледное лицо из сжимавших его рук и посмотрела на палача своими изумрудными глазами, блеснувшими, как два пламенеющих луча.

— Зачем вы пришли? — с трепетом спросила Маргарита.

— Чтобы напомнить ваше обещание самому молодому из двух дворян, тому, кто поручил мне отдать этот ковчежец. Вы не забыли, мадам, про обещание?

— Ах, нет, нет, не забыла! — воскликнула Маргарита. — Это только достойное воздаяние за высокое благородство его души; но где «она»?

— «Она» у меня дома, вместе с телом.

— У вас? Отчего же вы ее не принесли?

— Меня могли остановить в пропускных воротах Лувра, могли заставить раскрыть плащ; а что было бы, если бы под плащом нашли человеческую голову?

— Хорошо, поберегите ее у себя; завтра я за ней зайду.

— Завтра, мадам? Нет, завтра, пожалуй, будет уже поздно, — сказал Кабош.

— Почему?

— Потому что королева-мать наказывала мне оставить для ее колдовских опытов головы двух первых осужденных, которых я казню.

— О, какое святотатство! Головы наших возлюбленных! Ты слышишь, Анриетта? — воскликнула Маргарита, подбегая к своей подруге, которая вскочила на ноги, точно ее подбросило пружиной. — Ты слышишь, ангел мой, что сказал этот человек?

— Да. А что нам делать?

— Надо идти с ним.

Как это бывает при резком переходе от большого горя к реальной жизни, у Анриетты вырвался крик душевной боли.

— Ах! Как мне было хорошо: я почти умерла! — воскликнула Анриетта.

В это время Маргарита набросила на голые плечи бархатный плащ и сказала своей подруге:

— Идем, идем! Взглянем на них еще раз.

Маргарита велела запереть все двери, распорядилась подать носилки к задней калитке, взяла за руку Анриетту и, сделав Кабошу знак следовать за ними, спустилась вниз потайным ходом.

У двери внизу ждали носилки, у калитки — слуга Кабоша с фонарем. Носильщики Маргариты были люди верные — когда надо, глухи и немы, и в таких случаях не менее надежны, чем домашние животные.

Носилки тронулись в путь; впереди — мэтр Кабош и его слуга с фонарем. Так они двигались минут десять, наконец все остановились. Палач отворил дверцы носилок, а его слуга куда-то побежал.

Маргарита сошла с носилок и помогла сойти герцогине Невэрской. Только сила нервного напряжения дала возможность обеим женщинам преодолеть скорбь, сжимавшую их сердца.

Перед ними высилась башня позорного столба и походила на темного, безобразного великана, бросая красноватый свет из двух круглых слуховых отверстий на самом ее верху.

Слуга Кабоша появился в дверях башни.

— Можно войти, — сказал Кабош, — в башне все легли спать.

В это время свет, пробивавшийся сквозь два отверстия, погас.

Обе женщины, прижимаясь друг к другу, прошли под стрельчатым сводом небольшой двери и в темноте нащупали ногами сырой неровный пол. В конце огибающего башню коридора они увидели свет и, следуя за страшным хозяином дома, направились в ту сторону. Кто-то притворил за ними входную дверь. Кабош зажег восковой факел и привел обеих дам в большую низкую закоптелую комнату. Посреди нее стоял накрытый на три прибора стол с остатками ужина. Вероятно, три прибора принадлежали самому палачу, его жене и главному помощнику. На самом видном месте висела прибитая к стене грамота, скрепленная королевской печатью. Это был патент на звание палача. В углу стоял большой меч с длинной рукояткой — разящий меч правосудия. Там и сям на стенах висели лубочные изображения святых, подвергаемых различным пыткам.

Войдя в комнату, Кабош низко поклонился, говоря:

— Ваше величество, простите мне, что я осмелился явиться в Лувр и привести вас сюда, но такова была последняя воля дворянина, и я был должен...

— Вы очень хорошо сделали, — ответила королева Наваррская, — и вот вам награда за ваше усердие.

Кабош печально взглянул на туго набитый кошелек, который положила Маргарита на стол.

— Золото! Всегда только золото! — прошептал он. — Увы, мадам! Если бы я сам мог искупить золотом ту кровь, которую я должен был пролить сегодня!

— Мэтр, — с болезненным смущением вымолвила Маргарита, оглядывая комнату, — мэтр, надо еще куда-нибудь идти? Я здесь не вижу...

— Нет, мадам, нет, — они здесь; но вам будет тяжело смотреть; лучше бы я вас от этого избавил, а принес бы сюда под плащом то, за чем вы пришли.

Маргарита и Анриетта переглянулись.

— Нет, — ответила Маргарита, прочитав в глазах подруги то же решение, какое возникло у нее самой, — нет, мы пойдем, ведите нас.

Кабош взял факел, отворил дубовую дверь, за которой виднелись несколько ступенек лестницы, уходившей куда-то глубоко под землю. Порыв сквозного ветра сорвал искры с факела и пахнул в лицо высокопоставленных дам тошнотворным запахом сырости и крови.

Анриетта стала белой, как алебастровая статуя, и оперлась на руку Маргариты, ступавшей более твердо, но герцогиня на первой же ступеньке зашаталась.

— Не могу! Ни за что на свете! — сказала она.

— Если любишь, люби и в смерти, — ответила Маргарита Наваррская.

И вот две женщины, блистающие молодостью, красотой и роскошью наряда, идут, пригнувшись, под мерзким грязно-белым сводом, одна оперлась на руку другой, более мужественной и крепкой, а более крепкая — на руку палача, — жуткое, но трогательное зрелище. Наконец вот и последняя ступенька, а дальше, в погребе, два человеческих тела лежали на полу, прикрытые широким черным покрывалом.

Кабош приподнял край черной ткани, поднес ближе факел и сказал:

— Взгляните, государыня королева.

Одетые в черное, оба молодых человека лежали рядом в страшной, застывшей симметрии мертвых тел. Их головы, приставленные к туловищу, казалось, отделялись от него лишь ярко-красной полосой, огибавшей середину шеи. Смерть не разъединила двух друзей, — случайно или благодаря заботе палача правая рука Ла Моля покоилась в левой руке Коконнаса. Под сомкнутыми веками Ла Моля угадывался нежный взгляд любви, а у пьемонтца чудилось выражение презрительной усмешки.

Маргарита опустилась на колени перед трупом своего возлюбленного и руками в блестящих драгоценностях нежно приподняла голову горячо любимого Ла Моля.

— Милый, милый мой Ла Моль! — шептала Маргарита.

Герцогиня Невэрская стояла, прислонясь к стене, и не могла отвести глаз от бледного лица, столько раз встречавшего ее выражением любви и радости.

— Аннибал! Аннибал! Красивый, гордый, храбрый! Ты больше не ответишь мне!.. — И слезы хлынули у нее из глаз.

Эта женщина, в дни своего благоденствия такая гордая, такая дерзновенная, такая бесстрашная, доходившая в скептицизме до предела, в страсти — до жестокости, — эта женщина никогда не думала о смерти.

Маргарита показала ей пример того, что надо делать. Раскрыв мешочек, шитый жемчугом и надушенный самыми тонкими духами, она спрятала в него голову Ла Моля, еще более красивую на фоне бархата и золота, намереваясь сохранить ее такой благодаря особым способам, употреблявшимся в те времена при бальмазировании умерших королей.

Тогда и Анриетта подошла к Коконнасу и завернула его голову в полу своего плаща.

Обе женщины, согбенные не столько под тяжестью их ноши, сколько под гнетом душевной боли, стали всходить по лестнице, бросив прощальный взгляд на бренные останки, покинутые на милость палача в этом мрачном складе для трупов самых низменных преступников.

— Не бойтесь, мадам, — сказал Кабош, угадывая смысл последнего их взгляда, — даю вам клятву, что дворяне будут погребены по-христиански.

— А вот на это закажи обедни за упокой их душ, — сказала Анриетта, срывая с шеи дорогое рубиновое ожерелье и отдавая палачу.

Прежним путем они вернулись в Лувр. У пропускных ворот Маргарита назвала себя, а перед входом на лестницу сошла с носилок и поднялась к себе в опочивальню, положила там скорбные останки в кабинете, превращенном с этого времени в молельню, поручила охрану их Анриетте и около десяти часов вечера, более бледная, но еще более красивая, чем обычно, вошла в тот зал, где два с половиной года назад зародилась первая глава нашего повествования.

Все глаза обратились на нее, но Маргарита выдержала этот взгляд с гордым, почти веселым видом, сознавая, что свято выполнила последнюю волю своего друга.

Карл, едва держась на ногах, проследовал сквозь окружавшую его раззолоченную толпу, подошел к сестре и громко приветствовал ее:

— Сестрица, благодарю вас!

А затем тихо сказал:

— Обратите внимание! У вас на руке кровавое пятно.

— Это пустяки! Важно, что у меня на губах улыбка.

## XII

## КРОВАВЫЙ ПОТ

После жуткого события, описанного в предыдущей главе, и бала, назначенного Карлом в самый день казни молодых людей, Карл занемог на балу сильнее прежнего и переехал по предписанию врачей на свежий деревенский воздух в Венсен, куда переселился и весь двор, а через несколько дней, 30 мая 1574 года, в комнате короля неожиданно раздался сильный шум. Было восемь часов утра. В передней комнате небольшая кучка придворных что-то обсуждала с большим жаром, как вдруг послышался резкий вопль и на пороге королевской комнаты появилась кормилица короля Карла, заливаясь слезами и крича:

— Помогите! Помогите!

— Его величеству стало хуже? — спросил командир де Нансе, которого Карл, как было сказано, освободил от всякого подчинения Екатерине и прикомандировал лично к себе.

— О! Сколько крови! Сколько крови! — сказала кормилица. — Скорее врачей! Бегите за врачами!

Врачи Мазилло и Амбруаз Паре дежурили по очереди у больного короля, но дежурный в этот день Амбруаз

Паре, увидев, что король заснул, отлучился от него на несколько минут.

Как раз в его отсутствие сильный пот выступил у короля, а так как капиллярные сосуды у Карла ослабли и расширились, то и кровь стала просачиваться сквозь поры кожи. Кровавый пот испугал кормилицу, которая, не понимая действительной причины такого странного явления и будучи протестанткой, уверяла Карла, что это выходит из него кровь гугенотов, пролитая в Варфоломеевскую ночь.

Все разбежались в разные стороны искать врача, находившегося где-нибудь поблизости. Каждому хотелось показать свое усердие и привести Паре, поэтому в передней комнате не оставалось никого. В это время растворилась входная дверь и появилась Екатерина. Она быстро проскользнула через переднюю и торопливо вошла в комнату к своему сыну.

С потухшими глазами он лежал навзничь на постели и прерывисто дышал, все его тело покрылось красноватым потом; одна рука, откинувшись, свисала с постели, и на конце каждого пальца скопилась капля рубинового цвета. Зрелище было ужасное.

Несмотря на такое состояние, Карл приподнялся при звуке шагов — видимо, узнав походку своей матери.

— Простите, мадам, — сказал он, глядя на мать, — мне бы хотелось умереть спокойно.

— Умереть от случайного приступа этой дрянной болезни? Да что вы, сын мой! Вы хотите довести нас до отчаяния?

— А я говорю, мадам, что у меня душа с телом расстается. Я говорю, мадам, что это — смерть, черт ее побери!.. Я знаю, что я чувствую, и знаю, что говорю.

— Сир, теперь причина вашей болезни — в вашем воображении; после заслуженной казни двух колдунов, двух убийц, которых звали Ла Моль и Коконнас, ваши телесные страдания должны исчезнуть. Но остается ваша душевная болезнь, и если бы я могла поговорить с вами всего десять минут, я доказала бы вам...

— Кормилица, — сказал Карл, — побудь у двери, чтобы никто не входил ко мне. Королева Екатерина Медичи желает поговорить со своим любимым сыном Карлом Девятым.

Кормилица встала за дверью.

— Да, — продолжал Карл, — рано или поздно, этот разговор должен был произойти, и лучше сегодня, чем завтра.

Завтра, возможно, будет уже поздно. Но при нашем разговоре должно присутствовать еще третье лицо.

— Почему?

— Потому что, повторяю вам, смерть уже подходит, — продолжал Карл с пугающей торжественностью, — и каждую минуту может войти сюда молча, без доклада, вот так, как вы. Сейчас наступило решительное время; ночью я распорядился своими личными делами, а теперь надо распорядиться делами государства.

— А кого третьего желаете вы видеть между нами? — спросила Екатерина.

— Моего брата, мадам. Велите его позвать.

— Сир, я вижу с удовольствием, что предубеждения, возникшие у вас не столько под влиянием физических страданий, сколько подсказанные вам чувством неприязни, начинают исчезать из вашего ума, а скоро исчезнут и из сердца. Кормилица! — крикнула Екатерина. — Кормилица!

Кормилица, стоявшая за дверью, приотворила дверь.

— Кормилица, — сказала Екатерина, — как только придет месье де Нансе, скажите ему от имени моего сына, чтобы он сходил за герцогом Алансонским.

Карл движением руки остановил кормилицу, собиравшуюся исполнить приказание.

— Мадам, я сказал — брата, — возразил Карл.

Глаза Екатерины расширились, как у тигрицы, приходящей в ярость, но Карл повелительным жестом остановил ее.

— Я хочу говорить с братом моим Генрихом, — сказал он. — У меня только один брат — Генрих; не тот, который царствует там, в Польше, а тот, который сидит здесь в заключении. Он и услышит мою последнюю волю.

— Неужели вы воображаете, — воскликнула Екатерина с несвойственной ей смелостью перед страшной волей своего сына: настолько ненависть к Генриху Наваррскому вывела ее из состояния обычного притворства, — неужели вы воображаете, что если вы находитесь при смерти, как вы говорите, то я уступлю кому-нибудь, а тем более постороннему лицу, свое право присутствовать при вашем последнем часе — право королевы, право матери?

— Мадам, я еще король, — ответил Карл, — пока приказываю я, мадам! Я говорю вам, что хочу переговорить с братом моим Генрихом, а вы не зовете командира моей охраны!.. Тысяча чертей! Предупреждаю вас, что у меня еще хватит сил самому пойти за ним.

И он приподнялся, чтобы сойти с кровати, раскрыв свое тело, похожее на тело Христа после бичевания.

— Сир, — воскликнула Екатерина, удерживая его, — вы оскорбляете нас всех, вы забываете обиды, нанесенные нашей семье, вы отрекаетесь от кровного родства; только наследный принц французского престола имеет право склонить колена у смертного одра французского короля. А мое место предуказано мне здесь и законами природы, и требованиями этикета; поэтому я остаюсь...

— А в качестве кого вы здесь останетесь, мадам?

— В качестве матери.

— Как герцог Алансонский мне не брат, так же и вы, мадам, — не мать!

— Вы бредите, месье! — возмутилась Екатерина. — С каких это пор женщина, давшая жизнь другому существу, перестает быть матерью того, кто получил от нее жизнь?

— С того времени, мадам, как эта бесчеловечная мать отнимает то, что она дала, — ответил Карл, вытирая кровавую пену, появившуюся у него на губах.

— О чем вы говорите? Я вас не понимаю, — пробормотала Екатерина, глядя на Карла изумленными, широко раскрытыми глазами.

— Сейчас, мадам, поймете!

Карл пошарил под подушкой и вытащил оттуда серебряный ключик.

— Возьмите этот ключ, мадам, откройте мою походную шкатулку; в ней лежат документы, которые ответят вам вместо меня.

И Карл показал рукой стоявшую на видном месте шкатулку, украшенную великолепною резьбой, с серебряным замком, чеканным так же, как и ключ.

Уступая моральной силе Карла, Екатерина повиновалась, медленно подошла к шкатулке, открыла ее, заглянула внутрь и сразу отшатнулась, точно увидела на дне ее спящую змею.

— Что в этой шкатулке так испугало вас, мадам? — спросил Карл, не спускавший глаз с Екатерины.

— Ничего, — ответила Екатерина.

— А тогда, мадам, протяните вашу руку и выньте из шкатулки книгу; там ведь лежит книга, верно? — добавил

Карл с бледной улыбкой, имевшей у него значение более страшное, чем любая угроза у всякого другого.

— Да, — пролепетала Екатерина.

— Книга об охоте?

— Да.

— Возьмите ее и подайте мне.

При всей своей самоуверенности, Екатерина побледнела, задрожала всем телом, но опустила руку в шкатулку.

— Рок! — прошептала она, беря книгу.

— Хорошо, — сказал Карл. — А теперь слушайте! Я был неосторожен... Больше всего на свете я любил охоту... эта книга об охоте... я слишком жадно ее читал... Понятно вам?

Екатерина чуть слышно охнула.

— В этом была моя слабость, — продолжал Карл. — Сожгите книгу, мадам: не надо, чтобы люди знали о королевских слабостях!

Екатерина подошла к горящему камину, бросила в огонь книгу и молча, не двигаясь с места, глядела мутным взором, как синеватое пламя съедало страницы, пропитанные ядом. Чем больше их съедало пламя, тем все сильнее пахло чесноком.

Наконец книга сгорела.

— Теперь, мадам, позовите моего брата, — произнес Карл с непререкаемою властностью.

Совершенно растерявшись, подавленная множеством разнообразных чувств, которых был не в силах осознать даже ее глубокий ум и не могла преодолеть почти сверхчеловеческая сила ее воли, королева-мать сделала шаг по направлению к Карлу, собираясь что-то сказать, но остановилась. Три чувства в ней кричали громче всех: в матери — муки совести, в королеве — ужас, в отравительнице — вновь вспыхнувшая ненависть. Последнее чувство взяло верх над всеми остальными.

— Будь он проклят! — воскликнула она, бросаясь вон из комнаты. — Он торжествует, он у цели! Да, проклят! Проклят!

— Вы слышали: моего брата, брата Генриха, — крикнул ей Карл. — Моего брата Генриха, и сию минуту! Я хочу переговорить с ним о регентстве над государством.

Почти сейчас же вслед за Екатериной вошел в другую дверь Амбруаз Паре; он остановился на пороге и принюхался к чесночному запаху, наполнившему спальню короля.

— Кто жег мышьяк? — спросил он.

— Я, — ответил Карл.

# XIII

## ВЫШКА ВЕНСЕНСКОЙ КРЕПОСТИ

В это время Генрих Наваррский задумчиво прогуливался по вышке главной башни; он знал, что королевский двор живет шагах в ста от него, здесь, в Венсенском замке; и проницательный взор Генриха как будто видел умирающего Карла сквозь стены замка.

Вокруг все голубело, золотилось. Потоки солнечного света широко разливались по долинам и золотили верхушки леса, гордившегося великолепием молодой листвы. Мягкое, теплое дыхание неба, казалось, пропитывало даже серые камни башни; и цветы левкоя, занесенного в ее расселины восточным ветром, раскрывали свои оранжевые венчики под теплым дуновением воздуха.

Но не зеленые долины, не золотистые древесные вершины влекли к себе пристальный взор Генриха; взгляд его переносился через пространство и, светясь огнем честолюбия, смотрел упорно на тогдашнюю столицу Франции, в будущем — столицу мира.

— Вот он — Париж, — шептал король Наваррский. — Париж! В нем власть, слава, радость, торжество и счастье! В нем — Лувр, а в Лувре — трон. Что отделяет меня от столь желанного Парижа? Только одно — те камни, что громоздятся здесь у моих ног и служат жилищем моей врагине.

В то время как Генрих переносил свой взгляд с Парижа на Венсен, он вдруг заметил слева от себя, в долине, осененной миндальными деревьями в цвету, какого-то мужчину в латах, на которых играл луч солнца, и этот «зайчик» порхал вдали при всех передвижениях неизвестного мужчины. Незнакомец сидел верхом на горячей лошади, держа в поводу другую лошадь, по-видимому, такую же ретивую, как первая.

Король Наваррский стал всматриваться и увидел, что замеченный им всадник обнажил шпагу, надел на ее острие носовой платок и стал махать им, словно подавая кому-то знак. В ту же минуту с холма напротив ему ответили таким же знаком, а через несколько секунд везде кругом зареял целый хоровод из носовых платков.

Это был де Муи со своими гугенотами: узнав, что Карл при смерти, и опасаясь покушения на жизнь Генриха, они все собрались, готовые и нападать и защищать.

Генрих опять перевел взгляд на первого замеченного всадника, перегнулся через ограду вышки, прикрыл глаза ладонью и, защитив их от ослепляющих солнечных лучей, узнал молодого гугенота.

— Де Муи! — крикнул король Наваррский, как будто де Муи мог услышать его.

И в радости, что окружен друзьями, Генрих снял шляпу и замахал шарфом. В ответ все белые платочки вновь замелькали с особым оживлением, говорившим о радости его друзей.

— Увы! Они ждут меня, — сказал Генрих, — а я не могу к ним присоединиться!.. Зачем я этого не сделал, когда еще была возможность!.. Теперь я опоздал.

Он жестом выразил друзьям свое отчаяние, на что де Муи ответил ему знаками, имевшими смысл: «Буду ждать».

В это мгновение Генрих Наваррский услышал шаги по каменной лестнице, ведущей на площадку. Он быстро отошел от парапета. Гугеноты поняли, что так он поступил не без причины. Шпаги опять ушли в ножны, платки исчезли.

Генрих увидел в пролете лестницы запыхавшуюся от быстрого подъема женщину и не без тайного ужаса, который он испытывал всегда при ее виде, узнал Екатерину Медичи. Сзади нее шли двое королевских стражей и остановились на верхней ступеньке лестницы.

— Ого! — прошептал Генрих. — Что-то новое и очень важное должно было произойти, если королева-мать сама пришла за мной на вышку Венсенской крепости.

Екатерина села на каменную скамейку парапета, чтобы отдышаться. Генрих подошел к ней и с самой любезной улыбкою спросил:

— Милая матушка, уж не ко мне ли вы пришли?

— Да, месье, — ответила Екатерина, — я хочу доказать вам в последний раз мое расположение. Наступила решительная минута: король умирает и хочет с вами говорить.

— Со мной? — спросил Генрих, затрепетав от радости.

— Да, с вами. Как я узнала, ему наговорили, будто вы не только сожалеете о потере наваррского престола, но простираете свое честолюбие и на престол французский.

— Ого! — произнес Генрих.

— Я-то знаю, что это не так, но король верит этому, и разговор, который он намерен вести с вами, имеет целью устроить вам ловушку.

— Мне?

— Да. Перед своей смертью Карл желает знать, чего он может опасаться и на что рассчитывать с вашей стороны. Имейте в виду, от вашего ответа на его предложения будут зависеть его последние приказания о вас, то есть ваша жизнь или ваша смерть.

— Но что он может предлагать мне?

— Откуда я знаю? Вероятно, что-нибудь немыслимое.

— А вы, матушка, не догадываетесь — что именно?

— Нет, могу только предполагать; например...

Екатерина не договорила — что.

— Что же?

— Поскольку король верит наговорам о ваших честолюбивых замыслах, я предполагаю, что он хочет услышать из собственных ваших уст доказательство вашего честолюбия. Представьте себе, что вас будут искушать — как, бывало, соблазняли преступников с целью вырвать у них признание, не прибегая к пытке. Представьте себе, — продолжала Екатерина, глядя в упор на Генриха, — что вам предложат управление государством, даже регентство.

Невыразимо радостное чувство охватило угнетенную душу короля Наваррского, но Генрих понял, куда Екатерина метит, и его крепкая, упругая душа вся напряглась от ее натиска.

— Мне? — переспросил он. — Нет, это была бы слишком грубая ловушка: предлагать мне регентство, когда есть вы, когда есть брат мой, герцог Алансонский...

Екатерина прикусила губу, чтобы скрыть чувство удовлетворения.

— Значит, вы отказываетесь от регентства? — спросила она с оживлением.

«Король уже умер, — подумал Генрих, — и это она устраивает мне ловушку». Затем ответил:

— Прежде всего я должен выслушать самого короля, так как, по вашему собственному признанию, мадам, все то, что вы сейчас сказали, — одно предположение.

— Конечно, — сказала Екатерина, — но это все же не мешает вам изъяснить свои намерения.

— Ах, боже мой! — простодушно ответил Генрих. — Поскольку я ничего не домогаюсь, у меня нет никаких намерений!

— Это не ответ, — возразила Екатерина и, чувствуя, что время уходит, дала волю своему гневу. — Говорите определенно: да или нет!

— Я не могу, мадам, давать ответ на одни предположения. Определенное решение — вещь настолько трудная, а главное — настолько серьезная, что надо подождать настоящих предложений.

— Слушайте, месье, — сказала Екатерина, — мы теряем время в бесплодных пререканиях, во взаимных увертках. Давайте играть в открытую, как подобает королю и королеве. Если вы согласитесь стать регентом, вас ждет смерть.

«Король жив», — подумал Генрих и ответил твердым тоном:

— Мадам, жизнь и простых людей, и королей в руках божиих! Бог вразумит меня. Пусть доложат его величеству, что я готов к нему явиться.

— Подумайте, месье.

— За те два года, что я жил в опале, и за месяц моего заключения здесь, мадам, у меня было время все обдумать, и я обдумал, — внушительно ответил Генрих. — Будьте добры, пройдите первой к королю и передайте ему, что я следую за вами. Два эти молодца, — добавил Генрих, указывая на двух солдат, — позаботятся, чтобы я не убежал. Кроме того, я и не собираюсь это делать.

В его словах звучала такая твердая уверенность в себе, что Екатерина сразу поняла бесплодность всех своих попыток подействовать на Генриха, чем их ни прикрывай, и стремительно ушла с площадки.

Как только она скрылась из виду, Генрих подбежал к парапету и знаками передал своему другу де Муи распоряжение: «Подъезжайте ближе к замку и будьте наготове». Де Муи, который было спешился, снова вскочил в седло, подскакал вместе с запасной лошадью ближе и остановился в удобном месте, на расстоянии двух мушкетных выстрелов от крепости. Генрих жестом поблагодарил его и сошел вниз. На первой площадке его ждали два конвойных.

Усиленный наряд из швейцарцев и легких конников охранял вход в крепостные дворы: таким образом, чтобы войти в крепость или из нее выйти, необходимо было пройти между двумя рядами стоявших стеною протазанов. Около них Екатерина дожидалась Генриха. Она знаком остановила двух солдат, сопровождавших короля Наваррского, и, положив свою руку на его руку, сказала:

— В этом дворе двое ворот: вон у тех, что за покоями короля, вас ждет хорошая лошадь и свобода, если вы откажетесь от регентства; а если вы послушаетесь голоса вашего честолюбия, то у тех ворот, в которые вы сейчас прошли... Что говорите вы?

— Я говорю, мадам, что если король назначит меня регентом, то отдавать приказания солдатам будете не вы, а я. Я говорю, что вечером, когда я выйду от короля, все эти алебарды и мушкеты склонятся передо мной.

— Безумец! — в отчаянии прошептала Екатерина. — Верь мне и не играй с Екатериной в страшную игру на жизнь и на смерть.

— Почему нет? — спросил Генрих, глядя в упор на Екатерину. — Почему не играть с вами, как с любым другим, раз до сих пор выигрывал я?

— Если вы ничему не верите и не хотите ничего слушать, тогда взойдите к королю, — сказала Екатерина, показывая одной рукой на лестницу, а другой рукой нащупывая рукоятку одного из двух отравленных кинжальчиков, которые она носила в черных сафьяновых ножнах, ставших историческими.

— Проходите первой, мадам. Пока я не стану регентом, честь идти впереди принадлежит вам.

Екатерина, чувствуя, что все ее намерения разгаданы, не пыталась противиться и пошла первой.

## XIV

## РЕГЕНТСТВО

Король уже начал терять терпение, вызвал к себе де Нансе и только что приказал ему сходить за Генрихом, как Генрих появился на пороге королевской спальни. Увидев своего зятя, Карл радостно вскрикнул, а Генрих остановился в ужасе, как будто наткнулся на чей-то труп.

Врачи, стоявшие по обе стороны королевского ложа, ушли. Священник, увещевавший несчастного государя принять конец свой по-христиански, тоже удалился.

Карла IX не любили; однако многие стоявшие в передних комнатах горько плакали: в случае смерти какого-нибудь короля всегда оказываются люди, которые при этом теряют нечто и опасаются, что это «нечто» уже не вернется к ним при новом короле.

Эта скорбь, плач, слова Екатерины, мрачное и торжественное настроение, сопровождающее последние минуты королей, наконец, вид самого короля, пораженного болезнью, уже вполне определившейся, но еще неведомой науке, — все это произвело страшное действие на юный, а следовательно, и впечатлительный ум Генриха. Вопреки своему решению не возбуждать в Карле новых тревог, Генрих не мог подавить чувство ужаса, и оно отразилось на его лице при виде умирающего короля, покрытого кровавым потом.

От умирающих не ускользает ни одно выражение на лицах тех, кто окружает их, и Карл грустно улыбнулся.

— Подойди, Анрио, — сказал он, протягивая руку зятю и говоря таким нежным тоном, какого никогда не слышал у него Генрих. — Иди ко мне, я так страдал оттого, что не виделся с тобой. При своей жизни я тебя сильно мучил, мой милый друг, но верь мне, я часто корю себя за это; случалось, что я и помогал тем, кто тебя мучил, но король не властен над обстоятельствами, и, кроме моей матери и моих братьев — герцога Анжуйского и герцога Алансонского, надо мной всю мою жизнь тяготело нечто, что меня стесняло и что перестает давить на меня только теперь, когда я близок к смерти: благо государства!

— Сир, — тихо отвечал Генрих, — я помню лишь одно — мою любовь, которую я всегда питал к моему брату, и мое уважение, которое я всегда оказывал моему королю.

— Да, да, верно, — сказал Карл, — я признателен тебе, Анрио, за то, что ты говоришь так; ведь, говоря правду, ты много претерпел под моей властью, помимо того, что твоя мать умерла во время моего правления. Но ты должен был видеть, что меня толкали к этому другие. Иногда я боролся и не сдавался, иногда же я уставал сопротивляться и уступал. Но верно ты сказал, не будем поминать прошлое, сейчас меня торопит настоящее, меня пугает будущее.

И, говоря эти слова, бедный король закрыл свое мертвенно-бледное лицо костлявыми руками. С минуту Карл молчал, затем, чтобы отогнать от себя мрачные мысли, тряхнул головой, причем забрызгал все кругом себя кровавым потом.

— Надо спасать государство, — шепотом сказал он, наклоняясь к Генриху, — надо, чтобы оно не попало в руки фанатиков или баб.

Как мы сказали, Карл произнес эти слова шепотом, но Генриху почудился за ширмами около кровати как бы подавленный крик ярости. Возможно, что благодаря какому-то отверстию, проделанному в стене без ведома Карла, Екатерина подслушивала этот предсмертный разговор.

— Баб? — переспросил король Наваррский, чтобы вызвать короля на объяснение.

— Да, Анрио, — ответил Карл. — Моя мать хочет быть регентшей, пока не вернется из Польши мой брат. Но слушай, что я тебе скажу: он не вернется.

— Как! Он не вернется? — воскликнул Генрих, и его сердце забилось от тайной радости.

— Нет, не вернется, — продолжал Карл, — его не выпустят его же собственные подданные.

— Но неужели вы думаете, брат мой, — спросил Генрих, — что королева-мать не написала ему заранее?

— Конечно, да, но Нансе перехватил гонца в Шато-Тьери и привез письмо мне; в этом письме она писала, что я при смерти. Но я тоже написал письмо в Варшаву, а мое письмо дойдет, я в этом уверен, и за моим братом будут наблюдать. Таким образом, по всей вероятности, престол окажется свободным.

За альковом вторично и более явственно, чем в первый раз, послышался звук человеческого голоса.

«Несомненно, она там, — подумал Генрих, — подслушивает и ждет!»

Карл ничего не слышал и продолжал:

— Я умираю, а наследника-сына у меня нет. Карл остановился; казалось, милая сердцу мысль озарила его лицо, и, положив руку на плечо короля Наваррского, он сказал:

— Увы! Помнишь, Анрио, того бедного ребенка, которого я показал тебе, когда он спал в шелковой колыбели, хранимый ангелом? Увы! Они его убьют!..

Глаза Генриха наполнились слезами.

— Сир, — воскликнул он, — клянусь вам богом, что его жизнь я буду охранять и день и ночь. Приказывайте, сир.

— Спасибо! Спасибо, Анрио, — произнес король с таким чувством, какое было чуждо его характеру, но вызывалось обстоятельствами. — Я принимаю твой обет. Не делай из него короля: он рожден не для трона, а для счастья. Я оставляю ему независимое состояние; пусть благородство его матери — благородство души — станет и его отличительной чертой. Может быть, для него будет лучше, если посвятить его служению церкви; тогда внушит он меньше опасений. Ах! Мне кажется, что я бы умер хоть не счастливым, но, по крайней мере спокойным, если бы мог утешиться теперь ласками этого ребенка и видеть перед собою его мать.

— Сир, а разве вы не можете послать за ними?

— Что ты говоришь! Да им отсюда не уйти живыми. Вот, Анрио, положение королей: они не могут ни жить, ни умереть, как хочется. Но после твоего обещания я чувствую себя покойнее.

Генрих задумался.

— Да, сир, я правда обещал, но буду ли я в состоянии сдержать свое обещание?

— Что ты разумеешь?

— Ведь и я сам здесь человек отверженный, нахожусь под угрозой так же, как он... и даже больше: потому что он ребенок, а я мужчина.

— Нет, это не так, — ответил Карл. — С моей смертью ты будешь силен и могуществен, а силу и могущество даст тебе вот это.

С этими словами умирающий Карл вынул из-под подушки грамоту.

— Возьми, — сказал он.

Генрих пробежал глазами грамоту, скрепленную королевской печатью.

— Сир, вы назначаете меня регентом? — сказал Генрих, побледнев от радости.

— Да, я назначаю тебя регентом до возвращения герцога Анжуйского; а так как, по всей вероятности, герцог Анжуйский сюда больше не вернется, то эта грамота дает тебе не регентство, а трон.

— Трон! Мне?! — прошептал Генрих.

— Да, тебе, — ответил Карл, — тебе, единственно достойному, а главное — единственно способному справиться с этими распущенными придворными и с этими развратными девками, которые живут чужими слезами и чужой кровью.

Мой брат, герцог Алансонский, — предатель, и будет предавать всех. Оставь его в крепости, куда я засадил его. Моя мать будет стараться извести тебя, — отправь ее в изгнание. Через три-четыре месяца, а может быть, и через год мой брат, герцог Анжуйский, бросит Варшаву и явится оспаривать у тебя власть, — ответь ему грамотой папы о твоем утверждении. Я это провел через моего посланника, герцога Невэрского, и ты немедленно получишь такую грамоту.

— О мой король!

— Берегись только одного, Генрих, — гражданской войны. Но, оставаясь католиком, ты ее минуешь, потому что и партия гугенотов может быть крепкой лишь при условии, если ты станешь во главе ее, принц же Конде не в силах вести борьбу с тобой. Франция — страна равнинная, а следовательно, должна быть страной единой, католической. Король Франции должен быть королем католиков, а не гугенотов, — так как французским королем должен быть король большинства. Говорят, будто меня мучит совесть за Варфоломеевскую ночь. Сомнения — да! А совесть — нет. Болтают, что у меня сквозь поры кожи выходит кровь гугенотов. Я знаю, что из меня выходит: не кровь, а мышьяк.

— О, что вы сказали, сир?

— Ничего. Если моя смерть требует отмщения, Анрио, то это дело только бога. Не будем говорить о моей смерти, займемся тем, что после нее будет. Я оставляю тебе в наследство хороший парламент, испытанную армию. Обопрись на парламент и на армию в борьбе с твоими единственными врагами: моей матерью и герцогом Алансонским.

Глухое бряцание оружия и слова военной команды раздались в вестибюле Лувра.

— Это моя смерть, — прошептал Генрих.

— Ты боишься, ты колеблешься? — с тревогой спросил Карл.

— Я? Нет, сир, — ответил Генрих, — я не боюсь и не колеблюсь. Я согласен.

Карл пожал ему руку. В это время к нему подошла его кормилица с питьем, которое она готовила в соседней комнате, не обращая внимания на то, что в трех шагах от нее решалась судьба Франции.

— Милая кормилица, позови мою мать и скажи, чтобы привели сюда герцога Алансонского.

# XV

## КОРОЛЬ УМЕР — ДА ЗДРАВСТВУЕТ КОРОЛЬ!

Спустя несколько минут вошли Екатерина и герцог Алансонский, дрожа от ярости и бледные от страха. Генрих угадал: Екатерина знала все и рассказала Франсуа. Они сделали несколько шагов и остановились в ожидании. Генрих стоял у Карла в головах. Увидев мать и брата, Карл объявил им свою волю.

— Мадам, — сказал он матери, — будь у меня сын, регентство перешло бы к вам, а не было бы вас, то к королю Польскому, а если бы не было его, то к моему брату Франсуа. Но сына у меня нет, и после меня престол принадлежит моему брату, герцогу Анжуйскому, а он не здесь. Так как рано или поздно он может явиться и потребовать себе престол, я не хочу, чтобы он нашел на своем месте человека, который, опираясь на почти равные права, станет оспаривать престол, что грозило бы государству войною между претендентами. На том же основании я не назначаю вас регентшей, так как вам пришлось бы выбирать между двумя сыновьями, что было бы тяжко для материнского сердца. На том же основании я не остановил своего выбора и на моем брате Франсуа, так как мой брат Франсуа мог бы сказать старшему брату: «У вас есть свой престол, незачем было бросать его!» Нет! Я выбирал такого регента, который принял бы королевскую корону только на хранение и держал бы ее под своей рукой, а не надевал себе на голову. Этот регент — король Наваррский. Приветствуйте его, мадам! Приветствуйте его, мой брат!

И, подтверждая жестом свою последнюю волю, Карл сам приветствовал Генриха. Екатерина и герцог Алансонский сделали головой движение, среднее между нервной дрожью и приветствием.

— Ваше высочество регент, возьмите, — сказал Карл королю Наваррскому, — вот грамота, которой вам даруются, до возвращения короля Польского, командование всеми армиями, ключи от государственной казны, королевские права и власть.

Екатерина взглядом пожирала Генриха, Франсуа шатался, едва удерживаясь на ногах. Но и его слабость, и сдержанность

Екатерины не только не успокаивали Генриха, а явно указывали на непосредственную, нависшую, уже грозящую ему опасность.

Большим напряжением воли Генрих превозмог свою боязнь и взял из рук короля свиток. Затем, выпрямившись во весь рост, он бросил на Екатерину и на Франсуа взгляд, пристальный и ясно говоривший:

«Берегитесь, я ваш господин!»

Екатерина поняла этот взгляд.

— Нет, нет, никогда! — сказала она. — Никогда мой род не склонит головы перед чужим родом! Пока жив хоть один Валуа, никогда во Франции не будет царствовать Бурбон.

— Матушка, матушка! — закричал на нее Карл, поднимаясь на окровавленной постели, страшный, как никогда. — Берегитесь, я еще король! Знаю, что не надолго, но мне не нужно много времени, чтобы отдать приказ, и не много надо времени, чтобы наказать убийц и отравителей.

— Хорошо! Отдавайте ваш приказ, если посмеете. А я пойду отдавать свои приказы. Идем, Франсуа, идем! — сказала Екатерина и быстро вышла, увлекая за собой герцога Алансонского.

— Нансе! — крикнул Карл. — Нансе, сюда, ко мне! Я приказываю, я требую, Нансе: арестуйте мою мать, арестуйте моего брата, арестуйте...

Хлынувшая горлом кровь прервала слова Карла. И в то мгновение, когда начальник охраны открыл дверь, король, задыхаясь, хрипел на своей кровати. Нансе слышал только свое имя, но приказания, произнесенные уже не так отчетливо, потерялись в пространстве.

— Охраняйте дверь, — распорядился Генрих, — и не впускайте никого.

Нансе поклонился и вышел.

Генрих снова перенес взгляд на лежавшее перед ним безжизненное тело, которое могло бы показаться трупом, если бы слабое дыхание не шевелило полоску кровавой пены, окаймлявшей его губы.

Генрих долго смотрел на Карла, потом, говоря с самим собой, сказал:

— Вот решительная минута: царство или жизнь?

В это мгновение завеса за альковом чуть приподнялась, из-за нее показалось бледное лицо, и среди мертвой тишины, царившей в королевской спальне, прозвучал голос.

— Жизнь! — сказал этот голос.

— Рене! — воскликнул Генрих.

— Да, сир.

— Значит, твое предсказание — ложь. Я не буду королем? — спросил Генрих.

— Будете, сир, но ваше время еще не приспело.

— Почем ты знаешь? Говори, я хочу знать, можно ли тебе верить!

— Слушайте.

— Слушаю.

— Нагнитесь.

Король Наваррский перегнулся над телом Карла. Рене нагнулся тоже. Их разделяла лишь кровать, но и это расстояние теперь уменьшилось благодаря их встречному движению друг к другу. Между ними лежало по-прежнему безгласное и недвижимое тело умирающего короля.

— Слушайте! — сказал Рене. — Меня здесь поместила королева-мать, чтобы вас убить, но я предпочитаю служить вам, так как верю вашему гороскопу; оказывая вам услугу тем, что я сделаю для вас сию минуту, я спасу и свое тело, и свою душу.

— А не по приказанию ли той же королевы-матери ты это говоришь? — спросил Генрих, обуреваемый сомнениями и недобрыми предчувствиями.

— Нет, — ответил Рене. — Выслушайте одну тайну.

Он наклонился еще больше. Генрих сделал то же самое, так что их головы почти соприкасались.

Разговор двух мужчин, склонившихся над умирающим королем, приобретал характер настолько жуткий, что у суеверного флорентийца зашевелились волосы на голове, а на лице у Генриха выступили крупные капли пота.

— Выслушайте, — продолжал Рене, — выслушайте тайну, известную лишь мне. Я вам ее открою, если вы поклянетесь простить мне смерть вашей матери.

— Я уже обещал простить, — ответил Генрих, лицо которого омрачилось.

— Обещали, но не клялись, — сказал Рене, отклоняясь от Генриха.

— Клянусь, — ответил Генрих, протягивая правую руку над головой Карла.

— Польский король уже едет, — торопливо проговорил Рене.

— Нет, — сказал Генрих, — король Карл задержал гонца.

— Король Карл задержал только одного, на дороге в Шато-Тьери; но королева-мать предусмотрительно послала трех, по трем разным дорогам.

— О! Тогда горе мне!

— Гонец из Варшавы прибыл сегодня утром. Король Польский выехал вслед за ним, и никому в голову не пришло его задерживать, потому что в Варшаве еще не знали о болезни короля. Гонец опередил Генриха Анжуйского всего на несколько часов.

— О, если бы в моем распоряжении было только семь дней! — воскликнул Генрих.

— Да, но вы не располагаете даже семью часами. Разве вы не слышали звона оружия, которое раздавали людям?

— Слышал.

— Это оружие — против вас. Они придут даже сюда и убьют вас хоть в спальне короля.

— Но король еще не умер.

Рене пристально посмотрел на Карла.

— Через десять минут он умрет. Итак, вам остается жить всего десять минут, а может быть, и меньше.

— Что же делать?

— Бежать, не теряя ни минуты, ни одной секунды.

— Но каким путем? Если меня поджидают в передней, то убьют, как только я отсюда выйду.

— Слушайте! Ради вас я рискую всем, не забывайте этого никогда.

— Будь покоен.

— Идемте, потайным ходом я доведу вас до задней калитки. Затем, чтобы дать вам время убежать, я пойду к королеве-матери и скажу, что вы сейчас сойдете вниз; подумают, что вы сами обнаружили этот потайной ход и воспользовались им, чтобы убежать. Идем, идем!

Генрих наклонился к Карлу и поцеловал его в лоб.

— Прощай, мой брат, — сказал он, — я не забуду, что последним твоим желанием было видеть меня твоим преемником. Я не забуду, что последним твоим желанием было сделать меня королем. Почий с миром! От имени моих собратьев прощаю тебе их пролитую кровь.

— Скорей! Скорей! — сказал Рене. — Он приходит в чувство! Бегите, пока он не раскрыл глаз, бегите!

— Кормилица! — пробормотал Карл. — Кормилица!

Генрих схватил шпагу Карла, висевшую в головах у короля и теперь ненужную ему, засунул за пазуху грамоту о назначении регентом, в последний раз поцеловал в лоб Карла, обежал вокруг кровати и бросился в проход, который закрылся вслед за ним.

— Кормилица! — крикнул Карл громче. — Кормилица!

Кормилица подбежала и спросила:

— Что тебе, Шарло?

— Кормилица, — сказал Карл, приподняв веки и раскрывая глаза с расширенными зрачками, страшно застывшими в смертной неподвижности, — кормилица, пока я спал, что-то произошло во мне: я вижу яркий свет, я вижу господа нашего бога; я вижу пресветлого Иисуса Христа и присно-блаженную деву Марию. Они просят, они молят за меня бога. Всемогущий господь меня прощает... зовет меня к себе... Господи! Господи! Прими меня в милосердии твоем... Господи! Забудь, что я был королем, ведь я иду к тебе без скипстра и без короны. Господи! Забудь преступления короля и помни лишь мои страдания как человека... Господи! Вот я!

Произнося эти слова, Карл приподнимался все больше и больше, как будто двигался на голос того, кто звал его к себе, затем с последними словами испустил дух и упал на руки кормилицы мертв, недвижим.

Пока солдаты, отряженные Екатериной, занимали коридор, по которому Генрих должен был неминуемо пройти от короля, сам Генрих, по указанию Рене, проскользнул по потайному ходу к задней калитке, вскочил на приготовленную лошадь и поскакал в том направлении, где, как он знал, его ждет де Муи.

Вдруг несколько часовых обернулись на топот лошади, скакавшей по гулкой мостовой, и крикнули:

— Бежит! Бежит!

— Кто? — закричала королева-мать, подходя к окну.

— Король Наваррский! Король Наваррский! — орали часовые.

— Стреляй! Стреляй по нему! — крикнула Екатерина.

Часовые прицелились, но Генрих был уже недосягаем.

— Бежит — значит, побежден! — воскликнула королева-мать.

— Бежит — значит, король я! — прошептал герцог Алансонский.

Но в ту самую минуту, когда Франсуа и королева-мать еще стояли у окна, подъемный мост загромыхал под лошадиными копытами, послышалось бряцание оружия, гул многих голосов, и молодой человек со шляпою в руке въехал галопом во двор Лувра, крича: «Франция!», а вслед за ним — четверо дворян, покрытых, как и он, пылью, потом и пеною взмыленных коней.

— Сын! — крикнула Екатерина, протягивая руки в раскрытое окно.

— Мама! — ответил молодой человек, спрыгивая с лошади.

— Брат! Анжуйский! — с ужасом воскликнул Франсуа, отступая от окна.

— Опоздал? — спросил свою мать Генрих Анжуйский.

— Нет, наоборот, как раз вовремя; сама десница божия не привела бы тебя более кстати. Смотри и слушай!

В это время начальник охраны де Нансе вышел на балкон королевской опочивальни. Все взоры обратились на него.

Он вынес деревянный жезл, разломил надвое, затем держа в вытянутых руках по половинке, три раза крикнул:

— Король Карл Девятый умер! Король Карл Девятый умер! Король Карл Девятый умер!

И выпустил из рук обе половинки.

— Да здравствует король Генрих Третий! — крикнула Екатерина и перекрестилась, выражая благодарность богу. — Да здравствует король Генрих Третий!

Все повторили этот возглас, кроме Франсуа.

— А-а! Она провела меня, — прошептал он, раздирая ногтями себе грудь.

— Я одержала верх, — воскликнула Екатерина, — проклятый Беарнец не будет царствовать!

## XVI

## ЭПИЛОГ

Прошел год со времени смерти Карла IX и восшествия на престол его преемника. Король Генрих III, благополучно царствующий по милости бога и своей матери Екатерины, отправился принять участие в пышном крестном ходе к

Клерийской божьей матери. Он шел пешком вместе со своей женой и со всем двором.

Король Генрих III мог разрешить себе приятное времяпровождение: в ту пору никакая серьезная забота его не беспокоила. Король Наваррский жил в Наварре, куда он так стремился, и, как говорили, был сильно увлечен какой-то красивой девушкой из рода Монморанси, которую он звал Могильщицей. Маргарита была с ним, мрачная, печальная, и только здесь, среди красивых гор, она нашла если не отвлечение, то облегчение от двух переживаний, наиболее тяжелых в жизни: утраты и смерти близких.

В Париже было все спокойно, и королева-мать, ставшая в действительности регентшей с тех пор, как ее дорогой сын Генрих сделался королем, жила то в Лувре, то в особняке Суассон, занимавшем тогда участок, где теперь Хлебный рынок и где от этого особняка до сих пор осталась изящная колонна.

Однажды вечером Екатерина усиленно занималась изучением созвездий вместе с Рене, не зная о предательских проделках флорентийца, который опять вошел к ней в милость благодаря своим ложным показаниям в деле Коконнаса и Ла Моля; как раз в это время пришли сказать, что у нее в молельне ждет ее какой-то мужчина, желающий сообщить крайне важное известие. Екатерина спустилась к себе в молельню, где нашла Морвеля.

— *Он* здесь, — воскликнул отставной командир петардщиков, вопреки правилам придворного этикета не дав Екатерине времени обратиться к нему первой.

— Кто — *он*?

— Кто же другой, мадам, как не король Наваррский?

— Здесь?! — сказала Екатерина. — *Он*... здесь... Генрих... зачем этот безумец здесь?

— Если судить по тому, что явно, — он приехал повидать мадам де Сов, только и всего. Если же судить по тому, что вероятно, — он приехал с целью заговора против короля.

— Откуда вы знаете, что он здесь?

— Вчера я видел, как он входил в один дом, а через минуту вошла туда же мадам де Сов.

— А вы уверены, что это он?

— Я ждал, пока он выйдет, потратил на это половину ночи. В три часа утра оба влюбленных отправились по домам. Король проводил мадам де Сов до самой пропускной калитки Лувра.

Благодаря привратнику, несомненно подкупленному, она прошла туда без всяких неприятностей, а король, напевая песенку, пошел обратно, и так развязно, точно у себя в горах.

— Куда же он пошел?

— На улицу Арбр-сек, в гостиницу «Путеводная звезда», к тому самому трактирщику, у которого жили два колдуна, казненные в прошлом году по приказанию вашего величества.

— Почему же вы не пришли сказать об этом мне сейчас же?

— Потому, что я не был вполне уверен в своих наблюдениях.

— А теперь?

— Теперь уверен.

— Ты его видел?

— Совершенно ясно. Я сел в засаду у виноторговца, что напротив; прежде всего я увидал его, когда он входил в тот же дом, что и накануне, но мадам де Сов запоздала; тогда он имел неосторожность приложиться лицом к оконному стеклу в окне второго этажа, и на этот раз у меня не осталось никаких сомнений. А кроме того, в ту же минуту пришла к нему опять мадам де Сов.

— Так ты думаешь, они, как и прошлой ночью, пробудут там до трех часов утра?

— Вполне возможно.

— А где находится этот дом?

— У Круа-де-Пти-Шан, около улицы Сент-Оноре.

— Хорошо, — сказала Екатерина. — Мадам де Сов знает ваш почерк?

— Нет.

— Садитесь и пишите.

Морвель сел и взял перо.

— Я готов, мадам, — сказал он.

Екатерина продиктовала:

— «Пока барон де Сов дежурит в Лувре, баронесса с одним франтом из числа его друзей пребывает в доме близ Круа-де-Пти-Шан, около улицы Сент-Оноре; барон де Сов узнает этот дом по красному кресту, который будет начерчен на его стене».

— Дальше? — спросил Морвель.

— Сделайте копию с этого письма, — ответила Екатерина.

Морвель слепо повиновался.

— Теперь, — сказала Екатерина, — поручите эти письма какому-нибудь сметливому человеку: пусть он одно отдаст барону де Сов, а другое обронит где-нибудь в коридорах Лувра.

— Не понимаю, — сказал Морвель.

Екатерина пожала плечами.

— Неужели вы не понимаете, что муж, получив такое письмо, рассердится?

— Но, как мне кажется, мадам, во времена короля Наваррского он не сердился.

— То, что сходит с рук королю, может не пройти даром простому поклоннику. Кроме того, если не рассердится он сам, то за него рассердитесь вы.

— Я?

— Конечно. Вы возьмете с собой четверых, если надо — шестерых людей, наденете маски, вышибете дверь, как будто вас послал барон, захватите влюбленных в разгар свидания и нанесете удар во имя короля; а наутро письмо, потерянное в одном из коридоров Лувра и найденное какой-нибудь сердобольною душой, засвидетельствует, что это была месть мужа, а убитый поклонник совершенно случайно оказался королем Наваррским; но кто же мог это предвидеть, если все думали, что он живет в По?

Морвель с восхищением посмотрел на Екатерину, раскланялся и вышел.

В то время как Морвель выходил из суассонского особняка, мадам де Сов входила в домик у Круа-де-Пти-Шан. Генрих ждал у приоткрытой двери и, как только увидел ее на лестнице, спросил:

— За вами не следили?

— По-видимому, нет, — ответила Шарлотта.

— А за мной, кажется, следили, — сказал Генрих, — и не только прошлой ночью, но и сегодня вечером.

— О господи! Вы меня пугаете, сир; если то, что вы вспомнили о вашей прежней подруге, обратится против вас, я буду безутешна.

— Не беспокойтесь, моя крошка, — ответил Беарнец, — под покровом ночи нас берегут три шпаги.

— Три? Слишком мало, сир.

— Достаточно, если их имена — де Муи, Сокур и Бартельми.

— Так де Муи в Париже?

— Разумеется.

— Неужели он осмелился вернуться в столицу? Значит, и у него есть бедняжка, влюбленная в него до безумия?

— Нет, но у него есть враг, и де Муи дал клятву его убить. Только ненависть, дорогая, заставляет нас делать столько же глупостей, сколько и любовь.

— Спасибо, сир.

— О! Это относится не к тем глупостям, которые я делаю сейчас, а к прошлым и будущим. Не будем спорить на эту тему и терять время.

— Вы все-таки решили ехать?

— Сегодня ночью.

— Вы, значит, покончили с делами, ради которых вы приехали в Париж?

— Я приезжал только ради вас.

— Какой обманщик!

— Святая пятница! Я говорю правду, крошка. Не надо прошлого: мне остается два-три часа счастья, а затем — вечная разлука.

— Ах, сир! Нет ничего вечного, кроме моей любви.

Только что сказав, что у него нет времени для рассуждений, Генрих не стал с ней спорить, а поверил на слово или же, будучи скептиком, сделал вид, что верит.

Как сообщил король Наваррский, все это время де Муи и два его товарища прятались тут же, по соседству с этим домом. Было условлено, что Генрих выйдет из него не в три часа, а в полночь, затем они проводят, как вчера, мадам де Сов до Лувра, а оттуда пойдут на улицу Серизе, где жил Морвель. Де Муи только сегодня днем узнал точно, в каком доме проживает его враг.

Все трое были на своем посту уже с час времени, как вдруг заметили человека, пришедшего в сопровождении пяти других, который подошел к домику и стал подбирать ключ к его двери. Увидев это, де Муи, прятавшийся в нише соседнего дома, одним прыжком из своего укрытия подскочил к человеку и схватил его за руку.

— Одну минуту, — сказал он, — вход воспрещен!

Человек отскочил назад, и от резкого движения с него свалилась шляпа.

— Де Муи де Сен-Фаль! — воскликнул он.

— Морвель! — яростно крикнул гугенот, приподнимая вверх свою шпагу. — Я-то тебя искал, а ты сам пришел ко мне? Спасибо!

Однако при всей своей ярости де Муи не забыл о Генрихе и, повернув голову к окну, свистнул, как свистят беарнские пастухи.

— Этого довольно, — сказал он Сокуру. — Ну, а теперь подходи, убийца! Ближе, ближе!

И де Муи набросился на Морвеля.

Морвель успел за это время вытащить из-за пояса пистолет.

— Ага! На этот раз ты, кажется, умрешь, — сказал Королевский Истребитель, прицеливаясь в молодого человека.

Он выстрелил, но де Муи отскочил вправо, и пуля пролетела мимо.

— Теперь черед за мной! — крикнул молодой человек.

Де Муи нанес стремительный удар Морвелю, и хотя удар пришелся в кожаный пояс, отточенное острие прошло сквозь пояс и вонзилось в тело.

Королевский Истребитель закричал диким голосом, выражавшим такую страшную боль, что полицейские солдаты сочли его раненным насмерть и в страхе бросились бежать по направлению к улице Сент-Оноре.

Морвель был не из храбрых. Увидев, что полицейские оставили его, а перед ним такой противник, как де Муи, он тоже попытался спастись бегством и побежал в том же направлении, что и солдаты, крича: «Помогите!»

Де Муи, Сокур и Бартельми в пылу увлечения кинулись преследовать бежавших. Когда они вбегали на улицу Гренель, одно из угловых окон распахнулось, и какой-то человек спрыгнул со второго этажа на землю, только что смоченную дождем.

Это был Генрих. Свист де Муи предупредил его об опасности, а пистолетный выстрел доказывал серьезность положения и увлек Генриха на помощь своим друзьям. Пылкий, сильный, ловкий, с обнаженной шпагою в руке, он бросился по их следам. Генрих бежал на крик, доносившийся от Заставы Сержантов. Это кричал Морвель, который, чувствуя, что его настигает де Муи, опять стал звать на помощь своих людей, гонимых страхом. Ему оставалось только или обернуться лицом к врагу, или получить от него удар в спину. Морвель обернулся, скрестил свой клинок с клинком врага и почти в тот же миг очень ловко ударил де Муи, но проколол ему лишь перевязь. Де Муи тотчас ответил ударом на удар; шпага еще раз вонзилась Морвелю в раненое место, и кровь хлынула из двойной раны двойной струей.

— Попало! — крикнул, подбегая, Генрих. — Улю-лю! Улю-лю, де Муи!

Де Муи в подбадривании не нуждался. Он снова атаковал Морвеля, но Морвель не стал выжидать врага: зажав рану левой рукой, он со всех ног бросился бежать.

— Бей скорее! Бей! — кричал король Наваррский. — Вон солдаты его остановились, да эти отчаянные трусы ничто для храбрецов!

У Морвеля рвались легкие, дыхание свистело, каждый выдох выносил наружу кровавую пену, наконец, сразу потеряв силы, Морвель упал на месте, но тотчас приподнялся и, повернувшись на одном колене, выставил свою шпагу навстречу де Муи.

— Друзья! Друзья! — кричал Морвель солдатам. — Их только двое. Стреляйте, стреляйте в них!

В самом деле, Сокур и Бартельми где-то заблудились, преследуя двух полицейских, которые бежали по переулку Де-Пули, так что король Наваррский и де Муи оказались двое против четверых.

— Стреляй! — продолжал кричать Морвель, видя, что один из солдат взял на изготовку свою коротенькую аркебузу.

— Ладно, но раньше умри, предатель! Умри, мерзавец! Умри, окаянный убийца! — кричал де Муи, и, отведя левой рукой шпагу Морвеля, он правой всадил свою шпагу сверху вниз в грудь врага с такой силой, что пригвоздил его к земле.

— Берегись! Берегись! — крикнул Генрих.

Оставив шпагу в груди Морвеля, де Муи отскочил назад, так как один солдат уже прицелился и чуть не выстрелил в него в упор; и в тот же миг Генрих проткнул стрелка шпагой — стрелок вскрикнул и упал рядом с Морвелем. Два других солдата бросились бежать.

— Идем, идем, де Муи! — крикнул Генрих. — Нельзя терять ни минуты. Если нас узнают, нам конец!

— Подождите, сир! Неужели вы думаете, что я оставлю свою шпагу в теле этого мерзавца?

Он подошел к Морвелю, лежавшему, казалось, без движения; едва де Муи взялся за рукоять шпаги, торчавшей в груди Морвеля, Морвель приподнялся, схватил выроненную солдатом аркебузу и выстрелил в грудь де Муи. Молодой человек упал, даже не вскрикнув: он был убит наповал. Генрих бросился на Морвеля, но Морвель тоже упал мертвым, и шпага Генриха проткнула только труп.

Надо было бежать; шум привлек много людей и мог поднять ночную стражу. Среди сбежавшихся людей Генрих искал какое-нибудь знакомое лицо и радостно вскрикнул, вдруг увидев мэтра Ла Юрьер.

Так как вся эта сцена происходила у Трагуарского креста, то есть против улицы Арбр-сек, то наш старый знакомый, по самой своей природе человек мрачный и еще больше помрачневший после смерти Коконнаса и Ла Моля, своих любимых постояльцев, прибежал сюда, бросив свои печи и кастрюли как раз в то время, когда готовил ужин для короля Наваррского.

— Дорогой мой Ла Юрьер, поручаю вам де Муи, хотя сильно опасаюсь, что ему ничто уже не поможет. Отнесите его к себе, и если он еще жив, не жалейте для него ничего, вот вам кошелек. А того, другого, оставьте в канаве, пусть там гниет, как собака!

— А вы? — спросил Ла Юрьер.

— Мне надо еще попрощаться. Бегу и через десять минут буду у вас. Моих лошадей держите наготове.

Генрих действительно побежал к домику у Круа-де-Пти-Шан, но, выбежав из улицы Гренель, он в ужасе остановился: толпа народа собралась у двери домика.

— Кто в этом доме? Что случилось? — спросил Генрих.

— Ох! Большое несчастье, месье, — ответил спрошенный. — Сейчас одну молодую красивую даму зарезал ее муж, — его запиской известили, что жена находится здесь с любовником.

— А где муж?

— Удрал.

— А жена?

— Там.

— Умерла?

— Нет еще, но, слава богу, лучшего-то с ней не будет.

— О-о! Я проклят! — воскликнул Генрих и кинулся в дом.

В комнате было полно народа, и весь этот народ окружил кровать, на которой лежала несчастная Шарлотта, раненная двумя ударами кинжала. Ее муж, в течение двух лет скрывавший свою ревность к королю Наваррскому, воспользовался случаем, чтоб отомстить.

— Шарлотта! Шарлотта! — крикнул Генрих, расталкивая толпу и падая на колени перед кроватью.

Шарлотта открыла красивые глаза, уже туманившиеся предсмертной дымкой, вскрикнула и хотела приподняться, отчего кровь брызнула из обеих ее ран.

— О, я знала, что не умру, не повидав его, — проговорила она.

В самом деле, Шарлотта будто ждала этой минуты, чтобы вручить Генриху свою душу, так сильно любившую его: как только губы умирающей коснулись лба короля Наваррского и прошептали в последний раз: «Люблю тебя», Шарлотта упала бездыханной.

Генрих не мог дольше оставаться, не губя себя. Он вынул из ножен кинжал, отрезал локон от ее прекрасных белокурых волос, которые так часто распускал, любуясь их длиной, зарыдал и вышел, сопровождаемый рыданиями других людей, не подозревавших, что они плачут над горькою судьбой столь высокопоставленных особ.

— Друг, любимая — все меня бросают, — воскликнул убитый горем Генрих, — все изменяют мне, все разом от меня уходят!

— Да, сир, — шепотом сказал какой-то человек, который отделился от толпы любопытных, теснившихся у домика, и пошел вслед за Генрихом, — но в будущем у вас — престол!

— Рене! — воскликнул Генрих.

— Да, сир, Рене, который оберегает вас. Этот мерзавец, умирая, назвал вас. Стало известно, что вы в Париже, вас всюду разыскивают стрелки. Бегите, бегите!

— А ты говоришь, что я буду королем! Это беглец-то?

— Нет, сир, — не я, глядите, — ответил флорентиец, указывая на звезду, сверкнувшую в просвете черной тучи. — Это говорит она.

Генрих вздохнул и скрылся в темноте.

ОГЛАВЛЕНИЕ